Monika Feth

BLUTROSEN

© Isabelle Grubert

DIE AUTORIN

Monika Feth wurde 1951 in Hagen geboren, arbeitete nach ihrem literaturwissenschaftlichen Studium zunächst als Journalistin und begann dann, Bücher zu verfassen. Heute lebt sie in der Nähe von Köln, wo sie vielfach ausgezeichnete Bücher für Leser aller Altersgruppen schreibt. Der sensationelle Erfolg der »Erdbeerpflücker«-Thriller machte sie weit über die Grenzen des Jugendbuchs hinaus bekannt. Ihre Bücher wurden in mehr als 20 Sprachen übersetzt.

Mehr über die Autorin unter:

www.monikafeth-thriller.de
www.monika-feth.de
www.facebook.com/Monika.Feth.Schriftstellerin

Weitere lieferbare Bücher bei cbt:

Die »Erdbeerpflücker«-Thriller:

Der Erdbeerpflücker (Band 1, 30258)
Der Mädchenmaler (Band 2, 30193)
Der Scherbensammler (Band 3, 30339)
Der Schattengänger (Band 4, 30393)
Der Sommerfänger (Band 5, 30721)
Der Bilderwächter (Band 6, 30852)
Der Libellenflüsterer (Band 7, 30957)

Die »Romy«-Thriller:

Teufelsengel (Band 1, 30752)
Spiegelschatten (Band 2, 16114)
Blutrosen (Band 3, 16315)

Du auf der anderen Seite (30934)
Fee – Schwestern bleiben wir immer (30010)
Nele oder Das zweite Gesicht (30045)
Die blauen und die grauen Tage (30935)

Monika Feth

Blutrosen

Dieses Buch ist auch als E-Book erhältlich.

MIX
Papier aus verantwortungsvollen Quellen
FSC® C014496
FSC
www.fsc.org

Verlagsgruppe Random House FSC® N001967

1. Auflage
Erstmals als cbt Taschenbuch Oktober 2018

Umschlaggestaltung und Motive: init | Kommunikationsdesign, Bad Oeynhausen
he · Herstellung: LW
Satz: Buch-Werkstatt GmbH, Bad Aibling
Druck und Bindung: GGP Media GmbH, Pößneck
ISBN: 978-3-570-31232-2
Printed in Germany

www.cbj-verlag.de

»On ne naît pas femme: on le devient.«
(Man wird nicht als Frau geboren,
man wird dazu gemacht.)
– SIMONE DE BEAUVOIR

»Mach dich hübsch«, hatte er ihr ins Ohr geflüstert. »Ich lade dich zu einem zweiten Frühstück ein.«

Er war so fürsorglich gewesen.

Unheimlich fürsorglich.

Sie hatte fest daran geglaubt, dass er ihr wirklich eine Freude bereiten wollte.

Zuerst liefen sie ein bisschen durch die Stadt. Er steuerte die Schaufenster viel zu teurer Läden an, den Arm um ihre Schultern, den Kopf hoch erhoben, als gehörte ihm die Welt.

Ein mohnrotes Kleid mit tiefem Ausschnitt ließ seine Augen glänzen. Wortlos zog er die Tür auf und stieß sie in ein Geschäft, in dem selbst die Kleiderbügel vornehm wirkten.

Es passte nicht. War ihr um die Hüften zu weit und schlackerte um die Taille.

Seine Enttäuschung war nicht zu übersehen.

Sie probierte andere Kleider an. Trat aus der Umkleidekabine, ausgebeulte Socken an den Füßen, und drehte sich verlegen unter seinem kritischen Blick.

Keines gefiel ihm.

Er zerrte sie so grob aus dem Laden, dass sie beinah hingefallen wäre. Vereinzelte Schneeflocken schwebten aus dem braunen Himmel herab. Eine setzte sich auf ihre Wimpern, hauchzart.

Sie schloss die Augen.

»Was hast du dir gewünscht?«

»Das darf man nicht verraten, sonst geht der Wunsch nicht in Erfüllung.«

Das Café war bis auf den letzten Platz besetzt. Ein stetiges Murmeln erfüllte den überheizten Raum, ab und zu durchbrochen von einem Lachen oder dem Scharren eines Stuhls, der zurechtgeschoben wurde.

Er hatte einen Tisch am Fenster reservieren lassen. Von ihrem Platz aus konnte sie den Schneefall beobachten, der stärker geworden war. Dicke Flocken fielen sanft und gemächlich nieder und malten den vorübereilenden Menschen Pelze auf die Jacken und Mäntel.

»Was hast du dir gewünscht?«

Sie antwortete mit einem Lächeln, doch hinter dem Lächeln wurde die Angst wach, die immer und überall auf der Lauer lag.

Nicht hier, dachte sie. Bitte. Nicht hier.

Je angestrengter sie versuchte, nicht an ihren Wunsch zu denken, desto größer wurde er in ihrem Kopf.

Nein. Nein!

Manchmal konnte er Gedanken lesen.

»Du weißt, ich kriege es sowieso raus.«

Es lag jetzt etwas Schmeichelndes in seiner Stimme, dem sie jedoch nicht trauen durfte. Ebenso wenig wie der Heiterkeit, die er plötzlich ausstrahlte.

Die beiden Schulschwänzerinnen am Nebentisch himmelten ihn an. Ihre Aufmerksamkeit ließ ihn zur Höchstform auflaufen. Er war fast wie am Anfang. Seine Worte, seine Gesten, sein Lachen, seine lockere, lässige Art, all das hatte sie bezaubert.

Damals.

Es war noch gar nicht so lange her.

Der Schnee blieb liegen. Die Autos trugen schon weiße Hauben. Die Menschen hatten Schirme aufgespannt.

»Was hast du dir gewünscht?«

Er schlug mit der Faust auf den Tisch, dass die Tassen auf den Tellern hüpften und sämtliche Köpfe sich zu ihnen umdrehten.

Und sie hatte sich schon in Sicherheit gewähnt.

»Sag es mir!«

»Bitte ...«

»Wieso flüsterst du?«

»Die Leute ...«

»Was du dir gewünscht hast, will ich wissen!«

Sie musste sich einen Wunsch ausdenken. Etwas aus dem Ärmel ziehen, das ihn besänftigen würde.

Es schien, als würde das gesamte Café die Luft anhalten und auf ihre Antwort warten.

»Ich hab mir gewünscht, mit dir zu verreisen.«

»So. Das hast du dir gewünscht.«

Sie nickte.

»Sie hat sich gewünscht, dass wir verreisen«, sagte er mit einem Zwinkern zu den Mädchen am Nebentisch.

Er wandte sich ihr wieder zu. Seine Augen verengten sich.

»Ist das die Wahrheit?«

Sie nickte. Ihr Mund war trocken vor Angst.

Die Mädchen packten ihre Sachen zusammen und schlüpften eilig in ihre Jacken.

Der Wunsch ...

Sie durfte nicht an ihn denken ...

»Es ist eine verdammte Lüge!«

Nicht an ihn denken ...

»Du bist eine verdammte Lügnerin!«

Durch ihre Augen starrte er in ihren Kopf.

»Sag es!«

Tief in ihn hinein. Dorthin, wo all ihre Geheimnisse lagen.

»Sag, dass du eine Lügnerin bist!«

Seine Finger griffen nach ihrem Arm. Gruben sich ihr ins Fleisch.

»Wird's bald?«

»Ich ...«

»Weiter!«

»Ich ... bin eine ... Lügnerin.«

»Lauter!«

»Ich ...«

»Lauter!«

»Ich. Bin. Eine. Lügnerin.«

Es war totenstill im Café. Alle hatten den Blick abgewandt.

Ihre Worte zitterten noch in der Luft, die so trügerisch nach Kaffee, Kuchen und Behaglichkeit roch.

»Entschuldige dich dafür!«

»Es ...«

»Lauter!«

»Es ... tut mir ... leid.«

»Na siehst du.«

Seine Stimme war mit einem Mal zärtlich und sanft. Mit dem Daumen wischte er ihr die Tränen von den Wangen.

»War doch gar nicht so schwer.«

Sein Blick streichelte ihr Gesicht. In seinen Augen sah sie sein Verlangen.

»Und jetzt sagst du mir, was du dir gewünscht hast.«

Ich habe mir gewünscht, du wärst tot.

Sie dachte es nur.

Und schwieg.

Noch eine Lüge würde er ihr erst recht nicht glauben.

Er knüllte seine Serviette zusammen, warf das Geld auf den Tisch und zog sie vom Stuhl. Durch das Spalier befremdeter Blicke stolperte sie hinter ihm her, hinaus in den Schnee, der so weiß und rein und schön vom Himmel fiel.

1

Schmuddelbuch, Montag, 2. Mai, sechs Uhr früh

Björn duscht gerade. Sein Rucksack steht schon gepackt im Flur. Wenn ich heute aus der Redaktion komme, werde ich wieder allein in meiner Wohnung sein. Ich kann mir das kaum noch vorstellen, nachdem Björn die vergangenen Wochen bei mir gelebt hat.

Ich habe alles getan, um ihn von seiner Trauer um Maxim abzulenken. Doch *alles* ist nicht genug, wenn eine Liebe tot ist. Wer wüsste das besser als ich.

Fluchend trat Romy auf das Bremspedal. Fast wäre sie bei Rot über die Ampel gerauscht.

»Hey«, sagte Björn, den es heftig nach vorn geworfen hatte. Er lockerte den Sicherheitsgurt und sah seine Schwester forschend an. »Was ist los mit dir?«

»Ich will nicht, dass du wegfliegst!«

»Du hast mich selbst dazu überredet.«

»Weiß ich.«

»Und?«

»Ich will ja, dass du fliegst …«

Romy ließ die Ampel nicht aus den Augen. Das half gegen die Tränen, die sich wieder mal für einen großen Auftritt sammelten. Dabei hatte sie sich vorgenommen, nicht zu heulen. Bloß nicht. Sonst würde Björn seinen Flug sofort canceln.

»Halt mal bitte an«, bat er sanft.

»Scherzkeks! Wo denn?«

Sie befanden sich mitten auf der Severinsbrücke und quälten sich, Stoßstange an Stoßstange, im Schneckentempo voran. Der grandiose Blick auf den Dom und die Kranhäuser ließ Romy keine Sekunde lang vergessen, dass sie sich beeilen mussten, wenn Björn seine Maschine rechtzeitig erreichen wollte.

Björn legte die Hand auf Romys Arm.

»Soll ich bleiben?«

»Nein.«

»Würd ich aber gern.«

Romy spürte sein Lächeln, ohne hinzugucken.

»Das könnte dir so passen! Du machst dir gefälligst ein paar schöne Tage bei unseren Eltern und kommst frisch und munter zurück.«

Sie waren Zwillinge und von Geburt an unzertrennlich, auch wenn Romy sich für ein Leben in Köln entschieden hatte, während Björn in Bonn gelandet war. Sie telefonierten täglich, und das Bewusstsein, dass nur etwa eine halbe Stunde Autobahn zwischen ihnen lag, ließ sie die Trennung gar nicht als solche empfinden.

»Frisch und munter? Machst du Witze?«

Ihre Eltern waren halbe Nomaden. Mittlerweile waren sie in einer Finca auf Mallorca gestrandet, wo sie eine Kunstgalerie eröffnet hatten. Das erste ihrer unzähligen Projekte, das funktionierte.

Ihre Elternrolle hatten sie so gut wie nie ausgefüllt. Sie waren Paradiesvögel, die es nicht lange an einem Ort hielt. Obwohl das für Romy und Björn schwere Jahre im Internat bedeutet hatte, eine schmerzhafte Abnabelung in der Kindheit und ein vorzeitiges Erwachsenwerden, hatten die Eltern auch ihre guten Seiten. Sie waren fantasievoll, optimistisch und humorvoll.

Wenigstens das.

»Sie sind so furchtbar anstrengend«, stöhnte Björn.

Das waren sie wirklich, aber Björn brauchte dringend einen Tapetenwechsel.

Er hatte Schlimmes durchgemacht. Es war noch keine zwei Monate her, da hatte er seine große Liebe verloren und beinah sein Leben.

Es war ein Thema, das sie nur selten berührten. Björn hatte beschlossen, nicht darüber zu sprechen. Obwohl die meisten ihrer Freunde der Meinung waren, er solle eine Therapie machen und sich helfen lassen, konnte Romy ihren Bruder gut verstehen. Warum sollte er nicht zunächst einmal versuchen, allein damit fertig zu werden?

»Ich muss das alles erst sacken lassen«, hatte er gesagt.

Romy fürchtete sich vor dem Tag, an dem Maxim seinen Platz in Björns Leben erneut beanspruchen würde.

Unter dem verhangenen Morgenhimmel war der Rhein wie flüssiges Blei. Selbst die Luft wirkte grau. Das passte zu Romys Stimmung. Sie hätte gern etwas Komisches gesagt, um Björn zum Lachen zu bringen, doch ihr fiel nichts ein.

Als der Flughafen vor ihnen auftauchte, hätte sie am liebsten auf der Stelle kehrtgemacht.

Was, wenn das Flugzeug abstürzte?

Wenn es entführt wurde?

»Ich möchte allein reingehen«, sagte Björn. »Lass mich einfach hier raus.«

Romy nickte. Sie hatten sich in ihrem Leben schon so oft von Menschen verabschieden müssen. Vielleicht fielen ihnen deswegen selbst kleine Abschiede so furchtbar schwer.

Sie hielt an, und sie stiegen aus, um den Rucksack aus dem Kofferraum zu holen.

»Jetzt hast du deine Wohnung wieder für dich allein«, sagte Björn mit einem schiefen Grinsen.

»Darauf hab ich echt hingefiebert«, antwortete Romy. »Was glaubst du, warum ich dich zu diesem Trip überredet habe?«

Björn nahm sie in die Arme.

»Pass auf dich auf!«

Romy nickte. Sie gab ihm einen Kuss auf die Wange.

»Und du auf dich.«

»Klar.«

»Und wenn das Flugzeug abstürzt, setzt du dich auf eine Wolke und wartest, bis sie dich da runterholen, ja?«

»Wird gemacht.«

»Grüß Mama und Papa.«

Björn hielt sie ein Stück von sich ab und musterte sie, als wollte er sich ihren Anblick einprägen. Im nächsten Augenblick hatte er sich den Rucksack geschnappt und eilte mit langen Schritten auf das Flughafengebäude zu.

Er drehte sich nicht mehr um.

Romy fuhr los. Sie nahm sich vor, nicht zurückzublicken. Doch dann tat sie es doch. Sie sah einen Haufen Menschen im Rückspiegel. Von Björn keine Spur.

Gut so, dachte sie. Gut.

Aber warum fühlte sie sich dann so mies?

Um halb neun kam sie in der Redaktion an, im Grunde zu früh, denn sie musste erst um zehn da sein. Dafür konnte sie vielleicht heute mal früher Schluss machen.

Sie arbeitete nun schon seit über einem halben Jahr beim *KölnJournal* und bekam immer noch Gänsehaut, wenn sie durch das geschäftige Treiben zu ihrem Schreibtisch ging, der hinten im Raum in einer Ecke stand.

Ein perfekter Platz, von dem aus sie alles sehen konnte.

Heute war noch nicht viel los. Romy stellte ihre Tasche ab und warf einen Blick zu der Glasfront, die Gregs Büro abgrenzte. Er war immer der Erste in der Redaktion. Auch jetzt saß er an seinem Schreibtisch und telefonierte. Mit der freien Hand machte er ihr ein einladendes Zeichen. Sie nickte und schaltete ihren Computer an.

Als Greg mit Telefonieren fertig war, ging sie hinüber und klopfte an seine Tür.

»Ja!«

Seine Stimme klang ziemlich einschüchternd, wenn er schlecht drauf war, und das war er oft. Er lebte allein, aus Überzeugung, wie er behauptete, und er trank zu viel. Keine gute Mischung, dachte Romy wieder, als sie die Tränensäcke unter seinen Augen bemerkte. Aber vielleicht hatte er auch nur mit seinen Dämonen zu kämpfen.

»Setz dich.«

Gregory Chaucer, Journalist und Verleger aus Leidenschaft, rieb sich nachdenklich über seinen Dreitagebart, während er Romy aus schmalen Augen betrachtete.

»Du siehst fertig aus, Mädchen.«

Niemandem außer Greg würde Romy erlauben, sie *Mädchen* zu nennen. Bei ihm war es keine Herabsetzung. Es war auf verquere Art und Weise sogar so etwas wie Wertschätzung.

»Ich hab in aller Herrgottsfrühe meinen Bruder zum Flughafen gefahren.«

Greg nickte.

»Er fliegt nach Mallorca. Vielleicht gelingt es meinen Eltern ja, ihn auf andere Gedanken zu bringen.«

Greg nickte wieder.

»Oder er verliebt sich neu.«

Doch daran glaubte Romy selbst nicht. Wie oft im Leben begegnete man einer großen Liebe?

Greg wusste von der Geschichte. Alle wussten davon, denn jede Zeitung hatte sich darüber hergemacht.

Ein Schwulenmörder geht um im Raum Köln-Bonn.

Brutaler Mörder sagt Schwulen den Kampf an.

Der Schwulenmörder hat wieder zugeschlagen.

Schwulenmörder endlich gefasst.

Auch das *KölnJournal* hatte darüber berichtet, doch weil Greg das Thema zur Chefsache erklärt hatte, war die Berichterstattung knapp und objektiv gehalten worden, sehr zum Ärger der Mitarbeiter, die sich um die Story gerissen hatten.

»Wie geht es dir?«, fragte Greg.

»Ich bin okay.«

Romy hatte nicht vor, sich über ihre Gefühle auszulassen. Vor allem jetzt nicht, wo Björn gerade irgendwo da oben in der Luft war und sie sich wie amputiert vorkam. Vielleicht war das hier ein guter Zeitpunkt, um etwas Neues vorzuschlagen.

»Ich wollte sowieso mit dir reden, Greg. Ich hätte da ein Thema, das mir schon eine Weile durch den Kopf geht.«

Seine Augen wurden noch ein wenig schmaler. Ihre Alleingänge in der Vergangenheit hatten ihn misstrauisch gemacht.

»Wir haben doch zum Weltfrauentag am achten März eine große Sache gebracht.«

Er nickte.

»Ich finde aber, das Thema ist noch nicht erschöpfend behandelt worden.«

Greg runzelte die Stirn. Er griff nach einem Kugelschreiber und drehte ihn zwischen Daumen und Zeigefinger.

» In dem Artikel ging es um alles Mögliche: Unterdrückung und Emanzipation, Frauenrechte und die Frauenquote, um veränderte Moralvorstellungen und die neuesten Scheidungszahlen und was weiß ich nicht noch alles. Aber es ging nicht um *Frauenhäuser*, nicht darum, dass wir *überhaupt* Frauenhäuser brauchen, um Frauen und Mädchen vor ihren Vätern, Ehemännern und Freunden zu schützen. Das ist ein Skandal, über den viel zu wenig gesprochen wird.«

»Was stellst du dir vor?«

»Ich möchte über solche Frauen schreiben. Ihre Geschichte kennenlernen, Einblick in ihr verstecktes Leben gewinnen.«

»Und du glaubst, die gewähren einer Journalistin Zutritt zu einem ihrer Häuser?«

»Es ist meine Aufgabe, sie dazu zu bringen.«

Die Falten auf Gregs ohnehin schon zerfurchter Stirn vertieften sich. Er begann am Ende des Kugelschreibers zu knabbern. Nachdenklich fingerte er mit der freien Hand an einem Papierstapel herum. Offenbar erwog er, inwieweit die Sache für sie gefährlich werden konnte.

Ungeduldig knibbelte Romy an ihrem Daumennagel, den sie sich in der Hektik heute früh eingerissen hatte.

Endlich hob Greg den Kopf und sah ihr in die Augen.

»Okay.«

Einfach so?

Romy hatte mit mehr Gegenwehr gerechnet. Verblüfft stand sie auf und ging zur Tür.

»Vielen Dank, Greg.«

»Und … Romy …«

Sie drehte sich um, die Klinke in der Hand.

»Ja?«

»Du bist vorsichtig, verstanden?«

»Bin ich doch immer, Chef.«

»Sehr witzig.«

»Diesmal bin ich es. Du kannst dich auf mich verlassen, Greg.«

»Wieso beruhigt mich das nicht?«

Romy hob lächelnd die Schultern und schlüpfte aus dem Büro, bevor er es sich anders überlegen konnte.

*

Fleur hasste überfüllte Straßenbahnen. Sie ertrug es nicht, Fremden so nah zu sein. Sie hielt ja nicht einmal die Nähe zu den Menschen aus, die sie kannte.

Neben ihr stand ein abgerissener Typ mit komplett tätowiertem Hals. Obwohl er sich an einer Halteschlaufe festhielt, schwankte er hin und her und rückte ihr bedrohlich auf die Pelle.

Anscheinend war er gerade aus dem Fitnessstudio gekommen. Dafür sprachen seine ausgeprägten Muskeln, die das enge Shirt beinah sprengten, die abgewetzte Sporttasche zu seinen Füßen und der riesige dunkle Fleck unter seiner Achselhöhle.

Er hatte sich großzügig mit Deo eingesprüht, das jedoch den scharfen Schweißgeruch nicht überdeckte.

Fleur hielt die Luft an.

Als sie nicht mehr konnte, drehte sie sich zur Seite und blickte direkt in das hochrote Gesicht einer älteren Frau, die sie missmutig anstarrte, als nähme sie ihr höchstpersönlich übel, keinen Sitzplatz abgekriegt zu haben.

Rasch schaute Fleur wieder aus dem Fenster.

Ihr Herz schlug viel zu schnell.

Graue Häuser glitten vorbei, graue Straßen und graue Menschen. Es war einer dieser Tage, die falsch anfingen und nur falsch enden konnten.

Lass dich nicht hängen, sprach sie sich selbst Mut zu. Man kann aus allem was machen, selbst aus so einem Tag.

Sie konzentrierte sich auf einzelne Menschen da draußen, auf Schaufenster und Plakate. Sog jede Farbe auf, jedes Lächeln, jeden einzelnen Grund, das Leben schön zu finden.

Allmählich beruhigte sich ihr Herzschlag wieder.

Sie atmete so flach wie möglich, um dem säuerlichen Schweißgeruch ihres Nachbarn zu entgehen, schmunzelte unwillkürlich über einen Hundewelpen, der sich auf dem Bürgersteig erbittert gegen die Leine wehrte, die ihn weiterzog.

Ein Lächeln!

Na bitte. Der Anfang war gemacht.

Noch drei Stationen, dann war sie zu Hause.

Zu Hause.

Früher hätte sie ein fremdes Zimmer nicht ihr Zuhause genannt. Früher. Als ihr Leben noch ganz gewesen war.

Sie konnte sich kaum noch an die Zeit erinnern. Als hätte ihr wirkliches Leben erst mit dem Abend begonnen, an dem sie … *ihn* kennengelernt hatte.

Vorsicht!

Es war nicht gut, an ihn zu denken. Oder gar seinen Namen auszusprechen.

Ihre Großmutter hatte immer behauptet, man könne Dinge durch die bloße Kraft der Gedanken heraufbeschwören, im Guten wie im Bösen.

Besonders im Bösen.

»Und wenn sich die gefährlichen Gedanken erst einmal in dir ausgebreitet haben, kannst du sie mit positiven nicht mehr unschädlich machen.«

Aber Mikael pflegte ohne jede Vorwarnung in Fleurs Gedanken aufzutauchen und ließ sich nur schwer wieder daraus vertreiben.

Fleur lockerte das Tuch, das sie um den Hals geschlungen trug. Panik stieg in ihr auf und katapultierte sie in den

Abschnitt ihres Lebens zurück, den sie unbedingt vergessen wollte. Ihr wurde übel. Sie zitterte am ganzen Körper.

Zog sich in sich selbst zurück. Baute eine Mauer aus Abwehr.

Als sie den irritierten Blick des Tätowierten wahrnahm, war sie bereits einige Haltestellen zu weit gefahren, ohne es zu bemerken. An der nächsten Station drängte sie aus der Bahn.

Draußen legte sie den Kopf in den Nacken und sog die kühle Luft ein. Es war ihr gleichgültig, dass sie von Abgasen geschwängert war. Hauptsache, ihre Lunge füllte sich wieder mit Sauerstoff.

Sie schaute sich um. Versuchte herauszufinden, wo sie gelandet war.

Fleur kannte sich in Köln noch nicht besonders gut aus. Sobald sie die vertrauten Pfade verließ, die man ihr gezeigt hatte, verlor sie die Orientierung.

Kein Problem, versicherte sie sich selbst.

Überhaupt kein Problem.

Sie ging zu der Haltestelle auf der gegenüberliegenden Straßenseite und wartete auf die Bahn, die in die Gegenrichtung fuhr.

Gut gelöst.

Kein Problem.

Doch die Angst, die sie immer noch spürte, würde erst aufhören, wenn sie wieder in ihrem Zimmer und in Sicherheit war.

*

Mikael war nicht bei der Sache. Schon den ganzen Morgen nicht.

»Entschuldigung«, sagte er. »Ich war mit den Gedanken woanders. Was hatten Sie gefragt?«

»Vergessen Sie's!«

Verärgert wandte der Patient sich ab, humpelte auf seinen Krücken zur Glastür, öffnete sie und trat auf den Balkon hinaus. Dort zog er ein zerknittertes Päckchen und ein Einwegfeuerzeug aus der Tasche seines ausgeblichenen Bademantels und zündete sich eine Zigarette an. Der Rauch zerwehte ihm vor den Lippen.

Mikael wäre am liebsten auf den Balkon gestürmt und hätte dem Arschloch eine reingezogen. Was bildete der sich eigentlich ein? Glaubte er, etwas Besseres zu sein, bloß weil er Privatpatient war?

Er riss sich zusammen.

In letzter Zeit war er schon mit zu vielen aneinandergeraten. Die Zicke von Oberschwester hatte ihm bereits mit einer Abmahnung gedroht.

Das durfte er nicht riskieren.

Er brauchte das Geld, das er hier verdiente, auch wenn es lächerlich wenig war.

Dennoch knallte er beim Verlassen des Zimmers die Tür. Irgendwie musste er Druck abbauen. Vielleicht sollte er nach seinem Dienst ein paar Kilometer laufen. Oder ins Fitnessstudio gehen. Er kam viel zu selten dazu.

Das alles war Beas Schuld.

Dass sein Leben aus dem Ruder gelaufen war und er vor einem Scherbenhaufen stand.

Sie hatte ihn nicht nur verlassen – sie hatte sich förmlich in Luft aufgelöst. War aus der Wohnung verschwunden, dem Haus, der Straße und der Stadt.

Als hätte es sie nie gegeben.

Aber es hatte sie gegeben und es gab sie immer noch.

Er musste sie nur finden.

Mikael ging ins Stationszimmer. Er machte sich eine Tasse Tee und hoffte, er würde ihn diesmal auch trinken können, bevor er kalt geworden war.

Die ganze Nacht hatte er zu Hause am PC gesessen, wie immer auf der Suche nach einer Spur. Deshalb war er jetzt hundemüde.

Doch daran war er inzwischen gewöhnt. Er würde erst wieder schlafen können, wenn er Bea gefunden hatte.

Wenn er so weitermachte, würde es mit seinem Studium nicht mehr klappen. Dann konnte er sich gleich als Vollzeitpfleger einstellen lassen. Er wusste sowieso kaum noch, warum er Arzt werden wollte.

Ohne Bea machte nichts mehr einen Sinn.

Gerade hatte er den Teebeutel aus der Tasse gefischt, als mit lautem Summen wieder der Notruf aufleuchtete. Diesmal war es die Alte aus Zimmer 117. Zitierte ihn wegen jeder Kleinigkeit an ihr Bett, um ihn anzuschmachten und jede seiner Bewegungen mit hungrigem Blick zu verfolgen.

Seufzend machte Mikael sich auf den Weg. Er schlurfte vor Erschöpfung. Gleichzeitig spürte er diese Wut in sich, die ihn in letzter Zeit so gut wie nie verließ. Was hatte er davon, dass die Weiber verrückt nach ihm waren, wenn die eine, die einzige, die ihn interessierte, seine Liebe nicht wollte?

An manchen Tagen hatte er nicht übel Lust, sich eine Knarre zu besorgen und sämtliche Leute in dieser Klinik wegzuballern.

2

Schmuddelbuch, Montag, 2. Mai, neun Uhr

Die ersten Worte eines Artikels sind die Keimzelle des Ganzen. In ihnen ist alles Weitere angelegt. Deshalb muss man sich mit der Entscheidung für sie Zeit lassen und sie gründlich bedenken. (O-Ton Greg.)

Meistens halte ich mich daran, doch diesmal sind sie da, meine ersten Worte, bevor ich überhaupt mit der Recherche angefangen habe:

Frauenhaus.

Ein Haus für Frauen.

Aus aller Herren Länder flüchten sie sich hierher.

Aus aller HERREN Länder!!!

Es stimmt. In den ersten Worten ist bereits alles enthalten …

Die Anschrift der beiden autonomen Frauenhäuser der Stadt wurde geheim gehalten, um die Bewohnerinnen zu schützen. Lediglich das Büro als Anlaufstelle war allgemein bekannt. Es lag mitten in Köln-Ehrenfeld.

Romy hatte das unverschämte Glück, einen Parkplatz in der Körnerstraße zu finden, ganz in der Nähe eines kleinen Cafés, das den Namen *Café Sehnsucht* trug. Der gefiel ihr, und so beschloss sie, hier die halbe Stunde Wartezeit zu überbrücken, die sie ursprünglich für Stau und Parkplatzsuche einkalkuliert hatte.

Das Café war gut besucht. Romy setzte sich an einen freien Tisch im Wintergarten. Er war reserviert, jedoch erst ab elf. Jetzt war es kurz vor halb.

Während sie auf ihren Cappuccino wartete, nahm sie die Einzelheiten in sich auf. Die plaudernden und lachenden Mädchen zu ihrer Linken. Den älteren Mann am Tisch gegenüber, der immer wieder über den Rand seiner Zeitung spähte und ihren Blick suchte. Die drei gestriegelten und gebügelten Businesstypen, die ihr Gespräch ständig unterbrachen, um ihr Smartphone-Orakel zu befragen: Wie wird das Wetter? Wie steht der DAX? Wo ist Stau?

Über allem lag ein Hauch von Verwahrlosung, der aber nicht störte, dem Café im Gegenteil einen besonderen Reiz verlieh. Da machte es nichts, dass die weißen Gartenmöbel auf der Terrasse ihre frische Farbe verloren hatten und die Fensterscheiben vom Regen der vergangenen Wochen schmutzig waren.

Romy hätte dieses Café allein schon wegen des riesigen Posters gemocht, das an der Trennwand von Innenraum und Wintergarten hing – eine Fotografie des farbenfrohen Fensters, das Gerhard Richter für den Dom geschaffen hatte.

Es war Romys Lieblingsfenster und seit Jahren ein Zankapfel der Kölner, von denen etliche es unbegreiflicherweise immer noch für misslungen hielten.

Nachdem sie ihren Cappuccino getrunken und bezahlt hatte, schulterte Romy mit einem Gefühl des Bedauerns ihre Tasche und machte sich auf den Weg.

Zwei Minuten später betrachtete sie das weiße, schmucklose Haus, das sich genau auf der Ecke Stammstraße/Körnerstraße befand und dadurch ein bisschen wirkte wie ein Schiff, dessen Bug die Wellen zerteilt.

Das Büro lag im Erdgeschoss. Die hohen Fensterscheiben

waren von innen mit Plakaten beklebt und mit Hinweisen auf Veranstaltungen, Bücher und Theaterstücke von Frauen für Frauen.

Einfache, transparente Vorhänge schützten vor zu viel Neugier.

Vor der Bar an der gegenüberliegenden Ecke standen ein paar Männer, die sich rauchend unterhielten. Was dachten sie wohl über dieses Büro, in dem die Geschicke der beiden anonymen Frauenhäuser Kölns verwaltet wurden und dessen bloße Existenz ja eigentlich ein Vorwurf an ihre Geschlechtsgenossen war?

Rose Fiedler öffnete Romy die Tür. Sie telefonierte, während sie sie in ihr Büro führte, und bat sie mit einer Geste, auf dem Besucherstuhl vor ihrem Schreibtisch Platz zu nehmen.

Ihre Stimme klang angenehm, nicht zu hoch und nicht zu tief. Sie strahlte Ruhe und Gelassenheit aus, was bei diesem Job bestimmt sehr hilfreich war. Romy bemerkte kaum wahrnehmbare Reste eines niederländischen Akzents.

Sie sah sich um.

Alles in diesem Raum wirkte irgendwie provisorisch. Als hätte man es nur kurz hier abgestellt, um es bei der ersten Gelegenheit durch die richtigen Möbel zu ersetzen, die richtigen Bücher, die richtigen Kinderspielsachen.

Dennoch empfand Romy eine unerwartete Behaglichkeit, unter der sie sich allmählich entspannte.

Als Rose Fiedler das Telefongespräch beendet hatte, legte sie das Handy weg und streckte die Hand aus, um ihre Besucherin zu begrüßen.

»Wir haben eine Dokumentation über unsere Häuser gedreht«, kam sie gleich zur Sache und rückte sich auf ihrem Schreibtischsessel zurecht. »Wir können sie gemeinsam anschauen, wenn Sie mögen.«

Romy begriff, dass die Zeit hier knapp war, weil man sie mit Wichtigerem füllen musste als mit Worten.

»Wir holen die Presse gern ins Boot, um auf uns aufmerksam zu machen«, erklärte Rose Fiedler. »Auf unsere Arbeit überhaupt und auf einen eklatanten Missstand: Köln braucht dringend ein drittes Frauenhaus. Im vergangenen Jahr haben wir über fünfhundert Frauen abweisen müssen. Über fünfhundert! Das ist unerträglich.«

Die Tür ging auf und eine junge Frau in Romys Alter trat ein.

»Das ist Jelena. Sie macht ein Praktikum bei uns und möchte gern an unserem Gespräch teilnehmen.«

»Hallo, Jelena. Ich bin Romy.«

Jelena reichte Romy eine schlanke, kühle Hand und lächelte sie strahlend an.

»Magst du einen Tee?«

»Du kannst zwischen schwarzem, grünem und Roibuschtee wählen«, erklärte Rose Fiedler, ebenfalls zwanglos zum *Du* übergehend.

Romy entschied sich für Roibusch. Wenig später folgte sie den beiden mit einem dampfenden Becher in der Hand in ein weiteres Büro, in dem ein Fernseher auf einem niedrigen weißen Tisch stand. Sie zogen sich Stühle heran und waren Sekunden später in die Dokumentation vertieft, in der ehemalige Bewohnerinnen der beiden Häuser ihre Geschichte erzählten und Mitarbeiterinnen über ihre Arbeit sprachen.

Romy war dankbar für diesen Film, denn er vermittelte ihr ein Gespür für das Innere der Frauenhäuser, das sie möglicherweise doch nicht zu Gesicht bekommen würde.

Die Frauen, die in dem Film gemeinsam in der Küche standen und kochten, wirkten wie die Mitglieder einer zwanglosen

Wohngemeinschaft. Man sah ihnen nicht an, dass es Gewalt gewesen war, die sie hierhergetrieben hatte.

»Dann hat er mir gedroht, die Kinder und mich zu verbrennen«, berichtete eine der Frauen mit gefasster Stimme. »Da hab ich ein paar Sachen gepackt, für jeden eine Garnitur zum Wechseln, und bin mit den Kindern weggelaufen.«

Der Absturz von den farbenfrohen, beinah fröhlichen Bildern bis zu dieser Schilderung war ungeheuerlich. Romy saß wie erstarrt. Fröstelnd hörte sie einer anderen Frau zu, die in einfachen, eindringlichen Worten ihr jahrelanges Martyrium beschrieb.

»Er hat mich geschlagen und getreten. An den Haaren hat er mich durch die Wohnung geschleift. Mich tagelang eingesperrt. Irgendwann kamen zufällig Freundinnen vorbei, die mich und die Kinder da rausgeholt haben. Ich hatte immer behauptet, schon von der kleinsten Berührung blaue Flecken zu kriegen. Aber sie glaubten mir schon eine ganze Weile nicht mehr.«

Auch die Kinder kamen zu Wort.

»Einmal hat Papa im Wohnzimmer geschlafen und ich wollte etwas aus dem Schrank holen. Da ist Papa wach geworden. Er war sehr böse. Er hat mich hochgehoben und aus dem Fenster gehalten und gesagt, dass er mich das nächste Mal, wenn ich ihn aufwecke, runter auf die Straße fallen lässt.«

Das Mädchen war elf oder zwölf. Sie beschrieb den Vorfall äußerlich vollkommen unbewegt, was Romys Grauen nur verstärkte.

Was musste dieses Mädchen ausgehalten haben, bis ihr Weg sie mit der Mutter und den Geschwistern ins Frauenhaus geführt hatte. Und wie viele Therapiesitzungen hatte sie wohl gebraucht, um über das sprechen zu können, was ihre Welt aus den Angeln gehoben hatte.

Nach zwanzig Minuten war der Film zu Ende. Romy merkte, dass sie den Atem angehalten hatte. Sie würde die Bilder nie mehr aus ihrem Kopf vertreiben können.

Sie rückten die Stühle zurecht und kehrten in das Büro zurück, in dem sie zuerst gewesen waren.

Der Tee war kalt geworden.

Zuerst redeten sie kein Wort.

»Ich bin gespannt auf deine Meinung«, brach Rose schließlich das Schweigen. »Du bist die Erste, die den Film gesehen hat. Sogar für Jelena war es eine Premiere, obwohl sie in ein paar Einstellungen zu sehen war.«

»Er ist sehr gut«, sagte Romy. »So unaufgeregt. Und dadurch macht er die Gewalt erst recht spürbar.«

Rose lächelte.

»Eigentlich hat er die meisten meiner Fragen schon beantwortet. Aber ein paar habe ich noch.«

Romy klappte ihr Notizbuch auf.

»*Café Sehnsucht*. Und dann dein Vorname. *Rose*. Das klingt, als wäre beides eigens für dieses Haus gemacht, das für so viele Frauen der einzige Hoffnungsschimmer ist.«

»Stimmt.« Rose lächelte. »Auch einige unserer Mitarbeiterinnen haben Namen, die in diese Richtung gehen. *Deniz* (das Meer), *Ikbal* (das Glück) oder *Akina* (Frühlingsblume). *Deniz* ist Türkisch, *Ikbal* Arabisch und *Akina* Japanisch.«

Romy schob das Diktafon ein bisschen näher an Rose heran.

»Ich halte es für extrem wichtig, dass wir Mitarbeiterinnen aus möglichst vielen Ländern haben«, erklärte Rose. »Die Frauen müssen sich das Erlebte von der Seele reden, und wir müssen in der Lage sein, sie zu verstehen und ihnen zu antworten.«

»Gibt es einen Ort, den die Frauen besonders mögen?«

»Die Küche«, antwortete Jelena prompt. »Das ist der

Dreh- und Angelpunkt in beiden Häusern. Hier trifft man sich, um zu kochen, zu essen und Zeit miteinander zu verbringen.«

»In jedem Haus gibt es nur eine Küche«, erklärte Rose. »Auf diese Weise sind die Frauen gezwungen, am sozialen Leben teilzunehmen. Es ist sehr problematisch, wenn sie sich abkapseln, denn sie alle haben Traumata davongetragen. Oft tröstet es ein wenig, wenn man sieht, dass auch andere mit Schwierigkeiten zu kämpfen haben.«

»Und sie überwinden?«

»Ja. Natürlich ist es wunderbar, wenn man Fortschritte bei den Frauen beobachten kann.«

»Habt ihr mehr mit Fortschritten oder mit Rückschlägen zu tun?«

»Das kann man nicht so einfach beantworten. Immer wieder kommt es vor, dass Frauen einknicken und zu ihrem Mann zurückkehren. Und nicht selten geht das schlimm aus.«

Romy schauderte. Zu wissen, dass es Frauenhäuser gibt, war das eine. Jemandem gegenüberzusitzen, der dem Elend dieser Frauen ganz nah kam, das andere.

»Wie geht ihr damit um?«, fragte sie.

Rose hob die Schultern.

»Man darf die Probleme nicht mit nach Hause nehmen, sonst wird man verrückt. Zu Hause ist zu Hause. Da lebe ich mit meiner Familie, unserem Hund und niemandem sonst. Bis zum nächsten Morgen. Dann stehe ich auf, fahre hierher, öffne die Tür zu meinem Büro – und bin voll und ganz wieder im Einsatz.«

Jelena nickte bestätigend.

»Am Anfang«, gestand sie, »konnte ich kaum noch schlafen, weil ich immer wieder über das nachdenken musste, was ich tagsüber erlebt hatte.«

»Wie verkraftet ihr es, wenn einer der Frauen … etwas zustößt?«

»Vornehm formuliert.« Rose runzelte die Stirn. »Wenn ihnen etwas *zustößt*, bedeutet das furchtbare Gewalt, ausgeübt von dem Menschen, den sie trotz allem oft noch lieben. Wie ich damit umgehe?« Sie blickte aus dem Fenster, vor dem draußen ein paar kichernde Schülerinnen vorbeischlenderten. Gab sich einen sichtbaren Ruck. »Ich ertrage das nur, wenn ich mich an dem Positiven festhalte, das ja Gottseidank auch passiert.«

Es klopfte.

Zaghaft.

Fast hätten sie es überhört.

Dann öffnete sich die Tür einen Spaltbreit und ein Mädchen, etwa in Romys Alter, steckte den Kopf herein. Lange blonde Haare fielen ihr wie ein Vorhang um das Gesicht.

»Fleur!«

Rose stand auf und ging dem Mädchen mit ausgebreiteten Armen entgegen. Das Mädchen schob die Tür ganz auf und trat schüchtern ein.

»Da bin ich.«

»Wie schön, dass du dich zu diesem Schritt entschlossen hast.« Rose berührte sie sacht an der Schulter. »Das ist Romy Berner, von der ich dir erzählt habe. Sie recherchiert über das Leben in unseren Häusern. Romy? Das ist Fleur.«

Romy stand auf und streckte die Hand aus. Fleur ergriff sie und drückte sie leicht. Ihre Hand war zart wie die Hand einer Elfe und ihr Lächeln war hinreißend. Es schien von innen heraus zu glühen.

»Fleur. Ein schöner Name.«

»Hab ich mir ja auch selbst ausgesucht.«

Etwas überschattete plötzlich Fleurs Gesicht. Ein Gedanke. Eine Erinnerung.

Oder Angst.

Auch Jelena schien es wahrzunehmen.

»Hast du es dir anders überlegt?«, fragte sie.

Fleur schüttelte den Kopf. Sie lehnte sich mit dem Rücken an die Wand und verschränkte die Arme vor der Brust. Scheu beobachtete sie Romy.

»Möchtest du es Romy selbst erzählen?«, fragte Rose.

»Ja.«

Offenbar hatte sie eine Entscheidung gefällt. Ihr Blick wurde offener, versteckte sich nicht mehr hinter Vorsicht.

»Ich würde dir von meinem Leben berichten … wenn du willst.«

»Was?« Romy starrte sie überrascht an. »Befürchtest du denn nicht, dass der Mann, vor dem du dich versteckst, sich an dir rächt, wenn er jemals davon erfährt?«

»Das wird er sowieso tun, falls er mich hier findet.«

»Fleur ist schon eine ganze Weile auf der Flucht«, sagte Rose. »Sie ist verdammt tapfer. Das ist für sie ein großer Schritt nach vorn. Sie hofft, dass sie etwas bewirken kann, wenn sie ihre Geschichte öffentlich macht.«

»Verabreden könntet ihr euch über uns«, schlug Jelena vor.

Romy war überwältigt. Sie konnte es immer noch nicht so recht glauben. Sie stand auf und streckte wieder die Hand aus.

»Ich danke dir für dein Vertrauen, Fleur. Und ich verspreche dir, es nicht zu enttäuschen.«

Fleur ergriff ihre Hand und sah ihr in die Augen, als wollte sie abschätzen, ob man sich auf Romys Wort verlassen konnte. Dann kehrte das umwerfende Lächeln auf ihr Gesicht zurück.

»Ich melde mich bei dir«, sagte sie und verließ das Büro.

Es war, als wäre es im Raum dunkler geworden.

Romy stellte den Rest der Fragen, die sie sich notiert hatte, und Rose nahm sich die Zeit, sie ausführlich zu beantworten.

Als sie später auf die Straße trat, war ihr Kopf schwer von all den Eindrücken und Informationen. Gleichzeitig fühlte sie sich leicht wie ein Schmetterling. Sie hatte mehr erreicht, als sie in ihren kühnsten Träumen erhofft hatte.

Manchmal lief es wirklich wie geschmiert.

*

Mikael hatte schon immer gefunden, dass nichts über ein gutes Netzwerk ging. Er kannte Land und Leute und wusste bei jedem Problem genau, wen er ansprechen konnte. Seit Jahren bastelte er unermüdlich daran.

Jetzt zahlte sich seine Hartnäckigkeit aus.

Mit Juri hatte er die Schulbank gedrückt und den Kontakt nach dem Abi nicht abbrechen lassen. Obwohl er ihn nicht als Freund bezeichnen würde, ihn nicht mal besonders schätzte. Er war ein Kumpel, mit dem er sich ab und zu auf ein Bier traf.

Aber auch Kumpel waren wichtig.

Juri hatte nach dem Abi eine Ausbildung bei der Polizei angefangen, sie jedoch nicht durchgehalten. Mehrmals war er mit seinen Ausbildern zusammengerasselt, bis er schließlich selbst die Reißleine gezogen hatte. Eine Zeitlang hatte er herumgehangen, bevor er sich dazu entschlossen hatte, eine Ausbildung zum Detektiv zu machen.

Mikael war bis dahin nicht klar gewesen, dass es überhaupt möglich war, diesen Beruf von der Pike auf zu erlernen, und er war sich nicht sicher, ob Juri mit dem Besuch einer privaten Detektivschule nicht in irgendeine windige Sache hineingeraten war, die ihm letztlich nichts bringen würde.

Er hatte jedoch beschlossen, auf die Charaktereigenschaften seines alten Kumpels zu vertrauen. Juri war neugierig, zäh und skrupellos. Wenn nötig, ging er über Leichen.

Sie hatten sich in Juris Wohnung in der Alaunstraße verabredet. Juri lebte dort in einer WG mit zwei Freunden, die offiziell an der Dresdner Hochschule für Technik und Wirtschaft BWL studierten, in Wirklichkeit jedoch als Türsteher in einer der angesagtesten Diskos der Stadt arbeiteten.

In ihrer Nähe hatte man das Gefühl, vom einen auf den andern Augenblick geschrumpft zu sein. Sie waren das Klischee von Türstehern – groß, muskulös und mit tätowiertem Bizeps. Zu einem Studium passten sie wie eine Heavy Metal Band zu den Wiener Sängerknaben.

Juri führte Mikael in die unaufgeräumte Wohnküche, wo noch das Geschirr vom Vorabend auf den Abwasch wartete. Leere Bierflaschen drängten sich auf der Spüle zwischen Tellern, Töpfen, Salatresten und vertrockneten Toastscheiben. Das Pfand hätte einen Obdachlosen für einen ganzen Tag satt gemacht.

Während Juri den Tisch freiräumte, stand Mikael am Fenster und schaute auf den großen Innenhof hinunter.

Ein Gewirr von Mauern, die zum großen Teil von Efeu und anderem Kletterzeug bewachsen waren. Ein Golden Retriever wälzte sich ausgelassen auf einem winzigen Rasenstück. Eine bunte Katze balancierte auf dem Dach eines weißen Pavillons. Verlockende Essensgerüche drangen durch das gekippte Fenster.

Dreizehn Uhr.

Allmählich kamen die Kinder aus der Schule.

Mikael wandte sich vom Fenster ab und beobachtete Juri, der mit einem bakteriell hochgradig verseucht wirkenden Lappen den Holztisch abwischte.

»Bier?«, fragte Juri über die Schulter. »Oder Kaffee?«

»Nichts«, antwortete Mikael.

Er war nicht zum Trinken hierhergekommen. Erst recht nicht, um seinem Kumpel beim Aufräumen zuzusehen.

»Kannst du mal kurz mit dem Hausputz aufhören?«

»Hab noch nicht gefrühstückt«, erklärte Juri. »Du weißt, dass ich ungenießbar bin, wenn ich nichts im Magen hab.«

Eigentlich war Juri in fast jedem Zustand ungenießbar, aber Mikael wollte das jetzt nicht diskutieren. Ihm blieb nichts anderes übrig, als abzuwarten, bis Juri die Kaffeemaschine in Gang gebracht und Brot, Butter und Wurst auf den Tisch gestellt hatte.

»Setz dich.«

Juri säbelte ein paar dicke Scheiben von einem schon angebrochenen Fleischwurstring ab und belegte eine Scheibe Brot damit. Als er hineinbiss, schloss er für einen Moment genießerisch die Augen.

»Alles paletti bei dir?«, erkundigte er sich kauend.

Seine Lippen glänzten von Fett. Davon konnte einem glatt übel werden.

»Eher nicht.«

»Sorry.«

»Das mit Bea kotzt mich an.«

»Was ist denn diesmal anders als all die Male zuvor?«

Juri hatte völlig recht. Es war eine unendliche Geschichte: Bea haute ab und Mikael klaubte sie irgendwo wieder auf. Er hatte sie noch jedes Mal aufgestöbert.

Aber diesmal nicht!

Verdammt, er konnte sie nirgends finden!

»Über kurz oder lang wird sie von selbst wieder auftauchen, Mann. Das tun sie doch immer, die Weiber. Streunen eine Weile rum und kehren schließlich treu zu ihrem Herrn und Meister zurück.«

Treu!

Ein Wort, das im Zusammenhang mit Bea direkt anstößig wirkte. Bea war die Untreue in Person. Ihr ganzes Wesen war

Sinnlichkeit und Verführung. Sie brachte es nicht fertig, einen Mann anzuschauen, ohne erotische Signale auszusenden.

»Quatsch nicht, Juri! Was hast du für mich?«

Juri stand auf und holte den Kaffee.

»Willst du nicht doch eine Tasse?«

Mikael schüttelte genervt den Kopf.

»Okay.« Juri schenkte sich ein und nahm den ersten Schluck. »Ahhh. Endlich kehren die Lebensgeister zurück.«

Aus dem Nebenzimmer war ein Poltern zu hören, dann die Wasserspülung.

»Bei uns«, erklärte Juri, »fängt der Morgen ein bisschen später an als im Rest der Welt.«

Das zweite Brot belegte er üppig mit Salami und leckte sich schmatzend die Finger ab.

»Also, ich hab eine gute Nachricht für dich und eine schlechte. Welche zuerst?«

Mikael stieß gereizt den Atem aus.

»Lass die Spielchen. Hast du sie gefunden?«

»Unmögliches wird sofort erledigt«, sagte Juri beleidigt. »Wunder dauern ein bisschen länger.«

»Bist du nun ein Schnüffler oder nicht?«

»Du weißt, dass ich noch …«

»Geschenkt. Komm zur Sache, Mann!«

Aus reinem Prinzip und nur, um sein Gesicht zu wahren, widmete Juri sich noch eine Weile seinem Frühstück. Er kaute geräuschvoll, wobei er Mikael nicht aus den Augen ließ.

Es zerriss Mikael beinah vor Ungeduld, aber er zwang sich, Juris Blick ungerührt zu erwidern.

Endlich lehnte Juri sich zurück. Er stülpte die Lippen vor. Seine Hände lagen auf dem Tisch. Die Finger trommelten einen nervösen Rhythmus auf dem zerkratzten Holz.

»Okay.«

Er angelte sein Smartphone unter einer zerlesenen Zeitschrift hervor, pustete Krümel vom Display und rieb es mit dem Ärmel seines Pullis blank. Seine Daumen fingen an, über die Tasten zu tanzen, während er mit der Zunge seine Zähne von Speiseresten befreite.

»Die gute Nachricht ist: Ich weiß, wo Beas Spur endet.«

Mikael beugte sich mit klopfendem Herzen vor.

»Die schlechte: Ich weiß nicht, wohin sie von da aus weiterführt.«

»Hör auf, in Rätseln zu reden, Juri! Hast du sie gefunden oder nicht?«

Mikaels Stimme hatte etwas Drohendes bekommen. Er hörte es selbst. Er konnte sehen, wie Juri unbehaglich zumute wurde.

»Ja. Und nein.«

Mikael schlug mit der Faust auf den Tisch, dass das Geschirr klirrte. Erschrocken zuckte Juri zusammen.

»Was soll das heißen, verdammt?«

»Ich hab rausgefunden, dass sie in Köln war. Oder ist. Ich sag ja: Da endet ihre Spur.«

»Wann war sie dort? Und wo genau?«

Um nicht klein beizugeben, griff Juri nach der Kaffeetasse und demonstrierte Gelassenheit. Er spülte sich mit einem Schluck Kaffee den Mund.

»Sie hat vor zwei Monaten mit einer Streetworkerin telefoniert, mit der sie mal eine Weile Kontakt hatte, und sich verplappert.«

»Bea verplappert sich nicht. Dazu ist sie zu gewieft.«

»Dann hat sie ihr eben *verraten*, wo sie war. Mehr aber nicht. Vielleicht ist sie irgendwo in Köln untergekommen, vielleicht ist sie bloß durchgereist. Ich sag ja: Für Wunder brauch ich mehr Zeit.«

»Nicht nötig.« Mikael betrachtete angewidert eine dicke schwarze Fliege, die über Juris Teller spazierte. »Ich weiß, wo sie untergekrochen ist.«

»Kennt sie jemanden in Köln?«

»Nein, aber ich weiß, wie sie tickt. Sie hat es schon mal versucht, allerdings blöderweise hier in der Gegend, ausgerechnet. Offenbar hat sie dazugelernt.«

Juris Augen verengten sich.

»Kannst du mal deutlicher werden?«

»Wohin wenden sich die Weiber, wenn sie Angst vor ihren Kerlen haben?« Mikael grinste. »Exakt! Und da werde ich sie rausholen.« Er stand auf und schlug Juri auf die Schulter. »Du bist ein Genie, Mann! Wie bist du ihr auf die Schliche gekommen?«

»Kontakte, Mik. Das A und O in meinem Job.«

Mikael nickte.

»Was das Geld angeht ...«, sagte er.

Alarmiert hob Juri den Kopf.

»Sag jetzt bloß nicht ...«

»Muss ein paar Quellen anzapfen. Übermorgen hast du's.«

Als er durch das schmierige Treppenhaus nach unten ging, pfiff Mikael eine Melodie, die ihm gerade in den Sinn gekommen war. Die Trübsal der vergangenen Wochen hatte sich schlagartig in Luft aufgelöst.

KÖLN!

Mein Mädchen, dachte er. *Mein* Mädchen.

Er lachte leise.

Und beschloss, das nächste Café anzusteuern. Jetzt war er hungrig. Und wie!

*

Rose Fiedler ließ das Gespräch mit der jungen Volontärin noch einmal nachwirken. Sie war sich auf einmal gar nicht mehr so sicher, ob es wirklich gut war, dass Fleur und Romy Berner sich verabreden und über Fleurs Geschichte sprechen wollten. Nicht, weil sie Romy misstraute, nein. Sie hatte einen in langen Jahren geübten Blick für Menschen entwickelt und spontan Sympathie für sie empfunden. Sie konnte sich ihre Vorbehalte nicht so recht erklären.

Vielleicht war es zu früh und sie hielt Fleur für noch nicht stark genug. Vielleicht wäre ihr eine gestandene Journalistin für diese heikle Geschichte lieber gewesen. Vielleicht hegte sie die Befürchtung, die Dinge könnten entgleisen.

Vielleicht. Vielleicht.

Vielleicht war es aber auch wieder bloß ihr Instinkt, der sie warnte, ohne dass sie das an irgendetwas Konkretem festmachen konnte. Sie hatte sich angewöhnt, auf ihn zu hören. Auch diesmal folgte sie ihm. Sie schnappte sich ihre Tasche, meldete sich für eine Stunde ab, stieg in ihr Auto und fuhr zu dem Frauenhaus, in dem Fleur untergebracht war.

Sie musste sich noch einmal in Ruhe mit ihr unterhalten und das nicht am Telefon. Sie wollte Fleur in die Augen schauen, wenn sie mit ihr redete, wollte verstehen, was in ihr vorging und ob sie sich der Tragweite ihrer Entscheidung bewusst war.

Noch war die junge Frau nicht in Sicherheit. Niemand konnte sagen, wie es um den Mann stand, vor dem sie geflohen war. Ob er aufgegeben hatte oder noch immer nach ihr suchte.

Und niemand konnte sagen, wie nah er Fleur womöglich bereits war.

3

Schmuddelbuch, Montag, 2. Mai, dreizehn Uhr dreißig

Bin durch das Viertel gelaufen, in dem das Frauenhausbüro liegt, und habe fotografiert. Kaum vorstellbar, wie verwunschen manche Winkel in dieser Großstadt sind.

Von Efeu umrankte Fenster. Tauben auf bröckelnden Gartenmauern. In der Sonne leuchtende Graffiti. Kleine Designerläden, in denen genäht, gestrickt und entworfen wird. Eine winzige Buchhandlung mit einer Katze, die auf einem roten Sofa schlief.

»Zuerst hab ich diese italienischen Schuhe online verkauft«, erzählte mir die Inhaberin einer Modeboutique. »Im Januar dann hab ich den Schritt gewagt und den Laden gemietet.«

Das günstigste Paar Schuhe kostet lockere dreihundert Euro. Eine einfache Bluse in Schwarz oder Weiß fast sechshundert.

»Können sich die Leute hier das leisten?«, hab ich gefragt.

»Einige schon.« Eine Strähne ihres blondierten Haars, das ihren Kopf umgab wie ein Helm, hatte sich in ihrem linken Auge verfangen und sie blinzeln lassen. »Und es werden immer mehr. Viele kommen auch aus anderen Vierteln. Ehrenfeld ist längst Szene geworden.«

Und mittendrin gibt es eine Anlaufstelle für geschlagene, misshandelte und gequälte Frauen …

Im Literaturcafé *Goldmund* habe ich Chana Masala gegessen und sichte jetzt meine Notizen. Die ersten Sonnenanbeter sitzen schon draußen, aber ich schnuppere lieber die Atmosphäre hier drinnen.

Regale bis zur Decke, vollgestopft mit Büchern, die man kaufen, in denen man aber auch einfach nur blättern kann. Fast alle Tische besetzt. Eine originelle Speisekarte und ein verführerischer Duft im Raum.

Unzählige Nationalitäten sind hier in friedlicher Eintracht versammelt. Es wird mit Händen und Füßen erzählt. Der Typ, der mich bedient, flirtet mich an. Ich schenke ihm ein Lächeln und bestelle eine aufgeschäumte Schokolade mit Chili, obwohl ich bezweifle, dass sie zu dem Gericht passt, das ich gegessen habe.

Kein Flirt.

Keine neue Geschichte.

Hab ja die mit Cal noch nicht verdaut.

Plötzlich liegt ein grauer Schleier über diesem besonderen Ort, und ich nippe von der Schokolade, die so scharf ist, dass sie auf der Zunge brennt.

Fleur hatte den Rest der Nudeln vom Vortag verzehrt. Kühlschrankkalt. Sie hatte keine Lust gehabt, sie aufzuwärmen. Nun saß sie in der Gemeinschaftsküche, trank eine Tasse Tee und genoss die Stille, die hier so selten war.

Offenbar waren alle ausgeflogen oder in ihren Zimmern. Gut so.

Es gab Augenblicke, in denen Fleur dankbar war, wenn sie jemanden zum Reden fand. Es überwogen jedoch die Momente, in denen sie Ruhe brauchte.

Um nachzudenken.

Die Vergangenheit einzuordnen, die Gegenwart zu begreifen und vorsichtig an einer Zukunft zu basteln.

Allerdings – basteln war reichlich übertrieben. Es gelang

ihr gerade mal, sich eine Zukunft *vorzustellen*, und das auch nur an Tagen, an denen sie sich stark genug fühlte.

Die Gemeinschaftsküche war ein wichtiger Bestandteil dieser zufällig und eigentlich unfreiwillig entstandenen Wohngemeinschaft, vielleicht der wichtigste überhaupt. Durch sie wurden die Frauen daran gehindert, sich in ihren Zimmern zu verkriechen. Jede musste sich etwas zu essen zubereiten, mehrmals täglich, und dabei kam man zwangsläufig miteinander ins Gespräch.

Anfangs hatte Fleur darunter gelitten. Sie hatte sich so erbärmlich gefühlt, so entwurzelt und heimatlos, dass sie am liebsten unsichtbar gewesen wäre. Still hatte sie erledigt, was erledigt werden musste, und war so schnell wie möglich wieder in ihr Zimmer zurückgekehrt.

Hier fühlte sie sich am sichersten.

Obwohl sie es nicht allein bewohnte. Hatte man keinen Anspruch auf ein Mutter-Kind-Zimmer, musste man sich ein Zimmer mit einer anderen Frau teilen. In jedem der beiden Frauenhäuser lebten zehn Frauen und noch einmal so viele Kinder.

Fleurs Mitbewohnerin hieß Amal. Ihre Eltern waren schon als Jugendliche von Riad nach Köln gekommen und Amal war hier geboren und aufgewachsen. Nur ihr Name erinnerte noch an ihre Herkunft, ebenso wie ihre großen tiefbraunen Augen und ihr prächtiges schwarzes Haar, das ihr in glänzenden Locken über die Schultern fiel.

Amal war erst zwanzig, ein Jahr älter als Fleur, und hatte bereits drei Jahre Ehe mit einem fünfzigjährigen Mann hinter sich, den ihre Eltern für sie ausgesucht hatten. Er hatte sie eingesperrt, geschlagen und vergewaltigt und war im Begriff gewesen, sie nach Saudi-Arabien zu verschleppen.

Da hatte sie sich endlich ein Herz gefasst und ihre Flucht vorbereitet.

In einem kostbaren, unbeobachteten Augenblick während der Hochzeitsfeier einer Cousine war sie mitten in der Nacht in ihrem Festkleid weggelaufen, hatte ein Auto angehalten und den Fahrer angefleht, sie zur nächsten Polizeistation zu fahren. Die Beamten dort hatten den Kontakt zum Frauenhaus hergestellt.

Amal war als Zimmergenossin ein Glücksfall.

Sie hatte das Zeug zu einer Freundin.

Einer richtigen, nicht nur einer für den Übergang in ein anderes Leben. Sie war ruhig und diskret, redete nur, wenn sie etwas zu sagen hatte, und drängte ihrerseits Fleur nicht zum Reden.

Nachts hörte Fleur sie manchmal leise weinen. Sie wusste, dass dieses einsame Weinen nötig war, um all den Kummer und all das Unglück auszuschwemmen. Dennoch kostete es sie ihre ganze Kraft, nicht aufzustehen, um Amal in die Arme zu nehmen.

Für manches gab es keinen Trost. Das konnte man nur allein überwinden.

So wie die Angst.

Sie alle wurden von ihr heimgesucht, kannten sie in sämtlichen Facetten. Die leichte, schleichende Form, die immer da war, wie ein feiner Kopfschmerz, an den man sich beinah gewöhnt hatte. Die heftigere, situationsbedingte Variante, die durch böse Erinnerungen entstand. Und dann die panische Angst, die den Herzschlag rasen und den Schweiß aus sämtlichen Poren treten ließ.

Todesangst.

Und dann war da die Angst, die einen bei jedem Schatten zusammenzucken ließ. Die Angst, die Fleur heute draußen empfunden hatte. Sie machte einen zum wehrlosen Spielball der Gefühle. Da nützte es nichts, das Gehirn einzuschalten. Dieser Angst war mit Vernunft nicht beizukommen.

Die Tür ging auf und Mariella kam herein. Sie hatte heute mit Nadja und Esmeralda Dienst.

Bis zum Abend.

Nachdem die Mitarbeiterinnen des Frauenhauses gegangen waren, gab es nur noch die Frauen und Kinder im Haus.

»Hallo, Fleur. So ganz allein?«

»Tut manchmal gut«, antwortete Fleur.

Sie überlegte kurz, ob sie sich Mariella anvertrauen sollte, entschied sich jedoch dagegen. Nicht, dass sie ihr misstraut hätte, ganz im Gegenteil. Mariella konnte ausgezeichnet zuhören. Sie verlor so gut wie nie die Geduld und machte Fleur allein schon mit ihrer Gegenwart Mut.

»Wolltest du nicht ein bisschen bummeln?«

»Hab ich gemacht.«

»Und bist so früh wieder da?«

Mariella besaß den sechsten Sinn. Sie erspürte jede Stimmung und sei sie noch so gut verborgen.

»Angst?«

Sie setzte sich zu Fleur an den Tisch, musterte ihr Gesicht und nickte nachdenklich.

Fleur war froh, dass Mariella nicht behauptete, man würde sich daran gewöhnen. Zum einen bezweifelte sie stark, dass man sich überhaupt an Angst gewöhnen konnte, zum andern *wollte* sie es auch gar nicht.

Sie wollte einfach *leben*. Wie andere Frauen.

War das zu viel verlangt?

»Was machst du, wenn die Angst dich überfällt?«, fragte Mariella.

Flüchten, dachte Fleur. Völlig sinn- und ziellos flüchten. Weglaufen, bloß weg. Doch sie sprach es nicht aus, denn in der Mehrzahl der Beratungsgespräche ging es immer wieder darum, die Frauen darin zu unterstützen, die Angst nicht zu verdrängen.

Sie wehrte mit einer müden Handbewegung ab. Ihr war nicht nach Reden. Sie hatte nur noch das Bedürfnis, sich auf ihrem Bett zusammenzurollen und ihre Wunden zu lecken.

So fingen Depressionen an. Aber so konnte auch Heilung beginnen. Wer durfte denn von sich behaupten, zu wissen, was richtig war?

Mariella reagierte sofort.

»Ich lass dich dann mal ein bisschen allein«, sagte sie und schob ihren Stuhl zurück. »Wenn du mich brauchst – ich bin für dich da.«

Fleur glaubte ihr. Doch an manchen Tagen half das nicht gegen die Gewissheit, niemals und nirgendwo hundertprozentig sicheren Schutz zu finden.

Der Hals wurde ihr eng. Sie lief aus der Küche, stürzte in ihr Zimmer, warf sich auf ihr Bett und kroch unter die Decke. Ihr Herzschlag war völlig außer Kontrolle geraten. Das Blut dröhnte ihr in den Ohren. Nahm ihr die Luft.

Sie schloss die Augen. Und riss sie sofort wieder auf.

Er konnte überall sein.

Im Schatten der Möbelstücke. Hinter den Vorhängen. Unter dem Bett.

Sich plötzlich auf sie stürzen.

Aus den Augenwinkeln nahm sie eine Bewegung wahr. Ihr Magen krampfte sich zusammen. Als sie es endlich wagte, den Kopf zu drehen und das Zimmer mit aufmerksamen Blicken abzutasten, stellte sie fest, dass da nichts war, wovor sie Angst haben musste.

Nichts und niemand.

Nur sie selbst.

Aber die Angst blieb.

Sie nistete sich in den Winkeln des Zimmers ein, um auf die Stille der Nacht zu warten und dann erneut und mit aller Wucht über Fleur herzufallen und sie in Stücke zu reißen.

*

Als Romy in die Redaktion zurückkehrte, fühlte sie sich von allen Seiten beäugt. Sie wusste, dass die Kollegen ihr vorwarfen, Gregs Liebling zu sein und ihn um den Finger wickeln zu können. Dagegen kam sie nicht an. Jedes Wort der Erklärung würde die Vorurteile nur zementieren.

Also ließ sie es bleiben, sich dazu zu äußern. Gegen Voreingenommenheit konnte man nicht kämpfen. Sie war kein fairer Gegner.

Sie setzte sich an ihren Schreibtisch und checkte ihre Mails.

»Keine Mittagspause heute?«

Susan Schilling, Wirtschaftsredakteurin und Urgestein des *KölnJournals*, konnte so viel beißenden Spott in ihre Stimme legen und so viel Verachtung, dass einem ganz kalt wurde, wenn man zu ihrer Zielscheibe geworden war.

»Hab unterwegs gegessen. Aber lieb, dass du fragst.«

Romy hatte mittlerweile gelernt, sich mit feiner Ironie aus der Schusslinie zu ziehen. Susan hatte Romy noch nie eingeladen, mit ihr in die Mittagspause zu gehen. Ebenso wenig wie die andern das getan hatten. Einzig Ilja Weiler fragte sie ab und zu, ob sie ihn begleiten wollte.

Ilja war um die dreißig, arbeitete nur halbtags beim *KölnJournal* und schrieb den restlichen Tag Theaterstücke, die nie aufgeführt wurden. Seine Beiträge für den Kulturteil waren erste Sahne. Innerhalb der Redaktion war er der ruhende Pol, der Streitigkeiten mit viel Feingefühl deeskalieren konnte.

Susan rauschte kommentarlos ab und schloss sich zwei Kolleginnen an, die vor der Tür auf sie warteten. Romy klappte ihren Laptop auf und begann, Fragen für das erste Treffen mit Fleur zu sammeln.

Fleur schien kaum älter zu sein als sie selbst und hatte bereits ein Leben gelebt, das sie ins Frauenhaus gebracht hatte. Für Romy war das geplante Gespräch mit ihr der Zugang zu einer gänzlich anderen, fernen, erschreckenden Welt.

Während sie das Interview mit Rose auf ihren Laptop spielte, blätterte sie in ihren Notizen.

Die Frauen mussten volljährig sein, um in einem der Frauenhäuser aufgenommen zu werden. Das Durchschnittsalter lag zwischen fünfundzwanzig und dreißig. Die älteste Bewohnerin war einundsechzig Jahre alt.

Romy war selbst über die Fülle an Informationen verwundert, die sie für ihren Artikel in den Griff bekommen musste. Es würden noch viel mehr sein, nachdem sie Fleur befragt hatte.

Sie wollte wissen, was sie ins Frauenhaus gebracht hatte. Wie sie sich unter all den vor Gewalt geflüchteten Mitbewohnerinnen fühlte. Wie lange sie schon untergetaucht war. Wie das Leben in einem Haus für misshandelte Frauen aussah. Romy konnte gar nicht so schnell tippen, wie die Fragen ihr in den Sinn kamen.

Sie überlegte, wo sie sich mit Fleur treffen sollte.

Die Redaktion war kein geeigneter Ort. Zu hektisch. Zu laut. Zu viele neugierige Kollegen. Ihre Wohnung? Würde Fleur zu ihr in die Wohnung kommen? Oder brauchte sie Öffentlichkeit, um sich sicher zu fühlen?

Man fiel in der Masse nicht auf, deshalb wäre ein Café wahrscheinlich der am besten geeignete Ort.

Oder das Büro der Frauenhäuser. Aber würden sie sich da ungestört unterhalten können?

Möglicherweise bestanden Rose und ihre Kolleginnen ja

sogar darauf, dass eine von ihnen bei dem Gespräch anwesend war. Um Fleur zu schützen. Und sie daran zu hindern, zu sehr aus dem Nähkästchen zu plaudern.

Romy dachte an Björn und die Eltern und wäre jetzt gern bei ihnen gewesen, um zu reden, zu lachen und sich die Sonne aufs Gesicht scheinen zu lassen.

Wenn sie heute Abend nach Hause kam, würde sie ihre Wohnung leer vorfinden.

Auf einmal hielt sie es nicht mehr am Schreibtisch aus. Sie packte ihre Sachen und machte sich auf den Weg zum *Alibi.* Um ihr Gesprächskonzept konnte sie sich auch bei einem Cappuccino oder einem Glas Tee kümmern.

Sie hatte den halben Weg schon hinter sich, als ihr einfiel, wie einsam es dort ohne Ingo sein würde. Der bekannteste Redakteur der Konkurrenz. Der sie genervt hatte wie niemand sonst. Eingebildet, arrogant und unverschämt. Ein unverbesserlicher Einzelkämpfer, der jeden Konkurrenten ausschaltete, wo er nur konnte. Ingo, der sie mit seiner Begabung, seinem sensationellen Riecher und seiner begnadeten Schreibe alle locker in die Tasche steckte.

Der aber für sie da gewesen war, als sie dringend Hilfe gebraucht hatte.

Der sie für ein paar Tage in seiner Wohnung aufgenommen hatte.

Der ihr den Ring seiner Großmutter geschenkt hatte.

Den sie von einer ganz anderen Seite kennengelernt hatte.

Ingo würde nicht im *Alibi* sein, dem beliebtesten Kollegentreff in Köln. Ausgerechnet er würde nicht dort sein und auf sie warten, denn er war direkt nach der schrecklichen Sache mit Björn und Maxim in die USA geflogen, um an einem Journalistenkongress teilzunehmen. Und anschließend eine lange geplante Recherchereise zu machen.

Aber Cal war da.

Ausgerechnet.

Seit er mit der Schauspielschule angefangen hatte, jobbte er hier, und Romy hatte die Entscheidung treffen müssen, ihre Begegnungen auszuhalten oder das *Alibi* komplett aufzugeben.

Sie hatte sich für das *Alibi* entschieden.

»Hi«, sagte er mit der verführerischen Stimme, in die sie sich einmal rettungslos verliebt hatte. »Wie geht es dir?«

»Ausgezeichnet«, log sie und hoffte, dass es überzeugend klang.

Es war ihr ungeheuer wichtig, den Eindruck zu erwecken, als sei sie über ihn und seine Untreue hinweg. Als mache es ihr nichts aus, dass er jetzt mit Lusina zusammen war, die mit ihm die Schauspielschule besuchte. Und dass sie gegen diese Schönheit im ganzen Leben nicht ankommen würde, selbst wenn sie es wollte.

Dabei wollte sie gar nicht.

Ihr Herz war Cal aus den Händen gerutscht. Er hatte es fallen lassen und es war in tausend Stücke zersprungen.

Sie packte ihren Laptop aus und stellte ihn auf den Tisch. Vermied es, Cal in die Augen zu blicken. Tat geschäftiger, als ihr zumute war.

»Ich hätte gern einen Kakao mit Ingwer«, sagte sie leichthin und klappte den Laptop auf.

»Okay«, murmelte Cal.

Hier war er nichts anderes als ein Kellner. Nahm Bestellungen auf und brachte den Gästen das Gewünschte. Romy brauchte sich nicht auf ein Gespräch einzulassen und erst recht nicht auf Gefühle.

Die Distanz tat ihr gut.

Sie versenkte sich in die Arbeit, und nach einer Weile

gelang es ihr wirklich, Cal aus ihren Gedanken zu verdrängen.

Als sie doch einmal hinsah, wandte er wie ertappt den Blick ab, und ihr wurde klar, dass er sie die ganze Zeit aus den Augenwinkeln beobachtet haben musste.

Ärger im Paradies, vermutete sie schadenfroh und erinnerte sich daran, dass Cal und sie selten oder nie Streit gehabt hatten. Bis zu dem Tag, an dem sie von Lusina erfahren hatte.

Da hatte sich auch ihr Paradies in einen kalten, hässlichen Ort verwandelt.

»Willst du noch was?«, fragte Cal, der leise und unbemerkt an ihre Seite getreten war.

Romy zuckte zusammen. Wie unheimlich nah er plötzlich war.

Und wie fern.

Ihr wurde bewusst, wie doppeldeutig seine Frage klang.

Ihr Smartphone klingelte und beim Anblick von Ingos Namen hüpfte etwas in ihr voller Freude auf.

Verwundert starrte sie auf das Display.

Verwundert suchte sie Cals Blick.

Er hatte es auch gesehen.

Es war, als hätten sie beide gleichzeitig begriffen.

Dass es zwischen ihnen zu Ende war.

Endgültig.

Cal wandte sich ab. Romy nahm das Gespräch an.

»Noch dreiundzwanzig Stunden«, sagte Ingo. »Dann bin ich wieder … zu Hause.«

Romy spürte, wie sich ein Lächeln auf ihrem Gesicht ausbreitete.

»Bei … mir«, sagte sie.

Die Zeit der Ungewissheit war vorbei. Ihr Herz hatte die Sache entschieden.

Wahnsinn.

»Ja. Bei dir«, sagte Ingo.

Ihr kurzes Gespräch war ein Versprechen und es machte Romy glücklich. Sie hatte das Glück schon lange nicht mehr gespürt.

*

Es drehte Calypso den Magen um. Bisher hatte alles noch irgendwie in der Schwebe gehangen. Nun hatte er Romy verloren.

An Ingo.

Ausgerechnet.

Dabei hatte er es kommen sehen. Er hatte die Nähe zwischen den beiden gespürt, lange bevor sie ihnen selbst bewusst geworden war.

Fast war er wütend auf Lusina. Wäre er ihr nicht begegnet, könnte alles noch so sein wie zuvor.

Erst jetzt wurde ihm bewusst, wie glücklich er mit Romy gewesen war. Erst jetzt spürte er es in sämtlichen Fasern seines Körpers. Jetzt. In diesem Augenblick.

Wo es zu spät war.

Es war eine solche Leichtigkeit in allem gewesen. In ihren Gesprächen, ihrem Alltag, ihren Umarmungen. Eine solche Selbstverständlichkeit. Er hatte nur den Arm auszustrecken brauchen und Romy hatte sich an ihn geschmiegt. Sie hatten keine Regeln aufgestellt und sich an keine halten müssen, hatten die Tage gelebt, wie sie gekommen waren.

Das hatte er nun verspielt und es gab keinen Weg zurück.

Er würde heute länger arbeiten. Ihm graute davor, sein Zimmer zu betreten. Das Haus, in dem auch Romy wohnte. Ihr Schlüssel lag jetzt nur noch für den Notfall in der Wohnung, die er sich mit Helen und Tonja teilte. Nie wieder würde er ihn benutzen dürfen wie vorher, als er zwischen seiner WG und Romys Wolkenkuckucksnest unterm Dach hin und her gependelt war.

Und als wäre das alles nicht schon schlimm genug, schwang die Tür auf und Lusina kam herein. Langer schwarzer Pulli, schwarzer Minilederrock, das weiß geschminkte Gesicht von kinnlangem schwarzen Haar umrahmt, die Augen groß und dunkel, eine überdimensionierte knallrote Tasche lässig über der Schulter und das verheißungsvolle Lächeln auf den Lippen, das Calypso immer wieder um den Verstand brachte.

Sie betrat das *Alibi* und für einen Moment schienen die Geräusche zu verstummen. Selbst das Zischen und Fauchen der Espressomaschine war nicht mehr zu hören.

Lusina hatte diese Wirkung auf Menschen.

Und sie spielte damit.

Sie zog seinen Kopf zu sich heran und küsste ihn. Ihre Lippen schmeckten nach Schokolade und ein bisschen nach Frucht, und Calypso spürte das Verlangen nach ihr so stark wie am ersten Tag.

Sie lachte leise, drehte sich um und steuerte einen Tisch am Fenster an. Die Geräusche nahmen wieder Fahrt auf, die Espressomaschine spie lärmend Dampf, doch Calypsos Herzschlag wollte sich nicht beruhigen.

Er brachte Lusina einen Tee und hoffte, sie würde nicht das Gespräch mit Romy suchen. Nicht jetzt. Nicht hier. Am besten überhaupt nie. Doch Romy saß über ihren Laptop gebeugt und arbeitete konzentriert, während Lusina ein Buch aus der Tasche zog und anfing zu lesen.

Es kam Calypso vor, als würde er auf einer dünnen Eisschicht laufen. Vorsichtig bewegte er sich zwischen den Tischen, jederzeit gewahr, dass der Boden unter ihm wegbrechen konnte.

Er wagte es nicht, Romy anzuschauen, obwohl sie seinen Blick magisch anzog.

Vermied es, Lusina zu nahe zu kommen, obwohl alles an ihr ihn dazu einzuladen schien.

Sein Leben hatte sich auf den Kopf gestellt, und egal wie er es betrachtete, er hatte es vermasselt.

*

Rose Fiedler hängte ihre Jacke in den Schrank und machte sich einen Tee. Seit sie nicht mehr rauchte, war sie süchtig nach der Chai-Teemischung aus dem kleinen Spezialitätenladen, den sie irgendwann auf ihrem Nachhauseweg aufgetan hatte.

Roibuschtee, Tulsikraut, Orangenschalen, Apfel, Zimt, Ingwer, Nelken, Kardamom und rosa Pfeffer halfen ihr über das Verlangen nach Nikotin hinweg, das sie nach fast einem Jahr noch immer heimtückisch überfiel, sobald sie sich vormachte, die Abhängigkeit hinter sich gelassen zu haben.

Als der würzige Duft den Raum erfüllte, meldete sich ihr Smartphone.

»Romy Berner. Hallo, Rose.«

Hatte das Mädchen nicht eben erst ihr Büro verlassen?

»Ich wollte mich noch mal für das gute Gespräch bedanken.«

»Uns hat es auch gefallen«, sagte Rose, die fühlte, dass das garantiert nicht der einzige Grund für Romys Anruf war.

»Es hat mich so beschäftigt, dass ich unbedingt ganz bald mit Fleur sprechen möchte. Meinst du, das ist möglich?«

Roses Unterhaltung mit Fleur hatte gezeigt, dass die junge Frau wusste, was sie wollte. Sie hatte sich genau überlegt, wie weit sie zu gehen bereit war, hatte spontan Vertrauen zu Romy Berner gefasst, möglicherweise auch, weil sie etwa im gleichen Alter waren.

Und weil die Volontärin ungefährlich schien.

»Was verstehst du unter *ganz bald?*«, erkundigte sich Rose.

»Morgen? Übermorgen? Oder vielleicht schon heute?«, kam es wie aus der Pistole geschossen. »Wann immer Fleur bereit ist.«

Rose musste schmunzeln. So ungestüm war sie selbst auch einmal gewesen. Hatte nicht lange gefackelt und jede Gelegenheit beim Schopf ergriffen. Sie stellte fest, dass Romy und Fleur gut zueinanderpassten. Auch Fleur war zu einem sofortigen Treffen bereit und hatte angeboten, sich nach Romys Terminen zu richten.

»Darf ich Fleur deine Telefonnummer geben?«, fragte sie. »Sie kann sich dann bei dir melden.«

»Klar«, kam die begeisterte Antwort. »Sie kann mich am besten mobil erreichen. Mein Handy habe ich immer in der Nähe.«

Wer hat das nicht?, fragte sich Rose. Sie selbst gehörte ebenfalls zu denen, die ständig erreichbar waren. Anders war das in ihrem Job gar nicht denkbar. Es gab oft Notfälle oder dramatische Situationen, bei denen sie sofort reagieren musste.

Sie notierte sich Romys Mobilnummer.

»Romy …«

»Ja?«

»Mir ist nicht wohl bei dem Gedanken, dass Fleur …«

»Ich weiß«, unterbrach Romy sie. »Aber ich verspreche dir, dass ich nicht vergessen werde, in welcher Gefahr sie schwebt. Ich werde nichts schreiben, was euch und den Frauen, die ihr betreut, schaden könnte. Niemals, Rose. Ich schwöre.«

»Melde dich, wenn ich dir helfen kann«, sagte sie.

Romy bedankte sich und beendete das Gespräch.

Rose trank ihren Tee und sah aus dem Fenster. Da draußen

vor den großen Fensterscheiben, die bis zum Boden reichten, gingen Menschen vorbei, für die das Haus nur eines von vielen war. Etliche wussten gar nicht, dass hier das Büro der Frauenhäuser untergebracht war. Sie hatten keine Ahnung, welche Tragödien sich hinter dieser Glasfront bereits abgespielt hatten.

Irgendwas sagte Rose, dass Fleur die Entscheidung, Romy ihre Leidensgeschichte zu erzählen, voreilig getroffen hatte.

Sie ahnte, dass diese Geschichte noch nicht zu Ende war.

Seufzend machte sie sich an die Arbeit. Sie würde Augen und Ohren offen halten. Die Mitarbeiterinnen darum bitten, verstärkt auf Fleur achtzugeben.

Über Kölns Dächern bezog sich der Himmel. Für heute waren Gewitter angesagt.

Manchmal passte irgendwie alles.

4

Schmuddelbuch, Montag, 2. Mai, vierzehn Uhr zehn

Ich spüre Lusinas Anwesenheit, ohne mich nach ihr umzudrehen, ein kalter Hauch im Nacken. Nein, ich möchte ihr nicht in die Augen sehn und nicht mit ihr reden, will sie nicht kennenlernen. Ich werde ihr keinen Platz in meinem Leben einräumen. Werde jetzt meine Sachen zusammenpacken und in die Redaktion gehen.

Mit Fleur entsteht eine neue Geschichte.

Mit Ingo ein neues Leben.

Vielleicht.

Dresden wurde von Touristen förmlich überflutet. In die Altstadt mochte Mikael mittlerweile keinen Fuß mehr setzen. Ihm war das ganze Spektakel zu süßlich, zu falsch.

Er hasste den Anblick der Menschenmassen, die sich durch die Gassen schoben. Die Schlangen vor den Sehenswürdigkeiten. Die mit Familien vollgestopften Droschken, die über das Kopfsteinpflaster holperten. Die Fressmeilen, die den Eindruck vermittelten, als sei ganz Dresden eine einzige stinkende Imbissbude.

Auch die Alaunstraße mit ihren kleinen, schrillen Läden war längst von den Urlaubern entdeckt worden. Doch den meisten war der Fußweg von der Altstadt bis hierher zu weit, sodass sich die Zahl der durch das Viertel bummelnden Besucher in Grenzen hielt.

Ein Glück.

Mikael schlenderte noch ein bisschen herum. Er war vollgepumpt mit Adrenalin, seit Juri ihm den Floh ins Ohr gesetzt hatte, sich Bea bald wieder zurückholen zu können.

Im Café Sandhaus hatte er etwas gegessen und zog sich seitdem die schrägen Typen rein, die einem hier auf Schritt und Tritt begegneten.

Viele von ihnen lebten auf der Straße. Mit ihren Hunden lungerten sie in Hauseingängen und auf unbebauten Flächen herum, hauten die Passanten um Geld an und flippten aus, wenn man sie fotografierte wie lebendige Wahrzeichen der Stadt.

Mikael gab grundsätzlich nichts, denn ihm gab auch keiner was. Er kam mit Ach und Krach über die Runden, seit er sich mit seiner Familie überworfen hatte und kein Geld mehr von ihnen annahm. Er tat das nicht, weil er eine so hohe Moral besaß.

Er tat es aus reinem *Hass*.

Eine Familie von Ärzten und immer nur Streit. Um Ansehen, Karriere und vor allem Geld, Geld, Geld. Nach den Eltern und Großeltern waren beide Brüder Ärzte geworden und nun würde auch Mikael das Familienerbe antreten.

Sie hatten ihm keine Wahl gelassen. Es war, als hätten sie sein Leben vom Moment seiner Geburt an geplant. Selbst bei der Wahl seiner Freundinnen mischten sie sich ein, meinten genau zu wissen, wer gut für ihn war.

Und wer nicht.

Bea wäre nur widerstrebend geduldet worden.

Ein Straßenmädchen.

Klar, dass er ihnen mit so einer nicht zu kommen brauchte. Einer ohne Herkunft. Ohne Zukunft. Ohne Gesicht. Einer, die ohne ihn wahrscheinlich längst in der Gosse verreckt wäre.

Er konnte ihre Sprüche herunterbeten.

Immer noch.

Manchmal fragte er sich, wie das sein konnte, dass ihm keiner aus dem Clan fehlte, nicht mal seine Mutter. Dass er ohne sie besser dran war, nicht mal von ihnen träumte.

Um ihnen den ultimativen Tiefschlag zu versetzen, hätte er liebend gern sein Studium geschmissen. Doch mittlerweile hatte er als Pfleger so oft die Faust in der Tasche ballen müssen, dass er den Tag herbeisehnte, an dem er endlich zu denen gehören würde, die den Ton angaben. Dann würde er ebenfalls mit wehendem Kittel über die Flure eilen und jeden zur Seite scheuchen, der ihm im Weg war.

Er wandte sich in Richtung Neustädter Markt und beschloss, in der Eisdiele *Venezia* noch einen Cappuccino zu trinken.

Mikael liebte den Blick über den Goldenen Reiter und die Augustusbrücke auf das Altstadtpanorama, das sich in märchenhafter Pracht vor ihm entfaltete. Er genoss den Anblick eine Weile und zog dann sein Handy hervor.

Es war an der Zeit, die nächsten Schritte in Sachen Bea zu planen. Er würde so wenig wie möglich dem Zufall überlassen.

Diesmal würde er sich vorbereiten.

Und aus dem wenigen, das er wusste, das Beste machen.

*

Fleur hatte sich ziemlich spontan dazu entschieden, mit Romy Berner zu reden. Dennoch zog sie ihren Entschluss jetzt, da es ernst wurde, keinen Moment in Zweifel. Wahrscheinlich hatte ihr Unterbewusstsein sich schon lange dazu durchgerungen.

Vielleicht konnte ihre Geschichte anderen Frauen ja helfen, nicht auf dieselben Irrwege zu geraten.

Und sie vor Männern wie … *ihm* … schützen.

Namen sind nicht gefährlich, sagte sie sich eindringlich. Du musst wieder lernen, ihn auszusprechen.

Sie ging zum Fenster und blickte auf das Stück Brachland hinter dem Maschendrahtzaun hinunter, das am Ende von einem kleinen Wald begrenzt war. Morgens führten die Leute hier ihre Hunde aus, mittags kamen die Kinder zum Spielen her. Auch die Kinder aus dem Frauenhaus liebten diesen Rest wilder Natur, den niemand bändigte.

Vor allem liebten sie den Wald. Den wunderbaren, verbotenen Wald.

Ebenso wie Fleur.

Es gab Stellen in diesem herrlich unaufgeräumten Wald, an denen sie noch nie jemandem begegnet war. Sie zog sich gern dorthin zurück, um das Alleinsein zu genießen und das Einssein mit den Bäumen, den Sträuchern, den Farnwiesen und den versteckten Tümpeln, die es überall gab.

Sie mochte es, wie der weiche Boden unter ihren Schritten federte. Und die frische, würzige Luft war so köstlich, dass sie beim Einatmen die Augen schloss, um sie noch intensiver zu genießen.

Du wirst nicht daran sterben, dass du seinen Namen denkst, machte Fleur sich Mut, während sie weiter aus dem Fenster sah. Nicht mal daran, dass du ihn aussprichst.

Tu es.

Sprich ihn aus.

Sie räusperte sich. Versuchte es.

Bekam keinen Ton raus.

Ärgerlich schlug sie mit der flachen Hand gegen das Fensterglas. Der Wald verschwamm vor ihren Augen. Sie blinzelte und fühlte, wie Tränen über ihre Wangen liefen. Die Hände an die kühle Scheibe gepresst, versuchte sie es ein weiteres Mal. Kniff die Lippen zusammen, bis sie sich taub anfühlten.

M … M … M … M …

Ihre Lippen begannen zu zittern, bevor sie den zweiten Buchstaben auch nur gedacht hatte.

Jetzt kullerten die Tränen über ihre Wangen, blieben eine Weile am Kinn hängen und suchten sich dann den Weg über ihren Hals in das T-Shirt.

So kann das nicht weitergehen, dachte sie.

Irgendwann würde sie vor ihrem eigenen Schatten erschrecken. Sie war lange genug Opfer gewesen.

Sie zog den Zettel mit Romys Handynummer aus der Hosentasche und griff nach ihrem Smartphone.

Romy meldete sich nach dem vierten Klingeln.

»Hallo, Romy. Hier ist Fleur. Ich würde dich gern treffen. Wann hast du Zeit?«

*

Fleurs Anruf hatte Romy elektrisiert, aber sie hatte nicht von ihrem Schreibtisch weggekonnt. Greg hatte sie mit Aufgaben überhäuft, die sie alle nacheinander abarbeiten musste.

Davon abgesehen, konnte sie auf keinen Fall schon wieder die Redaktion verlassen. Das würde nur böses Getuschel zur Folge haben und das konnte sie jetzt wirklich nicht gebrauchen.

Sie hatte sich mit Fleur für achtzehn Uhr verabredet. Da Fleur die Anschrift des Frauenhauses nicht verraten durfte, sich in Köln jedoch noch nicht auskannte, hatte Romy das *Alibi* vorgeschlagen und Fleur angeboten, auf Kosten des *Köln-Journals* ein Taxi zu nehmen.

Ihre Wahl war auf das *Alibi* gefallen, weil sie seine angenehme Atmosphäre für hilfreich hielt. Wenn überhaupt, dann würde Fleur hier auftauen und Vertrauen zu ihr fassen. Die Gäste gehörten, wenn man sie denn über einen Kamm scheren wollte, eher zu den unangepassten Typen, in deren Welt genügend Platz auch für das Ungewöhnliche war.

Als es endlich Zeit war, sich für das Treffen mit Fleur fertig zu machen, klopfte Romys Herz aufgeregt. Sie hängte sich ihre Tasche über die Schulter, verabschiedete sich mit einem Winken von Greg, der noch eine Weile hinter der Glasfront in seinem Büro ausharren würde, schenkte den wenigen Kollegen, die noch in der Redaktion waren, einen flüchtigen Gruß und beeilte sich, um zu der Verabredung mit Fleur nicht zu spät zu kommen.

Das *Alibi* war gut gefüllt, aber Romy hatte vorgesorgt und einen Tisch reserviert. Sie hatte sich für einen am Ende des Raums entschieden, weil sie nicht wusste, ob es Fleur recht war, in Fensternähe zu sitzen.

Die Frauen im Frauenhaus versteckten sich vor ihren Ehemännern, Lebensgefährten, Freunden, Großvätern, Vätern, Brüdern und Vettern.

Einer von ihnen konnte überall lauern.

Beklommen machte Romy sich klar, dass sogar das *Alibi* zur Falle werden konnte.

Bei einer bildhübschen Kellnerin, die sie hier noch nie gesehen hatte, bestellte sie Tee und behielt die Tür im Blick. Deshalb entdeckte sie Fleur sofort, als sie den Raum betrat und sich suchend umschaute. Sie hob die Hand. Fleur reagierte mit einem erleichterten Lächeln.

Romy stand auf, um sie zu begrüßen.

Fleur reichte ihr die Hand und zog sie sofort wieder zurück, als wäre die Berührung ihr unangenehm. Sie legte ihre Jacke auf einem der beiden noch freien Stühle ab und setzte sich auf den anderen, Romy gegenüber.

Romy reichte ihr die Karte.

»Du bist natürlich eingeladen.«

Fleur wählte ein Kännchen Ostfriesentee mit Kluntjes und Sahne, genau wie Romy, und beide registrierten grinsend die erste Gemeinsamkeit.

»Meine geheime Leidenschaft«, erklärte Fleur. »Seit ich mal an der Nordsee gewesen bin.«

Ihre Miene verdunkelte sich, und Romy wusste, dass sie sich erinnerte. An das Leben, über das sie erzählen wollte, obwohl es ihr wahrscheinlich größte Probleme bereitete. Sie wirkte nicht wie ein Mensch, der das Herz auf der Zunge trug, im Gegenteil. Sie wirkte ruhig und in sich gekehrt, beinah verschlossen.

Im *Alibi* wurde der Tee nach Ostfriesenart mit kleinen Tässchen aus hauchdünnem Porzellan serviert. Im Sahnekännchen hing ein winziger silberner Schöpflöffel, mit dem man die Sahne in den Tee geben konnte. Doch bevor man überhaupt den Tee in die Tasse goss, legte man eines oder zwei der glänzenden braunen Kandisstücke hinein.

Es knisterte, wenn die Kluntjes mit dem heißen Tee in Berührung kamen.

Eigentlich rührte man nicht um. Man schmeckte so beim Trinken zuerst die kühle Sahne, danach den heißen, starken Tee und erst zuletzt die Süße des Zuckers. Dennoch rührten sie beide und mussten über die zweite Gemeinsamkeit lachen.

Romy hatte das Gefühl, dass ihr Treffen unter einem guten Stern stand.

»Es freut mich sehr, dass du mit mir reden willst«, sagte sie.

»Ich verstecke mich schon so lange«, antwortete Fleur. »Ich möchte wenigstens mit dem Schweigen aufhören.«

»Weil deine Geschichte anderen Frauen und Mädchen helfen kann?«

»Es ist schwer, zu erkennen, dass man Hilfe braucht«, sagte Fleur leise. »Es ist noch schwerer, jemanden zu finden, der einem helfen *kann.* Und dann musst du die Scham überwinden und um Hilfe bitten. Krieg das mal auf die Reihe, nachdem dich der Mann, den du liebst, lange Zeit von allem und jedem isoliert hat.«

Romy zog ihr Diktiergerät aus der Tasche.

»Darf ich unser Gespräch aufnehmen? Es würde mir die Arbeit später sehr erleichtern.«

Fleur war einverstanden und Romy stellte das Gerät auf den Tisch. Sie hatte ihre Aufzeichnungen vor sich liegen, klappte das Notizbuch jedoch nicht auf. Ihr Gefühl sagte ihr, dass das Gespräch sich besser von allein entwickeln würde.

»Wie habt ihr euch kennengelernt?«, fragte sie.

»Er heißt … er … vielleicht sollte ich ganz vorn anfangen.« Fleur schien es nicht über sich zu bringen, den Namen auszusprechen. Es versetzte Romy einen Stich.

Was hatte der Kerl ihr bloß angetan?

»Als ich fünfzehn war, hat meine Mutter meinen Vater rausgeschmissen und sich ziemlich schnell einen neuen Typen geangelt. Der hat einen auf Stiefvater gemacht und sich anfangs richtig lieb um mich gekümmert. Das war ich gar nicht gewöhnt. Aber dann fing er an, mir bei jeder Gelegenheit aufzulauern und mich zu begrapschen, und als ich mich meiner Mutter anvertraut habe, hat sie mich angebrüllt, ich würd's ja bloß drauf anlegen.«

Gebannt hörte Romy zu.

»Es wurde von Tag zu Tag schlimmer, vor allem, wenn meine Mutter nicht da war. Deshalb war ich ständig auf Achse, weil ich mich überall wohler gefühlt habe als in unserer Wohnung.«

Fleur nippte an ihrem Tee. Auch Romy nahm einen Schluck. Jeder, der sie hier sitzen sah, musste denken, sie wären Freundinnen, die nach einem Shoppingbummel noch ein bisschen Zeit verbringen wollten.

Auf den Tischen flackerten jetzt die Kerzen und verströmten eine gemütliche Stimmung, die in schmerzlichem Kontrast zu Fleurs Worten stand.

»Immer wieder habe ich versucht, mit meiner Mutter zu sprechen. Aber sie war nicht bereit, mir zuzuhören. Und dann ...«, Fleur atmete tief ein und aus, »... an einem Tag in den Sommerferien hat er mich wieder in die Enge getrieben. Ich hab ihn weggestoßen, und er hat gelacht und gesagt, ich soll bloß nicht glauben, dass ich mich ihm auf Dauer entziehen kann. Er würd's mir schon zeigen und meine Mutter würde einer Schlampe wie mir sowieso kein Wort glauben.«

Fleur gab Kandis in ihre Tasse, goss Tee nach, schöpfte ein wenig Sahne aus dem Kännchen und rührte so lange, dass Romy schon glaubte, sie würde nicht weiterreden.

»Am selben Abend hab ich meinen Rucksack gepackt, hab das Geld aus der Notfallkasse genommen und bin weg.«

Der kleine Löffel kratzte über den Boden ihrer Tasse und stieß hell klingend an den Rand. Fleur rührte so heftig, dass in der Mitte des hellbraunen Tees ein Wirbel entstand.

»Wohin bist du gegangen?«

»Nirgendwohin. Überallhin.«

Ein Schauer lief Romy über den Rücken.

»Ich hab auf der Straße gelebt. Mal hier, mal da. Nie so richtig weit weg von Dresden.«

»Du kommst aus Dresden?«

Fleur nickte.

Romy hatte immer vorgehabt, einmal mit Cal nach Dresden zu fahren. Sie hatten sich Fotos und Videoclips angesehen und Romy hatte Sehnsucht nach den wunderschönen alten Gebäuden bekommen. Der Frauenkirche. Der Semperoper.

Dem Zwinger. Sie hatte sich vorgestellt, wie sie über die Elbbrücke in die Neustadt mit den vielen kleinen schrägen Läden schlendern würden.

Rasch schob sie die Gedanken in den entlegensten Winkel ihres Kopfes.

Auch Fleur schien mit ihren Erinnerungen zu kämpfen. Unterschiedlichste Regungen zeichneten sich auf ihrem schmalen Gesicht ab.

Auf der Straße.

Wie unspektakulär sich das anhörte. Und wie schwer es sein musste.

»Man kann in so einer Stadt locker verlorengehn«, sagte Fleur. »Ein paarmal haben die Bullen mich aufgegabelt und nach Hause zurückgebracht, dann hatte ich gelernt, mich unsichtbar zu machen. Irgendwann haben sie aufgehört, nach mir zu suchen.«

Darüber musste Romy unbedingt mehr erfahren.

Aber nicht heute. Dies war das erste Treffen. Es gab keinen Grund, etwas zu überstürzen.

»Nach einer Weile hab ich die meisten gekannt, die auf der Straße lebten. Ich hatte mich zwischen ihnen eingerichtet. Im Sommer war's gar nicht mal so übel. Im Winter allerdings war es knochenhart. Es gibt Möglichkeiten, einen Unterschlupf für die Nächte zu finden. Ständig sind diese Sozialtypen unterwegs, die versuchen, dir den Wiedereinstieg in ein geordnetes, bürgerliches Leben schmackhaft zu machen. Nur hab ich immer Angst gehabt, wieder zu meiner Mutter zurückgebracht zu werden. Ich war ja noch nicht volljährig.«

»Dann warst du im Grunde schon damals auf der Flucht.«

»Stimmt. Mein Leben verläuft in ziemlich deprimierenden Kreisen. Alles wiederholt sich. Als hätte ich nichts dazugelernt.«

»Aber du bist ausgebrochen. Du wehrst dich.«

»Das hab ich auch damals versucht, als ich auf die Straße gegangen bin ...«

Das klang so bitter, dass Romy gern etwas gesagt hätte, um Fleur wieder aufzurichten. Doch sie wusste nicht, was. Sie hatte keine Ahnung von dem, was das Mädchen durchgestanden hatte, konnte sich das Ausmaß ihrer Ängste kaum vorstellen.

»Und dann, ausgerechnet am Nikolaustag, bin ich ... *ihm* begegnet. Es hatte tagelang geschneit wie verrückt und an den Bäumen hingen kleine, tropfende Eiszapfen. Meine Klamotten waren klatschnass von all dem Schnee, der unaufhörlich vom Himmel fiel. Damals ist *er* in meinem Leben aufgetaucht. M ... M ... M ...«

Von der Anstrengung, den Namen auszusprechen, verzerrte sich ihr Gesicht. Romy klappte ihr Notizbuch auf, schob es Fleur hin und reichte ihr einen Kugelschreiber.

Fleur nahm ihn und beugte sich über das Notizbuch. Sie hielt den Kuli wie ein Kind in der Faust und beim Schreiben schaute ihre Zungenspitze zwischen den Lippen hervor. Den Namen, den sie nicht aussprechen konnte, schrieb sie in zittrigen Großbuchstaben.

MIKAEL.

Danach schob sie Notizbuch und Kugelschreiber erschöpft zurück.

»Mikael«, las Romy leise.

Ein Beben ging durch Fleurs Körper. Sie öffnete ein paarmal vergeblich den Mund, bevor sie wieder sprechen konnte.

»Er ... er stand vor mir und sah mich an, ohne zu lächeln. Es war auf der Brühlschen Terrasse. Ein Magnet für die Touris. So richtig die Mischung, die sie mögen – Altstadtflair und Elbe und Kaffee und Kuchen und Andenkenstände und alles, was man von einem gelungenen Urlaubstag erwartet.«

Ein kleines, verlorenes Lächeln schlich sich auf Fleurs Gesicht.

»An besonders schönen Tagen sind die Leute da in Spendierlaune und trennen sich auch schon mal leichter von einem Euro. Keine Ahnung, warum, aber auf der Brühlschen Terrasse hab ich meistens Glück gehabt.«

Sie senkte den Kopf.

»Doch damals hat mich das Glück verlassen.«

Das hörte sich an, als ob Fleur an Schicksal glaubte, und Romy hätte sie das gern gefragt, doch sie wollte Fleurs Redefluss nicht unterbrechen. Also schwieg sie und hörte weiter zu.

»Er stand da, während die Schneeflocken um ihn herumtanzten, eine dicke Mütze auf dem Kopf und einen gestrickten Schal um den Hals, und streckte die Hand aus …«

Fleur starrte über Romys Schulter hinweg, schien dort jedoch nichts zu sehen. Ihr Blick war nach innen gerichtet. Ihre Unterlippe zitterte, als wolle sie im nächsten Augenblick anfangen zu weinen.

»Ich griff danach wie nach einem Strohhalm. Keiner von uns hat ein Wort gesprochen. Er hat mich aus dem Trubel geführt und dann haben wir lange in einem kleinen Gasthof an der Elbe gesessen und schweigend nach draußen auf den leise fallenden Schnee geguckt. Ich hab mich seit Langem zum ersten Mal wieder so richtig satt gegessen und er hat mir dabei zugesehen.«

Pretty Woman, dachte Romy.

Hollywood in echt.

»Geredet haben wir erst viel später. Da hatte er mich schon in sein Apartment mitgenommen.«

Fleur goss den letzten Tee in ihre Tasse, diesmal ohne Kandis und ohne Sahne. Sie trank ihn aus und sah Romy an.

»So hat alles angefangen.«

Wenige Minuten später griff sie nach ihrer Jacke.

»Ich kann im Augenblick nicht … ich … muss allein sein. Sei mir nicht böse, bitte.«

Perplex blickte Romy ihr nach und blieb, nachdem sich die Tür hinter Fleur geschlossen hatte, nachdenklich zurück. Was für eine Geschichte, dachte sie und spürte das vertraute Kribbeln, das sich immer dann meldete, wenn sie einer Sache auf der Spur war.

Was für eine Wahnsinnsgeschichte.

5

Schmuddelbuch, Dienstag, 3. Mai, zwei Uhr nachts

Habe den ganzen Abend recherchiert und das, was Fleur mir erzählt hat, ausgearbeitet. Es ergibt den Anfang eines Bildes, das von Dalí oder Magritte sein könnte. Eine innere Landschaft, in der man allein mit seinem Schrecken ist.

Immer wieder sehe ich Fleur vor mir und höre ihre sanfte, leise Stimme. Wie ein aus dem Nest gefallener Vogel kam sie mir vor.

So allein und so unendlich traurig.

Fleur konnte nicht schlafen. Daran war sie gewöhnt. Es gab kaum noch Nächte, in denen sie durchschlief. Ein dumpfes Gefühl von Bedrohung hielt sie wach.

Und eine dunkle Traurigkeit.

Diese Traurigkeit war zäh und hartnäckig. Sie klebte an ihren Haaren, ihrer Haut und ihrer Seele. Nichts konnte sie vertreiben, nicht einmal ein spontanes, überraschendes Lachen, das Fleur oft im Keim erstickte.

Lachen bedeutete Fröhlichkeit.

Lebensfreude.

In Fleurs Wahrnehmung kamen diese Gefühle schon eine ganze Weile nicht mehr vor.

Sie schlug die Bettdecke zurück und stand leise auf, um Amal nicht aufzuwecken, deren Atemgeräusche ihr zeigten, dass sie tief und fest schlief. Sie schlüpfte in ihre Jogginghose, verließ leise das Zimmer und ging zur Toilette.

Im Spiegel über dem Waschbecken sah sie ihr Ebenbild, dem die Sorgen Schatten unter die Augen gemalt hatten. Die ständige Angst hatte auch ihre Augen größer werden lassen. Beinah erschrocken musterte sie sich selbst.

Beim Händewaschen musste sie daran denken, dass man den Seifenschaum so lange verreiben sollte, wie man benötigte, um zweimal *Happy Birthday* zu singen. Das hatte sie neulich irgendwo gelesen.

Ausgerechnet *Happy Birthday*, dachte sie.

Im Haus war es still. Keines der Kinder rief oder weinte oder träumte laut. Sie hörte keine Musik, keine Stimmen, keine Geräusche.

Fleur genoss die Stille. Sie war so selten und sie hatte ein solches Bedürfnis danach.

Sie stellte sich ans Fenster und sah hinaus in die windige, regnerische Nacht. In einigen der umliegenden Häuser war noch Licht. Wohnten dort Schlaflose, die sich die langen, quälenden Stunden vertrieben? Menschen, die nachts arbeiteten? Oder liebten sich dort welche, bevor sie in einen tiefen, zufriedenen Schlaf fielen?

Fleur wandte sich ab und kehrte in ihr Zimmer zurück. Sie wollte sich die Liebe anderer Menschen nicht vorstellen. Nicht die unglückliche Liebe, aber auch nicht die, die glücklich war.

Sie beschloss, sich nicht wieder ins Bett zu legen, sondern die Zeit, in der sie sowieso nicht schlafen konnte, zu nutzen. Sie zog ihren alten Laptop, den sie irgendwann einmal bei einer Haushaltsauflösung ergattert hatte, aus der Schublade ihres Nachttischs und ging damit in die Küche.

Nur in den Nächten hatte man das Glück, die Gemeinschaftsküche ab und zu leer vorzufinden. Dies war so eine Nacht. Fleur öffnete ihr Schrankfach und nahm eine Packung Kekse und einen Beutel Tee heraus. Sie schaltete den Wasserkocher ein und holte einen Becher aus dem Geschirrschrank. Dann goss sie sich einen Tee auf.

Es konnte ihr gar nicht schnell genug gehen, denn sie hatte eine Idee.

Sie würde aufschreiben, was sie mit … *ihm* … erlebt hatte.

Ihren Ängsten in der Geborgenheit dieses Hauses ins Gesicht blicken.

Und endlich wieder lernen, seinen Namen auszusprechen.

*

Romy hatte Greg gebeten, heute zu Hause arbeiten zu dürfen, doch er hatte sich nicht erweichen lassen. Dabei musste sie nur ein paar Rezensionen schreiben und die Aufführung eines Theaterstücks besprechen, was sie zu Hause wesentlich besser konnte.

»Mist!«, fluchte sie, als sie sah, dass sie ihr Fahrrad unter all den andern hervorziehen musste, die im Erdgeschoss hinten im Flur abgestellt waren. Eigentlich gehörte es Cal, der wollte es aber nicht zurückhaben. Jetzt war es sozusagen herrenlos.

Endlich hatte sie es geschafft, verließ das Haus und schwang sich auf den Sattel. Das Wetter hatte sich wieder eingekriegt. Der nächtliche Regen schien den ganzen Staub der Stadt abgewaschen zu haben. Die Luft wirkte frisch und klar. In den Pfützen spiegelte sich ein beinah wolkenloser Himmel, der einen schönen Tag versprach.

Dennoch war Romy nervös. Die ganze Zeit hatte sie sich auf Ingos Rückkehr gefreut, und nun, wo sie kurz bevorstand, bekam sie kalte Füße. Am liebsten hätte sie den nächsten Flieger nach Mallorca genommen, um …

Um was?

Um Zeit zu gewinnen?

Um zu flüchten?

Sie betrachtete den Ring an ihrer linken Hand. Der rote Turmalin funkelte im Sonnenlicht, dass es eine Pracht war. Es war ein großer, klarer Stein, der seine Farbe bei nahezu jeder Bewegung veränderte. Am frühen Morgen, im Licht der Küchenlampe, war er noch dunkelrot gewesen. Jetzt hatte er einen verführerischen Pinkton angenommen.

Würde es Ingos Großmutter gefallen, dass Romy ihn nun trug?

In der Redaktion war es überraschend ruhig. Es gab diese Momente, in denen alle an ihren Rechnern saßen und still vor sich hin tippten. Sie waren wie Inseln im geschäftigen Treiben, das sonst hier herrschte, und ebenso schnell wieder vorbei.

Romy setzte sich an ihren Tisch und ordnete ihre Unterlagen.

Bevor sie anfing zu schreiben, warf sie noch einen Blick auf die Uhr.

Kurz nach neun.

In ihrem Bauch war ein Kribbeln wie von tausend Ameisen.

Was würde Ingo sagen?

Was würde sie antworten?

Er war ihr auf einmal wieder so fremd. Würde sie es überhaupt fertigbringen, ihm in die Augen zu sehen?

Ihr wurde heiß.

Kalt.

Sie spürte, wie ihr ein Lachen die Kehle hochstieg, das sich ebenso gut als Weinen entpuppen konnte. Als sie zur Toilette ging, vermied sie es, zu Gregs Büro hinüberzublicken.

Ihr war, als könnte man ihr jede Regung vom Gesicht ablesen.

*

Die Nacht hatte Mikael im Auto verbracht. Jetzt schmerzte sein Nacken so heftig, dass er kaum den Kopf drehen konnte. Er fluchte.

Das alles hier wär nicht nötig, wenn Bea nicht abgehauen wär!

Da er in der Nacht gefahren war, hatte er Köln bereits nach fünf Stunden Autobahn erreicht. Er hatte sich einen Parkplatz am Rheinufer gesucht und tatsächlich ein wenig Schlaf gefunden. Nun stand sein Wagen in einer Tiefgarage und Mikael saß beim Frühstück im Café Reichard und hatte freien Blick auf den Dom, vor dem sich die ersten Touristen sammelten. Er ragte so schwarz, so schön und so gewaltig vor ihm auf, dass er ewig hier hätte bleiben und ihn anschauen mögen.

Doch er wollte keine Zeit vergeuden.

Er holte sein Auto aus der Tiefgarage und quälte sich durch den Berufsverkehr nach Ehrenfeld. Zuerst musste er die Gegend um das Frauenhausbüro checken. Als Nächstes würde er sich ein bezahlbares Zimmer in einer Pension suchen.

Alles Weitere würde sich finden.

Die depressive Stimmung der vergangenen Wochen löste sich in Luft auf. Er war auf der richtigen Spur. Er fühlte es.

Fast konnte er Bea in den Straßen spüren. Hier war sie entlanggegangen. Diese Häuser hatte sie angeschaut, diese Menschen. In diesen kleinen Läden hatte sie gestöbert. Mit diesen Verkäufern und Verkäuferinnen gesprochen.

Vielleicht hatte sie diesen kleinen Hund gestreichelt, der vor einem Laden angebunden war. Bea war verrückt nach Tieren. Er hatte ihr kein Haustier erlaubt, was zu ständigem Streit zwischen ihnen geführt hatte.

Anfangs.

Als sie es noch gewagt hatte, sich mit ihm anzulegen.

Oh, er konnte es sich so gut vorstellen, wie sie sich hier in Sicherheit wähnte. Die Blicke der Männer kokett zurückgab. Er kannte das Spiel. Ihren aufreizenden Gang. Diesen Blick unter den gesenkten Wimpern hervor. Und wie sie die Lippen schürzte, wenn ihr jemand gefiel.

Erst an dem Schmerz merkte Mikael, dass er sich die Fingernägel in die Handballen bohrte.

Wie hatte er so arglos sein können! Er hätte doch wissen müssen, dass sie nur auf eine Fluchtmöglichkeit lauerte.

Aufmerksam betrachtete er das Haus, in dem die Frauen arbeiteten, die es Bea ermöglichten, sich vor ihm zu verstecken. Er hatte keine konkreten Beweise, aber er war sich sicher, dass sie in einem der beiden Frauenhäuser Unterschlupf gefunden hatte.

Sie war bereits früher weggelaufen und in einem Frauenhaus war sie auch schon untergekrochen.

Aber er hatte sie immer aufgestöbert.

Das würde auch diesmal so sein. Denn Juri hatte ihm angekündigt, dass er die streng gehütete Anschrift der beiden Frauenhäuser noch heute erfahren würde.

Juri konnte manchmal ein richtiges Arschloch sein, aber seine Kontakte waren zuverlässig.

*

Ingo Pangold stellte Koffer und Laptop ab, zog die Wohnungstür hinter sich zu und steckte den Schlüssel ins Schloss. Das tat er immer, denn er hatte die Angewohnheit, seine Schlüssel zu verlegen, und war es leid, ständig nach ihnen zu suchen.

Eine frühere Freundin hatte ihm einmal einen Schlüsselfinder geschenkt. Man befestigte ihn am Schlüsselbund und war das Problem los. Auf Pfeifen oder Klatschen reagierte der Finder mit einem Piepton.

Allerdings ergab sich daraus ein neues Problem. Der Finder meldete sich auch in Situationen, in denen es äußerst ungünstig war – bei Redaktionskonferenzen und wichtigen Presseterminen, bei Verabredungen in Cafés und Restaurants. Es brauchte nur irgendjemand energisch in seiner Tasse zu rühren oder mit Besteck zu klimpern, dann legte der Schlüsselfinder schon los.

Also hatte Ingo ihn wieder entsorgt und versuchte seitdem, sich mit diversen Tricks zu helfen.

In der Wohnung roch es nach Leere und längerer Abwesenheit. Er öffnete die Balkontür und trat hinaus. Das großzügige Loft befand sich in einem ehemaligen Speicherhaus am Rhein, mitten in Köln, nicht weit von den legendären Kranhäusern entfernt.

Der Blick, der sich ihm bot, überwältigte ihn wie jedes Mal.

Hier kam seine Seele zur Ruhe.

Hier war sie zu Hause.

Als hätte sie schon hundert Leben hier verbracht. Es müsste wirklich eine Menge geschehen, um ihn zu bewegen, diesen Ort jemals wieder zu verlassen.

»Hi, Edeltraud«, begrüßte er seinen Hausgeist, nachdem er ins Wohnzimmer zurückgekehrt war. Edeltraud war etwa zwei Meter hoch, eine abstrakte, sehr farbenfrohe Figur mit weichen, fraulichen Rundungen. Das einzige weibliche Wesen, mit dem er es je länger als ein, zwei Monate ausgehalten hatte. »Bin wieder da.«

Er öffnete die Kühlschranktür. Seine Putzfrau hatte für ihn eingekauft. Das tat sie nach jeder seiner Reisen. Allerdings kaufte sie nicht nur das, was sie kaufen sollte. Sie packte ihm den Kühlschrank mit lauter Lebensmitteln voll, die ihrer Meinung nach in einem Haushalt nicht fehlen durften.

Seufzend drückte er die Tür wieder zu.

Er war nicht hungrig.

Auch nicht durstig.

Er war nervös.

Immer wieder hatte er überlegt, wie es mit Romy und ihm weitergehen sollte. Und ob es überhaupt weitergehen *würde.*

Sie hatten Mails ausgetauscht, die von Tag zu Tag länger geworden waren. Das Thema jedoch, das ihm am meisten am Herzen lag, hatten sie beide nicht angerührt.

Als hätte er nur geträumt, dass sie ihn geküsst hatte.

Und wenn sie mittlerweile wieder mit Cal zusammen war? Und ihm das nicht geschrieben hatte, um ihn nicht zu verletzen? Weil sie es ihm vielleicht lieber persönlich mitteilen wollte? Schonend, wie man so schön sagte?

Ingo hasste das Wort.

Jemanden in Watte packen, ihm aber die schlimmste Wahrheit um die Ohren schlagen, die es gab. Wen sollte das schonen?

Den Kopf?

Den Magen?

Die Gefühle?

Er durfte gar nicht daran denken.

Die nicht eben umweltfreundliche, aber geniale Espressomaschine war schon vorbereitet (gute Frau Glasmeier!). Er brauchte sie nur noch einzuschalten und eine Kapsel einzulegen.

Während der Kaffee in die Tasse lief und den Raum mit seinem Duft erfüllte, packte Ingo den Laptop aus und klappte ihn auf, um seine Mails zu checken.

Die Berufskrankheit der Journalisten.

Keine halbe Stunde hielten sie es offline aus.

Er löschte zuerst zwei Spam-Mails, die es wieder mal durch den Filter geschafft hatten, und ärgerte sich wie stets darüber, dass es kein absolut wirkungsvolles Mittel gegen diese Kriminellen gab, die einen ständig zwangen, ihren unerwünschten Müll zu entsorgen.

Dann hielt er zwei neue Termine in seinem Kalender fest und holte sich seinen Kaffee. Heute hatte er sich einen Homeoffice-Tag genommen, um sich nach seinem USA-Aufenthalt wieder zu akklimatisieren.

Er hoffte, dass Romy am Abend Zeit haben würde. Vielleicht konnte er sie zum Essen einladen. Hierher oder in ein Restaurant, in dem nicht so ein Lärm war und in dem man reden konnte.

Das Problem, dachte er, war ihr Altersunterschied.

Er würde sich immer und überall bemerkbar machen. In ihren Vorlieben und Abneigungen, ihrer gesamten Lebensart.

Mit achtzehn hätte er ein Lokal vermutlich nicht danach ausgesucht, ob es ruhig war oder nicht. In dem Alter wär er nicht mal essen gegangen, weil er schlicht kein Geld dafür gehabt hatte. Wenn überhaupt, dann hätte er sich für McDonald's oder eine Imbissbude entschieden.

Ingo betrachtete die Tasse in seiner Hand. Buntes, abgefahrenes Design – für Romy wahrscheinlich unerschwinglich.

Sein kompletter Haushalt strotzte vor erlesenen Gegenständen. Allein das Wohnzimmer mit der großen Skulptur, dem gläsernen Kamin in der Mitte und den modernen Bildern an den Wänden war so etwas wie ein Gesamtkunstwerk.

Dass er mehr Geld hatte, als er in seinem Job verdiente, kam daher, dass seine Großmutter ihm ihr Vermögen vererbt hatte. Er band es nicht jedem auf die Nase. Er schätzte die Freiheit, die das Geld ihm verlieh, aber er war nicht von ihm abhängig.

Romys Verhältnis zu Geld war vermutlich ein komplett anderes.

Ingo hatte über ihre unterschiedlichen Vorlieben nachgedacht, ihren unterschiedlichen Lebensstil und ihren unterschiedlichen Charakter. Alles konnte man mit der Binsenweisheit wegwischen, dass Unterschiede einander anziehen.

Eines jedoch blieb: Er war dreizehn Jahre älter als Romy.

Dreizehn Jahre!

Und doch war es nicht einmal der Altersunterschied, der ihn am meisten beschäftigte. Was er absolut nicht begreifen konnte, war die Tatsache, dass er sich tatsächlich verliebt hatte. Mit Haut und Haar, von Kopf bis Fuß.

Rettungslos.

Diverse halbgare Liebesgeschichten und mehr geplatzte Beziehungen, als gut für ihn waren, hatten seine Einstellung dem weiblichen Geschlecht gegenüber geprägt. Er war für seine chauvinistischen Bemerkungen berüchtigt und wurde dafür von den Kolleginnen empfindlich abgestraft. Seinen Ruf als Macho hatte er für immer und ewig zementiert.

Und dann war Romy in sein Leben getreten.

Er hatte sie angeflirtet, wie es bei neuen Kolleginnen seine Art war, halbherzig, spielerisch. Hatte sie, nachdem sie das Spiel nicht mitgespielt hatte, behandelt wie alle anderen Kolleginnen auch. Sogar eine Spur schlechter, weil sie ihn irritierte.

Sie hatte sich davon nicht einschüchtern lassen. Unbeirrt war sie ihren Weg gegangen.

Dieses Greenhorn.

Und wie gut sie war.

Ingo hatte sofort gespürt, dass sie einmal eine ganz Große werden würde, aber seltsamerweise hatte er sich von ihrer Begabung nicht bedroht gefühlt. Im Gegenteil.

Das hatte ihn verwirrt. Vielleicht war er ihr gegenüber deshalb noch ein wenig bissiger geworden. Noch ablehnender.

Wie sehr sie ihm gefiel, hatte er erst gemerkt, als sie vor einigen Wochen von dem Schwulenmörder bedroht wurde, dem sie auf die Spur gekommen war. Niemals hätte Ingo gedacht, dass sie seine Hilfe annehmen würde, aber sie hatte es getan. Hatte drei Tage bei ihm gewohnt.

Und sein Leben umgekrempelt.

»Romy«, sagte er leise und spürte, wie ihm sogar ihr Name unter die Haut ging.

Ihr Kuss war möglicherweise nur ein Zeichen ihrer Dankbarkeit gewesen. Dennoch fühlte er noch ihre Lippen auf seinen.

Als er in die USA geflogen war, hatte er sich vorgenommen, die Zeit zu nutzen, um den Kopf wieder klarzukriegen.

Sie und er.

Unmöglich.

Absolut unvorstellbar.

Auch wenn sie am Telefon so zärtlich geklungen hatte, dass es ihm heiß und kalt über den Rücken gerieselt war.

Ingo ließ alles liegen und stehen und verließ die Wohnung. Egal wie – er musste sich Gewissheit verschaffen.

*

Fleur hatte die ganze Nacht wie im Rausch geschrieben. Erst als das Dämmerlicht langsam ins Zimmer gekrochen war, hatte sie den Laptop zugeklappt.

Jule war im Nachthemd in die Küche gekommen, die kleine Paulina im Arm, um ihrer Tochter das Fläschchen zu machen. Ihr Mann hatte sie und das Kind bei der letzten Auseinandersetzung schwer verletzt.

Es war ein Wunder, dass sie überlebt hatten.

Paulina hatte vor Vergnügen gekräht und die speckigen Ärmchen in die Luft geworfen. Jule dagegen war still und blass gewesen wie meistens. Sie führte täglich ein Gespräch mit der Psychologin, dennoch konnte Fleur keinen Fortschritt feststellen.

Aber was erwartete sie denn? Dass Wunden, die einem über Jahre zugefügt wurden, in wenigen Wochen heilten?

Nach und nach war das Haus wach geworden. Die Kinder trampelten über die Flure, die Wasserspülungen rauschten und die Duschen waren in Dauerbetrieb.

Fleur mochte es, wenn man überall das Leben spürte. Es lenkte sie von ihren quälenden Gedanken ab und ermöglichte ihr, sich für ein paar Augenblicke frei zu fühlen.

Erst nach dem Frühstück hatte sie sich auf ihr Bett gesetzt und überflogen, was sie geschrieben hatte. Das hatte sie so sehr mitgenommen, dass sie beschloss, ihre Aufzeichnungen in Zukunft nicht mehr zu lesen.

Das Schreiben selbst hatte ihr gutgetan. Es war, als wäre sie leichter geworden. Als hätte sie die erste Schicht dessen, was sich auf ihren Schultern festgesetzt hatte und sie niederdrückte, in mühseliger Kleinarbeit gelöst und abgetragen.

Während sie duschte, kamen ihr einige Sätze wieder in den Sinn.

Sein Blick glitt über ihr Gesicht und ihren Körper. Er sagte kein Wort, berührte sie nicht. Sah sie nur an.

Ihr wurde kalt unter diesem Blick. Sie schämte sich.

Das war ihr erstes Gefühl damals.

Scham.

Sie konnte die Scham immer noch fühlen.

Fleur hatte nicht darüber nachgedacht, wie sie ihre Erinnerungen niederschreiben wollte. Es war ihr ganz natürlich erschienen, über sich selbst in der dritten Person zu schreiben. Sie erzählte von Bea, mit der sie in ihrem neuen Leben nichts mehr zu tun hatte. Einer Person, die ihr vorkam wie jemand, den sie einmal gekannt und dann aus den Augen verloren hatte.

Sie fürchtete sich vor dem Wort *ich*.

Es zu verwenden, würde bedeuten, alles noch einmal zu erleben.

Den Rest des Vormittags hatte Fleur sich mit einem Buch aufs Bett gelegt und gelesen. Amal hatte einen Arzttermin gehabt und war erst gegen Mittag zurückgekehrt. Sie hatten sich gemeinsam in die Küche gesetzt und Brot, Käse und Obst gegessen, während es auf sämtlichen Herdplatten köchelte, schmurgelte und briet und das allmittägliche Tohuwabohu herrschte.

Der Duft der Speisen war, wie die Zusammensetzung ihrer Gemeinschaft, exotisch und international. Ab und zu kochten und aßen sie alle zusammen, doch im Allgemeinen versuchte jeder hier, sein eigenes Leben zu leben, soweit es möglich war.

Nach dem Essen überredete Amal Fleur zu einem Spaziergang.

»Du bist zu viel im Haus«, sagte sie mit einem aufmunternden Lächeln und ihrem weichen Akzent, den Fleur so gern hörte.

Draußen standen noch Pfützen vom Regen der Nacht. Die Luft war gereinigt und klar. Es roch nach Blüten und ein wenig nach dem Rauch, der aus den Schornsteinen stieg. Der letzte Schnee war noch nicht so lange her. Die Winterkälte hatte ihre Spuren hinterlassen.

»Komm«, sagte Amal. »Wir gehen ein bisschen durch den Wald.«

Wald war gut. Dort würden sie Plätze finden, an denen sie

allein sein konnten. Fleur war heute nicht nach Menschen zumute.

Prüfend schaute sie sich um, bevor sie in den Weg einbogen, der zum Wald führte. Sie registrierte, dass auch Amal mit einem aufmerksamen Blick die Umgebung scannte.

Es war ihnen in Fleisch und Blut übergegangen.

Zu oft kam es vor, dass ein Mann seine Frau auskundschaftete. Dass er sie zu überreden versuchte, wieder zu ihm zurückzukehren.

Und ausrastete, wenn es ihm nicht gelang.

Vor wenigen Monaten erst hatte Fleur gelesen, dass ein Mann seine Freundin direkt vor dem Frauenhaus, in dem sie aufgenommen worden war, erstochen hatte.

Sie versuchte, tief und gleichmäßig zu atmen. Ständige Angst machte krank, das durfte sie nicht zulassen.

Mikael …

Endlich konnte sie seinen Namen wieder denken. Bestimmt würde sie irgendwann auch wieder in der Lage sein, ihn auszusprechen.

*

Romy betrat das *Alibi* und erblickte ihn sofort. Im selben Moment nahm sie wahr, dass Cal Dienst hatte. Doch das konnte nichts an der Freude ändern, von der sie geradezu überwältigt wurde.

Ingo stand auf und sah ihr entgegen. Sein Gesicht wirkte blass und angespannt. Der Flug war bestimmt anstrengend gewesen. Oder er war überarbeitet. Oder …

Romy erschrak.

Was, wenn sie ihn verlor, noch bevor sie ihn wirklich gefunden hatte?

Doch da war sie schon bei ihm und Ingo zog sie an sich.

Die Geräusche verstummten. Romy hörte nur noch das Rauschen in ihren Ohren und fühlte Ingos Arme, die sie hielten. Dann spürte sie seine Lippen an ihrer Schläfe.

Sie atmete seinen Geruch ein.

Kuschelte sich in seine Wärme.

»Was darf ich euch bringen?«

Cals Stimme war scharf wie eine Rasierklinge.

Widerstrebend machte Romy sich von Ingo los.

»Für mich eine heiße Minz-Schokolade.«

Sie zog ihre Jacke aus und warf sie über eine Stuhllehne.

»Hört sich gut an.« Ingo setzte sich Romy gegenüber. »Für mich auch.«

Cal verschwand, kam jedoch gleich wieder zurück, um den Tisch mit einem feuchten Tuch abzuwischen. Er rückte die Vase mit der roten und der gelben Tulpe zurecht und zündete umständlich die Kerze in dem gläsernen Windlicht an. Noch einmal fuhr er mit dem Tuch über den Tisch.

»Und falls das möglich ist«, sagte Ingo, »wären wir jetzt gern allein.«

Als Cal sich abwandte, hörte Romy ihn »Arschloch« murmeln.

Ingo musste es ebenfalls gehört haben, doch er ignorierte es. Er schob die Hände über den Tisch und Romy legte ihre hinein.

Eigentlich begriff sie es immer noch nicht.

Ingo.

Ausgerechnet er.

Lokalredakteur beim *Kölner Anzeiger*. Über den sie sich aufgeregt hatte wie über keinen sonst. Den unbeliebtesten Kollegen Kölns. Der sich nicht zu schade gewesen war, auch für die Klatschpresse zu schreiben, und der skrupellos seine Karriere verfolgte.

Ingo.

»Wenn du mich so anguckst«, sagte er leise, »wird mir angst und bange.«

Romy legte fragend den Kopf schief.

»Vielleicht entdeckst du auf einmal, dass ich viel zu alt für dich bin.«

»Und viel zu klug«, sagte Romy grinsend. »Und viel zu schön. Und viel zu erfolgreich. Und überhaupt ganz unerreichbar.«

»Ich meine das ernst.«

»Ich weiß.«

»Und?«

»Was – und? Soll ich mich wirklich mit den dreizehn läppischen Jährchen beschäftigen, die du älter bist?«

»Immerhin weißt du ziemlich genau, wie viele Jahre es sind.«

»Ich weiß noch viel mehr über dich.«

Ingo senkte den Blick auf ihre ineinander verschränkten Hände, die wie die Skulptur eines Bildhauers zwischen ihnen lagen.

»Und ich möchte herausfinden, ob das, was ich über dich weiß, auch wirklich stimmt. Das möchte ich mehr als alles andere, Ingo. Dich kennenlernen. Dir nah sein. Meine Geheimnisse mit dir teilen. Dich ohne Worte verstehen lernen.«

Ingo blinzelte. Er räusperte sich.

»Romy …«

»Die Minz-Schokolade.«

Zögernd ließ Ingo Romys Hände los.

Der Zauber war gebrochen.

Aber es hatte ihn gegeben.

Er war der Anfang.

Alles war gut.

6

Schmuddelbuch, Dienstag, 3. Mai, vierzehn Uhr

Wieder zurück in der Redaktion. Werde Ingo heute Abend treffen. In seiner Wohnung. Der atemberaubende Blick aus den Fenstern, der gläserne Märchenkamin und Edeltraud, der gute Geist … das alles ist mir in den Tagen, in denen ich bei Ingo untergekrochen bin, richtig vertraut geworden.

Der fassungslose Blick, mit dem Cal uns beobachtet hat.

Aber ich begreif es ja selbst nicht.

Er hatte sich nicht geirrt!

Bea war ein Gewohnheitstier. Nachdem sie sich einmal einem Frauenhaus anvertraut hatte, tat sie es immer wieder. Dabei hätte sie doch wissen sollen, dass er sie auch diesmal finden würde.

Aber sie war nicht allein.

Eine junge Frau begleitete sie, eine Schönheit mit langem schwarzem Haar und einem Körper, der an eine Gazelle erinnerte. Sie schaute sich mehrmals misstrauisch um und Mikael fragte sich, welchem Mann *sie* wohl davongelaufen war.

Er blieb hinter dem mächtigen Stamm der alten Hängeweide stehen. Die gelben Weidenkätzchen und die frischen hellgrünen Blätter boten ihm bereits ausreichend Schutz.

Selber schuld, wenn sie so einen Baum in der Nähe eines Frauenhauses wachsen lassen, dachte er und war sich sicher, dass schon so mancher Mann an dieser Stelle gestanden und das Haus beobachtet hatte.

Offenbar hatte sich das noch nicht herumgesprochen, denn Bea und ihre Freundin spazierten plaudernd um das Haus herum und auf den Wald zu, den Mikael beim Auskundschaften der Gegend bereits entdeckt hatte.

Logisch, dass der Bea anzog. Sie liebte Wälder. Konnte gar nicht genug kriegen von dem Duft, dem weichen Boden und dem grünen Licht. Sobald sie einen Wald betrat, verwandelte sie sich in ein kleines, staunendes Mädchen, das über die Wege rannte, Bäume umarmte und vor Glück fast heulte.

Anfangs hatte Mikael das niedlich gefunden. Er hatte sie an sich gezogen und ihr Gesicht mit Küssen bedeckt. Doch sie hatte sich ihm jedes Mal entwunden und war übermütig wieder losgerannt. Sie hatte so schön ausgesehen mit ihrem wehenden Haar, das im funkelnden Licht des Waldes silbrig schimmerte. Wie ein Irrlicht war ihre helle Stimme an den Tannen hochgeklettert.

Ihre Fröhlichkeit zu sehen, war für Mikael wie eine Ohrfeige gewesen.

Wieso hatte sie nicht das Bedürfnis, seine Zärtlichkeit zu erwidern?

Mit ihm zu schlafen?

Hier. Mitten im Wald. Wo es gefährlich war, denn jederzeit konnte jemand vorbeikommen und sie entdecken. Das war es ja, was die Vorstellung so erregend machte.

Irgendwann hatte er sich genommen, was er haben wollte.

Ohne groß zu diskutieren.

Hatte sie auf den Boden gestoßen und sich auf sie geworfen.

Danach hatte Bea mit ihm nie wieder einen Wald betreten wollen. Doch das war es wert gewesen.

Mikael spürte die Erregung im Unterleib pochen. Er hämmerte mit der Faust auf den Stamm der Weide ein, bis die Schmerzen in seiner Hand jedes andere Gefühl ausgelöscht hatten.

So schwer es ihm auch fiel, er musste sich Zeit lassen. Einen Plan entwickeln. Er gewann nichts, wenn er die Sache überstürzte. Außerdem war es bisher doch super gelaufen. Juri hatte sein Versprechen wahr gemacht und ihm eine der Frauenhaus-Adressen durchgegeben. Für die andere brauche er noch eine Weile, hatte er sich entschuldigt.

Doch die war ja nun gar nicht mehr nötig.

Mittlerweile waren Bea und ihre Freundin zu kleinen Spielzeugfiguren geschrumpft, die irgendein Gott in die Landschaft gesetzt zu haben schien. Mikael beschloss, zu seinem Auto zurückzukehren.

Der Anfang war gemacht. Jetzt würde er sich ein Zimmer suchen. Und nachdenken.

*

»Hast du auch das Gefühl, beobachtet zu werden?«

Amal sprach aus, was Fleur die ganze Zeit gespürt hatte. Was sie empfand, seit sie auf der Flucht war. Mal mehr, mal weniger. In den vergangenen Tagen jedoch besonders stark.

»Wir bilden uns das sicher bloß ein«, antwortete sie dennoch. »Ist ja kein Wunder oder?«

»Wahrscheinlich hast du recht.« Amal nickte nachdenklich. »Ich hab mich fast schon an den kalten Hauch im Nacken gewöhnt.«

Genau so nahm Fleur es auch wahr. Als eine kalte Stelle im Nacken, die ihr sofort signalisierte, dass etwas hinter ihrem Rücken vorging.

Sie blieb stehen und drehte sich um. Ließ den Blick um dreihundertsechzig Grad wandern.

Nichts.

Nur Wiese und Wald und ab und zu ein Auto, das weit hinten auf der Straße fuhr.

Doch das Gefühl von Bedrohung hatte sich hartnäckig an ihre Fersen geheftet. Es verschwand nicht mal, als sie in den Wald eintauchten und seine Stille sie einhüllte wie ein kühles grünes Tuch.

Heute war es fast zu grün. Zu still. Zu kühl.

Die Wege erschienen Fleur zu weich und sie führten zu weit in das dunkle Gewölbe der Bäume hinein. Sie griff sich an den Hals.

Kleine Zweige knackten. Ein Vogel rief.

Fleur bekam keine Luft.

Wo war Amal?

Panisch blickte sie sich um. Entdeckte eine Bewegung weiter vorn, wo der Weg sich nach einer Biegung gabelte.

Amal! Gottseidank …

Fleur versuchte voller Verzweiflung, Luft zu holen. Sie hörte das Röcheln, das aus ihrer wie zugeschwollenen Kehle drang, und rief sich mühsam den Rat der Psychologin ins Gedächtnis.

Konzentriere dich auf deinen Körper. Die Lunge. Den Brustkorb. Das Zwerchfell. Den Bauch. Atme in den Bauch hinein. Spüre, wie dein Atem den Brustkorb dehnt. Wie die Magendecke sich hebt und senkt. Schließ die Augen. Lass den Sauerstoff durch deine Adern fließen.

Ganz allmählich merkte Fleur, wie sie sich entspannte, und als Amal mit besorgtem Gesicht zurückgelaufen kam, war die Panikattacke bereits vorbei.

»Ich hab nicht gesehen, dass du nicht mehr neben mir warst«, entschuldigte sich Amal.

Fleur legte den Kopf in den Nacken und schaute nach oben.

Zwischen den Baumkronen war der Himmel sichtbar. Blau hatte sich unter das Grau der Wolken gemischt.

»Das ist ein Omen«, sagte sie und zeigte hinauf.

»Was ist ein Omen?«, fragte Amal.

»Ein Zeichen«, erklärte Fleur. »Es gibt gute und böse Omen. Das da ist ein gutes. So viel wunderbares Blau kann nur bedeuten, dass alles gut wird.«

»Ein Omen«, wiederholte Amal leise und blickte ebenfalls in den Himmel. »Das können wir alle hier brauchen.«

Ein Omen, dachte Fleur.

Sie war sich nicht sicher, ob sie an Zeichen glaubte.

Doch sie wollte es unbedingt.

*

Die Pension war schäbig, aber sie hatte alles, was Mikael benötigte. Sogar eine Rezeption, wenn sie auch nur aus einem alten Schreibtisch und einem ebenso alten Schlüsselbrett an der Wand bestand. In den schmalen Holzfächern steckten Nachrichten für die Gäste.

Die meisten Schlüssel hingen an ihrem Platz, was wohl bedeutete, dass die Pension nicht allzu gut besucht war. Durch eine offen stehende Tür konnte Mikael einen Teil des Frühstückszimmers erkennen.

Die Möbel waren dunkel und klobig. Wahre Monster aus schwerem Holz, die den Eindruck erweckten, als könnten sie sich jederzeit auf ihren geschnitzten Beinen oder Füßen davonmachen.

Das Haus war schmal und hoch und hätte mit seinem krummen Fachwerk und dem schummrigen Innenleben gut als Kulisse für einen Horrorstreifen dienen können. Auf jeder Etage lagen drei Zimmer. Mikael hatte das Zimmer Nummer elf im obersten Stockwerk. Es gab keinen Fahrstuhl.

Leichtfüßig lief Mikael die ausgetretenen Treppenstufen hinauf. Er war durchtrainiert und liebte Bewegung. Es brauchte andere Herausforderungen, um seinen Herzschlag zu beschleunigen.

Der mittelblaue Teppichboden war gerade erst gereinigt worden. Das Zimmer roch nach Seifenschaum und man konnte hier und da noch feuchte Flecken erkennen. Mikael stellte den Koffer ab und betrachtete die dürftige Einrichtung.

Ein Doppelbett, von dem nur die eine Hälfte bezogen war. Die andere war unter einer gesteppten Tagesdecke verborgen, die vor etlichen Jahren vielleicht einmal Farbe gehabt hatte. Jetzt war sie von einem undefinierbaren Grau und ließ nur noch Reste eines ehemaligen Musters erkennen.

Schrank, Tisch, Stuhl und hoch oben in einer Ecke an einem schwenkbaren schwarzen Kunststoffarm ein kleiner Fernseher. Das war die ganze Pracht.

Mikael zog die Gardine beiseite und blickte auf betonierte Hinterhöfe, die von hohen, efeubewachsenen Mauern umschlossen waren. Auf dem Nachbargrundstück stand ein robustes Gerüst für Kinder, an dem niemand kletterte. Der Sandkasten war abgedeckt und wurde von zwei Katzen bewacht, die so reglos nebeneinandersaßen, dass sie mit ihrer Umgebung verschmolzen schienen.

Alles wirkte heruntergekommen und verlassen.

Mikael hatte genug gesehen. Sollte das Gebäude in Brand geraten, müsste er sich einen anderen Fluchtweg suchen.

Er hatte eine unbezwingbare Angst vor Feuer und fühlte sich deshalb nur im Erdgeschoss oder höchstens im ersten Stock eines Hauses einigermaßen sicher. Den Grund dafür hatte er nie herausgefunden. Vermutlich hatte ein Kindheitserlebnis zu dieser Angst geführt, doch weder seine Eltern noch die Großeltern schienen etwas darüber zu wissen. Jedenfalls hatten sie sich nie dazu geäußert.

Das fensterlose Bad war ein Witz. In der engen Duschkabine spross in schwarzen Flecken der Pilz. Die Wandfliesen waren alt und verschossen und von Rissen durchzogen. Im Klo hatte sich über die Jahre bräunlicher Urinstein festgesetzt. Der Spiegel über dem Waschbecken wurde vom Rand her blind.

An der schmuddeligen Deckenlampe hing eine Spinne an einem langen Faden. Mikael schlug sie weg und zertrat sie auf dem Boden.

Er ging ins Zimmer zurück und riss das Fenster auf. Nahm ein paar kräftige Atemzüge von der frischen Luft und fing dann an, den Koffer auszupacken.

Noch hatte er keine Ahnung, wie lange er hierbleiben würde, aber das Zimmer war günstig, und in zwei, drei Tagen sollte er das Problem Bea gelöst haben.

Und wenn nicht?

Diese Stimme in seinem Innern, die er nie zum Schweigen bringen konnte! Wie kam sie dazu, seine Zuversicht zu untergraben?

»Und-wenn-nicht-und-wenn-nicht«, äffte er sie nach und zerknautschte den Pulli, den er gerade aus dem Koffer genommen hatte, wütend mit beiden Händen.

Bea hatte ihm lange genug auf der Nase herumgetanzt. Er war viel zu nachsichtig mit ihr gewesen. Doch damit war nun Schluss.

Es war an der Zeit, ihr endgültig Gehorsam beizubringen.

*

Ingo hatte den Tag damit verbracht, an seinem Buch über Türen zu arbeiten. In der Hektik des Alltags kam er viel zu selten dazu. Dabei lag ihm das Projekt sehr am Herzen. Er hatte ein Faible für Türen und konnte an einem Exemplar, das außergewöhnlich schön, hässlich oder einfach besonders war, nicht vorbeigehen, ohne es zu fotografieren.

Er blätterte in der Auswahl der großformatigen Fotos, die er für sein Buch bereits zusammengestellt hatte. Auf den ersten Blick erkannte er, aus welchem Land eine Haustür stammte und konnte sie meistens sogar dem entsprechenden Landstrich zuordnen.

Schwieriger war es bei Kirchentüren und den Eingangstüren öffentlicher Gebäude. Bei den alten Exemplaren, die noch von Schnitzwerk bedeckt waren, erkannte er es häufig an der Auswahl der Motive, wobei Kirchentüren die weitaus größere Vielfalt boten.

Bei den modernen Türen hatte Ingo gelernt, an der Farbwahl, der Formgebung und dem Material die Handschrift der unterschiedlichen Designer zu erkennen. Maschinell gefertigte Massenprodukte interessierten ihn nicht. Die lohnte es nicht zu fotografieren, denn man sah sie ohnehin überall.

Wenn Ingo an seinem Buch arbeitete, konnte er sich vollständig in den Geschichten verlieren, die diese Türen erzählten. Er war dazu übergegangen, auch die Besitzer der Türen zu fotografieren, wenn sie damit einverstanden waren, und ein kurzes Interview mit ihnen zu führen.

Dadurch wuchs sein Projekt allmählich über sich selbst hinaus. Es ging längst nicht mehr um ein bloßes Aneinanderreihen beeindruckender Türen. Das, was hier entstand, näherte sich einer Kulturgeschichte der Tür.

Mittlerweile hatte er tatsächlich einen Verlag gefunden, der das Buch veröffentlichen wollte. Ein kleiner Verlag in Düsseldorf, verrückt und hartnäckig genug, um es in der Zeit der kurzlebigen Titel immer noch zu wagen, kostspielige Fotobände herauszubringen.

Der Verleger stammte aus einer wohlhabenden Unternehmerfamilie und hatte sein Hobby zum Beruf gemacht. Die Bücher dieses Verlags waren bibliophile Kostbarkeiten, die ihm im Laufe der Jahre einen exzellenten Ruf eingebracht hatten.

Gegen achtzehn Uhr legte Ingo eine CD von den Beatles ein und ging in die Küche, um das Essen vorzubereiten, zu dem er Romy eingeladen hatte. Er war ein guter Koch und sie mochte, was er auf den Tisch brachte.

Er hatte sich vorgenommen, sie heute Abend nach Strich und Faden zu verwöhnen.

Als er den Ingwer schälte, ertappte er sich dabei, dass er leise *The long and winding road* mitsang.

Das war ihm schon lange nicht mehr passiert.

Er schloss für einen Moment die Augen, dann wechselte die Musik zu *Yellow submarine* und er schmetterte lauthals mit.

*

Amal saß mit ein paar Frauen in der Küche, was Fleur ein bisschen Ruhe gab, die sie zum Schreiben nutzte. Als sie den Kopf hob und wieder realisierte, wo sie sich befand, hörte sie die Kinder im Garten kreischen und Amal, die offenbar mit ihnen spielte, fröhlich lachen.

Zwei Welten, dachte Fleur und sah auf den Laptop hinunter. Zwei vollkommen unterschiedliche Welten.

Die eine hatte sie noch nicht ganz verlassen und in der anderen war sie noch nicht richtig angekommen.

Ihre Geschichte nahm Gestalt an. Das war ein gutes Gefühl.

Vor allem, weil sie das Ende selbst gestalten konnte.

Aber war es wirklich so?

Damals hatte Mikael ihr als erstes Badewasser einlaufen lassen.

Um sie zu verwöhnen, wie er behauptete. Er hatte ihr beim Ausziehen zugesehen, und sie hatte nicht gewagt, ihn zu bitten, sie alleinzulassen. Es war *seine* Wohnung, *seine* Badewanne. Selbst die Seife, der Waschlappen und die Handtücher gehörten ihm.

Obwohl das Wasser zu heiß gewesen war, hatte sie sich rasch in der Wanne ausgestreckt und den Badeschaum mit beiden Händen so verteilt, dass er möglichst viel von ihrem nackten Körper verdeckte.

Mikael hatte das kleine Badezimmer für einen Augenblick verlassen und war mit einem Stuhl zurückgekehrt. Dann hatte er es sich auf dem Stuhl bequem gemacht.

Und sie beobachtet.

Seine Augen waren schmal geworden. So schmal, dass sie seinen Blick halb verborgen hatten.

Doch sie hatte ihn gespürt.

Kleine Schauer waren ihr über die Arme gelaufen und hatten eine Gänsehaut zurückgelassen. Bis zum Hals hatte sie im heißen Wasser gelegen und gefröstelt.

Und der Schaum hatte sich knisternd aufgelöst. Das durchsichtige Wasser freigegeben.

Und Mikael hatte sie weiter angesehen.

Konzentriert.

Stumm.

*

Es war wie Nachhausekommen. Ingo öffnete die Tür und zog Romy in seine Arme. Doch dann ließ er sie los und hastete in die Küche.

»Mein Risotto!«

Auch Cal kochte gern und ziemlich gut.

Merkwürdiger Zufall, dachte Romy. Sie selbst konnte das nicht von sich behaupten. Sie kam ganz gut mit Spiegeleiern, Brot und Müsli über die Runden.

»Brauchst du Hilfe?«, fragte sie dennoch und betrat die Küche, in der es aus sämtlichen Töpfen dampfte und duftete.

»Hab mich bei der Planung ein bisschen verschätzt«, gab Ingo zu. »Du könntest den Tisch decken, wenn du magst.«

Wie ein eingespieltes Ehepaar, dachte Romy schmunzelnd.

Sie holte Geschirr aus dem Schrank im Wohnraum. Im Grunde ihres Herzens war sie froh darüber, dass ihr erstes Treffen seit Ingos Rückkehr auf diese Weise verlief.

Es verschaffte ihnen Zeit, sich an die neue Situation zu gewöhnen.

»Noch was?«, fragte sie.

Ingo schüttelte den Kopf. Er war vollauf damit beschäftigt, das Kochchaos zu bändigen. Romy lehnte sich an den Türpfosten und sah ihm lächelnd dabei zu.

Es war anders, als es anfangs bei Cal gewesen war. Sie kannte Ingo schon eine ganze Weile. Und hatte ihn nicht nur nicht gemocht.

Sie hatte ihn verabscheut.

Ingo war kein Mann, dem die Herzen zuflogen. Im Gegenteil. Er genoss keinen guten Ruf unter den Kollegen und Kolleginnen. Skrupellos verfolgte er seine Ziele und ging dabei über Leichen, wenn es sein musste. Hielt Informationen zurück, legte Konkurrenten Steine in den Weg und plauderte intime Geheimnisse aus, die er Menschen mit seiner unglaublichen Hartnäckigkeit entlockt hatte.

Wann hatte sich das Bild, das sie sich von ihm gemacht hatte, gewandelt?

Hinter seiner abweisenden Maske hatte sie Hilfsbereitschaft gefunden, Großzügigkeit und Loyalität.

Während Cal sie betrogen und verraten hatte, war Ingo für sie da gewesen, hatte sie aufgefangen, als sie am Boden gelegen hatte, und ihr geholfen, den Albtraum zu beenden, in dem ihr Bruder und sein Freund Maxim gefangen waren.

Damals hatte ihr Bild von Ingo Risse bekommen.

Wenig später saßen sie am Tisch und genossen nach einem schmackhaften Vorspeisenmix ein köstliches Pilzrisotto und einen kleinen Schokoladenkuchen mit einem Kern aus flüssiger Schokolade.

»Du hast an deinem Buch gearbeitet?«, fragte Romy mit einem Blick auf die Fotos, die auf dem gläsernen Couchtisch und dem schwarzen Ledersofa verteilt waren.

Ingo nickte, nahm einen Schluck Wein und stützte die Ellbogen auf.

»Und du? Tapfer die Freiheit des geschriebenen Worts verteidigt?«

Er konnte gar nicht anders, als immer wieder ironische Seitenhiebe zu verteilen. Doch diesen hier meinte er liebevoll, das erkannte Romy in seinen Augen, die sie zärtlich betrachteten.

»Nur Kleinkram«, sagte sie. »Dabei hab ich ein Thema, das mir auf den Nägeln brennt.«

Etwas glomm in seinen Augen auf – und verlosch sofort wieder.

Die Neugier des Journalisten.

Der Jagdinstinkt.

Ingos Versuch, diesen Instinkt zu zügeln, rührte Romy mehr als alles, was er sonst in diesem Augenblick hätte tun können. Sie beschloss, ihn ihrerseits mit Vertrauen zu belohnen.

Sie erzählte von ihrem Besuch im Frauenhausbüro und ihrem Treffen mit Fleur.

Ingo hörte ihr zu, ohne sie zu unterbrechen. Als sie fertig war, sah er sie nachdenklich an.

»Lass ihre Geschichte nicht zu nah an dich heran«, sagte er. »Versprichst du mir das?«

Auch Greg predigte immerzu Distanz.

»Ich weiß, dass ich sämtliche Seiten einer Story betrachten muss«, sagte sie.

»Aber du bist bei manchen Themen parteiisch. Das geht uns allen so. Es muss dir nur klar sein.« Er beugte sich über den Tisch und nahm ihre Hand. »Und dann gibt es diese Sprengstoffgeschichten. Die können dich zerreißen.«

»Ich pass auf mich auf, versprochen.«

»Wie gern würde *ich* das tun, auf dich aufpassen.«

Romy sah, wie seine Augen dunkel wurden.

»Ich kann das ganz gut allein.«

Der Griff seiner Hand verstärkte sich.

»Vor dir habe ich nämlich tatsächlich auch schon ein Leben gehabt, mein Lieber, und bin damit wunderbar klargekommen.«

Sie strahlte ihn an, doch er strahlte nicht zurück. Machte er sich wirklich Sorgen?

»Hey! Ich brauche keinen Aufpasser. Das weißt du doch.«

Er schob seinen Stuhl zurück und stand auf. Kam um den Tisch herum.

Sein Schatten fiel auf ihr Gesicht.

Dann zog er sie hoch und küsste sie. Und nichts anderes hatte mehr Bedeutung als seine Lippen, seine Zunge und seine Hände.

*

Schon kurz nach acht. Rose Fiedler nahm ihre Tasche und ging zur Tür. Sie schaltete das Licht in ihrem Büro aus und warf einen kurzen Blick in die übrigen Räume. Alle Fenster geschlossen, alle Computer aus, überall das Licht gelöscht.

Dann konnte sie jetzt Schluss machen.

Immer häufiger kam sie abends später nach Hause. Ihr Mann hatte sich allmählich daran gewöhnt. Er beklagte sich nicht, denn er hatte begriffen, wie wichtig die Arbeit war, die sie und ihre Kolleginnen täglich leisteten. Dennoch erkannte sie oft Enttäuschung in seinen Augen, wenn sie wieder einmal das Abendessen verpasst hatte.

Er arbeitete bei einer Versicherung und musste zahlreiche Außentermine wahrnehmen. Aus diesem Grund waren ihm, waren ihnen beiden, die gemeinsamen Abende wichtig. Rose versprach immer wieder, auch einmal alle fünfe gerade sein zu lassen und ihr Büro pünktlich zu verlassen. Doch es gelang ihr nicht oft.

Als sie aus dem Haus trat, löste sich ein Mann aus einer Gruppe von Männern, die vor der gegenüberliegenden Bar standen, rauchten und redeten, und ging langsam davon.

Augenblicklich war Rose alarmiert. Sie betrachtete die übrigen Männer, die gerade über irgendetwas lachten, mit einem aufmerksamen Blick und hatte das Gefühl, dass derjenige, der die Gruppe verlassen hatte, überhaupt nicht dazugehörte.

Doch sofort wurde sie wieder unsicher.

Hatte sie sich vielleicht nur eingebildet, dass er bei den anderen Männern gestanden hatte? War er vielleicht bloß vorbeigegangen? Die Männer versperrten den Bürgersteig, und wenn er nicht auf die Straße ausweichen wollte, hätte er sich notgedrungen einen Weg durch die Gruppe bahnen müssen.

Nur Männer.

Keine einzige Frau.

Das ließ in Roses Kopf gleich die Alarmglocken schrillen.

Es war unerträglich, dass sich in unmittelbarer Nähe des

Büros eine Bar befand, die hauptsächlich Männer anzog. Das erzeugte Probleme, die den Mitarbeiterinnen das Leben unnötig schwermachten. Von den Bewohnerinnen der Frauenhäuser einmal ganz abgesehen, die alles andere brauchten als Männer, die sie bei ihrem Besuch hier neugierig begafften und, wenn sie genug Alkohol intus hatten, anquatschten.

Noch hatte es keinen ernsthaften Übergriff gegeben, aber Rose war sich jederzeit der Tatsache bewusst, dass er möglich war.

Während sie die Tür abschloss, überlegte sie, was sie tun sollte. Die Männer wirkten alkoholisiert, dennoch beschloss sie, hinüberzugehen und sie anzusprechen.

»Der Mann, der eben gegangen ist«, fragte sie, »gehört der zu Ihnen?«

»Welcher Mann?«, gab einer, ehrlich verwundert, zurück.

»Nimm mich!«, rief einer der Jüngeren. »Bin noch zu haben.«

»Er hat nicht mit Ihnen hier draußen gestanden?«, hakte Rose nach.

»Wir sind harmlos«, lallte einer, der eine dicke Zigarre rauchte. »Ab-so-lut-harm-los-ab-so-lut. Kannst du deinen Arsch drauf verwetten.«

»Bist du von denen da drüben?« In der Stimme klang echte Neugier, kein Spott und keine Drohung, nur Neugier. »Fragst du deswegen?«

Rose nickte, bedankte sich und wünschte ihnen einen schönen Abend, während sie sie doch in Wirklichkeit in eine Kneipe auf dem Mond wünschte.

Mit vagen Vermutungen brauchte sie der Polizei nicht zu kommen. Also ging sie um die Ecke und blickte die Straße hinab.

Von dem Mann war nichts mehr zu sehen.

Hatte er sich sehr beeilt oder war sie unnötig misstrauisch?

Unnötiges Misstrauen gibt es in meinem Beruf nicht, machte sie sich wieder klar und auch, dass sie sich auf ihre Eindrücke meistens verlassen konnte.

Meistens, dachte sie, ist nicht immer.

Sie nahm sich vor, am nächsten Tag die Augen offen zu halten. Jetzt war sie hundemüde und hatte Hunger bis unter beide Arme. Erschöpft löste sie das Sicherheitsschloss an ihrem Fahrrad und schwang sich auf den Sattel.

Morgen. Ja.

Doch die schattenhafte Gestalt des Mannes, der so rasch und so still davongegangen war, verfolgte sie bis in den Schlaf, der unruhig war und keine Erholung brachte.

*

Nacht, du Schöne!
In dir bin ich zu Hause.
Fühl ich mich sicher.
Deck die Stadt mit deinen Tüchern zu, damit
ER
mich nicht findet.

7

Schmuddelbuch, Mittwoch, 4. Mai, neun Uhr dreißig

Bin neben Ingo aufgewacht.

Hab ihm beim Schlafen zugesehn.

Die Haare wirr, die Lippen geöffnet, eine Hand entspannt neben seinem Kopf auf dem Kissen. Mir fiel auf, dass ich nicht mehr wusste, welche Farbe seine Augen haben.

Vielleicht hab ich ihn deshalb geweckt. Mit einem Kuss auf sein Kinn, das mit dunklen Bartstoppeln bedeckt war.

Sie sind grau, seine Augen. Grau mit ein bisschen Blau.

»Dunkler Bart und blondes Haar«, hab ich geflüstert und an seinem Ohrläppchen geknabbert. »Weißt du eigentlich, wie sexy das ist? Du hättest dir schon früher einen Dreitagebart zulegen sollen.«

Seufzend hat er den Arm nach mir ausgestreckt.

»Komm her. Ich hab dich vermisst.«

»Im Schlaf?«

»Ich hab einfach zu lange auf dich gewartet. Jetzt muss ich jede Sekunde auskosten.«

»Hör auf zu reden. Küss mich!«

Fast wär ich zu spät in die Redaktion gekommen, wo mich alle ansahen, als wüssten sie Bescheid …

Fleur hatte es im *Alibi* gefallen, deshalb hatten sie sich auch zu ihrem zweiten Treffen dort für den späten Vormittag verabredet. Als Romy nach einem Außentermin abgehetzt ankam, saß Fleur bereits an dem Tisch, an dem sie schon beim letzten Mal gesessen hatten, vor sich ein Glas Tee und ein Buch in den Händen, in das sie ganz versunken schien.

Doch dann bemerkte Romy, dass Fleurs Aufmerksamkeit nicht nachgelassen hatte. Mit einem raschen Blick vergewisserte sie sich gerade, dass alles in Ordnung war. Dabei entdeckte sie Romy und ein Lächeln glitt über ihr Gesicht.

»Entschuldige«, sagte Romy, obwohl sie Fleur bereits von unterwegs angerufen hatte, um sie darauf vorzubereiten, dass sie sich verspäten würde. »Ein Unfall auf der A1. Die haben die Autobahn gesperrt.«

»Kein Problem.« Fleur klappte das Buch zu und strich zärtlich über seinen Einband. »Ich hab die Zeit gut genutzt.«

Ein Thriller von Jussi Adler-Olsen, schon ganz zerlesen und abgegriffen. Wieder eine Gemeinsamkeit, dachte Romy. Auch sie liebte die schrägen Figuren des Sonderdezernats Q, die sich um alte, unaufgeklärte Verbrechen kümmerten.

Sie bestellte sich einen Milchkaffee und legte ihr Diktiergerät auf den Tisch.

»Du weißt, dass du es zum Auslesen mitnehmen kannst?«, fragte sie.

»Echt?«

Das *Alibi* hatte seinen Namen nicht zufällig erhalten. Die blutrot gestrichenen Wände waren mit Regalen bestückt, die von Krimis und Thrillern überquollen. Giulio und Glen, ein exzentrisches, stadtbekanntes schwules Paar, hatten mit dem *Alibi* eine gelungene Mischung aus Bistro, Bibliothek und Galerie geschaffen.

Man konnte stundenlang bei einem Kaffee sitzen und in den Büchern schmökern, ohne zum weiteren Verzehr genötigt zu werden. Die Bücher durfte man ohne jeglichen Aufwand ausleihen, sie jedoch auch behalten, sofern man sie durch andere ersetzte.

Außerdem konnte man die hier ausgestellten Bilder und Skulpturen erwerben, die überall dort zu finden waren, wo nicht schon Regale standen.

Und dabei gut und relativ günstig essen und trinken.

»Dann mach ich das«, freute sich Fleur. »Ich brauch dringend neuen Lesestoff. Ohne Bücher dreh ich durch.«

»Kann ich mir denken«, sagte Romy mitfühlend.

»Es ist nicht so, wie die meisten Leute glauben«, erklärte Fleur, die offenbar genau wusste, was in Romys Kopf vorging. »Das Frauenhaus ist zwar eine ganz andere Welt, aber die ist nicht nur traurig, nicht nur verzweifelt und voller Tränen. Sie ist auch bunt und herzlich und voller Lachen. Da sind die Kinder, die für Stimmung sorgen, und da sind die gemütlichen Küchengespräche. Und hin und wieder gibt es ein Geburtstagsfest oder wir feiern und tanzen einfach so.«

»Und was ist mit Streit? Aggressionen?«

»Klar.« Fleur nickte. »Da prallen die unterschiedlichsten Charaktere aufeinander und die unterschiedlichsten Kulturen. Natürlich fliegen oft die Fetzen. Manchmal kommt es mir so vor, als säßen wir alle auf einem Pulverfass, an dem die Lunte brennt. Dann reicht ein winziger Funke, um alles hochgehen zu lassen. Schlimm ist aber nur, dass du keine Privatsphäre hast. Das ist es, was mich oft richtig fertigmacht.«

»Kannst du dich nicht in dein Zimmer zurückziehen, wenn du allein sein willst?«

»Mein Zimmer?« Fleur lachte auf. »Das Frauenhaus ist kein Hotel. Wenn du Glück hast, wohnst du in einem Zweibettzimmer, zusammen mit jemandem, der nett ist. Meine Mitbewohnerin Amal stammt aus Saudi-Arabien. Wir verstehen uns hervorragend. Das erleichtert vieles.«

Fleur trank einen Schluck Tee. Sie schien zu überlegen, ob sie die richtigen Worte gefunden hatte.

»Versteh mich nicht falsch«, fuhr sie fort. »Ich bin überaus dankbar, dass es Frauenhäuser gibt und dass ich hier eine Unterkunft gefunden habe. Am liebsten jedoch wär mir, ich müsste mich gar nicht erst verstecken und könnte normal leben.«

Romy hatte keine Vorstellung davon, wie Fleur sich fühlen musste. Immer auf der Flucht. Immer in Angst davor, von ihrem Freund aufgespürt zu werden.

»Bei jedem Geräusch schrecke ich hoch«, erklärte Fleur. »Bei jedem Luftzug drehe ich mich nach der Tür und den Fenstern um. In jeder Schaufensterscheibe prüfe ich, ob jemand zu dicht hinter mir geht. Und Bus und Bahn benutze ich äußert ungern, weil ich da keine Fluchtmöglichkeit habe. Mein Leben hat aufgehört. An seine Stelle ist die Angst getreten. Wir alle versuchen, mit ihr fertigzuwerden, ohne uns von ihr kaputt machen zu lassen.«

»Empfindest du das Frauenhaus als Gefängnis?«

In Fleurs Augen schimmerten Tränen.

»Nicht das Frauenhaus«, sagte sie leise. »Mein Leben. Das empfinde ich als Gefängnis.«

Eine Weile schwiegen sie. Dann öffnete Fleur ihre Tasche und zog einen dünnen Stapel Papier heraus.

»Hier. Ich habe angefangen, meine Geschichte aufzuschreiben und habe dir im Büro einen Ausdruck von den ersten Seiten gemacht.«

»Das ist ja großartig!«

»Es war die rettende Idee.« Fleur legte die Seiten auf den Tisch und schob sie Romy hin. »Vieles kann ich nicht aus*sprechen*, aber ich kann es auf*schreiben*. Das ist doch ein Anfang, findest du nicht?«

»Unbedingt. Du bist stark, Fleur.«

»Nicht stark genug, sonst wär ich nicht auf der Straße, nicht in dieser kaputten Beziehung und nicht im Frauenhaus gelandet.«

»Aber du kämpfst. Viele hätten längst aufgegeben.«

»Aufgeben war noch nie meine Stärke.«

Als ihnen die Absurdität dieser Äußerung bewusst wurde, fingen sie beide an zu lachen.

»Hör auf!«, japste Fleur und hielt sich den Bauch.

Romy wischte sich die Tränen aus den Augenwinkeln.

Plötzlich, von einer Sekunde auf die andere, versteinerte Fleurs Gesicht, und das Lachen blieb ihr in der Kehle stecken. Voller Angst starrte sie zum Fenster.

»Was ist los?«

Romy drehte sich um, sah aber nichts Besorgniserregendes.

Fleurs Blick kam von weither zurück.

»Ach … nichts. Ich dachte nur, ich hätte … jemanden gesehen.« Nervös nestelte sie ihre Geldbörse aus der Tasche. »Ich muss gehen. Entschuldige, dass ich so plötzlich …«

»Kein Problem. Geh ruhig. Ich bleibe noch ein bisschen. Du bist eingeladen.«

Fleur zog ihre Jacke an und warf immer wieder gehetzte Blicke zum Fenster und zur Tür.

»Soll ich dich begleiten?«, fragte Romy. »Ich kann dich fahren.«

Fleur schüttelte den Kopf.

»Danke, Romy. Bis bald!«

Sie huschte zwischen den Tischen hindurch und verschwand wie ein Schatten.

Als wäre sie nie hiergewesen, dachte Romy.

Beunruhigt blieb sie zurück.

*

Was hatte sie in diesem Bistro verloren?

Und wer war das Mädchen, mit dem sie sich dort verabredet hatte?

Die beiden wirkten wie zwei Seiten einer Münze, beide blond, die eine mit langen, fließenden, die andere mit raspelkurzen, aufgegelten Haaren.

Und was hatte sie dem Mädchen da über den Tisch geschoben?

Mikael hatte vor dem *Alibi* gestanden und so getan, als warte er auf jemanden. In regelmäßigen Abständen hatte er demonstrativ auf seine Uhr geschaut, sich mit seinem Smartphone beschäftigt und immer wieder wie zufällig einen Blick durch das große Fenster des Bistros geworfen.

Er hatte Bea nicht besonders deutlich sehen können, aber das war auch nicht nötig gewesen. Das Wichtigste hatte er mitgekriegt.

Zuerst hatte sie allein am Tisch gesessen und gelesen. Und sich immerzu umgeschaut. Sie hatte ihn nicht entdeckt, weil er sich hinter dem *A* des auf der Fensterscheibe prangenden Schriftzugs *Alibi* versteckt hatte. Schön groß und rot, doppelt so groß wie die restlichen Buchstaben.

Dann war das Mädchen gekommen und hatte sich zu ihr an den Tisch gesetzt. Sie hatten geredet, überaus eifrig, am meisten Bea.

Das kannte er kaum noch. Sie war in letzter Zeit immer stiller geworden. Und daran, dass sie gelacht hätte, konnte er sich nur mit Mühe erinnern.

Und dann noch so!

Ihr ausgelassenes Lachen hatte ihn getroffen wie ein Messerstich.

Fast wäre er in den Raum gestürmt und hätte sie an den Haaren nach draußen gezerrt. Da saß sie und ließ es sich gut gehen, hatte neue Freunde gefunden und verhöhnte ihn mit ihrer Fröhlichkeit!

Und er?

Litt wie ein Hund, hatte Himmel und Hölle in Bewegung gesetzt, um sie zu finden, und stand nun hier wie bestellt und nicht abgeholt.

Gedemütigt und verlassen.

Doch er beherrschte sich.

Bea sollte noch eine einzige Chance bekommen. Wenn sie die jedoch verspielte, würde er sich gnadenlos sein Recht verschaffen. Das Recht, sie auch gegen ihren Willen nach Hause zu holen.

Als Bea aufstand und Anstalten machte, das Bistro zu verlassen, zog er sich in einen Hauseingang zurück und beobachtete von dort aus, wie sie die Straße entlanglief, gehetzt, fast geduckt, ein Bild der Angst.

Er folgte ihr in einigem Abstand, mit pochendem Herzen und high von der Befriedigung, sie wiedergefunden zu haben. Schließlich tauchte sie so blitzschnell und unerwartet in einer Gruppe japanischer Touristen unter, dass er sie aus den Augen verlor und die Verfolgung abbrechen musste.

Leise fluchend kehrte er zum *Alibi* zurück, betrat den vollen Raum und dankte dem Zufall dafür, dass das Mädchen mit den kurzen Haaren offenbar noch bleiben wollte und der Tisch neben ihrem gerade frei wurde.

Er zog die Mütze tiefer ins Gesicht und beugte sich über ein Buch, das der vorige Gast auf dem Tisch hatte liegen lassen.

Das Mädchen mit den kurzen Haaren bestellte sich ein Baguette. Mikael hörte, dass die Serviererin sie mit *Romy* ansprach.

Er speicherte den Namen in seinem Gehirn, wie er das Aussehen des Mädchens gespeichert hatte. Sollte sie vorhaben, seine Pläne zu durchkreuzen, war sie so gut wie tot.

*

Ingo hatte einen Termin verschoben, um Romy noch im *Alibi* anzutreffen. Kurz hatte er überlegt, was er tun würde, wenn dieses Mädchen noch bei ihr wäre, und hatte beschlossen, dann einfach wieder zu gehen.

Doch sie war allein und biss gerade in ein Baguette, als sie ihn erblickte und voller Freude winkte. Er nahm sie in die Arme und küsste sie. Und wünschte sich, er wäre jetzt mit ihr allein.

Die Nacht umgab ihn wie ein feiner Schleier. Er konnte nicht aufhören, Romy zu fühlen, zu riechen und zu schmecken.

»Du ...«, flüsterte er.

Ihr Blick verlor sich in seinen Augen und sie machte sich schnell von ihm los und setzte sich wieder hin.

Der Zauber blieb.

Ingo bestellte sich ebenfalls ein Baguette und blickte sich um. An dem einen Nebentisch schauten sich zwei alte Damen Fotos an und stießen bei jedem einzelnen Laute des Entzückens aus. Am anderen las ein Typ hochkonzentriert in einem Buch, das halbe Gesicht unter einer Mütze verborgen.

Ingo hatte sich gründlich rasiert. Ihm war am Morgen die Rötung an Romys Kinn aufgefallen. Auch wenn ihr Bartstoppeln gefielen – ihre Haut vertrug sie offenbar nicht.

»Magst du mich auch nackt?«, fragte er leise.

»Und wie ...«

»Im Gesicht!« Er rieb sich grinsend das glatte Kinn. »Was dachtest du denn?«

Sie lachte und schob ein paar Seiten Papier zusammen, die vor ihr auf dem Tisch lagen.

Er fragte nicht, worum es sich dabei handelte. Neugier konnte der Anfang vom Ende sein. Der Mensch war nicht dafür geschaffen zu teilen, nicht einmal seine Geheimnisse. Wenn Romy darüber reden wollte, würde sie es von allein tun.

»Fleur ist voller Angst«, erzählte sie ihm und schob das Baguette beiseite, um mit dem Essen zu warten, bis auch seines kam. »Ständig behält sie ihre Umgebung im Blick, zuckt bei jedem unerwarteten Geräusch zusammen.«

»Verständlich. Der Typ wird sie suchen, und wenn sie nicht Teil eines Schutzprogramms der Polizei ist, hat er gute Chancen, sie tatsächlich zu finden.«

»Und dann macht er sie fertig.«

Ingo nickte. Er hatte schon über etliche solcher Fälle berichtet. Nicht wenige waren tödlich ausgegangen, weil die Täter total ausgerastet waren. Häufig bestraften sie anschließend die Menschen, die den Opfern geholfen hatten, sich zu verstecken. Oder sie liefen Amok und griffen jeden an, der ihnen in die Quere kam.

»Romy …«

Erwartungsvoll sah sie ihn an.

In ihre großen Augen hatte er sich zuallererst verliebt. Und in ihr Lachen.

Er selbst war ziemlich in sich gekehrt. Passend dazu waren seine Augen schmal und unauffällig. Als wollten sie den Blick in sein Inneres verwehren.

»Es ist für dich gefährlich, mit ihr zusammen zu sein.«

»Natürlich. Wenn mich das stört, muss ich mir einen anderen Job suchen. Ich mag meinen aber. Sehr sogar.«

Was sollte er darauf erwidern? Er selbst wusste doch am besten, was es bedeutete, das zu lieben, was man tat. Und dass die Gefahr durchaus Anziehungskraft besaß.

Prüfend musterte sie sein Gesicht.

»Du meinst jetzt aber nicht, dass ich nur noch in der Redaktion sitzen soll, um Kleinkram zu erledigen?«

Genau das wäre Ingo am liebsten gewesen.

»Ich möchte nur, dass du vorsichtig bist.«

»Bin ich.«

»Bist du nicht und das ist kein Geheimnis.«

Zu seiner Überraschung nickte sie. Jedoch kein bisschen zerknirscht. Eher so, als wäre es eben ab und zu nötig, Grenzen zu überschreiten.

Leider war es tatsächlich so.

Die Bereitschaft dazu unterschied einen durchschnittlichen von einem außergewöhnlichen Journalisten und eine Wald-und-Wiesen-Story von einer sensationellen.

»Und du?«, fragte sie. »Ich erinnere mich an Artikel, für die du ganz schön im Dreck gewühlt hast und für die du mächtig einstecken musstest.«

Damit spielte sie auf die Rotlichtreportage an, die ihm eine Gehirnerschütterung und eine gebrochene Nase eingebracht hatte.

»Die wollten mich nur einschüchtern. Der Typ, der hinter deiner Freundin her ist, wird aber nicht einfach zuschlagen. Viel wahrscheinlicher ist es, dass er eine Knarre besitzt. Die gehen auch mit Messer, Hammer oder Schwert auf eine Frau los, die sich ihnen in den Weg stellt.«

»Besten Dank auch! Du besitzt wirklich die Gabe, einen zu beruhigen.«

»Ich will dich nicht beruhigen ...« Ingo unterbrach sich, weil die Serviererin das Baguette brachte. »Ich will nur, dass du auf dich achtgibst.«

Romy zog ihren Teller wieder zu sich heran und sie fingen an zu essen.

»Okay«, sagte sie schließlich mit vollem Mund. »Ich versprech's.« Sie lächelte ihn honigsüß an. »Zufrieden?«

Ingo nickte, obwohl er alles andere als zufrieden war. Er hatte kein gutes Gefühl. Er hatte, um ehrlich zu sein, ein verflucht schlechtes.

*

Warum war es in diesem Scheißladen bloß so verdammt laut! Mikael hatte sich alle Mühe gegeben, jedoch lediglich Fetzen des Gesprächs am Nebentisch mitgekriegt. Er kannte jetzt die Namen der beiden, *Romy* und *Ingo*, und hatte irgendwas von *Schutzprogramm* gehört, von *Redaktion*, *Knarre* und *vorsichtig sein*.

Das war nicht viel und es konnte alles bedeuten und nichts.

Hatte sich ihr Gespräch auf Bea bezogen? Sollte sie womöglich in ein Schutzprogramm der Polizei aufgenommen werden? Waren die Typen vielleicht Bullen?

Doch dann hätte das Mädchen Bea nicht allein weggehen lassen. Sie hätte sie auf jeden Fall begleitet.

Mikael spürte den Schrecken, der ihm in die Glieder gefahren war, noch immer. Vielleicht hatte er nicht so viel Zeit, wie er geglaubt hatte, und musste schnell handeln.

Aber veranstalteten Bullen überhaupt konspirative Treffen mit Leuten, die in ihr Schutzprogramm aufgenommen werden sollten? Und wenn ja – fanden die dann in einem Bistro statt, in dem höllisch was los war?

Wieso nicht im Frauenhaus?

Oder im Präsidium?

Mit *Redaktion* und *Knarre* konnte Mikael noch weniger anfangen.

Waren die beiden Reporter und auf der Suche nach einer Story? Hatten sie von dem Schutzprogramm Wind bekommen? Aber warum sollte Bea sich dann mit ihnen treffen? Damit würde sie sich doch nur selbst schaden.

Und was war mit der verflixten Knarre?

Besaß Bea eine? Hatte sie sich bewaffnet, um sich vor ihm zu schützen?

Fast hätte Mikael gelacht.

Bea konnte keiner Fliege etwas zuleide tun. Sie brachte es ja noch nicht mal fertig, sich zu wehren. Einmal, als er nach dem Nachtdienst in einen erschöpften Schlaf gesunken war, hatte ihn plötzlich ein Geräusch geweckt. Schlaftrunken hatte er sich aufgerichtet und Bea mit dem großen Fleischmesser am Bett stehen sehen.

Ein Blick hatte genügt und sie hatte es fallen lassen und war kreidebleich zurückgewichen wie vor einem Geist.

Bea konnte bewaffnet sein bis zum Kragen.

Sie würde es niemals wagen, ihn anzugreifen.

Er winkte der Kellnerin und bezahlte schon mal seinen Kaffee. Dann wartete er geduldig darauf, dass die beiden am Nebentisch das *Alibi* verließen. Er würde dieser Romy folgen, um herauszufinden, in welcher Beziehung sie zu Bea stand.

*

Den ganzen Vormittag lang hatte Rose Fiedler die Bürofenster nicht aus den Augen gelassen und war immer wieder aufgestanden, um möglichst viel von der Straße überblicken zu können.

Ihr war nichts Ungewöhnliches aufgefallen. Ein paar Touristen schlenderten vorbei, die Kameras und Smartphones im Anschlag, um nur ja kein Motiv zu verpassen. Leute aus dem Viertel schleppten Einkaufstaschen oder gingen bummeln. Andere führten ihre Hunde aus.

Ein Streifenwagen drehte seine Runde.

Rose war froh darüber, dass die Polizei regelmäßig Präsenz zeigte. Die Anschrift des Büros war öffentlich, um den Frauen rasch Hilfe bieten zu können.

Leider wurde es so hin und wieder Ziel gewalttätiger Angriffe.

Als Rose mit zwei Kolleginnen zum Mittagessen in das *Café Sehnsucht* ging, war sie dankbar für die Ablenkung. Sie unterhielten sich über ein aktuelles Problem, das sie möglichst bald lösen mussten, und darüber zog sich das Empfinden einer latenten Bedrohung, das Rose die ganze Zeit über verfolgt hatte, allmählich zurück.

8

Schmuddelbuch, Mittwoch, 4. Mai, dreizehn Uhr

Zum Abschied hat Ingo mich vor dem Pressehaus geküsst. Ausgerechnet in diesem Moment lief Greg an uns vorbei. Er war wie vom Donner gerührt. Aber es geht ihn nichts an, mit wem ich zusammen bin. Und bevor ich es ihm erklären kann, muss ich es ja selbst erst verstehen.

Romy nahm die ersten Seiten von Fleurs Geschichte aus der Tasche. Ihr Herz klopfte schneller. Sie fühlte, dass sie eine bombastische Story in den Händen hielt.

Fleur hatte in der dritten Person geschrieben und sich einen anderen Namen gegeben.

Bea.

Wahrscheinlich hatte sie damit Abstand zu sich selbst schaffen wollen, um nicht in den Strudel ihrer Erinnerungen hinabgezogen zu werden.

Dann kam ihr der Gedanke, dass Bea vielleicht der richtige und Fleur ihr falscher Name war. Möglicherweise wechselte sie mit jedem Ort auch ihren Namen.

Mikaels Apartment war großzügig, aber auch ein wenig schäbig. Es gab nur einen einzigen großen Raum. Lediglich das Badezimmer hatte eine Tür.

Und einen Schlüssel.

Das Wasser in der Wanne kühlte ab und Bea ließ heißes zulaufen. Doch sie konnte nicht ewig hier liegen bleiben. Irgendwann musste sie die Wanne verlassen.

»Hast du ein Badetuch für mich?«, fragte sie in der Hoffnung, dass Mikael nicht nur schmale Handtücher besaß, in die sie sich nicht würde einwickeln können.

Er stand auf und kam mit einem großen roten Badetuch zurück. Vor Erleichterung schloss sie für einen Moment die Augen. Sie fischte den Waschlappen aus dem Wasser und wusch sich, ohne sich dabei aufzusetzen.

Mikael hatte wieder auf dem Stuhl Platz genommen und sah ihr dabei zu.

Sie holte tief Luft, erhob sich und schlang sich das Badetuch um den nassen Körper, ohne sich zuvor abzutrocknen. Dann stieg sie aus der Wanne.

»Ich muss mal aufs Klo«, sagte sie.

Wortlos verließ er das Zimmer.

Jetzt erst trocknete sie sich ab und starrte ratlos auf den Boden. Hatte sie ihre Klamotten nicht vor der Heizung abgelegt?

Panisch suchte sie den Raum ab.

Ihre Kleidung war nicht mehr da!

Es blieb ihr nichts anderes übrig, als die Wasserspülung zu drücken, als wäre sie wirklich auf der Toilette gewesen. Bevor sie die Tür öffnete, warf sie noch einen Blick auf den Spiegel, aber das Glas war von der Hitze beschlagen und ließ sich in der Eile nicht trockenreiben.

Romy hatte alles um sich herum vergessen. Es war Fleur gelungen, sie bereits mit den ersten Sätzen zu fangen.

Was war dieser Mikael nur für ein Mensch? Spielte sich als Wohltäter auf und entpuppte sich dann als schäbiger Voyeur.

Ihr Telefon klingelte. Es war jemand, der eigentlich Greg sprechen wollte und falsch verbunden worden war. Romy leitete den Anruf weiter und konzentrierte sich wieder auf Fleurs Geschichte.

»Wo sind meine Sachen?«, fragte sie Mikael, der vor der Tür auf sie wartete.

»In der Waschmaschine«, antwortete er.

»Was?«

»Sie waren dreckig.«

»Wie konntest du das tun! Es sind *meine* Sachen!«

»Ich hab dir andere zurechtgelegt. Kannst du haben, wenn du nicht so lange auf deine warten willst.«

Er zeigte auf einen Hocker, auf dem eine Jeans, Unterwäsche und ein schwarzer Pulli lagen.

»Müsste deine Größe sein.«

»So was hast du auf Vorrat?«

Sie hatte sich längst entschieden, die Sachen anzuprobieren. Auf keinen Fall würde sie in dem Badetuch hier rumsitzen und warten, bis ihre Klamotten sauber und trocken waren. Sie bezweifelte, dass er einen Wäschetrockner besaß.

»Von einer Freundin«, sagte er mit diesem Lächeln, das sie so wehrlos machte.

Beas gesamter Besitz passte in einen großen Rucksack, den sie in einem verlassenen Schuppen untergestellt hatte. Sie hatte den Schuppen erst vor einigen Wochen entdeckt, zusammen mit Pam, einem Mädchen, mit dem sie sich angefreundet hatte. Er stand auf dem verwilderten Grundstück eines verrotteten Hauses, dessen Türen und Fenster zugenagelt waren, weil es einsturzgefährdet war.

Sie sehnte sich mit aller Macht dorthin.

Und wollte doch unbedingt bleiben.

»Ist aber vorbei.«

»Was?«

»Wir sind nicht mehr zusammen.«

Er trat auf sie zu und berührte ihren Arm.

Schon lange war keiner mehr zärtlich zu ihr gewesen. Nicht so jedenfalls. Wenn sie überhaupt jemandem Nähe erlaubt hatte, war es einer aus ihrer Umgebung gewesen.

Einer von der Straße. Einer, der ebenfalls auf der Suche nach Zärtlichkeit war und selbst keine zu verschenken hatte.

Die Berührung war so sacht, dass sie wehtat. Sie sandte Impulse an sämtliche Nerven und setzte ihren ganzen Körper in Aufruhr.

Bea stöhnte leise auf.

Mikael umfasste ihren Kopf mit beiden Händen. Hielt ihn so behutsam, als hätte er Angst, er könnte in seinen Händen zerbrechen. Sein Gesicht kam näher. Bea sah jede Pore seiner Haut.

Und sich selbst in seinen Pupillen.

»Nicht!«, wollte sie sagen.

Ihn wegstoßen.

Sein Gesicht war so nah, dass sie seinen Atem auf der Haut spürte.

Sie wich dem Blick seiner Augen aus. Wollte sich nicht in seinen Pupillen spiegeln, wollte nicht, dass er auf diese Weise Besitz von ihr ergriff. Wandte aber das Gesicht nicht ab.

»Sieh mich an«, sagte er sanft.

Sein Griff um ihren Kopf verstärkte sich.

»Sieh mich an, Bea.«

Sie schloss die Augen.

Und merkte, wie sie verlor.

Gegen ihren Willen suchten ihre Lippen seinen Mund.

Erst da wurde sein Griff fester. So fest, dass sie glaubte, ihr Kopf müsse zerspringen.

Wieder klingelte Romys Telefon. Unwillig nahm sie das Gespräch an.

»Kommst du mal kurz in mein Büro?«

Greg. Sie hatte es geahnt. Seufzend schob sie die Papiere zusammen und stand auf.

Er erwartete sie entspannt in seinem Schreibtischsessel zurückgelehnt, die Hände hinterm Kopf verschränkt.

»In was bist du so vertieft gewesen, dass du keinen Blick mehr für deine Umgebung hast?«, fragte er.

»Hängt mit meiner Story zusammen.«

»Frauenhaus.«

»Yep.«

»Kommst du weiter?«

»Ziemlich gut sogar.«

Greg verstand im Allgemeinen, dass man über ungelegte Eier nicht lang und breit Auskunft geben mochte. Auch diesmal bohrte er nicht weiter.

»Ich hätte da noch einen kleinen Termin für dich«, sagte er.

Kleine Termine.

Als wären die ein Klacks. Etwas, das man nebenher erledigte. Dabei waren sie kaum weniger aufwändig als große, manchmal sogar aufwändiger.

»Kann das nicht ein anderer machen?«

»Schlecht.«

»Bitte, Greg! Ich bin gerade mitten in der Recherche und hab auch sonst noch ziemlich viel zu tun.«

»Ein Konzert. Heute Abend.«

»Heute Abend? Das kannst du mir nicht antun, Greg. Ich … hab was Wichtiges vor.«

»Ingo Pangold ist wieder zurück, hab ich gehört.«

Romy fühlte, wie ihr die Hitze ins Gesicht stieg.

»Da unten eben, das war doch er oder hab ich mich verguckt?«

»Greg ...«

»Ist es das, wonach es ausgesehen hat?«

»Greg, hör mal ...«

»So verschlossen?«

Normalerweise konnte Greg in ihrem Gesicht lesen wie in einem Buch und sie hatte aus ihrem Privatleben nie ein Geheimnis gemacht. Anscheinend kam er nicht damit klar, dass sie ihm die Sache mit Ingo verschwiegen hatte.

»Ich bin doch selbst noch völlig überrumpelt.«

»Überrumpelt?«

»Überrumpelt. Überwältigt. Ü-ber-glück-lich.«

»Wie alt ist der Kollege eigentlich genau?«

»Einunddreißig.«

»Einunddreißig. Tatsächlich.«

»Was willst du mir sagen, Greg? Dass er zu alt für mich ist?«

»Findest *du* denn, dass er das ist?«

»Absolut nicht.«

Romy war klar, dass Greg Ingos Alter vor diesem Gespräch bereits recherchiert hatte. Er schien sich wirklich Sorgen zu machen. Sie ließ sich auf den Stuhl vor seinem Schreibtisch fallen.

Greg musterte sie forschend.

»Du weißt ganz sicher, was du tust?«

»Sicher?« Romy lächelte ihn an. »Wann weiß man das schon?«

»Ich bin über deine Wahl ... überrascht. Darf ich das sagen?«

»Darfst du. Und du bist bestimmt nicht überraschter als ich selbst. Auch Ingo ist überrascht.«

»Anscheinend siehst du in ihm etwas, das den meisten Menschen verborgen geblieben ist.«

»Warum sagst du nicht, dass du ihn nicht ausstehen kannst?«

»Das ist ein bisschen übertrieben.«

»War bei mir auch so, Greg. Ingo hat wirklich alles getan, um sich unbeliebt zu machen.«

»Und trotzdem ...«

»Hab ich mich in ihn verliebt, ja. Dabei hab ich's noch nicht mal richtig bemerkt. Es ist einfach passiert.«

Wieso setze ich ihm das eigentlich alles haarklein auseinander?, fragte sich Romy. Das geht doch nur Ingo und mich etwas an.

Doch sie wusste, warum. Zum einen mochte sie Greg, der immer hinter ihr stand, wenn es Probleme gab. Zum andern hatte sie das Bedürfnis, der ganzen Welt zu erklären, dass Ingo anders war als sein Ruf.

»Er ist nicht so, wie alle denken.«

»Sondern?«

»Von außen betrachtet, ist er jemand, der nur auf seinen eigenen Vorteil bedacht ist, der jeden Konkurrenten kaltblütig aus dem Weg räumen und für die Karriere seine Großmutter verkaufen würde ...«

Was sagte sie denn da?

Würde er nicht.

Romy betrachtete den Ring an ihrer Hand. Ingo musste seine Großmutter geliebt haben, sonst wäre ihm dieser Ring nicht so wichtig.

Und er muss *mich* lieben, dachte sie, sonst hätte er ihn mir nicht geschenkt.

»Harte Schale, weicher Kern? Komm, Romy, verschone mich mit diesem Klischee!«

Wie Greg da so tiefenentspannt in seinem großen Sessel saß und müde abwinkte, kam er Romy auf einmal dermaßen selbstherrlich vor, dass die Wut sie packte.

»Du kennst ihn doch gar nicht richtig. Wie kannst du so über ihn urteilen?«

Sie stand auf und sah auf ihren Chef hinunter, den sie am liebsten von allen hier in der Redaktion mochte.

»Ich dachte, du hättest so viel Vertrauen zu mir, dass du nicht annimmst, ich würde mich mit jemand abgeben, der es nicht verdient.«

Gregs überhebliche Miene zerbröselte und gab den Blick auf echte Betroffenheit frei.

»Du hast recht«, gab er zu. »Vergiss, was ich gesagt habe.«

»Und der Termin heute Abend?«

»Hau schon ab!«

Das tat Romy. Mit unbewegter Miene. Dabei freute sie sich ein Loch in den Bauch.

Der Abend mit Ingo war gerettet.

*

Mikael hatte Romy in ein Geschäftshaus gehen sehen, in dem außer dem Büro eines Notars eine Versicherungsagentur, eine Anwaltskanzlei und eine Zeitungsredaktion untergebracht waren. Er hatte auf der gegenüberliegenden Straßenseite Position bezogen und das Haus beobachtet.

Romy war nicht mehr herausgekommen. Das konnte bedeuten, dass sie in einem dieser Stockwerke einen Termin hatte, der lange dauerte. Es konnte aber auch heißen, dass sie hier arbeitete und im *Alibi* ihre Mittagspause verbracht hatte.

Während er noch darüber nachdachte, fiel ihm ein, dass er ein Diktiergerät auf ihrem Tisch bemerkt hatte.

Wer nahm ein Gespräch auf?

Ein Anwalt wohl kaum, denn soweit Mikael wusste, waren Aufnahmen von Gesprächen bei Gericht nicht zugelassen. Mitarbeiter von Notariaten und Versicherungsagenturen ebenfalls nicht.

Wohl aber Reporter.

Interessant.

Zu welchem Zweck traf Bea sich mit einer Reporterin? War der Sinn eines Frauenhauses nicht der, Frauen Anonymität zu verschaffen und sie so zu schützen?

Und wenn sie sich einfach mit der Journalistin angefreundet hatte? Zufällig?

Wozu dann das Diktiergerät?

Offenbar hatte Bea sich tatsächlich mit einer Reporterin getroffen.

Mikael fragte sich, warum. Hatte sie damit angefangen, ihre *Leidens*geschichte aufzuarbeiten? Abstand zu gewinnen?

Stärker zu werden?

Ihn endgültig zu verlassen?

Das musste er verhindern. Um jeden Preis.

*

Celia war Mitte dreißig und der Inbegriff einer attraktiven Frau. Kupferfarbenes, schulterlanges Haar, grüne Augen, ein schlanker, sportlicher Körper. So gar nicht das Bild, das sich Fleur von einer Diplompsychologin gemacht hatte.

Sie wollte mit dem Vornamen angesprochen und geduzt werden. Wie alle Mitarbeiterinnen des Frauenhauses.

Als wäre sie eine von ihnen.

Doch das war sie nicht, egal ob man sie duzte oder siezte. Celia von Stein war ihr voller Name und sie war definitiv keine von ihnen.

Sie kannte sich in der Psyche einer jeden Frau aus, fand

mit scheinbarer Leichtigkeit Antworten auf die schwierigsten Fragen und verbreitete Zuversicht, sooft man im Nebel umherirrte.

Sie war jedoch auch ein Spiegel.

Ließ keine Ungenauigkeit durchgehen und zeigte einem erbarmungslos jedes Ausweichen auf und jede Lüge.

Heute hatte sie die Haare zu einem mädchenhaften Pferdeschwanz gebunden, der bei jeder Bewegung um ihren Kopf wippte. Sie glänzten und schimmerten im Licht, das durch das Fenster fiel.

Fleur merkte, wie sie abdriftete. Irgendwohin, wo es still war und ungefährlich. Mühsam versuchte sie, sich zu konzentrieren.

»Wie oft verlässt du das Haus?«, fragte Celia.

»Nicht so oft«, antwortete Fleur aufrichtig, denn Beschönigungen brachten sie nicht weiter, das hatte sie mittlerweile begriffen.

»Warum?«

»Ich habe Angst.«

Celia wartete geduldig darauf, dass Fleur fortfuhr. Sie saß ganz ruhig auf ihrem Stuhl, ein wohlgeformtes Bein über das andere geschlagen, die Hände locker im Schoß.

Fleur beneidete sie um ihre Gelassenheit. Sie selbst würde niemals so sein. Ihr Körper bewegte sich immerzu, vor allem die Füße und die Hände, die nicht stillhalten konnten, erst recht nicht, wenn es Probleme gab.

»Vor … ihm.«

»Mikael.«

»Ja.«

»Du bist hier in Sicherheit, Fleur.«

»Aber nicht da draußen.«

»Mikael kennt deinen Aufenthaltsort nicht.«

»Er hat Beziehungen. Überall. Er kriegt alles raus.«

»Mikael ist nicht allmächtig.«

»Er hat mich jedes Mal gefunden.«

Natürlich wusste Fleur, dass Celia seinen Namen sehr bewusst aussprach. Sie bombardierte Fleur förmlich damit.

Doch das half nicht.

Aber was war so schlimm daran, dass Fleur seinen Namen nicht über die Lippen brachte? Gab es nicht in jedem Leben Namen, die man vermied?

Nein, sagte etwas in ihr. *Mach dir nichts vor. Es ist nicht normal, einen Namen nicht aussprechen zu können.*

»Ich kann seinen Namen schreiben«, sagte sie zögernd.

»Sehr gut«, lobte Celia sie. »Das ist der erste Schritt.«

Wieder wartete sie ab.

Fleur gab sich einen Ruck.

»Ich schreibe meine Geschichte auf.«

Jetzt hatte sie Celias volle Aufmerksamkeit.

»Aus einem bestimmten Grund?«

»Eine Journalistin in meinem Alter recherchiert über Frauenhäuser. Sie ist mir sehr sympathisch, und ich dachte, das, was ich erlebt habe, kann anderen vielleicht helfen, ihre eigenen Erfahrungen ...«

Wenn Celia lächelte, leuchtete ihr ganzes Gesicht. Dann vermittelte sie einem das Gefühl, ihre beste Freundin zu sein. Aber Fleur wusste, dass sie innerlich distanziert blieb. Um sich selbst zu schützen.

»Das ist eine ausgezeichnete Idee. Unterhältst du dich auch mit ihr?«

»Ja. Gerade heute haben wir uns wieder getroffen.«

»Du vertraust ihr?«

Fleur nickte. Sie wunderte sich ja selbst darüber, doch sie hatte ihre Entscheidung noch keine Sekunde bereut.

»Dann hast du heute allein das Haus verlassen?«

»Ja.«

»Das sind gute Nachrichten, Fleur.«

So hatte Fleur das noch gar nicht gesehen. Vielleicht lernte sie auf diese Weise, ihre Angst vor dem Draußen zu überwinden.

Andrerseits …

»Celia?«

»Ja?«

»Angst ist doch auch etwas Positives.«

»Durchaus. Sie warnt vor Gefahren.«

»Sollte man dann nicht besser auf sie hören?«

Mikael suchte sie, das war sicher. Genau jetzt, in diesem Augenblick befand er sich auf der Jagd nach ihr. Er ließ sich nichts wegnehmen, was ihm gehörte, und sie hatte ihm gehört.

Mit Haut und Haar.

»In gewissen Grenzen. Nur darf man der Angst nicht so viel Raum gewähren, dass sie einen lähmt. Sie darf dich nicht daran hindern, dein Leben zu leben.«

»Das hier ist nicht mein Leben.«

»Es ist ja auch nur eine Zwischenstation, Fleur. Du wirst dein Leben zurückgewinnen.«

Versprechungen.

Keiner konnte wissen, wann das sein würde und ob es jemals passierte.

Und was für ein Leben wäre das dann?

»Du bist stark. Viel stärker, als du glaubst.«

Sagte sie das zu jedem? War es Teil der Beratungsgespräche? Moralische Unterstützung, damit man nicht die Hoffnung verlor?

»Ich kann das beurteilen, Fleur.«

Fleur sah ihr in die Augen. Sie entdeckte nicht das kleinste Anzeichen für eine Lüge und sei sie noch so gnädig. Celia schien zu meinen, was sie sagte.

Stark, dachte sie. Ich bin stark. Ich kann das schaffen.

Jetzt musste sie sich nur noch selber glauben.

9

Schmuddelbuch, Mittwoch, 4. Mai, dreizehn Uhr dreißig

Wenn Hunderte von Männern in der Silvesternacht auf dem Kölner Bahnhofsvorplatz Frauen sexuell belästigen und bestehlen, steht das ganze Land Kopf. Man findet keinen Fernsehsender, der nicht in aller Ausführlichkeit darüber berichtet. Diskussionsrunden beleuchten das Problem von allen Seiten. Auch im Bundestag wird es zum Thema.

Die öffentliche Form der Gewalt bekommt ihr Forum.

Das jedoch, was bei uns als häusliche Gewalt *bezeichnet wird, bleibt weiterhin tabu:*

Tagtäglich misshandeln und vergewaltigen Männer ihre Frauen und Freundinnen.

Schon immer. Überall und in jeder Gesellschaftsschicht.

Auch in Köln.

In Nippes und Rodenkirchen ebenso wie in Mülheim und Müngersdorf.

Erste Sätze.

Die richtigen Worte zu diesem Thema zu finden, erscheint mir beinah unmöglich.

Das Bilderbuchwetter passte nicht zu Mikaels Stimmung. Die Sonne schien und die paar Wolken, die fett und prall und blütenweiß über den blauen Himmel zogen, verdeckten sie immer nur für einen Moment. Milde vierzehn Grad lockten die

Menschen nach draußen, wo sich allmählich die Straßencafés füllten.

In einem dieser Cafés hatte Mikael sich Bratkartoffeln mit Rührei bestellt. Das Essen war erschwinglich und würde ihn satt machen. Immerhin lag noch ein langer Nachmittag vor ihm, vom Abend gar nicht zu reden. Während er aß und den lauen Wind auf dem Gesicht genoss, überdachte er seine Optionen.

Bea entführen, das sagte sich so leicht, aber was wusste er schon von ihrem Leben hier in Köln? Er kannte ihren Tagesablauf nicht, wusste nicht, ob sie feste Termine außerhalb des Hauses wahrnahm.

Eher nicht. Was hätte ein Frauenhaus dann für einen Sinn?

Nichts war kalkulierbar.

Deshalb gab es keine Gelegenheit, sie an einer geeigneten Stelle abzupassen, um mit ihr zu reden oder sie, falls sie ein Gespräch verweigerte, einfach zu packen und ins Auto zu stoßen.

Es durfte keine Zeugen geben und er musste sich eine sichere Fluchtmöglichkeit offen halten.

Der einzige Ort, zu dem sie immer wieder zurückkehrte, war das Frauenhaus. Nicht gerade ideal, denn es lag in einer Wohngegend mit großer Parkplatznot. Selbst wenn er sich rechtzeitig eine Lücke sichern würde, konnte irgendjemand im falschen Moment in zweiter Reihe parken und ihn bei der Flucht behindern.

Außerdem liefen ständig Leute vorbei.

Von der Rückseite des Hauses aus kam er nicht nah genug heran. Wie sollte er Bea über das ganze Grundstück und dann durch den Wald zerren, um zu seinem Auto zu gelangen? Oder falls er sie wirklich außer Gefecht setzen müsste, die gesamte Strecke schleppen?

Mit dem Auto in den Wald zu fahren, wäre auch zu gefährlich. Irgendein umweltfreundlicher Spaziergänger oder Jogger würde sich das Kennzeichen einprägen, vielleicht sogar direkt die Bullen rufen.

Mikael hatte keine Ahnung, ob das Haus von Sicherheitsleuten bewacht wurde. Wahrscheinlich nicht, denn für so was fehlte es immer an Geld. Aber die Mitarbeiterinnen und erst recht die Bewohnerinnen des Hauses waren daran gewöhnt, die Augen offen zu halten.

Das ganze Haus schien einen anzustarren.

Wie konnte Bea ihn nur in so eine Situation bringen?

Sein Leben lag klar vor ihm. Er wollte viel Geld verdienen, um unabhängig zu sein. Hatte Sehnsucht nach einem Haus am Meer oder irgendwo an einem See. Und einer Liebe, größer als alles andere auf der Welt.

War das zu viel verlangt?

Wieso konnte Bea das nicht, ihn lieben?

Warum führte sie sich auf, als wär er ihr schlimmster Feind?

Weil du ihr schlimmster Feind bist.

Der Gedanke war auf einmal in seinem Kopf, in dem es dröhnte und schmerzte, bis ihm speiübel wurde und er angewidert den Teller wegschob. Das fehlte noch, dass ihn jetzt eine Migräneattacke ausknockte und für ein, zwei Tage handlungsunfähig machte!

Er bestellte sich eine Tasse Kaffee. Das half manchmal.

Als er den Zucker verrührte, gelang ihm schon wieder ein Grinsen. Oh ja, dachte er. Du wirst schon noch sehen, dass du einen Feind aus mir gemacht hast.

Und was für einen …

*

Seine Eifersucht zeigte sich schon am nächsten Tag. Als Bea die Augen aufschlug, fiel ihr Blick auf sein Gesicht. Er lag auf der Seite, eine Hand unter der Wange, und guckte sie an.

»Guten Morgen«, sagte sie schlaftrunken und lächelte.

»Wie viele Typen sind schon neben dir aufgewacht?«, fragte er, ohne ihr Lächeln zu erwidern.

Sie hatte noch nie nachgerechnet. Aber die Zahl war überschaubar. Nur hatte sie keine Lust, herauszufinden, ob er das genauso sah. In seinen Augen war keine Zärtlichkeit. Da war nur Argwohn und ... Ärger.

Bea hatte keinen Bock auf Streit. Sie kuschelte sich an ihn.

Er erstarrte.

»Keiner, der so gewesen ist wie du«, flüsterte sie und küsste ihn auf die Nasenspitze.

»Wie viele?«

Sie rutschte ein kleines Stück von ihm ab, um ihm in die Augen sehen zu können.

»Warum ist dir das so wichtig?«

»Wie viele?«

»Sechs, sieben.« Sie seufzte. »Weiß nicht genau.«

»Du weißt nicht genau, mit wie vielen Typen du im Bett gewesen bist?«

Was erwartete er? Dass sie sich dafür schämte?

In dem Leben, das sie auf der Straße geführt hatte, war kein Platz für Scham gewesen. Erst recht nicht für ein Bett, in das sie jemanden hätte mitnehmen können. Ab und zu hatte sie ein bisschen Wärme gesucht und ein bisschen Zärtlichkeit.

Was war so schlimm daran?

»Weißt *du* denn, mit wie vielen Mädchen du geschlafen hast?«

»Allerdings.«

Sein Smartphone meldete sich, und Bea nutzte die Gelegenheit, um aufzustehen und ins Bad zu gehen. Ihre Sachen waren sicherlich noch nicht trocken und so schlüpfte sie in die Unterwäsche, die Jeans und den Pulli seiner ehemaligen Freundin. Sie waren ihr ein wenig zu groß und sie musste Hosenbeine und Ärmel umkrempeln, doch das war okay. Hauptsache sie hatte etwas an.

Sie war noch nicht ganz fertig, als Mikael an die Tür klopfte.

»Lust auf Frühstück?«, fragte er und grinste. »Siehst ein bisschen aus wie eingelaufen.«

»So fühl ich mich auch.« Sie nickte. »Frühstück wär prima.«

Sie half ihm dabei, es zuzubereiten. Bestaunte den Luxus, in dem er lebte, denn er besaß eine richtige kleine Küche mit Kaffeemaschine und allem Firlefanz und sogar frische Eier, von denen er vier anpikste und in einen kleinen Topf mit kochendem Wasser legte.

Ihr Magen meldete sich. Er bekam schon so lange keine regelmäßigen Mahlzeiten mehr, dass er mittlerweile beim bloßen Anblick von Lebensmitteln durchdrehte.

»Rühr dich nicht vom Fleck«, sagte Mikael und verschwand.

Bea hörte die Wohnungstür ins Schloss fallen und sah dem Dampf zu, der von dem Eierwasser aufstieg und sich in dem kleinen Raum verteilte.

Kurz fuhr ihr durch den Kopf, dass dies die Gelegenheit war, sich ihre Klamotten zu schnappen und abzuhauen. Dann dachte sie an die Nacht zurück, die voller Berührungen gewesen war und voller Leidenschaft.

Der Blick aus dem Fenster zeigte ihr, dass es draußen in dicken Flocken schneite, und sie fror allein bei der Vorstellung, wieder in die Kälte hinauszugehen, wo es hier so schön warm war und sicher.

Als Mikael mit den duftenden, noch warmen Brötchen zurückkam, hatte sie noch immer keine Entscheidung getroffen, und sie verging beinah vor Hunger. Gierig stopfte sie das erste Brötchen in sich hinein. Auch das zweite verputzte sie in Windeseile. Erst beim dritten gelang es ihr, halbwegs manierlich zu essen.

Ihr Widerstand erlahmte, und als sie mit dem Frühstück fertig waren, beschloss sie zu bleiben.

Nicht für lange.

Eine kleine Weile bloß.

Dann, schwor sie sich, würde sie sich wieder auf den Weg machen.

Sobald der Schnee vorüber war.

Fleur klappte den Laptop zu. Es strengte sie an, über die Zeit mit Mikael zu schreiben. Danach fühlte sie sich ausgehöhlt, vollkommen leer.

Aus der Küche hörte sie Stimmen. Kaffeeduft zog durchs Haus.

Sie sah auf ihre Armbanduhr. Kurz vor zwei. Noch der ganze lange Nachmittag lag vor ihr.

Das war das Schlimmste hier: das Warten, ohne zu wissen, worauf. Die Untätigkeit. Kein Ziel zu haben und keinen Traum.

Nur einen einzigen.

Den, frei zu sein. Unbeschwert leben zu können.

»Wenn ich frei wär«, sagte sie und war beinah ein bisschen erschrocken, ihre Stimme so laut im stillen Zimmer zu hören, »wenn ich endlich mein Leben zurückhätte, dann würd ich es nicht mehr auf der Straße verbringen, das schwör ich dir.«

»Was?«

Amal, die mit einem Buch auf ihrem Bett lag, richtete sich auf und stützte sich auf den Ellbogen. Wie wunderschön sie war! Sie selbst schien das gar nicht zu wissen. Oder es interessierte sie nicht. Vielleicht war Schönheit für schöne Menschen ganz selbstverständlich.

»Wenn ich jemals wieder frei sein sollte, dann würd ich mein Leben umkrempeln, Amal. Weg von der Straße, mir einen Ausbildungsplatz suchen und eine kleine Wohnung. Nur für mich, weißt du? Ich würd keinen Typen da reinlassen. Keinen.«

Amal lächelte.

Sie neigte nicht zu Verallgemeinerungen. Auch nicht zu Stimmungsschwankungen. Amal konnte fröhlich und traurig sein, nachdenklich und übermütig, aber ihre Stimmungen wechselten nicht von jetzt auf gleich, und noch nie hatte Fleur sie explodieren sehen. Amal war sanft und liebevoll. Kaum vorstellbar, dass sie die Hölle ihrer erzwungenen Ehe überlebt hatte, ohne ihr freundliches Wesen zu verlieren.

Konnte jemand wie sie wirklich noch ernsthaft daran glauben, irgendwann der wahren Liebe zu begegnen?

»Die Zeit heilt alle Wunden«, sagte sie, »auch deine und meine.«

So sehr Fleur Klischees verabscheute, sie hätte Amal gern geglaubt.

»Ich wollte noch ein bisschen bummeln«, sagte sie. »Kommst du mit?«

Sofort sprang Amal auf. Man *musste* einfach ab und zu raus, um hier keinen Koller zu kriegen. Und zu zweit war man wenigstens ein bisschen geschützt.

»Was schreibst du eigentlich die ganze Zeit?«, fragte Amal draußen und hielt ihr Gesicht in die Sonne, die nach dem langen Winter so wohltuend war.

Fleur erzählte ihr von Romy und dem geplanten Artikel und dass sie angefangen hatte, ihre Geschichte aufzuschreiben.

»Das ist gut!« Amal legte ihr die Hand auf die Schulter. »Jede von uns befreit sich auf eigene Weise von ihren Erinnerungen.«

Sie beschlossen, mit dem Bus nach Ehrenfeld zu fahren und bei dieser Gelegenheit Rose guten Tag zu sagen, die sie beide sehr mochten.

Vor der Bar standen wieder Männer, um zu rauchen. Sie fanden sich immer zu Grüppchen zusammen. Ganz selten einmal sah man einen einzelnen Gast vor der Tür. Einer pfiff und schnalzte mit der Zunge.

Amal senkte den Kopf und wurde schneller. Fleur hatte Lust, dem Typen den Stinkefinger zu zeigen, doch sie tat es nicht. Ihr war bereits in Fleisch und Blut übergegangen, sich so unauffällig wie möglich zu bewegen.

Ärger zu machen, gehörte nicht zum Plan.

Rose empfing sie an der Tür. Sie warf einen forschenden Blick auf die Männer und sah aufmerksam die Straße hinauf und hinunter, bevor sie die Tür wieder schloss.

»Alles in Ordnung?«

Sie wirkte nervös und so, als sei sie auf der Hut, und plötzlich hatte Fleur das Gefühl, die Ursache für ihre Unruhe zu sein. Warum sonst hatte Rose gefragt, ob alles in Ordnung sei? Warum hatte sie die Umgebung so gründlich gecheckt?

Sie beantwortete die Frage nicht und hörte Rose und Amal zu, die sich angeregt unterhielten. Ein kalter Schrecken hatte nach ihr gegriffen und ließ sie nicht mehr los.

Bitte, dachte sie. Bitte, lieber Gott, lass nicht zu, dass Mikael mich findet!

*

Romy konnte es kaum erwarten, die nächsten Seiten von Fleurs Geschichte in den Händen zu halten. Sie bedauerte, dass Fleur es abgelehnt hatte, ihr die Texte direkt auf den Rechner zu schicken.

»Er könnte deinen Computer hacken«, hatte sie zu bedenken gegeben. Sie schien zu glauben, dass Mikael allmächtig war. »Er hat für alles seine Leute, glaub mir.«

»Aber er weiß ja noch nicht mal, wo du dich versteckt hältst«, hatte Romy eingewandt. »Und von mir weiß er erst recht nichts. Er *kann* meinen Rechner nicht hacken, Fleur.«

Sie hatte sie nicht umstimmen können und musste akzeptieren, dass sie auf diese vorsintflutliche Art und Weise Zeit vergeudeten.

Kurz wurde ihr bewusst, dass sie nur an sich selbst und ihren Artikel dachte und Fleur mit ihren Ängsten vollkommen aus dem Blick verlor.

Ein Seitenblick zu Greg, der an seinem Schreibtisch saß und konzentriert in die Tasten haute, erinnerte sie daran, dass sie noch eine Menge zu tun hatte. Er hatte sie gebeten, ihm einige Informationen zusammenzustellen, die er für eine Rede benötigte, die er auf einem Treffen freiberuflicher Journalisten halten wollte.

Seufzend machte Romy sich an die Arbeit, als ihr Smartphone ihr eine SMS ankündigte. Sie las Ingos Namen auf dem Display und wie eine leise Furcht durchfuhr sie die Freude.

Du fehlst mir.

Du mir auch, tippte sie. *Und wie!*

War es wirklich gerade einmal eine Stunde her, dass sie miteinander im *Alibi* gesessen hatten?

Sag mir, dass das mit uns nicht bloß ein Traum ist, schrieb Ingo.

Darum wollte ich dich auch gerade bitten …

Heute Abend?

Bei mir? Bin gegen sieben zu Hause.

Ingo sandte ihr Herzen.

I-L-D!

I-L-D-A!

Romy trug die Fakten zusammen, die Greg haben wollte, und während der ganzen Zeit blieb das Lächeln auf ihrem Gesicht.

*

Gegen vierzehn Uhr hatte Mikael wieder Position beim Frauenhaus bezogen. Es war ein munterer Nachmittag. Frauen kamen und gingen. Er konnte nicht abschätzen, wer zu denen gehörte, die hier Unterschlupf gefunden hatten, und wer hier arbeitete.

Es musste Sozialarbeiterinnen geben, Auszubildende und Reinigungskräfte. Selbst die Securitys, falls es denn welche gab, waren gewiss Frauen.

Lauter Weiber. Ein leichtes Ziel.

Er dachte an seine Mutter, die er lange respektiert hatte. Doch dann hatte sie seinen Respekt einfach verspielt. Hatte nicht zu ihm gehalten, ihn nicht gegen seinen tyrannischen Vater verteidigt, ihn in jeder schwierigen Situation verraten.

Um sich selbst zu schützen, das war ihm klar. Aber musste eine Mutter nicht für ihre Kinder kämpfen?

Tat das nicht jedes Tier?

Stattdessen hatte sie ihn verkauft.

Für die Klunker, die der Vater ihr großkotzig um den Hals hängte oder an die Finger steckte. Das war ihr wichtig gewesen – Wohlstand und Ansehen.

Ihre Söhne hatte sie dabei draufgehen lassen.

Mikael schürzte verächtlich die Lippen, als er an die Statussymbole dachte, mit denen seine Brüder und er nie hatten konkurrieren können. Ihre Cabrios, die sie höchstens zwei Jahre fuhr, bevor sie sie gegen die neuesten Modelle eintauschte. Ihre Designerklamotten. Den literarischen Zirkel, der in Dresden zu einer Institution geworden war.

Dann waren da noch ihr Tennisclub und ihre Yogagruppe gewesen, ihre Teepartys und ihre Wohltätigkeitsgalas. Über all dem hatte sie ihre Söhne vergessen, abgesehen von den Momenten, in denen sie sie den Gästen vorgeführt hatte, brave Marionetten, ordentlich gekleidet, sorgfältig gekämmt und mit vorbildlichen Manieren.

Schon damals hatte er den Wunsch gehabt, ihre perfekt geordnete Welt in Scherben zu hauen, doch dazu hatte er als Kind und Heranwachsender keine Möglichkeit gehabt. Neben ihrer Oberflächlichkeit war für seine Mutter nämlich noch ein weiteres Charaktermerkmal typisch gewesen: ihre Herrschsucht.

Sie zeigte sie nicht offen, lebte sie im Verborgenen aus.

Psychoterror vom Feinsten.

Hitchcock hätte seine Freude daran gehabt.

Einer der Brüder stotterte noch als erwachsener Mann so stark, dass er deswegen jede Woche zu einem Therapeuten ging. Der andere befand sich seit Jahren in einer zermürbenden Ehekrise.

Und Mikael?

Man sah ja, wohin ihn das alles gebracht hatte: beobachtete ein Haus, hinter dessen Mauern sie sein Mädchen versteckten.

Ihm war danach, Beas Namen zu rufen.

Nach ihr zu schreien.

Die ganze bescheuerte Gegend hier zusammenzubrüllen. Aber er riss sich zusammen. Eben waren verdächtig langsam Bullen auf Streife vorbeigefahren. Das konnte ein Zufall sein. Mikael war sich jedoch sicher, dass sie ein Auge auf das Frauenhaus hatten.

Er musste verdammt vorsichtig sein, sonst landete er noch

auf der Wache, und wer wusste schon, was Bea über ihn erzählt hatte?

Allmählich spürte er, wie seine Sehnsucht nach ihr sich wieder in Wut verwandelte. *Sie* trug die Schuld an seiner beschissenen Lage. *Sie* hatte ihm das eingebrockt. Sie konnte von Glück sagen, dass er nicht an sie herankam.

Er würde ihr schon zeigen, wo es langging.

Um sich zu beruhigen, kontrollierte er seinen Atem, wie er es gelernt hatte. Seit seinem fünfzehnten Lebensjahr nahm er Unterricht in Karate. Das war der einzige Grund dafür, dass er bisher noch nicht ausgerastet war.

Er hatte nicht vor, ausgerechnet jetzt die Nerven zu verlieren.

*

Mariella entfernte das Schloss von ihrem weißen Hollandrad und hängte es an den Lenker. Vielleicht sollte sie heute nicht mit dem Fahrrad fahren, denn sie war eben in der Küche gestolpert, hatte sich dabei irgendwie das Bein verdreht und seitdem heftige Schmerzen. Doch sie war froh, sofort einen Notfalltermin beim Orthopäden bekommen zu haben, und wollte sich auf keinen Fall verspäten.

Normalerweise ignorierte sie Zipperlein, sofern sie überhaupt mal welche hatte. Aber sie befürchtete, dass irgendetwas in ihrem Knie kaputtgegangen war. Es war geschwollen und heiß und es fühlte sich an, als ob sich im Gelenk etwas bewegte, das sich nicht bewegen sollte.

Ihre Kolleginnen hatten ihr geraten, ein Taxi zu rufen. Allerdings war Mariella sparsam. Sie brauchte ihr Geld für wichtigere Dinge.

Der junge Mann fiel ihr auf, als sie fast schon auf dem Sattel saß. Sie überlegte nicht lange, griff nach ihrem Smartphone und fotografierte ihn, wie er da unter der großen Trauerweide stand und zu ihr herübersah.

Es kam immer wieder vor, dass Männer ihre Frauen ausfindig machten und sich vor dem Haus aufbauten, um sie in Angst und Schrecken zu versetzen. Die meisten taten das mit viel Gebrüll und finsteren Drohgebärden.

Die Mitarbeiterinnen informierten in solchen Fällen die Polizei, die sofort kam und sich der Sache annahm. Oft kehrten die Männer zurück, um zu randalieren. Spätestens das war dann der Augenblick, in dem die betroffene Frau in einem anderen Haus in einer anderen Stadt untergebracht wurde.

Man durfte diese Männer nicht unterschätzen. Ihre Frau, Lebensgefährtin oder Freundin hatte sich ihnen entzogen und ihnen damit einen Schlag versetzt, den sie nicht so einfach wegstecken konnten. Sie waren in ihrer Männlichkeit verletzt und reagierten oftmals absolut unberechenbar.

Dieser junge Mann schien lediglich das Haus auszuspionieren. Doch dadurch war er nicht weniger gefährlich. Es waren häufig die Stillen, in sich Gekehrten, die in einem unerwarteten Ausbruch gewalttätig wurden.

Möglicherweise stand er aber auch einfach nur da, um eine Zigarette zu rauchen. Er war Mariella zuvor nicht aufgefallen. Sie überlegte noch, Arzttermin hin oder her, ob sie sich nicht doch lieber mit ihren Kolleginnen beraten sollte, als er mit großen Schritten die Straße überquerte und auf sie zukam.

Es war seine Geschwindigkeit, die sie endgültig alarmierte. Sie wollte gerade einen Notruf absetzen, als er auch schon vor ihr stand und ihr das Smartphone aus der Hand riss.

Mariella öffnete den Mund, um zu schreien, doch er war schneller, zog sie an sich und hielt ihr den Mund zu. Ihr Rad fiel scheppernd zu Boden und sie rekapitulierte fieberhaft ihre Möglichkeiten.

Alle Mitarbeiterinnen hatten einen Kurs in Selbstverteidigung absolviert. Doch nichts von dem, was sie gelernt hatte, konnte Mariella hier anwenden. Der Typ stand hinter ihr und hielt sie so an sich gepresst, dass ihr keine Abwehrbewegung möglich war.

Er beherrscht eine Kampfkunst, ging es ihr durch den Kopf.

Dann kam die Angst.

»Du hast mich gesehen«, raunte er ihr ins Ohr. »Und du hast mich fotografiert. Pech für dich.«

Sie hatte einen unverzeihlichen Fehler gemacht. War zu sehr mit ihrem Knie und ihren Schmerzen beschäftigt gewesen und hatte übereilt reagiert, als sie das Foto geschossen hatte. Sie hätte sofort ins Haus zurücklaufen sollen.

Zu weiteren Überlegungen kam sie nicht. Mit einer Hand, die sich anfühlte wie Stahl, fasste er ihre Stirn und drehte mit einem Ruck ihren Kopf.

Sie hatte nie befürchtet, früh sterben zu müssen. Ihr Leben hatte doch eben erst angefangen.

Eine neue Liebe.

Und dann die Gewissheit, schwanger zu sein.

Wie lange hatte sie auf dieses Glück gewartet.

Schon als sie seinen harten Griff spürte, wusste sie, dass ihr Kind niemals das Licht der Welt erblicken würde. Sie fühlte noch, wie ihr die Tränen in die Augen traten, doch sie merkte nicht mehr, wie sie ihr über die Wangen liefen.

Dunkelheit schlug über ihr zusammen und deckte sie für immer zu.

10

Schmuddelbuch, Mittwoch, 4. Mai, Nachmittag

Die Würde des Menschen ist unantastbar.

Jeder hat das Recht auf Leben und körperliche Unversehrtheit.

Die Freiheit der Person ist unverletzlich.

Männer und Frauen sind gleichberechtigt.

(Aus dem Grundgesetz der Bundesrepublik Deutschland)

Kriminalhauptkommissar Bert Melzig sah still auf die Tote hinunter. Wie lange konnte man diesen Job machen, ohne irgendwann durchzudrehen? Seine Glieder waren bleischwer, in seinem Ohr machte sich pfeifend der Tinnitus bemerkbar.

Es gab Tage, an denen er am liebsten alles hingeworfen hätte.

Der gewaltsame Tod dieser Frau passte nicht zu dem herrlichen Sonnenschein, auf den Köln einen kalten grauen, schmutzigen Winter lang gewartet hatte. Nicht zu einem so schönen Tag im Mai, an dem man sich seines Lebens erfreuen wollte und die Sehnsucht nach dem Sommer die Gesichter der Menschen ganz weich wirken ließ.

Sein Kollege und Freund Rick Holterbach schien ähnlichen Gedanken nachzuhängen. Ernst stand er da, die Hände in den Latexhandschuhen ineinanderverschränkt, als würde er an einem Grab stehen und beten.

Rick war um einige Jahre jünger als er selbst und betrachtete die Welt aus einer anderen Perspektive, dennoch funktionierte ihre Freundschaft. Sie brauchten nicht viel zu reden. Sie verstanden einander ohne Worte.

Wie aufs Stichwort hob Rick den Blick.

Scheißspiel, sagten seine Augen.

Bert nickte.

Der Notarzt packte seine Sachen zusammen.

»Genickbruch«, erklärte er knapp. »Der Tod ist zwischen vierzehn Uhr zwanzig und vierzehn Uhr fünfundvierzig eingetreten.«

Überrascht von der überaus präzisen Zeitangabe, hob Bert die Augenbrauen.

»Das ist keine Zauberei.« Der Notarzt lächelte ein sparsames, schmallippiges Lächeln. »Die Tote hat um vierzehn Uhr zwanzig das Haus verlassen, weil sie einen Termin beim Orthopäden hatte. Dafür gibt es Zeugen. Um vierzehn Uhr fünfundvierzig ist sie dann von spielenden Kindern entdeckt worden, für deren panisches Geschrei es ebenfalls Zeugen gibt. Dort nämlich.«

Er wies auf das Frauenhaus, das jedem Kölner Polizisten bekannt war.

Endlich mal von Anfang an klare Angaben, dachte Bert und registrierte beschämt, wie abgebrüht er bereits geworden war.

»Und es kann definitiv kein Unfall gewesen sein?«, vergewisserte er sich.

»Nein.« Der Arzt schüttelte den Kopf. »Fahrradunfälle sehen anders aus.«

Tatsächlich war der Kopf der Toten auf eine derart bizarre Weise verdreht, dass Berts Magen zu rumoren begann.

»Von der tödlichen Verletzung und einer leichten Schwellung und Rötung des rechten Knies abgesehen«, fuhr der Arzt fort, »ist ihr Körper äußerlich unversehrt. Ich habe nicht die kleinste Schürfwunde gefunden und ihre Kleidung ist weder zerrissen noch schmutzig.«

Auch das Fahrrad wirkte, wie Bert feststellen konnte, auf den ersten Blick völlig intakt.

»War die Schwellung ihres Knies der Grund für ihren geplanten Besuch beim Orthopäden?«, fragte Bert.

»Vermutlich.« Der Arzt hob die Schultern. »Das wird die Obduktion beantworten.«

»Druckstellen im Kopf-Hals-Bereich?«, erkundigte sich Rick.

»Nein. Der Täter hat sauber gearbeitet.«

Sauber gearbeitet?

Von wem redeten sie hier? Von einem Künstler, dessen Werk man bewundert?

»Gearbeitet …«

Auch Rick war die Formulierung sauer aufgestoßen.

»Sagen wir: Er hat gewusst, wie man Spuren vermeidet«, ruderte der Arzt zurück und schaute auf seine Armbanduhr. »Heute ist wirklich der Teufel los. Alle Welt scheint von Bäumen zu stürzen, gegen Busse zu laufen oder einen Infarkt zu bekommen. Irgendwann hört man dann auf, seine Worte auf die Goldwaage zu legen.«

Bert wusste, wie überlastet Notärzte waren. Diesem sah man es deutlich an. Sein Gesicht hatte die typische Blässe extrem gestresster Menschen, unter seinen Augen zeichneten sich die bläulichen Schatten chronischer Schlaflosigkeit ab, und die strengen Falten, die von den Nasenflügeln bis zu den Mundwinkeln liefen, zeugten von einem Magen, der aus dem Gleichgewicht geraten war.

»Wer, zum Teufel, ist dazu in der Lage, einem erwachsenen Menschen das Genick zu brechen, ohne Spuren zu hinterlassen?«, fragte Bert.

»Einer, der anatomische Kenntnisse besitzt und weiß, wie es geht«, antwortete der Arzt lakonisch.

»Ein kräftiger Mann«, überlegte Bert laut.

»Nicht unbedingt«, wandte Rick ein. »Möglicherweise jemand, der eine Kampfkunst beherrscht.«

»Richtig«, stimmte der Arzt zu. »Da gibt es Methoden, Menschen ins Jenseits zu befördern, die praktisch nicht nachweisbar sind. Auf jeden Fall war es kein Sturz, der die Frau getötet hat.«

Er verabschiedete sich und eilte zum nächsten Notfall, während Bert und Rick in die Hocke gingen, um die Tote in Augenschein zu nehmen.

Sie war nicht älter als fünfunddreißig. Noch im Tod konnte man erkennen, dass sie eine schöne Frau gewesen war. Strähnen hatten sich aus dem Pferdeschwanz gelöst, zu dem sie das blonde Haar locker gebunden trug. Eine dieser Strähnen hatte sich zärtlich an ihr Kinn geschmiegt, eine andere lag auf einem blühenden Mooskissen.

Feenhaar, ging es Bert durch den Kopf.

Eine schreckliche, endgültige Blässe lag auf ihrem Gesicht. Ihre Augen waren geschlossen, doch obwohl sie tot war, erwartete Bert insgeheim, dass sie sie im nächsten Moment öffnen würde.

Fast fürchtete er sich vor ihrem Blick.

Die Kollegen von der Schutzpolizei hatten die Fundstelle weiträumig abgesperrt und hielten die Gaffer in Schach, von denen die meisten ihr Handy gezückt hatten, um zu fotografieren.

»Dass die sich nicht schämen«, knurrte Rick.

Es war der Tod, der sie magisch anzog. Er machte ihnen Angst – und faszinierte sie. Besonders dann, wenn er einen von ihnen gewaltsam aus dem Alltag gerissen hatte.

Bert hob eine Hand der Toten, um die Fingernägel zu betrachten. Sie waren sauber und gepflegt. Kein Nagel war ab- oder eingerissen, wie es bei einem Kampf häufig der Fall war.

»Haben wir einen Namen?«, fragte er.

»Mariella Hohkamp.« Der Kollege von der Schutzpolizei, noch jung und ziemlich mitgenommen, blätterte hektisch in seinem Notizbuch. »Sie war als Sozialarbeiterin im Frauenhaus beschäftigt.«

Bert sah auf die Uhr. Viertel nach drei. Mariella Hohkamp war jetzt seit höchstens fünfundfünfzig und mindestens dreißig Minuten tot. Die Totenstarre hatte noch nicht eingesetzt.

Selten waren sie so frühzeitig an einem Tatort eingetroffen.

Auch aus den Fenstern des Frauenhauses beobachtete man sie. Als sie sich dem Eingang näherten, spürte Bert die verborgenen Blicke.

Es wurde ihnen aufgemacht, noch bevor sie geklingelt hatten.

»Herr Holterbach!«

Die Frau streckte ernst die Hand aus und Rick ergriff sie.

»Wir hatten vor Jahren schon einmal miteinander zu tun«, erklärte er Bert. »Frau Fiedler, das ist mein Kollege Bert Melzig.«

»*Angenehm* wäre im Augenblick wohl das falsche Wort«, sagte sie freundlich und reichte Bert eine schlanke, kühle Hand. »Rose Fiedler. Eigentlich arbeite ich in unserem Hauptbüro. Ich bin sofort hergekommen, als ich von dem Unglück erfahren habe. Wir müssen jetzt alle zusammenrücken, um das zu verkraften.«

Bert fand sie auf Anhieb sympathisch. Er sah die Trauer in ihren Augen, aber auch die Zuversicht. Ihr rotes Haar kringelte sich in krausen Locken um ein schmales, kluges Gesicht.

Sie war dezent geschminkt und trug schwarze Jeans und einen schwarzen Pulli.

Als hätte sie beim Ankleiden am Morgen schon gewusst, was passieren würde.

Was natürlich Unsinn war. Das orangefarbene Tuch, das sie sich um den Hals geschlungen hatte, leuchtete förmlich aus sich heraus.

Sie wurden in ein kleines Büro geführt, in dem ein wuscheliger weißer Hund von einer zerknautschten Decke aufsprang und sie schwanzwedelnd begrüßte.

»Mein Hund Pepe. Manchmal nehme ich ihn mit zur Arbeit. Er hat eine außerordentlich positive Wirkung auf Menschen und ist mir bei meiner Arbeit oft eine große Hilfe.«

Sie schickte Pepe auf seine Decke zurück, zog einen zweiten Stuhl an den Schreibtisch heran, bat Bert und Rick, Platz zu nehmen, und setzte sich in den Schreibtischsessel.

»Wir sind alle fix und fertig«, sagte sie und blickte zum Fenster, um die Tränen in ihren Augen zu verbergen. »Mariella ist … sie *war* schwanger. Sie hat sich so auf das Kind gefreut.«

»Gab es Schwierigkeiten in ihrem Privatleben?«, erkundigte sich Rick.

»Das kann ich mir nicht vorstellen. Ich denke, sie hätte mit mir darüber gesprochen.«

»Waren Sie befreundet?«, fragte Bert.

»Nicht im eigentlichen Sinn. Aber unsere Arbeit führt dazu, dass wir alle uns näher sind, als wenn wir im Büro eines Steuerberaters oder Maklers säßen.«

»Gibt es einen Ehemann?«

»Einen Lebensgefährten.« Rose Fiedler schrieb einen Namen und eine Telefonnummer auf ein Blatt Papier und schob es ihnen hin. »Mord«, murmelte sie, als könne sie es noch immer nicht glauben.

»Hatte sie mit jemandem Streit?«, fragte Rick. »Hat sie Drohungen erhalten?«

»Ich glaube nicht«, antwortete Rose Fiedler. »Mariella war bei den Frauen und den Kolleginnen sehr beliebt. Sie war nicht der Typ, der rasch in Streit geriet. Das, was sie gepredigt hat, hat sie auch gelebt: tolerant zu sein und sich selbst nicht aus dem Blick zu verlieren. Sie hatte Mitgefühl und konnte das auch zeigen. Und sie arbeitete nicht nach der Uhr. Wenn man sie brauchte, kam sie sogar mitten in der Nacht ins Frauenhaus. Damit hatte sie überhaupt kein Problem.«

»Was glauben Sie«, fragte Bert. »Wer kann Ihre Kollegin getötet haben?«

»Der Mann oder Lebensgefährte oder die Angehörigen einer der Frauen, die in unseren Häusern wohnen«, entgegnete Rose Fiedler, ohne zu zögern. »Sie wissen ja, dass es immer wieder zu Angriffen kommt.«

»Auch zu Angriffen auf die Mitarbeiterinnen?«, erkundigte sich Bert.

»Die meisten gelten den Frauen. Die Männer halten ihre Frau für ihren Besitz und töten sie oft lieber, als sich mit einer Trennung abzufinden.«

»Gibt es aktuell einen konkreten Fall, in dem ein Mann seine Frau bedroht? Und war Ihre Kollegin Mariella …« Rick warf einen Blick auf seine Notizen, »… Mariella Hohkamp in diesen Fall involviert?«

»In unseren Häusern leben ausschließlich Frauen, die sich ihren Männern entzogen haben, Herr Kommissar. Das sind alles aktuelle Fälle und überaus konkret. Unsere Mitarbeiterinnen sind in jeden einzelnen dieser Fälle *involviert*, wie Sie es ausdrücken.«

»Es könnte also der Mann oder Freund jeder der Frauen gewesen sein, die hier wohnen?«

»So ist es.«

Pepe begann sich auf seiner Decke zu langweilen. Er schnappte sich ein rotgrün gestreiftes Gummitier und kaute frustriert darauf herum. Bei jedem Bissen erklang ein Quietschen wie von den ungeölten Scharnieren einer alten Kirchentür.

»Wir brauchen die Namen der Frauen«, sagte Rick. »Wenn Sie uns eine Liste machen könnten …«

Rose Fiedler nickte und zog die Tastatur des PCs zu sich heran. Bert und Rick tauschten einen langen Blick. Das hier würde kein einfacher Fall werden.

*

In den Schutz der Pension zurückgekehrt, versuchte Mikael verzweifelt, einen klaren Gedanken zu fassen, doch es wollte ihm nicht gelingen. Das Herz schlug ihm noch immer schmerzhaft gegen die Rippen und er bekam kaum Luft.

Er hatte sie umgebracht!

Schweiß stand auf seiner Stirn. Das T-Shirt klebte ihm am Rücken. Seine Hände zitterten.

Umgebracht!

Durch das geöffnete Fenster drang das Lachen spielender Kinder.

Déjà-vu.

Auch in der Nähe des Frauenhauses hatten Kinder gespielt, gerufen und gelacht. Hatten sie ihn gesehen? Hatte *irgend*wer ihm dabei zugeschaut, wie er …

Wie leicht es gewesen war. Wie unglaublich schnell es gegangen war. Eine Drehung, ein Knacken und sie war leblos in seine Arme gesunken.

Wahrscheinlich eine Mitarbeiterin. Sie hatte zu viel Selbstbewusstsein ausgestrahlt, um eine der dort untergebrachten Frauen gewesen zu sein.

Er versetzte dem ohnehin schon ramponierten Couchtisch einen wütenden Tritt. Wieso hatte sie ihn auch fotografiert? Sie könnte noch leben, die Alte.

Ihr Smartphone und die SIM-Karte hatte er unterwegs zerstört und im Rhein entsorgt. Von dort drohte ihm keine Gefahr. Er wusste jedoch nicht, ob ihn aus einem der Häuser jemand beobachtet hatte.

Verdammt!

Aber sie hatte ihm keine Wahl gelassen. Sein Gesicht auf einem ihrer Fotos und er hätte Bea vergessen können.

Er verließ sein Zimmer und stieg die Treppen hinunter. Auf dem ersten Absatz stand ein großer, summender Kühlschrank mit Getränken. Mikael nahm sich eine Cola, ohne sich auf der beiliegenden Liste einzutragen. Er brauchte seine ganze Kraft, um wieder in sein Zimmer zu gelangen.

Eine Stunde, nahm er sich vor. Eine Stunde würde er sich ausruhen, bevor er sich einen Plan ausdachte. Den brauchte er dringend, denn die Bullen würden das Frauenhaus ab jetzt im Auge behalten.

Dämliche Alte! Wieso musste sie ihm in die Quere kommen!

Manchmal ging wirklich alles schief.

*

Nach einem leckeren Cappuccino im *Café Sehnsucht* waren Fleur und Amal noch ein wenig durch die Straßen geschlendert. Mitunter wünschte Fleur, sie hätte Geld für die schönen Dinge, die man in den kleinen Läden kaufen konnte. Dann rief sie sich ins Gedächtnis, dass sie noch vor gar nicht so langer Zeit nicht einmal ein Dach über dem Kopf gehabt hatte.

Aber wenigstens war sie damals frei gewesen.

Dann war Mikael mit seiner besitzergreifenden, erstickenden Liebe gekommen und hatte sie zu seiner Gefangenen gemacht. Und das war sie heute noch, seine Gefangene. Eingesperrt in einem Leben voller Angst.

Was sollte sie da mit einem kostbar funkelnden Ring anfangen? Einem handgefertigten Kleid aus schillernder Seide? Oder einem Paar italienischer Schuhe, das teurer war als alles, was sie jemals besessen hatte?

»Willst du den?«, flüsterte Amal verschwörerisch, als Fleur einen breiten Silberring mit blauem Stein auf ihren linken Mittelfinger schob. »Willst du ihn?«

Fleur streifte ihn rasch wieder ab und schüttelte den Kopf. Amal hatte kein Problem damit, ab und zu etwas mitgehen zu lassen. Weil sie sich geschickt anstellte, war sie noch nie erwischt worden, aber Fleur wollte nicht der Grund dafür sein, dass sie in Schwierigkeiten geriet.

»Du bist ein komisches Mädchen«, sagte Amal, als sie wieder draußen waren. »Du musst mehr Spaß haben.«

»Dazu brauch ich keinen Ring.«

Amal musterte sie skeptisch und Fleur wusste, was sie dachte. Ob Ring oder nicht, an Spaß war bei ihr wirklich nicht zu denken.

»Du hast zu viel Angst.«

Dabei war auch Amal voller Furcht. Sie machte sich selbst etwas vor.

Schon von Weitem sahen sie die Polizeifahrzeuge. Amal griff nach Fleurs Hand. Sie blieben stehen, trauten sich nicht weiter. Erst letzte Woche hatte es einen Zwischenfall gegeben, der jedoch harmlos ausgegangen war.

Das hier sah schlimmer aus.

»Mikael«, flüsterte Fleur.

Augenblicklich legte sich ein schweres Gewicht auf ihre Brust und hinderte sie daran zu atmen.

Auch Amal war wie gelähmt. Sie stand da, eine Hand an der Kehle und starrte auf die Szene, die sich ihnen bot.

Es war nicht ganz klar, wie viele der Fahrzeuge zu den Polizisten gehörten, die da hin und her liefen, einige in Uniform, andere in Zivil. Sie hatten Absperrband gespannt, das sich in dem leichten Wind, der aufgekommen war, zitternd bewegte.

Neugierige standen herum, fotografierten und schossen Selfies.

Endlich erwachte Fleur aus ihrer Erstarrung. Sie sah sich hektisch um.

War Mikael der Grund für diesen Auflauf?

Hatte er sie gefunden?

War er vor dem Haus ausgerastet?

Aber wieso dann das Absperrband? Das wurde doch nur an Tatorten verwendet.

»Komm!«, hörte sie Amals Stimme und fühlte, wie sie mitgezogen wurde. »Wir müssen ins Haus! Schnell!«

Sie stolperte, als sie hinter Amal herlief. Das Bild vor ihren Augen verwackelte wie ein amateurhaft gedrehter Film.

»Und wer sind Sie?«, fragte der Mann, der ihnen öffnete.

Er stellte sich als Kriminalhauptkommissar Bert Melzig und seinen Kollegen als Rick Holterbach vor. Im nächsten Moment verwandelte sich die Aufmerksamkeit, mit der er zuerst Amal, dann Fleur betrachtete, in Besorgnis.

Fleur holte tief Luft, doch der Sauerstoff erreichte ihre Lunge nicht. Sie hyperventilierte und merkte, wie ihre Knie nachgaben. Der jüngere Kommissar konnte sie gerade noch auffangen, dann wurde ihr schwarz vor Augen.

*

Romys Gedanken schweiften immer wieder ab. Aus einem unerfindlichen Grund fielen ihr Fleurs Versteck wieder ein und der Rucksack mit ihren Habseligkeiten.

Ob er sich immer noch in dem verlassenen Schuppen befand?

Oder gab es den Schuppen schon gar nicht mehr?

Sie wusste noch kaum etwas von Fleur, hatte jede Menge Fragen. Doch die wurde sie nicht los, weil ihr Kontakt strikt eingleisig war. Sie kannte weder Fleurs Adresse noch ihre Handynummer.

Es war abgemacht, dass Fleur sich bei ihr meldete, nicht umgekehrt.

Sie nahm ihr Smartphone und starrte auf die sieben roten Herzen, die Ingo ihr geschickt hatte. Auf sein I-L-D.

Ich-Liebe-Dich.

Rose Fiedler hatte ihr erklärt, ein ähnliches Schicksal wie das der Frauen im Frauenhaus könne jede Frau treffen, ob arm oder reich, gebildet oder ungebildet, schön oder hässlich.

Was wusste man denn am Anfang einer Beziehung vom andern?

Nichts. Man startete an Punkt null.

Und Ingo?

Romy hatte sich nicht einmal *vorstellen* können, sich in ihn zu verlieben, niemals, unter gar keinen Umständen. Und nun?

I-L-D-A.

Ich-Liebe-Dich-Auch.

Ein warmes Lächeln stieg in ihr auf. Sie machte sich in der unaufgeräumten Redaktionsküche einen Tee und kehrte an die Arbeit zurück.

Wenig später hatte sie die Informationen für Greg zusammengestellt, schickte sie ihm rüber und vertiefte sich wieder in ihre Recherchen.

Sie war an Gesprächsprotokolle einer Organisation gelangt, die sich *StoGeF* nannte.

Stoppt Gewalt gegen Frauen.

Darin berichteten Frauen schonungslos offen von der Gewalt, die sie in ihrer Beziehung erlebt hatten.

Nachdem Romy eine Stunde lang darin gelesen hatte, machte sie ihren Laptop aus, verstaute ihn in ihrer Tasche und verließ fluchtartig die Redaktion.

Sie hatte kein Ziel, musste nur frische Luft atmen, normale Menschen sehen und die Festplatte ihres Gehirns löschen, um die ganze schreckliche, trostlose, perverse Gewalt zu vergessen.

Zumindest für eine Weile.

Nach einem kleinen Zwischenstopp im *Alibi*, wo sie ein Stück Kuchen bestellte, als könnte eine Dröhnung Zucker die Welt zu einem besseren Ort machen, stieg sie in ihren knallroten Fiesta und fuhr zum Büro der Frauenhäuser, ohne diese Entscheidung bewusst getroffen zu haben.

Nicht Rose, sondern Jelena machte ihr auf, begrüßte sie nervös und führte sie in Roses Büro.

»Es ist etwas Schreckliches passiert!« Jelena schlang sich die Arme um den Körper, als müsse sie sich an sich selbst festhalten. »Eine unserer Mitarbeiterinnen ist ermordet worden.«

Romy sank auf den Besucherstuhl.

»Mariella. Sie war nicht nur eine begnadete Sozialarbeiterin, sie war einer der besten Menschen, die ich kenne. Rose ist sofort hingefahren …«

Die Hand vorm Mund, um die Tränen zurückzuhalten, setzte Jelena sich auf den Schreibtischsessel. Doch die Tränen bahnten sich trotzdem ihren Weg

»Wo …?«, fragte Romy.

»Vor dem Haus, in dem auch Fleur wohnt«, antwortete Jelena mit erstickter Stimme.

Ein kalter Schrecken durchfuhr Romy. Fleur übertrieb also nicht mit ihrer Vorsicht.

»*Vor* dem Haus?«

Jelena nickte. Sie zog ein zerdrücktes Papiertaschentuch aus dem Ärmel und trocknete sich die Augen.

»Hat man den Täter … ich meine …«

Jelena schüttelte den Kopf. Sie putzte sich die Nase und stopfte das Taschentuch in den Ärmel zurück.

»Niemand hat etwas gesehen oder gehört. Mariella hat das Haus verlassen, eine halbe Stunde später war sie tot. Sie hat es nicht mal geschafft, auf ihr Fahrrad zu steigen.«

»Ist sonst noch … jemandem was zugestoßen?«

»Nein. Zum Glück nicht.«

Erleichterung durchströmte Romy, ein großes, köstliches Glücksgefühl. Fleur war nichts geschehen.

Jetzt erwachte ihr Spürsinn.

»Wann ist es passiert?«

»Irgendwann zwischen zwanzig nach zwei und Viertel vor drei. Kinder haben sie gefunden, stell dir das vor.«

Wieder kamen Jelena die Tränen. Sie nestelte ein frisches Taschentuch aus einer angebrochenen Verpackung, die auf dem Schreibtisch lag.

»Aber es hat niemand etwas beobachtet?«

»Das ist vielleicht ganz gut so.« Jelenas Stimme klang wie bei einer schweren Erkältung, so sehr hatten sich die Tränen darin festgesetzt. »Sonst wäre möglicherweise eine noch größere Katastrophe ausgelöst worden.«

»Wie …«

Romy hatte Angst vor der Antwort. Dennoch musste sie die Frage stellen.

»Wie ist es passiert?«

»Man hat ihr das Genick gebrochen.«

Nun verlor Jelena vollends die Fassung. Schluchzend presste sie das Taschentuch gegen Mund und Nase. Romy stand auf, ging um den Schreibtisch herum und legte ihr tröstend die Hand auf die Schulter.

Das sah nicht nach Vorsatz aus. Hätte der Täter bei einem geplanten Mord nicht eine Waffe bei sich getragen?

»Habt ihr schon einmal eine Mitarbeiterin auf … diese Weise verloren?«, fragte Romy.

»Nein.« Jelena schüttelte den Kopf und ließ das Taschentuch sinken. »Es hat Zwischenfälle gegeben, aber das … das nicht.«

»Weiß man denn, ob Mariella das Ziel war?«

Jelena hob den Kopf. Die Wimperntusche war auf ihren Wangen verlaufen, das Weiße in ihren Augen hatte sich rot verfärbt.

»Genau das frage ich mich auch. Und genau das versucht die Polizei offenbar herauszufinden.«

11

Schmuddelbuch, Mittwoch, 4. Mai, später Nachmittag

Kennen Täter das Grundgesetz auch???

Mir ist übel. Bin wie paralysiert.

Muss mit Fleur reden, sonst dreh ich durch!

Die junge Frau hatte wieder Farbe auf den Wangen, doch sie war immer noch reichlich blass.

Wie die meisten hier.

Bert und Rick hatten darum gebeten, jede der Frauen allein befragen zu können, und hatten sich dazu in den Gemeinschaftsraum begeben.

Eine nach der andern, waren die zehn Frauen, die in diesem Haus lebten und ausnahmsweise einmal alle gleichzeitig anwesend waren, zu ihnen gekommen und hatten ihre Fragen beantwortet.

Jede hatte Mariella gekannt. Die meisten hatten sie gemocht. Die Tote schien äußerst beliebt gewesen zu sein. Aber niemand wusste mehr über sie, als Mariella Hohkamp selbst von sich preisgegeben hatte.

Bert hoffte darauf, dass es wenigstens die eine oder andere Beziehung gegeben haben mochte, die über die professionelle Ebene hinausgegangen war.

Die junge Frau, die zusammengebrochen war, hatten sie als letzte zu sich gerufen.

»Ich bin Fleur«, stellte sie sich vor.

Das Entsetzen stand ihr noch in den Augen.

Sie benahm sich äußerst zurückhaltend, als sei sie schüchtern oder voller Angst. Doch sobald sie den Blick hob, wurde man von dem Ausdruck in ihren Augen magisch angezogen. Es lagen Traurigkeit darin, Verlorenheit, Unsicherheit, aber auch Entschiedenheit, die sich unter einer Sanftmut versteckte, an die man nicht so recht glauben mochte.

Die Frauen in diesem Haus waren sehr unterschiedlich. Angst hatten sie alle, denn da draußen lief ein Täter herum, der jederzeit wieder zuschlagen konnte.

Fleur aber hatte ihre Angst in sich verschlossen. Lediglich an ihren sich unaufhörlich bewegenden Füßen konnte man ihre Anspannung erkennen. Die Finger hielt sie fest auf dem Schoß verschränkt, wohl um nicht die Kontrolle zu verlieren.

Sie war erst seit wenigen Wochen in Köln und davor bereits in einem anderen Frauenhaus gewesen. Immer hatte ihr Freund sie aufgespürt.

»Frau Hagedorn …«

»Bitte nennen Sie mich Fleur.«

»Gut. Fleur. Haben Sie in letzter Zeit beunruhigende Beobachtungen gemacht?«

Ihr Blick irrte durch das Zimmer.

»Beunruhigende?«

»Ist etwas anders gewesen als sonst?«

»Nein. Eigentlich nicht.«

»Eigentlich?«, hakte Rick mit sanfter Stimme nach.

»Meine Angst …« Scheu erwiderte sie zuerst Ricks Blick, dann den von Bert. »Sie ist stärker geworden.«

»Aus welchem Grund?«, fragte Bert.

»Ich fühle mich … beobachtet.«

Aus den Augenwinkeln bemerkte Bert, wie Ricks Körper sich anspannte. Ihm erging es ähnlich.

»Schon länger?«, fragte Rick.

»Nein. Erst seit Kurzem.«

»Seit Kurzem?«

»Seit ein, zwei Tagen.«

»Von Ihrem Freund?«

»Ich glaube, ja.«

»Er hat Sie schon einmal gefunden«, vergewisserte Bert sich behutsam.

»Er findet mich immer.«

Sie ließ die Schultern hängen. Ein Bild der Hoffnungslosigkeit. Es schnitt Bert ins Herz. Dennoch mussten sie weiterbohren.

»Das Frauenhaus, in dem Sie vorher untergekommen sind, war in welcher Stadt?«

»In Rostock.«

»Und vorher haben Sie wo gelebt?«

»In Dresden.«

Wenn man das *leben* nennen kann, dachte Bert. Von dem Mann, den man liebt, behandelt zu werden wie Dreck. Von ihm gedemütigt und gequält zu werden.

Er wünschte, das Phänomen häusliche Gewalt würde endlich aus seiner schmuddeligen Nische gezerrt werden und vor aller Augen in seiner ganzen grausamen Erbärmlichkeit daliegen.

»Haben Sie sich auch beobachtet gefühlt, als Sie in dem Rostocker Frauenhaus gewohnt haben?«

»Man entwickelt mit der Zeit einen sechsten Sinn.«

»Und damals?«, beharrte Bert.

»Vielleicht. Ich weiß es nicht mehr.«

»Sie wissen es nicht?«

»Man kann seiner Angst nicht ununterbrochen ins Gesicht sehen. Das bringt einen um. Deshalb verdrängt man sie irgendwann.«

»Ist Ihnen an Frau Hohkamp in letzter Zeit etwas aufgefallen?«, fragte Rick. »War sie anders als sonst?«

»Nein. Sie war fröhlich und mitfühlend wie immer. Nie hab ich ein böses Wort von ihr gehört. Ich kann mir überhaupt nicht vorstellen, dass jemand sie …«

»Fleur?«

Sie sprang auf und presste die Hand vor den Mund. Den Weg ins Bad schaffte sie nicht mehr. An der Tür erbrach sie sich heftig. Der säuerliche Geruch ihres Erbrochenen breitete sich im Gemeinschaftsraum aus.

Bert widerstand dem Drang, ein Fenster zu öffnen. Er wollte sie nicht beschämen.

»Geht es wieder?«, erkundigte sich Rick, nachdem Fleur mit der Hilfe einer Mitbewohnerin das Erbrochene aufgewischt hatte und zum Tisch zurückgekehrt war.

Kreidebleich saß sie da, ein Glas Wasser in der zitternden Hand.

Bert gab Rick ein Zeichen. Rick nickte und ließ sie in Ruhe.

»Vielen Dank dafür, dass Sie unsere Fragen beantwortet haben«, sagte Bert. »Ich lasse Ihnen meine Karte hier. Falls Sie uns noch etwas mitteilen wollen, dann melden Sie sich doch bitte. Und, Fleur – wir werden das Haus beobachten. Sie brauchen keine Angst zu haben.«

Keine Angst?

Bert stand auf und verabschiedete sich von der jungen Frau. Er hatte ihr ein Versprechen gegeben, von dem er nicht wusste, ob sie es einhalten konnten.

*

Die Frauen hatten sich in der Küche zusammengefunden und bereiteten gemeinsam ein Abendessen zu. Jede trug irgendetwas bei. Sie improvisierten, denn keine hatte genug Energie, um aufwändig zu kochen.

Die Kinder würden später essen. Sie wurden im Spielzimmer abgelenkt. Die älteren waren unterwegs. Sie hatten von dem Unglück nichts mitbekommen. Niemand hatte sie angerufen oder ihnen eine Nachricht geschickt.

Sie würden es bald genug erfahren.

Obwohl sich alle Erwachsenen hier versammelt hatten, blieb es in der Küche lange still. Eine bedrückte Stimmung hatte sich ausgebreitet und war nur schwer zu vertreiben. Als dann die ersten Worte ausgesprochen wurden, entstand nicht das quirlige Durcheinander, das sonst bei ihren Zusammentreffen üblich war.

Jede hörte zu.

Jede war jedoch insgeheim auch mit ihren eigenen Gedanken beschäftigt.

Fleur half mechanisch, den Tisch zu decken. Sie ahnte, dass Mikael für Mariellas Tod verantwortlich war. Und hoffte gleichzeitig inständig, dass sie sich irrte.

Wenn er es getan hat, dachte sie, habe auch ich Mariella getötet, denn hätte ich ihn mit meiner Flucht nicht wütend gemacht, würde sie noch leben.

Aber warum Mariella?

Während Fleur noch darüber nachgrübelte, schob sich endlich die Erkenntnis nach vorn, die die ganze Zeit in ihrem Hinterkopf gelauert hatte: Falls Mikael wirklich der Mörder war, dann bedeutete das, dass er sie GEFUNDEN hatte!

Schlagartig schlotterten ihr die Hände. Sie stellte das Geschirr ab. Flüchtete in ihr Zimmer, um für einen Moment allein zu sein.

Falls Mikael der Mörder war, musste sie von hier verschwinden.

Wieder ein neues Frauenhaus, etliche Kilometer weit weg. Wieder neue Menschen. Eine neue Stadt.

Wieder alles von Anfang an.

Sie hörte ein Geräusch bei der Tür und fuhr herum.

Mit wenigen raschen Schritten war Amal bei ihr und nahm ihre Hand.

»Es kann auch mein Mann gewesen sein«, sagte sie leise. »Es können meine Brüder gewesen sein, meine Onkel und die Männer meiner Schwestern. Sogar mein Vater kann der Mörder sein. Oder der Mann oder Vater oder die Familie einer der anderen Frauen. Da gibt es hundert mal hundert Möglichkeiten.«

Sie hatte recht.

Sie hatte recht!

Bitte, lieber Gott, dachte Fleur, lass es nicht Mikael gewesen sein!

»Arme Mariella«, flüsterte Amal. »Arme, arme Mariella.«

Erst da konnte Fleur weinen.

Amal vergoss keine Träne. Sie legte beide Hände auf die Brust, richtete den Blick starr auf das Fenster und bewegte stumm die Lippen zu einem Gebet.

Fleur verließ leise das Zimmer, um sie nicht zu stören. Sie musste mit Romy telefonieren.

Hier drinnen wurde sie wahnsinnig.

*

Romy stand gerade an der Käsetheke des Supermarkts, als ihr Smartphone vibrierte.

»Ich bin's, Fleur.«

Romy trat aus der Schlange, obwohl sie gleich an der Reihe gewesen wäre.

»Gott sei Dank! Gut dass du anrufst!«

»Können wir uns sehen?«, fragte Fleur.

»Wann?«

»Sofort, wenn es geht. Es ist wegen … Mariella.«

»Schrecklich! Ich habe es von Jelena erfahren. Wie geht es dir?«

»Ich muss mit jemand von draußen reden«, sagte Fleur, als riefe sie aus einem Gefängnis an. »Ich halt's hier im Moment nicht aus.«

Romy schaute auf ihre Armbanduhr. Halb sieben. Sie wollte fürs Abendessen einkaufen und dann zusammen mit Ingo kochen. Das konnte sie jetzt vergessen.

»Willst du zu mir kommen?« Sie hob entschlossen den Kopf. »Ich wohne im Belgischen Viertel. Sagt dir das was?«

»Ja.«

»Hör zu, ich bin in einer halben Stunde zu Hause, okay?«

»Okay.«

Romy konnte Fleurs Erleichterung förmlich hören. Sie nannte ihr die Adresse und steckte das Smartphone wieder in die Tasche. Im Schnelldurchgang raffte sie die wichtigsten Lebensmittel zusammen, verlor weitere kostbare Minuten in der Schlange an der Kasse, zahlte und eilte zu ihrem Auto.

Während sie die Einkäufe in den Kofferraum lud, rief sie Ingo an.

»Verstehe«, murmelte er.

Seine Stimme fuhr ihr unter die Haut. Sie sehnte sich nach ihm, dass es schmerzte.

»Wie lange wird das dauern?«, fragte er.

»Das weiß ich noch nicht. Darf ich danach trotzdem zu dir kommen?«

»Du *musst* sogar.«

»Und wenn es mitten in der Nacht ist?«

»Gerade dann …«

Kein Wort des Vorwurfs. Keine neugierige Frage. Sie hatte ihm lediglich gesagt, dass sie sich noch mit Fleur treffen musste.

Wenig später hatte sie ihren Fiesta in eine enge Parklücke unweit ihrer Wohnung gequetscht. Sie schleppte die Einkaufstaschen zu dem Haus, das nun schon eine ganze Weile ihr Zuhause war, ihr Rückzugsort an Tagen, an denen ihr alles zu viel wurde, ihre Höhle, in der sie sich verkriechen konnte.

Aus der Wohnung im Erdgeschoss, in der Gabriel mit seiner fünfjährigen Tochter Joy lebte, drang Pizzaduft. Romy spürte, wie sich ihr Magen fordernd zusammenzog. Sie hörte Joy singen und empfand wieder diese Zärtlichkeit, die das Mädchen immer in ihr auslöste.

Joy erfüllte jeden noch so dunklen Winkel des Hauses mit ihrem Lachen und ihrer überschäumenden Lebendigkeit, mit der sie ihren Vater gleichzeitig oft zur Verzweiflung trieb.

Das Haus war alt und besaß keinen Fahrstuhl. Dadurch ersparte man sich den Besuch im Fitnessstudio.

Im zweiten Stock wohnten Cal, Helen und Tonja. In letzter Zeit gab es Anzeichen für eine dauerhafte Vergrößerung ihrer WG, denn Helen und Tonja hatten sich schon mehrfach darüber beschwert, dass Lusina immer häufiger bei ihnen übernachtete.

Romy schlich auf Zehenspitzen an der Tür vorbei. Sie hatte keine Lust, Cal in die Arme zu laufen und seinen waidwunden Blick zu sehen.

Er hatte sich entschieden.

Man konnte nicht alles haben.

Sie hatte gerade ihre Wohnung betreten, als es klingelte.

Sie atmete einmal durch, um auch innerlich anzukommen, und drückte auf den Türsummer.

*

Mikael hatte sein Auto in ausreichender Entfernung geparkt. Dann war er in Richtung Frauenhaus gegangen, sein Smartphone in der Hand, um jederzeit ein Telefonat vortäuschen zu können und Geschäftigkeit zu demonstrieren.

Überall waren Bullen.

Noch immer standen Schaulustige in der Nähe des Frauenhauses versammelt. Arzt und Spurensicherung hatten ihre Arbeit getan. Die Tote war weggebracht worden. Übrig geblieben waren die Kreidemarkierungen und die Absperrbänder. Sie flatterten im Wind, der jetzt, gegen Abend, stärker geworden war.

Mikael blieb bei einem Hauseingang stehen und zündete sich eine Zigarette an. Verstohlen ließ er den Blick wandern.

Schon hatten die Leute Blumen hier abgelegt. Er konnte einzelne Worte der Nachrichten entziffern, die mitfühlende Nachbarn hinterlassen hatten. *Grausame Tat … So früh … Traurig … Unsere Gedanken … Tränen … Warum.*

Dazwischen flackerten Grablichter.

Verdrehte Zeit, dachte Mikael. Bei jedem Unfall, jedem Selbstmord und jedem Anschlag ist dieses Gutmenschenpack sofort auf den Beinen, um öffentlich und massenhaft wehzuklagen.

Und in Wirklichkeit?

Seine Lippen verzogen sich zu einem verächtlichen Grinsen. In der Realität dachte jeder nur an sich. Selbst Eltern waren nicht in der Lage, ihre Kinder zu lieben. Das hatte er am eigenen Leib erfahren.

Und Bea?

Sie hatte ihm mehr als deutlich zu verstehen gegeben, dass sie seine Liebe nicht erwiderte. Hatte sie ihm vor die Füße geworfen wie einen nassen Lappen. Sicherlich hatte auch sie eine Blume hier abgelegt.

Ahnte sie, wer die Frau mit dem weißen Fahrrad umgebracht hatte?

Spürte sie, wie nah er ihr war?

Er vermied es, zu sehr auf die Fenster des Frauenhauses zu starren. Bemühte sich, unsichtbar zu bleiben.

Auch für Bea.

Trat die Zigarette aus und zog sich still wieder zurück.

In einer kleinen Kaffeebar in der Nähe bestellte er sich einen Espresso und ein Wasser, packte seinen Laptop aus und rief Google Earth auf.

Wie gut, dass eine Großstadt wie Köln so nahtlos dokumentiert war. Aufmerksam hielt er Ausschau nach einer neuen Stelle, von der aus er das Frauenhaus im Auge behalten und bei der geringsten Gefahr, entdeckt zu werden, rasch verschwinden konnte.

Nach wenigen Minuten hatte er sie gefunden. Er lehnte sich zurück und trank seinen Espresso. Es brauchte mehr als ein paar Bullen, um ihn von dem Mädchen fernzuhalten, das er liebte.

*

Nachdem sie Romys Wohnung betreten hatte, fühlte Fleur sich endlich sicher. Auf dem Weg zum Brüsseler Platz hatte sie immer wieder über die Schultern gespäht.

Hochkonzentriert hatte sie die Umrisse sämtlicher Leute gescannt, die in ihrem Gesichtsfeld auftauchten, hatte sich nicht von Kleidung, Frisur oder Haarfarbe in die Irre führen lassen, denn all das konnte man ja beliebig verändern.

Jede Sonnenbrille hatte sie misstrauisch werden lassen, jede Mütze, jede Kapuze und jeder Hut. Erst wenn sie sicher gewesen war, dass es sich nicht um Mikael handelte, hatte sie sich ein wenig entspannt.

Sie zog ihre Jacke aus und hängte sie an einen Garderobenhaken in der kleinen Diele. Dann folgte sie Romy in die Küche, die unordentlich und gemütlich war, eine dieser Küchen, in denen man sich lieber aufhielt als im Wohnzimmer.

»Ich war gerade im Supermarkt, als du angerufen hast«, erklärte Romy und wies auf zwei voll beladene Einkaufstaschen, die auf der Arbeitsfläche standen. »Bist du hungrig?«

Wie auf Kommando begann Fleurs Magen zu knurren. Sie nickte.

»Hab heute Abend nichts runtergekriegt.«

»Kann ich verstehen.«

Romy legte kurz die Hand auf Fleurs Arm. Es war nur der Hauch einer Berührung, so leicht, dass Fleur nicht den Impuls verspürte, zurückzuzucken.

»Hilfst du mir, den Tisch zu decken? Dabei erzählst du mir dann alles.«

Während Romy die Einkäufe in den Schränken verstaute, packte Fleur den Käse aus und richtete ihn auf einem großen Teller an. Dann zerteilte sie das Obst, das Romy bereits gewaschen hatte.

Es tat ihr gut, in dieser fremden Küche zu stehen und ein Abendessen vorzubereiten, zusammen mit einem Mädchen, das sie kaum kannte und doch so gut zu kennen glaubte, als wären sie seit Jahren beste Freundinnen.

Sie redete sich ihren Kummer von der Seele, und mit jedem Wort wurde der Schrecken, der sie gepackt hielt, ein bisschen blasser.

Romy gab Brotscheiben in einen kleinen Korb und stellte eine Schale mit bunten Eiern auf den Küchentisch, obwohl Ostern längst vorbei war. Irgendwie passte das zu diesem wirklich-unwirklichen Abend.

Alles war, als könnte es gar nicht anders sein.

Bald darauf saßen sie an dem überladenen Tisch, tranken duftenden Kräutertee, aßen und redeten, während draußen dicke Wolken über die Sonne zogen und das Licht in der Mansardenwohnung schwinden ließen.

»Und du glaubst, es war Mikael?«, fragte Romy.

»Ich hab ihn immer gespürt, wenn er da draußen auf mich gewartet hat.« Fleur zerrieb nervös Brotkrümel zwischen den Fingern. »Ich bin ja nicht zum ersten Mal weggelaufen.«

Sie hörte selbst, wie kindlich das klang. Und wie absolut hoffnungslos.

»Aber wie soll er dich denn gefunden haben? Die Anschrift der Kölner Frauenhäuser ist anonym.«

»Etwas sickert immer durch. Es gibt zu viele Menschen, die die Adressen kennen. Die Briefträger. Handwerker. Die Schornsteinfeger. Taxifahrer. Die Bewohnerinnen selbst sind manchmal auch leichtsinnig.«

»Stimmt«, murmelte Romy. »Man kriegt alles raus, wenn man es richtig macht.«

»Es gibt viele Leute, die ihm einen Gefallen schuldig sind.«

Eine Weile schwiegen sie und Fleur bemerkte zwei Tauben, die vor dem Fenster saßen und leise gurrten. Es war so behaglich hier. Eine friedliche, freundliche Welt, wie Fleur sie nie kennengelernt hatte.

»Dann bist du im Frauenhaus nicht mehr sicher, Fleur.«

»Das bin ich schon lange nicht mehr. Sicher bin ich erst wieder, wenn er aufhört, nach mir zu suchen. Doch das wird nie passieren. Er wird nicht aufgeben.«

Romy stand auf, um Streichhölzer zu holen. Sie nahm eine

Kerze aus dem Regal neben der Tür, räumte Platz auf dem Tisch frei und zündete sie an. Nachdenklich betrachtete sie die Flamme, die langsam größer wurde.

Der Lichtschein flackerte über ihr Gesicht und spiegelte sich in ihren Augen.

»Was willst du tun?«, fragte sie.

Die Frage war doch eher: Was *konnte* sie tun? In Köln zu bleiben und sich Mikael auf dem Präsentierteller anzubieten, war keine Option.

»Abhauen«, sagte Fleur tonlos. »Nicht wieder in ein Frauenhaus. Vielleicht finde ich einen anderen Weg.«

Sie würde ein weiteres Mal die Identität wechseln. Diesmal würde es jedoch nicht bei einem neuen Vornamen bleiben. Vielleicht konnte Rose ihr helfen. Es musste doch eine Möglichkeit geben, ganz und gar in einer anderen Person und einem anderen Leben aufzugehen.

Rose musste Kontakte haben, an die sie sich wenden konnte.

»Du könntest …« Romy runzelte die Stirn, als versuchte sie angestrengt, einen Gedanken zu Ende zu denken. »Du könntest in meiner Wohnung wohnen …«

Entgeistert starrte Fleur sie an.

Sie würde sie hier wohnen lassen?

»Zumindest für den Übergang. Bis du dir in Ruhe überlegt hast, was du tun willst.« Die Begeisterung für die Idee ließ ihre Augen strahlen. »Du hättest hier sogar deine Privatsphäre. Ich könnte zu meinem … Freund ziehen, bis sich alles beruhigt hat.«

Das kurze Zögern vor dem Wort *Freund* war Fleur nicht entgangen.

»Na? Was sagst du?«

Romys großherziges, völlig überraschendes Angebot hatte

ein Gefühlschaos in Fleur ausgelöst, in dem sie beinah unterging. Wenn es ihr gelang, unbemerkt aus dem Frauenhaus zu verschwinden und hier unterzutauchen, würde Mikael annehmen, sie sei in ein anderes Frauenhaus geflüchtet.

Ein genialer Einfall!

Mikael käme nie im Leben darauf, dass sie in Köln geblieben war und einfach den Stadtteil gewechselt hatte.

»Bleib am besten direkt hier«, sagte Romy. »Deine Sachen kann ich für dich bei Rose im Büro abholen.«

Fleur wusste nicht, wie sie sich entscheiden sollte. Das kam zu plötzlich, zu unerwartet. Sie konnte doch nicht von jetzt auf gleich ...

Oh doch. Sie konnte.

Sie hatte es mehrfach bewiesen.

»Denk in Ruhe darüber nach. Ich will dich nicht drängen. Wenn du mein Angebot annehmen möchtest, dann sag mir einfach Bescheid, egal ob heute, morgen oder übermorgen.«

Fleur schob ihren Stuhl zurück. Sie musste sich bewegen. Alles in ihr war in Aufruhr.

Aus welchem Grund tat Romy das?

Aus Selbstlosigkeit?

Oder weil sie eine Story witterte?

Beschämt blieb Fleur am Fenster stehen und betrachtete die Tauben, die sich von ihr nicht aus der Ruhe bringen ließen und leise weitergurrten.

Wie konnte sie Romys Beweggründe so in Zweifel ziehen?

Weil ich in Lebensgefahr schwebe, dachte Fleur. Weil ich Mikael und seine Tricks kenne. Und weil dieses Mädchen mir völlig fremd ist, auch wenn mein Herz mir etwas anderes sagen will.

Weil ich vorsichtig sein muss, um zu überleben.

Sie drehte sich zu Romy um.

»Ich danke dir für das Angebot, Romy. Darf ich eine Nacht darüber schlafen?«

»Klar. Auch zwei oder drei. Überhaupt kein Problem.«

Überhaupt kein Problem.

In dem Versteckspiel, das Fleur im Augenblick ihr Leben nannte, wirkten diese Worte fehl am Platz. Sie hatte noch nie so viele Probleme auf einmal gehabt.

12

Schmuddelbuch, Donnerstag, 5. Mai, 4 Uhr morgens

Bin aus einem schlimmen Traum aufgeschreckt, an den ich mich nicht erinnern kann, und hab mich leise aus dem Bett gestohlen, um Ingo nicht zu wecken. Doch er schläft so tief, dass man ein Feuerwerk neben ihm abbrennen könnte, ohne ihn zu stören.

Eine Weile habe ich ihn betrachtet und hätte ihn immer nur küssen mögen.

Seine Liebe ist so anders als die von Cal.

Und als die von Mikael.

Ingo erwartet nichts, fordert nichts.

Ist einfach da.

Und ich?

Könnte heulen vor lauter Glück und gleichzeitig Tränen um Fleur vergießen. Sie hat mir neue Aufzeichnungen hiergelassen, eine weitere Tür zu ihrer Vergangenheit für mich aufgestoßen. Und ich bin eingetreten, mitten hinein in ihren Albtraum.

Ihr Widerstand erlahmte, und als sie mit dem Frühstück fertig waren, beschloss sie zu bleiben.

Nicht für lange.

Eine kleine Weile bloß.

Dann, schwor sie sich, würde sie sich wieder auf den Weg machen.

Sobald der Schnee vorüber war.

Warum bloß hat sie sich nicht daran gehalten?

Trauer im Haus. Selbst die Stimmung der Kleinsten war gedämpft. Man hatte ihnen so behutsam wie möglich erklärt, dass Mariella tot war. Auch wenn sie in ihrem kurzen Leben bereits die grausamsten Formen von Gewalt erlebt hatten, war der Tod eine ganz anderer Schrecken.

Eine Betreuerin kümmerte sich um sie. Ihre Mütter standen selbst noch unter Schock und waren nicht die Trostspenderinnen, die sie brauchten.

Fleur hatte mit Amal und zwei anderen Frauen gefrühstückt und sich dann mit ihrem Laptop in einen Winkel des Gartens verzogen, auf den die Morgensonne schien.

Niemand sonst schien das Bedürfnis zu haben, draußen zu sitzen. Die einen hatten sich in ihre Zimmer zurückgezogen, die anderen gluckten in der Küche oder im Gemeinschaftsraum zusammen.

Keine wollte sich offenbar den Blicken des Mörders aussetzen, der vielleicht irgendwo da draußen lauerte.

Fleur erging es ebenso, aber sie war nicht bereit, ihrer Furcht zu gehorchen. Nicht jetzt. Nicht nach dem, was passiert war. Es wäre ihr wie Feigheit vorgekommen. Wie ein Verrat an Mariella.

Irgendwie war es ihr wichtig, dem Mörder die Stirn zu bieten.

Und wenn der Täter gar nichts mit dem Frauenhaus zu tun hatte? Wenn er aus Mariellas Umfeld kam?

Fleur rückte den Stuhl auf dem buckligen Untergrund zurecht, zog die Jacke eng um den Körper und setzte sich. Sie legte den Kopf in den Nacken, schloss für eine Weile die Augen und ließ sich das Gesicht von der milden Frühlingssonne wärmen.

Wie gut das tat. Wie unglaublich gut, nachdem das Entsetzen so eiseskalt von ihr Besitz ergriffen hatte.

Dann klappte sie ihren Laptop auf.

Sie würde weiter an ihren Aufzeichnungen schreiben und sich von der Angst so wenig wie möglich lähmen lassen. Ihre Umgebung schaltete sie aus, so gut sie konnte, und nach einigen Minuten war sie ganz in ihre Erinnerungen vertieft.

*

Er hatte mit Polizei gerechnet. Sollte nicht an jeder Tür ein Beamter stehen und das Frauenhaus bewachen? Die gingen ja reichlich locker mit der Sache um.

Von seinem Standort im Wald aus hatte Mikael nur die Hinterfront des Hauses im Blick und er hatte sich schon darüber geärgert. Doch dann war wirklich und wahrhaftig Bea in den Garten spaziert gekommen und hatte sich in die Sonne gesetzt.

Er hatte sein Glück kaum fassen können.

Sie saß da, anscheinend über einen Laptop gebeugt. Mikael musste sich mit aller Gewalt zusammenreißen. Bloß etwa zwanzig Meter lagen zwischen ihnen und diesen Abstand würde er auch nicht verringern.

Er durfte nichts riskieren. In den nächsten Tagen würden die Wände hier Augen und Ohren haben, und es wäre ein viel zu hohes Risiko, in dieser Phase der allgemeinen Aufregung zuzuschlagen.

Aber es war ein Wahnsinnsgefühl, zu wissen, dass er es *könnte!*

Er konnte sich nicht sattsehen an ihr. Wie sie da saß, ganz in sich gekehrt und konzentriert. Der silbrige Glanz ihres Haars im Sonnenlicht! Und wie sie sich hin und wieder verstohlen umschaute.

Also war ihr doch nicht ganz so wohl, allein in dem großen Garten.

Oder spürte sie seinen Blick?

Komm, dachte Mikael, wie um das Schicksal herauszufordern, komm, Bea, sieh mich an! Ich bin hier …

*

Fälle wie dieser waren ein Fass ohne Boden. Die Befragung der Bewohnerinnen des Frauenhauses hatten Bert und Rick deutlich gemacht, dass ein riesiges Feld vor ihnen lag, das es zu beackern galt.

Jede der Frauen hatte einen Mann wütend gemacht, der in der Vergangenheit hinlänglich bewiesen hatte, dass er unfähig war, mit Wut umzugehen. Das waren schon zehn potenziell Verdächtige. Zwanzig, wenn man beide Frauenhäuser in Betracht zog.

Zwanzig Leben, in denen sie herumstochern mussten.

Die Sonderkommission *Frauenhaus* war groß genug, um das zu stemmen, aber das Pensum, das sie zu bewältigen hatten, war gewaltig.

Die Stimmung im Haus hatte sich ein wenig beruhigt. Die Mitarbeiterinnen hatten ganze Arbeit geleistet. Einige Frauen waren in der Küche beschäftigt, wo sie ein Frühstück zubereiteten. Es duftete nach Kaffee, Toast und gebratenem Ei.

Bert und Rick fragten nach Fleur Hagedorn, um das unterbrochene Gespräch vom Vortag fortzusetzen.

»Sie sitzt draußen im Garten«, informierte sie eine der Mitarbeiterinnen. »Warten Sie, ich bringe Sie hin.«

Sie begleitete sie bis zur Terrasse und ließ sie dann allein.

Fleur Hagedorn saß an der einzigen Stelle, die vom Licht der Morgensonne erreicht wurde. Bert wunderte sich über ihren Mut. Das Grundstück endete an einem Wald, der für eine sichere Überwachung zu groß war.

»Guten Morgen«, begrüßte er die junge Frau, die ihnen schon entgegengesehen hatte, den mittlerweile zugeklappten Laptop auf dem Schoß, ein kleines, blasses Lächeln auf den Lippen. »Wir würden uns gern noch einmal mit Ihnen unterhalten. Haben Sie sich einigermaßen erholt?«

Sie nickte und blickte Rick hinterher, der von einer anderen Stelle des Gartens zwei Stühle holte. Der Schmutz der vergangenen Tage lag auf ihnen, aber Bert und Rick beachteten ihn nicht und setzten sich.

»Sie haben gestern über Ihre Angst gesprochen und über das Empfinden, beobachtet zu werden. Wie konkret war diese Wahrnehmung?«

»Sie war ziemlich stark.«

»Können Sie uns Orte nennen, an denen Sie glaubten, beobachtet zu werden?«, fragte Rick.

»In der U-Bahn. Auf der Straße. Überall. Auch in Cafés.«

»Aber Sie konnten niemanden entdecken?«

»Nein.«

»Und jetzt? In diesem Augenblick?«

»Sie meinen, ob ich mich beobachtet fühle?« Irritiert schaute sie sich um. »Seltsam. Zum ersten Mal seit Tagen habe ich keinen Gedanken daran verschwendet.« Fröstelnd rieb sie sich die Arme. »Ich weiß es nicht. Ich kann nur die Trauer um Mariella spüren.«

»Wie ist der Name des Mannes, vor dem Sie geflohen sind?«, wechselte Bert das Thema.

»Er heißt M…« Sie befeuchtete sich die Lippen mit der Zunge. »M… Mikael Kemper.«

Es gelang ihr nur mit Mühe, seinen Namen auszusprechen. Was hatte der Kerl ihr angetan, um sie dermaßen einzuschüchtern? Bert war nicht überrascht. Er hatte schon zu vielen Frauen und Mädchen in die Augen gesehen, die sich in einen Prinzen verliebt hatten und neben einem Ungeheuer wieder aufgewacht waren.

Es machte ihn hilflos. Und zornig.

Der Zorn war wichtig.

Er verlieh ihm Kraft.

Sie erfragten die Daten dieses Mikael Kempers und Bert machte sich wieder einmal klar, wie wenig ein gutes Elternhaus und eine gute Ausbildung verhindern konnten, dass ein Mensch, dem alle Möglichkeiten offen standen, zu einem Arschloch mutierte, das andere Menschen drangsalierte.

»Er studiert Medizin?«, hörte er da auch schon Rick ungläubig fragen.

In Kurzform breitete Fleur nun ihren eigenen Lebenslauf vor ihnen aus, und Bert fragte sich, wie diese beiden Menschen überhaupt zusammengefunden haben mochten.

Pygmalion, dachte er.

Der Professor und das Blumenmädchen.

Als ihm bewusst wurde, wie gut der Name *Fleur* in diesen Vergleich passte, war er nicht einmal verwundert. Je älter er wurde, desto häufiger erlebte er Déjà-vu-Momente und konnte vorhersagen, was im nächsten Augenblick passieren würde.

Es bereitete ihm kein Unbehagen.

Er nahm es einfach hin.

Vielleicht werde ich ja allmählich weise, dachte er. Irgendwie fand er die Vorstellung gruselig. Weisheit bedeutete doch, über den Dingen zu stehen. Was war dann mit so aufregenden Erfahrungen wie … der Liebe?

Dass er automatisch Imke Thalheim vor sich sah, ließ ihn zusammenzucken. Es tat jedes Mal weh. Eine Frau zu lieben, der er nur nah sein durfte, indem er die Bücher las, die sie schrieb, war die Hölle. Doch er hatte zumindest das – ihre Worte.

Er schob die Gedanken weg. Die junge Frau, die da mit vor der Brust verschränkten Armen vor ihm saß, brauchte seine ganze Aufmerksamkeit.

Sie erzählte eine Geschichte von Rohheit und psychischer Gewalt. Von seelischer und körperlicher Abhängigkeit. Und einem Mann, der keine Grenzen akzeptierte.

»Sie haben mehrfach versucht, ihn zu verlassen«, sagte er behutsam. »Wie ist es ihm gelungen, Sie immer wieder aufzuspüren?«

»Einer seiner Freunde ist Privatdetektiv. Das heißt, er studiert noch. Aber wenn M … Mikael ihn braucht, hilft er ihm.«

Das erklärte alles.

Bert hatte keine Berührungsängste gegenüber Privatdetektiven. Er wusste jedoch, dass sich in diesem Beruf eine Menge schwarzer Schafe tummelten. Und wenn nur die Hälfte von dem stimmte, was Fleur ihnen anvertraut hatte, dann gehörte der Freund Mikael Kempers dazu.

Er bat die junge Frau um den Namen des Freundes und notierte ihn.

Rick war aufgestanden und zum Ende des ungepflegten Grundstücks geschlendert. Er versuchte, das Tor zu öffnen, um den Wald zu betreten, doch es war offenbar verschlossen.

Bert war sich darüber im Klaren, dass der Maschendrahtzaun und das verschlossene Tor keinen Schutz bedeuteten. Das Hindernis, das einen gewalttätigen Mann davon abhalten konnte, seine Frau zurückzuholen, musste erst noch erfunden werden.

Rick schüttelte kurz den Kopf, als er wieder zurückkam und sich auf seinen Stuhl setzte.

Was zu erwarten gewesen war.

Mikael Kemper würde sich kaum, entspannt an einen Baumstamm gelehnt, der Polizei präsentieren und so die Chance vergeben, seine Freundin zurückzuholen.

»Halten Sie Ihren Freund für …«

»Er ist nicht mein Freund.«

Ruhig, aber bestimmt hatte sie Rick unterbrochen und überraschte Bert damit ein weiteres Mal.

»Okay«, setzte Rick neu an. »Halten Sie Mikael Kemper für fähig, einen Mord zu begehen?«

Sie zögerte keine Sekunde.

»Ja.«

Eine Wolke glitt über die Sonne und nahm das Licht von ihrem Gesicht. Es wirkte mit einem Mal so schmal, zerbrechlich und traurig, dass Bert sich fragte, welche Schmerzen dieser Mann ihr zugefügt haben mochte, um solche Spuren darauf zu hinterlassen.

»Wir möchten Ihnen keine Angst einflößen«, sagte er, »aber es wäre ratsam, das Haus in der nächsten Zeit möglichst nicht allein zu verlassen. Gehen sie zu zweit oder zu mehreren, wenn Sie etwas unternehmen wollen. Bieten Sie so wenig Angriffsfläche wie möglich.«

»Wir werden beide Frauenhäuser beobachten«, übernahm Rick. »Und wir tun alles, um den Täter zu überführen. Vielleicht hat der Mord ja gar nichts mit Ihnen oder einer der anderen Frauen zu tun. Möglicherweise kommt der Täter aus dem Umfeld der Sozialarbeiterin.«

»Ich …« Sie rutschte unruhig auf ihrem Stuhl herum. »Ich könnte auch woanders wohnen.«

»Sie wollen ausziehen?«

»Es gibt eine Journalistin, eine Volontärin, die einen Artikel über Frauenhäuser schreiben möchte. Wir haben uns schon ein paarmal unterhalten und … als sie von dem Mord hörte, hat sie mir ihre Wohnung angeboten. Vielleicht sollte ich ihr Angebot annehmen.«

»Eine Volontärin?«

Bert tauschte einen raschen Blick mit Rick.

»Romy Berner. Vom *KölnJournal.*«

Vor Berts innerem Auge tauchten kurz geschnittene blonde Haare auf. Er sah die großen Augen und das unerschrockene Gesicht. Und bemerkte, dass in Ricks Kopf gerade der gleiche Film ablief.

Kaum hatte sie ihre Ausbildung beim *KölnJournal* angefangen, war Romy Berner ihnen bei ihren Untersuchungen in zwei Mordfällen bereits in die Quere gekommen. Eine junge, moderne Miss Marple in Schlabberhosen und Sneakers.

Klebte sie ihnen jetzt schon wieder an den Hacken?

Nachdem sie Fleur gebeten hatten, ihnen ihren Entschluss mitzuteilen und für weitere Fragen erreichbar zu bleiben, verabschiedeten sie sich.

Fleur blieb im Garten sitzen und klappte ihren Laptop auf.

»Mutiges Mädchen«, murmelte Rick beeindruckt.

»Todesmutig«, sagte Bert.

Er wusste nicht, ob er das bewundern sollte.

*

Als Romy in die Redaktion kam, winkte Greg sie gleich in sein Büro. Er sah müde und abgespannt aus, doch das tat er fast immer. Das *KölnJournal* war sein Leben. Er war immer als Erster da und ging als Letzter. Romy musste oft an eine Kerze denken, die an beiden Enden brennt.

So ein Leben forderte seinen Tribut.

Greg hatte für vieles Verständnis und verzieh seinen Mitarbeitern so gut wie alles. Nur mangelndes Engagement brachte ihn in Rage. Jemand, der ihn in dieser Hinsicht enttäuscht hatte, bekam bei ihm nie wieder ein Bein auf die Erde.

»Komm rein.«

Er wies auf einen der beiden neuen Besuchersessel, die er angeschafft hatte, türkisfarbenes Leder auf Chromfüßen. Sie verliehen seinem übervollen Büro, in dem sich staubige Bücher und Zeitschriften in Regalen und auf dem Boden stapelten, einen wohltuend fröhlichen Touch.

Romy nahm Platz und fragte sich, ob sie ihm Grund für eine Standpauke geliefert hatte. Forschend musterte sie sein Gesicht.

»Es gab einen Mord am Frauenhaus«, teilte Greg ihr mit.

»Ich weiß.«

Sie hatte es kaum ausgesprochen, da wusste sie schon, welcher Fehler ihr unterlaufen war.

»Du *weißt* das?«

Greg beugte sich vor und schlug mit der Faust auf den Schreibtisch.

Romy zuckte zusammen.

»Du *weißt* das und machst nichts daraus?«

Ein Kardinalfehler. Wenn man mit der Nase auf eine Story gestoßen wurde, musste man zugreifen. Wie oft hatte er ihr das eingetrichtert.

Anscheinend nicht oft genug.

»Das Mädchen, über das ich schreiben will, war so fertig, nachdem sie von der Tat erfahren hatte, dass sie zu mir gekommen ist, um zu reden.«

»Um zu *reden?«*

»Ja. Aber persönlich, Greg. Das war nicht für meinen Artikel gedacht.«

»Ich fass es nicht!«

Greg sprang auf und sah von oben auf sie herunter. Er wirkte wie ein Riese, Romy dagegen wie ein Zwerg. Keine günstige Perspektive.

»Sie redet und du hörst ihr *zu?«*

»Das tut man doch bei einer Freundin, wenn sie in der Klemme steckt.«

Allmählich wurde es Romy zu bunt. Sie hatte keine Lust, sich von Greg zusammenstauchen zu lassen wie eine Erstklässlerin, egal ob er ihr Verhalten akzeptierte oder nicht.

»Du bezeichnest jemanden als Freundin, den du gerade mal ein paar Stunden kennst?«

»Tage«, korrigierte Romy ihn. »Nicht Stunden.«

»Fang jetzt nicht an, Erbsen zu zählen!«

Zum ersten Mal brüllte Greg sie an, und Romy merkte, dass sie es nicht aushielt. Sie hatte ihn bereits anderen gegenüber so erlebt, seinen Zorn jedoch nie am eigenen Leib zu spüren bekommen.

»Du hättest mich sofort anrufen müssen!«

Im tiefsten Innern wusste Romy, dass er recht hatte. Dass man sich eine Story nicht entgehen ließ, nur weil man persönlich involviert war. Sie hätte Greg melden müssen, dass ein Mord passiert war.

Auf diese Weise hätte er es vor allen anderen Journalisten erfahren.

Aber das hätte doch gar nichts gebracht, beruhigte sie sich selbst. Das *KölnJournal* erschien nur alle zwei Wochen. Es war keine Tageszeitung und sie konnten in der Regel gar nicht aktuell sein, selbst wenn sie alle es gewollt hätten.

Da begriff sie, dass es Greg ums Prinzip ging.

»Tut mir leid«, murmelte sie.

»Bitte?«

»Es tut mir leid.«

»Ich kann dich nicht hören!«

»Es tut mir leid, Greg!«, sagte sie, so laut sie konnte, ohne dass sie schreien musste.

Unversöhnt warf er sich in seinen Chefsessel und wandte sich seinem Computer zu.

»Sorg dafür, dass du deinen Fehler wiedergutmachst.«

Damit war sie entlassen. Sie schlich aus seinem Büro wie ein geprügelter Hund. War sich der Blicke der andern bewusst, die alles mitbekommen hatten, denn Gregs Wutanfälle waren spektakulär und nicht zu überhören.

Scheiße, dachte sie. Scheißescheißescheiße!

Sie fischte ihr Handy aus der Tasche und wählte Ingos Nummer.

13

Schmuddelbuch, Donnerstag, 5. Mai, neun Uhr

To-do-Liste:

Polizei anrufen
Ingo ausquetschen
Im Frauenhausbüro vorbeigucken
Fleur auftreiben

Der Anruf erreichte Bert, als er mit Rick gerade im Stau auf der Aachener Straße steckte. Der Berufsverkehr hörte überhaupt nicht mehr auf. Es kam Bert so vor, als quälten sich die Fahrzeuge von morgens bis abends Stoßstange an Stoßstange durch Köln, eine tausendköpfige, stinkende Schlange.

Rick, der hier aufgewachsen war und jeden Winkel kannte, wusste, wie man abkürzen und Engpässe umfahren konnte. Dazu brauchte er keine Hilfsmittel.

Er war sein eigenes Navigationsgerät.

Deshalb konnte Bert die Großstadtkulisse meistens entspannt an sich vorbeigleiten lassen und seinen Gedanken nachhängen, die er oftmals laut aussprach, um Rick mit einzubeziehen. Doch jetzt stand die Blechlawine still und beide schwiegen frustriert.

Bert erkannte die Stimme, noch bevor Romy Berner ihren Namen genannt hatte.

»Frau Berner«, sagte er. »Was kann ich für Sie tun?«

»Ich habe gehört, dass eine Sozialarbeiterin der Frauenhäuser getötet worden ist.«

»Und mir ist zu Ohren gekommen, dass Sie Kontakt zu Fleur Hagedorn haben.«

»Stimmt. Sie hilft mir bei meinen Recherchen zu einem Artikel über Frauenhäuser.«

»Sie wollen sie bei sich aufzunehmen?«

»Ich habe Fleur angeboten, ihr meine Wohnung zu überlassen, falls sie sich im Frauenhaus unsicher fühlt.«

»Das ist eine große Verantwortung.«

»Ich stelle ihr die Wohnung nur zur Verfügung, Herr Kommissar. Ich selbst werde solange zu meinem Freund ziehen.«

»Seltsam, wie sich unsere Spuren immer wieder kreuzen«, sagte Bert.

»Ohne meine Schuld«, antwortete Romy Berner rasch. »Ich hab nur recherchiert.«

»Wieder einmal ...«

Eine ungerechte Unterstellung. Es war ja tatsächlich Zufall gewesen, dass sie Fleur begegnet war. *Vor* dem Mord, nicht danach.

»Frau Berner, Sie verstehen sicherlich, dass ich Ihnen zu diesem Zeitpunkt der Ermittlungen noch nichts sagen kann.«

»Es war einen Versuch wert.«

Bert schmunzelte. Er mochte die junge Volontärin. Sie erinnerte ihn daran, wie er selbst in ihrem Alter gewesen war.

»Sie haben doch nicht vor, uns wieder Arbeit abzunehmen, Frau Berner?«

»Wie meinen Sie das?«

»Ich glaube, das wissen Sie. Also – Ihre Recherchen in allen Ehren, aber von allem, was den Mord betrifft, lassen Sie die Finger. Sind wir uns da einig?«

»Aber hundertpro.«

Er hätte das Lächeln in ihrer Stimme nicht hören müssen, um zu wissen, dass sie alles versprochen hätte, ohne es auch nur im Geringsten ernst zu meinen.

»Romy Berner«, sagte Rick bedeutungsvoll.

Bert nickte.

Dann schwiegen sie wieder wie zwei alte Männer auf einer herbstlichen Parkbank und warteten darauf, dass es endlich weiterging. Sie hatten einen Termin in der Rechtsmedizin, den sie beide gern hinter sich bringen wollten.

*

Ingo wartete bereits bei einem Kaffee im *Alibi*. Er hatte heute einen prallvollen Terminkalender und Romy war ihm dankbar, dass er eine halbe Stunde für sie einschieben konnte.

Als ihr Blick auf ihn fiel, begann ihr Herz zu hüpfen. Das tat so weh, dass ihr für einen Moment die Luft wegblieb.

Was machst du mit mir?, dachte sie.

Er kam ihr ein paar Schritte entgegen, breitete die Arme aus und zog sie wortlos an sich. So standen sie eine Weile, bis Cals Stimme sie in die Gegenwart zurückrief.

»Ihr versperrt den Weg«, sagte er und drückte sich vorwurfsvoll an ihnen vorbei.

Romy fragte sich, wieso er nicht in der Schauspielschule war. Vielleicht hatte sich sein Stundenplan geändert oder er war krank oder machte blau oder was auch immer. Sie merkte, dass es ihr nicht wichtig war.

Nicht mehr.

Für den Moment war nur wichtig, mit Ingo hier am Tisch zu sitzen, ihn anzugucken, seine Hand zu halten und glücklich zu sein.

Und mit ihm über den Mord am Frauenhaus zu sprechen.

Gemein …

»Was geht in deinem Kopf vor?«, fragte Ingo, der sie beobachtet hatte. »Irgendwas willst du doch von mir.«

Romy setzte eine engelsgleiche Unschuldsmiene auf.

»Wie kannst du so was glauben?«

»Ich kenne diesen Blick.«

Zärtlichkeit tanzte in seiner Stimme. Seine Augen verengten sich. Er beugte sich vor und küsste sie.

»Vielleicht wollte ich ein bisschen mit dir über die Arbeit sprechen«, gab Romy zu und bestellte bei Cal eine Ingwer-Schokolade.

Dabei sah sie ihn nur flüchtig an und reagierte nicht auf sein mürrisches Gesicht. Wahrscheinlich hatte er wieder Stress mit Lusina.

Was erwartete er? Dass Romy ihn tröstete?

»Über die Arbeit im Allgemeinen?«, fragte Ingo. »Oder möchtest du mir ein paar Infos zu dem Mord entlocken?«

»Erwischt!« Romy strahlte ihn an. »Und? Hast du was für mich?«

»Nur das Übliche, tut mir leid. Es ist noch zu früh.«

Das hatte sie sich schon gedacht. Aber sie hatte noch etwas anderes auf dem Herzen, das eigentlich Wichtige.

»Ingo?«

»Hmmm.«

Er hörte gar nicht mehr auf, sie zu betrachten. Sein Blick war so überwältigend liebevoll, dass sie ihn am liebsten immerzu gespürt hätte.

»Darf ich für unbestimmte Zeit bei dir wohnen?«

»Sogar für immer, wenn du das möchtest.«

Er hatte den Kopf in die Hand gestützt. Ein träumerischer Ausdruck war in seine Augen getreten.

»Mach jetzt keine Witze, Ingo.«

»Wer sagt, dass ich Witze mache?«

Romy sah ihn genauer an. Hatte er ihr gerade vorgeschlagen zusammenzuziehen?

»Wir kennen uns doch kaum.«

»Wir kennen uns schon ewig.«

»So mein ich das nicht.«

»Wie dann?«

In solchen Augenblicken wurde Romy bewusst, dass dreizehn Jahre zwischen ihnen lagen. Seine unglaubliche Ruhe machte sie fertig.

»Du weißt, was ich meine.«

»Spielst du darauf an, dass ich früher ein Kotzbrocken für dich war? Ein Egomane und Macho, der für seine Arbeit über Leichen geht und Frauen für einen Zeitvertreib hält?«

Auch diese direkte Art, seine Gedanken auszusprechen, machte sie fertig. Er nahm dann keine Rücksicht auf sein Gegenüber, haute einfach raus, was er empfand, und wenn es noch so verletzend war.

Damit hatte er sie früher auf die Palme gebracht.

Früher, dachte sie. So lange war das noch gar nicht her.

»Hör auf, Ingo.«

»Wieso? Verträgst du die Wahrheit nicht?«

Vielleicht war es das. Zwischen ihren Gefühlen damals und denen heute klaffte ein Abgrund. Wenn sie Ingo nur anschaute, gaben ihre Knie nach. Wenn er sie küsste, vergaß sie sich selbst. Nach seinen Berührungen war sie förmlich süchtig.

»Du … bist anders als der Ingo, den ich früher kannte. Als hätte … als hätte ich mich in deinen Zwillingsbruder verliebt.«

»Und wenn das so wäre?«

Seine Finger strichen zart über ihre Hand. Die Härchen an ihren Armen richteten sich verräterisch auf. Dass ihr Körper sie ständig in Verlegenheit bringen musste!

»Du liebst mich«, sagte er leise.

»Das ist ja ganz was Neues.«

Lachend zog sie die Hand weg. In diesem Moment erschien Cal mit ihrer Schokolade und knallte das Glas vor sie hin.

»Du verstehst nicht, was ich damit sagen will.« Ingo wartete, bis Cal sich wieder entfernt hatte. »Deine Liebe hat mich verändert, Romy.«

Sie nahm einen Schluck von der Schokolade. Eine Übersprungshandlung, denn was sie eigentlich tun wollte, war hier, inmitten all der Leute, absolut unmöglich.

Ingo küsste ihr den Milchschaum von der Oberlippe. Er nahm ihr Gesicht in beide Hände, als wäre es der kostbarste Schatz auf der Welt.

»Ich kann dich lieben oder ein Arschloch sein. Beides zusammen geht nicht.«

»Hör nie damit auf, mich zu lieben«, sagte Romy leise. »Nie, nie, nie …«

Seine Lippen schmeckten nach Kuchen. Und nach einem kaum noch wahrnehmbaren Hauch von Kaffee. Seine Hände, die jetzt ihren Nacken umfassten, waren warm und fest.

»Wann holst du deine Koffer?«

Seine Stimme drang direkt in ihr Ohr. Füllte sie ganz und gar aus.

Romy löste seine Hände. Sie räusperte sich. Setzte sich gerade hin. Versuchte ein Lächeln. Kehrte zurück ins *Alibi*, zu den Menschen, die hier saßen, redeten und lachten. Zu der Arbeit, die auf sie wartete.

Dabei wusste sie die ganze Zeit, dass ihre Augen sie verrieten.

Sie war noch immer bei Ingo.

Fühlte ihn.

Spürte ihn.

Wollte ihn.

»Ich rufe dich an«, sagte sie mit krächzender Stimme.

»Nicht nötig.« Auch er schien sich nur langsam wieder zu fangen. »Du hast doch einen Schlüssel.«

Den hatte sie tatsächlich noch.

Einen Schlüssel.

Zu seiner Wohnung.

Und zu seinem Leben.

Sie würde darauf achten, dass sie ihn niemals verlor.

*

Sie war geblieben.

Weil sie die Kälte auf der Straße nicht mehr aushielt, den ständigen Hunger und die winterfeuchten Klamotten.

Sie war geblieben.

Immer nur für einen weiteren Tag.

Morgen würde sie abhauen, sagte sie sich. Aus *morgen* wurde *übermorgen* und *überübermorgen*. Aus *überübermorgen* wurde *irgendwann*.

Mikael verzauberte ihr Leben. Er brachte ihr kleine Geschenke mit, wenn er von der Uni oder aus der Klinik kam. Zwischendurch rief er an, um ihr zu sagen, dass er verrückt nach ihr war. Wenn er Nachtwache hatte und es ruhig war auf der Station, führten sie flüsternde Gespräche am Telefon.

Seine Sprache war anders als die Sprache sämtlicher Menschen, die sie kannte. Er las Bücher und erzählte ihr die Geschichten.

Einmal nahm sie sich eines seiner Bücher. Einen Roman, der nicht so dick war wie die anderen. Sie kauerte sich in den verschlissenen Sessel am Fenster und versank in den Seiten.

Nach einer Weile schaute sie auf und blickte in sein finsteres Gesicht.

»Was ist los?«

Sie legte das aufgeschlagene Buch auf den Tisch, die Seiten nach unten.

Verärgert hob er es auf und klappte es zu.

»Man legt ein Buch nicht so lieblos hin!«, pflaumte er sie an. »Man knickt auch keine Seiten. Man benutzt ein Lesezeichen.«

Bea war so erschrocken über seine unverhohlene Wut, dass ihr keine Erwiderung einfiel. Auf der Straße waren Lesezeichen das am wenigsten Notwendige zum Überleben.

Da belastete man sich auch nicht mit Büchern. Eines konnte man bei sich haben, auch zwei, doch sobald sie ausgelesen waren, trennte man sich wieder von ihnen, tauschte sie gegen andere.

Ballast machte unbeweglich und konnte lebensgefährlich werden. Selbst ein Buch konnte den Neid eines anderen Obdachlosen wecken.

Später stellte Bea fest, dass Mikael es einfach nicht ertrug, die zweite Geige zu spielen. Er wollte Mittelpunkt ihres Lebens sein. Sogar ein Buch oder eine CD konnte zur Konkurrenz werden, die ihm Aufmerksamkeit entzog.

Jedes Gespräch, das sie mit anderen Menschen führte, erboste ihn. Jede Katze, die sie streichelte, konnte von Glück sagen, wenn sie keinen Tritt bekam. Jedes Lachen, das nicht ihm galt, ruinierte seine Laune.

Seine Anrufe, auch das wurde ihr mit der Zeit klar, dienten immer häufiger der Kontrolle.

Mikael wollte haarklein über ihren Tagesablauf informiert sein. Er wollte wissen, wo sie eingekauft, wie lange sie dafür gebraucht und ob sie jemanden dabei getroffen und sich mit ihm unterhalten hatte.

War sie nicht in der Lage, die Stunden lückenlos vor ihm offenzulegen, bestrafte er sie mit Missachtung. Er blickte durch sie hindurch, redete kein einziges Wort, verzog sich mit seinen Lehrbüchern an den Schreibtisch oder setzte die Kopfhörer auf und hörte Musik.

Bea fror, wenn er sie ignorierte.

Versprach ihm das Blaue vom Himmel, um bloß wieder sichtbar zu werden.

Sie kannte diese Art der Zurückweisung von ihrer Mutter, die ihr bei jeder Auseinandersetzung damit gedroht hatte, sie in ein Heim zu stecken.

Eine Kindheit lang hatte sie davor Angst gehabt.

Mikael schenkte ihr einen Ring. Und sagte: »Jetzt bist du mein Mädchen.«

Sie trug den Ring an der linken Hand, genau wie er. Sie hatte noch nie etwas besessen, das aus Gold war. Sie war noch nie jemandes Mädchen gewesen.

Es gab Tage reiner Glückseligkeit. Dann vergaß sie, dass sie gehen wollte. An solchen Tagen kam Mikael mit Rosen nach Hause. Die eigentlich viel zu teuer waren.

Langstielige Rosen mit samtenen Blütenblättern, die im Sonnenlicht tiefdunkel leuchteten.

Blutrot.

Bea war kein Fan von roten Rosen, aber sie wusste, dass sie Mikael etwas bedeuteten, und deshalb freute sie sich.

Rosenkavalier.

Sie musste daran denken, wie abfällig ihre Mutter dieses Wort immer ausgesprochen hatte.

Rosenkavalier.

Von Männern, die mit großen Gesten ihre Liebe verkündeten, hielt sie nämlich nichts. Sie war zu oft auf sie reingefallen.

Als könnte sie ihre Mutter damit ärgern, stellte Bea die Vase mit Mikaels Rosen immer gut sichtbar auf einen Platz, an dem man sie bewundern konnte.

Fleur klappte ihren Laptop zu und legte den Kopf zurück. Die Sonne tat gut. Ohne sie wäre die Eiseskälte, die sich beim Schreiben in ihr ausgebreitet hatte, nicht auszuhalten. Sie dachte an den Besuch der beiden Kommissare eben zurück.

Sie hatte den Eindruck gehabt, dass die beiden Romy kannten. Da war irgendetwas gewesen, das unausgesprochen in der Luft gehangen hatte. Aber vielleicht hatte sie sich das auch nur eingebildet. Sie vernahm neuerdings ständig diese merkwürdigen Schwingungen zwischen den Worten anderer.

Es war die Furcht, die sie das spüren ließ. Eine extreme Anspannung der Nerven, die sie überempfindlich machte.

Sie stand auf und ging ins Haus zurück. Ein schöner, heißer Tee war genau das, was sie jetzt brauchte. Sie musste über Romys Angebot nachdenken. Es war eine reizvolle Vorstellung, eine ganze Wohnung für sich allein zu haben.

Weit weg zu sein von Bedrohung. Angst.

Und Tod.

In der Küche war Ruhe eingekehrt. Der Raum hatte sich mit Traurigkeit vollgesogen. Celia und Esmeralda saßen mit am Tisch. Auch sie schienen unter Schock zu stehen.

»Sie war eine so zuverlässige Kollegin«, sagte Esmeralda gerade und senkte den Kopf, um ihre Tränen zu verbergen.

Wie schnell man in der Vergangenheit spricht, dachte Fleur und füllte den Wasserkocher. Sie spürte ihre eigene Trauer, kalt und verkapselt.

Als hätte sie einen Eiswürfel verschluckt.

»Da bist du ja.« Amal klopfte auf den Stuhl neben sich. »Uns war nicht wohl bei dem Gedanken, dass du allein da draußen sitzt.«

Die Frauen nickten. Sie kannten einander kaum, und doch waren sie eine verschworene Gemeinschaft, wenn es darauf ankam. Wäre es nicht leichtsinnig, das zurückzulassen?

Wieder allein zu sein?

Angreifbar?

Aber war sie, falls Mikael sie wirklich gefunden hatte, hier nicht in viel größerer Gefahr?

Es wäre ratsam, das Haus in der nächsten Zeit möglichst nicht allein zu verlassen, hörte sie die Stimme des Kommissars. *Gehen sie zu zweit oder zu mehreren, wenn Sie etwas unternehmen wollen.*

Die Gruppe bedeutete Schutz. Das sollte sie bedenken.

Aber was, wenn Mikael sie diesmal gar nicht zurückholen wollte? Wenn er die Absicht hatte, sie zu töten, wie er es mit Mariella getan hatte? War sie dann in Romys Wohnung nicht besser aufgehoben?

Sie betrachtete Amal, die tröstend den Arm um eine der Frauen gelegt hatte, die gar nicht mehr aufhören konnte zu weinen.

Amal sah auf und ihre Blicke begegneten sich. Amal lächelte bedrückt.

Da hörten sie einen Schrei im Garten. Alle sprangen auf und liefen die Treppe hinunter zur Hintertür.

Auf den ersten Blick erkannte Fleur nicht, um was für ein Tier es sich handelte. Es konnte eine Ratte sein oder ein Marder, von denen viele hier herumliefen. Jemand hatte dem Tier eine Strick um den Hals gewickelt und es an die Außenlampe gehängt.

Sie flüchteten zurück ins Haus. Es gab ein wildes Trampeln auf der Treppe. Die Kleinen fingen an zu weinen.

Nur Fleur und Amal standen noch auf der Türschwelle und starrten das tote Tier an.

»Komm«, sagte Amal schließlich leise. »Lass uns von hier verschwinden.«

»Für immer?«, fragte Fleur.

»Was?«

»Für immer?«, wiederholte Fleur. »Ich weiß, wohin wir gehen können. Vielleicht.«

»Für immer …«, flüsterte Amal, als prüfe sie die Worte auf der Zunge. Sie spuckte sie wieder aus: »Für immer gibt es nicht. Wenn ich eines gelernt hab, dann das.«

»Für eine Weile. Bis sie Mariellas Mörder geschnappt haben und wir wieder in Sicherheit sind.«

»Sicherheit.« Amal verzog schmerzlich das Gesicht. »Auch so ein Wort. Wir werden so lange nicht sicher sein, wie die Männer, die uns aus unserem Leben vertrieben haben, nach uns suchen.«

»Amal, bitte!« Fleur zeigte auf den grauslichen Kadaver. »Das hier ist eine Kampfansage. Woher willst du wissen, ob sie nicht dir gilt oder mir?«

Es war nicht das erste Mal, dass so etwas passierte.

Amal stand da, unfähig, sich zu regen, und konnte den Blick nicht von dem geschundenen Wesen abwenden. Ihr Gesicht war fahl, ihre Augen schienen von einem Moment zum andern ihren Glanz verloren zu haben.

»Komm«, sagte Fleur und schob sie nach einem prüfenden Blick auf den Wald ins Haus. »Wir holen einen Karton, um das arme Tier zu beerdigen. Danach erklär ich dir alles.«

14

Schmuddelbuch, Donnerstag, 5. Mai, zehn Uhr fünf

Anruf von Fleur. Sie möchte mein Angebot annehmen. Zusammen mit einer Freundin. Wir haben uns für den Abend verabredet. Die beiden kommen ohne Gepäck. Das hole ich später im Büro der Frauenhäuser für sie ab. Ist sicherer.

»Weißt du, worauf du dich da einlässt?«, hat Greg mich gefragt.

Ich habe genickt.

»Dann ist es ja gut«, hat er gesagt.

Doch jedes Mal, wenn ich zu seinem Büro gucke, ertappe ich ihn dabei, wie er mich beobachtet. Er ist, wie mein Vater sein sollte: aufmerksam, fürsorglich – und vor allem *anwesend*.

Aber ich will nicht jammern. Björn und ich sind bisher auch ohne Eltern ganz gut zurechtgekommen …

Die Gerichtsmedizinerin untersuchte die tote Mariella Hohkamp mit einer beinah zärtlichen Genauigkeit. Leise reihte sie Fachbegriffe aneinander. Es klang wie ein Gedicht.

»Und für Laien verständlich ausgedrückt?«, fragte Rick.

»Genickbruch. Durchtrennung des Rückenmarks und sämtlicher Nervenstränge.«

Bert atmete flach. Die Atmosphäre in der Gerichtsmedizin schlug ihm jedes Mal auf den Magen. Er würde sich nie daran gewöhnen, dem Tod so nah zu sein, ihn zu sehen, zu atmen, zu schmecken, zu fühlen.

Von ihm verfolgt zu werden bis in seine Träume.

»Keine weiteren Verletzungen«, fuhr die Gerichtsmedizinerin fort. »Keine Abwehrspuren. Sie scheint von dem Angriff überrascht worden zu sein.«

»Oder sie kannte ihren Mörder«, sagte Rick.

»Nicht unbedingt.« Die Gerichtsmedizinerin richtete sich auf und zog die Latexhandschuhe aus. Das flappende Geräusch hatte etwas schrecklich Endgültiges. »Der Angriff erfolgte von hinten. Sie hat die Hände gespürt, wie sie ihren Kopf umfassten, und dann war es auch schon vorbei.«

Und dann war es auch schon vorbei.

Ein Menschenleben wie mit einem Fingerschnipsen ausgelöscht.

»Das rechte Knie ist leicht geschwollen. Grund dafür ist eine Sehnenzerrung. Die kann sie sich während des Überfalls zugezogen haben, muss aber nicht sein.«

»Sie wollte zum Orthopäden«, erklärte Rick. »Deshalb hat sie das Haus verlassen.«

»Da gibt es noch etwas.« Die Gerichtsmedizinerin sah mit gerunzelter Stirn auf die Tote hinunter. »Sie war schwanger.«

»Das wissen wir schon«, bemerkte Rick.

»Mariella Hohkamp«, sagte Bert. »Sie hatte einen Namen.«

Rick und die Gerichtsmedizinerin sahen ihn verwundert an.

»Ich warte draußen.«

Bert verließ beinah fluchtartig die Gerichtsmedizin. Draußen sog er gierig die kühle Luft ein und horchte auf die gleichmäßigen Verkehrsgeräusche, die von der Aachener Straße herüberdrangen.

Er ging ein paar Schritte über den Melatenfriedhof, und obwohl die Geräusche sich nicht verändert hatten, waren sie anders geworden. Trotz des immerwährenden Verkehrs herrschte hier eine Stille, die er sich kaum erklären konnte.

Der Friedhof war einer der schönsten, die Bert kannte. Alt, von hohen Bäumen bewachsen, mit Grabmälern, die aus längst vergangenen Zeiten stammten. Man konnte Pate eines solchen Grabmals werden, für seine Renovierung und Pflege sorgen und auf diese Weise seine eigene Ruhestätte erwerben. Die Stadt versuchte so, die Kulturdenkmäler zu erhalten.

Zwischen verwitterten Statuen huschten Eichhörnchen von Baum zu Baum. Engel mit mächtigen Flügeln bewachten flackernde Grablichter. Grünspan wuchs auf den Namen der Toten.

Vielleicht würde Mariella Hohkamp ja hier beigesetzt werden. Bert wünschte ihr einen Ort wie diesen, an dem ihre Seele zur Ruhe kommen konnte.

Als Rick ihn fand, saß Bert auf einer der Bänke und fragte sich, ob die kurze Auszeit im Kloster *St. Paul*, tief in der Eifel, überhaupt etwas gebracht hatte. Er war erst seit wenigen Tagen wieder im Dienst und fühlte sich so ausgelaugt, als wäre er gar nicht weg gewesen.

»Dieser Job ist nichts für mich«, hörte er sich sagen. »Er macht mich krank.«

Rick setzte sich neben ihn.

»Dass wir den Namen nicht genannt haben …«, begann er.

»Entschuldige. Ich hatte mich nicht unter Kontrolle. Das hatte nichts mit euch zu tun.«

»Doch«, widersprach Rick. »Hatte es. Und es war richtig. Wir dürfen uns nicht an den Tod gewöhnen.«

Damit war alles gesagt.

Sie blieben noch eine Weile sitzen und sahen einem alten Mann zu, der sich mit umständlicher Sorgfalt an einem Grab zu schaffen machte. Seine Einsamkeit war so deutlich spürbar, als wäre er von ihr durchtränkt.

Und unberührbar.

Dann wurde es Zeit und sie standen auf.

Sie grüßten den alten Mann im Vorbeigehen. Er nahm die Mütze ab und winkte ihnen damit nach. Sein Lächeln war zahnlos und freundlich und folgte ihnen bis zum Tor.

*

Mikael wurde nervös. Er warf sich vor, Bea nicht doch aus diesem verdammten Garten gezerrt zu haben, als er die Möglichkeit dazu gehabt hatte. Vielleicht hätte er den lächerlichen, nicht sehr stabil wirkenden Maschendrahtzaun eintreten können.

Und freie Bahn gehabt.

Was war los mit ihm? Wollte er bis ans Ende der Welt hinter dem verfluchten Frauenhaus auf seinem Beobachterposten kleben?

Dann waren die Bullen aufgekreuzt.

Dass es Bullen waren, hatten sie nicht verleugnen können, obwohl sie zivile Kleidung trugen. Es war die Art, wie sie sich bewegten. Das unerschütterliche Selbstbewusstsein, das sie ausstrahlten. Und die Hartnäckigkeit, mit der sie Bea ausgequetscht hatten.

Zum Kotzen!

Bea hatte ihm beinah leidgetan. Doch er hatte sich rechtzeitig daran erinnert, dass *sie* es gewesen war, die ihn in diese beschissene Lage gebracht hatte, und die Wut war wieder durch seine Adern gezüngelt und wäre um ein Haar explodiert. Er hatte sich zurückgezogen und war durch die Gegend gefahren, um nachzudenken.

Er durfte nicht darauf bauen, dass Bea ihm zufällig vor die Füße lief.

Jetzt nicht mehr.

Der Mord hatte alle in Schockstarre versetzt. Sie würden das Haus eine ganze Weile nicht verlassen, und wenn, dann nur zu mehreren. Darauf musste er sich einstellen. Ebenso wie auf die Anwesenheit der Bullen, die das Frauenhaus noch lange auf dem Schirm haben würden.

Er wünschte, Juri wäre hier. Juri war schlau, einfallsreich und skrupellos, eine unschlagbare Mischung. Vor allem war er emotional nicht beteiligt. Er hätte die Dinge cool betrachten und einordnen können.

Aber Juri war nicht hier. Mikael musste sehen, wie er allein klarkam.

In Dresden könnte er sich als Handwerker ausgeben, der irgendwas überprüfen musste. Da kannte er sich aus. Er könnte Namen in Erfahrung bringen, die ihm die Tür öffneten.

Und Juri um Rat bitten.

Der wusste, wie die Bullen tickten, und er wusste, wie man sie ausschaltete. Immerhin hatte er ihnen ja mal eine Zeit lang in die Karten geguckt. Juri war guter und böser Bulle in einem. Mit ihm wär alles easy gewesen.

Hier, in dieser fremden Stadt, gab es keine andere Möglichkeit, als Bea aufzulauern. Sie würde sich ein weiteres Mal in den Garten setzen, denn sie war eine Sonnenanbeterin. Darauf durfte er vertrauen.

Die Bullen waren ein Risiko, das er eingehen musste.

Er hatte immer ein antikes Skalpell bei sich.

Als Glücksbringer.

Er hatte es von seinem Großvater geerbt, der es ebenfalls als Glücksbringer bei sich getragen hatte. Nie wäre ihm in den Sinn gekommen, es jemals zu verwenden, obwohl es noch immer beachtlich scharf war.

Doch das würde sich ändern, sollte ihm auch nur ein einziger Bulle zu nahe kommen.

*

Fleur und Amal packten ihre Reisetaschen. Sie würden sie in ihrem Zimmer zurücklassen und eine der Mitarbeiterinnen bitten, sie in das Hauptbüro zu schaffen.

Dort wollte Romy sie abholen.

Fleur war sich nicht sicher, ob ihre Entscheidung richtig war. Das Frauenhaus war ihr Schutzschild gewesen. In seinen Räumen hatte sie sich halbwegs sicher gefühlt. Nun war diese Sicherheit brüchig geworden.

Jemand hatte Mariella getötet.

Eine tote Ratte aufgehängt.

Seine Wut war wie ein tödliches Gas ins Haus geflossen und vergiftete sie alle.

Es war kein Lachen mehr zu hören. Selbst die Kinder schlichen durch die Räume wie kleine Gespenster.

»Was wir tun, ist richtig«, sagte Amal.

Sie stopfte ihre Lieblingsjacke in ihre Reisetasche und bettete ein Foto ihrer Eltern darauf, hielt kurz inne, hob das Foto wieder heraus, küsste es und packte es wieder ein.

Sie küsste es! Als hätten die Eltern sie nicht in eine ungewollte Ehe gezwungen.

»Romys Angebot ist ein Fingerzeig des Schicksals«, fuhr sie fort.

»Und die anderen Frauen?«

»Ist in der Wohnung Platz für uns alle?«

»Nein. Die Wohnung ist klein.«

»Dann können wir nichts machen.« Amal kam zu Fleur herüber und umarmte sie. »Ich bin so dankbar, dass du mich mitnehmen willst.«

»Und ich bin froh, dass du mich begleitest.«

Schweigend packten sie weiter. Niemandem außer Rose hatte sie Romys Adresse genannt, nicht einmal verraten, ob sie überhaupt in Köln bleiben wollten. Sie würden untertauchen, ohne eine Spur zu hinterlassen.

Immer noch hoffte Fleur, dass nicht Mikael Mariellas Mörder war. Es war schwer genug, auf der Flucht zu sein. Es wäre noch schwerer, wenn sie wüsste, dass ihre Flucht Mariella das Leben gekostet hatte.

Beide zurrten gleichzeitig den Reißverschluss ihrer Tasche zu. Das Geräusch hatte etwas so Endgültiges, dass ihr Aufbruch nur noch eine konsequente Folge war.

Der Abschied von den Frauen und Kindern war tränenreich. Um die Mittagszeit dann traten sie hinaus in einen Tag, der wieder einmal ihr Leben umkrempeln würde.

*

Die Polizei hatte dichtgehalten. In keinem einzigen Zeitungsartikel wurde erwähnt, dass der Mord an Mariella Hohkamp bei einem der beiden Frauenhäuser stattgefunden hatte und vermutlich damit in Zusammenhang stand.

Selbst der ausgefuchste Ingo, der an jede Information herankam, die er haben wollte, kannte die Anschrift der Kölner Frauenhäuser nicht. Das Thema hatte ihn, wie er sagte, nie sonderlich interessiert. Einen Mord in dieser Szene hatte es, wie er mittlerweile recherchiert hatte, in Köln noch nicht gegeben.

Sie hatten den ganzen Abend darüber gesprochen. Romy hatte dabei wieder festgestellt, wie anders Ingo an ein Thema heranging.

Es gelang ihm offenbar mühelos, einen kühlen Kopf zu bewahren.

»Ich lasse mich von einer Story nicht vereinnahmen«, erklärte er. »Ich sammle Fetzen einer Geschichte, die ich durch meine Recherchen miteinander verbinde, bis sie ein vollkommenes Ganzes ergeben. Ein Puzzlespiel, wenn du so willst.«

»Und wenn es um tragische Ereignisse geht?« Romy konnte das nicht als Gedankenspiel sehen. »Um Mord? Krieg? Das Elend der Menschen, die ihr Land verlassen müssen, um anderswo ein halbwegs würdiges Leben führen zu können?«

»Auch dann.« Ingo nahm einen Schluck Wein, der im sanften Schein der Lampe purpurn schimmerte. »Gerade dann.«

»Wieso gerade dann? Du kannst doch nicht über das Unglück von Menschen schreiben, ohne es zu *fühlen!*«

»Das muss ich sogar.« Ingos Augen wurden schmal. Er schien sich zu fragen, ob er dieses Gespräch wirklich führen wollte. »Das ist wie bei einem Arzt. Der darf nicht mit seinen Patienten leiden. Er braucht seine ganze Kraft und Aufmerksamkeit, um ihnen zu helfen, verstehst du? Mitgefühl macht verletzlich – und parteiisch. Als guter Journalist sollte ich aber den Überblick behalten.«

»Haben wir nicht auch die Pflicht, uns auf die richtige Seite zu stellen?«

»Was ist die *richtige* Seite, Romy? Wer entscheidet das?«

Ingo hatte die Angewohnheit, eine Frage wie einen Ball zurückzuspielen. Äußerst geschickt. Und ziemlich fies.

»Das ergibt sich von Fall zu Fall«, antwortete sie.

»Das ergibt sich? Ist die Entscheidung nicht eher subjektiv?«

»Irgendwie natürlich schon.«

Er trieb sie in die Enge und Romy stellte die Stacheln auf. Er war im Recht und gleichzeitig im Unrecht.

Ingo betrachtete sie nachdenklich. Vielleicht empfand auch er, dass sie sich haarscharf an einem Streit entlangbewegten.

Als er sprach, war seine Stimme sanft und seine Finger strichen zärtlich über ihren Arm.

Sie saßen nebeneinander auf der Couch, und weil es ziemlich kalt war, hatte er den Kamin angemacht. Die Holzscheite knackten gemütlich. Ab und zu versprühten sie einen knisternden Funkenregen.

Das war nicht der Ort und nicht der Moment für Streit.

»Ein Journalist sollte natürlich einen Standpunkt haben«, sagte Ingo. »Dennoch sollte er seine Arbeit mit der größtmöglichen Objektivität erledigen. Falls er sich nämlich irrt, kann er beträchtlichen Schaden anrichten.«

Erleichtert merkte Romy, wie sie die Klippe umschifften.

»Du meinst …«

»Mir ist einfach wichtig, dass du auf dich aufpasst. Wenn du dich zu sehr in eine Geschichte fallen lässt, gibst du deine Deckung auf und bist komplett ungeschützt.«

Das war leicht gesagt.

»Ich meine nicht, dass du dein Mitgefühl verlieren sollst.« Ingo rückte ein Stück näher an sie heran. »Das macht dich doch zu dem wunderbaren Menschen, der du bist und den ich liebe. Ich bitte dich nur, nicht wie Don Quichote auf die Windmühlen zuzustürmen, sondern dir vorher einen Plan zu machen.«

»Würdest du mich denn überhaupt lieben, wenn ich für alles im Leben Pläne aus der Schublade ziehen würde?«

Romy stellte ihr Glas ab und schmiegte sich an ihn. Er fühlte sich so gut an, so verlässlich und stark. Als wäre alles für ihn ein Kinderspiel. Das war es natürlich nicht, aber er erweckte immer den Eindruck, jeder Situation gewachsen zu sein.

Ingo grinste.

»Ich würde dich immer lieben. Selbst wenn du so … bürokratisch wärst.«

»Aber?«

»Aber ich bete dein Chaos an.«

»Mein Chaos?«

»Ja. Dein absolut hinreißendes Chaos. Du zeigst mir, dass man mit dem Kopf durch die Wand gehen und trotzdem ans Ziel gelangen kann.«

»Das hast du vorher nicht gewusst?«

»Nein.« Ingo legte die Finger auf ihren Nacken und fing an, ihn langsam zu massieren. »Ich hab vieles nicht gewusst.«

»Zum Beispiel?«

Romy schloss die Augen. Sämtliche Verspannungen lösten sich unter Ingos Fingern. Sie empfand ein solches Wohlbehagen, dass sie sich wünschte, er würde nie damit aufhören.

»Ich habe nicht gewusst, dass man Tauben mögen oder dass einem Besitz völlig gleichgültig sein kann. Dass jemand so begabt sein kann wie du, ohne sich darauf etwas einzubilden. Dass man den Begriff *hilfsbereit* nicht nur buchstabieren, sondern wirklich *leben* kann. Dass eine Frau so überwältigend sein kann, ohne es zu wissen.«

Er küsste sanft ihre Schläfe und ein Schauder durchlief sie. Sie seufzte leise.

»Sag mir mehr so schöne Sachen.«

Seine Hände wanderten zu ihren Schultern. Romy drehte sich ein wenig zur Seite, damit er sie besser erreichen konnte.

»Ich habe nicht gewusst, was Loyalität wirklich bedeutet. Bis zu dem Augenblick, in dem dein Bruder in Gefahr war. Du hast mir gezeigt, dass man sich nicht für den Dreh- und Angelpunkt der Welt halten darf. Obwohl du«, er küsste sie oberhalb der Schulterblätter, und wieder rieselte die Erregung durch ihren Körper, »obwohl du genau das bist: mein Dreh- und Angelpunkt.«

»Weiter«, murmelte Romy und verstand jetzt, warum Katzen schnurren. Sie hätte es selbst gern getan. Stattdessen stöhnte sie leise. »Hör bloß nicht auf.«

»Womit?«

»Mit allem.«

»Ich habe nicht gewusst, dass man einen Menschen so sehr lieben kann, dass es wehtut. Dass man alles für ihn tun würde. Alles, verstehst du? Wirklich *alles.*«

Seine Finger glitten an ihrer Wirbelsäule entlang. Sie umfassten ihre Taille.

»Ich habe nicht gewusst, wie es ist, geliebt zu werden.« Ingo flüsterte jetzt. Er schob ihr T-Shirt hoch und strich mit den Fingern über ihren nackten Rücken. »Das alles hast du mir gezeigt.«

Er verstummte und Romy drehte sich zu ihm herum. Noch nie hatte jemand so zu ihr gesprochen. Noch nie hatte jemand sie so berührt. Widerstrebend schob sie ihn ein Stück von sich weg.

»Trotzdem«, sagte sie leise. »Es gibt Momente, in denen man Farbe bekennen muss. In Fällen himmelschreienden Unrechts zum Beispiel.«

Unzählige Worte drängten sich in ihrem Kopf, doch sie bekam sie nicht zu fassen. Ihre Gefühle überrollten sie und zogen sie in einen Strudel, aus dem sie sich aus eigener Kraft nicht befreien konnte.

»Kannst du mir da zustimmen?«, gelang es ihr dennoch zu fragen.

Er zögerte einen Moment. Sie konnte ihn förmlich denken hören.

»Darauf können wir uns einigen«, flüsterte er schließlich.

Für den Augenblick war ihr das genug.

Sie warf die Arme um Ingos Hals und legte die Lippen auf

seine, und die Welt verwandelte sich in einen kleinen, unbedeutenden Kern am Rand ihres Bewusstseins. Es gab nur noch Ingo und sie, ihren Kuss und das, was sie füreinander empfanden.

*

Romys Wohnung war fantasievoll eingerichtet. Überall waren hübsche Kleinigkeiten verteilt. Hier eine Vase aus buntem Glas. Dort kleine Tierfiguren aus Ton. Auf der Kommode im Schlafzimmer stand ein Weidenkorb mit getrockneten Hortensienblüten. Daneben eine Schale mit Walnüssen, die aussahen, als wären sie selbst gepflückt.

Die Küche war klein und gemütlich. Die Hängeschränke über der dicken Kiefernholzplatte waren bunt angestrichen, der eine rot, der andere blau. Auf schmalen Regalbrettern waren Gewürzgläser und Teedosen aufgereiht. Darunter hingen an gelben Plastikhaken Töpfe und Pfannen.

Das Geschirr, das man durch die Glasscheiben eines alten Bauernschranks erkennen konnte, war zusammengesucht. Keine Tasse passte zur andern. Doch das schien Prinzip zu sein. Romy mochte es offenbar bunt und fröhlich. Man sah es der ganzen Wohnung an.

Alle Räume gingen ineinander über. Es gab nur eine Tür, die zum Badezimmer. An ihr hing innen ein kuschliger knallroter Frotteemantel. Die Handtücher in dem offenen Regal leuchteten in sämtlichen Farben des Regenbogens.

Auch das grüne Sofa und der orangefarbene Sessel im Wohnzimmer, das gleichzeitig als Arbeitszimmer diente, gehörten anscheinend nicht zusammen, harmonierten jedoch wunderbar.

Romys Schreibtisch sah nach Arbeit aus, obwohl sie alles am Rand gestapelt hatte, damit für Fleurs und Amals Sachen

Platz war. Fleur hätte am liebsten sofort ihren Laptop ausgepackt und angefangen zu schreiben.

In der Mitte hatte ein handgeschriebener Zettel gelegen:

Liebe Fleur, liebe Amal,

ihr dürft euch nach Herzenslust in meiner Wohnung ausbreiten. Auch die Schränke und der Kühlschrank stehen euch zur Verfügung. Ich habe versucht, überall ein bisschen Platz für euch zu schaffen. Ich hoffe, er reicht aus. Wenn ihr mich braucht – die Handynummer von Ingo, bei dem ich solange wohne, findet ihr auf der Kommode in der Diele. Helen, Tonja und Calypso aus dem zweiten Stock sind im Notfall auch für euch da. Alle Leute hier im Haus sind sehr nett.
Bis bald und passt auf euch auf!
Romy

Es war sonderbar gewesen, in den Räumen umherzugehen, in denen noch ein Hauch von Romys Parfum hing, und zu wissen, dass sie in der nächsten Zeit hier leben würden.

»Komisch«, hatte Amal gesagt, »so ganz allein zu sein.«

Sie hatten sich mit allem vertraut gemacht und saßen jetzt beim Abendessen in der Küche. Vorm Fenster gurrte das Taubenpärchen, das sich den ganzen Nachmittag nicht von der Stelle gerührt hatte.

Verliebt, dachte Fleur und ihr kamen beinah die Tränen.

Sie aßen schweigend. Man konnte das gut mit Amal, schweigen. Sie war keins dieser Mädchen, die immerzu quatschen mussten.

Auch Fleur hatte gelernt zu schweigen. Die Straße war laut genug. Da lagen Sätze wie gefallenes Laub und wurden von jedem Windstoß umhergewirbelt.

Ab und zu hörten sie Stimmen im Treppenhaus und zuckten zusammen, wenn es eine Männerstimme war. Sie waren nicht mehr daran gewöhnt.

Am frühen Abend war Helen gekommen und hatte sie begrüßt. Sie hatte ihnen Kräutertees mitgebracht, die in hübsche bunte Tüten verpackt waren.

»Ich arbeite in einem Esoterikladen«, hatte sie erklärt. »Kommt doch mal vorbei und schaut ihn euch an.«

Sie trug einen langen roten Rock und eine gelbe Bluse mit weiten Ärmeln. Um den Kopf hatte sie sich ein rotes Tuch geschlungen. Ihr Lächeln war so offen und herzlich, dass es ansteckte.

Eine Weile hatten sie in der Küche zusammengesessen und Helen hatte von den Bewohnern des Hauses erzählt. Sie war eine gute Freundin von Romy, das spürte man bei jedem ihrer Worte.

»Ich bin jederzeit für euch da.«

Fleur glaubte ihr. Auch Amal hatte sofort Vertrauen zu Helen gefasst. Als Fleur jetzt daran dachte, war ein wohliges Gefühl in ihrem Magen. Alles wird gut, sagte sie sich, alles wird gut.

Dabei konnte nichts gut werden, denn nichts konnte Mariella wieder zum Leben erwecken.

15

Schmuddelbuch, Freitag, 6. Mai, acht Uhr

Zum zweiten Mal also bei Ingo gestrandet, in seinem traumhaften Loft im Rheinauhafen, nicht weit von den Kranhäusern. Auf der einen Seite der Blick aufs Wasser, auf der andern der über die Südstadt und auf die Türme des Doms.

Ingo hat mir wieder das Gästezimmer zur Verfügung gestellt, aber wir haben in seinem Schlafzimmer geschlafen, die ganze Nacht eng beieinander.

Der Frühstückstisch war voll mit lauter leckeren Sachen. Ingo hat Brötchen geholt, Eier gekocht, Apfelsinen ausgepresst und ein Müsli angerührt. Er liest mir jeden Wunsch von den Augen ab.

Habe mich mit Fleur und Amal verabredet. Vorher will ich noch im Frauenhausbüro vorbeifahren, um ihre Sachen abzuholen. Freue mich auf das Gespräch mit Fleur.

Hatte schon das Gefühl, auf der Stelle zu treten.

Hab ich das wirklich gerade geschrieben? Ohne mich zu schämen, weil ich wieder einmal vor allem meinen Artikel im Auge habe und nicht die schlimme Zeit, die Fleur und Amal durchmachen müssen?

Und wenn ich schon dabei bin, mein Verhalten kritisch unter die Lupe zu nehmen – wie kann ich mit Ingo so unverschämt glücklich sein, wenn Fleur leidet wie ein Hund?

In der Morgenbesprechung hatte sich eine gedrückte Stimmung ausgebreitet. Die Befragungen der Nachbarschaft des Frauenhauses waren mehr oder weniger ergebnislos geblieben. Niemand hatte etwas gesehen oder gehört. Niemandem war irgendetwas seltsam vorgekommen.

Da war kein unbekanntes Fahrzeug gewesen, das aufgefallen wäre. Kein Fremder hatte Aufsehen erregt, weil er längere Zeit in der Gegend herumgelungert war.

Alles war gewesen wie immer.

Nach langen Jahren bei der Kripo war Bert gegen diesen Satz allergisch geworden. Er hatte ihn schon zu oft hören müssen. Sie konnten noch so häufig an die Bevölkerung appellieren, die Augen offen zu halten, es nützte nichts. In deutschen Städten wollte man seine Ruhe haben und hielt sich raus.

Bloß nicht einmischen. Bloß keine Aufmerksamkeit auf sich ziehen.

Und sich dann wundern, wenn der nette junge Mann von nebenan plötzlich Amok läuft.

Er war immer so zuvorkommend, so höflich.

So unauffällig.

Die Befragungen der Frauen aus den Frauenhäusern waren noch nicht abgeschlossen. Sie waren vielschichtig und kompliziert. Nur wenige der Frauen waren bereit, mit ihnen allein zu reden. Die meisten verlangten, dass eine Mitarbeiterin des Frauenhauses anwesend war.

Für Bert und Rick war das in Ordnung.

Die Geschichten der Frauen setzten ihnen zu. In ihrem Beruf hatten sie zur Genüge erfahren, wie grausam Menschen sein konnten, doch während die Frauen erzählten, mussten Bert und Rick mitunter um Fassung ringen. Wieder einmal wurde ihnen vor Augen geführt, dass psychische Gewalt keineswegs harmloser war als physische.

Sie hinterließ keine sichtbaren Spuren, die den Täter überführen konnten. Nicht einmal ein psychiatrisches Gutachten konnte *beweisen*, dass es sich bei dem betreffenden Mann um einen Täter handelte.

Die Folgen, unter denen die Frauen zu leiden hatten, waren ungeheuerlich. Die eine konnte sich nicht mehr in Räumen mit geschlossener Tür aufhalten. Die andere ertrug es nicht, eine Badewanne auch nur anzuschauen. Eine dritte litt unter Atemnot, wenn sie in ein Auto steigen sollte.

Viele der Frauen waren seelisch *und* körperlich misshandelt worden. Hatten das, was sie für ihr Schicksal gehalten hatten, oft jahrelang ertragen, bis sie sich endlich in Sicherheit gebracht hatten.

Doch jede wusste, dass diese Sicherheit brüchig war.

Manche wurden aufgestöbert, andere kehrten freiwillig zu dem Mann zurück, der ihnen doch unaussprechliche Dinge angetan hatte.

Bert und Rick notierten sich Namen, Adressen und Telefonnummern. Der Täter konnte einer der Männer sein, vor denen sie sich versteckten. Er konnte jedoch auch ein Familienmitglied sein. Bert ermittelte nicht zum ersten Mal in einem sogenannten *Ehrenmord.*

Die Liste der zu Befragenden wuchs und wuchs.

Auf dem erneuten Weg zum Frauenhaus grübelten Bert und Rick still vor sich hin.

»Ich weiß nicht, wie lange ich das noch aushalte«, brach Bert schließlich das Schweigen.

»Was?«

»In diesem Dreck zu wühlen und nichts als Grausamkeit zutage zu fördern.«

»Ich weiß, was du meinst.«

Natürlich wusste Rick das. Sie alle wussten es. Nur kam

der eine besser damit zurecht als der andere. Vielleicht war es auch die Zeit. Vielleicht war Bert einfach schon zu lange dabei.

»Im Kloster neulich«, versuchte er zu erklären, »da waren Alternativen für mich vorstellbar.«

»Als Mönch zu leben?«

Das leise Lachen in Ricks Stimme war der Versuch, sich gegen das, was Bert als Nächstes sagen würde, zu wappnen.

»Nein, das sicher nicht.«

»Mach keinen Quatsch!« Rick drückte auf die Hupe, um einen Fußgänger von der Fahrbahn zu scheuchen. In Wirklichkeit war das hauptsächlich Ausdruck seiner Unsicherheit. Er wollte nicht hören, was Bert ihm mitzuteilen hatte. »Wir haben doch alle mal einen Durchhänger.«

»Es ist mehr als ein Durchhänger.«

Rick bremste fluchend. Fast wäre er einem schicken, nagelneu aussehenden Schickimicki-Cabrio aufgefahren.

»Anfänger!«, schimpfte er. »Vollidiot!«

Bert musste unwillkürlich grinsen. Versuchte Rick wieder, vom Thema abzulenken?

»Ich glaube, ich will das nicht hören«, sagte Rick, ohne den Blick von der Straße abzuwenden.

»Selbst wenn es die Wahrheit ist?«

»Ganz besonders dann nicht.«

»Du wirst es hören *müssen*, Rick.«

»Wieso?«

»Weil du mein Freund bist.«

»Schlaf ein paar Nächte drüber.«

»Es sind doch nur Gedanken, Rick. Ich habe keine weltbewegende Entscheidung getroffen, mir lediglich ein paar Fragen gestellt.«

Erleichtert ließ Rick die Schultern sinken, die er in seiner Anspannung hochgezogen hatte.

»Ich denke über mein Leben nach, Rick. Und das muss ich jemandem mitteilen.«

Ernüchtert registrierte Bert, dass er nicht wusste, mit wem er sonst darüber reden konnte. Sein Arzt und Tennispartner Nathan war nicht vom Fach. Insa, die wunderbare Polizeipsychologin an seiner alten Dienststelle, wollte er nicht ansprechen. Zwischen ihnen deutete sich etwas an, das nicht sein konnte, bevor er nicht die quälende Liebe zu Imke Thalheim hinter sich gelassen hatte.

Imke …

Und wenn er mit ihr über seine Zweifel sprach? Sie war Schriftstellerin. Sie hatte Lebenserfahrung und Fantasie und war eine ungewöhnlich kluge Person.

»Okay«, sagte Rick. »Okay.«

Doch da waren sie bereits am Frauenhaus angelangt, wo ihnen der Kollege entgegenkam, der heute zur Beobachtung des Hauses eingeteilt war.

Imke.

Bert würde sie anrufen. Das würde vieles klären. Auf die eine oder andere Art.

*

»Frau Berner …«

Dass man zwei Worte so aussprechen konnte, dass alles in ihnen mitklang.

Vorwurf. Überdruss. Ironie.

Sogleich stellte sich bei Romy ein Schuldbewusstsein ein, das völlig fehl am Platz war. Sie wollte Journalistin werden. Sie hatte nicht nur das Recht, sondern auch die Pflicht, sich einzumischen und nachzuforschen.

»Herr Kommissar …«

Was *er* konnte, konnte *sie* schon lange.

Er trat mit ausgestreckter Hand auf sie zu. Sein Kollege Rick Holterbach unterhielt sich mit Rose in ihrem Büro. Wahrscheinlich hatte auch der Kommissar bei ihnen gestanden, denn Rose warf einen irritierten Blick in die Diele, wo er Romy abgefangen hatte.

»Darf ich fragen, was Sie hierherführt, Frau Berner?«

»Ich möchte die Sachen von Fleur und Amal abholen.«

Romy war froh, dass sie einen handfesten Grund hatte, hier aufzutauchen. Er konnte ihr wahrhaftig nicht vorwerfen, herumzuschnüffeln. Diesmal nicht.

»Sie haben wirklich interessante Freundschaften geschlossen.«

Auch das drückte er äußerst vieldeutig aus. Allmählich fing Romy an, sich zu ärgern.

»Was nicht strafbar ist …«

»Nein, strafbar ist es nicht.«

»Aber?«

»Kein *aber*. Ich wundere mich nur über das merkwürdige Zusammentreffen dieser neuen, offenbar sehr intensiven Freundschaften mit den Ermittlungen in einem Mordfall.« Er sah sie scharf an. »In dem es noch nichts gibt, was wir der Presse mitzuteilen hätten.«

»Ich komme wirklich nur, um die Sachen zu holen, Herr Kommissar.«

Er betrachtete sie nachdenklich. Romy riss sich zusammen. Sie mochte es nicht, wenn man sie so ansah, dass sie sich nackt und ausgeliefert fühlte.

»Sie wissen, dass diese Frauen Schutz brauchen, Frau Berner.«

»Natürlich.«

»Sie können sich auch vorstellen, was passiert, wenn Sie diesen Schutz gefährden?«

»Das werde ich nicht tun.«

»Und Ihre Recherchen?«

»Sind, wie ich schon gesagt habe, für einen Artikel über Frauenhäuser, mehr nicht. Aber ich werde darauf achten, dass niemand darin erkennbar ist. Ich werde nicht einmal andeutungsweise erwähnen, dass der Mord an der Sozialarbeiterin mit den Frauenhäusern zu tun haben könnte.«

Eigentlich war sie nicht verpflichtet, ihm diese Auskünfte zu geben. Sie tat es dennoch. Sie verdankte dem Kommissar ihr Leben. Das würde sie niemals vergessen.

»Gut«, sagte er und gab überraschend den Weg in Roses Büro frei.

Romy begrüßte Rose und Rick Holterbach und bückte sich, um zärtlich Pepes weiches Nackenfell zu kraulen. Sie warf einen Blick auf die beiden prall gefüllten Reisetaschen, die neben Roses Schreibtisch standen.

»Ist das alles?«, fragte sie.

»Es sind erst mal die wichtigsten Sachen«, antwortete Rose.

Romy griff nach der ersten Tasche, als Rick Holterbach sich die zweite schnappte.

»Nicht nötig«, wehrte sie ab.

»Mach ich doch gern.« Er warf ihr einen zwinkernden Blick zu. »Ehrlich.«

Romy hatte sich nie gefragt, was einen Polizisten eigentlich ausmacht. So wie diese beiden Kommissare jedenfalls hatte sie sich die Hüter des Gesetzes nicht vorgestellt.

Bert Melzig hatte beinah etwas Väterliches, das einen förmlich zwang, ihn zu mögen, während Rick Holterbach der Typ war, den man in einer Disco durchaus gern näher kennengelernt hätte.

Außer, man war mit Ingo zusammen.

Romy lächelte. Sie konnte es kaum abwarten, ihn am Abend wiederzusehen.

Sie wuchtete die Reisetasche in den Kofferraum ihres Autos und Rick Holterbach hievte die zweite hinein. Die Morgensonne ließ den roten Lack glänzen, und Romy verspürte den beinah unbezähmbaren Drang, sich Ingo zu schnappen und loszufahren.

Weit weg.

Ein paar Tage Urlaub am Wasser. Oder in den Bergen.

»Passen Sie auf sich auf«, riss Rick Holterbachs Stimme sie aus ihrem Traum. »Und melden Sie sich sofort, wenn Sie etwas Verdächtiges bemerken.«

»Ich bin aus meiner Wohnung ausgezogen«, sagte sie. »Aber meine Freundinnen aus der WG werden die Augen offen halten.«

»Wo werden Sie wohnen?«

»Hatte ich das nicht schon gesagt? Bei meinem Freund.«

»Name? Anschrift?«

»Ist das wichtig?«

»Alles, was mit diesem Fall zusammenhängt, ist wichtig.«

Sie gab ihm Ingos Namen und seine Anschrift. Seine Telefonnummern behielt sie für sich, denn Ingo hatte mit dem Fall nichts zu tun.

Als sie endlich im Auto saß und den Motor startete, waren die Lust auf Urlaub und die Freude an dem schönen Tag verflogen. Sie schaute sich aufmerksam um, bevor sie losfuhr, und ließ den Rückspiegel nicht aus den Augen.

Da draußen gab es einen Täter, der auf der Suche nach der Frau war, die er für seinen Besitz hielt. Und falls diese Frau Fleur oder Amal war, durfte sie nicht riskieren, ihn zu seinem Opfer zu führen.

Auf einem Dutzend Umwegen fuhr sie zu ihrer Wohnung,

stellte den Motor ab und wartete zehn Minuten, bevor sie ausstieg und den Kofferraum öffnete, um die Reisetaschen herauszuholen.

Als sie sich schwer bepackt die Treppen hinaufschleppte, war sie sicher, dass die Luft auf der Fahrt hierher rein gewesen war.

Aber stimmte das wirklich?

*

Mikael auf seinem Posten am Waldrand verlor allmählich die Nerven. Er beobachtete die Rückseite des Frauenhauses nun schon seit acht Uhr früh und es tat sich absolut nichts.

Ab und zu waren Gardinen in den Fenstern auf- und wieder zugezogen worden. Er hatte Schemen gesehen, die sich dahinter bewegten. Die Tür zum Garten hatte eine ganze Weile offen gestanden, bevor jemand sie mit einem Knall wieder geschlossen hatte.

Sonst nichts.

Wieso kam Bea heute nicht raus? Das Wetter war prächtig und er wusste doch, wie sehr sie die Morgensonne liebte.

Nachdem er gestern so unverzeihlich gepatzt und Bea nicht an Händen und Füßen aus diesem verdammten Garten geschleift hatte, war er diesmal vorbereitet. Sein Wagen stand an der nächsten Straßenecke, vorschriftsmäßig geparkt zwischen anderen unauffälligen Fahrzeugen. Im Kofferraum lag ein Rucksack mit allem, was er benötigte, um Bea ruhigzustellen.

Jetzt zahlte es sich aus, dass er Medizin studierte und einen Job als Pfleger in der Klinik hatte. Er kannte den menschlichen Körper, kannte die Mittel, mit denen man ihn manipulieren konnte, und er kam leicht an sie heran.

Nur, was nützte das, wenn Bea sich in diesem verfluchten Haus verschanzte?

Er hatte nicht übel Lust, da reinzumarschieren und sie einfach rauszuholen. Doch es war eben nicht irgendein Haus. Es war ein gottverdammtes *Frauenhaus.* Die hatten Sicherheit ganz oben auf ihre Fahne geschrieben.

Und da waren die Bullen.

Irgendwo.

Unsichtbar.

Mikael merkte, wie die erzwungene Untätigkeit ihm zusetzte. Sein Magen rebellierte. Der Schweiß brach ihm aus.

Plötzlich, als er schon gar nicht mehr darauf zu hoffen wagte, geriet das Bild in Bewegung. Ein Mann trat aus der Tür und begann, Handy am Ohr, entspannt auf der Terrasse hin und her zu schlendern.

Ein Bulle.

Komm her, dachte Mikael und atmete schneller. Komm her und ich mach dich fertig!

Er war gerade in der richtigen Stimmung, sich mit so einem Arsch anzulegen. Was fiel dem ein, sich zwischen ihn und sein Mädchen zu stellen?

Der hörte gar nicht mehr auf zu telefonieren. War das eine Gespräch beendet, tippte er eine neue Nummer ein und telefonierte weiter.

Allmählich wurde Mikael unbehaglich zumute. Der Typ zog immer größere Kreise. Spazierte durch das Gras. Pflückte ein Gänseblümchen (ein *Gänseblümchen!*), das er zwischen den Fingern drehte und dann achtlos wegschnippte. Schaute sich um. Gestikulierte.

Kam näher und näher.

Ohne ihn aus den Augen zu lassen, zog Mikael sich im Zeitlupentempo zurück.

Als ein Zweig unter seinem Schuh knackte, blieb er stehen und hielt die Luft an. Erst als er sah, dass der Typ nichts mitgekriegt hatte, atmete er wieder durch.

Verdammt!

Das hier musste zum Abschluss kommen. Bald würden sie auch den Wald überwachen. War nur eine Frage der Zeit.

Langsam kehrte er zu seinem Auto zurück. Er würde einmal um den Block fahren und dabei die Gelegenheit nutzen, einen Blick auf die Vorderfront des Hauses zu werfen.

Und wenn sie ihn anhielten und nach seinen Papieren fragten?

Ihm wurde bewusst, dass die Bullen ohnehin mit ihm Kontakt aufnehmen würden. Sie würden sich das Umfeld des Opfers vornehmen, das der Mitarbeiterinnen des Frauenhauses und natürlich das der Frauen, die dort wohnten.

Bea würde seinen Namen nennen.

Sie würde ihnen alles anvertrauen.

Ihn verraten, ohne mit der Wimper zu zucken.

Falls es nicht längst geschehen war.

Mikael ballte die Hände zu Fäusten. Als er in seinem Wagen saß, machte er sich Luft. Er boxte auf den Beifahrersitz ein, bis ihn die Kräfte verließen und Schweiß über die Schläfen in seine Augen lief und sie brennen ließ.

Noch nie hatte er sich so ohnmächtig gefühlt. Er zog seinen alten Glücksbringer aus der Tasche und betrachtete schwer atmend das abgegriffene dunkle Lederetui, in dem er verborgen war.

Er liebte das Skalpell und hielt es in Ehren. Aber so ganz allmählich sollte er sich etwas Stärkeres zulegen.

Und einen vernünftigen Plan. Er hatte begriffen, dass er allein außerstande war, das Frauenhaus im Auge zu behalten. Es wurde zu gefährlich und war außerdem sinnlos. Während er das Haus vom Waldrand aus beobachtete, konnte Bea in Seelenruhe vorn zur Tür rausspazieren.

Sein Gefühl sagte ihm, dass er heute ohnehin kein Glück

haben würde. Bea säße längst im Garten, wenn sie das vorgehabt hätte. Vorn durfte er sich nicht länger aufhalten als nötig. Bestimmt waren die Bullen da überall.

Auf einmal legte sich ein Lächeln auf sein Gesicht. Wenn er auf direktem Weg nicht an Bea herankam, dann vielleicht auf Umwegen.

Er startete den Motor und fuhr los. Drehte das Radio laut und hämmerte zum Takt der Musik wild auf das Lenkrad.

Licht am Ende des Tunnels!

Zu *einem* Menschen außerhalb des Frauenhauses hatte Bea Kontakt. Und wie es der Zufall wollte, kannte auch er diese Person. Er hatte Bea und sie im *Alibi* beobachtet.

Wie sie geredet und geredet und immer wieder gelacht hatten. Da war Vertrautheit zwischen ihnen gewesen. Genau die Vertrautheit, die unvorsichtig macht.

Würde er sich eben an die Fersen dieses Mädchens heften.

Romy.

Den Namen hatte er sich gemerkt. Ebenso wie den der Zeitung, bei der sie wahrscheinlich arbeitete. *KölnJournal.* Vor allem aber wusste er, wie er dorthin kam.

Er riskierte einen Schlenker vorn am Frauenhaus vorbei. Dort schien alles ruhig. Dennoch fuhr er weiter, ohne anzuhalten.

Er hatte wieder Hoffnung geschöpft.

Etwas sagte ihm, dass am Ende alles gut werden würde.

*

»Ich habe ihm gehört«, sagte Fleur in Romys gemütlicher Küche, die sich fast schon ein bisschen anfühlte wie ein Zuhause. »Ich gehöre ihm immer noch.«

Das Entsetzen, mit dem Romy sie anschaute, ließ sie stocken.

Was hatte sie da gesagt?

»Das war nie anders«, erklärte sie. »Nicht, seit er in meinem Leben aufgetaucht ist.«

»Du hast ihn verlassen«, erinnerte Romy sie vorsichtig.

»Aber das Band zwischen uns ist noch nicht zerschnitten.«

»Was …«, Romys Finger spielten an dem Lesezeichen ihres Notizbuchs, das vor ihr auf dem Tisch lag, »… was muss denn geschehen, damit es zerschnitten werden kann?«

Fleur hob die Schultern.

Romy konfrontierte sie mit Gedanken, denen sie lieber aus dem Weg ging. Sie hörte sehr aufmerksam zu, erfasste sofort das Wesentliche und duldete keine Ausflüchte.

Ein unbequemes Gespräch, aber ein aufrichtiges.

»Ich weiß nicht, ob das überhaupt jemals möglich ist.«

»Kann man nicht jedes Band irgendwie zerschneiden?«

Fleur betrachtete Romys Gesicht, das so entspannt und glücklich wirkte, und dachte an ihr eigenes, wie es ihr eben noch im Badezimmerspiegel begegnet war – man sah ihm die Verletzungen an, die sie im Laufe der Jahre erlitten hatte.

Auf der Stirn zeigten sich erste, verfrühte Falten. Die Augen waren müde. Ihre Haut wirkte stumpf. Die Haare allerdings waren ungewöhnlich schön. Im Sonnenlicht glänzten sie wie Silber, im künstlichen Licht einer Lampe hatten sie einen goldenen Schimmer.

Mikael war verrückt danach.

Er hasste es, wenn sie das Haar zu einem Pferdeschwanz frisierte. Oder gar zu einem Dutt. Dann konnte er regelrecht ausrasten.

»Mach das Haarband raus!«

Anfangs war sie seiner Aufforderung mit einem Lächeln nachgekommen, hatte ihr Haar ausgeschüttelt und es genossen, seine Hände zu spüren, die es mal zart gestreichelt, mal leidenschaftlich zerwühlt hatten.

Dann hatte sie sich gegen sein Diktat gewehrt.

Langes, offenes Haar war beim Leben auf der Straße hinderlich. Da wusste man nie, wann man das nächste Mal duschen konnte, und oft waren sie so fettig und verschwitzt, dass es sinnvoll war, sie zusammenzubinden. Es war ihr in Fleisch und Blut übergegangen.

Mikael setzte sie unter Druck.

Ignorierte sie.

Fauchte sie an, wenn sie es wagte, ihn anzusprechen.

Er wusste, dass es nie lange dauerte, bis sie wieder angekrochen kam.

Anfangs hatte sie sich noch geschämt, wenn sie sich so behandeln ließ. Tausendmal hatte sie sich vorgenommen, nach dem nächsten Vorfall das Weite zu suchen. Doch draußen hatte der Frost geklirrt. Die Katzen hockten verfroren auf Mauern und Zäunen. Die Menschen mummelten sich in ihre dicksten Jacken und Mäntel ein.

Fleur hatte sich nicht zurückgetraut auf die Straße, in die Kälte, die Einsamkeit. Nicht, nachdem sie bei Mikael das Gegenteil kennengelernt hatte.

Was hatte Romy eben gefragt? Ob man nicht jedes Band irgendwie zerschneiden könne?

»Wahrscheinlich nur dadurch, dass einer von uns stirbt«, sagte sie und hörte sich selbst erschrocken dabei zu.

»Ja«, bestätigte Amal heftig. »Das ist der einzige Weg.«

Fleur hatte sie nicht hereinkommen hören.

»Setz dich zu uns«, forderte sie die Freundin auf.

Romy erhob keinen Einspruch. Es konnte ihr ja auch nur lieb sein. Hatte sie gleich zwei Gesprächspartnerinnen, die ihr Auskünfte für ihre Recherchen geben konnten.

Sie stellte Fragen zum Leben im Frauenhaus. Hörte zu. Machte sich Notizen.

Nach einer Weile kochte Amal Tee.

Auf einmal war Romy Gast in ihrer eigenen Wohnung. Und als hätten sie alle das gleichzeitig begriffen, fingen sie an zu lachen.

Es war ein befreiendes Lachen. Für wenige Minuten ließ es sie Mariellas schrecklichen Tod vergessen und alles andere auch.

16

Schmuddelbuch, Freitag, 6. Mai, zwölf Uhr fünfzehn

Gewalt ist die letzte Zuflucht des Unfähigen. (Isaac Asimov)

Die Kirche, die Mikael in der Nähe gesehen hatte, verkündete mit dünnen Glockenschlägen die Viertelstunden. Menschen betraten das Bürogebäude, Menschen verließen es. Die Geräusche blieben sich gleich. Autos hupten, Straßenbahnen quietschten, Passanten lachten, Handys klingelten. Ein Polizeiwagen schlängelte sich mit Blaulicht durch den Freitagsverkehr.

So viel Bewegung und nichts Weltbewegendes geschah.

Mikael war jetzt seit Dienstag in Köln. Er hatte in letzter Zeit so viele Überstunden gemacht, dass es ihn lediglich zwei Anrufe gekostet hatte, um diese Woche Urlaub zu bekommen und einen Kollegen zu überreden, seinen Dienst zu übernehmen.

Mehr war nicht drin, ohne seinen Job zu riskieren. Vielleicht konnte er noch ein paar Tage krankfeiern, aber dann musste er zurück nach Dresden.

Im Sonnenschein und im Schutz einer Hausmauer war es schon angenehm warm, doch sobald eine Wolke die Sonne verdeckte, wurde es ungemütlich. Das Wetter wechselte schnell und erfüllte die Erwartungen, die man eigentlich an den April hatte, der in diesem Jahr untypisch sanft gewesen war.

Mikael hasste es, im Trüben zu stochern. Allmählich kam er sich lächerlich vor, zur Untätigkeit verdammt auf seinem Beobachterposten zu stehen und auf etwas zu warten, von dem er nicht mal wusste, ob es eintraf.

Es war nur eine Ahnung, die ihn dazu veranlasst hatte, auf Romy zu setzen. Möglicherweise war das eine Spur, die im Sande verlief, während Bea ihm am Frauenhaus vielleicht just in diesem Augenblick ins Netz gegangen wäre. Aber er konnte nicht überall gleichzeitig sein.

Also wartete er weiter, während halb Köln an ihm vorbeihastete, ohne dass Romy sich blicken ließ.

Mit der Zeit begann sein Magen zu knurren, und er überlegte, ob er es riskieren konnte, seinen Posten kurz zu verlassen, um sich ein Brötchen in der Bäckerei auf der anderen Straßenseite zu besorgen. Er war schon halb drüben, als er Romys helles Haar in der Sonne aufleuchten sah.

Bingo, dachte er. Manchmal braucht man einfach Glück.

Sie wandte sich nach links und er folgte ihr in einigem Abstand. Sein Vorteil war, dass sie ihn nicht wiedererkennen würde, denn sie hatte ihn im *Alibi* nicht ein einziges Mal wirklich angeschaut. Ihr Blick hatte ihn höchstens kurz gestreift, aber sie hatte sein Äußeres nicht gespeichert, da war er sich ganz sicher.

Und selbst wenn – in Cafés begegnete man so vielen Gesichtern, dass das einzelne kaum Bedeutung besaß.

Inzwischen war es zwei Uhr. Möglicherweise machte Romy Mittagspause. Vielleicht wieder im *Alibi*, und wenn er ein Riesenglück hatte, war sie dort wieder mit Bea verabredet.

Mikael hatte sich vorgenommen, sich der jeweiligen Situation anzupassen und spontan zu reagieren. Eigentlich glaubte er immer noch, Bea zurückgewinnen zu können. Den armen Sünder hatte er so gut drauf, dass sie noch jedes Mal darauf reingefallen war.

Er musste bloß die Gelegenheit bekommen, mit ihr zu reden, dann würde sich alles wieder einrenken.

Die Stadt füllte sich zusehends mit Menschen. Das Wochenende begann, in den Straßencafés waren kaum noch Stühle frei. Das Wetter spielte mit. Kaum noch jemand, der die ausgelegten Decken benutzte. Die Leute hielten das Gesicht in die Sonne und entspannten sich.

Mikael konzentrierte sich auf den blonden Haarschopf, der einige Meter vor ihm in der Menge verschwand und wieder auftauchte, wie ein Ball, der auf den Wellen trieb. Er stieß einen Stadtstreicher zur Seite, weil er im Weg war, wurde von ihm mit einem verärgerten »Wichser!« bedacht und bedauerte es, nicht angemessen auf die Beleidigung reagieren zu können.

Er durfte keine Sekunde verlieren.

Als er sah, dass Romy am Schaufenster eines Buchladens stoppte, blieb er ebenfalls stehen und wandte sich der Auslage einer Goldschmiede zu. Er gab vor, sich die Schmuckstücke anzuschauen, behielt jedoch Romy aus den Augenwinkeln im Blick.

Sie kramte in ihrer Tasche und zog einen Gegenstand heraus, den Mikael als das Diktiergerät erkannte, das ihm bereits im *Alibi* aufgefallen war. Es hatte die Größe eines kleinen Handys, schien jedoch noch schmaler und leichter zu sein.

Romy beobachtete die Menschen, die an ihr vorbeiliefen, und sprach dann ein junges Paar an. Nach kurzem Hin und Her hielt sie ihnen das Diktiergerät vor die Nase und führte offenbar ein Interview mit den beiden.

Recherche, dachte Mikael und erkannte endlich eine Möglichkeit, sich Romy gefahrlos zu nähern. Er beobachtete sie noch eine Weile und sah, dass sie Passanten aller Altersklassen befragte.

Vielleicht wäre es erhellend, sich ihre Fragen einmal anzuhören. Rasch prüfte Mikael die Umgebung. Niemand beobachtete ihn. Alles war in schönster Ordnung.

Gemächlich setzte er sich in Bewegung.

Er hatte Glück. Romy wählte ihn aus den vielen Passanten aus und kam auf ihn zu.

»Entschuldigung? Hast du einen Moment Zeit für ein paar Fragen?«

Freundlich lächelnd erwiderte er den Blick ihrer großen Augen. Wie eine Puppe, dachte er. Dieses Mädchen ist wie eine Puppe, mit ihrem Porzellangesicht und ihren Engelsaugen.

War sie überhaupt schon volljährig?

Eigentlich sein Beuteschema.

Wenn Bea nicht gewesen wäre.

»Dann schieß mal los«, sagte er und nahm sich zusammen, um ihr nicht tiefer in die Augen zu schauen, denn sie sollte sich nicht an ihn erinnern, auf gar keinen Fall.

»Ich schreibe für das *KölnJournal*«, sagte sie, »und recherchiere für einen Artikel über Frauenhäuser.«

Auf einmal ergab alles einen Sinn. Er wusste jetzt, was Romy mit Bea verband. Irgendwie hatte er es von Anfang an geahnt.

»Wie stehst du zu Frauenhäusern?«

»Positiv«, antwortete er. »Absolut.«

»Das heißt?«

Die Unschuld in ihren Augen entsprach nicht ihrem wahren Wesen. Alles an ihr wirkte selbstbewusst, sicher und ausgebufft. Und klug war sie offenbar auch.

»Dass ich sie gut finde.«

Er hörte sich selbst zu und hätte am liebsten laut gelacht.

»Inwiefern?«

Die wollte es aber wissen.

»In jeder Hinsicht«, sagte er.

Dann kam ihm der Gedanke, dass seine wortkarge Art sich ebenso in ihrem Gedächtnis festsetzen würde wie langes, umständliches Antworten.

»Betroffene Frauen müssen eine Möglichkeit haben, irgendwo Hilfe zu finden.«

»Das sieht nicht jeder Mann so.«

Was wurde das? Ein Psychotest?

Ihre überlegene Art ärgerte ihn. Er hätte ihr gern einen Dämpfer verpasst, aber das war genau das, was er sich verkneifen musste.

»Ich schon.«

»Gibt es in deinem Freundes- oder Bekanntenkreis eine Frau, die schon einmal Zuflucht in einem Frauenhaus suchen musste?«

Er schüttelte den Kopf.

»Gottseidank nicht.«

»Weißt du, wie viele autonome Frauenhäuser es in Köln gibt?«

»Nein. Ich bin nicht von hier.«

»Zwei. Findest du, das sind genug?«

»Wahrscheinlich nicht, bei einer so großen Stadt.«

Er warf einen demonstrativen Blick auf seine Uhr.

»Wir sind gleich fertig«, sagte Romy. »Bloß noch ein paar klitzekleine Fragen zu deiner Person.«

»Du, ich hab leider gar keine …«

»Ich wüsste nur noch gern dein Alter, in welcher Stadt du wohnst und ob du Single bist oder in einer Partnerschaft lebst.«

»Sorry. Ich muss wirklich los.«

Er verabschiedete sich mit einem bedauernden Lächeln

und tauchte in der Menge unter. Als er stehen blieb und sich vorsichtig umdrehte, sah er, dass Romy sich bereits wieder jemanden aus der Menge herausgepickt hatte.

Sie hatte ihn sicherlich schon vergessen.

Gut so.

Hinter der nächsten Straßenecke verborgen, richtete Mikael sich auf eine längere Wartezeit ein.

*

Marius Belgern gab sich gefasst, doch unter der Oberfläche lauerte ein Abgrund, in den er jeden Moment stürzen konnte. Bert bemerkte das leichte Zittern der Hände, den Blick, der sich immer wieder in der Ferne verlor, obwohl sie im Wohnzimmer saßen, von Wänden umschlossen.

»Wir stören Sie in Ihrer Trauer«, sagte Bert. »Das tut mir leid. Aber wir wollen denjenigen finden, der für den Tod Ihrer Lebensgefährtin verantwortlich ist.«

Oder diejenige, dachte er, sprach es jedoch nicht aus.

Es gab nicht die eine, die einzig richtige Art, jemanden vom gewaltsamen Tod eines geliebten Menschen in Kenntnis zu setzen. Es gab hingegen unzählige Wörter und Wendungen, die unangebracht waren, um die man einen weiten Bogen machen, die man auf keinen Fall aussprechen durfte.

Mord, *Mörder* und *Blut* gehörten ebenso zu diesen Wörtern wie *grausam*, *umbringen* oder *ermorden*.

Ich könnte ein Lexikon der verbotenen Wörter füllen, dachte Bert. Das Spektrum seiner Sprache verengte sich immer mehr, während das seiner Gefühle sich auf eine nahezu unerträgliche Art und Weise erweiterte.

Es fiel ihm schwer, dem Lebensgefährten der toten Mariella mit Fragen zuzusetzen, wo doch alles in ihm den Wunsch hatte, ihn in Ruhe zu lassen.

Der Mann hatte noch gar nicht richtig begriffen, dass die Frau, die er liebte, tot war. Er hatte erst recht noch nicht realisiert, dass man sie getötet hatte. Noch schützte ihn der Schock, und Bert wusste, dass Tage, sogar Wochen vergehen konnten, bis die schreckliche Wahrheit vollständig zu ihm vordrang.

Auch Rick war unbehaglich zumute. Er saß auf der Kante des grauen Ledersessels, dessen abgeschabte Armlehnen von langem, intensivem Gebrauch zeugten, sein Handy, das er auf stumm geschaltet hatte, in der Hand.

Seine Miene zeigte deutlich, wie schwer es ihm fiel, hier zu sein, in einer kleinen, heiter eingerichteten Wohnung, die sich von Augenblick zu Augenblick mehr in einen Ort des Entsetzens verwandelte.

»Sind Sie sicher, dass es niemanden gibt, der … Probleme mit Ihrer Partnerin hatte?«, fragte Bert.

Marius Belgern hob den Kopf. Seine Augen waren rot gerändert, wie entzündet. Bert wusste, dass das von Tränen kam, die vergossen werden wollten, und er wünschte, er könnte dem Mann helfen, die Wahrheit anzunehmen, auch wenn sie endlose Qual bedeutete und ein Leben lang nicht wirklich verwunden werden konnte.

»Ich weiß es nicht. Wir sind noch nicht so lange zusammen. Wir …« Er wandte den Blick ab, um sich wieder zu fangen. »Wir haben jede freie Minute miteinander verbracht. Da war nicht viel Platz für andere.«

Marius, dachte Bert. Mariella.

Schon die Namen waren eine Einheit.

»Familie », versuchte er vorsichtig weiterzuhelfen. »Freunde, Arbeitskolleginnen.«

Der Mann nickte zu den Worten, als überprüfe er jedes einzelne. Doch dann hob er die Schultern und ließ sie müde wieder fallen. Wahrscheinlich hatte er seit zwei Tagen nicht mehr geschlafen.

Seit dem Moment, in dem sein Leben in Trümmer gefallen war.

»Sie hat Ihnen nichts von einer Auseinandersetzung erzählt oder von Missstimmigkeiten?«

Bert hatte den Eindruck, dass es dem Mann kaum noch gelang, sich halbwegs aufrecht zu halten. Er merkte, dass sie hier nicht weiterkamen. Sie würden sich an die Verwandten Mariella Hohkamps wenden müssen.

»Sie war schwanger«, flüsterte Marius Belgern plötzlich. »Auch unser Kind ist getötet worden.«

Als wäre das erst jetzt in sein Bewusstsein gelangt, beugte er sich auf dem Sofa vor, stützte den Kopf in die Hände und wiegte sich langsam vor und zurück.

Rick deutete mit einem knappen Kopfschütteln an, dass sie hier nichts erfahren würden, das ihnen weiterhelfen konnte.

Sie standen auf.

»Wir lassen Sie jetzt allein«, sagte Bert. »Wenn Sie mit uns sprechen wollen – ich habe Ihnen meine Karte auf den Tisch gelegt.«

Marius Belgern reagierte nicht. Mit seinem Schaukeln war er zu einem kleinen Jungen geworden, der sich in sich selbst zurückgezogen hatte. Dorthin, wo ihm niemand mehr wehtun konnte.

*

Die kurzen Interviews hatten Romy Vergnügen bereitet. Es war schön zu sehen, wie die Arbeit sich über den Schreibtischrand hinauswagte und ihre Tentakel in das wahre Leben da draußen ausstreckte.

Die Leute waren bei Weitem nicht einer Meinung. Jüngeren Männern war die Einrichtung Frauenhaus eher ein Begriff als älteren. Manche Männer fanden es wichtig, dass es einen Zufluchtsort für misshandelte Frauen gab, während etliche andere die Frauenhäuser nicht nur für überflüssig, sondern sogar für gefährlich hielten.

»Sie zerstören die Familie und die Ordnung in der Gesellschaft«, sagte einer.

Ältere Frauen begrüßten die Existenz von Frauenhäusern und wünschten sich, dass es mehr davon gäbe. Für junge Frauen waren Frauenhäuser ein absolut vertrautes Phänomen, über das sie wenige Gedanken verloren.

Kaum eine Frau aber konnte sich vorstellen, bei Problemen mit dem Partner in ein Frauenhaus zu flüchten.

Während Romy bei einem Cappuccino und einer Flasche Wasser in einem kleinen türkischen Straßencafé saß und die ersten Aufnahmen abhörte, machte sie sich Notizen in ihrem Schmuddelbuch.

Die Ergebnisse der Befragungen interessierten sie nicht aus statistischen Gründen. Es war ihr wichtig gewesen, herauszufinden, wie weit Frauenhäuser sich in der Wahrnehmung der Bevölkerung verankert hatten.

Natürlich antworteten Menschen, wenn man ihnen ein Mikro oder ein Diktiergerät vor den Mund hielt, in der Regel politisch korrekt. Sie wussten, was man von ihnen hören wollte und welche Ansichten sich nicht gut machten.

Dennoch hatte Romy auch Antworten bekommen, die aus dem Raster gefallen waren.

»Die Schlampen haben es doch nicht anders verdient.«

»Wenn eine Frau nicht spurt, kriegt sie halt auf die Fresse.«

»Für was sollen unsere Steuergelder denn noch verschwendet werden?«

»Frauen, die sich schlagen lassen, haben selber Schuld.«

»Und in China ist ein Sack Reis umgefallen ...«

Allmählich hatte Romy das Grundgerüst für ihren Artikel zusammen. Nachdem Fleurs dramatische Geschichte jedoch immer weiter Gestalt annahm, überlegte sie, den gesamten Artikel daran aufzuhängen und eine kleine Serie daraus zu machen. Sie hatte noch nicht mit Greg darüber gesprochen, war sich aber ziemlich sicher, dass er ihr grünes Licht geben würde.

Die Vorfreude elektrisierte sie und noch im Straßencafé fing sie an zu schreiben.

Über die Struktur der Serie war sie sich schon im Klaren. Sie würde über die Geschichte der Frauenhäuser schreiben, über ihren Aufbau und ihre Aufgaben, würde die Akzeptanz in der Gesellschaft thematisieren und kurze Porträts betroffener Frauen entwerfen.

Fleurs Geschichte sollte der Mittelpunkt werden und die Leser mitten ins Herz treffen.

Mitten ins Herz, schrieb Romy, lehnte sich auf ihrem Stuhl zurück und betrachtete die Worte kritisch.

Da hatte sie ihren Aufhänger.

Mitten ins Herz.

Das traf auf jeden einzelnen Aspekt der Serie zu. Auf das, was die betroffenen Frauen erlebt hatten und erlebten. Auf die Gefühle der Kinder, die ihr Zuhause und ihren Vater verloren hatten. Auf das, was die Mitarbeiterinnen täglich hautnah mitbekamen. Auf die Reaktionen beliebiger Passanten, wenn sie von den Gräueltaten erfuhren, die die Frauen ins Frauenhaus getrieben hatten.

Mitten ins Herz.

Romy hätte die Liste endlos fortsetzen können. Bis hin zu den betroffenen Männern und ihren Empfindungen.

Als sie wieder vom Laptop aufsah, hatte sie mehrere Seiten mit ihren Gedanken gefüllt.

Mitten ins Herz.

Das war der Grund dafür, dass Romy schreiben wollte. Nur das. Sie wollte mitten ins Herz der Leser treffen.

*

Ingo wusste, dass sich Neuigkeiten in der Szene schnell herumsprachen, und als Journalist, der in seinem früheren Leben eine Zeitlang für die Klatschpresse gearbeitet hatte, begrüßte er diese Tatsache mehr, als er sie verurteilte.

Romy und sich selbst allerdings im Zentrum der Tratscherei zu sehen, behagte ihm nicht.

Er war immer ganz gut damit klargekommen, dass die Leute über ihn redeten. Aber Romy? Sie gab sich tough und abgebrüht, war in Wirklichkeit jedoch das exakte Gegenteil. Sie war noch nicht lange im Geschäft, hatte noch keine wirksamen Abwehrmechanismen aufgebaut.

Das machte sie wehrlos und verletzlich.

Bislang hatte Ingo seinen Eltern nichts von seiner Liebe zu ihr erzählt. Lediglich seinen Freunden (von denen er nicht allzu viele besaß) hatte er sich anvertraut.

Mit dem orkanähnlichen Gegenwind hatte er nicht gerechnet.

Der Altersunterschied von dreizehn Jahren mochte sich mit der Zeit verlieren, aber am Anfang war er wesentlich. Auch wenn Ingo ihn nicht *empfand.*

Romy war achtzehn, er einunddreißig.

Als Romy geboren wurde, war er dreizehn Jahre alt gewesen, mitten in der Pubertät, zum ersten Mal verliebt in ein pummeliges Mädchen aus der Parallelklasse. Jeder rechnete ihm die Unmöglichkeit ihrer Verbindung auf ähnliche Weise vor.

Das änderte nichts an der absoluten Sicherheit, mit der

Ingo wusste, dass sie zusammengehörten. Sie waren zu unterschiedlich, um nicht ein Leben lang spannend füreinander sein zu können. Und doch waren sie sich auf eine undefinierbare Art und Weise ähnlich.

Ihre Seelen kannten einander.

Niemals hätte Ingo das ausgesprochen. Er wagte ja kaum, daran zu glauben. Nur trug er die unzerstörbare Gewissheit in sich, dass er sein Leben lang auf Romy gewartet hatte.

Und nun war sie wieder im Begriff, sich in eine ihrer selbstmörderischen Aktionen zu stürzen.

Ihm war klar, dass er gegen das Bedürfnis, sie in Watte zu packen, ankämpfen musste. Er konnte sie nicht Tag und Nacht im Auge behalten, damit ihr nichts zustieß.

Liebe bedeutet Loslassen.

Ingo war auf dem Rückweg von einem Interview mit Ingvar Ingvarsson, einem bislang noch weitgehend unbekannten Musiker, der kurz davor stand, eine steile Karriere hinzulegen. Er hatte die ersten bedeutenden Preise eingeheimst, die ersten spektakulären Konzerte gegeben, noch in relativ kleinem Rahmen, doch das würde sich schlagartig ändern.

In Köln trat er in einer Reihe von Jazzclubs auf und wurde frenetisch gefeiert.

Liebe ist der Motor für alles.

Ingvar Ingvarsson hatte Dutzende solcher Sprüche drauf. Immerhin handelten sämtliche Songs, die er geschrieben und komponiert hatte, von der Liebe.

Liebe und Hass sind zwei Seiten einer Münze.

Ingo hatte genügend Informationen für ein Porträt im Magazin seiner Zeitung zusammen. Es war zu einfach gewesen. Er sehnte sich nach Herausforderungen, spürte, dass er an der Schwelle zu etwas Neuem stand, ohne es schon erkennen zu können.

Es gab kaum ein Thema, über das er nicht bereits geschrieben hätte. Alles begann sich zu wiederholen. Da tat es ihm gut, Romys Begeisterung zu sehen, das Leuchten in ihren Augen, wenn sie von ihren Recherchen sprach oder das Loblied ihres Chefs sang.

Ingo mochte Gregory Chaucer, obwohl er wusste, dass das nicht auf Gegenseitigkeit beruhte. Greg warf ihm vor, dass er sich nie für einen Weg entschieden habe, *über alles und jeden* schreibe und *keine Linie erkennen* lasse.

Und der Mann hatte recht.

Doch dann war Romy gekommen und hatte Ingos Leben umgekrempelt, seine Wohnung, sein Herz und seine Gedanken. Sie hatte etwas in ihm entdeckt, von dessen Existenz er nichts geahnt hatte, an das er nicht einmal glaubte: etwas wie eine bessere Version seiner selbst.

Sie hatte seine Rastlosigkeit beendet.

Endlich war er im Begriff, irgendwo anzukommen.

Vielleicht bei sich selbst.

Du lebst die Tage wie ganze Leben,
rüttelst an den Fensterläden der Nacht,
flüsterst mir Geschichten ins Ohr,
waghalsige Träume für dich und mich und jeden,
der Liebe wagt.

Der neue Song von Ingvar Ingvarsson. Früher hätte Ingo ihn gehört und vergessen. Jetzt berührte und verstörte er ihn.

Die Gedanken an Romy begleiteten ihn überallhin, seine Gefühle schlugen Kapriolen. Sein Herz flatterte wie ein gefangener Vogel. Dann wieder quoll es über vor Glück. Und manchmal durchfuhr ihn heiß ein Erschrecken bei der Vorstellung, Romy womöglich wieder zu verlieren.

Er stellte seinen Wagen auf dem Parkplatz des Pressehauses ab und ging zu Fuß zum *Alibi.* Früher hatte es ihn vor allem wegen Romy dorthin gezogen. Jetzt hätte er es am liebsten gemieden.

Er hasste es, Cal dort zu begegnen, denn der hatte mit seiner Liebe zu Romy längst noch nicht abgeschlossen.

Ein guter Grund für Ingo, das *Alibi* ganz bewusst aufzusuchen. Nur so konnte er Stärke demonstrieren und Cal signalisieren, dass mit ihm zu rechnen war und er das Feld nicht räumen würde.

Als er sah, dass Cal heute keinen Dienst hatte, entspannte er sich.

Vielleicht sollte er sich ein anderes Bistro suchen, ein anderes Café. Eines, in dem er nicht ständig Kollegen begegnen würde. Das *Alibi* war im Laufe der Jahre zu einem angesagten Journalistentreff geworden, in dem getratscht, diskutiert und gefachsimpelt wurde, als säße man an seinem Schreibtisch in der Redaktion.

Doch es war der Ort, an dem er Romy hatte nah sein können.

Lange vor ihrer gemeinsamen Zeit.

»Hi, Ingo«, begrüßte ihn ein Kollege von der Konkurrenz. »Neuerdings intensive Beziehungen zum *KölnJournal?«*

Da sämtliche Stühle am Tisch der Kollegen besetzt waren, hatte Ingo einen guten Grund, sich am Nebentisch niederzulassen.

»Ist die Kleine denn schon volljährig?«, feixte ein anderer.

Noch vor wenigen Wochen hätte Ingo sich die Typen vorgenommen und zur Schnecke gemacht. Irgendwie rechneten sie anscheinend auch damit, denn sie starrten ihn erwartungsvoll an, ein fast lüsternes Glitzern in den Augen.

Doch er tat ihnen den Gefallen nicht. Vertiefte sich angelegentlich in die Lektüre der Speisekarte. Schwieg.

Die Stimmung am Nebentisch veränderte sich spürbar. Einer räusperte sich, ein anderer stand auf und ging zur Toilette, ein dritter fragte leise: »Worüber haben wir gerade eben gesprochen?«, worauf alle gleichzeitig zu reden begannen.

Das würde ab jetzt oft so sein.

Okay, dachte Ingo und merkte, wie sich ganz behutsam Gelassenheit in ihm ausbreitete. Das sitzen wir locker aus, Romy. Ich helf dir dabei. Wir haben alle Zeit der Welt.

17

Schmuddelbuch, Freitag, 6. Mai, sechzehn Uhr

Meine Serie ist abgesegnet! Greg kann ganz schön sauer reagieren, wenn ihm etwas nicht passt, aber meistens lässt er mich machen, und das ist alles, was ich will.

Fleur ging zum wiederholten Mal durch jeden Raum und machte sich Romys Wohnung zu eigen. Es war wie die Erfahrung einer anderen Dimension.

Immer hatte sie in geschlossenen Räumen das Gefühl gehabt, die Wände rückten ihr auf den Leib. Es hatte Augenblicke gegeben, in denen sie keine Luft bekommen hatte und die Panik über ihr zusammengeschlagen war wie ein Tsunami. Es hatte sie umhergewirbelt und das Unterste zuoberst gekehrt.

Sie war sogar ohnmächtig geworden.

Immer nur für ein paar Sekunden, aber es hatte sich angefühlt, als hätte jemand mit einem großen Messer Löcher in ihre Tage gerissen. Sie hatten sich nie wieder geschlossen.

So ähnlich, dachte Fleur, müssen sich Demenzkranke fühlen. Ohne Vorwarnung versinken sie in einen Zustand des Vergessens und der Hilflosigkeit und stolpern orientierungslos durch die Stunden, Tage, Wochen und Monate.

Ihre eigene verlorene Zeit war im Vergleich dazu ein Klacks. Kaum der Rede wert. Dennoch verdrängte sie die Gedanken daran, so gut sie konnte. Sie war so lange Spielball des Mannes gewesen, den sie geliebt hatte, dass es für sie der Horror war, die Kontrolle zu verlieren.

Romys Wohnung verursachte keine Panik bei ihr und das wunderte sie.

Die Dachschrägen, die jedem Zimmer doch Platz raubten, strahlten Behaglichkeit aus. Die einfachen Möbel waren hell und freundlich. An den Wänden hingen Drucke moderner Künstler.

Überall lagen Sachen herum. Bücher. Ein Stapel Briefe. Über einem Sessel hing ein buntes Halstuch. Neben dem Sofa standen Sneakers, als wäre Romy gerade erst herausgeschlüpft. Ein alter, abgegriffener Teddybär kuschelte sich im Schlafzimmer auf dem Nachttischchen zwischen Lampe, Wecker und Bettlektüre (*Geschichte der Türen*).

Ein Foto auf der Kommode im Flur zeigte Romy mit einem sympathisch wirkenden Typen, der aussah wie ihr Ebenbild. Wahrscheinlich ihr Zwillingsbruder, von dem sie Fleur schon erzählt hatte.

Auf einem anderen Foto saßen beide mit einem älteren Paar (den Eltern wahrscheinlich, denn auch hier war die Ähnlichkeit unverkennbar) im sonnigen, schattengefleckten Garten einer Finca und alle lachten glücklich in die Kamera.

Ab und zu hörte man Geräusche im ansonsten stillen Treppenhaus oder auf der Straße. Und die ganze Zeit über gurrten vorm Küchenfenster die Tauben, die sich von den Fremden in Romys Wohnung nicht verscheuchen ließen.

Auch Amal schien sich wohlzufühlen. Fleur hatte ihr das Bett angeboten.

»Ich kann aber auch gerne das Sofa nehmen«, hatte Amal gesagt.

»Nicht nötig«, hatte Fleur geantwortet. »Ich schlafe auf dem Boden im Wohnzimmer.«

»Auf dem Boden?«

»Es fällt mir immer noch schwer, die Nacht auf Matratzen oder Polstern zu verbringen«, hatte Fleur lächelnd erwidert.

Der alte Schlafsack, der auf dem Sofa bereitlag, roch ein bisschen nach Wald und ein bisschen nach Hund, doch das störte sie nicht. Sie war an ganz andere Schlafgelegenheiten gewöhnt. Hauptsache, es war trocken und warm.

Und sicher.

Aber war es das?

Fleur betrachtete Amal, die auf dem Bett lag, die Augen geschlossen, als schlafe sie. Sie tat das oft, kroch in sich hinein und machte all die Dinge mit sich allein ab, bei denen ihr niemand helfen konnte. Fleur hatte sich angewöhnt, sie dann in Ruhe zu lassen, bis sie von selbst wieder auftauchte und langsam zu sich kam.

Still wanderte sie weiter durch die Räume, warf einen Blick aus jedem der Fenster und merkte auf einmal, dass das hier nichts anderes als ein Kontrollgang war. Sie schaute nicht beiläufig aus den Fenstern, sondern prägte sich den Blick genau ein.

Sicherheit und Behaglichkeit waren eine Illusion.

Das hatte Mikael ihr immer wieder gezeigt.

Und obwohl es in der Wohnung angenehm warm war, begann sie zu frösteln.

*

Mikael empfand seine Ohnmacht so deutlich, dass er hätte schreien mögen vor Wut. Wieder einmal fragte er sich, warum er sich nicht einfach mit Gewalt nahm, was er wollte.

Weil Gewalt ihm hier nichts helfen würde.

Er musste sich das immer wieder einhämmern. Das Frauenhaus war gesichert. Er brauchte erst gar nicht zu versuchen, Bea da rauszuholen.

Romy allerdings lief frei und unbewacht herum. Er konnte sie überwältigen und Bea so zwingen, ihre Deckung zu verlassen.

Beschränkt, wie seine Kleine manchmal war, würde sie alles tun, um ihrer neuen Freundin zu Hilfe zu eilen. Sie würde niemals akzeptieren, dass jemandem ihretwegen Schaden zugefügt wurde.

Aber hier, mitten in Köln, wo Romy es sich in dem türkischen Straßencafé gemütlich gemacht hatte und nicht daran zu denken schien, bald wieder aufzubrechen, waren ihm die Hände gebunden.

Mikael hatte zunächst in einiger Entfernung Position bezogen, weil er befürchtete, sie würde ihn wiedererkennen. Doch als sich abzeichnete, dass sie hier Wurzeln schlagen würde, hatte er es sich anders überlegt und sich an einen Tisch gesetzt, der weit genug von ihr entfernt war.

Wie das Klischee eines Privatdetektivs verbarg er sich hinter den großen Gläsern seiner Sonnenbrille und hinter dem *Express*, den er sich unterwegs gekauft hatte.

Romy schien sich für ihre Umgebung allerdings gar nicht zu interessieren. Sie war so sehr mit ihrem Aufnahmegerät und ihrem Laptop beschäftigt, dass sie nicht einmal darauf reagierte, als jemand im Vorbeigehen ihren Stuhl anrempelte.

Mikael hatte sein Bitter Lemon sofort bezahlt, um jederzeit aufbrechen zu können. Er wollte versuchen, herauszufinden, wo Romy wohnte, und konnte nur hoffen, dass sie nicht mit dem Auto unterwegs war. Seine Recherche stand auf tönernen Füßen, das war ihm klar, aber er hatte nicht eben eine reiche Auswahl an Möglichkeiten.

Wenn es ihm gelang, in Romys Wohnung einzudringen, hatte er sie in der Hand. Da war sie ihm komplett ausgeliefert. Und falls sie mit jemandem zusammenlebte, wäre das auch kein Problem.

Mikael war bereit, alles zu tun, *alles*, um Bea zurückzuholen.

*

Bert saß am Schreibtisch und betrachtete seine Pinnwand. Er hatte ein Foto von Mariella Hohkamp angeheftet, Aufnahmen vom Tatort und eine Straßenkarte von Köln, auf der er den Tatort markiert hatte.

Das Lachen der jungen Frau, das direkt an ihn gerichtet zu sein schien, versetzte ihm einen Stich. Es war so offen so fröhlich und so voller Leben, dass man beinah vergessen konnte, in die Augen einer Frau zu blicken, deren Leben brutal ausgelöscht worden war.

Ich werde deinen Mörder finden, versprach er ihr stumm.

Er hatte dieses Versprechen schon so oft gegeben, und er hatte es immer gehalten. Egal wie lange sich die Ermittlungen hingezogen haben mochten – am Ende hatten sie den Täter gefasst.

War das nicht Grund genug, weiterhin in seinem Job zu bleiben? Wog das nicht alles andere auf?

Die Belastungen?

Die stetige Konfrontation mit Tod und Gewalt?

Wann war er zu dünnhäutig geworden, um mit dem Schicksal eines Mordopfers professionell umzugehen? Wieso warf er beim Anblick eines Toten alles über Bord, was er sich in den Jahren bei der Kriminalpolizei angeeignet hatte? Er hatte doch gelernt, sich zu distanzieren. Die Dinge nicht zu nah an sich heranzulassen.

Alle Vorsichtsmaßnahmen hatten ihm nichts genützt.

Er war verletzlich geworden. So sehr, dass er vielleicht Fehler machen würde, die er sich nie verzeihen könnte.

Der Aufenthalt im Kloster hatte ihm die Augen öffnen sollen. Er hatte auf Antworten gehofft. In Wirklichkeit jedoch hatten ihn die Tage bei den Benediktinermönchen vor neue Fragen gestellt.

Grübelnd saß er vor seiner Pinnwand und rekapitulierte die vielen Befragungen, die sie durchgeführt hatten. Im sozialen Umfeld der Toten hatte sich kein konkreter Verdacht ergeben. Sie gingen deshalb zunächst einmal davon aus, dass der Täter aus einer anderen Ecke kam.

Mariella Hohkamp war mit höchster Wahrscheinlichkeit ein Zufallsopfer gewesen. Hatte sie etwas beobachtet, das sie nicht hätte beobachten dürfen? Hatte sie den Täter bei irgendetwas gestört?

Ihr Handy war wie vom Erdboden verschluckt, dabei war die junge Frau mit ihm förmlich *verwachsen* gewesen, wie ihre Kolleginnen und der Lebensgefährte einhellig betont hatten.

Seltsam.

»Ich frag mich die ganze Zeit, wo das verdammte Handy der Toten abgeblieben ist«, sagte Rick, der ein Tablett mit zwei Croissants und zwei Bechern Kaffee in Berts Büro balancierte und die Tür mit dem Knie wieder zudrückte.

Es war beinah unheimlich, wie oft sie denselben Gedanken hatten.

»Hab ich mir auch gerade überlegt.«

Bert griff dankbar zu. Ein kleiner Imbiss am Nachmittag half ihm oft, die grauen Zellen wieder in Schwung zu bringen.

»Vielleicht hat sie einen der Männer da draußen vorm Haus erkannt und wollte die Frauen warnen«, überlegte Rick und zerzupfte den weichen Blätterteig mit fettglänzenden Fingern. »Möglicherweise hat sie ihn sogar fotografiert.«

Bert stöhnte leise auf. Die Vorstellung, dass Mariella Hohkamp ihren Täter fotografiert haben könnte und sie nicht in der Lage waren, die Aufnahmen zu sehen, war unerträglich.

»Wenn das so war, dann hat der Täter das belastende Handy so schnell wie möglich entsorgt«, sagte er. »Und zwar gründlich.«

Rick hob die Schultern und biss von seinem Croissant ab. Teigschuppen rieselten ihm auf den Schoß. Er fegte sie mit den Fingern von der Hose.

Was für eine Sauerei, dachte Bert, als er einen Blick auf den Boden warf, und ihm wurde klar, dass er damit nicht nur die Krümel auf dem Linoleum meinte. Ihr einziges Beweisstück war verschwunden und sie standen vor einer gigantischen Zahl möglicher Spuren.

»Fahren wir los«, sagte er, trank seinen Kaffee aus, säuberte sich ebenfalls die Hose und stellte das Tablett mit dem Geschirr auf dem Besuchertisch ab. Vielleicht schaffte er es später noch, es in die Kantine zurückzubringen, ansonsten würde er das der Putzkolonne überlassen.

Sie würden den ersten der Männer befragen, die auf ihrer Liste standen. Einen Mann, der seine Frau gedemütigt, geschlagen und beherrscht hatte. Dem man nichts hatte nachweisen können, weil er immer darauf geachtet hatte, keine sichtbaren Verletzungen zu hinterlassen.

Ihm wurde jetzt schon schlecht, wenn er sich das Gespräch vorstellte.

*

In der Redaktionskonferenz war Romy nicht bei der Sache. Greg riss sie mehrmals aus ihren Gedanken, indem er sie etwas fragte. Aber er stellte sie nicht bloß, ging mit einem Lächeln über ihre geistige Abwesenheit hinweg.

Romy wollte nur zwei Dinge: Ingo wiedersehen und schreiben.

Das Besondere an Ingo war, dass sich beides nicht ausschloss. Er erwartete nicht, dass sie sich ständig in seinem Dunstkreis aufhielt. Trotzdem waren sie einander nah. Selbst jetzt spürte sie seine Gegenwart, obwohl er in diesem Augenblick ein paar Blocks weiter in einer anderen Konferenz saß, mit anderen Themen beschäftigt war.

Ingo war Journalist mit Leib und Seele. Das gehörte zu ihm wie sein strahlendes Lächeln, wenn er sie am Abend erblickte, und wie die Großzügigkeit, mit der er alles, selbst seine Wohnung mit ihr teilte.

Er hatte den Blick, den gute Journalisten haben. Diesen Blick, der unter der Oberfläche der Dinge die Geschichten findet. Er besaß die Kreativität, die man braucht, um diese versteckten Geschichten zu bergen und zu erzählen.

Und die Begabung, es so zu tun, dass es den Leser fesselte.

Einige warfen ihm vor, eine Zeitlang als Klatschreporter gearbeitet zu haben. Auch Romy hatte früher über diesen Teil seiner Biografie die Nase gerümpft. Doch mittlerweile hatte sie begriffen, dass die Suche nach dem richtigen Weg über verschlungene und verästelte Pfade führen konnte.

Seine jüngsten Arbeiten hatten einen anderen Ton. Die Kälte, die Romy häufig zwischen den Zeilen gespürt hatte, war verschwunden und hatte einer Art Empathie Platz gemacht. Das verlieh Ingos Artikeln eine neue Qualität.

Überhaupt entdeckte Romy ständig neue Seiten an ihm. Wie hatte sie nur so blind durchs Leben stiefeln und dem ersten Anschein vertrauen können?

Ingo war da, wenn sie ihn brauchte. Er hatte zu ihr gestanden, als kein anderer dazu bereit gewesen war.

Und er begehrte sie.

Nachdem Cal sie belogen und betrogen hatte, war sie davon überzeugt gewesen, keinem Mann mehr vertrauen zu können. Nachdem er den Reizen eines so verführerischen Mädchens wie Lusina erlegen war, hatte sie sich nicht vorstellen können, jemals wieder einem Mann zu glauben, dass er verrückt nach ihr war.

Doch genau das war Ingo. Verrückt nach ihr.

Und sie war verrückt nach ihm.

Die Liebe geht seltsame Wege, klang es in ihrem Kopf. *Die Liebe … die Liebe …*

Vielleicht war es eine Strafaktion, dass Greg Romy nach der Konferenz noch bat, ihm ein paar Informationen für einen Artikel herauszusuchen, den er schreiben wollte. Es bedeutete, dass sie länger bleiben musste.

Viele hatten sich bereits ins Wochenende verabschiedet, doch sie harrte eisern vor ihrem PC aus und sammelte Fakten zu einem der kleineren lokalen Skandale, von denen Köln immer mal wieder erschüttert wurde.

Greg hatte Besuch in seinem Büro. Sie hörte ihn lachen und war zum ersten Mal wütend auf ihn, weil er sie von Ingo fernhielt und ihr auch noch seine gute Laune unter die Nase rieb.

Fahr zur Hölle, dachte sie und versuchte, sich zu beeilen.

*

»Pepe! Hiiierher!«

Erst beim Klang ihrer Stimme wurde Rose Fiedler die Stille bewusst.

»Pepe! Verdammt!«

Eine kleine Weile hörte sie ihren Hund noch hecheln, hörte ein Rascheln im Gebüsch und ein kurzes, aufgeregtes Bellen, dann war Pepe verschwunden und sie stand da mit der Leine, die nutzlos an ihrer Hand baumelte.

Wieso musste sie sich auch immer wieder erweichen lassen? Sie wusste doch, dass dem Hund nicht zu trauen war, dass er jede Gelegenheit nutzte, um Kaninchen oder Katzen hinterherzujagen oder auch nur seinem eigenen Schatten. Da konnte sie sich die Seele aus dem Leib brüllen. Er hörte sie nicht.

Hätte sie ihn nur besser beobachtet, dann hätte sie das Glitzern in seinen Augen gesehen und gewusst, dass er jeden Moment Witterung aufnehmen würde.

Doch das hatte sie nicht getan. Sie war in Gedanken noch einmal den Tag durchgegangen, hatte sich an Gespräche erinnert und an die zähe Traurigkeit, die allen Menschen angehaftet hatte, denen sie heute begegnet war, und sämtlichen Gegenständen.

Selbst das Tageslicht hatte gedämpft gewirkt, als hätte ein Gewitter bevorgestanden.

Ihre Beine waren schwer gewesen wie in einem dieser Träume, in denen sie vor irgendwas oder irgendwem wegzulaufen versuchte und bei jedem Schritt am Boden kleben blieb. Als watete sie durch Honig.

Noch einmal rief sie nach dem Hund.

Lauschte.

Die Dämmerung hatte sich über die Stadt gesenkt. Bald würde es stockfinster sein. Und sie stand hier allein in der Gegend herum. Nicht, dass sie glaubte, Pepe könne sie im Ernstfall beschützen. Erst recht nicht vor dem Täter, der Mariella umgebracht hatte. Aber irgendwie fühlte sie sich dennoch sicherer mit ihm.

Komisch, dass niemand außer ihr auf der Straße war. Sonst traf sie doch immer den einen oder anderen Jogger oder Hundebesitzer. Wo steckten sie denn alle?

Es knackte in einem der Büsche, die den Weg in den Park säumten, und ihr wurde bewusst, dass sie voll ausgeleuchtet unter einer Laterne in der schnell fallenden Dunkelheit stand.

Rasch trat sie ein paar Schritte beiseite.

Seit es passiert war, grübelte sie darüber nach, wer Mariella getötet haben konnte. Es war schwierig, weil sie keinen der Männer, vor denen die Frauen sich in Sicherheit gebracht hatten, persönlich kannte. Sie kannte sie nur aus den Erzählungen der Frauen.

War es der brutalste unter ihnen? Der sadistischste? Der lauteste? Oder der ruhigste? Hatte es Anzeichen gegeben, dass einer von ihnen herkommen und seiner Frau auflauern würde?

Hatte eine der Frauen Kontakt zu ihrem Mann aufgenommen?

Nach einer Weile räumlichen und zeitlichen Abstands verblassten die Qualen, die sie ausgestanden hatten. Sie konnten sich eine Versöhnung vorstellen und einen Neuanfang. Hatte nicht jeder Mensch eine zweite Chance verdient?

Nur dass diese Männer bereits Dutzende Chancen bekommen hatten.

Sich nicht ändern würden.

Nicht ändern *konnten.*

Vielleicht half ihnen eine Therapie. Vielleicht auch nicht.

Es gab keine Garantie.

Rose mochte gar nicht darüber nachdenken, doch das war nötig. Wenn jemand der Polizei einen nützlichen Hinweis geben konnte, dann eine der Frauen oder eine der Mitarbeiterinnen der Frauenhäuser. Sie führten schließlich so viele intensive Gespräche mit den Frauen.

Womöglich war in einem dieser Gespräche eine Bemerkung gefallen, die auf Mariellas Mörder hindeutete.

Ein Knistern ließ sie zusammenzucken. Im nächsten Moment tauchte Pepe neben ihr auf, trockene Blätter im zerzausten Fell, die Augen glänzend vom Jagdfieber. Er ließ sich bereitwillig an die Leine nehmen und trottete vor ihr her, ausgepowert und glücklich.

Rose beneidete ihn ein wenig um sein einfaches Hundeleben. Doch dann machte sie sich wieder klar, dass sie genau das tat, was sie tun wollte – sie setzte sich für gefährdete Frauen ein.

Damit akzeptierte sie von vornherein, dass ihr Alltag nicht in einem gleichförmigen Trott verlief. Höhen und Tiefen gehörten ebenso dazu wie schlaflose Nächte und Zeiten quälender Selbstzweifel.

»Komm, Pepe«, sagte sie. »Gehen wir nach Hause.«

Nach Hause.

Wie gut, dass es für sie ein richtiges Zuhause gab. Das war wahrhaftig nicht selbstverständlich.

*

Bert hatte es sich im Wohnzimmer seiner Wohnung bequem gemacht, die er noch immer nur widerstrebend als solche bezeichnete. Er hatte niemals vorgehabt, sich auf Dauer hier einzurichten. Seit der Trennung von seiner Frau hatte er mehr schlecht als recht zwischen nackten Wänden und einem Rest noch nicht ausgepackter Kisten gehaust.

Seine Kinder hatten sich bei ihm nicht wohlgefühlt. Wenn sie ihn am Wochenende besucht hatten, was Margot glücklicherweise nicht hintertrieb, hatten sie ihn jedes Mal zu irgendwelchen Unternehmungen gedrängt, nur um nicht in der Wohnung zu hocken.

Und dann hatten sie ihn dazu überredet, ein Möbelhaus zu besuchen, das gerade in Pulheim eröffnet worden war.

Bert hatte sich vorgenommen, ihnen eine Kleinigkeit zu kaufen und sie dann in der Cafeteria zu einem Kakao und einem Stück Kuchen einzuladen. Mehr nicht. Er konnte Möbelhäusern nicht viel abgewinnen.

Zurückgekommen waren sie mit bunten Kissen und Decken, einem neuen Kaffeeservice, einer verrückten Lampe und einem gelben Teppich, der strahlte wie die Sonne selbst.

Lächelnd sah er sich um. Die kleinen Veränderungen hatten tatsächlich etwas bewirkt.

Doch das reichte nicht aus.

Er musste sein Eremitendasein beenden.

Würden die Kollegen von der Spurensicherung sich hier umsehen, würden sie, außer seinen eigenen, nur die Fingerabdrücke von Rick und den Kindern finden.

Es war an der Zeit, etwas zu ändern. Sich das Leben zurückzuerobern.

Sein eigenes Leben.

Wie immer es auch aussehen mochte.

Draußen stand die abendliche Dunkelheit, aufgebrochen vom Licht in den Fenstern der gegenüberliegenden Häuser. Bert goss Rotwein in sein Glas und nahm den ersten Schluck.

Sie hatten Arnd Käufer in seinem Haus in Bad Münstereifel angetroffen, und er hatte sie widerwillig ins Wohnzimmer geführt, in dem das Chaos eines verlassenen Mannes herrschte.

Zeitungen türmten sich auf dem Boden. Ein Haufen zerknautschter Wäschestücke wartete in einem der Sessel darauf, zusammengelegt zu werden. Das Geschirr vom Abendessen stand noch auf dem Tisch.

Bert und Rick hatten sich vorgestellt und beobachtet, wie das Gesicht des Mannes sich verdunkelte.

»Also befindet sich meine Frau in Köln?«

Bert hatte mit Rose Fiedler darüber gesprochen, wie man bei den Ermittlungen die Anonymität der Frauen bewahren konnte. Sie hatten keine Lösung gefunden. Die aggressive Befriedigung in der Stimme des Mannes zu hören, der nun erahnen konnte, wo seine Frau sich befand, war widerlich.

»Wie kommen Sie darauf, dass wir wegen Ihrer Frau hier sind?«

»Sind Sie nicht?«

Arnd Käufer hatte sie mit schmalen, misstrauischen Augen angesehen. Seine ganze Art hatte etwas Lauerndes gehabt. Er war Bert vorgekommen wie ein Krokodil, das reglos im Wasser liegt, um im nächsten Moment hellwach zuzuschnappen.

»Wo waren Sie am Mittwoch zwischen vierzehn Uhr zwanzig und vierzehn Uhr fünfundvierzig?«, fragte Bert.

»Sie wollen es aber genau wissen.«

Arnd Käufer zündete sich eine Zigarette an und nahm einen tiefen Zug. Den Rauch blies er über den Couchtisch, direkt in Berts und Ricks Richtung.

»Darf ich erfahren, warum Sie mir diese Frage stellen?«

»Wir ermitteln in einem Tötungsdelikt«, entgegnete Rick knapp.

»Tötungsdelikt.« Der Mann zog das Wort genüsslich in die Länge. »Diese Beamtensprache ist wirklich bemerkenswert.«

»Würden Sie bitte die Frage beantworten?«

Rick beugte sich ein wenig vor und fixierte Arnd Käufer mit unbewegter Miene. Der geborene Pokerspieler, dachte Bert bewundernd. Er selbst hatte das Gefühl, dass man ihm jede Regung an der Nasenspitze ansah.

»Letzten Mittwoch? Zwischen … wann?«

»Zwischen vierzehn Uhr zwanzig und vierzehn Uhr fünfundvierzig«, half Rick geduldig nach.

Der Mann stand auf, ging zum Esstisch und griff nach seinem Handy. Er wischte ein paarmal über das Display.

»Da hatte ich einen Außentermin mit einem Kollegen. Ich

bin Ingenieur in einer Baufirma. Es ging um ein Projekt, das wir gerade im Raum Aachen verwirklichen.«

»Und der Name des Kollegen?«

Rick zog sein eigenes Smartphone aus der Tasche.

Arnd Käufer gab ihm die notwendigen Daten, ohne sich wieder hinzusetzen. Fast hätte Bert Lust gehabt, die Befragung unnötig in die Länge zu ziehen, nur, um ihn noch ein bisschen aufzuhalten, doch ein etwa dreizehnjähriger Junge betrat das Zimmer und warf ihnen ein laues »Hi« hin.

»Wir sind dann auch schon fertig«, sagte Bert.

»Wie? Sie platzen um neun Uhr abends hier rein, stellen mir merkwürdige Fragen und erklären mir noch nicht mal, warum?«

»Haben wir doch«, bemerkte Rick kühl. »Danke, wir finden schon raus.«

Schweigend gingen sie zum Wagen.

»Wenn alles so abläuft wie das eben«, sagte Bert, »dann sind wir schnell damit durch.«

»Unglaublich. Da lebt einer zwei Leben: eins als anerkannter Ingenieur in einem Betrieb, das andere als Tyrann in seinem Haus. Das ist echt krank.«

Bert nickte. Diese Brüche erstaunten auch ihn immer wieder. Dabei wusste er doch längst, dass etliche Menschen zwei Gesichter hatten.

»Wir haken morgen bei der Firma nach. Aber ich denke, den können wir von der Liste streichen.«

»Bleibt nur zu hoffen, dass wir bei ihm nichts losgetreten haben«, murmelte Rick. »Möglich, dass er anfängt herumzuschnüffeln.«

»Solange wir das Haus im Auge behalten, kann den Frauen nichts passieren«, sagte Bert, doch er glaubte selbst nicht daran.

Die Frauen waren so lange Gefangene gewesen. Sie konnten sie schlecht einsperren, damit ihnen nichts zustieß.

»Das alles ist ein elender Mist!«, schimpfte Rick, als sie auf die Autobahn fuhren. »Eine beschissene, himmelschreiende Ungerechtigkeit!«

Dem war nichts hinzuzufügen.

Bert hatte überlegt, Rick noch zu einem Glas Wein einzuladen, doch er war eilig nach Hause gefahren, weil er keine Auseinandersetzung mit Malina heraufbeschwören wollte. Bert hatte ihn nicht aufgehalten. Er wusste aus eigener Erfahrung, dass ihr Job sich mit Liebesdingen schlecht vertrug.

In den Häusern ringsum wurden die ersten Lichter gelöscht. Bert blieb im Dunkeln sitzen. Fast so, als hätte er sich aufgelöst. Wie der Rauch von Arnd Käufers Zigarette.

Seufzend stand er auf und schloss die Balkontür. Er empfand mit einem Mal ein beinah vergessenes, unbezähmbares Verlangen nach Nikotin. Mit schweren Beinen schlurfte er ins Bad und putzte sich die Zähne. Zog sich aus und kroch ins Bett.

Der Wein war gnädig und half ihm einzuschlafen.

*

Ingos Gesicht war zu einem Drittel unter dem knisternden Badeschaum verborgen. Mit halb geschlossenen Augen betrachtete er sie.

Das machte Romy verlegen. Sie pustete Schaum in seine Richtung, hörte jedoch wieder damit auf, als sie bemerkte, dass ihr Körper dadurch sichtbar wurde.

Was war nur los mit ihr? Sie hatte sich ihrer Nacktheit doch nie geschämt. Vor Cal hatte sie stundenlang nackt herumlaufen können.

»Du bist gefährlich«, sagte sie leise und zog mit beiden Armen so viel Schaum wie möglich um sich herum.

Ingo antwortete nicht. Er blinzelte nicht einmal.

Plötzlich hatte Romy eine Vision von Fleur und Mikael vor Augen. Wie sie gemeinsam badeten und genau so im Wasser lagen wie Romy und Ingo. Der eine am einen, der andere am anderen Ende. Ihre Gesichter nass glänzend und leicht erhitzt, ihre Körper träge von der wohligen Wärme.

Hätte Fleur so etwas zu Mikael gesagt?

Ihn *gefährlich* genannt?

Und wie hätte Mikael reagiert?

Hätte er ihr *gezeigt*, wie gefährlich er war?

»Nein«, sagte Romy rasch. »Nicht gefährlich … geheimnisvoll.«

Ingo tauchte tiefer unter. Bis seine Nase gerade noch über Wasser war.

»Ich weiß nie, woran ich mit dir bin«, sagte Romy und wurde sich seiner Knie bewusst, die mit leichtem Druck ihre Oberschenkel berührten.

Es gruselte sie bei dem Gedanken, Ingo könnte so wütend auf sie werden, dass er sie schlug.

War das vorstellbar?

Verbarg sich in jedem Menschen ein aggressiver Kern, der unter bestimmten Voraussetzungen wuchs und schließlich aufbrach?

Wie würde sie bei einem Angriff reagieren?

»Ich würde mich wehren«, hörte sie sich sagen. »Und dann würde ich dich verlassen.«

Ingos Auftauchen verursachte eine kleine Flutwelle, die Romy übers Gesicht schwappte.

»Du würdest mich verlassen?«

Er saß jetzt im schaumweiß und heißblau gefleckten Badewasser und rieb sich das Gesicht. Seine Augen waren blutunterlaufen. Die nassen Haare tropften. Sie waren sehr dunkel, fast schwarz, und machten ihn zu einem Doppelgänger seiner selbst.

»Auf jeden Fall.«

»Du *würdest?* Was meinst du damit?«

»Wenn du … also wenn du jemals …«

Sie konnte es nicht aussprechen. Eine sonderbare Scham hinderte sie daran. Verlieh sie ihm allein mit der Vorstellung, er könnte zu Gewalt fähig sein, nicht schon Macht über sich?

Sein Gesichtsausdruck veränderte sich. Er runzelte die Stirn.

»Du denkst an die Frauen, über die du schreibst«, sagte er leise.

Wie konnte er das erraten? Wie tief sah er in sie hinein, um das zu wissen?

Er breitete die Arme aus.

»Komm her zu mir.«

Es rieselte ihr kalt über den Rücken. Lieferte man sich nicht mit jeder Umarmung aus? Ging man nicht mit jeder Nähe ein unkalkulierbares Risiko ein?

Sie rührte sich nicht.

Konnte sich nicht rühren.

»Bitte«, sagte er sanft.

Was lief da ab? Waren das wirklich ihre eigenen Gedanken?

Sie verschränkte die Arme vor der Brust. Stand auf, stieg aus der Wanne und griff nach ihrem Badetuch. Ohne ihn auch nur für eine Sekunde aus den Augen zu lassen.

Keine Nähe jetzt. Keine Berührung.

Auf nackten Füßen verließ sie das Badezimmer, zog eine nasse Spur über den Boden bis zum Gästezimmer und rollte sich auf dem Bett zu einer Kugel zusammen, wie es Igel taten, wenn sie sich bedroht fühlten. Die kalte Nässe trocknete auf ihrer Haut und hinterließ ein Frösteln.

Sie hörte das Geräusch seiner Schritte. Spürte, wie er das Zimmer betrat.

Und dann deckte er sie mit dem Bettzeug aus dem Schlafzimmer zu.

Sie drehte sich langsam zu ihm um. Sah ihn da stehen, ein Badetuch um die schmalen Hüften geschlungen, das Gesicht voller hilfloser Zärtlichkeit.

»Komm«, flüsterte sie und hob die Bettdecke an.

Er legte sich zu ihr und hielt sie, bis sie eingeschlafen war.

18

Schmuddelbuch, Montag, 9. Mai, acht Uhr

Um sieben (!) Uhr hat uns ein Anruf meiner Mutter aus dem Schlaf gerissen.

»Du lebst mit einem *Mann* zusammen?«

»Wir leben nicht zusammen, Mama. Ich hab nur kurzzeitig meine Wohnung verliehen.«

»Verliehen.«

»Genau.«

»Und bist zu deinem … wie nennt man das, wenn man mit einem Mann zusammen ist, der so alt ist wie der eigene Vater? Also zu dem bist du gezogen?«

»*Freund* nennt man das, Mama. Und er ist nur ein paar Jährchen älter als ich. Nicht der Rede wert.«

»Nicht der Rede wert? Er ist über dreißig, oder?«

»Yep.«

»Du brauchst gar keine Witze zu machen.«

»Mach ich nicht.«

»Was will der von dir?«

»Hast du dich das bei Papa damals auch gefragt?«

»Ich bin ein Jahr älter als Papa.«

»Wow! Das ist ja sensationell!«

»Lenk nicht ab, Krabbe!«

Dass sie mich unwillkürlich mit einem meiner Kosenamen ansprach, beruhigte mich. Ich hatte sie schon in den nächsten Flieger steigen sehen, um nach Köln zu kommen und mich zu retten. Vor was auch immer.

»Was willst du dir damit beweisen, Kind? Dass du über die Trennung von Calypso hinweg bist? Hast du deshalb den erstbesten ...«

»Vorsicht, Mama!«

»Ich habe den Namen Ingo ... wie heißt er doch gleich?«

»Ingo Pangold.«

»Danke. Ich habe den Namen Ingo Pangold vorher nie gehört.«

»Wir kennen uns aber schon eine ganze Weile. Wir sind Kollegen.«

Wieso konnte Björn nicht den Mund halten? Wieso hatte er offenbar alles ausgeplaudert?

»Er ist zu alt für dich, Romy! Er ist ein *Mann!*«

»Würde eine Frau dich glücklicher machen?«

»Dreh mir nicht das Wort im Mund herum. Du musst doch sehen, dass ein junges Mädchen ...«

»Mädchen?«

»Es hat keinen Sinn. Wir können einfach nicht miteinander reden. Wann hat das aufgehört, Romy, dass wir miteinander reden konnten?«

»Irgendwann in der Kindheit, als ich nur Björn hatte und er nur mich? Oder als ihr euch die Finca auf Mallorca gekauft habt und ausgewandert seid?«

An ihrem Schweigen hörte ich, wie verletzt sie war.

»Tut mir leid, Mama. Es ist doch alles gut, so wie es ist. Jeder von uns hat sein eigenes Leben und das hat immer prima funktioniert. Ich weiß genau, was ich tue.«

Weiß ich nicht, dachte ich. Ingo verdreht mir den Kopf. Er überschüttet mich mit Liebe und ist so wunderbar anders, als ich gedacht habe, dass ich mir ein Leben ohne ihn überhaupt nicht mehr vorstellen kann.

»Ich mache mir Sorgen um dich, Kind.«

»Versteh ich, Mama, und das ist auch ganz lieb von dir. Du musst dir aber keine Sorgen machen. Ich bin ein großes Mädchen.«

»Eine große junge Frau.«

»Richtig. Und es gibt viele Menschen, die auf mich aufpassen. Tonja, Helen, Greg und, nicht zu vergessen, meine Plaudertasche von Bruder. Und Ingo. Er liebt mich nämlich, Mama, und er würde mir niemals wehtun.«

Diesmal war ihr Schweigen anders. Es dauerte auch länger.

»Wenn du mich brauchst …«

»Melde ich mich, Mama. Versprochen.«

»Jederzeit.«

»Rund um die Uhr.«

»Bestell deinem … Freund Grüße. Unbekannterweise. Und sag ihm, dass er dich gut behandeln soll. Tut er das nicht, werden wir ihn …«

»Zum Frühstück verspeisen?«

»Aber so was von!«

Wir konnten wieder lachen und über andere Dinge reden. Als wir das Gespräch beendet hatten, war ich froh, dass es raus war. Ingo darf jetzt ganz offiziell der Mann an meiner Seite sein.

Der Mann an meiner Seite schlief noch. Ich kroch zu ihm unter die Bettdecke und machte ihn wach.

Natürlich hatte Romy die Redaktion am Freitagabend nicht zu Fuß verlassen. Wär ja auch zu einfach gewesen. Das automatische Tor zur Tiefgarage hatte sich scheppernd geöffnet, und als Mikael am Steuer des roten Fiesta Romy erkannt hatte, war ihm klar gewesen, dass er ein langes Wochenende in Köln ausharren und einen Plan B aus dem Hut zaubern musste, wenn er die Zeit nicht vergeuden wollte.

Das Wochenende hatte er keineswegs tatenlos verbracht und dennoch nicht wirklich etwas *getan.* Er hatte recherchiert und herausgefunden, dass Romy mit Nachnamen Berner hieß und als Volontärin eine Ausbildung beim *KölnJournal* absolvierte.

Er hatte Artikel gelesen, die sie geschrieben hatte, und war ihr auf diese Weise näher gekommen, als er erwartet hatte. Sie war eines dieser Weiber, die mit ihrem Selbstbewusstsein jeden beiseitedrängten. Er hatte zu viele von ihnen kennengelernt.

Er hatte die Schnauze voll von ihnen.

Ohne Probleme hatte er ihre dienstliche und auch ihre private Telefonnummer in Erfahrung gebracht. An ihrer Anschrift jedoch hatte er sich die Zähne ausgebissen.

Schon am Samstag hatte er versucht, Juri zu erreichen, denn das hier war ein Fall ganz nach seinem Geschmack. Sein alter Kumpel fuchste sich gern in vertrackte Sachen hinein, konnte Stunden und Tage damit verbringen, die entlegensten Informationen auszugraben.

Doch Juri war nicht erreichbar gewesen und hatte ihn nicht zurückgerufen.

Am Sonntag hatte Mikael ihm verärgert den Anrufbeantworter vollgequatscht – ebenfalls ohne Reaktion.

Dabei brauchte er eine Waffe. Dringend. Es ging nicht ohne. Juri wüsste nach höchstens einer Viertelstunde, wo er sich die hier in Köln besorgen konnte.

So in der Warteschleife zu hängen, hatte Mikael fertiggemacht. Er war durch die Kölner Innenstadt geschlendert, in der das Nichtstun erträglicher gewesen war. Wie in Dresden schien das Leben hier auf der Domplatte und den Straßen rund um Dom und Hauptbahnhof an Sonntagen einfach weiterzugehen.

Mikael war das nur recht gewesen. Er hasste die sommerliche Sonntagsöde, die er aus seiner Kindheit kannte. Er brauchte nur daran zurückzudenken, schon fühlte er sich wieder in diese schreckliche, zähflüssige Langeweile zurückversetzt, in der alles erstarrte.

Selbst die Luft hatte in solchen Momenten zwischen den Häusern stillgestanden.

Auf dem Land hörte man sonntags keinen Laut. Die Katzen lagen schlafend auf kühlen Mooskissen oder schattigen Fensterbänken. Die Dorfköter hoben kaum den Kopf, wenn man an ihnen vorbeiging. Die Kühe schlugen träge mit dem Schwanz nach den Fliegen.

Schon als Junge hatte Mikael gewusst, dass er nur eines wollte: weg. Einfach weg.

Der Sonntag in Köln war für ihn erträglicher gewesen.

Eine Hubschrauberstaffel hatte den Dom überflogen und alle waren stehen geblieben und hatten den Hals gereckt. Ein Straßensänger, der mitten in George Harrisons *Here comes the sun* aufgehört hatte zu singen, starrte mit offenem Mund in den Himmel, wobei er eine beachtliche Zahnlücke entblößte. Als die Motorengeräusche verklungen waren, sang er an der Stelle weiter, an der er unterbrochen worden war.

Sonntag.

Touristen.

Scharen von Japanern, die schwatzend hinter ihren ständig aktivierten Smartphones, Tablets oder Kameras herliefen. Reisegruppen, die sich um ihre Reiseleiter versammelten. Vor sich hindösende Bettelnde am Straßenrand.

Das alles hatte Mikael wahrgenommen, doch es konnte ihn keine Sekunde lang von dem ablenken, was ihn antrieb und wie im Fieber durch die Straßen streifen ließ.

Bea, hatte er gedacht. Bea. Bea. Bea. Bea.

Als könnte er sie allein durch die Kraft seiner Gedanken herbeibeschwören.

Doch dazu war er nicht fähig. Grimmig war er einer Gruppe trödelnder Senioren ausgewichen, als sein Smartphone sich gemeldet hatte.

Juri.

Endlich!

Noch jetzt, eine unruhige, fast schlaflose Nacht später, konnte er die Erleichterung spüren.

»Kein Problem«, hatte Juri gesagt und ihm die Adresse eines Typen genannt, bei dem er sich eine Waffe besorgen konnte. »Und um die Anschrift dieser Romy kümmere ich mich auch. Entspann dich, Mann.«

Der hat gut reden, dachte Mikael, während er sich in dem traurigen Frühstücksraum der Pension umsah. Das kleine Fenster war mit vernachlässigten Topfpflanzen zugestellt, die das spärliche Tageslicht schluckten. Der Teppichboden war alt und fleckig und schlecht gesaugt.

Das Büffet war mit Wurst und Käse vom Discounter bestückt, dazu gab es aufgebackene Brötchen. Die Eier in dem abgedeckten Korb waren offenbar abgezählt, der Obstsalat kam aus der Dose. Alles andere gab es in abgepackten Miniportionen.

Die übrigen Gäste waren ein älteres Ehepaar, drei junge Frauen, die sich offenbar beruflich in Köln aufhielten, und zwei Männer um die vierzig, allem Anschein nach Monteure, denn sie unterhielten sich über die Baustelle, auf der sie arbeiteten.

Mikael beachtete sie nicht. Er würde versuchen, noch ein paar Tage bei der Klinik rauszuschlagen, dann würde er sich auf den Weg zu Juris Kontaktmann machen.

Mit einer Waffe in der Tasche würde er sich schon sehr viel wohler fühlen.

*

Der zweite Mann, den Bert und Rick befragten, war Rechtsanwalt mit eigener Kanzlei in Jülich. Seine Sekretärin führte sie in das großzügige Büro, dessen Einrichtung von Geld und Erfolg zeugte, und zog sich diskret zurück.

Dr. Alberto Castillo reichte ihnen eine kühle Hand und wies auf die beiden Besuchersessel vor seinem Schreibtisch. Das schwarze Leder knarrte, als sie sich setzten und er in seinem eigenen Sessel Platz nahm.

»Was führt Sie zu mir?«

Seine Stimme war angenehm, ebenso seine Art zu sprechen. Er artikulierte sehr deutlich. Nur ganz schwach klang ein italienischer Akzent durch. Er war um die fünfzig. Sein dunkles Haar war von silbernen Strähnen durchzogen.

»Wir ermitteln in einem Tötungsdelikt«, erklärte Bert und bemerkte, dass er dieselben Worte benutzte, wie Rick es bei der Befragung von Arnd Käufer getan hatte.

»Geht es um einen meiner Klienten?«, fragte Castillo.

»Es handelt sich um ein Tötungsdelikt in Köln«, sagte Bert.

»Sie kommen wegen meiner Frau«, stellte der Anwalt fest.

Er lehnte sich zurück und klopfte mit einem teuer aussehenden Kugelschreiber auf das edle Holz der Schreibtischplatte.

Manchmal empfahl es sich, in einem solchen Gespräch einfach abzuwarten. Dies war so ein Augenblick. Schweigend blickten Bert und Rick ihrem Gegenüber in die Augen.

»Es ist für mich kein Geheimnis, dass sie sich in einem Kölner Frauenhaus verkrochen hat«, sagte Alberto Castillo mit professioneller Ruhe. Lediglich das Wort *verkrochen* offenbarte, dass Gefühle im Spiel waren. »Darf ich Ihnen etwas anbieten? Kaffee? Wasser? Tee?«

Er hatte den Finger bereits an der Sprechanlage, als Bert und Rick ablehnten. Dennoch drückte er den Knopf.

»Bringen Sie mir bitte einen Kaffee«, sagte er mit einer Stimme, die es gewöhnt war, Anweisungen zu geben. »Und worum geht es genau?«, fragte er.

Bert fand es bemerkenswert, dass er sich nicht erkundigte, ob seiner Frau etwas zugestoßen war.

»Ihrer Frau ist nichts passiert«, sagte Rick da auch schon.

»Meine Herren«, der Anwalt schaute auf seine Armbanduhr und sah fast gelangweilt wieder auf, »ich habe einen sehr vollen Terminkalender. Wenn Sie jetzt bitte zur Sache kommen könnten.«

Rick tat ihm den Gefallen.

»Wo waren Sie am Mittwoch zwischen vierzehn Uhr zwanzig und vierzehn Uhr fünfundvierzig?«

Alberto Castillo zog lässig einen Tischkalender heran und blätterte eine Seite zurück. Seine Hände waren gepflegt. Am linken Ringfinger trug er einen Goldring mit einem glänzenden schwarzen Stein, einem Onyx vielleicht. An der rechten Hand schnitt ihm ein breiter goldener Ehering ins Fleisch, obwohl der Anwalt schlank war und auch seine Finger kein Gramm Fett zu viel aufwiesen.

Vermutlich hat er jung geheiratet, dachte Bert. Sein eigener Ehering war ihm in den vergangenen Jahren ebenfalls zu eng geworden, doch das war nicht der Grund, warum er ihn abgelegt hatte.

»Mittwoch, sagen Sie … ja … da war ich in einer Besprechung mit einem Klienten.« Er schob den Kalender zurück an seinen Platz. »Meine Sekretärin wird Ihnen das gern bestätigen.«

Als hätte sie nur auf sein Zeichen gewartet, betrat die Sekretärin das Büro und stellte eine Tasse duftenden Kaffees vor ihrem Chef ab. Zusätzlich servierte sie ihm einen kleinen Teller mit erlesenem Gebäck.

»Den Namen Ihres Klienten, bitte«, verlangte Rick ungerührt, nachdem die Frau das Büro wieder verlassen hatte.

»Sie werden diskret sein?«

»Selbstverständlich«, versprach Bert.

Castillo nickte. Er nahm einen Schluck Kaffee, setzte die Tasse ab und sah abwartend von Bert zu Rick und wieder zu Bert.

»Gut. Meine Sekretärin wird Ihnen die Daten geben.«

»Dann wollen wir Sie nicht länger aufhalten.«

Bert erhob sich und wandte sich sofort zur Tür. Rick vermied es ebenfalls, Dr. Alberto Castillo die Hand zu reichen.

»Einen schönen Tag noch, Herr Dr. Castillo.«

»Übrigens ...« Die Stimme des Anwalts, nun voller Schärfe, hielt sie auf. »Meine Frau ist krank. Sie bildet sich Dinge ein. Man sieht, was daraus entsteht, wenn man ihr ein Forum bietet. Sie führt jeden in die Irre. Sogar Sie.«

Bert blieb stehen und kämpfte gegen das Bedürfnis an, dem Idioten an den Kragen zu gehen. Rick fasste ihn am Arm.

»Komm«, sagte er leise.

Sie hörten, wie Castillo telefonierte. Seine Stimme hatte zur gewohnten Selbstbeherrschung zurückgefunden.

Draußen spuckte Rick aus.

»Er verlangt, dass wir diskret sind? Etwa so diskret, wie er bei den Misshandlungen seiner Frau gewesen ist?«

»Ein Mörder sieht nicht aus wie ein Mörder«, sagte Bert müde. »Und einer, der seine Frau misshandelt, sieht nicht aus wie ein Mann, der seine Frau misshandelt. Wenn es so wäre, hätten wir nur halb so viel zu tun.«

Das wusste Rick natürlich selbst. Dennoch tat es manchmal gut, die eine oder andere Wahrheit auszusprechen, um sich ihrer zu vergewissern.

»Dieser Arsch hat es geschafft, dass ich mich wie ein Mitwisser fühle.« Rick spuckte noch einmal aus. »Mit seiner dreckigen Verlogenheit hat er mich von Kopf bis Fuß besudelt.«

Das verstand Bert nur zu gut. Er hatte aus demselben Grund das dringende Bedürfnis, sich die Hände zu waschen.

Sie setzten sich ins Auto und gaben die Adresse des dritten Mannes ein. Rick steckte sich ein Kaugummi in den Mund und atmete noch einmal tief durch, bevor er Bert eins anbot.

Bert lehnte dankend ab.

Nie war ihm ein anderes Leben verlockender erschienen als in diesem Augenblick.

*

Fleur genoss die Ruhe in Romys Wohnung. Amal hatte beschlossen, einen kleinen Bummel zu unternehmen. Immerhin galt das Belgische Viertel als eines der schönsten und kultischsten der Stadt.

»Ich hab keine Lust mehr, lebendig begraben zu sein«, hatte sie beschlossen und war losgezogen, nicht ohne Fleur noch einmal aufzufordern, sie zu begleiten.

Doch Fleur war lieber in der Wohnung geblieben. Sie hatte das Bedürfnis, eine Weile allein zu sein.

Sich zu spüren.

Wie in der Zeit vor Mikael.

Damals war sie freundlichen und gemeinen Menschen begegnet. Man hatte sie verhöhnt und beklaut, hatte ihr aber auch völlig unerwartet Klamotten geschenkt und den einen oder andern Euro.

Einmal sogar einen Zwanziger.

Das war gewesen wie Weihnachten und Ostern an einem Tag.

Sie hatte die Bilder noch im Kopf.

Das wirklich Böse hatte sie mit Mikael kennengelernt. Sie hatte es in ihr Leben gelassen und es hatte sich ausgebreitet wie ein Pilz. Hatte alles Gute im Keim erstickt.

Hör auf, darüber nachzugrübeln! Vergiss es!

Als ob das so einfach wäre.

Fleur legte eine CD von Zaz ein und schlenderte von Fenster zu Fenster, um in den Himmel zu sehen, der grau war wie die schönen glatten Kiesel, die sie früher aus der Elbe gefischt und mit sich herumgetragen hatte, weil sie fest daran glaubte, dass sie Glücksbringer waren.

Die unverkennbare Stimme der Sängerin folgte ihr durch die kleine Wohnung und Fleur wünschte, sie könnte die französischen Texte verstehen. Wenn sie das hier überlebte, sagte sie sich, würde sie nachholen, was sie versäumt hatte. Bestimmt konnte man das Abi auch machen, ohne eine Schule zu betreten, denn das würde sie nicht schaffen, das nicht.

Sie merkte, dass die Grünlilie auf der Fensterbank des Wohn-Arbeitszimmers die Blätter hängen ließ, und holte die Gießkanne aus der Küche. Sie gab den Pflanzen Wasser und schaute dabei auf die Straße hinunter.

Ganz kurz nahm sie eine Bewegung wahr, einen Schatten, der hinter der nächsten Häuserecke verschwand.

Blitzschnell wich sie zurück und presste sich mit dem Rücken an die Wand. Ihr Herzschlag raste. Sie hielt die Luft an und stieß sie nach einer Ewigkeit keuchend wieder aus.

Ich hab mich geirrt, nur geirrt. Hab ihn ja gar nicht richtig gesehen. Wahrscheinlich war es jemand anders. Oder ich hab mir überhaupt nur eingebildet, dass da einer war. Bitte, lieber Gott, lass es nicht Mikael gewesen sein!

Es kam ihr vor, als wären Stunden vergangen. Als hätte sie bereits den halben Vormittag hier gestanden, ohne sich zu rühren. Ihre Nackenmuskeln waren wie aus Stein. Erst als es plötzlich klingelte, ging ein Ruck durch ihren Körper.

Wer war das?

Mikael?

Stand er jetzt, in diesem Moment, unten vor der Tür?

Augenblicklich sammelte sich Schweiß in ihren Handflächen. Sie wischte sie an ihrer Jeans ab. Kaum hatte sie sich ein wenig gefasst, klopfte es an der Wohnungstür.

Er musste ins Haus gelangt sein!

Irgendwer hatte ihn reingelassen, ohne zu wissen, was er damit tat. Wie selbstverständlich war er die Treppenstufen hochgestiegen und stand nun vor der Wohnungstür.

Fleur hörte ein armseliges Wimmern. Nahm erschrocken wahr, dass sie selbst es ausgestoßen hatte. Hörte ein erneutes Klopfen. Sie drehte das Gesicht zur Wand und schloss die Augen.

Mikael war hier. Er war gekommen, um sie zu holen. Sein Eigentum. Denn nichts anderes war sie: sein Eigentum. Die Geräusche ringsum verstummten.

Fleur versank in ihrem Innern.

Flüchtete zu dem einzigen Ort, an dem sie sicher war.

Hier konnte ihr niemand etwas anhaben. Hier war sie allein.

Und alles, was wehtat, blieb draußen.

19

Schmuddelbuch, Montag, 9. Mai, acht Uhr dreißig

Die Liebe wird überbewertet. Biochemisch gesehen ist sie nichts anderes als der Konsum großer Mengen Schokolade. (Al Pacino)

Bevor sie zur Arbeit ging, hatte Helen nur kurz bei Fleur vorbeischauen wollen, um zu sehen, ob alles in Ordnung war. Jetzt stand sie da, einen Teller mit selbst gebackenem Rüblikuchen in den Händen, und merkte, wie ein beklemmendes Unbehagen sie beschlich.

Durchs Fenster hatte sie Amal das Haus verlassen sehen. Allein. Deshalb nahm sie an, dass Fleur noch in der Wohnung sein musste.

Merkwürdig, dass sie nicht öffnete.

Oder die beiden waren getrennt unterwegs. Eigentlich das Normalste von der Welt. Amal und Fleur waren schließlich keine siamesischen Zwillinge.

Aber warum nagte dann diese Unruhe an ihr?

Sollte sie den Teller einfach vor der Tür abstellen?

Sie klopfte noch einmal, doch Fleur machte nicht auf.

Helen legte das Ohr an die Tür und lauschte.

Zaz.

Offenbar teilte Fleur Romys Liebe zu dieser Sängerin. Doch trotz der Musik hätte sie das Klingeln und Klopfen hören müssen.

Helens Kopf sagte ihr, dass sie dabei war, sich lächerlich zu machen. Ihr Gefühl versetzte sie jedoch allmählich in Alarmbereitschaft.

Sie verwarf den Gedanken, Romy anzurufen. Vielleicht stellte sich ja heraus, dass sie überreagierte. Eilig lief sie die Treppen hinunter, setzte den Kuchenteller auf der Kommode im Flur ab und kramte Romys Wohnungsschlüssel aus der Schublade, wo sie ihn für Notfälle aufbewahrten.

Romy hatte ihr die Mädchen anvertraut, deshalb durfte sie kein Risiko eingehen. Mit klopfendem Herzen stieg sie die Treppen wieder hinauf und steckte den Schlüssel ins Schloss.

»Fleur?«, rief sie, als sie die Tür aufschob. »Fleur? Ich bin's. Helen.«

Sie erhielt keine Antwort.

Langsam ging sie in die Küche und registrierte erleichtert benutztes Kaffeegeschirr auf dem Tisch. Als könnte nichts Schlimmes passiert sein, wenn eben noch an diesem Tisch gegessen und getrunken worden war.

T'es trop sensible, c'est vrai, sang Zaz, *et les autres voient pas qui tu es.*

Es klang ein bisschen wie ein Vorwurf. Vielleicht überreagierte sie ja tatsächlich, schlich durch die Wohnung wie ein Dieb und würde Fleur gleich einen höllischen Schrecken einjagen. Und alles nur wegen ihres *Gespürs.*

Dem sie jedoch bisher immer hatte trauen können.

Sie hörte jetzt noch etwas anderes. Ein leises Wimmern, das aus dem Wohn-/Arbeitsraum zu kommen schien. Vorsichtig bewegte sie sich darauf zu.

Fleur stand im wahrsten Sinne des Wortes mit dem Rücken zur Wand. Sie hatte das Gesicht auf die Seite gedreht, sodass durch das Fenster Licht darauf fiel, Augen und Lippen fest geschlossen.

Zu ihren Füßen lag Romys Gießkanne. Wasser war ausgelaufen und hatte sich auf dem Holzboden zu einer Lache gesammelt.

Todesangst, dachte Helen. Die hat Todesangst.

»Fleur«, sagte sie leise und blieb stehen. »Ich bin's, Helen.«

Fleur sackte vor Erleichterung förmlich in sich zusammen. Blinzelnd öffnete sie die Augen.

»Helen ...«

Sie drückte sich von der Wand ab, mühsam, als wäre ihr Körper bleischwer.

»Oh Helen ...«

Ihr Fuß stieß an die Gießkanne und sie schaute nach unten, schaffte es jedoch nicht, sich zu bücken. Jetzt kamen die Tränen und liefen ihr still übers Gesicht.

Helen trat zu ihr und berührte sie sacht an der Schulter.

Fleur wich unmerklich zurück. Wie eine streunende Katze, die zwar das Futter nimmt, sich jedoch nicht streicheln lässt.

Helen hob die Kanne auf. Beide schauten auf die Pfütze. Und blickten einander dann an.

»Ich dachte, ich hätte ... jemanden auf der Straße gesehen.«

Der Satz kostete Fleur offenbar eine ungeheure Anstrengung, denn Helen beobachtete, wie sich Schweiß auf ihrer Stirn bildete.

»Komm«, sagte sie sanft. »Wir setzen uns in die Küche und ich mach dir einen schönen, heißen Tee.«

Fleur folgte ihr wie ein Kind. Sie schien immer noch unter Schock zu stehen.

Helen setzte Wasser auf und holte zwei Tassen aus dem Schrank.

»Warte mal kurz«, sagte sie. »Ich hab da noch was für dich.«

Wenig später kam sie mit dem Rüblikuchen zurück und legte Fleur ein großes Stück auf den Teller.

»Und du?«

»Überredet«, antwortete Helen, die sich eigentlich vorgenommen hatte, mal wieder ein, zwei Wochen auf Zucker zu verzichten. »Ich nehme auch ein Stück.«

Die CD war zu Ende, Zaz's Stimme verklungen, aber die Erinnerung an sie hing noch im Raum, während Helen und Fleur Kuchen aßen und Tee tranken und dem Gurren der Tauben lauschten.

»Bleibst du noch ein bisschen?«

Fleur musterte Helens Gesicht mit einem bangen Blick.

»Ja. Ein bisschen kann ich noch bleiben«, beschloss Helen, obwohl sie schon reichlich spät dran war. »Und wenn du nicht allein sein magst, darfst du gern mit mir in den Laden kommen. Da gibt es ein winziges Hinterzimmer, das wir als Büro benutzen. Oder du bleibst bei mir im Laden und guckst mir bei der Arbeit zu.«

Sie lachte und bekam ein scheues Lächeln von Fleur zurück.

Das ist doch mal ein Anfang, dachte sie und verteilte zwei weitere Stücke Kuchen auf den Tellern.

Nach demjenigen, den Fleur auf der Straße gesehen haben wollte und der ihr eine solche Angst eingejagt hatte, fragte sie nicht. Wenn Fleur darüber reden wollte, würde sie es von ganz allein tun.

*

So ein Mordsglück konnte ein Mensch doch gar nicht haben! Eigentlich hatte Mikael nur kurz sehen wollen, wo Romy wohnte, um sich alles genau einzuprägen, die Parksituation zu checken und Fluchtwege zu eruieren.

Und später zuzuschlagen.

Romy war sein Ziel gewesen, um Bea aus der Reserve zu locken. Und nun das!

Beas Gesicht an einem der oberen Fenster.

Er war sich absolut sicher.

Rasch war er zurückgewichen. Wie konnte das sein? Was hatte Bea in der Wohnung der Journalistin zu suchen? Trafen sie sich hier, um über ihn herzuziehen? War dies der Ort, an dem das Mädchen, das er liebte, für das er alles nur Erdenkliche tun, für das er sogar *sterben* würde, war dies der Ort, an dem dieses Mädchen ihn immer und immer wieder verriet?

Mit jedem Wort, das sie sagte?

Mit jeder Lüge, die sie sich ausdachte?

Er hatte sie auf Händen getragen. Ihr gezeigt, was erlaubt und was verboten war. Regeln aufgestellt, die ihr helfen sollten, ihr verkorkstes Leben in den Griff zu kriegen. Dafür gesorgt, dass sie sie befolgte.

Es war sein gutes Recht, denn er hatte die Verantwortung für Bea übernommen. An dem Tag, als er sie von der Straße aufgeklaubt hatte, war er ihr Mann geworden und hatte damit begonnen, sie zu der Frau zu formen, die ihn und sich selbst glücklich machen sollte.

Die Wut kochte in ihm hoch. Er unterdrückte sie, so gut er konnte.

Juri hatte keine Probleme gehabt, Romys Adresse herauszufinden, und hatte sie ihm sofort geschickt. Mikael stand wieder ein Stück tiefer in seiner Schuld.

Ihm war klar, dass er die Chance des Jahrhunderts auf dem Silbertablett serviert bekam. Aber er musste sich beeilen. Allem Anschein nach hatte Bea ihn entdeckt, sonst wäre ihr Gesicht nicht so plötzlich vom Fenster verschwunden.

Vielleicht war sie sich wegen der Entfernung nicht ganz sicher. Zerbrach sich jetzt da oben den Kopf, ob sie ihn wirklich gesehen hatte oder einem Trugbild aufgesessen war. Doch das würde nicht lange dauern. Sobald sie wieder bei klarem Verstand war, würde sie sich ein anderes Versteck suchen, gleichgültig, zu welchem Ergebnis sie gelangt war.

Sie würde kein Wagnis eingehen.

Er konnte hier unten warten, bis sie rauskam, und sie sich dann schnappen, so wie er es mit Romy vorgehabt hatte. Aber sie war gewappnet. Sein Anblick hatte sie misstrauisch gemacht. Vielleicht würde sie das Haus in Romys Begleitung verlassen und dann waren Mikael die Hände gebunden.

Hier im Belgischen Viertel steppte der Bär. Mikael konnte nicht mal eben Romy ausschalten und dann auch noch Bea außer Gefecht setzen und zu seinem Auto schleppen, das etwa hundert Meter entfernt geparkt war.

Das würde Aufsehen erregen und irgendjemand würde die Bullen rufen.

Nach der ersten Euphorie wurde Mikael hektisch. Er war nicht auf diese Situation vorbereitet. Dennoch musste er sich schnell entscheiden.

Jemand rempelte ihn an und legte ihm entschuldigend die Hand auf die Schulter. Mikael konnte sich gerade noch bremsen, den Typen zurechtzustutzen.

Er ließ sich nicht anfassen!

Von niemandem!

Erst recht nicht auf der Straße.

»Ist okay«, zwang er sich zu sagen und rang sich sogar ein Grinsen ab.

Nicht auffallen jetzt, sonst hatte er verloren.

*

Romy hatte erledigt, was Greg ihr aufgetragen hatte, und saß nun im Besprechungsraum, um erneut die Aufnahmen der

Gespräche mit Fleur abzuhören. Sie zog sich gern hierher zurück, in diesen Raum mit dem großen Konferenztisch, an dessen einem Kopfende sie saß wie eine einsame Gräfin im Speisesaal ihrer Burg.

Niemand störte sie. Die wenigsten bekamen überhaupt mit, dass sie ab und zu dem Lärm und der Hektik in der Redaktion auswich, um hier in aller Ruhe zu arbeiten.

Fleurs Stimme hob und senkte sich und Romy konnte sie in Gedanken vor sich sehen, wie sie ihre Worte mit lebhaften Gebärden unterstrich.

»Er hat mich gekauft«, hörte sie Fleur sagen. »Mit der Wohnung, den Klamotten, dem Essen und seiner Liebe.«

Eine Weile verging, in der man nur das leise Rauschen des Aufnahmegeräts hörte.

»Besser dem, was er so *Liebe* nennt.«

Romy erinnerte sich daran, wie Fleur sie bei diesen Worten angeschaut hatte. Die anfängliche Wut in ihren Augen hatte sich in Traurigkeit verwandelt. Mit bebenden Lippen hatte sie sich rasch abgewandt, damit sie nicht in Tränen ausbrach.

»Ich hab mich kaufen lassen wie ein Stück Vieh!«

»Nein, Fleur«, hörte sie sich selbst widersprechen. »Das darfst du nicht mal denken.«

»Was dann? Was soll ich über mich denken? Was?«

»Du hast auf der Straße gelebt. Es war Winter und du hast gefroren. Du hattest Hunger und warst einsam und brauchtest ein bisschen Wärme.«

»Ist das ein Grund? Wirft man sich für warme Mahlzeiten und saubere Klamotten einfach so weg? Sicher nicht. Es … es war vor allem … dass er mir so unter die Haut gegangen ist.«

»Du bist zu streng mit dir, Fleur. Hab doch ein bisschen Mitleid mit dem Mädchen, das du gewesen bist.«

Im Nachhinein wurde Romy bewusst, wie leicht sie reden

hatte. Die Eltern, die nie da gewesen waren, hatte sie verschmerzen können, weil sie Björn gehabt hatte. Er würde immer für sie da sein, egal in welchen Schlamassel sie geriet.

Sie nahm ihr Smartphone.

Love you, Bruderherz. Wollte ich dir nur eben mal sagen.

Die Antwort kam prompt.

Muss ich mir Sorgen um dich machen? Love you too.

Klar, dass er sofort glaubte, sie sei in Schwierigkeiten.

Um mich *doch nicht.*

Hab mich mal von unseren Eltern losgeeist und streune in Palma herum. Mega! Wünschte, du wärst hier.

Kauf mir was Schönes. Etwas, das nach Sonne, Sand und Wasser duftet.

Mach ich. Bist du glücklich, Romy?

Überglücklich.

Behandelt er dich gut?

Er betet mich an. ☺

DICH? HÄ?

Du bist ganz schön unverschämt.

Weiß ich. ☺

Muss weiterarbeiten. Ich drück dich.

Ich dich auch.

Romy spürte Björns Umarmung. Von allen Menschen war er ihr am nächsten. Schließlich waren sie schon im Mutterleib zusammen gewesen.

Vielleicht, dachte sie, wäre Fleurs Leben anders verlaufen, wenn sie Geschwister gehabt hätte, an die sie sich hätte anlehnen können.

Sie ließ die Aufnahme weiterlaufen und konzentrierte sich.

»Ich kann kein Mitleid mit mir haben«, hörte sie Fleurs Stimme, die verdächtig wacklig klang. »Ich musste immer stark sein, um das Leben auszuhalten.«

An dieser Stelle hatte sie beim Gespräch geweint, aber nur kurz. Sie hatte sich sofort wieder unter Kontrolle gehabt.

Romy schaltete das Diktafon aus und machte sich Notizen. Was Fleur ihr mit ihrer Geschichte schenkte, war nicht nur die Grundlage für die Artikelserie. Es war ein Denkanstoß, der sie ihr eigenes Leben in einem anderen Licht sehen ließ.

Sie schwor sich, nie wieder zu jammern und nicht weiter achtlos an den kleinen Wundern vorbeizugehen, die beinah jeder Tag für sie bereithielt.

Wie zum Beispiel die Begegnung mit Fleur, dachte sie. Vielleicht gab es ja wirklich jemanden da oben, der die Fäden des Lebens in der Hand hielt und sie nach Lust und Laune verknotete und löste.

Sie schaltete das Aufnahmegerät wieder ein und näherte sich Schritt für Schritt der Struktur dessen, was sie schreiben wollte. Ihre Umgebung hatte sie komplett vergessen.

*

»Hast du dich entschieden?«, fragte Helen.

»Ich bleibe lieber hier«, antwortete Fleur. »Wenn das eben wirklich … Mikael gewesen ist, dann sollte ich besser nicht da draußen rumspazieren.«

»Wir können die Polizei rufen.«

»Und wenn es nur ein Schatten war?« Fleur schüttelte den Kopf. »Vielleicht bin ich allmählich ein bisschen paranoid.«

»Deine Ängste finde ich vollkommen normal.« Helen schob ihren Stuhl zurück und stand auf. »Hör zu, du hast meine Handynummer. Wenn irgendwas ist, rufst du mich an. Versprochen?«

»Versprochen.«

»Den Kuchen lass ich euch da.« Helen umarmte Fleur, die sie zur Tür gebracht hatte, und lächelte sie aufmunternd an. »Vielleicht freut sich Amal darüber, wenn sie nach Hause kommt. Hat sie gesagt, wann sie zurück sein will?«

»Nein. Aber lange wird es sicher nicht mehr dauern.«

»Mach nicht auf, wenn es klingelt«, beschwor Helen sie. »Amal hat einen Schlüssel.«

Mein Gott, dachte sie. Ich höre mich echt an wie meine Mutter.

»Ja, Mama«, sagte Fleur da auch schon.

Helen war erleichtert, ein spitzbübisches Grinsen auf ihrem Gesicht zu sehen.

»Also. Ich bin dann weg. Pass auf dich auf.«

Sie sah auf ihre Armbanduhr. Jetzt musste sie sich aber beeilen, um keinen Ärger mit ihrer Chefin zu bekommen.

*

Fleur blätterte die CDs in Romys Regal durch. Die Musikauswahl war ein Spaziergang durch die letzten Jahrzehnte und ließ keine speziellen Vorlieben erkennen. Sie entschied sich für Whitney Houston und das nur aus einem Grund: weil Mikael sie nicht ausstehen konnte und keine CD dieser Sängerin in seinem Apartment duldete.

Die gewaltige Stimme erfüllte den Raum und Fleur begann gerade, den Tisch abzuräumen, als es an der Tür klopfte.

Ein Lächeln spielte um ihre Lippen, als sie sich fragte, was die liebenswert chaotische Helen wohl vergessen haben mochte. Die Teller noch in den Händen, drückte sie mit dem Ellbogen die Klinke der Wohnungstür hinunter.

»Na? Was hast du ver…«

Die brutale Gewalt, mit der die Tür aufgestoßen wurde, schleuderte sie gegen die Wand. Die Teller glitten ihr aus den Händen und zersprangen auf dem Boden.

Sie spürte einen heftigen Schmerz an der linken Schulter. Es war, als ob sie von einer Feuerwalze getroffen worden wäre. Im nächsten Moment fiel ihr Bick auf Mikaels wutverzerrtes Gesicht.

Augenblicklich erstarrte ihr Körper. Sie konnte sich nicht bewegen, nicht einmal die verletzte Schulter mit der Hand bedecken. Ihre Beine gaben nach. Sie sank zu Boden.

Sie kniff die Augen zusammen und wusste doch, dass ihr das nichts nützte. Sie konnte die Wahrheit nicht ausblenden, als wär sie noch fünf.

Er hatte sie gefunden.

Sie war allein mit ihm.

Ihr schlimmster Albtraum war wahr geworden. Niemand konnte ihr jetzt noch helfen.

20

Schmuddelbuch, Montag, 9. Mai, elf Uhr

Die Arbeit geht mir heute nicht so leicht von der Hand. Ich schreibe einen Satz und zweifle ihn sofort wieder an. Man kann das, was man ausdrücken will, auf so unterschiedliche Weise sagen. Bin mir der vielen Möglichkeiten zu sehr bewusst und kann mich nicht entscheiden.

Das Allmachtsgefühl, das Mikael erfasste, füllte jede Zelle seines Körpers. Er stand über Bea und schaute triumphierend auf sie hinunter. Da lag sie, zusammengerollt wie ein Fötus, die Augen geschlossen, schicksalsergeben.

Sein Schatten fiel auf sie und löschte ihr Gesicht fast aus.

Leider hatte er keine Zeit, seinen Sieg auszukosten und ihr zu demonstrieren, was dieser Sieg bedeutete. Er musste sich beeilen.

Langsam, ermahnte er sich selbst. Mach ihr nicht noch mehr Angst. Beruhige sie. Deine wirklichen Gefühle kannst du später zeigen.

»Ich will dir nichts tun«, sagte er, so sanft er konnte, »will nur mit dir reden.«

Keine Reaktion.

»Bea …«, lockte er. »Komm, steh auf.«

Er streckte die Hand aus, beugte sich ein Stück zu ihr hinunter.

Sie bewegte sich nicht.

Hatte sie sich stärker verletzt, als er angenommen hatte? Er tippte sie an, und sie zog sich zusammen, wie eine Spinne es tat, wenn man sie berührte.

Langsam reichte es ihm.

»Bea!«

Sie wimmerte leise, regte sich jedoch nicht.

»Was soll das Affentheater?«

Als sie wieder nicht reagierte, packte er sie am Arm und zerrte sie auf die Füße.

Sie stand zitternd vor ihm, die Augen noch immer fest geschlossen.

»Mach die Augen auf, verdammt!«

Er drückte mit dem Fuß die Wohnungstür zu, schleifte Bea in die Küche und stieß sie auf einen Stuhl. Der Tisch war noch halb gedeckt. Da stand ein Kuchen, von dem ein reichliches Viertel fehlte, da lagen Krümel zwischen Milchkännchen und Zuckerdose verstreut. Bea hatte es sich offenbar gut gehen lassen ohne ihn.

Das war vorbei.

Er ging vor Bea in die Hocke und nahm ihre Hände.

»Du hast mir gefehlt, Süße.«

Er konnte spüren, wie sie erbebte. Ein gutes Zeichen. Selbst wenn sie dichtmachte – ihr Körper sprach immer noch auf ihn an.

Endlich öffnete sie die Augen.

Es fuhr ihm durch Mark und Bein. Am liebsten hätte er sie an sich gezogen, ihr blasses Gesicht mit Küssen bedeckt, ihren Hals, ihre Schultern. Hätte ihr am liebsten auf der Stelle die Kleider vom Leib gerissen und sie geliebt, wie er sie noch nie geliebt hatte, wild und ungestüm, erbarmungslos.

Stattdessen strich er ihr behutsam über die Wange.

»Ich liebe dich doch, Bea. Du bist alles für mich. Alles.«

Wieder erbebte sie. Er sah Gänsehaut auf ihren Armen. Ihr T-Shirt war verrutscht und hatte eine Schulter entblößt.

Mikael konnte nicht anders. Er beugte sich vor und küsste diese zarte, runde, ein wenig gerötete Schulter, die ihn direkt dazu aufzufordern schien. Eine Welle der Erregung schoss durch seinen Unterleib.

Bea entzog ihm die Hände und hob sie abwehrend an die Brust.

»Nicht«, sagte sie so leise, dass er sie kaum verstehen konnte. »Bitte … nicht …«

Ihr Widerstand hatte ihn schon immer gereizt und sein Begehren ins Unermessliche gesteigert. Er drückte ihr die Hände runter und fuhr mit der Zungenspitze über ihr Schlüsselbein.

Bist du wahnsinnig, Mann? Du kannst jeden Moment auffliegen.

»Bea …«

Er fuhr mit der Zunge an ihrem Hals hinauf und nagte an ihrem Ohrläppchen. Das hatte sie immer scharf gemacht. Jetzt drehte sie den Kopf zur Seite, so weit es ging.

Ernüchtert kam er auf die Füße.

»Also«, sagte er. »Schluss mit den Spielchen. Steh auf.«

Sie rührte sich nicht, blickte unbewegt zum Fenster, vor dem geräuschvoll zwei Tauben mit den Flügeln schlugen.

»Ich sag das kein zweites Mal!«

Als sie ihm endlich den Blick zuwandte, wusste er, dass sie es ihm nicht leicht machen würde. Es lag etwas darin, das er noch nie an ihr gesehen hatte. Er konnte es nicht richtig deuten, aber es ließ ihn misstrauisch werden.

»Was willst du?«, fragte sie mit einer Stimme, die ihm so fremd war wie ihr Blick.

»Was ich will? Das fragst du mich im Ernst?«

Sie starrte ihn unverwandt an.

»Ich will, was ich immer wollte – dich.«

Was tat er hier? Verquatschte die kostbare Zeit, bis es auf einmal zu spät war, von hier zu verschwinden. Jeden Augenblick konnten sie die Ökotusse da unten entdecken, die er zum Schweigen hatte bringen müssen, weil sie misstrauisch geworden war. Und dann würden die Bullen anrücken und alles wär vorbei.

Bea schüttelte langsam den Kopf.

»Steh auf!«

Er riss sie vom Stuhl und hob die Faust.

Erschrocken starrte sie ihn an. Ließ sich brav zur Tür dirigieren, ohne sich zu wehren. Erst im Treppenhaus kam Leben in sie, und sie versuchte, sich loszureißen.

Mikael schlug zu.

»Ich habe deine Freundin«, zischte er, »diese Romy. Oder glaubst du, ich mach das hier ohne Rückversicherung?«

»Du lügst …«

Der Schlag hatte sie gegen das Treppengeländer taumeln lassen. Sie hielt sich das Kinn.

»Ich lüge? Wenn du nicht mitkommst oder hier ein großes Geschrei veranstaltest und die Bullen damit auf den Plan rufst, wird die Reporterin krepieren. Da, wo ich sie versteckt habe, wird sie nämlich keiner finden.«

»Du hast sie …«

»War nicht mal schwer«, schnitt er ihr brüsk das Wort ab. »Ist ja so vertrauensselig, das arme Ding. Kann einem direkt leidtun.«

Er drehte ihr die Arme auf den Rücken und schob sie zur Treppe.

In der Wohnung klingelte ein Telefon.

»Hallo, Fleur«, ertönte eine selbstbewusste, fröhliche Stimme. »Ich bin's, Romy. Bin gerade dabei, unsere Gespräche noch einmal anzuhören und in Form zu bringen. Da dachte ich, du hast vielleicht Lust, heute Nachmittag ein Eis …«

Den Rest hörte Mikael nicht mehr, weil Bea laut um Hilfe rief.

Er hielt ihr den Mund zu.

»Sei still!«, herrschte er sie mit gepresster Stimme an. »Ich warne dich, Bea!«

Sie wand sich in seinen Armen, trat nach ihm, versuchte, ihm in die Hand zu beißen. Sie ließ ihm keine Wahl. Er nahm nur ganz kurz die Hand von ihrem Mund, um den Revolver aus der Tasche zu ziehen, da hatte sie sich schon aus seinem Griff befreit und hastete die ersten Stufen nach unten.

Mikael setzte ihr nach und holte sie auf dem zweiten Treppenabsatz ein. Er richtete die Waffe auf sie.

»Schieß doch!«, schrie sie ihn an. »Ich bin lieber tot, als weiter mit dir zu leben!«

Lieber tot.

Er war wie betäubt, begriff nicht, was er da eben gehört hatte.

Lieber tot, als weiter mit ihm zu leben.

»Ich ertrage deine Berührungen nicht mehr! Ertrag nicht mal, dich anzusehen. Schieß doch! Schieß doch endlich! Schieß!«

Ihr Gesicht war eine Fratze aus Abscheu. In ihren Augen lag blanker Hass.

Mikael schleuderte sie mit voller Wucht zur Seite. Sie prallte gegen die grob verputzte Wand und ging zu Boden.

Miststück!

Sie rappelte sich auf und hangelte sich am Handlauf des Geländers weiter nach unten.

Er steckte die Waffe wieder in die Tasche und setzte Bea nach.

Sie hatte sich wieder gefangen. Sprang jetzt leichtfüßig die Stufen hinunter, immer zwei, drei auf einmal nehmend. Mikael hörte ihr Keuchen und ab und zu einen hellen Laut, der Panik verriet. Mit ihrer Flucht verstärkte sie den Zorn, der schon bei ihren Worten in ihm explodiert war.

Sie wagte es, sich ihm zu widersetzen?

Ertrug es nicht mehr, wenn er sie anfasste?

Hielt es nicht mal mehr aus, ihn anzusehn?

Er steigerte das Tempo, bis seine Füße kaum noch den Boden berührten.

*

Die Angst, die sie zunächst gelähmt hatte, verlieh Fleur jetzt Flügel. Sie hatte nur ein Ziel: die Straße zu erreichen, um untertauchen zu können.

Sie nahm drei, vier Stufen auf einmal, bewegte sich traumwandlerisch sicher, hörte, wie Mikaels polternde Schritte zurückblieben.

Sie war schneller!

Bitte, Amal, dachte sie. Komm nicht ausgerechnet jetzt nach Hause!

Mikael hätte keine Skrupel, die Freundin aus dem Weg zu räumen. Im Gegenteil. Immerhin hatte er bereits einen Mord auf dem Gewissen.

Fleur war unten angekommen und rannte den langen Flur entlang auf die Haustür zu, als sie abrupt stoppte.

Zuerst nahm sie nur wahr, dass da irgendetwas lag. Dann erkannte sie einen wunderschönen, bunten Rock.

Schlagartig zogen sich die Geräusche zurück. Fleur hörte weder ihr eigenes Keuchen noch Mikaels Schritte auf der

Treppe. Eine große, fremde Stille hatte sich in ihrem Kopf ausgebreitet.

Wie ferngesteuert trat sie auf Helen zu. Sie lag zwischen Gabriels umgekipptem Fahrrad und Joys Kinderrädchen und rührte sich nicht.

»Helen.« Fleur ging neben dem reglosen Körper auf die Knie. »Helen …«

Sie spürte, wie ihr Tränen über die Wangen liefen. Niemand musste ihr erklären, dass das hier Mikaels Werk war. Nur so hatte er ins Haus gelangen können. Er musste draußen gewartet haben, und Helen hatte ihm, ohne es zu wissen, die Tür geöffnet.

»Helen, hörst du mich?«

Aber vielleicht war es besser für Helen, falls sie noch lebte (falls sie noch lebte?!), keinen Laut von sich zu geben. Sonst würde Mikael seinen Fehler sofort korrigieren und sie beseitigen. Schließlich hatte sie ihn gesehen und würde ihn wiedererkennen.

Mikael stand so dicht hinter Fleur, dass sie seine Anwesenheit wie eine Berührung spürte.

»Warum hast du das getan?«, fragte sie ihn und strich Helen mechanisch eine Haarsträhne aus dem Gesicht.

»Warum, warum«, äffte er sie nach. »Warum ist die Banane krumm?«

Er war verrückt geworden!

Fleur ließ den Blick über Helens Kopf, ihren Hals, ihren Körper wandern. Sie entdeckte kein Blut.

»Ich brauche keine Waffe, um jemanden auszuschalten«, sagte Mikael spöttisch.

Natürlich nicht. Seine Hände waren die wirkungsvollsten Waffen.

»Bea, Bea, man kann deine Gedanken förmlich hören.«

Ja, das hatte er immer schon gekonnt. Nirgends war sie vor ihm sicher gewesen, nicht einmal in ihrem eigenen Kopf. Sie würde das nicht wieder ertragen.

Nach einem letzten Blick auf Helens bleiches Gesicht rappelte sie sich auf und drehte sich langsam zu Mikael um. Sie empfand sein selbstgefälliges Grinsen wie einen Hieb in die Magengrube.

»Sie hat dir doch nichts getan«, sagte sie leise. »Sie ist so ein liebenswerter Mensch – sie tut keiner Fliege etwas zuleide.«

»War«, verbesserte er sie.

»Was?«

»Sie *war* ein liebenswerter blablabla, du weißt schon.«

Seine Kaltschnäuzigkeit war unfassbar. Fleur sah ihm in die Augen und begann zu frieren. Am Rand ihres Gesichtskreises nahm sie eine schwache Bewegung wahr.

Bleib liegen, Helen! Um Himmels willen! Stell dich tot!

Aber Helen war nicht in der Lage, ihre Gedanken wahrzunehmen. Fleur hörte ein leises Stöhnen. Entsetzt starrte sie Mikael an, versuchte, seinen Blick festzuhalten. Hatte er es auch gehört? Sie musste ihn ablenken, bevor Helen zu sich kam.

Sie rannte los.

Riss die Haustür auf.

Fühlte einen heftigen Schmerz am Hals und sank in eine tiefe, dunkle Schlucht.

*

Als Mikael Beas Kopf anhob, sah er Blut auf dem schmutzigen grauen Fliesenboden des Hausflurs.

»Steh auf!«, schrie er sie an. »Mach schon!«

Dabei wusste er doch genau, dass Bea dazu nicht fähig war.

Er legte ihr Zeige- und Mittelfinger an die Halsschlagader. Bange Augenblicke verstrichen, bis er schwach ihren Puls fühlte.

Grimmig ballte er die Faust, wie um dem Tod zu zeigen, dass er ihm sein Mädchen nicht kampflos überlassen würde.

»Ich bring dich nach Hause«, sagte er. »Ob du willst oder nicht.«

Nach mehreren vergeblichen Versuchen, Beas schlaffen, auf einmal entsetzlich schweren Körper aufzuheben, erkannte er, dass er ein Problem hatte. Es war zu weit bis zum Auto. Und überall waren Leute. Er konnte Bea schlecht unter den Armen packen und sie über die Straße schleifen.

Ratlos schaute er sich um.

Fahrräder, achtlos an den schmuddeligen Wänden abgestellt, und am Ende des langen Hausflurs eine Tür, die nach draußen führte. Mikael ließ Bea liegen und lief darauf zu.

Die Tür war unverschlossen, sodass er sie nicht aufbrechen musste. Sie öffnete sich quietschend und gab den Weg frei auf ein kleines Stück Hinterhof, das zum Teil gepflastert, zum Teil mit dürftigem Rasen bedeckt war.

Mikael ging um den abgewrackten Gartentisch mit den vergammelten Stühlen herum und suchte nach irgendetwas, das ihm helfen würde, sein Problem zu lösen.

An der Wand lehnten zwei Paar Skier. Ein altes Tischfußballspiel stand in einer wind- und regengeschützten Ecke. Eine Schubkarre lag vergessen im Gras.

Er überlegte, Bea auf die Schubkarre zu legen und mit der grauen Plastikplane zu bedecken, die zusammengefaltet hinter zwei grünen Gießkannen verrottete.

Es wäre möglich.

Aber fiel ein Mann mit Schubkarre mitten im Belgischen Viertel nicht sofort auf? Die Leute würden sich seinen Anblick einprägen und das konnte ihm später das Genick brechen.

Was, wenn Bea auf einmal wach wurde und unter der Plane hervorkam?

Aber eine andere Möglichkeit sah er nicht.

Die Schubkarre war funktionstüchtig und stabil. Er schob sie ins Treppenhaus und stellte sie neben Bea ab, die immer noch so lag, wie er sie verlassen hatte. Er ging in die Hocke und schob die Arme unter ihren Körper, dann richtete er sich schwankend auf.

Sie ertrug seine Berührungen nicht mehr?

Konnte ihn nicht mehr ansehn?

Hatte ihn an die Journalistin verraten, die jetzt wer weiß was für Material über ihn besaß und wer weiß was daraus zusammenstricken konnte?

Hatte sich garantiert bei einer Psychologin ausgekotzt und womöglich an hundert anderen Stellen Lügen über ihn verbreitet?

Und *sie* ertrug *ihn* nicht mehr?

»Du wirst nie wieder weglaufen. Nie wieder. Dafür werde ich sorgen.«

Unsanft ließ er sie auf die Schubkarre fallen und schob sie zurecht, damit keine Hand und kein Fuß über den Rand der silbernen Wanne ragte. Dann faltete er die Plastikplane auseinander.

Sie war voller Staub und bedeckte Bea und ihn selbst mit einem feinen grauen Film. Hustend breitete er sie über Bea aus und stopfte sie rings um ihren Körper fest. Schließlich trat er einen Schritt zurück und begutachtete sein Werk.

»Okay, mein Herz.« Er klopfte sich den Staub von der Kleidung. »Wünsch uns Glück.«

Draußen empfing ihn der Lärm der Stadt, die so tat, als

sei nichts geschehen. Dabei hatte sich etwas Unerhörtes ereignet:

Er hatte Bea wiedergefunden.

Ohne Zwischenfälle, lediglich belästigt von dem einen oder anderen neugierigen Blick, gelangte er zu seinem Wagen. Er öffnete die Beifahrertür, fuhr den Sitz in Liegeposition und schaute sich prüfend um.

Es waren zwar Leute unterwegs, aber nicht so viele, dass das Risiko nicht überschaubar gewesen wäre. Rasch zog er die Plane herunter und ließ sie auf den Gehsteig fallen.

Bea hatte die Augen auf und starrte ihn an.

Das überraschte ihn so, dass er mitten in der Bewegung innehielt.

Sie wirkte irgendwie weggetreten. Ihr Blick schien ihn erst allmählich wahrzunehmen. Er musste sich beeilen, bevor sie wieder vollständig bei Besinnung war.

Er hielt ihr die Hand hin.

Sie starrte ihn weiter an, ohne auf seine ausgestreckte Hand zu reagieren.

»Komm!«

Sie schüttelte den Kopf. Ganz langsam zwar, aber sie war wieder da.

»Nimm meine Hand!«

Mühsam rappelte sie sich auf und schaffte es, von der wackligen Schubkarre zu steigen, ohne seine Hilfe in Anspruch zu nehmen. Schwankend stand sie vor ihm. Sie fasste sich an den Hinterkopf und verzog schmerzhaft das Gesicht.

»Was … ist passiert?«

»Keine Zeit für lange Diskussionen.« Er nahm sie am Arm und wollte ihr in den Wagen helfen. »Du kannst da drin ein bisschen schlafen.«

Sie sah zum Auto und dann wieder in seine Augen. Er konnte beobachten, wie ihre Erinnerung zurückkehrte und mit ihr das Entsetzen.

»Nein.« Kraftlos versuchte sie, sich aus seinem Griff zu befreien. »Lass mich los.«

Ihre Stimme gewann mit jedem Wort an Energie.

Mikael packte sie im Nacken und zwang sie ins Auto. Dann beförderte er die Schubkarre mit einem Tritt in einen kleinen Vorgarten, lief um den Wagen herum und warf sich auf den Fahrersitz.

Bea wirkte noch immer benommen. Mikael zurrte den Sicherheitsgurt aus der Halterung und schnallte sie an. Sie wehrte sich, konnte jedoch im Liegen nicht allzu viel gegen ihn ausrichten. Ihre kümmerlichen Versuche, ihn fernzuhalten, waren vergebliches Schattenboxen.

Es gelang ihm nicht, der Versuchung zu widerstehen. Er beugte sich über sie, drückte sie mit beiden Händen auf den Sitz und küsste sie.

Zuerst lag sie wie erstarrt. Dann bäumte sie sich auf, um ihn abzuschütteln.

Mikael lachte leise.

Ihre Lippen zu schmecken, war der Himmel.

Gott! Wie er sie vermisst hatte!

Seine Zunge suchte Einlass in ihren Mund, aber ihre Lippen öffneten sich nicht. Eigentlich mochte er solche Spielchen, doch nicht jetzt, nicht in diesem Augenblick. Er zog sich zurück, nur um sie im nächsten Moment noch einmal heftiger zu küssen.

Als sie zubiss, tanzten Sterne vor seinen Augen. Er schmeckte Blut. Neben ihm nestelte Bea verzweifelt am Schloss des Sicherheitsgurts.

»Du hast mich gebissen!«

Er legte ihr eine Hand um den schlanken Hals und drückte zu. Seine Zärtlichkeit hatte sich in eine Lava von Wut verwandelt, die alles in ihm verbrannte.

Beas Gesicht rötete sich. Todesangst trat in ihre Augen. Sie versuchte, seine Hand wegzureißen. Er drückte fester zu.

So würde sie nie wieder mit ihm umspringen.

Er spürte, wie sie sich verzweifelt unter ihm wand.

Das hatte sie sich selbst zuzuschreiben. Das und alles Weitere. Wenn er mit ihr fertig war, würde sie folgsam sein wie ein neugeborenes Lamm.

21

Schmuddelbuch, Montag, 9. Mai, elf Uhr dreißig, Diktafon

Anruf von Cal. Helen ist verletzt und besinnungslos unten im Treppenhaus gefunden worden. Amal sitzt weinend bei ihm in der Küche.

Fleur ist verschwunden.

Bin unterwegs zu meiner Wohnung. Greg hat mir sofort freigegeben, aber jetzt hält der Verkehr mich auf. Mir ist schlecht.

WAS IST PASSIERT?

Vor dem Haus stand ein Streifenwagen. Der Polizist auf der Fahrerseite telefonierte, der andere war ausgestiegen und sprach mit einem der Nachbarn, von denen sich einige hier versammelt hatten. Er drehte sich zu Romy um.

»Wohin wollen Sie?«

»Ich wohne hier. Was ist passiert?«

Der Polizist unterbrach das Gespräch mit dem Nachbarn und taxierte sie.

»Wer sind Sie?«

»Romy Berner. Ich wohne da oben.«

Sie wies zum Dachgeschoss.

»Romy Berner.« Er blätterte in einem kleinen blauen Notizbuch. »Sie haben Ihre Wohnung an Bea Hagedorn und Amal Mosa … Augenblick … Mosahim …«

»Ich habe sie ihnen für eine Weile überlassen.«

»Aus welchem Grund?«

»Sie haben im Frauenhaus gewohnt und sich dort nicht mehr sicher gefühlt. Aber sagen Sie mir doch bitte zuerst, was hier passiert ist.«

Sein Handy klingelte.

»Moment.«

Der Polizist zog sich ein Stück zurück und hob das Handy ans Ohr. Romy nutzte die Gelegenheit, lief zur Tür, stieß sie auf und prallte fast mit Cal zusammen, der reglos da stand und auf den Boden starrte.

»Was ist hier los, Cal?«

»Jemand hat Helen niedergeschlagen. Sie ist im Krankenhaus.«

»Schlimm verletzt?«

»Sie hat Glück gehabt.«

»Und was ist mit Fleur?«

Cal war ungewöhnlich blass. Sein schmales Gesicht wirkte beinah ausgezehrt. Romy musste sich zusammenreißen, um nicht tröstend die Hand auf seine Wange zu legen.

»Sie ist weg.«

»Weg? Was heißt weg? Woher weißt du das?«

Cal sah sie zerknirscht an. Hatte er irgendetwas getan oder gelassen und Fleur damit geschadet? Was wusste er?

»Ich fühl mich schuldig, dabei war ich gar nicht hier. Ich bin eben erst nach Hause gekommen, hätte also auch nichts verhindern können.«

Sie sah das Flehen in seinen Augen. Erwartete er, dass sie ihm Absolution erteilte? Wofür auch immer?

»*Was* verhindern? Jetzt red doch, Cal!«

»Ich weiß es nicht.«

Wieder senkte er den Blick auf den Boden, und da sah Romy das Blut. Es war nicht viel, aber es war unverkennbar Blut.

»Helen?«, fragte sie und merkte, wie ihr das Atmen schwerfiel.

»Wahrscheinlich nicht.« Er schüttelte den Kopf. »Helen lag da an der Wand, zwischen Gabriels und Joys Rädern.«

»Fleur?«

»Herrgottnochmal, ich habe keine Ahnung!« Reumütig sah er ihr in die Augen. »Entschuldige. Ich wollte dich nicht anschreien.«

Es tat ihr nicht weh, dass er sie angeschrien hatte. Es war ihr gleichgültig, ob er es tat oder nicht. Das war viel schmerzhafter.

»Was ist mit Amal?«

»Sie sitzt in unserer Küche und rührt sich nicht vom Fleck. Steht unter Schock.«

»Hat sie etwas gesehen?«

»Sie redet nicht.«

»Was soll das heißen?«

»Dass sie nicht redet. Stumm vor sich hin stiert und nicht ansprechbar ist.«

Romy hatte genug gehört. Sie sprintete die Treppen hinauf und betrat die Wohnung von Cal, Helen und Tonja, deren Tür nur angelehnt war. In der Küche fand sie eine schreckensstarre Amal vor, die auf ihr Eintreten nicht einmal reagierte.

Romy setzte sich zu ihr an den Tisch.

»Ich bin gekommen, so schnell ich konnte.«

Amal hielt einen Becher Tee mit den Händen umschlossen, als wollte sie sich daran wärmen. Wie gut Romy das Geschirr kannte. Sie hatte oft und oft aus diesen bunten Bechern getrunken. Das schien Jahre her zu sein.

»Wo ist Fleur? Ist ihr etwas zugestoßen, Amal?«

Unmerklich schüttelte Amal den Kopf. Ihr Blick kehrte von dort zurück, wo er sich verloren hatte. Es lag so viel Traurigkeit darin, so viel Hilflosigkeit, dass es Romy die Kehle zuschnürte.

»Ich war nicht hier, als es passiert ist«, flüsterte Amal.

»Was? Was ist passiert, Amal?«

»Er hat sie geholt.«

»Mikael?«

Amal nickte.

»Ich hab sie alleingelassen.«

»Woher weißt du, dass er sie geholt hat?«

»Sonst wär sie hier.«

»Vielleicht ist sie nur kurz einkaufen. Kann doch sein, dass …«

»Hast du das Blut gesehen? Unten im Flur?« Amal ließ den Becher los und schob die Hände unter ihre Oberschenkel, wie Kinder es manchmal tun. »Sie ist nicht freiwillig gegangen. Dazu hatte sie viel zu viel Angst. Außerdem hat sie ihr Handy nicht mitgenommen. Warum? Kannst du mir das erklären?«

Romy bemerkte, dass sie mechanisch Amals Rücken tätschelte. Als wollte ich einen Hund beruhigen, dachte sie und hörte sofort damit auf. Sie legte Amal den Arm um die Schultern.

»Hallo?«

Romy hatte die Männerstimme kaum gehört, als Amal schon aufgesprungen war und sich blitzschnell im Badezimmer in Sicherheit gebracht hatte.

»Tut mir leid«, sagte der Kommissar. »Wir hätten klingeln sollen. Wir wollten niemanden erschrecken.«

Selten hatte Romy sich mehr über den Anblick zweier Menschen gefreut als über den von Bert Melzig und Rick Holterbach.

Sie würden Fleur suchen.

Und finden.

*

Mikael hatte sich gerade noch beherrschen können und die Hand von Beas Hals genommen. Mit seiner Rache hatte es keine Eile. Dazu hatte er später Zeit genug.

Sie befanden sich auf dem Weg zur Autobahn und waren gleich raus aus diesem beschissenen Köln. Wie gut, dass er sich angewöhnt hatte, die wichtigsten Dinge immer bei sich zu haben. Auf die paar Klamotten, die sich noch in der Pension befanden, konnte er locker verzichten.

Nichts davon ließ Rückschlüsse auf ihn zu. Nirgendwo war sein Name notiert. Nicht, dass er damit gerechnet hatte, Bea vom Zufall quasi geschenkt zu bekommen. Er hatte aus reiner Vorsicht bei der Anmeldung in der Pension einen falschen Namen und eine falsche Adresse angegeben.

Er hatte keine Ahnung, wohin er Bea bringen sollte.

In seine Wohnung auf keinen Fall, denn bei ihm würden die Bullen zuallererst aufkreuzen. Vielleicht löste er das Problem auf der langen Fahrt. Möglich, dass Juri ihm auch hier aus der Bredouille helfen konnte.

Neben ihm spielte Bea verrückt.

Er hatte ihr Hände und Füße mit den Stricken zusammengebunden, die er seit dem letzten Umzug im Auto liegen hatte. Außerdem war sie angeschnallt. Halb liegend, halb sitzend bäumte sie sich gegen den Sicherheitsgurt auf, zerrte an den Fesseln und schrie sich heiser. Die Haare klebten ihr schweißnass an der Stirn.

Wenn sie sich nicht allmählich beruhigte, würde er nachhelfen müssen. Das Gezappel und Gebrüll hielt er keine Sekunde länger aus. Erst recht nicht bis Dresden.

Als er die Ansage des Navis nicht richtig verstehen konnte und falsch abbog, reichte es ihm.

»Halt die Klappe!«, schrie er Bea an. »Sonst kriegst du einen Knebel verpasst!«

Sie verstummte abrupt und blieb ruhig liegen.

Ihr Sitz war blutverschmiert. Mikael hatte noch keine Zeit gehabt, sich ihre Kopfwunde genauer anzuschauen. Eine Platzwunde, so viel hatte er festgestellt. Eine, die plötzlich stark zu bluten schien.

An der nächstmöglichen Stelle wendete er. Ihm war kalt und in seinem Kopf rauschte es. Bevor sie sich nicht auf der Autobahn befanden, würde er nicht zur Ruhe kommen.

Ausgerechnet heute musste halb Köln unterwegs sein. Die Fahrzeuge schoben sich wie ein träger Tausendfüßler aus Blech die Aachener Straße entlang. Das Navi kündigte etliche Staus auf der Strecke an und plante eine alternative Route, die jedoch nichts bringen würde, wie Mikael aus Erfahrung wusste. Seit jeder Depp mit einem Navi ausgestattet war, brachten auch die Umgehungsstrecken nichts, weil die ebenfalls verstopft waren.

Man konnte die blauen Hinweisschilder zur Autobahn in der Ferne bereits erkennen, als die Autoschlange zum Stehen kam. Mikael fluchte vor sich hin und schlug ein paarmal verärgert aufs Lenkrad. Er warf einen Blick auf Bea, die schon seit einer Weile verdächtig still dalag.

Sie starrte ihn an. In ihren Augen las er eine Entschlossenheit, die ihn verwirrte.

Wieso zeigte sie keine Angst?

»Mach dir nichts vor«, sagte er. »Du hast keine Chance.«

Sie antwortete nicht, doch das hatte er auch nicht erwartet.

Der Stau löste sich so rasch auf, wie er entstanden war. Jetzt lief der Verkehr zügig und schnell. Die blauen Hinweisschilder kamen näher.

Mikael begann gerade, sich zu entspannen, als Bea sich plötzlich herumwarf, die Knie anzog und ihn mit den Füßen am Kopf traf. Im nächsten Moment stieß sie die Tür auf und ließ sich bei vollem Tempo auf die Fahrbahn fallen.

Wie, zum Teufel, hatte sie sich von den Fesseln befreien können? Und wie war es ihr gelungen, den Gurt zu öffnen, ohne dass er es bemerkt hatte?

Mikael trat auf die Bremse. Mehrere Bremsen quietschten. Der Wagen hinter ihm kam im letzten Moment schlingernd zum Stehen. Ein Hupkonzert ertönte.

Im Rückspiegel sah Mikael, wie zwei Männer aus ihren Fahrzeugen sprangen und Bea zu Hilfe eilten.

Er hatte keine Wahl.

Er gab Gas.

*

Fleur schwebte.

Hörte.

Verstand nicht.

Schwärze.

Stille.

Lichtpunkte im Dunkel.

Sie glitt hindurch.

Hoch.

Hoch.

22

Schmuddelbuch, Dienstag, 10. Mai, kurz vor sieben

Den Tag gestern wie unter einer Glasglocke erlebt. Hab's immer noch nicht richtig begriffen.

WAS IST PASSIERT?

Fleurs schrecklicher Sturz füllt die ersten Seiten sämtlicher Lokalteile sämtlicher Zeitungen. Allerdings erfährt man nur, wie der Unfall abgelaufen ist. Die Polizei gibt weder Fleurs Namen noch weitere Informationen heraus.

Der Kommissar und sein Kollege haben mich zu Fleurs Verschwinden befragt, mir jedoch nicht verraten, wohin man sie gebracht hat. Bislang habe ich es auch nicht herausgefunden.

Die Krankenhäuser halten dicht, zumindest am Telefon. Werde sie heute alle abklappern, um Fleur zu finden. Ich muss wissen, wie es ihr geht.

Und Helen. Was ist mit Helen?

Ingo merkte, dass Romy gar nicht richtig anwesend war. Sie lasen beim Frühstück die Zeitung, wie sonst auch. Doch heute ließ sie ihn nicht teilhaben an ihrer Lektüre.

Normalerweise kommentierte sie Artikel oder las ihm kurze Stellen daraus vor. Sie unterhielten sich darüber, lobten oder lästerten und fanden daran großen Spaß.

Heute nichts davon.

Romy schien nicht wirklich aufzunehmen, was sie da

las. Sie aß auch kaum etwas, kaute ewig lange an jedem Bissen.

Sie war schon gar nicht mehr hier.

»Was hast du heute vor?«, fragte er.

»Krankenhäuser abklappern«, murmelte sie.

Natürlich wusste er sofort, warum sie das tun wollte. Seine Kopfhaut zog sich kalt zusammen. Was, wenn Fleurs Entführer sich nach der missglückten Aktion an Romy wandte?

»Rechnest du dir Chancen aus, sie zu finden?« Er nahm sich ein Brötchen und schnitt es auf. »Die Polizei hat garantiert alles getan, um sie abzuschotten.«

Romy legte die Zeitung beiseite, stützte das Kinn in die Hände und sah ihn verträumt an.

»Du machst dir Sorgen um mich.«

»Das hört sich bloß so an.«

»Glaubst du, ich kann eine gute Journalistin werden, wenn ich bei der kleinsten Schwierigkeit die Segel streiche?«

»Natürlich nicht.«

»Ich wundere mich, dass du nicht selbst auf die Suche gehst. Normalerweise bist du ja nun wirklich nicht derjenige, der sich von den Bullen mit ein paar Halbwahrheiten abspeisen lässt.«

Das wunderte ihn ebenfalls. Für eine solche Story hätte er früher Gott und Vaterland verraten.

»Es ist *deine* Geschichte.«

»Wie bitte?« Ungläubig starrte sie ihn an. »Du *schenkst* sie mir?«

»Ich sitze an einer ganz anderen Sache, die mich viel Zeit kostet.«

Das war nur ein Teil der Wahrheit, denn es juckte ihn tatsächlich in sämtlichen Fingern, herauszufinden, was genau auf der Aachener Straße geschehen war.

»Also setzt ihr einen Kollegen auf Fleur an?«

»Nach meinen Informationen machen wir gar nichts Großes daraus. Du vergisst, dass die Kollegen den Hintergrund nicht kennen. Da bist du ihnen um Lichtjahre voraus.«

Es fiel ihm nicht einmal schwer, Romy die Story zu überlassen.

Und die Lorbeeren.

Ihr Artikel, der Start einer eigenen Serie sein sollte, war großes Kino. Sie hatte ihm die erste Fassung zu lesen gegeben. Er fragte sich nicht zum ersten Mal, wie um alles in der Welt eine Volontärin so schreiben konnte. So dicht, so bildhaft, so sinnlich, so nah bei den Menschen und bei sich selbst.

Ingo erhob sich von seinem Stuhl, beugte sich über den Tisch und drückte Romy einen Kuss auf die Wange. Überrascht legte sie ihm die Arme um den Hals. Er verlor beinah das Gleichgewicht, als sie ihn noch ein Stück näher zu sich heranzog und seinen Mund suchte.

Er schloss die Augen. Es kostete ihn den Rest seiner Selbstbeherrschung, es bei diesem Kuss zu belassen.

»Ich kann nicht«, flüsterte sie da auch schon an seinem Ohr. »Ich muss gleich los.«

In ihrem Lächeln fand Ingo die ganze Liebe widergespiegelt, die er selbst empfand. Es schnürte ihm die Kehle zu. Er räusperte sich und setzte sich wieder hin.

»Du weißt, dass deine Recherchen gefährlich werden können.«

Romy stand auf, kam um den Tisch herum und nahm sein Gesicht in beide Hände.

»Nicht so gefährlich wie du«, flüsterte sie. »Nicht halb so gefährlich. Und jetzt küss mich, statt dich um mich zu sorgen.«

Ingo zog sie auf seinen Schoß und küsste sie und hätte sie am liebsten nie mehr losgelassen.

*

Die Schwärze war überall.

Unendlich und still.

Un … durch … dring … lich.

Manchmal wanden sich Stimmen aus der Dunkelheit.

Bewegungen.

Hoben sich. Sanken nieder.

Glitten dahin.

Erstarben.

Müde, so müde. Die Augen so schwer.

A u g e n.

S c h w e r.

M ü … d e.

Und wieder rollte die Finsternis heran, über die Stimmen hinweg, das Heben und Senken, das Gleiten, zog alles mit sich, irgendwohin.

I r g e n d w o h i n …

*

Bert und Rick konnten die Morgenbesprechung gar nicht schnell genug hinter sich bringen. Aufgaben wurden verteilt, die Kollegen wurden zu strengstem Stillschweigen gegenüber der Presse verpflichtet und jedem Einzelnen war klar, dass die Ermittlungen an Tempo zulegen mussten.

Doch sie hatten sich nichts vorzuwerfen.

Im Fall Mariella Hohkamp waren etliche Hürden zu überwinden. Um die Männer der Frauen aus den Frauenhäusern zu befragen, die über ganz Deutschland verstreut lebten, arbeiteten sie eng mit den Kollegen aus anderen Bundesländern zusammen. Aber sie waren auch selbst viel unterwegs. Sie mussten die Familien sämtlicher Mitarbeiterinnen überprüfen und die Nachbarschaft durchkämmen.

Das alles verschlang wertvolle Stunden.

Und nun war ein neuer Fall hinzugekommen: die Entführung Bea Hagedorns, die sich Fleur nannte und den meisten im Frauenhaus auch nur unter diesem Namen bekannt war. Beide Fälle gehörten aller Wahrscheinlichkeit nach zusammen und wurden auch so behandelt.

Bert und Rick gingen davon aus, dass der Mord an Mariella Hohkamp keine Primärtat war.

»Ziel war von Anfang an die Entführung Fleur/Bea Hagedorns«, hatte Bert bei der Morgenbesprechung ausgeführt. »Wobei noch unklar ist, was der konkrete *Grund* für den Mord an der Sozialarbeiterin war. Hat Mariella Hohkamp sich dem Täter entgegengestellt? Hat sie ihn gestört? Drohte sie, Alarm zu schlagen?«

Mit dem zweiten Fall wurde es wahrhaftig nicht leichter.

Es gab Zeugen, die beobachtet hatten, wie Bea aus dem Fahrzeug auf die Fahrbahn gestürzt war. Doch sie waren nicht in der Lage gewesen, den Fahrer zu beschreiben. Der, wie einer der Zeugen ausgesagt hatte, ebenso gut eine Fahrerin sein konnte.

Keiner hatte gesehen, dass Bea gestoßen worden war. Das legte die Vermutung nahe, dass sie sich freiwillig aus dem fahrenden Auto gestürzt hatte.

Niemand hatte sich das Kennzeichen gemerkt.

Die Wahrscheinlichkeit, dass es sich bei dem Fahrer um den in Dresden gemeldeten Mikael Kemper handelte, war hoch. Die sächsischen Kollegen hatten versucht, ihn in seiner Wohnung zu erreichen, ihn dort jedoch nicht angetroffen.

Von den Nachbarn hatten sie erfahren, dass er bereits seit

mehreren Tagen *verschollen* sei. An der Uni, wo er Medizin studierte, war er auch schon eine Weile nicht mehr aufgetaucht.

Schließlich waren sie noch in die Klinik gefahren, in der Mikael Kemper als Pfleger jobbte. Dort hatte er sich für eine Woche Urlaub genommen.

Die Auskünfte waren durchweg positiv: höflicher junger Mann, zielstrebig, fleißig und pflichtbewusst. Eine Nachbarin erkannte Bea auf einem Foto, das Romy Berner zur Verfügung gestellt hatte, als seine Freundin, von der man in der Nachbarschaft jedoch selten etwas gesehen habe.

»Die beiden leben sehr zurückgezogen«, hatte sie ausgesagt. »Extrem zurückgezogen sogar. Vor allem das Mädchen haben wir so gut wie nie zu Gesicht bekommen.«

»Das sind diese Äußerungen, die man immer zu hören kriegt, wenn ein stiller, freundlicher Mensch sich plötzlich als Triebtäter oder Amokläufer entpuppt«, sagte Rick, als sie sich im Stau auf der Aachener Straße vorwärtsquälten. »Mir läuft es bei solchen Beschreibungen kalt über den Rücken.«

Bert erging es ähnlich. Aber wann war es ratsam, die Polizei einzuschalten? Reichte es dazu schon aus, wenn man einer Person aus der Nachbarschaft selten begegnete?

»Du weißt, wie schwierig diese Grenze zwischen Hinschauen und Weggucken zu ziehen ist«, wandte er ein. »Die soziale Kontrolle innerhalb einer Nachbarschaft ufert schnell aus und kann bedrohlich werden.«

»Wem sagst du das«, stöhnte Rick, dessen Blick einer jungen Frau folgte, die mit halsbrecherischen Highheels über den Gehsteig stolzierte. »Ich könnte unsere Nachbarn oft auf den Mond schießen und selbst der ist noch nicht weit genug entfernt.«

Sie waren auf dem Weg zum St. Lukretia-Krankenhaus,

wohin man die verletzte Bea Hagedorn gebracht hatte. Ein Weg, den sie sich liebend gern erspart hätten.

Bert bekam die Bilder vom Vortag schon jetzt nicht mehr aus dem Kopf.

»Glaubst du, sie wird das Bewusstsein wiedererlangen?«, fragte Rick, dessen Gedanken ebenfalls in diese Richtung gegangen waren.

Bert hob die Schultern. Nicht einmal die Ärzte hatten gestern eine Prognose gewagt, nachdem sie Bea einer Reihe von Untersuchungen unterzogen hatten.

»Wir sprechen hier nicht von einem klassischen Koma«, hatte der Oberarzt Bert und Rick erklärt, »sondern von einem minimalen Bewusstseinszustand, ausgelöst durch ein schweres Schädel-Hirn-Trauma.«

»Minimaler Bewusstseinszustand?«, hatte Rick nachgehakt.

»Minimally conscious state«, fuhr der Arzt fort. »Es ist eine Art Dämmerzustand, der sich von den schwereren komatösen Stufen darin unterscheidet, dass der Patient zeitweilig auf äußere Reize reagieren kann.«

»Auf Geräusche?«, fragte Bert.

»Geräusche, Berührungen, den Wechsel von Licht und Schatten.« Der Arzt nickte. »Die Wahrscheinlichkeit, dass ein Patient aus dem minimalen Bewusstseinszustand wieder erwacht, ist größer als beim Koma oder Wachkoma, aber wir können keine Prognose wagen. Verharrt ein Patient länger als zwölf Monate in diesem Zustand, ist es eher unwahrscheinlich, dass noch eine Verbesserung eintritt.«

Rick hatte unmerklich das Gesicht verzogen. Bert hatte genau gewusst, was er dachte: Sie würden bei der Aufklärung des Falls nicht auf Bea Hagedorns Hilfe bauen können.

Im *St. Lukretia* angekommen, überzeugten sie sich davon, dass die Sicherheitsvorkehrungen beachtet worden waren.

Das Bett der Patientin stand in einem der wenigen Einzelzimmer der Intensivstation, denn wenn sie wirklich von ihrem Freund entführt worden war, würde er es möglicherweise ein zweites Mal versuchen.

Oder Schlimmeres, dachte Bert und strich Bea sacht über die Hand, die blass und reglos auf der Bettdecke lag.

Doch das werden wir verhindern, das verspreche ich dir.

»Haben Sie keine Angst«, sagte er leise. »Hier sind Sie sicher. Wir werden alles tun, um den Mann zu finden, der Ihnen das angetan hat.«

Rick wandte sich ab und sah aus dem Fenster, vor dem wieder ein grauer Tag erwachte.

»Verdammt, das werden wir«, stieß er hervor. »Das werden wir.«

*

Ein Ort im Dunkeln.

Ohne Anfang.

Ohne Ende.

Sie verharrte darin.

Schweigend.

Ohne Furcht.

Ohne Hoffnung.

Ohne zu begreifen.

Von fern Geräusche.

Die sie nicht berührten.

Nichts berührte sie.

Alles war tot.

*

Greg hatte Romy oft genug eingeschärft, bei ihren Recherchen professionellen Abstand zu wahren, und bisher war ihr das mehr schlecht als recht gelungen. Jetzt hatte sie noch größere Probleme damit.

Fleur war ihr in kurzer Zeit so sehr ans Herz gewachsen, dass Romy nicht tun konnte, als recherchiere sie für irgendeinen Artikel über eine Person, die sie nichts anging.

Da der Unfall auf der Aachener Straße in Weiden passiert war, erschien es ihr sinnvoll, zunächst die Krankenhäuser abzuklappern, die sich in der Nähe befanden, und sich von da aus in andere Stadtteile vorzuarbeiten. Sie war gerade damit beschäftigt, sich die Adressen herauszusuchen, als Ingo anrief.

»Hallo, du«, sagte sie zärtlich und wandte den Kollegen den Rücken zu. »Wir haben uns doch eben erst voneinander verabschiedet.«

»Das war vor einer Ewigkeit.«

Sie spürte sein Lächeln zwischen den Worten und lächelte ebenfalls. Mit Ingo, dachte sie, wäre sogar ein Telefongespräch ohne Worte möglich.

»Hast du was von Helen gehört?«, erkundigte sich Ingo.

»Ich hab mit ihr telefoniert. Nachdem sie gestern keinen Besuch erlaubt haben, wird sie heute schon entlassen. Sie geht aber auf eigenen Wunsch.«

»Holst du sie ab?«

»Nein. Das macht Cal. Ich werde sie heute irgendwann sehen. Falls ich es schaffe und sie nicht zu groggy ist.«

»Wie geht es ihr?«

»Sie sagt, sie ist nur noch ein bisschen schlapp. Die Gehirnerschütterung hat sie bloß so nebenher erwähnt, auch dass sie auf eigene Verantwortung das Krankenhaus verlässt. Aber du weißt ja – sie ist Heilerin. Sie kann sich selbst am besten helfen. An ihr ist wirklich eine Ärztin verloren gegangen.«

In dem kurzen Schweigen, das entstand, hörte Romy Ingo leise atmen.

»Ich will mich nicht einmischen«, sagte er nach einer Weile. »Darf ich dir trotzdem einen Hinweis geben?«

»Du? Immer.«

»Du wirst mit der Suche nach dem Krankenhaus, in dem Fleur liegt, sicherlich mit dem *St. Lukretia* in Weiden anfangen?«

Blitzmerker, dachte Romy und verkniff sich ein Grinsen.

»Hatte ich vor, ja.«

»Mir ist eingefallen, dass ich mal eine Krankenschwester von dort … ähm … kannte.«

Er räusperte sich, und auch das war eine neue Seite an ihm – manche Dinge brachten ihn doch tatsächlich in Verlegenheit. Ingo Pangold, der Hardliner der Zeitungsszene, Frauenkenner und ehemaliger Macho, leistete sich Gefühle.

Er wartete auf einen Kommentar und redete weiter, nachdem er ausblieb.

»Sie spricht eigentlich nicht mehr mit mir, aber mittlerweile sind so viele Monate ins Land gegangen …«

Ins Land gegangen, dachte Romy belustigt. Er sollte Romane schreiben.

»… dass ich es einfach noch mal probiert habe. Sie … äh …«

»Ist Fleur dort Patientin?«

»Ja.« Aus dieser einen Silbe klang seine ganze Erleichterung, es hinter sich gebracht zu haben. »Sie liegt auf der Intensivstation, in einem Einzelzimmer, von denen es da nur eine Handvoll gibt. Zu diesem Zimmer hat offenbar nur ein ausgesuchter Teil des Pflegepersonals Zugang. Es sitzt nicht gerade ein Polizeibeamter vor der Tür, aber es könnte für Fleur kaum sicherer sein, wenn dort tatsächlich einer Wache hielte.«

Romy fiel ein Stein vom Herzen.

»Du bist so … so …«

»Wunderbar?«

»Quatschkopf!«

»Nur du bringst es fertig, dieses Schimpfwort liebevoll auszusprechen.«

»Vielen Dank, dass du dir die Mühe gemacht hast.«

»Es war bloß ein kurzer Anruf.«

»Hoffentlich.«

»Wieso?«

»Nicht, dass deine Verflossene auf einmal wieder Gefallen an dir findet.«

»Ich gehöre dir. Für immer.«

Ständig zitierte er irgendwelche Dichter oder Philosophen, von denen Romy die wenigsten kannte.

»Goethe?«, fragte sie. »Schiller? Lessing? Kleist?«

»Pangold.«

Sie lachte leise.

Noch eine Weile, nachdem das Gespräch zu Ende war, hatte sie Ingos warme, dunkle Stimme im Ohr.

*

Wenn sie glaubten, in einem Krankenhaus sei Bea vor ihm sicher, dann hatten sie sich gründlich getäuscht. Sie würde niemals vor ihm sicher sein.

Nirgends.

Mikael nahm sich ein Zimmer in einem schäbigen kleinen Hotel am Stadtrand von Köln, in dem es nicht danach aussah, als würden die Angestellten sich für das Privatleben ihrer Gäste interessieren.

Wie sich herausstellte, gab es nicht mal Angestellte in diesem Hotel, lediglich einen Mann um die fünfzig, der sämtliche Funktionen gleichzeitig auszuüben schien. Er war klapperdürr, stank nach kaltem Zigarrenrauch und trug eine Brille mit schmutzigen Gläsern, die seine Augen riesig wirken ließen und seinem Gesicht ein etwas dümmliches Aussehen verliehen.

Es gab eine verwaiste Rezeption, die nicht mehr genutzt wurde. Neben dem Eingang hing außen, in schmuddelige Folie eingeschweißt, die handschriftliche Aufforderung, eine angegebene Mobilnummer zu wählen, wenn man ein Zimmer mieten wollte.

Für Gäste ohne Handy ein Problem, dachte Mikael. Doch das kümmerte ihn nicht.

Schon die rauchige Stimme am Telefon und die Tatsache, dass der Mann die meisten seiner Sätze mit einem Hustenanfall unterbrach, hatten Mikael auf sein Aussehen vorbereitet. Bei vielen Menschen klafften Stimme und Äußeres weit auseinander. Bei dem hier stimmte beides passgenau überein.

Mikael musste keinen Anmeldebogen ausfüllen, das Zimmer jedoch im Voraus bezahlen. Es gab keine neugierigen Blicke, weil er ohne Gepäck hier stand, und keine unangenehmen Fragen. Er erhielt seinen Schlüssel und betrat kurz darauf ein schmuddeliges Zimmer am Ende des Flurs im Erdgeschoss.

Nichtraucherzimmer, stand auf einem stumpfen Messingschild außen an der Tür, doch Mikael wurde von dem muffigen Geruch eines Raums empfangen, in dem nicht nur geraucht, sondern hemmungslos gepafft worden war.

Es war ihm gleichgültig. Das hier war lediglich eine Wartestation. Er benötigte das Zimmer nur so lange, bis er Bea gefunden hatte.

In der Zeitung hatte gestanden, dass sie schwer verletzt in ein Krankenhaus eingeliefert worden war. Mehr nicht.

Mikael wusste aus Erfahrung, dass man Unfallopfer möglichst schnell versorgen musste und deshalb in der Regel das nächstgelegene Krankenhaus anfuhr. Stellte sich bei den Untersuchungen heraus, dass der Verletzte in eine Spezialklinik transportiert werden musste, tat man das, sobald er stabilisiert worden war.

Häufig blieben Unfallopfer zur besseren Beobachtung eine Weile auf der Intensivstation. Mikael brauchte also nur das Krankenhaus aufzusuchen, das der Unfallstelle am nächsten lag, und hatte mit einer hohen Wahrscheinlichkeit das richtige gefunden.

Er beschloss, sich zuvor ein wenig auszuruhen und Ordnung in seine Gedanken zu bringen.

Seinen Wagen hatte er am Rand von Leverkusen in einer Straße abgestellt, wo so viele abgehalfterte und ausgeschlachtete Schrottkisten parkten, dass eine mehr oder weniger nicht auffallen würde.

Er hatte zuvor auf einem nahe gelegenen Waldweg die Nummernschilder abgeschraubt und vertraute darauf, dass sich die wenigsten Menschen in einem Schockmoment ein Kennzeichen einprägten. Die Schilder hatte er in einen Tümpel geworfen, wo sie in aller Ruhe verrotten konnten.

Klar – die Bullen würden ihn verdächtigen. Aber in der Zeitung hatte gestanden, Bea liege *schwer verletzt* in einem Kölner Krankenhaus. Also durfte er darauf hoffen, dass sie noch nicht in der Lage gewesen war, auszusagen.

Die Bullen konnten sich also lediglich auf Vermutungen stützen.

Ein bisschen dürftig, dachte er und schnaubte verächtlich. In seinem Kopf ging es hoch her. Obwohl er sich auf dem Bett ausgestreckt hatte, gelang es ihm nicht, zu entspannen. Das Gedankenkarussell hielt ihn fest im Griff.

Und die Wut.

Sie war so gewaltig, dass sie alles verschlang.

Bea hatte sich aus dem fahrenden Auto gestürzt. Hatte den möglichen Tod einem Zusammenleben mit ihm vorgezogen!

Wie groß musste ihr Hass auf ihn sein.

Oder ihre Angst.

Diese Vorstellung verlieh ihm eine kurze Befriedigung. Dann verflüchtigte sie sich auch schon wieder und machte der Unruhe Platz, die ihn seit dem Unfall quälte.

Wie kam er unbemerkt an Bea heran?

Noch hatte er sich nicht entschieden, was er mit ihr anstellen würde, wenn es ihm erst gelungen war. Das würde er an Ort und Stelle tun. Es gab nur zwei Möglichkeiten:

Er konnte sie mitnehmen oder dalassen.

Tot oder lebendig, dachte er. Nehme ich sie mit, darf sie leben. Mit mir und nach meinen Regeln. Lasse ich sie da, wird sie mit keinem mehr leben, denn dann wird sie tot sein.

Er rollte sich vom Bett und machte sich in dem schäbigen Badezimmer notdürftig frisch. Vorsichtig begutachtete er seine Lippe, die von Beas Biss geschwollen war, spülte sie behutsam mit Wasser und nahm sich vor, in der nächsten Apotheke ein Wundspray zu kaufen.

Wenig später verließ er das Hotel, um sich ein paar Klamotten und Toilettenartikel zu besorgen. Allmählich reifte in ihm ein Plan, verrückt, riskant, aber erfolgversprechend.

Der graue Himmel schien plötzlich nicht mehr so tief zu hängen. Der Weg, der sich vor Mikaels innerem Auge abzeichnete, lockte ihn verführerisch.

Probleme waren da, um gelöst zu werden. Das war immer sein Motto gewesen.

23

Schmuddelbuch, Dienstag, 10. Mai, zehn Uhr fünfunddreißig

Manchmal ist der Anfang einer Liebe gleichzeitig ihr Ende.
(Fleur)

Das St. Lukretia-Krankenhaus war eines der ältesten in Köln und das merkte man ihm auch an. Obwohl es einen ultramodernen Anbau gab und über die Jahre hinweg kräftig restauriert und renoviert worden war, erkannte man an dem einzigartigen Klinker und den dekorativ geschwungenen Bögen über den hohen, schmalen Fenstern und Türen, dass man es hier mit einem geschichtsträchtigen, denkmalgeschützten Gebäude zu tun hatte.

Als Romy den Eingangsbereich betreten hatte, fühlte sie sich um Jahrzehnte zurückversetzt. Durch eine Glasplatte in dem dunklen Steinfußboden konnte man einen Ausschnitt des beleuchteten Gewölbekellers bewundern. Riesige Glasabdeckungen an den Wänden gaben den Blick auf das Mauerwerk frei. Fast hätte man meinen können, man befinde sich in einem Museum.

Doch das täuschte. Dies hier war nur der Empfang, in dem der Architekt mit Zitaten aus der Vergangenheit gespielt hatte. Sobald man ihn verließ, betrat man die High-Tech-Welt der Medizin.

Und inmitten dieser Welt gab es eine Intensivstation.

Auf der Fleur lag.

Romy fürchtete sich vor dem Zustand, in dem sie die Freundin vorfinden würde. Die ITS war nicht für harmlose Fälle gedacht. Befanden sich dort nicht hauptsächlich Menschen auf der Schwelle zwischen Leben und Tod?

Aber vielleicht irrte sie sich auch. Machte sich unnötig Sorgen. Vielleicht hatten sie Fleur nur auf die Intensivstation gebracht, um sie unter Kontrolle zu haben und so bestmöglich vor Mikael zu schützen.

Oder wer auch immer der Täter war, dachte sie.

Im Zweifel für den Angeklagten.

Sämtliche Sinne signalisierten ihr allerdings deutlich, *dass es keinen Zweifel gab.*

Sie ging entschlossen am Empfang vorbei, wo eine junge Frau saß, die telefonierte und ihr keine Beachtung schenkte.

Gut so.

Patienten und Besucher eilten, schlenderten oder hinkten durch die Halle. Manche der Patienten waren mit einem Infusionsflaschenhalter unterwegs. Andere wurden im Rollstuhl geschoben. Viele der Besucher wirkten gehetzt, als sehnten sie den Moment herbei, an dem sie diesen Ort wieder verlassen konnten.

Es roch nach Desinfektionsmitteln und einem Hauch unterschiedlicher Parfumdüfte. Ein Mann mit Aktenkoffer und zu viel Gewicht ließ eine penetrante Erinnerung an sein Aftershave zurück. Aus der Cafeteria zog das einladende Aroma von frisch aufgebrühtem Kaffee in Romys Nase.

Sie nahm all das mit geschärften Sinnen wahr. Wenn sie einer Krankenschwester, einem Pfleger oder jemandem im Arztkittel begegnete, wandte sie den Blick ab, doch die meisten waren so in Eile, dass sie Romy überhaupt nicht wahrzunehmen schienen.

An einer wegweisenden Wandtafel mit Pfeilen, die in sämtliche Richtungen zeigten, blieb Romy stehen, um sich zu orientieren.

Patientenaufnahme. Notfall- und Zentralambulanz. EKG. Röntgenabteilung. Innere Medizin. Urologie.

Sie überflog die Stationen, bis sie fand, was sie suchte.

Intensivstation.

Sie war in der fünften Etage untergebracht. Romy entschied sich, auf den Fahrstuhl zu verzichten und die Treppen zu nehmen. Hier war die Gefahr, von jemandem aufgehalten zu werden, am geringsten.

Schon im zweiten Stock ging ihr die Puste aus und sie schnappte nach Luft wie eine übergewichtige Frau mit vollen Einkaufstaschen an den Händen.

Das war die Aufregung. Daran musste sie unbedingt arbeiten. Bei Recherchen war einem Lampenfieber bloß im Weg. Da sollte man selbstbewusst auftreten und durfte sein Ziel nicht aus den Augen verlieren.

Hinter der Glastür mit der Aufschrift *Intensivstation – Zutritt nur für medizinisches Personal* wirkte alles ruhig. Keine Schwester auf dem langen Flur zu sehen und kein Pfleger. Allerdings konnte Romy diesen Vorteil nicht nutzen, denn die Tür war verschlossen.

An der Wand war eine Klingel angebracht. Offenbar musste man den Knopf drücken, um eingelassen zu werden.

Mist!

Es würde ihr nicht gelingen, sich am Schwesternzimmer vorbeizumogeln und dann in Ruhe nach Fleur zu suchen.

Sie trat ein paar Schritte beiseite, zog ihr Smartphone aus der Tasche und tat, als würde sie ihre Nachrichten checken. So wirkte sie beschäftigt und konnte in Ruhe ihre Gedanken ordnen.

In den folgenden zehn Minuten gingen mehrere Krankenschwestern hinein, zwei Pfleger kamen heraus. Niemand achtete auf Romy, die sich erfolgreich unsichtbar machte und noch immer keinen Plan gefasst hatte.

Als ein Patient in einem Bett hineingerollt wurde, überlegte sie kurz, ob es eine Chance gab, mit hineinzuschlüpfen. Sie entschied sich dagegen. Selbst wenn es ihr gelang, auf die Station zu kommen, war nicht sicher, dass sie Fleur auch finden würde.

Möglicherweise wurde ihr Zimmer doch bewacht. In amerikanischen Filmen war das immer so. Da saß ein zu dicker, gelangweilter Cop auf einem zu kleinen Stuhl, die Waffe griffbereit, und achtete darauf, dass niemand das Zimmer des Patienten betrat, der dort nicht hingehörte.

Zwar wurde er dann doch meistens ausgetrickst, aber Romy bildete sich nicht ein, dieses Kunststück ebenfalls fertigzubringen.

Sie schaute auf ihre Armbanduhr und fasste einen Entschluss.

Im nächsten Augenblick hatte sie den Klingelknopf gedrückt und schob beim Ertönen des Summers die schwere Tür auf. Eine blonde Krankenschwester, nicht viel älter als sie selbst und nicht größer als ein zwölfjähriges Mädchen, dafür jedoch mit den Muskeln einer Kraftsportlerin, nahm sie in Empfang.

»Bitte?«

»Ich möchte Frau Hagedorn besuchen.«

»Wer sind Sie?«

»Ihre Schwester«, log Romy unverfroren.

Was sie sich vorgenommen hatte, führte sie auch zu Ende. Obwohl sie innerlich den Kopf einzog in Erwartung einer heftigen Abfuhr. Vielleicht kam gleich der Bulle, der Fleurs

Zimmer bewachte, um die Ecke, und es würde richtig ungemütlich werden.

Aber nichts dergleichen geschah. Die Schwester ließ sich nicht einmal Romys Personalausweis zeigen, was Romy insgeheim befürchtet hatte.

Ließen sie jeden hier so einfach rein? Dann hatte sie sich ja ganz umsonst den Kopf zerbrochen.

Die Schwester verschwand hinter einer der Türen und kam mit einem zusammengefalteten grünen Etwas wieder zum Vorschein, das sich als langer Kittel entpuppte.

»Ziehen Sie den bitte über«, bat sie und wartete geduldig, bis Romy hineingeschlüpft war und den viel zu weiten Kittel zugebunden hatte. Dann ging sie mit raschen, nahezu geräuschlosen Schritten voran und führte Romy bis ans Ende des langen Flurs.

Die meisten Zimmertüren standen offen. Ein Blick genügte, damit Romy sich woandershin wünschte.

Ein Bett.

Ein Mensch.

Geräte.

Vor einem der Zimmer stand eine weinende alte Frau, die sich ein zerknülltes Taschentuch vor den Mund hielt. In einem anderen saßen ein Mann und eine Frau an einem Bett, still, die Köpfe gesenkt.

Und irgendwo hier lag Fleur!

Romy kämpfte gegen das Bedürfnis an, auf dem Absatz kehrtzumachen, um dem Geruch nach Krankheit, Verzweiflung und Tod zu entfliehen.

Endlich blieb die Schwester stehen und wies auf das letzte Zimmer, dessen Tür, wie alle anderen, offen stand.

»Sprechen Sie mit ihr«, sagte sie mit gedämpfter Stimme. »Berühren Sie sie. Das tut ihr gut.«

Augenblicklich sammelte sich kalter Schweiß in Romys Händen. Wieso schärfte die Schwester ihr das eigens ein? War doch normal, mit Fleur zu sprechen, sie zu berühren.

Was war hier los?

Doch bevor sie fragen konnte, hatte die Schwester sich bereits umgedreht und eine erneute Wanderung über den endlosen Flur begonnen.

Romy wappnete sich. Atmete tief durch und betrat entschlossen das abgedunkelte Zimmer.

Fleur lag auf dem Rücken. Sie trug einen weißen Kopfverband, mit dem sie aussah wie eine Nonne, die ihren Schleier abgenommen hatte.

»Hallo, Fleur«, sagte Romy und erwartete, dass ihre Freundin den Kopf nach ihr wandte.

Doch Fleur blieb ganz still liegen.

Romy trat auf Zehenspitzen an das Bett heran, neben dem ein einfacher Holzstuhl stand, als würden die Besucher sich hier die Klinke in die Hand geben.

Das Zimmer war kühl und leer. Es gab nur das Bett, den Stuhl und einen Rollwagen links neben dem Kopfende, auf dem eine silberne Spuckschale mit noch unbenutztem Verbandszeug stand. Die Apparate, die hinter dem Bett aufgebaut waren, taten keinen Mucks. Die Bildschirme waren dunkel.

Hier war nichts Persönliches. Kein Buch, keine Zeitschrift, kein Handy, kein Obst, keine Klamotten. Nichts gab Auskunft über den Menschen, der in diesem Bett lag. Fleur hätte ebenso gut vom Himmel gefallen und auf dieser Station gelandet sein können.

Romy betrachtete das blasse Gesicht, das einen friedlichen Eindruck machte, als schlafe Fleur tief und fest.

Sprechen Sie mit ihr. Berühren Sie sie. Das tut ihr gut.

Romy war nicht klar, weshalb sie instinktiv wusste, dass Fleur nicht schlief. Weshalb sie sich absolut sicher war, dass Fleurs Bewusstsein sich auf eine Ebene zurückgezogen hatte, auf der es nicht mehr erreichbar war.

Sie hatte noch nie einen Komapatienten gesehen.

Plötzlich empfand sie eine sonderbare Scheu. Als wäre sie in einen Bereich eingedrungen, der verboten war. Als hätte Fleur diese Welt beinah schon verlassen und sei in der anderen noch nicht richtig angekommen.

Sie blickte zur Tür, wie um sich zu vergewissern, dass sie dieses Zimmer jederzeit ungehindert wieder verlassen konnte. Erst dann setzte sie sich auf die vordere Kante des Stuhls, bereit, im nächsten Moment aufzuspringen und hinauszulaufen.

Langsam wandte sie den Blick wieder Fleur zu.

Die Freundin atmete ruhig und gleichmäßig. Ihre Augen waren geschlossen.

»Hallo, Fleur. Ich bin's, Romy. Ich hab mich hier reingeschlichen. Hab mich einfach als deine Schwester ausgegeben.«

Fleur atmete ruhig und beständig weiter. Nichts deutete darauf hin, dass sie Romys Worte gehört oder gar verstanden hatte.

»Ich hab einen Riesenschreck gekriegt, als ich erfahren habe, was passiert ist.«

Das trostlose Zimmer gewöhnte sich an ihre Stimme. Romy hätte gern in den Himmel gesehen, doch sie erkannte durch die Rollos nur Streifen von Grau.

Sie streckte die Hand aus.

Fleurs Finger fühlten sich warm an. In ihrem Handgelenk steckte ein Zugang für Infusionen und Medikamentengaben, verschlossen mit einem pinkfarbenen Stopfen, der Ähnlichkeit mit einer Pinnwandnadel hatte. Der Zugang war mit weißem

Pflaster fixiert, auf dem bräunliche Verfärbungen zu sehen waren. Wahrscheinlich eingetrocknetes Blut.

Romy suchte nach einer Möglichkeit, Fleurs Hand zu ergreifen, ohne ihr wehzutun oder irgendetwas kaputt zu machen. Sie fand keine und streichelte stattdessen behutsam Fleurs nackten Arm, der aus dem zu kurzen Ärmel eines Krankenhemds herausschaute.

Wieso hatte die Schwester ihr nichts von Fleurs Zustand gesagt? Hatte sie angenommen, Romy, als angebliche Schwester, sei informiert? Was würde geschehen, wenn sie herausfanden, dass sie sich als jemand ausgegeben hatte, der sie überhaupt nicht war?

Würden sie sie rauswerfen?

»Liebe, liebe Fleur«, flüsterte Romy. »Wer hat dir das angetan?«

Fleur zeigte keine Reaktion. Kein Muskel zuckte. Nicht einmal ihre Wimpern zitterten.

»Mikael? Sag nichts, ich weiß es auch so.«

Erst nachdem sie es ausgesprochen hatte, merkte Romy, wie absurd ihre Bemerkung war.

»Entschuldige. Ich muss mich erst daran gewöhnen, dass du … dass …«

Es war furchtbar schwer, Worte für den Zustand zu finden, in dem Fleur sich befand. Sie nicht zum Opfer zu machen, indem man sie wie eines behandelte.

Aufmerksam betrachtete Romy das Gesicht der Freundin, suchte nach Regungen, kleinsten Veränderungen. Vergebens.

Es war, als wäre alles Leben aus Fleur gewichen. Als läge hier bloß noch ihre Hülle. Als wäre ihr Geist längst in andere Sphären entschwebt.

Ich klinge schon wie Helen, dachte Romy.

Gleich fiel ihr wieder ein, was Helen zugestoßen war, und

sie fragte sich, wie sie es nur schaffen sollte, heute noch genügend Konzentration für ihre Arbeit aufzubringen.

»Ich weiß nicht, ob du mich hörst.« Sie strich Fleur sanft über die Wange. »Ich hoffe es. Hab keine Angst. Du bist hier auf der Intensivstation eines richtig guten Krankenhauses. Du bist in Sicherheit. Mikael wird dich hier ganz bestimmt nicht finden.«

Wie kam sie dazu, Fleur derartige Versprechungen zu machen? Wusste sie denn, ob das tatsächlich zutraf? War ihre eigene Anwesenheit in diesem Zimmer nicht das beste Beispiel dafür, dass Fleur hier eben *nicht* sicher war?

Es war ihr gelungen, einfach so auf die ITS und zu Fleur zu spazieren, wo man sie dann auch noch mit ihr allein gelassen hatte. Was würde passieren, wenn Mikael selbstbewusst vor der Station aufkreuzte und sich als Fleurs Bruder ausgab?

Da würden bei den Schwestern und Pflegern sämtliche Alarmglocken schrillen, beruhigte Romy sich selbst. Garantiert hat man sie mit Fleurs Geschichte vertraut gemacht.

Sie hörte ein Rascheln, spürte eine Bewegung und drehte sich danach um. Hinter ihr stand die Schwester, die sie hierhergeführt hatte. Das Lächeln war aus ihrem Gesicht gewichen. Sie sah ärgerlich aus.

»Bitte«, sagte sie leise und zeigte zur Tür.

Unwillig erhob Romy sich von dem Stuhl.

»Ich komme bald wieder«, sagte sie zu Fleur und strich ihr noch einmal über die Wange.

»Bitte«, wiederholte die Schwester deutlich genervt.

Romy schlängelte sich an ihr vorbei und hätte sich fast weggeduckt in der absurden Erwartung eines Schlags.

»Wer sind Sie?«, fragte die Schwester auf dem Flur mit gedämpfter, aber deutlich gereizter Stimme.

Ein Pfleger schob ein leeres Krankenbett aus einem der

Zimmer. Romy fragte sich, wer wohl darin gelegen hatte und ob er gestorben war. Es war mit transparenter Folie bedeckt, die leise knisterte.

»Romy Berner«, antwortete Romy, die sich nicht vormachte, den unbequemen Fragen ausweichen zu können. »Ich bin eine Freundin von Fleur.«

»Fleur?« Ein zuerst misstrauischer, dann verwirrter Ausdruck trat auf das Gesicht der Schwester. »Sie meinen Bea Hagedorn.«

Bea.

War das tatsächlich ihr richtiger Name?

Daran würde Romy sich gewöhnen müssen.

»Schwester ... Lucy ...« Der Name stand auf einem kleinen Schild an dem grünen Kittel der Schwester. »Bitte! Sie hätten mich doch nie zu ihr gelassen, wenn ich nicht behauptet hätte, zur Familie zu gehören.«

»Da haben Sie verdammt recht. Und jetzt verlassen Sie die Station, sonst muss ich Sie entfernen lassen.«

Das hörte sich nicht gut an und Romy spürte, dass mit Worten hier nichts mehr zu machen war. Dennoch beschloss sie, es wenigstens zu versuchen.

Sie hatte gerade Luft geholt, als sie aus dem Augenwinkel bemerkte, wie zwei Männer die Station betraten.

»Romy Berner«, sagte der Kommissar. »Wieder einmal kreuzen sich unsere Wege.«

Obwohl es wahrlich keinen Grund dafür gab, war Romy erleichtert. Schwester Lucy zog sich zurück. Wahrscheinlich war sie nicht daran interessiert, der Polizei die Frage zu beantworten, wie eine unbekannte Besucherin bis ans Bett ihrer Komapatientin vordringen konnte.

*

Die Stimme.
Sie kannte sie.
So weit weg.
So leise.
Die Berührungen.
Kaum da, schon wieder vorbei.
Wärme.
Zittern.
Kälte …

*

»Sie ersparen uns einen Besuch«, sagte Bert, als sie wenig später in der Cafeteria des Krankenhauses saßen. »Das ist aber auch der einzige Grund, warum wir zu Ihrem Auftritt als *Schwester* von Frau Hagedorn keine weiteren Worte verlieren.«

»Ich musste wissen, wie es ihr geht«, verteidigte sich Romy Berner.

»Das hätten Sie mit einem einzigen Anruf bei uns in Erfahrung bringen können«, kanzelte Rick sie ab.

Sie war eine aparte junge Frau, hatte ihnen jedoch lange genug auf der Nase herumgetanzt.

»Fleur ist aus meiner Wohnung entführt worden. Ich hab mich irgendwie verantwortlich für sie gefühlt.«

»Wer spricht hier von Entführung?«

An Ricks Schläfe war eine Ader angeschwollen. Er stand kurz vor einer Explosion.

»Was möchten Sie trinken?«, lenkte Bert ab.

»Ich glaub, ich nehme eine Cola.«

Die Volontärin zog ihre Geldbörse aus der Tasche.

»Lassen Sie mal.« Bert schob seinen Stuhl zurück und stand auf. »Sie sind eingeladen.«

»Bringst du mir einen Kaffee mit?«

Rick war schon wieder runtergekommen. Er würde sich nie ändern, dachte Bert auf dem Weg zur Theke. Mit Frauen, die ihm selbstbewusst die Stirn boten, kam er nicht zurecht. Rick bevorzugte diejenigen, deren Sanftmut Teil ihrer Schönheit war.

Bert orderte eine Cola und zwei Kaffee und kehrte mit dem Tablett zum Tisch zurück. Sie hatten sich für einen Platz am Ende der Cafeteria entschieden, ein wenig abgeschirmt vom Rest des Raums durch einen hoch gewachsenen Ficus und eine ausladende Yuccapalme.

»Was ist mit Fleur?«, fragte Romy Berner.

Sie hatten seine Abwesenheit offenbar mit Schweigen gefüllt. Beide wirkten erleichtert, dass er wieder da war.

»Leider dürfen wir der Presse zum gegenwärtigen Zeitpunkt keine Informationen geben«, antwortete Rick.

»Und wenn Fleur wirklich meine Schwester wäre? Würde man mir die Informationen dann auch vorenthalten?«

»Sie *ist* nicht Ihre Schwester.«

»Fleur ist allein. Niemand kommt sie besuchen. Sie braucht die paar Freunde, die sie hat.«

»Frau Berner«, mischte Bert sich in das Gespräch. »Wir versuchen, Frau Hagedorn zu beschützen. Dazu gehört, dass wir sie aus den Medien heraushalten.«

»Das verstehe ich ja. Aber Sie kennen mich doch inzwischen gut genug, um zu wissen, dass Sie sich auf meine Verschwiegenheit verlassen können.«

Rick lachte leise auf. Bert gab ihm mit einem Blick zu verstehen, dass er sich zusammenreißen sollte. Romy Berner wusste schon zu viel, als dass sie es sich leisten konnten, sie gegen sich aufzubringen.

»Sie haben uns bereits zweimal ins Handwerk gepfuscht«, bemerkte Rick dennoch.

Seltsamerweise reagierte Romy Berner mit betroffenem Schweigen.

»Das war nie meine Absicht«, sagte sie dann. »Es ging mir immer nur um die Sache.«

Bert glaubte ihr. Auch Rick schien das zu tun. Sein Blick wurde versöhnlich.

»Sie haben Frau Hagedorn doch gesehen«, sagte Bert. »Sie können sich einen eigenen Reim auf ihren Zustand machen.«

»Sie liegt im Koma?«

»In einer Art Koma«, präzisierte Bert.

»Wie hoch sind die Chancen, dass sie daraus wieder erwacht?«

»Frau Berner ...«

»Bitte, Herr Kommissar!«

»Dazu konnten die Ärzte uns nichts Konkretes sagen.«

»Die hüllen sich immer gern in Schweigen.«

»Ja.« Bert lächelte. »Das tun sie.«

»Haben Sie schon einen Verdacht?«

»Frau Berner, ich glaube, so funktioniert das nicht. Wir sitzen hier, damit Sie *unsere* Fragen beantworten, nicht umgekehrt.«

»Ich kann Ihnen doch gar nichts sagen, weil ich nichts weiß.«

»Vielleicht wissen Sie mehr, als Ihnen bewusst ist«, sagte Rick, dessen Blick immer noch nachdenklich an der jungen Journalistin hing.

Die schien jedoch nichts davon zu bemerken. Bert erinnerte sich daran, dass sie sich von ihrem Freund getrennt haben und jetzt mit ihrem Kollegen Ingo Pangold liiert sein sollte. Eine Wahl, die ihn mehr als gewundert hatte. Dieser Mann war ihm bereits bei der ersten Pressekonferenz in Köln unangenehm aufgefallen und hatte diesen Eindruck seither nicht revidiert.

»Okay«, sagte sie. »Wenn ich helfen kann, tu ich das gern.«

»Frau Hagedorn hatte große Probleme mit ihrem ehemaligen Lebensgefährten«, begann Bert und begriff im selben Moment, wie schwach seine Worte waren, um das Martyrium zu beschreiben, das diese junge Frau hinter sich haben musste.

»Das dürfte die Untertreibung des Jahrhunderts sein«, entgegnete Romy Berner da auch schon. »Er hat sie gehalten wie eine Gefangene, ihre Würde mit Füßen getreten und sie sich vollkommen unterworfen.«

Berts Sympathie für die Volontärin stieg mit jeder Begegnung. Sie hatte so manchem gestandenen Kollegen einiges voraus. Ihre Beobachtungsgabe war bemerkenswert, ebenso die Reife, die für ihre Jugend ungewöhnlich war.

»Hat sie sich von ihm verfolgt gefühlt?«

»Er *hat* sie verfolgt.«

»Ich meine in letzter Zeit? Hat sie den Eindruck gehabt, dass er sie wieder aufgespürt hatte?«

»Ja. Und als die Sozialarbeiterin ermordet wurde, war sie sich hundertprozentig sicher, dass Mikael dahintersteckte.«

»Mikael Kemper.«

»Seinen Nachnamen kenne ich nicht.«

»Das war der Grund für den Einzug in Ihre Wohnung?«

»Ja. Fleur fühlte sich beobachtet und hatte Angst. Immerhin hat sie ja schon mehrfach versucht, ihn zu verlassen, und er hat sie jedes Mal gefunden. Und dann Mariellas Tod ... Der hat sie umgeworfen.«

»Verständlich«, sagte Bert. »Aber *gesehen* hat sie ihn nicht in Köln?«

»Das wohl nicht. Sie war sich in vielem so unsicher.« Sie hielt sich die Hand vor den Mund. »Oh Gott. Ich rede von ihr, als wär sie tot.«

Bert empfand das Bedürfnis, ihr tröstend die Hand auf den

Arm zu legen. Er tat es nicht, weil er befürchtete, einen Tränenstrom auszulösen. Romy Berner rang sichtlich um Fassung.

»Hat sie Ihnen sonst irgendetwas anvertraut, das für unsere Ermittlungen wichtig sein könnte?«

Romy Berner nahm einen Schluck von ihrer Cola.

»Darüber zerbreche ich mir schon die ganze Zeit den Kopf. Ich frage mich, ob ich die Gefahr, die ihr drohte, irgendwie hätte erkennen müssen.«

»Machen Sie sich keine Vorwürfe.« Rick tat, was Bert vermieden hatte. Er legte ihr die Hand auf den Arm. »Sie haben mehr für sie getan als die meisten.«

Romy Berner starrte angestrengt geradeaus, um nicht in Tränen auszubrechen.

»Danke«, brachte sie schließlich hervor. »Vielen Dank.«

Damit war das Gespräch beendet. Es hatte Bert und Rick keinen Schritt weitergebracht.

24

Schmuddelbuch, Dienstag, 10. Mai, Mittag

Es gibt Neuropsychologen, die ein Koma für eine Schutzreaktion des hirngeschädigten Menschen halten. Dann wäre Fleurs Zustand ein Mittel zum Überleben in einer geschützten inneren Zone ihres Bewusstseins.

Nach allem, was ich bis jetzt darüber gelesen habe, ist diese Betrachtungsweise ein Hoffnungsschimmer. Dann wäre Fleur nämlich keine leere Hülle, die nach einer Zeit des Dahinvegetierens schließlich stirbt, ohne auch nur für ein paar Minuten ins Leben zurückgekehrt zu sein. Sie hätte eine Chance, auch wenn sie nur klein ist.

Gregory Chaucer hatte lange genug vergeblich auf die Daten gewartet, um die er Romy gebeten hatte. Er beendete sein Telefongespräch mit dem Stadtdirektor, das äußerst unerfreulich verlaufen war, nahm sich nicht die Zeit, ein paarmal ruhig durchzuatmen, sondern verließ sogleich sein Büro, um zu Romys Schreibtisch zu stürmen.

Sie saß in sichtbarer Anspannung vor ihrem Laptop und bemerkte ihn nicht. Als er sie ansprach, zuckte sie zusammen.

»Mein Gott! Hast du mich erschreckt!«

Normalerweise hätte er mit einem Scherz geantwortet. Ihr gesagt, er sei nicht Gott, aber er danke ihr für das Kompliment. Doch seine Gereiztheit stand ihm im Weg. Er warf einen Blick auf den Bildschirm, erfasste die Worte *Koma* und *Bewusstseinsebene* und begriff, dass sie mit ihren Recherchen beschäftigt war.

»Wie lange willst du mich noch auf die Daten warten lassen, die du für mich zusammenstellen solltest?«, ging er sie in rauem Ton an.

Erschrocken sah sie zu ihm auf.

»Oh Gott! Die hab ich glatt vergessen! Entschuldige, Greg. Ich schick sie dir gleich rüber.«

Schon wieder Gott. Vielleicht war sie doch gläubiger, als sie wusste. Fast hätte er geschmunzelt. Romy hatte diese Gabe, ihn zu entwaffnen. Sie musste gar nicht viel dafür tun, einfach so sein, wie sie war.

Aber er hatte die Aufgabe übernommen, aus ihr eine Journalistin zu machen, ihr Mentor zu sein. Sie war zu begabt, um sie sich selbst zu überlassen und an Kollegen zu verfüttern, die ihr Talent als Bedrohung empfanden und es daher zu boykottieren versuchten.

»Wir haben verdammt oft über die Prioritäten gesprochen, Romy.«

»Ich weiß.« Schuldbewusst sah sie zu ihm auf, ein kläglicher Anblick, der ihn sogleich Mitleid empfinden ließ. »Zuerst du und dann alles andere.«

Das klang wie: zuerst du und dann der Rest der Welt. Greg grinste in sich hinein.

»Ich meine, zuerst die Sachen für dich und dann meine.«

»Und? Was machst du gerade?«

»Ich recherchiere ein bisschen.«

Sie klickte den Artikel weg, den sie eben noch so konzentriert studiert hatte, stand auf und sah ihm in die Augen.

Er ließ sich von ihrem Ablenkungsmanöver nicht beeindrucken.

»Koma?«

Sie blinzelte und wandte den Blick ab. Greg verstand genug von Körpersprache, um zu erkennen, was das bedeutete.

»Fleur?«

Ihr Blick kehrte zu ihm zurück, gehetzt und unsicher, und wich ihm wieder aus. Die ersten Kollegen wurden aufmerksam und wandten die Köpfe nach ihnen.

»Komm bitte mit in mein Büro«, sagte Greg und eilte ihr voraus.

»Mach die Tür zu«, fuhr er sie härter an, als er beabsichtigt hatte. »Möchtest du was trinken?«, fügte er, weicher, hinzu. Es gab Themen, die man mit Samthandschuhen anfassen musste, um nicht zu viel Porzellan zu zerschlagen. Das hier war so ein Thema.

»Liegt Fleur im Koma?«, fragte er, nachdem er Romy mit Mineralwasser versorgt hatte und sich selbst ebenfalls eingeschenkt hatte.

»Greg ...«

Sie druckste herum.

»Ich habe dir eine einfache Frage gestellt, Romy.«

»Ja, aber ...«

Sie griff nach dem Wasser wie nach einem Rettungsring und stürzte es in einem Zug hinunter. Dann stellte sie das Glas wieder auf den Tisch und sah im Büro umher, als wollte sie sich jeden einzelnen Gegenstand einprägen.

»Ich warte, Romy.«

Endlich schien sie einen Entschluss gefasst zu haben. Sie hob den Kopf und blickte ihn an.

»Ich kann nicht darüber reden.«

»Wie bitte?«

Er glaubte, sich verhört zu haben.

»Ich habe mein Wort gegeben.«

Also hatte er sich nicht verhört. Sie hatte ihr Wort gegeben. Wunderbar.

»Wem hast du dein Wort gegeben?«

»Darüber möchte ich nicht sprechen.«

Obwohl sie tausend Tode litt, gelang es ihr, klare Grenzen zu ziehen, was ihm fast schon wieder Respekt abnötigte.

Greg setzte sich an den Schreibtisch und sie nahm ihm gegenüber auf dem Besuchersessel Platz. Die Wasserflasche und die beiden Gläser, das eine leer, das andere noch randvoll, standen da wie Mahnmale, die an ein schiefgelaufenes Gespräch erinnerten.

Erst als er hinter seinem Schreibtisch saß, wurde Greg bewusst, dass er mit diesem Stellungswechsel die Hierarchie deutlich machte: Er war der Verleger und Chefredakteur, Romy die Volontärin.

»So«, sagte er. »Und jetzt noch einmal: Wem hast du dein Wort gegeben?«

Es tat ihm leid, sie so unter Druck zu setzen, doch er hatte keine Wahl. Sie wollte Journalistin werden, da gab man nicht sein Wort und hielt Informationen zurück.

Er hatte den Gedanken kaum zu Ende gedacht, als er sich an das erste Bewerbungsgespräch seines Lebens erinnerte. Damals hatte er sich für ein Volontariat bei einer Hamburger Tageszeitung interessiert, nachdem er bereits ein Jahr als freier Mitarbeiter bei einer Tageszeitung in Bremen gearbeitet hatte.

Weil das Gespräch mit dem Chefredakteur und seinem Stellvertreter äußerst positiv verlaufen war, wurde ein abschließender Termin mit dem Verleger anberaumt. Der blätterte in den eingesandten Arbeitsproben und zog dann Gregs erste große Arbeit hervor, das Porträt einer bekannten Schriftstellerin, die kurz zuvor überraschend gestorben war.

Greg hatte eine Freundin dieser Frau ausgegraben und von ihr im Vertrauen erfahren, dass die Schriftstellerin sich wegen starker Depressionen das Leben genommen hatte, ihre Familie das jedoch aus verständlichen Gründen nicht publik machen wollte.

Also hatte Greg ihr versprochen, in seinem Porträt darüber Schweigen zu bewahren. Er hielt sich an das, was auch in den Todesanzeigen gestanden hatte: *Nach kurzer, schwerer Krankheit verstarb …*

»Woran ist diese Frau gestorben?«, fragte der Verleger, nachdem er den Artikel überflogen hatte.

Greg in seinem jugendlichen Leichtsinn hatte damals exakt Romys Worte benutzt. Er habe *sein Wort gegeben*, die Informationen darüber für sich zu behalten.

Der Verleger hatte die Arbeitsmappe zugeklappt und auf die Uhr geschaut. Das Gespräch war augenblicklich zu Ende gewesen.

Mittlerweile verstand Greg die Reaktion.

Ein Journalist, der eine Sensation in den Händen hielt und nichts daraus machte, war in einer Medienlandschaft, in der es hauptsächlich um Sensationen ging, fehl am Platz.

Und da saß nun Romy vor ihm, in einem ähnlichen Dilemma gefangen, knetete die Hände und sah ihn unglücklich an.

»Hör zu, Romy.« Er beugte sich zu ihr vor. »Wesentliche Informationen zurückzuhalten, steht im eklatanten Widerspruch zu der Aufgabe eines Journalisten, die Menschen zu informieren. Stimmst du mir so weit zu?«

Er konnte in ihren Augen die Zuneigung erkennen, die sie für ihn empfand, das Widerstreben, ihn zu enttäuschen, und gleichzeitig die Unfähigkeit, ihr Wort zu brechen. Am liebsten hätte er gesagt: *Schwamm drüber und weiter im Text.*

Aber durfte er das tun?

Greg betrachtete Romys Gesicht, auf dem sich ihre Emotionen deutlich widerspiegelten. Da waren Angst, Schuldbewusstsein, eine leise Hoffnung, dass alles gut werden möge. Und Vertrauen.

Das war ausschlaggebend.

Er stellte fest, dass er nicht dazu bereit war, dieses Vertrauen zu enttäuschen.

»Romy, Romy«, sagte er.

Die Erleichterung ließ ihr Gesicht förmlich leuchten. Sie sprang auf, wischte sich die Hand an der Hose ab und streckte sie ihm entgegen.

»Danke, Greg! Vielen, vielen Dank! Das werde ich dir nie vergessen.«

Er stand auf, nahm ihre Hand und drückte sie.

»Ich bin noch nicht fertig«, sagte er.

Sofort ließ sie die Schultern sinken, doch das Leuchten verschwand nicht aus ihrem Gesicht.

»Mach, dass du wegkommst«, sagte er seufzend und erlaubte sich endlich ein offenes Lächeln.

Im nächsten Augenblick war sie bei der Tür und verließ sein Büro. An dem beschwingten Schritt, mit dem sie zu ihrem Schreibtisch eilte, erkannte er, wie sehr er sie in die Enge getrieben hatte.

Er hatte falsch reagiert und auf gewisse Weise auch richtig.

»Romy, Romy«, murmelte er noch einmal für sich.

Aus ihr würde genau das werden, was er bereits jetzt in ihr sah – eine Journalistin, die ihrem Berufsstand alle Ehre machte. Sie war auf dem besten Weg.

*

Das Einkaufszentrum in Köln-Weiden bot alles, was Mikael benötigte. In einem Billigladen kaufte er sich zwei Jeans, einen

Pulli, ein paar T-Shirts, Unterhosen und Socken. Nachdem er sich in einem Drogeriemarkt mit den notwendigen Toilettenartikeln eingedeckt hatte, erstand er noch einen preisreduzierten Rasierapparat und setzte sich dann vor ein Café, um ein Frühstück zu bestellen.

In den vergangenen Monaten hatte er wenig Gelegenheit gehabt, Geld auszugeben, sodass sein Kontostand keinen Anlass zur Sorge gab. Dennoch musste er seine Ausgaben im Blick behalten. Vielleicht konnte er nicht in sein altes Leben nach Dresden zurückkehren, dann würde er irgendwo ganz von vorn anfangen müssen.

Er klappte seinen Laptop auf und gab *Kölner Krankenhäuser* in die Suchmaschine ein.

Das Ergebnis war niederschmetternd. Warum hatte Bea sich nicht eine Kleinstadt aussuchen können, um unterzutauchen? Wieso hatte es unbedingt eine Millionenstadt wie Köln sein müssen, wo es Krankenhäuser gab wie Sand am Meer?

Mikael hoffte, sein erster Gedanke, dass man Fleur nämlich in das Krankenhaus geschafft hatte, das der Unfallstelle am nächsten lag, möge der richtige sein. Nach nicht mal fünf Minuten hatte er es gefunden.

Es war das *St. Lukretia.*

Ein Schuss ins Blaue, aber immerhin ein Anfang.

Als er gegessen hatte, brach er auf. Er würde sich ein günstiges Auto besorgen. Juri hatte ihm einen Typen genannt, der es nicht so genau nahm mit Namen und Papieren. Den würde er aufsuchen und sich dann zu dem Krankenhaus aufmachen, in dem er Bea vermutete.

Der Typ stellte sich als noch schmieriger heraus, als Mikael erwartet hatte. Er war wortkarg und schlecht gelaunt und sah Mikael feindselig an. Anscheinend war das seine Art, die Menschen zu betrachten, denn als eine junge Frau den Kopf in den Raum steckte, den ein vergammeltes Schild über der Tür hochtrabend als *Büro* bezeichnete, fixierte er sie mit demselben Blick.

Sie wollte wissen, wo sie zuerst putzen sollte, und er fertigte sie auf eine so miese Weise ab, dass Mikael ihm an ihrer Stelle den Aufnehmer an den Kopf geklatscht hätte.

Das Auto, das er Mikael anbot, war ein alter schwarzer Golf, korrekt angemeldet, wie er behauptete, und mit Nummernschildern. Der Preis, den der Typ dafür verlangte, war horrend.

Wieder musterte er Mikael mit diesem ablehnenden Blick.

»Dafür stell ich keine Fragen«, sagte er und spuckte ein Kaugummi aus, das irgendwo in seinem Mund geklebt hatte. »Wenn du wieder in Dresden bist, lieferst du den Wagen bei Juri ab. Der kümmert sich dann um alles.«

Mikael verzichtete ebenfalls darauf, Fragen zu stellen. Er bezahlte bar, verstaute die Einkaufstüten im Kofferraum, gab die Anschrift des *St. Lukretia* in sein transportables Navi ein und fuhr vom Hof, ohne den Typen eines weiteren Blickes zu würdigen.

Wenig später kurvte er über den Parkplatz des Krankenhauses, der jetzt, am frühen Nachmittag, fast schon belegt war. Ganz hinten, an einer noch winterschütteren Ligusterhecke, fand er schließlich eine Lücke und stellte das Auto ab.

In den hohen Bäumen krächzten die Krähen. Ein junger Rollstuhlfahrer kurvte mit irre lauter Musik an Mikael vorbei und machte grinsend das Victoryzeichen. Ein Leichenwagen verließ das Krankenhausgelände.

Manchmal, dachte Mikael, trafen die Dinge zusammen wie im Film. Er war nervös. Hatte eiskalte Hände und einen trockenen Mund.

Zwei junge Frauen, die rauchend auf einer Bank saßen, beobachteten ihn mit unverhohlenem Wohlgefallen, und er fragte sich, warum, zum Teufel, er sich so sehr an Bea gebunden hatte, die ihm nicht annähernd die Gefühle entgegenbrachte, die er bei Frauen auszulösen gewöhnt war.

»Hi«, sagte er im Vorbeigehen und hatte nicht übel Lust, sich zu ihnen zu setzen.

Vielleicht wäre seine Nervosität dann verflogen.

Natürlich tat er es nicht. Und eigentlich war er auch viel zu aufgewühlt. Er hatte keine Ahnung, in welchem Zustand – und wo – Bea sich befand, wusste nicht, wie gefährlich sie ihm werden konnte, und hatte sich noch nicht entschieden, wie genau er vorgehen sollte. Er hoffte, es würde sich von selbst ergeben.

Auf dem Weg hierher hatte er beim Empfang angerufen und Bea Hagedorn zu sprechen verlangt.

»Ich finde keine Patientin dieses Namens«, hatte eine ältere, rauchgeschwängerte Frauenstimme ihm mitgeteilt.

»Das kann nicht sein«, hatte er geantwortet. »Bitte sehen Sie doch noch einmal nach.«

Eine Weile war Stille gewesen.

»Nein. Definitiv. Keine Bea Hagedorn. Tut mir leid.«

Das konnte bedeuten, dass Bea tatsächlich nicht hier eingeliefert worden war, oder es hieß, dass man sie abschirmte. Er würde es nur herausfinden, wenn er die Möglichkeit hatte, einen Blick hinter die Kulissen zu werfen.

Wozu war er Pfleger?

Er erkundigte sich nach dem Büro der Personalleiterin und machte sich auf die Suche nach den Aufzügen.

Ursula Kammberg war gerade in ein Telefongespräch vertieft und hob verärgert den Kopf, als Mikael die Tür öffnete und ins Zimmer lugte. Sie bedeutete ihm stumm, draußen zu warten, und er zog sich mit einer entschuldigenden Geste zurück und schloss die Tür leise wieder.

Sie ließ ihn fast zehn Minuten schmoren, bevor sie ihn hereinrief.

»Haben Sie einen Termin?«, fragte sie und musterte ihn über den Rand einer knallroten Harry-Potter-Lesebrille hinweg.

»Nicht direkt«, antwortete Mikael mit seinem gewinnendsten Lächeln.

Es kam bei ihr nicht an.

»Dann lassen Sie sich von meiner Mitarbeiterin im Büro nebenan einen geben.«

Mit diesen Worten beugte sie sich über ein Schreiben, das vor ihr auf dem Schreibtisch lag.

»Ich bin Pfleger«, sagte Mikael. »Ich möchte mich um eine Stelle in diesem Krankenhaus bewerben.«

»Schicken Sie uns eine offizielle Bewerbung mit sämtlichen Unterlagen. Meine Mitarbeiterin wird Ihnen ein Formblatt geben, nach dem Sie sich richten können.«

Selbst wenn Bea nicht in diesem Krankenhaus lag, was Mikael für unwahrscheinlich hielt, würde er sie als Pfleger rasch ausfindig machen können. Sobald er Zugang zu den notwendigen Informationen besaß, würde er sie finden, wo immer man sie auch versteckt hielt.

Während er noch überlegte, wie er diesen Eisberg von Personalleiterin zum Schmelzen bringen könnte, ertönten draußen auf dem Gang plötzlich aufgeregte Stimmen.

Frau Kammberg richtete sich unwillig auf und warf einen gereizten Blick zur Tür. Ihre Stirn legte sich in Falten, und obwohl sie erst Anfang vierzig sein mochte, wirkte sie plötzlich zehn Jahre älter.

Als die Stimmen nicht verstummten, sondern immer lauter wurden, schob sie energisch ihren Stuhl zurück und eilte zur Tür.

Mikael folgte ihr auf den Flur hinaus.

Draußen stand ein großer, schwerer Mann, die klobigen Hände am Hals. Er rang verzweifelt nach Luft, riss sich den Hemdkragen auf, gab röchelnde Laute von sich.

Zu seinen Füßen lagen eine Papiertüte und ein halb aufgegessenes, aufgeklapptes Schnitzelbrötchen auf dem glatten Linoleumboden.

Eine junge Frau stand neben ihm, ein Handy in der Hand, das sie jedoch anscheinend nicht bedienen konnte, weil sie unter Schock stand. Sie starrte den Mann aus weit aufgerissenen Augen an, unfähig, sich zu regen.

Dem Mann quollen mittlerweile beinah die Augen aus dem Kopf. Tränen liefen ihm übers Gesicht. Er drehte sich um sich selbst. Sein Blick fiel auf Mikael und die Personalchefin. Unentwegt riss er an seinem Kragen, ohne sich Erleichterung verschaffen zu können.

Ursula Kammberg zog ein Handy aus der Tasche ihres Jacketts, doch bevor sie eine Nummer eintippen konnte, hatte Mikael sich hinter den Mann gestellt, ihm die Arme um den mächtigen Leib gelegt und eine Hand unter dem Brustbein des Mannes zur Faust geballt. Er umfasste die Faust mit der anderen Hand und versetzte der Bauchdecke einen kräftigen Stoß in Richtung Zwerchfell.

Ein Stück Fleisch wurde aus der Kehle des Mannes katapultiert und flog in hohem Bogen über den Flur, wo es ganz undramatisch auf dem Boden landete.

Die Personalleiterin steckte das Handy wieder weg. Die junge Frau, die immer noch unter Schock zu stehen schien, setzte sich auf einen der Stühle, die hier für Wartende bereitstanden.

Der Mann, dem Mikael soeben das Leben gerettet hatte, hustete sich die Seele aus dem Leib, wobei ihm weiterhin die Tränen über die Wangen liefen.

»Danke, Mann«, krächzte er schließlich und bückte sich ächzend nach der Tüte und dem Rest seines Brötchens.

Dann verschwand er auf der Toilette.

Die Personalchefin betrachtete Mikael mit zur Seite geneigtem Kopf.

»Respekt«, sagte sie.

Wenig später war alles geklärt. Sie erwartete seine Bewerbung, die er am Abend fertigstellen würde, und hatte ihm auf sein Bitten hin drei Probetage genehmigt, an denen er beweisen konnte, dass der Auftritt eben eine seiner leichtesten Übungen gewesen war.

Mikael verabschiedete sich mit seinem charmantesten Lächeln und fühlte befriedigt, wie sie ihm nachsah, als er zur Tür ging und den Raum verließ.

*

Sie spürte, wie jemand ihre Hand nahm. Kälte am Handgelenk, als etwas draufgestrichen wurde.

Eine Stimme sagte: »Alles wird gut.«

Alles wird gut … wird gut … guuut, hallte es in ihrem Kopf.

Ein Echo.

Sie fand das Wort schön.

Auf einmal war es ihr ganz fremd.

Echolot, dachte sie.

Auch so ein Wort, mit dem sie nichts anfangen konnte.

Und was bedeutete *alles wird gut?*

Ihr Kopf zersprang.

Sie tauchte wieder hinunter in die Schwärze, die nicht warm, nicht kalt, nicht gut und nicht böse war. Sondern einfach da.

25

Schmuddelbuch, Dienstag, 10. Mai, vierzehn Uhr

Auf dem Weg zu Helen. Nachdem ich sie gesehen habe, werde ich mit den andern im Haus zu sprechen versuchen. Es muss doch irgendjemand was mitgekriegt haben!

Romy fand es seltsam, nach einem der raren Parkplätze zu suchen, die Haustür aufzuschließen und die ausgetretenen Treppenstufen hochzusteigen. Als wäre sie bereits mehr bei Ingo zu Hause. Sie schüttelte den Kopf und klingelte an der Tür der WG, in der sie lange Zeit ständiger Gast gewesen war.

Tonja machte ihr auf.

»Romy!« Sie fiel ihr um den Hals. »Gut, dass du da bist!«

Das Licht im schummrigen Treppenhaus war längst ausgegangen und sie standen immer noch auf der Türschwelle und hielten einander umarmt. Romy merkte, wie sehr ihr das alles fehlte.

Die Nähe zu Tonja und Helen. Selbst zu Cal, auch wenn es jetzt eine andere Nähe wäre als früher. Das Wissen, dass sie jederzeit in dieser Wohnung willkommen war, und sei es mitten in der Nacht.

Sie löste sich aus Tonjas Umarmung und betrat die Wohnung, die unaufgeräumt und gemütlich war wie immer.

»Wie geht es ihr?«

Sie stellte ihre Tasche auf einem der Küchenstühle ab.

»Ziemlich mies«, antwortete Tonja. »Der Arzt sagt, sie hat unwahrscheinliches Glück gehabt. Der Angreifer beherrscht eine Kampfkunst. Er hat ihr einen Schlag gegen den Hals verpasst. Das hätte genauso gut tödlich ausgehen können.«

»Er hat den Schlag falsch ausgeführt?«

»Möglich. Oder er wollte sie nicht töten, sondern nur handlungsunfähig machen. Magst du einen Tee?«

Wie schnell man sich an Gewalt gewöhnt, dachte Romy. Man verwendet locker das Vokabular, das man sonst nur aus Krimis kennt, und erwähnt Verbrechen in einem Atemzug mit dem Angebot, dem Besucher einen Tee zu kochen.

Sie nickte und Tonja füllte den Wasserkocher, nahm drei hohe Becher aus dem Hängeschrank über der Spüle und drei Teebeutel aus dem Vorrat, den Helen immer mit besonderen Sorten aus ihrem Esoterikladen auffüllte.

»Ich hab Entspannungstee ausgesucht. Einverstanden?«

»Egal, Hauptsache schön heiß. Ist Helen in ihrem Zimmer?«

»Ja. Sie hat sich ein bisschen hingelegt. War gar nicht so einfach, sie dazu zu überreden. Nachdem sie gestern wie eine Tote geschlafen hat und gar nicht mehr wachzukriegen war, springt sie heute herum wie aufgezogen.«

»Dabei weiß sie doch so viel über das Heilen.«

»Aber nicht, wenn es um sie selbst geht.«

Romy schaute Tonja dabei zu, wie sie kochendes Wasser über die Teebeutel goss. Augenblicklich erfüllte ein betörender Duft nach Melisse, Lavendel und Brombeeren die Küche. Dieser Duft war so sehr Helen, dass Romy keine Sekunde länger warten konnte.

»Ich geh mal zu ihr«, sagte sie und klopfte gleich darauf an Helens Tür, obwohl sie einen Spaltbreit offenstand.

Helen, die auf dem Bett lag, richtete sich bei ihrem Anblick auf, verlor das Gleichgewicht und stützte sich auf der Matratze ab. Sie trug ihre blaue Pluderhose und ein goldgelbes T-Shirt.

»Bleib doch liegen!« Romy nahm sie in die Arme und drückte das Gesicht in Helens Haar. »Bin ich froh, dass dir nicht mehr passiert ist!«

Helen brach in Tränen aus.

Schockiert ließ Romy sie los und schaute ihr in die Augen. Helen war nicht der weinerliche Typ. Sie nahm das Leben, wie es kam, und beklagte sich nie. Tauchten Probleme auf, suchte sie nach Lösungen. Über ungelegte Eier machte sie sich keine Gedanken.

»Ich kann nicht richtig sprechen«, flüsterte sie. »Meine Stimmbänder haben bei dem Angriff was abgekriegt.«

»Das wird doch wieder, oder?«

Doch der Zustand ihrer Stimmbänder interessierte Helen offenbar nicht weiter.

»Ich hätte auf Fleur aufpassen sollen«, hauchte sie.

»Das war nicht deine Aufgabe, Schätzchen.« Romy zog sie wieder an sich und streichelte ihren schmalen Rücken. »Und das wollte Fleur auch gar nicht.«

»Ich hatte dir versprochen, nach ihr zu sehen.«

»Das hast du doch auch getan, Helen. Und dann musstest du zur Arbeit. Amal war doch auch noch da.«

»Eben nicht. Sie war unterwegs.«

»Du musstest davon ausgehen, dass sie jeden Moment zurückkommen würde, Helen.«

»Er stand vor der Tür. Als … als hätte er auf mich gewartet.«

»Das hat er auch getan. Aber nicht auf dich. Es hätte jeden treffen können, Süße.«

»Es ging so furchtbar schnell. Und er war so entsetzlich stark.«

»Hör auf, dir Vorwürfe zu machen, Helen, bitte. Du hattest keine Chance. Niemand hätte eine Chance gegen ihn gehabt.«

»Ich habe seine Augen gesehen und wusste, er würde mich töten.«

Helen schauderte.

»Gottseidank hat er das nicht getan.«

»Ist ihm wohl nicht gelungen.«

»Du hast Kräfte, auf die er nicht gefasst war. Er hat sich einfach verschätzt.«

»Und dann hat er sich Fleur geholt ...«

Helen zog ein zerknülltes Taschentuch aus der Hosentasche und schnäuzte sich. In diesem Moment kam Tonja ins Zimmer, ein Tablett mit den dampfenden Bechern balancierend.

»Tee gefällig?«

Helen setzte sich im Schneidersitz auf ihr Bett. Romy und Tonja ließen sich in die Sessel fallen. Man kam sich in Helens Zimmer ein bisschen vor wie in einer Höhle. Überall hingen Bilder in warmen, kräftigen Farben. Die Lampen waren mit bunten, durchscheinenden Tüchern verhängt.

»Musst du heute nicht in die Uni?«, wandte Romy sich an Tonja.

»Nicht, wenn die eine meiner besten Freundinnen meine Hilfe braucht und die andere endlich mal wieder zu Besuch ist.«

Ihre Bemerkung ließ bei Helen wieder die Tränen fließen. Sie wischte sie mit den Handrücken von den Wangen und lächelte kümmerlich.

Der Überfall fing an, sie alle zu verändern.

»Ich lerne im Augenblick sowieso lieber zu Hause«, behauptete Tonja. »Der Trubel an der Uni geht mir ziemlich auf den Geist.«

»Stimmt überhaupt nicht«, wisperte Helen, und auch Romy glaubte ihrer Freundin nicht.

»Hat er irgendwas gesagt?«, fragte sie Helen.

»Weg da!«

»Was?«

»Das hat er gesagt. *Weg da!* Und dann hat er mir einen Schlag versetzt.«

»Hat er auf den Kehlkopf gezielt?«

»Ich denke schon. Vielleicht hab ich mich irgendwie gedreht und er hat nicht richtig getroffen …«

»Sonst würden wir jetzt nicht so gemütlich hier sitzen.«

Tonja zog fröstelnd die Schultern hoch.

»Wie sah er aus?«, fragte Romy.

»Wie er aussah …« Helen zuckte mit den Schultern. »Ich hab nicht viel mitgekriegt. Er ging ja sofort auf mich los. Außerdem stand er im Gegenlicht. Ich weiß eigentlich nur, dass er groß war und schlank.«

»Und du, Tonja?«

»Ich hatte ein Seminar in der Uni.« Sie senkte den Blick. »Scheiße! Ich wollte, ich wär nicht hingegangen!«

»Weißt du, wie es um Fleur steht?«, erkundigte sich Helen.

Romy hatte sich beinah schon an ihre tonlose Stimme gewöhnt. Sie nickte.

»Ich war bei ihr.«

»Und?«

Beide hatten sich aufgerichtet und starrten Romy an, als warteten sie auf ein Wort der Erlösung, das sie von ihren Schuldgefühlen befreien würde.

»Sie liegt in einer Art Koma.«

»In einer Art?«, hakte Tonja nach.

»Ich hab ein bisschen recherchiert. Es gibt so was wie ein Koma, ein Wachkoma und etwas, das sich *minimally conscious state* nennt, also *minimaler Bewusstseinszustand*. Wenn die Polizei von einer *Art* Koma spricht, hab ich mir überlegt, dann kann das doch nur bedeuten, dass Fleur sich in diesem dritten Zustand befindet, denn Koma und Wachkoma sind ja als Koma definiert.«

»Klingt logisch«, stimmte Tonja zu. »Und was bedeutet das?«

»Dass ihre Chance, wieder daraus zu erwachen, größer ist.«

Helen atmete erleichtert aus.

»Hat sie auf dich reagiert?«, fragte sie mit hoffnungsvollem Blick.

»Leider nicht.«

»Überhaupt nicht?«

»Nein. Ihr Kopf ist verbunden. Sie war so blass und sah so zerbrechlich aus …«

Sie tranken schweigend ihren Tee, dann verabschiedete Romy sich von den Freundinnen und machte sich auf den Weg zu Gabriel und Joy, die als Einzige der Bewohner zu Hause waren, wie Tonja erzählt hatte.

Romy hatte nicht viel Hoffnung, dort etwas in Erfahrung zu bringen. Sie wollte es jedoch auf jeden Fall versuchen.

*

Nach dem Gespräch mit Romy Berner in der Cafeteria des *St. Lukretia* hatten Bert und Rick ein kurze, heftige Auseinandersetzung mit dem ärztlichen Direktor des Krankenhauses geführt.

»Wie sicher ist die Patientin auf Ihrer Intensivstation, wenn jeder x-Beliebige sich unter falschen Voraussetzungen Einlass verschaffen und ungehindert an ihr Bett gelangen kann?«, hatte Bert ihn scharf angegriffen.

Eine Antwort hatte er nicht erhalten, nur eine lahme Entschuldigung, für die sie sich nichts kaufen konnten.

»Dann überlegen Sie sich doch bitte eine Möglichkeit, wie das in Zukunft verhindert werden kann«, hatte Rick vorgeschlagen.

»Wir geben uns wirklich alle Mühe. Das Pflegepersonal kann jedoch schlecht von jedem, der die Station betreten möchte, das Vorzeigen des Personalausweises verlangen.«

»Wieso eigentlich nicht?«

»Sie scheinen keine Vorstellung davon zu haben, wie es in der Intensivmedizin zugeht. Wir sind ohnehin nicht gerade üppig besetzt. Wer, bitte, soll denn die Kontrolle der Besucher vornehmen?«

»Die Kontrolle der Besucher und der Pflegekräfte anderer Stationen«, ergänzte Rick.

»Das ist nicht Ihr Ernst?«

»Wir möchten nachvollziehen können, wer wann die Station betritt oder verlässt. Ausgenommen ist lediglich das auf der ITS diensttuende Pflegepersonal.«

Damit wir wissen, in welchem Kreis der Täter zu suchen ist, hatte Bert mit einem alt vertrauten Gefühl der Bitterkeit gedacht. Wenn es uns schon nicht gelingt, die Tat zu verhindern.

Nach dem ärztlichen Direktor hatten sie sich die Pflegekräfte vorgenommen, hatten jede einzelne Schwester und jeden einzelnen Pfleger gebrieft, auf gar keinen Fall Besuchern Einlass zu gewähren, die dem Personal nicht bekannt seien.

»Melden sich Besucher, die Ihnen fremd sind«, hatte Rick hinzugefügt, »dann lassen Sie sich bitte den Personalausweis zeigen, damit klar ist, dass es sich um Angehörige handelt. Im

Zweifel rufen Sie uns an. Ebenso, wenn etwas passiert, das sie in irgendeiner Weise beunruhigt.«

»Zum Beispiel?«, hatte eine sehr junge, sehr erschöpft wirkende Schwester nachgefragt.

»Wenn das Verhalten eines Besuchers Ihnen seltsam vorkommt. Wenn er nervös wirkt ...«

»Die meisten Angehörigen unserer Intensivpatienten sind nervös«, hatte die Schwester ihn unterbrochen. »Keiner von ihnen verhält sich normal. Sie alle haben Angst um den Schwerkranken, den sie besuchen.«

»Folgen Sie einfach Ihrem Instinkt«, hatte Bert ihr geraten. »Wenn Ihnen der sagt, dass mit dem Besucher etwas nicht stimmt, dann melden Sie sich bei uns.«

Sie hatten der Pflegedienstleiterin eingeschärft, das Zimmer der Komapatientin nicht aus den Augen zu lassen.

»Ich wünschte, Sie würden nur einen einzigen Tag lang unsere Arbeit machen«, hatte sie ihnen entgegnet. »Dann würden Sie begreifen, was Sie da verlangen. Aber wir werden tun, was wir können. Das arme Mädchen hat wahrlich genug durchgemacht.«

Sie war wie die Oberschwestern in Arztserien. Jenseits der fünfzig, Haare auf den Zähnen, patent und zuverlässig, die Augen überall. Eine Frau, mit der man sich nicht anlegte, wenn es sich vermeiden ließ.

Anschließend war Bert noch einmal zu Bea Hagedorn gegangen, während Rick die ITS fluchtartig verlassen hatte. Er hielt es nicht lange in Krankenhäusern aus, wo Gedanken angestoßen wurden, vor denen man sich als gesunder Mensch gern drückte.

Die junge Frau lag im Bett, als schliefe sie.

In gewisser Weise tat sie das ja auch. Nur, dass diese Art Schlaf dem Tod sehr nahe kam.

Bert zog sich den unbequemen Besucherstuhl heran. Das Gespräch im Garten des Frauenhauses kam ihm wieder in den Sinn. Der Mut dieser jungen Frau, die gleichzeitig so traurig und zerbrechlich auf ihn gewirkt hatte.

Sie hatte sich Fleur genannt, nach dem französischen Wort für Blume.

Wahrscheinlich hatte sie damit ihrer Hoffnung Ausdruck verleihen wollen, denn gab es ein stärkeres Symbol für Hoffnung als eine Blume, die dem Licht entgegenwuchs?

»Haben Sie das Licht die ganze Zeit gesehen?«, fragte er mit gedämpfter Stimme. »Haben Sie geglaubt, es zu schaffen?«

Er betrachtete das stille Gesicht, in dem nicht einmal das leichte Zucken eines Muskels verriet, dass sie ihn hören und verstehen konnte.

»Legen Sie Ihre Last ab«, flüsterte er. »Geben Sie sie in unsere Hände. Wir werden alles dafür tun, dass Sie in Frieden leben können.«

Er hörte ein Atemgeräusch und starrte auf das blasse Gesicht, das vor ihm auf dem Kissen lag. Im nächsten Moment wurde ihm bewusst, dass es sein eigener Atem gewesen war, der ihm diesen Streich gespielt hatte.

Sein Blick wanderte durch den Raum, in dem es so gut wie nichts gab, das ihn halten konnte. Die reine Trostlosigkeit.

Er wandte sich wieder Bea zu, die sich Fleur nannte. Fragte sich, wie sie sich nennen würde, wenn das alles vorbei war.

Falls es jemals vorüber sein würde. Falls sie überhaupt jemals das Bewusstsein wiedererlangte.

Die Chance darauf wurde von Tag zu Tag geringer. Nach Ablauf von zwölf Monaten dann gab es – eine schreckliche Diagnose – so gut wie keine Wahrscheinlichkeit mehr auf eine Rückkehr in ein bewusstes Leben.

»Sie müssen nichts anderes tun, als gesund zu werden, hören Sie?«

Was für eine Frage!

Konnte sie ihn überhaupt hören? Die Laute zu Silben, die Silben zu Worten und die Worte zu Sätzen verbinden?

Was mochte in ihr vorgehen, wenn sie ihn verstand und sich nicht äußern konnte?

Wehrte sie sich gegen die Unbeweglichkeit ihres Körpers? Versuchte sie verzweifelt, die Augen aufzureißen? Den Mund zu öffnen? Drängten sich die Worte in ihr, unfähig, die Lippen zu verlassen?

Nichts, absolut nichts deutete darauf hin.

Sie war wie ein stiller See, unter dessen glatter Oberfläche sich Tragödien abspielten, ohne dass der Betrachter es auch nur ahnte.

Bert berührte ihre Stirn. Als könnte er ihr so eine Zuversicht einflößen, die er selbst doch gar nicht besaß.

Wie oft hatte er sich seine Ohnmacht eingestehen müssen.

Genau wie hier. Ganz genau so.

»Schlaf«, murmelte er. »Sammle Kraft, Mädchen. Und hab keine Angst. Wir werden dich beschützen.«

Es fiel ihm schwer, das Zimmer zu verlassen. Am liebsten wäre er geblieben, um Wache zu halten, solange es nötig war. Doch seine Aufgabe war es, den Mann zu finden, der ihr das angetan hatte. Dafür zu sorgen, dass er verhaftet wurde, angeklagt und bestraft werden konnte. Nur so war es ihm möglich, die junge Frau, die sich Fleur nannte, zu beschützen. Nur so.

Vielleicht wäre sie dann irgendwann wieder bereit, ihren ursprünglichen Namen zu tragen.

Die Fahrt ins Präsidium hatten Bert und Rick schweigend zurückgelegt.

Jetzt stand Bert am Fenster seines Büros und wurde die Erinnerung an das Gesicht der jungen Frau nicht los.

»Einen Penny für deine Gedanken«, riss Ricks Stimme ihn aus seinen Überlegungen.

»Ach, ich habe über meinen Besuch bei Bea Hagedorn nachgedacht.« Bert wandte sich vom Fenster ab und stellte fest, dass er die ganze Zeit blicklos auf die Straße gestarrt hatte. »Und du?«

»Die Kollegen aus Dresden haben sich gemeldet.« Rick ließ sich auf einem der Stühle am Besprechungstisch nieder. »Sie haben endlich den Freund von Mikael Kemper angetroffen, diesen Juri Maranow. Der Typ soll aalglatt sein. Hat angeblich keine Ahnung, wo sich Mikael Kemper befindet. Hat angeblich ewig nichts von ihm gehört. Ist selbstverständlich in nichts Ungesetzliches verstrickt.«

»Und weiter?«

»Der Mann ist, wie Bea Hagedorn angedeutet hat, kein unbeschriebenes Blatt. Er arbeitet schon jetzt hin und wieder als Schnüffler. Wird schnell handgreiflich, verschafft sich auch mal gewaltsam Zutritt zu der Wohnung eines Menschen, den er observiert, und bessert sein schmales Einkommen mit dem Verkauf von Drogen auf. Aber ihm ist nie etwas nachzuweisen. Er ist wie ein Chamäleon – passt sich der Umgebung an und wird unsichtbar.«

»Nettes Kerlchen.«

»Genau das, was wir zu unserem Glück noch brauchen. Übrigens hat er es zuerst bei der Polizei versucht, nach einer Weile jedoch hingeschmissen.«

»Manchen Menschen«, sagte Bert, »kann man förmlich dabei zuschauen, wie sie in ihr Unglück rennen. Und andere mitreißen. Was meinst du? Ist das bei Mikael Kemper so? Gehört er zu denen, die in den Sog dieses *Freundes* geraten sind?«

»Das bezweifle ich.« Rick stand auf und ging zur Pinnwand, die er nachdenklich betrachtete. Schließlich drehte er sich zu Bert um. »Mikael Kemper ist nicht verroht *worden*, Bert. Er war schon immer so. Da haben sich zwei Menschen mit hoher krimineller Energie getroffen und zusammengetan. Wir sollten da auf jeden Fall so schnell wie möglich nachhaken.«

Bert schob einen Stapel Papiere, den jemand auf seinen Schreibtisch gelegt hatte, zur Seite. Er hatte jetzt keinen Nerv für bürokratische Dinge.

»Ich habe mit der Mutter von Bea Hagedorn telefoniert«, sagte er.

»Wann kommt sie nach Köln?«

»Überhaupt nicht.«

»Wie bitte?«

»Du hast richtig verstanden.«

»Die Mutter kommt nicht, um ihrer Tochter beizustehen?«

»Sie sagt, sie hat keine Tochter mehr.«

»Weiß sie, dass das Mädchen im Koma liegt?«

»Natürlich.«

»Und trotzdem … Mann! Das kapier ich nicht!«

»Sie hat mir erzählt, Bea sei eine kleine Lolita gewesen. Sie habe ihrem Stiefvater nachgestellt und versucht, die Ehe der Mutter mit diesem Mann zu zerstören.«

»Das ist nicht wahr!«

Rick wirkte erschüttert. Er trat ans Fenster und sah auf die Straße hinunter. Auch Bert hatte sich von dem Gespräch mit dieser Frau noch nicht erholt. Er hatte ihr geschildert, was ihrer Tochter angetan worden war, wie sie unter Mikael Kemper gelitten und versucht hatte, sich vor ihm in Sicherheit zu bringen. Wie er sie immer wieder aufgestöbert und zurückgeholt hatte.

»Sie braucht jetzt einen Menschen, der für sie da ist«, hatte er geschlossen.

»Das hätte sie sich vorher überlegen sollen«, war die Antwort gewesen.

Er hatte noch nach den richtigen Worten gesucht, sich gefragt, ob es für eine solche Situation überhaupt Worte gab, als er das Klicken in der Leitung gehört hatte, mit dem Frau Hagedorn das Gespräch beendet hatte.

»Komm«, sagte er zu Rick. »Ich muss hier raus.«

»Hol bloß noch meine Jacke«, sagte Rick erleichtert.

Auch ihm schienen die Wände auf den Leib zu rücken.

»Was für eine Scheißwelt«, schimpfte er vor sich hin, als er Berts Büro verließ und auf den Flur trat. »Was für eine beschissene, kranke Scheißwelt.«

Rick trug das Herz auf der Zunge und seine Stimmungen wechselten wie das Wetter. Bert beneidete ihn um seine direkte, klare Art, die Dinge anzugehen. Bei ihm selbst sammelten sich die Verletzungen und bildeten schmerzende, schlecht heilende Wunden.

»Was für eine beschissene Scheißwelt«, wiederholte er leise.

Aber es waren nicht *seine* Worte, nicht *seine* Empfindungen. Er dachte an die Tage im Kloster, daran, wie leicht das Leben dort gewesen war.

Und sehnte sich danach zurück.

*

Schlafen.

Sich der Finsternis hingeben.

Dahintreiben …

Bea? Bea!

Ein Name, der etwas anrührte in ihr.

Der laut war.
Störte.
Sie wollte ihn nicht.
Wollte nur den Schlaf.
Das Dunkel.
Stille.

*

Gabriel und Joy saßen in der Küche und aßen Spaghetti mit Tomatensoße.

»Hast du auch Hunger?«, fragte Joy, das kleine Gesicht bis zu den Ohren rot verschmiert. »Wir haben ganz, ganz viel gekocht.«

Sehnsüchtig betrachtete Romy die Teller. Im nächsten Augenblick hatte Gabriel ihr aufgefüllt. Sie setzte sich zu ihnen.

»Ich bin noch gar nicht zum Essen gekommen«, sagte sie und führte dankbar die erste Gabel zum Mund.

»Wir dürfen heute schlürfen.«

Grinsend sog Joy an den Nudeln, die ihr übers Kinn baumelten. Sie lachte, als sie mit einem schmatzenden Geräusch in ihrem Mund verschwanden, und kaute mit vollen Backen.

»Ab und zu haben wir Schlürf-und-Finger-Esstage«, erklärte Gabriel augenzwinkernd.

Romy wickelte die nächste Portion Spaghetti auf ihre Gabel. Joy klatschte vor Freude in die Hände, als sie die Nudeln ebenfalls schmatzend in den Mund zog.

»Habt ihr von dem Vorfall etwas mitgekriegt?«, fragte Romy, nachdem ihr Hunger gestillt war.

»Leider nicht.« Gabriel schüttelte den Kopf. »Ich hab zwei Tage Urlaub und hab mir vorgenommen, die Fensterrahmen zu streichen. Dabei hör ich gerne Musik. Und weil ich es ein bisschen lauter mag, hab ich mir die Kopfhörer aufgesetzt.«

»Gesehen hast du auch nichts?«

»Kann sogar sein, dass wir kurz beim Baumarkt waren, als es passiert ist. Wenn ich Urlaub habe, lege ich meine Uhr weg. Dann interessiert mich nicht, wie schnell oder langsam die Zeit vergeht.«

»Schade. Ich habe gehofft, euch wär irgendwas aufgefallen. Die Polizei geht davon aus, dass Fleurs Freund der Täter ist, aber sicher wissen sie es nicht.«

»Romy …«

Gabriel machte eine Kopfbewegung in Richtung seiner Tochter. Er hatte recht. Joy war erst fünf. Da sollte das Leben noch bunt und freundlich sein. Es war viel zu früh, sie aus ihrer Sicherheit zu reißen. Sie musste nicht erfahren, was Menschen einander antaten.

»Warum hat der Mann deiner Freundin wehgetan?«, fragte Joy da.

»Magst du noch Nudeln?« Gabriel sprang auf und schnappte sich den Teller seiner Tochter. »Mit ganz viel Tomatensoße?«

»Helen hat er auch gehauen«, sagte Joy. »Ist er ein böser Mann?«

Romy sah Hilfe suchend zu Gabriel, der zu überlegen schien, wie er reagieren sollte. Doch er reagierte nicht. Hielt nur die Nudelkelle in der Hand, ohne aufzufüllen.

»Ja. Er ist böse.«

Romy hatte sich entschieden. Das Kind hatte irgendetwas mitbekommen. Das konnte man nicht schönreden.

»Sehr böse.«

»Ich hab die Tür aufgemacht und da war er. Er hat Helen geschlagen.«

»Joy!«

Gabriel kam an den Tisch zurück und stellte eine Portion Nudeln vor seine Tochter hin.

»Du sollst die Wohnungstür doch nicht aufmachen. Das hab ich dir schon so oft erklärt.«

»Weil da böse Leute sind?«

»Weil da welche sein *können.*«

»Mir hat er nicht wehgetan.«

»Hat er dich *gesehen?*«, fragte Gabriel entsetzt.

»Nein.« Joy lächelte stolz. »Weil … ich war doch unsichtbar.«

»Unsichtbar …«, murmelte Gabriel und rang um Fassung.

Joy hielt die Luft an, bis ihr Gesicht rot anlief.

»Kannst du mich sehen?«, fragte sie Romy mit gepresster, hoher Stimme.

Romy schaute sich in gespieltem Erstaunen um.

»Wo bist du, Joy? Wo hast du dich versteckt?«

»Puh!« Joy stieß die Luft aus. »Und jetzt?«

»Da bist du ja wieder!«

»Als der Mann Helen gehauen hat, war ich auch unsichtbar. Sogar ohne Luftanhalten. Das geht auch mit einem Zauberspruch.«

»Und dann hast du alles beobachtet«, half Romy ihr auf die Sprünge.

»Ja.« Joys Gesichtchen wurde ernst. »Erst hat er Helen geschlagen, und dann ist Helen hingefallen, und der Mann ist nach oben gegangen, und dann hat deine Freundin geschrien und ist vor ihm weggelaufen, und er ist ihr nachgelaufen, und dann hat sie Helen gefunden.«

»Fleur hat Helen gefunden …«

Joy nickte.

»Sie hat sie gestreichelt und leise mit ihr gesprochen. Und

der Mann hat sie eingeholt und gesagt, er bringt sie nach Hause. Und dann wollte Fleur weglaufen und da hat er sie auch geschlagen. Und sie hat auf der Erde gelegen und sich nicht mehr bewegt.«

»Joy … deine Nudeln werden kalt.«

Gabriel warf Romy einen flehenden Blick zu.

Lass sie in Ruhe, sagte dieser Blick. *Sie ist erst fünf.*

Aber sie hatte Schreckliches gesehen. Er würde so schnell wie möglich einen Weg finden müssen, ihr alles zu erklären.

»Der Mann hat gesagt, er will Fleur *nach Hause* bringen?«, fragte Romy, Gabriels drängendem Blick ausweichend.

Joy nickte und machte sich über die zweite Portion Nudeln her.

Gabriel nutzte das, um Romy Zeichen zu machen.

LASS! SIE! IN! RUHE!

»Ob sie will oder nicht«, nuschelte Joy mit einem Bärtchen aus Tomatensoße.

»Was?«

»Er hat gesagt, er bringt sie nach Hause. Ob sie will oder nicht. Und dann hat er die Schubkarre geholt und sie draufgelegt und zugedeckt. Und dann ist er mit ihr rausgefahren. Und dann sind ganz viele Leute gekommen. Das war die Polizei.«

»Warum hast du mir nicht erzählt, dass du Fleur mit diesem Mann beobachtet hast?«, fragte Gabriel.

Joy warf ihm einen schuldbewussten Blick zu. Sie hatte gesehen, was sie nicht hätte sehen dürfen. Wahrscheinlich wünschte sie inzwischen, sie hätte die Wohnungstür niemals aufgemacht.

»Deshalb hast du schlecht geträumt und bist heute Nacht zu mir ins Bett gekrochen«, sagte Gabriel leise.

Romy sah ihm an, dass er am liebsten aufgestanden wäre, um seine kleine Tochter fest in die Arme zu schließen. Doch im Augenblick fand er es wohl besser, die Sache herunterzuspielen.

Joy jedoch nicht.

»Wo ist Fleur?«, fragte sie.

»Im Krankenhaus«, erklärte Romy ihr. »Sie hat sich beim Hinfallen wehgetan.«

»Ich tu mir auch manchmal weh«, sagte Joy. »Papa pustet dann und macht ein Pflaster drauf und alles ist gut.«

»Auch noch Nudeln?«, fragte Gabriel.

Romy schüttelte den Kopf. Ihr war der Appetit vergangen.

»Besuchen wir Fleur?«, fragte Joy ihren Papa.

»Vielleicht«, wich Gabriel aus.

Romy hatte ihn immer als toughen Vater gesehen, der jeder Situation gewachsen war. Doch die Gefahr, in der seine Tochter geschwebt hatte, machte ihn nachträglich fertig.

Sie hätte tot sein können, sagte der Blick, den er Romy zuwarf.

»Wenn es Fleur wieder besser geht«, versprach er.

Das kann Jahre dauern, dachte Romy, und mit Wucht wurde ihr die Ungeheuerlichkeit dieser Vorstellung bewusst.

Und wenn Fleur überhaupt nicht mehr zu sich kam?

Sie verabschiedete sich von Joy und Gabriel. Auf dem Weg zu ihrem Auto rief sie den Kommissar an.

Er hat gesagt, er bringt sie nach Hause, hörte sie Joys klare Stimme. *Ob sie will oder nicht.*

Nach Hause.

Jetzt war definitiv sicher, dass Mikael der Täter war.

26

Schmuddelbuch, Montag, 16. Mai, sieben Uhr fünfzehn

Der Angriff auf Fleur ist eine Woche her und die Polizei tappt noch im Dunkeln.

Fleurs Zustand hat sich nicht verändert.

Mittlerweile kennen mich sämtliche Schwestern und Pfleger, doch sie lassen mich nicht zu ihr.

Ich habe Greg gebeten, den Start meiner Serie auf unbestimmte Zeit zu verschieben. Wenn meine Artikel ehrlich sein sollen, darf ich Fleurs Koma nicht verschweigen, aber ich möchte nicht ohne ihre Zustimmung darüber schreiben.

Dazu muss sie aber erst zurückkommen.

Vielleicht gelingt es mir, bis dahin zu begreifen, was Typen wie Mikael zu kranken Irren macht, die ihre Frauen tyrannisieren, angreifen und töten.

Love hurts,
Love scars,
Love wounds and mars
Any heart not tough or strong enough
To take a lot of pain …
(Nazareth)

Als Mikael das *St. Lukretia* betrat, nahm die innere Anspannung, die ihn seit den Tagen nach Beas Unfall begleitete, ein wenig ab. Ständig hatte er sich gefragt, ob sie schon eine

Aussage gemacht hatte. Doch nach einem langen Telefongespräch mit Juri hatte er sich zu dessen Meinung durchgerungen: Wäre Bea in der Lage auszusagen, hätten die Bullen längst eine Fahndung gestartet.

Das bedeutete, dass sie aller Wahrscheinlichkeit nach immer noch auf der ITS lag.

Nicht einfach, an sie heranzukommen, denn sie würden ihn an den drei Tagen, an denen er hier zur Probe arbeiten durfte, wohl kaum dort einsetzen.

Drei Tage, dachte er und schürzte verächtlich die Lippen. So lange würde er kaum brauchen, um die Sache zu erledigen.

In der vergangenen Woche hatte sich ein solcher Hass in ihm aufgestaut, dass er ihn nur noch mit Mühe zügeln konnte. Bea war nie gut für ihn gewesen. Sie hatte sich ihm nie wirklich hingegeben, hatte lediglich das sichere Leben, das er ihr bot, für eine Weile gegen das auf der Straße eingetauscht.

Er argwöhnte, dass sie von Anfang an nicht ehrlich gewesen war. Sie hatte ihm ein grandioses Theater vorgespielt, hatte Liebe, Zärtlichkeit und Unterwürfigkeit geheuchelt, um ihn bei Laune zu halten. Nichts davon war echt gewesen, sonst hätte sie ihn nicht verlassen.

Schon beim ersten Mal hätte er sie nicht zurücknehmen dürfen. Er hätte sie bleiben lassen sollen, wo sie war.

In der Gosse, wo sie hingehörte.

Aber er musste ja unbedingt sein Herz an sie verlieren.

Alles hatte er für sie getan, sie von der Straße geholt, sie in Wärme und Sicherheit gehüllt und ihr seine Liebe geschenkt. Obwohl er im tiefsten Innern immer gewusst hatte, dass sie ihm nicht treu war.

Vielleicht hatte sie ihn nicht tatsächlich betrogen, aber in Gedanken hatte sie es wieder und wieder getan.

Die Blicke, die sie anderen Typen zugeworfen hatte. Das

verräterische Seufzen, wenn sie nachts träumte. Ihre aufreizende Art, sich anzuziehen, wenn sie ausgingen.

Wie oft hatte er sie aus der Disko gezerrt, weil er sie beim Flirten erwischt hatte, anfangs, als sie noch ausgegangen waren. Wie oft Typen, die sie angeschmachtet hatten, eins aufs Maul gegeben.

Sie hatte ihm seinen Frieden geraubt.

Und jetzt war er hier, um sich seinen Frieden zurückzuholen.

Er nahm nicht den Aufzug, sondern die Treppe. In einem engen Raum eingesperrt zu sein, hätte er im Augenblick nicht ertragen.

Bea, hämmerte es in seinem Kopf. *Beeeaaa* …

Er würde sie sehen und wissen, was zu tun war.

Bea.

Er konnte es kaum erwarten.

*

»Guten Morgen, Frau Hagedorn. Ich bin Schwester Petra. Wie haben Sie geschlafen?«

Mit der Stimme war grelles Licht gekommen, das in den Augen schmerzte, obwohl sie geschlossen waren.

»Es wird jetzt schon jeden Tag ein bisschen früher hell. Der Winter war ja auch lang genug, nicht wahr?«

Fleur wünschte, sie würde das andere Licht anmachen, das gedämpft und freundlich war. Doch sie tat es nicht.

»… und dann dieser ewige Stress auf der Autobahn. Mein Mann und ich überlegen schon lange, nach Köln zu ziehen. Dabei leben wir eigentlich gern auf dem Land. Ist eine schwere Entscheidung. Die trifft man nicht so mir nichts, dir nichts. Oder?«

Die Phasen, in denen sich der Nebel in Fleurs Kopf lichtete, häuften sich. Und sie wurden immer länger. Doch regelmäßig sank sie zurück in die Dunkelheit, die sie das eine Mal verschluckte wie ein riesiges, Angst einflößendes Maul, ein anderes Mal aufnahm wie ein gnädiges Vergessen.

Fleur liebte – und hasste die Finsternis, in der sie sich tiefer verlor als im tiefsten Schlaf. Sie liebte sie, weil sie ihr Erholung schenkte. Sie hasste sie, weil sie die Rückkehr in die Welt der Geräusche, Gerüche und Berührungen jedes Mal aufs Neue so furchtbar schwierig machte.

»Sie leben ja in Dresden, hab ich gehört. Da will ich unbedingt auch mal hin. Nicht gerade an einem Montag, Sie wissen schon. Einen Pegida-Aufmarsch muss ich mir wirklich nicht antun.«

So viele Worte. Und so schnell.

Hagedorn. War das ihr Name?

»… soll eine faszinierende Stadt sein. Ich hab Fotos gesehen von der Frauenkirche, dem Zwinger und all den wunderschönen Gebäuden. Und ist Schloss Pillnitz nicht auch ganz in der Nähe? Da sind meine Eltern mal gewesen. Sie waren begeistert.«

Dresden. Frauenkirche. Pillnitz.

Fleur versuchte, etwas mit den Begriffen zu verbinden, eine Erinnerung, ein Bild heraufzubeschwören. Doch es gelang ihr nicht. Bilder kamen, wenn überhaupt, ganz von allein. Und mit ihnen Erinnerungen wie unscharfe Ausschnitte aus Filmen.

»Wär mal eine Alternative zu unseren Ferien im Süden, finde ich.«

Schwester Petra.

Fleur versuchte, sich den Namen einzuprägen, wie sie es mit all den anderen Namen tat, auch wenn sie sie dann doch immer wieder vergaß.

Sie hatte Fixpunkte in dem Wechsel von Hell und Dunkel ausgemacht. Da war sie selbst, die in einem Bett lag, und da waren andere. Die andern kamen und gingen und mit ihnen ihre Stimmen, die sie allmählich zu unterscheiden lernte.

Männerstimmen. Frauenstimmen.

Und irgendwo weiter weg ein stetiges Summen und Piepen von irgendwelchen Apparaten.

Die Stimmen stellten sich als Schwestern, Pfleger und Ärzte vor. Daraus hatte Fleur geschlossen, dass sie in einem Krankenhaus lag.

Aber aus welchem Grund?

Sie verspürte keine Schmerzen, keinen Hunger und keinen Durst. Ihren Körper nahm sie nur wahr, wenn jemand ihn berührte, so wie jetzt Schwester Petra. Sie wuschen ihn und rieben ihn mit einer wohlriechenden Lotion ein. Bürsteten ihr das Haar und säuberten ihre Fingernägel.

Wie lange schon?

Was hatte sie hierhergebracht?

Wenn die Fragen auftauchten, geriet Fleur in Panik. Gleich darauf schlug die Dunkelheit über ihr zusammen und Fleur ließ sich dankbar ins Vergessen fallen.

»Bald geht es Ihnen wieder besser. Bestimmt. Lassen Sie den Mut nicht sinken.«

Wenigstens konnte sie hören.

Fleur wusste, dass zu ihrem Körper Arme, Beine und Augen gehörten, doch sie konnte sie nicht benutzen. Die Augen nicht öffnen. Die Beine nicht anwinkeln oder strecken. Die Arme nicht heben. Sie besaß auch Finger und Zehen.

Aber sie spürte sie nicht.

Deshalb genoss sie Berührungen. Sie machten sie mit ihrem Körper vertraut. Zugleich verdeutlichten sie, was sie verloren hatte.

War sie gelähmt?

Kaum war der Gedanke in ihrem Kopf, als die Dunkelheit sie auch schon wieder in ihre Umarmung zog.

Sie wünschte, der Nebel würde sich lichten und sie würde die Augen öffnen können, um die Gesichter zu erkennen, die zu den Stimmen und den Berührungen gehörten.

Irgendwann … irgend… ir…

*

Bert und Rick hatten die Bewohner des Hauses befragt, in dem Romy Berner lebte. Sie hatten nichts in Erfahrung gebracht. Außer drei Personen war zum Zeitpunkt von Bea Hagedorns Entführung niemand im Haus gewesen.

Diese Personen waren Helen Junkers, die junge Frau, die mit einem brutalen Schlag im Treppenhaus niedergestreckt worden war, Gabriel Rieker und seine Tochter Joy, die im Erdgeschoss wohnten.

In Dresden hatten die Kollegen Mikael Kempers Wohnung auf den Kopf gestellt und ein Foto auf Ricks Rechner geschickt, das den Tatverdächtigen im Kreis von Freunden bei einer Feier zeigte. Alle hielten eine Bierflasche in der Hand und grinsten beduselt in die Kamera.

Einzig Mikael Kemper schien stocknüchtern. Man erkannte es an seinen Augen, die klar und aufmerksam waren.

»Der typische Manipulator«, hatte Rick abschätzig bemerkt, als er das Foto heruntergeladen hatte. »Das ist unser Mann.«

Auch Bert hatte keinen Zweifel gehabt. Allerdings reichte das nicht aus. Sie mussten Beweise für Mikael Kempers Schuld finden.

Helen Junkers hatte sein Gesicht gesehen, konnte es jedoch nicht mit Sicherheit wiedererkennen. Sie hatte das Foto lange betrachtet und es dann niedergeschlagen zurückgegeben.

»Es tut mir leid«, entschuldigte sie sich. »Ich glaube, ich erkenne die Augen wieder, obwohl sie auf dem Foto anders sind … nicht so … böse. Der Rest vom Gesicht ist komplett aus meinem Gedächtnis gelöscht.«

»Das ist keine ungewöhnliche Reaktion bei Opfern von Gewalt«, hatte Rick sie mit sanfter Stimme zu beruhigen versucht. »Irgendwann kommt Ihre Erinnerung zurück.«

»Hoffentlich bald«, hatte sie mit neu erwachender Kampfeslust gesagt. »Damit Sie ihm das Handwerk legen können.«

Bert hatte ihr seine Karte dagelassen und sie gebeten, sich zu melden, sobald sie meinte, Angaben zum Täter machen zu können.

Gabriel Rieker aus der Wohnung im Erdgeschoss hatte nichts gehört und gesehen, ebenso wenig wie seine kleine Tochter. Umso verblüffender war Romy Berners Anruf gewesen, der Mikael Kemper schwer belastete.

»Wieso verrät der kleine Mistkäfer das nicht uns?«, hatte Rick sich aufgeregt, nachdem Bert ihm von dem Telefongespräch berichtet hatte. »Wieso ausgerechnet Romy Berner?«

»Weil sie ihr vertraut und weil wir beide Fremde für sie sind.«

»Wir haben sie doch wirklich kindgerecht angesprochen«, ärgerte sich Rick, der vor Kurzem an einer Tagung zum Thema *Kinder und Gewalt* teilgenommen hatte.

Sie hatten die gesamte Nachbarschaft befragt und keinen einzigen verwertbaren Hinweis erhalten.

Doch dann hatte sich das Blatt unerwartet gewendet. Eine Anwohnerin, deren Wohnung nicht weit von der Romy Berners entfernt lag, hatte sie zu einer Schubkarre und einer großen grauen Plastikfolie geführt, die sie in ihrem Vorgarten gefunden hatte.

»Das gehört mir nicht und auch niemandem aus dem Haus. Als wär es vom Himmel gefallen.«

Das war es natürlich nicht und Bert hatte den Atem angehalten. Hatte die kleine Joy also nicht fantasiert.

Die alte Dame lebte allein und schien sich vor ihrem eigenen Schatten zu fürchten. Ihre Wohnung war gesichert wie Fort Knox, mit Riegeln und Schlössern an sämtlichen Fenstern und Außentüren.

Während sie fröstelnd mit Bert und Rick in dem kleinen Hinterhof gestanden hatte, der zu ihrer Wohnung gehörte, war ihr ängstlicher Blick unentwegt hin und her gehuscht.

Bert hatte beim Anblick der Schubkarre augenblicklich dieses Kribbeln verspürt, das sich immer dann einstellte, wenn sich etwas ergab, das sie weiterbrachte. Er hatte einen Blick mit Rick gewechselt, der unauffällig den Daumen in die Luft streckte.

Endlich war Bewegung in den Fall gekommen.

Sie hatten sich bei der alten Dame bedankt, die Kollegen von der Spurensicherung informiert und waren ins Präsidium zurückgekehrt.

Das Labor hatte Spuren von Blut gefunden, die von zwei unterschiedlichen Menschen stammten. Außerdem waren Haare und Hautschuppen sichergestellt worden. Ein Abgleich der genetischen Spuren mit den Dateien von LKA und BKA war ohne Ergebnis gewesen.

Mit dem genetischen Material, das am Tatort Mariella Hohkamp sichergestellt worden war, wo es von Spuren nur so wimmelte, war das Labor noch beschäftigt.

»Wir hätten ja auch mal Glück haben können«, stöhnte Rick jetzt.

Sie waren auf dem Weg zur Morgenbesprechung, die ebenso unerfreulich verlaufen würde wie die Morgenbesprechungen der vergangenen Tage. Die Presse hatte von den Vorfällen

Wind bekommen und blähte die spärlichen Informationen zu Sensationsmeldungen auf.

Besteht ein Zusammenhang zwischen der Ermordung der Sozialarbeiterin Mariella H. und dem Verschwinden einer jungen Frau aus dem Belgischen Viertel?

Glücklicherweise hielten sie die Kölner Frauenhäuser aus ihren Spekulationen heraus.

Bert schob die Tür zum Besprechungszimmer auf. Sie waren zu spät und fingen sich einen vorwurfsvollen Blick des Chefs ein. Manche Dinge änderten sich nie. Bert zog sich einen Stuhl heran und setzte sich. Neiderfüllt sah er Rick nach, der einen Anruf bekommen hatte und den Glücksfall nutzte, um die Besprechung zu verlassen.

Auch er wäre jetzt überall lieber gewesen als hier.

*

Romy stieg aus ihrem Fiesta und holte tief Luft. Mit dem Kommissar zu telefonieren, war eine Sache. Ihn im Präsidium aufzusuchen, eine andere. Es hatte sie große Überwindung gekostet, ihren Plan in die Tat umzusetzen.

Sie meldete sich am Empfang, wo ein junger Beamter saß, der sie beinah unverschämt anstarrte. Sie verzichtete auf die abweisende Miene, die sie in solchen Fällen aufsetzte, und schenkte ihm ein betörendes Lächeln.

»Ich möchte zu Hauptkommissar Bert Melzig.«

»Haben Sie einen Termin?«

Sein Blick wanderte von ihrem Gesicht zu ihren kurzen Haaren und von da aus abwärts.

»Das nicht, aber es geht um einen Fall, zu dem er mich befragt hat.«

Sie hatte sich dagegen entschieden, sich als Mitarbeiterin des *KölnJournals* zu outen. Das schlug selbst bereits halb geöffnete Türen sofort wieder zu. Und eine Lüge war es ja nicht. Sie war ja tatsächlich zu Fleur befragt worden.

»Augenblick.«

Der Beamte klemmte sich den Hörer zwischen Kopf und Schulter und wählte eine Nummer. Jede seiner Bewegungen drückte ungetrübtes Selbstvertrauen aus. Tatsächlich gefiel er Romy, und er wusste, dass er ihr gefiel.

Er wusste jedoch nicht, dass es Ingo gab.

Romy lächelte weiter. Der Weg zum Kommissar führte nun einmal nur an diesem Typen vorbei. Kurz verachtete sie sich dafür, dass sie das Mädchen spielte, um an ihr Ziel zu gelangen, doch dann beschloss sie, dass Fleur es wert war, gegen ein paar Prinzipien zu verstoßen – und eine Gesichtsstarre davonzutragen.

Wenige Minuten später saß sie dem Kommissar in seinem Büro gegenüber.

»Ich möchte Fleur besuchen«, sagte sie.

Er runzelte die Stirn.

»Ich weiß, dass ich von Anfang an mit Ihnen hätte reden sollen«, fuhr sie fort. »Aber jetzt bin ich hier.«

Dass sie ein paarmal ohne seine Zustimmung versucht hatte, zu Fleur zu gelangen, behielt sie für sich.

»Wir haben strikte Anweisung gegeben, niemanden zu Ihrer Freundin zu lassen. Niemanden.«

»Ich weiß. Deshalb bin ich hier.«

Ein kleines Lächeln erschien auf seinen Lippen und setzte sich in freundlichen Fältchen um seine Augenwinkel fort.

»Nur so können wir Ihre Freundin beschützen.«

»Und wenn Sie bei mir eine Ausnahme machen?«

Er schüttelte bedauernd den Kopf.

»Das heißt, Fleur liegt den ganzen Tag allein in ihrem Zimmer und wird von keiner Menschenseele besucht?«

»Sie wissen, dass Sie sich im Koma befindet.«

»Und deshalb, glauben Sie, braucht sie keine Nähe? Keine Berührung? Kein Wort?«

»Frau Berner, was Ihre Freundin jetzt vor allem braucht, ist Ruhe.«

»Ja ...«

»Und Sicherheit.«

»Ja, schon ...«

»Beides können wir nicht garantieren, wenn wir Ausnahmen zulassen. Da kommt das Pflegepersonal durcheinander, und schon stehen plötzlich Menschen an Frau Hagedorns Bett, die wir dort nicht haben wollen.«

»Sie denken an Journalisten.«

»Richtig. Und Sensationslüsterne, die sich wer weiß was einfallen lassen, um sich einen Kick zu verschaffen.«

»Mir ist klar, dass da ein paar Verrückte durch die Gegend laufen. Aber ...«

»Vor allem jedoch«, unterbrach Bert Melzig sie, »vor allem wird der Täter auf diese Weise ein Schlupfloch finden.«

Es lief Romy kalt über den Rücken.

»Und wenn Sie nur eine einzige winzige Ausnahme machen?«, beharrte sie dennoch. »Dann gewöhnen sich die Schwestern und Pfleger doch daran. Ich könnte mich um Fleur kümmern. Mit ihr reden, ihr vorlesen. Vor allem auf sie aufpassen. Dazu haben die Pflegekräfte doch gar keine Zeit.«

Wieder schüttelte er den Kopf.

»Das ist nicht Ihre Aufgabe.«

»Wessen dann?«

»Unsere, Frau Berner.«

»Aber es sitzt keiner Ihrer Leute vor Fleurs Tür. Oder?«

»Aus diesem Grund liegt Ihre Freundin immer noch auf der Intensivstation. Dort ist sie sicher.«

»Ich bin ohne Schwierigkeiten an ihr Bett gekommen«, erinnerte Romy ihn.

»Da war die Situation noch nicht so klar. Mittlerweile wissen vom obersten Chef bis zur kleinsten Hilfskraft alle Bescheid, wie sie sich zu verhalten haben.«

»Und die Besucher der übrigen Patienten?«

»Haben nur Zutritt, wenn das Personal sie kennt oder sie sich ausweisen können. Dasselbe gilt für Pflegekräfte von anderen Stationen.«

Das hatte Romy auch schon herausgefunden und es war beruhigend. Doch sie hatte nicht vor aufzugeben.

»Ich habe recherchiert, Herr Kommissar. Bei Komapatienten ist es ganz besonders wichtig, dass man mit ihnen redet. In Fleurs Fall dürfte es überlebensnotwendig sein. Sie ist noch nicht lange in Köln, kennt kaum jemanden hier und hat, wenn ich das richtig sehe, nur zwei Freundinnen, Amal Mosahim und mich. Vielleicht erkennt sie ja unsere Stimmen. Ich habe viel mit ihr gesprochen. Sie hat mir von ihrer Beziehung zu ihrem Freund erzählt, hat sich immer weiter geöffnet. Es könnte doch sein, dass ich zu ihr durchdringe …«

Die Augen des Kommissars verengten sich. Offenbar hatten Romys Worte etwas in ihm angestoßen.

»Mal abgesehen davon, dass ich mir das für Fleur von ganzem Herzen wünsche, wär das doch auch für Ihre Ermittlungen von Vorteil.«

»Da zerbrechen Sie sich mal wieder unseren Kopf, Frau Berner.«

Er hatte ein äußerst liebenswertes Lächeln. Romy stellte fest, dass sie ihn wirklich mochte, selbst wenn sie dauernd in Konflikte gerieten.

»Und ein berufliches Interesse haben Sie nicht?«, fragte er. Die reine Provokation.

»Das kann man doch gar nicht so strikt trennen, Herr Kommissar. Wenn Fleur damit einverstanden ist, werde ich auch über die Entführung und das Koma schreiben, klar. Aber das ist nicht das, was mich im Augenblick bewegt. Keiner weiß doch, ob sie je …«

Sie wollte es nicht aussprechen. Es nicht herbeireden.

Fleur würde ganz bestimmt wieder aufwachen, und sie würde alles tun, um ihr dabei zu helfen. Falls der Kommissar es erlaubte.

»Ich möchte einfach so oft wie möglich bei ihr sein. Ihr erzählen, was in der Welt so vor sich geht, ihr Geschichten vorlesen oder einfach an ihrem Bett sitzen und ihre Hand halten. Wie soll sie denn zurückkommen, wenn sie nicht mal weiß, wohin und zu wem?«

Der Kommissar stand auf und trat ans Fenster, die Hände hinter dem Rücken verschränkt wie ein alter, weiser Mann.

Romy schwieg, um ihn nicht zu stören.

Ihre Geduld wurde belohnt.

Er drehte sich zu ihr um. Es war gerade mal acht Uhr und sie sah, dass er schlecht geschlafen hatte. Unter seinen Augen waren Schatten. Aber vielleicht lag es auch nur an dem hellen Deckenlicht.

»Nehmen wir einmal an …«, begann er, und Romys Herz hüpfte auf. »Nehmen wir an, wir würden Ihnen gestatten, Ihre Freundin zu besuchen und sie so zu unterstützen, wie Sie es mir gerade beschrieben haben …«

»Dann schwöre ich, kein Wort über sie und ihren Zustand nach außen dringen zu lassen, bis Sie es mir erlauben. Ich werde niemandem davon erzählen und keine einzige Zeile darüber schreiben. Ehrenwort!«

Sie hob die Hand.

»Nicht nötig«, hielt er sie zurück. »Ich glaube Ihnen.«

»Ich darf Fleur besuchen?«

»Bis auf Weiteres.« Er setzte eine strenge Miene auf, die sie ihm jedoch nicht abnahm. »Ich werde gleich im Krankenhaus anrufen. Und jetzt lassen Sie mich bitte arbeiten.«

Er hatte seinen letzten Satz noch nicht beendet, als Romy bereits die Türklinke in der Hand hielt, um sein Büro zu verlassen. Sie musste sich bemühen, langsam über den langen Flur zu gehen.

Am liebsten wäre sie gerannt.

27

Schmuddelbuch, Montag, 16. Mai, kurz nach acht

Gott ist mit den Hartnäckigen ... ;-)

Was für einen Lärm die Stille machen konnte. Fleur hörte sie in den Ohren rauschen. Vor ihrem inneren Auge entstand das Bild sturmgeschüttelter Bäume. Sie sah einen gewundenen Weg. Wolken auf einem blauen Himmel.

Sie hatte keine Schwierigkeiten, die Dinge zu benennen: Baum. Blätter. Äste. Weg. Himmel. Wolken. Wind.

Das war ein Anfang. Der Beginn einer Wirklichkeit, die es in der Welt und gleichzeitig in ihr selbst gab. Denn das hatte sie längst begriffen, dass es ein Innen und ein Außen gab. Eine Innen- und eine Außenwelt.

Es gibt mich, dachte sie. Und es gibt die andern.

Sie kannte die andern nicht, hatte sich nur mühsam ihre Namen gemerkt. Aber sie kannte auch sich selbst nicht. Irgendwann, irgendwo hatte sie den Namen *Fleur* gehört. Und sofort gewusst, dass es ihrer war.

Fleur.

Sie mochte Blumen. Vielleicht hatte sie sich anstelle von Blumen diesen Namen geschenkt. Das war möglich. Und eine schöne Vorstellung.

Fleur wusste nicht, ob sie mehr von den andern erfahren, sie kennenlernen wollte. Ihr war nur klar, dass sie keine Wahl hatte. Der Weg aus diesem Gefängnis führte geradewegs zu ihnen.

Sie hatte begriffen, dass sie eingesperrt war. In einem Haus. Einem Zimmer. Einem Bett. Vor allem aber in einem Körper, der sich von ihrem Willen nicht lenken ließ. Der plump und reglos dalag und von den andern hin und her bewegt wurde wie der Körper einer Puppe.

So redeten sie auch mit ihr.

Wie mit einer Puppe.

Sie sprachen langsam und betont deutlich, als befürchteten sie, Fleur könne sie sonst nicht verstehen.

Irgendwie hatten sie ja recht. Sie hatte Mühe, das alles zu begreifen. Schnappte ständig Wörter auf, die ihr nichts sagten. Erst wenn sie sie im Schutz der Stille in ihrem Kopf drehte und wendete, offenbarten sie ihr Geheimnis. Nicht immer, aber doch oft genug, um nicht an ihnen zu verzweifeln.

Die Stimmen gehörten den Ärzten und Ärztinnen, den Schwestern und Pflegern. Die kamen herein und nannten als Erstes ihren Namen.

Damit sie sich erinnerte.

Das war hilfreich, weil Fleur die Namen oft wieder vergaß.

Einige waren behutsam und sanft, gingen auf leisen Sohlen durchs Zimmer, berührten Fleur mit beinahe liebevoller Vorsicht, redeten in gedämpftem Ton. Andere brachten ihre Übellaunigkeit mit an Fleurs Bett, ließen ihren Frust ab und taten ihr weh, wenn sie sich mit hastigen Händen an ihr zu schaffen machten.

Am liebsten war es Fleur, wenn Schwester Lou zu ihr kam. Sie schien noch sehr jung zu sein, vielleicht nicht älter als sie selbst. Schwester Lou war die Einzige, die nicht immerzu von sich selbst redete.

Sie nannte Fleur ihren Namen, strich ihr zart über Stirn

und Wange und säuberte ihren reglosen Körper dann mit angenehm temperiertem Wasser, in das sie irgendetwas gemischt hatte, das herrlich duftete.

Schwester Lou erkundigte sich nach Fleurs Befinden, fragte, ob das Wasser warm genug sei und ob sie die leichte Massage mit dem Waschlappen als wohltuend empfinde. Streifte ihr mit geübten Handgriffen ein frisches Nachthemd über.

Manchmal sang sie leise dabei. In einer fremden Sprache, die augenblicklich den Weg von Fleurs Ohren in ihr Herz fand. Die meisten Lieder hörten sich schwermütig an und träumerisch und hätten Fleur zum Weinen gebracht – wenn sie hätte weinen können.

Schwester Lou kam immer mal wieder an Fleurs Bett, um nach ihr zu sehen. Fleur hörte ihre leisen, leichten Schritte und bald darauf Schwester Lous klare, freundliche Stimme.

Sie lernte gerade, die Menschen an ihrem Gang zu erkennen. Die Ärzte und Ärztinnen bewegten sich anders als die Schwestern und Pfleger. Sie eilten über den Flur, verlangsamten ihre Schritte bei der Tür und traten ohne Hast an Fleurs Bett.

Die Schwestern und Pfleger waren immerzu in Eile.

Einzig die Putzfrauen stellten sich nicht vor und wünschten nur knapp einen guten Morgen. Fleur hörte ihren Geräuschen zu, roch die Putzmittel, erschrak, wenn gegen ihr Bett gestoßen wurde. Sie war erleichtert, wenn sie das Zimmer wieder verließen.

War sie allein, versuchte sie zu denken.

Das war nicht einfach mit einem Kopf, der nicht tat, was sie von ihm verlangte. Der sie ständig im Stich ließ. Der sich einfach ausklinkte, wenn es ihm zu viel wurde, und der Schuld daran trug, dass sie immer wieder zurücksank in die Dunkelheit, in der sie aufhörte zu sein.

Immerhin gelang es ihr mittlerweile (seit wann? Wie lange war sie schon hier?), *überhaupt* zu denken. Gedanken zu fassen, die einen Anfang und ein Ende hatten. Sie abzugrenzen gegen andere Gedanken.

Und sich an den einen oder andern zu erinnern.

Sie lag in ihrem Bett, das eigentlich gar nicht ihres war (besaß sie ein eigenes Bett? Wo?) und traute sich hin und wieder an die nächste, große Aufgabe heran: aus den Gedanken, an die sie sich erinnerte, ein Gebäude zu errichten. Ein Gedankengebäude, in dem sie umherspazieren konnte, um sich ein Bild zu machen.

Ein Bild von sich selbst.

Wie war sie hierhergekommen? Was war mit ihr passiert? Wieso konnte sie die Augen nicht aufmachen, sich nicht bewegen?

WER WAR SIE?

Als sie jetzt Schritte auf dem Flur hörte, war sie sich sicher, dass sie diese nicht kannte. Sie waren schnell und quietschten ein wenig.

Schuhe mit Gummisohlen.

Sie erinnerte sich nicht daran, welche Schuhe sie selbst am liebsten trug, wusste jedoch instinktiv, dass es Sneakers sein mussten. Bequeme Schuhe, die ihre Füße nicht einengten, mit Gummisohlen, wie denen, die sie draußen hören konnte.

Fleur horchte.

Es waren die Schritte einer Frau. Fast hörten sie sich an wie die von Schwester Lou. Fast. Denn etwas war anders. Jeder Mensch hatte eine ganz eigene Art zu gehen. Das war ihr vorher nie aufgefallen.

Oder doch?

Sie hatte keine Ahnung, was sie gewusst oder nicht gewusst hatte.

Vorher.

Vor diesem … Zustand, in dem sie sicherlich nicht immer gewesen war. Etwas musste geschehen sein. Etwas hatte sie aus der Bahn geworfen.

Ein Unfall?

Die Schritte machten vor ihrer Tür Halt.

Warum?

Eine Schwester oder eine Ärztin wäre hereingekommen, ohne zu zögern. Die Person, die da draußen stand, versuchte sich offenbar zu orientieren.

Der erste Schritt. Der zweite.

Die Person näherte sich dem Bett.

Wieso sagte sie nichts?

Das Horchen strengte furchtbar an.

»Hallo, Fleur …«

Es war nur ein Flüstern, aber Fleur erkannte die Stimme sofort. Sie hatte sie schon oft gehört. Sie gab ihr ein gutes, ein vertrautes Gefühl.

Fleur entspannte sich.

»Kannst du mich hören, Fleur? Ich bin's, Romy.«

Sie erinnerte sich an den Namen. Sah undeutlich ein Gesicht vor sich. Kurze blonde, verwuschelte Haare und große Augen.

Ein Gesicht!

Sie hatte sich an ein Gesicht erinnert!

»Darf ich mich zu dir setzen?«

Wie gut es tat, diese Stimme zu hören! Das Geräusch, das die Stuhlbeine verursachten, als sie über den Boden gezogen wurden. Wie gut es tat, das leichte, frische Parfum zu riechen. Zu hören, wie Romy sich hinsetzte.

Zärtlich strich sie über Fleurs Finger, die sich heute anders anfühlten. Als hätte sich das Blut in ihnen gestaut.

»Die Polizei hat mir erlaubt, dich zu besuchen. Ich hab richtig darum kämpfen müssen. Der Kommissar hat schließlich nachgegeben. Du erinnerst dich an den Kommissar? Bert Melzig?«

Kommissar? Melzig?

Da war nichts.

Höchstens der Schatten einer Erinnerung.

Sonne. Himmel. Bäume. Wind.

Ja, sie spürte die Sonne auf ihrem Gesicht. Hatte sie irgendwo im Freien gesessen und den Kommissar gesehen? Mit ihm geredet?

»Du bist das bestgehütete Geheimnis der Stadt, Fleur. Nur ganz wenige Leute wissen, dass du hier bist. Das Krankenhauspersonal darf nur Leute auf die Station lassen, die hier bekannt sind oder sich ausweisen können. Sie bewachen dich echt wie den Heiligen Gral.«

Ein Lachen war in Romys Stimme, und auch wenn Fleur nicht wusste, was der Heilige Gral war, so wusste sie doch, wie unglaublich schön es war, Romy leise glucksen zu hören.

Doch schon kam die Müdigkeit angekrochen, die sie mit sich nehmen würde, hinab in die Dunkelheit, die Schrecken war und gleichzeitig Schutz.

Der Kopf tat ihr weh. So weh.

Es war alles zu viel, zu …

*

Romy war so erleichtert, endlich wieder an Fleurs Bett sitzen zu dürfen, dass ihr fast die Tränen kamen. Fleurs Gesicht schien noch schmaler geworden zu sein. Ihre Haut war blass und durchscheinend.

Aus einem offenbar frischen Beutel tropfte eine klare Infusionslösung langsam und stetig über einen langen, dünnen, durchsichtigen Schlauch in ihren Körper. Der Zugang war von ihrem Handgelenk entfernt und stattdessen auf ihrem Handrücken angebracht worden.

Ihre Finger waren leicht geschwollen und Romy fragte sich, ob sie ihr wohl wehtaten. Um sie nicht zu belasten, schob sie ihre Hand vorsichtig unter Fleurs Hand. So konnte Fleur die Berührung spüren, ohne dass sie ihr Schmerzen bereitete.

Romy hatte sich überlegt, was sie der Freundin erzählen durfte. Wie viel verkraftete ein Mensch, der in einem so hilflosen Zustand gefangen war?

Fleurs Gesicht zeigte keinerlei Regung. Dennoch verstand sie wahrscheinlich jedes Wort. Romy hatte intensiv recherchiert. Sie wusste, dass es unter Experten unterschiedliche Ansichten zum Thema *Koma* gab.

Sie war daran gewöhnt, Entscheidungen nicht ausschließlich mit dem Kopf zu treffen. Im Gegenteil. Meistens folgte sie ihrem Instinkt und bisher war ihr das nicht schlecht bekommen.

Fleur lag da, als schlafe sie. Und *tat* sie das im Grunde nicht auch? War der Schlaf nicht ebenfalls eine untere Stufe des Bewusstseins? Und konnte man nicht während des Schlafens durchaus hören? Das Gehörte konnte Teil eines Traums werden, einen sogar aufwecken.

Romy war davon überzeugt, dass die Freundin sie hören konnte. Umso wichtiger war es, zu ihr zu sprechen, sie teilhaben zu lassen an dem, was um sie herum geschah.

»Soll ich dir dein Zimmer beschreiben?«, fragte sie. »Da passen gerade mal das Bett rein, der kleine Wagen, auf dem man Sachen abstellen kann, und zwei Stühle. Intensivstation eben. Da gibt es nicht mal einen Tisch, wahrscheinlich, weil die Patienten hier so krank sind, dass sie gar nicht aufstehen können.

Aus dem Fenster hat man eine schöne Aussicht auf ein paar hohe Bäume. Kastanien, glaube ich, bin mir aber nicht sicher. Sie sind zu weit weg. Sonst nur ein Haufen Dächer. Dein Zimmer liegt nämlich im siebten Stock. Man sieht also alles von oben.«

Schöne Aussicht, dachte Romy. Was erzähl ich ihr denn da? Sie kann ja nicht mal die Augen öffnen.

Aber sie konnte sich ihre Umgebung *vorstellen*.

Wie schrecklich, sich blind in einem fremden Umfeld wiederzufinden und vieles von dem, was man einmal wusste, vergessen zu haben. Sich ohne den geringsten Anhaltspunkt alles mühsam wieder erarbeiten zu müssen.

»Die Wände sind in einem warmen Gelbton gestrichen. Das wirkt irgendwie … anheimelnd. Als würde irgendwo eine Kerze brennen und alles in ein wohliges Licht tauchen. Hinter dem Bett stehen viele elektrische Geräte herum. Da sind jede Menge Knöpfe und Schalter und zwei Monitore. Die sind aber ausgeschaltet. Wahrscheinlich dürftest du längst auf eine andere Station. Nur können sie da nicht so gut auf dich aufpassen, weil ständig alle möglichen Besucher über die Flure rennen.«

Und auf einmal steht Mikael an deinem Bett.

Sie erschrak bei der Vorstellung und ihr wurde bewusst, wie hilflos Fleur doch war. Es brauchte nur ein einziges Mal die Wachsamkeit einer Schwester zu versagen, ein Pfleger nicht aufmerksam genug zu sein, schon schwebte die Freundin in Lebensgefahr.

Ob Fleur gerade dasselbe dachte?

Ob sie in jeder wachen Minute Mikael vor sich sah?

Auf ihn wartete?

Ihn fürchtete?

Sie würde nicht um Hilfe rufen, sich nicht wehren können. War ihm vollkommen ausgeliefert.

Thema wechseln, dachte Romy. Wenn sie jetzt weiter schwieg, würde Fleur die Pause mit genau den Gedanken füllen, vor denen sie geschützt werden sollte. Nur positives Denken würde ihr die Kraft verleihen, die sie benötigte, um wieder gesund zu werden.

»Ich glaube, dass du mich hörst«, sagte sie leise. »Und ich kann mir gar nicht vorstellen, wie schrecklich es sein muss, nicht reagieren zu können. Allein in diesem Zimmer zu liegen, Stunde um Stunde. Leute reinkommen und rausgehen zu hören, die du nicht kennst, denen du nicht mal ins Gesicht gucken kannst.

Aber du bist stark. Das hast du schon so oft bewiesen. Neulich hab ich irgendwo gelesen, dass Gott einem nur die Prüfungen schickt, die man auch bewältigen kann. Ich finde das so was von zynisch, dass es mich graust. Selbstmorde dürfte es nach dieser Theorie dann ja überhaupt nicht geben, oder?«

Romy war die Hand eingeschlafen. Sie zog sie behutsam unter Fleurs Fingern hervor und schüttelte sie, um den Blutfluss wieder in Gang zu bringen.

»Mann! Ist ja nicht gerade aufbauend, was ich dir erzähle. Entschuldige. Ich bin nur ein bisschen überfordert von dem Ganzen hier, verstehst du?«

Sie rieb sich die Hände, fühlte das unangenehme Stechen unter der Haut.

»Ständig stell ich dir Fragen. Dabei kannst du ja gar nicht antworten. Hör einfach drüber weg, ja?«

Es war schwer, Mikael mit keinem Wort zu erwähnen. Vielleicht wäre es sogar ganz gut, ihn nicht außen vor zu lassen, denn falls Fleur sich erinnerte …

»Ich hatte mir vorgenommen, nicht über Mikael zu sprechen, aber er schwirrt dir ja bestimmt sowieso im Kopf herum, und dann wunderst du dich, warum ich so tue, als gäbe es ihn nicht, und machst dir auf einmal Gedanken. Die Polizei tut alles, um ihn zu finden. Sie haben ein Auge auf dich, Fleur. Ich glaube, du brauchst keine Angst zu haben.«

Glaubte sie das wirklich?

Sie zog ein Buch aus der Tasche. *Michel aus Lönneberga*, ein Kinderbuch von Astrid Lindgren, das die Eltern den Zwillingen früher immer wieder hatten vorlesen müssen, weil sie es so geliebt hatten.

Romy wusste nicht, ob Fleur gern las. Sie hatte keine Ahnung, welche Art von Büchern sie bevorzugte. Ein Kind aber war auch sie gewesen, hatte die Welt mit Kinderaugen betrachtet und würde wieder in diese Welt zurückfinden.

Sie lehnte sich zurück und begann vorzulesen.

Hin und wieder steckte eine Krankenschwester den Kopf ins Zimmer oder kam auf leisen Sohlen herein, um zu überprüfen, ob mit der Infusion alles in Ordnung war, verschwand jedoch gleich wieder, um die Freundinnen nicht zu stören.

*

Kannte man ein Krankenhaus, kannte man alle. Mikael hatte gleich in der ersten halben Stunde gewusst, dass ihn hier nichts überraschen würde. Augenblicklich hatte sich eine besänftigende Ruhe über ihn gelegt.

Er hatte wieder atmen können.

Nach einem ausführlichen Gespräch mit der Oberschwester war er zunächst einem Kollegen zugeteilt worden. Was ihn geärgert hatte, denn unter den Schwestern war eine, die so schüchtern wirkte, dass er ihr wahrscheinlich innerhalb einer Stunde sämtliche Informationen entlockt hätte, die er benötigte.

Ein Kräutchen Rührmichnichtan.

Die Unscheinbaren, die nur schwer einen Typen abkriegten, waren leichte Beute. Mit ihnen kam Mikael bestens klar.

Es war alles wie in Dresden.

Der gleiche Geruch.

Das gleiche Licht.

Die gleichen Patienten.

Mikael hätte gähnende Langeweile empfunden, wenn er nicht ein Ziel gehabt hätte.

Irgendwo hier lag Bea und er würde sie finden.

Der Kollege war einer von der soften Sorte. Trug seine Empathie wie ein Banner vor sich her und schleimte sich bei jedem Patienten ein. Er schien ziemlich beliebt zu sein. Kein Wunder. Er besaß ja auch ein Rückgrat aus Gummi.

Mikael waren solche Jasager zuwider und er hatte Mühe, seine Verachtung zu verbergen. Außerdem war der Typ nicht gerade begabt. Ihm fehlte so ziemlich alles, was einen guten Pfleger ausmacht. Er war zu langsam, zu laut, zu ungeschickt. Mehrmals verspürte Mikael den Impuls, ihn beiseitezuschieben und den Patienten selbst zu versorgen.

Am schlimmsten war es jedoch, sich sein dummes Geschwätz anzuhören. Er zog über die Kollegen her, ließ an keiner der Schwestern ein gutes Haar. Innerhalb kürzester Zeit war Mikael über das Liebesleben der Mitarbeiter im Bilde.

Sie hatten ihn auf der Inneren Abteilung eingesetzt. In diesem Krankenhaus stand die Intensivmedizin jedoch blöderweise unter der Leitung der Anästhesie. Das war in dem Dresdner Krankenhaus, in dem er jobbte, anders geregelt.

Pech. Das machte es noch schwieriger, sich auf die ITS zu mogeln.

In der Frühstückspause eiste er sich von seinem aufgezwungenen Begleiter los und ging in die Cafeteria. Er holte sich an der Theke ein Käsebrötchen und einen Pott Kaffee und sah sich suchend nach einem Platz um.

Sie winkte ihm verlegen zu, und er sah mit Freude, dass sie allein am Tisch saß.

»Darf ich?«, fragte er höflich, weil er ahnte, dass sie auf so was stand.

»Gerne.«

Sie errötete wie ein Mädchen in einem Jane-Austen-Film.

Ein absoluter Glücksfall, ausgerechnet die schüchterne Kollegin hier anzutreffen. Mikael nahm Platz und biss von dem Brötchen ab, das ziemlich labbrig war und durch die Kühlung unangenehm kalt.

Sie lachte leise und hielt sich dabei die Hand vor den Mund.

»Lass es dir schmecken.«

Mein Gott, dachte er. Wie verklemmt sie ist. Dennoch brachte er ein breites Lächeln zustande, das sie dankbar erwiderte.

Ihr Name war Heidi. Er hatte noch nie eine Heidi getroffen, hätte nicht geglaubt, dass es noch Eltern gab, die ihren Töchtern diesen altmodischen Namen gaben.

Heidi hatte ihre Ausbildung zur Krankenschwester gerade abgeschlossen, sah aber aus, als ginge sie noch zur Schule. Die dünnen blonden Haare waren im Nacken zusammengebunden, ihr Gesicht war ungeschminkt. Ihre grauen Augen glänzten, ihre Wangen waren leicht gerötet.

Sie gehörte zu diesen Menschen, denen man nur hin und wieder einen Anstoß geben musste, damit sie redeten und redeten und sämtliche Geheimnisse ausplauderten. Offenbar fühlte sie sich beim Sprechen sicherer als beim Zuhören. Sie schien sich an ihre Worte zu klammern.

Ihr Blick begegnete Mikaels nur kurz, dann löste er sich wieder und schweifte in der Cafeteria umher. Höchstens für ein paar Sekunden blieb er auf einem Gegenstand oder einem anderen Gast liegen, vertiefte sich nicht, wollte nichts wissen.

Eigentlich hätte sie perfekt zu dem indiskreten Kollegen gepasst, der Mikael bereits den halben Vormittag auf den Nerven herumgetrampelt war.

Waren hier alle so?

Mikael erfuhr nichts von dem, was ihn interessierte, aber er wollte keine Fragen stellen.

Verstohlen schaute er auf die Uhr, die über der Eingangstür an der Wand hing. Kurz vor zehn. Er musste Geduld haben. Der Anfang zumindest war gemacht.

Sein Interesse schmeichelte Heidi. Sie fing schon an, sich eine Geschichte mit ihm vorzustellen. Das Rot ihrer Wangen hatte sich vertieft, war fast violett geworden. Sie wagte sogar den einen oder anderen tieferen Blick in seine Augen.

Für dich, Bea, tu ich alles, dachte Mikael und grinste in sich hinein. Wobei ihm das wahrhaftig nicht schwerfiel. Heidi war keine Schönheit, aber daran sollte es nicht scheitern.

Er trank seinen Kaffee aus und brachte das Tablett zur Geschirrrückgabe. Neben ihm ging Heidi. Ihre Schulter rieb sich an seinem Arm.

28

Schmuddelbuch, Montag, 16. Mai, neun Uhr

In der Redaktion. Warte auf Greg, um ihn zu bitten, mir für ein paar Tage mehr Freiraum zu geben.

Björn hat angerufen. Er will wieder zurückkommen.

»Unsere Eltern sind nur in homöopathischen Dosen zu genießen«, hat er gesagt und gelacht.

Sein Lachen macht mich immer wieder heil, egal wie schlecht es mir auch gehen mag. Mir tun alle Menschen leid, die keinen Zwilling haben …

Bert betrachtete seine geliebte und gehasste Pinnwand, an der sich deprimierend wenig tat. Er war so müde, dass sein ganzer Körper sich schwer anfühlte. Vielleicht brütete er etwas aus, aber er fror nicht, hatte keine Halsschmerzen, keines der Anzeichen, mit denen sich eine Erkältung üblicherweise ankündigt.

Außerdem war Mai.

Da wurde man nicht krank.

Im Mai verliebte man sich.

Mit einem bitteren Geschmack im Mund lehnte er sich in seinem Schreibtischsessel zurück. Er *hatte* sich verliebt. In dem ungewöhnlich heißen Sommer vor fast drei Jahren.

In die falsche Frau.

Ihretwegen hatte er sich nach Köln versetzen lassen. Er hätte es nicht ertragen, ihr immer wieder zu begegnen. Er wäre an seiner Liebe erstickt.

Aber Köln war keine Lösung und ohne Rick hätte er längst hingeschmissen. Rick fing ihn immer wieder auf, einfach durch seine Gegenwart. Und das war dringend nötig.

Bert ertrug den Umgang mit Gewalt nicht länger. Konnte keinen Krimi mehr lesen und zappte Abend für Abend lustlos durch die Programme, weil ihn die zunehmende Brutalität auf sämtlichen Kanälen anwiderte.

»Das ist eine Phase«, behauptete Rick. »Die machen wir alle mal durch. Das geht vorbei.«

Bert wollte gern daran glauben, doch er wusste es besser.

»Wir brauchen Männer wie dich«, fügte Rick an dieser Stelle meistens hinzu. »Polizisten, die dafür sorgen, dass es bei den Ermittlungen sauber zugeht.«

Es gelang Bert nicht, sich als Hoffnungsträger zu sehen. Er war der Verantwortung, die ihm Rick damit auf die Schultern legte, nicht gewachsen.

Er war erschöpft. Ausgepowert. Frustriert. Es fehlte ein Gegengewicht. Etwas, das ihn wieder Hoffnung schöpfen, ihn Kraft tanken ließ.

Im nächsten Moment hatte er Imke Thalheims Nummer gewählt.

Als sich ihre Mailbox meldete, legte er rasch wieder auf. Erleichtert, dass er nicht mit ihr sprechen, ihr sein Anliegen nicht erläutern musste.

Denn er hatte nur ein einziges.

Aber sie hatte einen Lebensgefährten, den Bert noch dazu sehr schätzte. Wie sollte er ihr da sagen, dass er ohne ihre Liebe vor die Hunde ging?

*

»Guten Morgen, Frau Hagedorn. Mein Name ist Lea Metzner. Ich bin Physiotherapeutin und möchte heute anfangen, ein paar Übungen mit Ihnen zu machen.«

Die Stimme holte Fleur aus dem Dämmerzustand, in den sie sich zurückgezogen hatte, nachdem Romy gegangen war. Der Besuch der Freundin war schön gewesen, doch er hatte sie sehr angestrengt.

So viele Worte nach der zermürbenden Zeit des Schweigens.

Wie lange dauerte ihr Zustand bereits an?

Wie lange?

In den endlos scheinenden Momenten des Alleinseins durchforstete sie ihre Erinnerungen, die zögernd an die Oberfläche trieben. Manche waren verstörend und ließen sie verwirrt und ängstlich zurück.

Bilder, die sie mit Entsetzen erfüllten.

Es war schwer, ihnen zu entkommen.

Rascheln.

Ein Stuhl wurde verschoben.

»Wir fangen mit einfachen Übungen an, Frau Hagedorn. Ich werde sehr behutsam sein und Ihnen nicht wehtun.«

Der Stimme nach stellte Fleur sich die Physiotherapeutin groß, schlank und energisch vor. Sie konnte dreißig, aber auch zehn Jahre älter sein. Mittelbraune Haare bis zum Kinn, während der Arbeit hinter die Ohren gestrichen. Statt einer Brille ungetönte Kontaktlinsen, die sie nicht gut vertrug, weshalb sie ständig blinzelte.

»Ich schlage jetzt die Bettdecke zurück«, kündigte die Therapeutin an, und Fleur spürte, wie die Decke hinunter zu ihren Füßen glitt.

Ihr war nicht wohl zumute. Sie fröstelte und fürchtete sich ein wenig vor dem, was da kommen mochte.

»Ich fasse Sie jetzt an. Bitte nicht erschrecken.«

Die Hand, die sich um Fleurs nacktes Fußgelenk schloss, war kühl und sanft. Sie schob den Fuß sachte nach hinten, sodass Fleurs Knie sich beugte. Dann zog sie ihn langsam zurück.

»Sie machen das sehr gut, Frau Hagedorn. Und noch einmal. Ja, sehr schön.«

Nach dem rechten war das linke Bein an der Reihe. Vorsichtig beugte und streckte die Therapeutin es und sparte nicht mit Lob.

»Und nun die Arme.«

Auch die Arme wurden gebeugt, gestreckt und gedreht, Fleurs Mithilfe (die es gar nicht gab), überschwänglich gelobt. Die Bewegungen fühlten sich gut an und taten wirklich nicht weh.

»Darf ich Ihren Kopf berühren?«

Als hätte Fleur protestieren können.

Die Therapeutin umfasste den Kopf mit ihren kühlen, sachlichen Händen und drehte ihn nach rechts und links. Fleur hörte ein bedrohliches Knirschen in ihrer Halswirbelsäule, als wäre sie eine gebrechliche alte Frau.

»Bewegung ist wichtig«, erklärte Lea Metzner. »Sie verbessert unser gesamtes Wohlbefinden. Später, wenn Sie wieder aufstehen können, wird ihnen das die Rückkehr in den Alltag sehr erleichtern. Es ist beim Menschen wie bei Maschinen. Gelenke, die nicht bewegt werden, setzen sozusagen Rost an.«

Fleur wurde schwindlig. Sie hatte nicht gewusst, dass man selbst mit geschlossenen Augen das Gefühl haben konnte, alles gerate in Bewegung.

Nein!, wollte sie protestieren. *Stopp!*

Sie hatte das Bedürfnis, Tränen der Wut zu vergießen, weil Körper und Stimme ihr nicht gehorchten. Doch nicht mal das war ihr möglich.

»So«, sagte Lea Metzner nach einer halben Ewigkeit. »Wir machen eine kleine Pause und dann nehmen wir uns die Schultern vor. Entspannen Sie sich ein bisschen.«

Dankbar genoss Fleur die Ruhe, bis sie registrierte, dass sie keine Ahnung hatte, wo die Frau sich aufhielt. Hatte sie das Zimmer verlassen? War sie zum Fenster gegangen? Stand sie noch am Bett? Am Fußende? Neben Fleurs Kopf?

Warum war sie so still?

Was tat sie?

Starrte sie ihr ins Gesicht?

Erleichtert hörte Fleur wieder dieses Rascheln.

»Ich berühre jetzt Ihre Schultern, Frau Hagedorn.«

Der Griff um die Schultern schmerzte ein wenig, doch er war auszuhalten. Erst als sie auf die Seite gedreht wurde, merkte Fleur, *wie* steif sie geworden war. Etwas rann an ihrer Schläfe hinunter.

»Sie schwitzen. Das ist nicht ungewöhnlich. Ihr Körper leistet im Augenblick Schwerstarbeit.«

Nachdem die Therapeutin ihr mit einem weichen Tuch den Schweiß von Gesicht und Hals getupft und sie wieder zugedeckt hatte, war Fleur so erschöpft, dass die Dunkelheit leichtes Spiel mit ihr hatte.

*

Als Amal sich meldete, schrillten in Romys Kopf sämtliche Alarmglocken.

»Was ist passiert?«, fragte sie panisch.

»Entschuldige, Romy, ich wollte dich nicht erschrecken. Ich wollte dir nur sagen, dass ich ins Frauenhaus zurückkehre.«

»Warum denn? Du darfst wirklich gern in meiner Wohnung bleiben, solange du magst.«

»Dafür bin ich dir sehr dankbar. Aber nach dem, was Fleur

und Helen zugestoßen ist, fühle ich mich allein nicht mehr sicher.«

»Der Täter wollte Fleur. Du bist bestimmt nicht in Gefahr.«

Romy fragte sich bedrückt, woher sie das eigentlich wissen wollte. Fleur und Amal hatten sich gegenseitig gestützt. Trotzdem lag Fleur jetzt im Koma und die furchtlose Helen hatte Angst, im Dunkeln das Haus zu verlassen.

Und nun war Amal allein in der Wohnung.

Keine große Sache für ihren verschmähten Ehemann, sie da rauszuholen, wie Mikael es mit Fleur getan hatte.

»Kann ich dir mit dem Gepäck helfen?«

»Nicht nötig, Romy. Eine von den Sozialarbeiterinnen hat mir angeboten, mich zu fahren.«

»Wann willst du denn los?«

»Heute Nachmittag. Ich hab schon gründlich aufgeräumt und geputzt.«

»Das war doch nicht nötig, Amal.«

»Es hat mir geholfen, mich abzulenken. Ich mache mir solche Vorwürfe, Romy.«

»Amal …«

»Ich hätte Fleur nicht alleinlassen dürfen. Wir hatten uns doch vorgenommen, aufeinander aufzupassen.«

»Ihr konntet davon ausgehen, in meiner Wohnung sicher zu sein, Amal. Deshalb seid ihr schließlich aus dem Frauenhaus ausgezogen. Dir hätte bei deinem Schaufensterbummel eigentlich viel eher etwas passieren können.«

»Frauen sind nirgends sicher.«

Verständlich, dass Amal das so sah. Eine Frau mit ihrer Geschichte konnte sich nicht ungefährdet fühlen.

Sie hatten das Gespräch gerade beendet, als Greg auf dem Weg zu seinem Büro an Romys Schreibtisch vorbeikam.

»Hi, Greg! Zu dir wollte ich gerade.«

Er stellte seine schwarze Tasche auf den Boden und stützte sich mit beiden Händen auf Romys Schreibtisch.

»Das hatte ich befürchtet.« Er zwinkerte ihr zu. »Ich hab schon von Weitem gesehen, dass dir was auf den Nägeln brennt.«

Er schien gut drauf zu sein, deshalb beschloss Romy, nicht lange um den heißen Brei herumzureden.

»Die Polizei erlaubt mir, Fleur im Krankenhaus zu besuchen.«

»Schön. Aber ich denke, sie liegt im Koma?«

»Eben.« Manchmal konnte selbst Greg reichlich unsensibel sein. »Sie liegt den ganzen Tag allein in einem kleinen, abgeschotteten Zimmer. Wie soll sie denn da wieder gesund werden?«

»Und das bedeutet *was?*«

Wie gut er sie kannte. Er spürte, worauf das Gespräch hinauslief.

»Greg ...«

Er half ihr nicht aus der Klemme, erwiderte ungerührt ihren Blick.

»Ich bitte dich um etwas Zeit.«

Seine Augen sagten: Hab ich's doch gewusst.

»Wie viel?«

»Ich möchte nur ab und zu für ein Stündchen zu ihr.«

»Wir handhaben das hier ja nicht gerade kleinlich, Romy. Aber ...«

»Fällt das nicht sogar im weitesten Sinn unter Recherche?«, fragte Romy kleinlaut. »Ich meine, ich werde ja auch über Fleurs Aufenthalt im Krankenhaus berichten. Falls sie einverstanden ist, natürlich, und falls sie ...«

»Dir ist klar, dass ihr Zustand Monate und Jahre andauern kann?«

Romy hatte sich vorgenommen, daran nicht mal zu denken.

»Es wird nicht lange dauern.«

»Sagen die Ärzte?«

»Nein. Ich fühle das.«

»Du *willst* es fühlen.«

»Meinetwegen nehme ich meinen Urlaub, Greg.«

»Das würdest du tun?«

Er sah sie voller Wärme an, wandte sich dann ab wie ertappt und räusperte sich verlegen.

»Sie ist aus *meiner* Wohnung entführt worden, Greg. Ich bin ihr das schuldig.«

»Das bist du nicht.«

Er zog sein Smartphone aus der Tasche, öffnete den Kalender und legte die Stirn in Falten. Dann sah er sie mit dieser Strenge an, die er immer aus dem Hut zauberte, wenn er nicht zu schnell nachgeben wollte.

»Urlaub brauchst du nicht zu nehmen, den hast du zur Erholung nötig. Ich will frische, ausgeruhte Mitarbeiter. Treffen wir diese Regelung: Du besuchst Fleur nur zu Zeiten, in denen nichts Dringendes hier anliegt.«

Romy nickte.

»Du vernachlässigst deine Arbeit nicht.«

Romy nickte wieder.

»Wir lassen das unter Recherche laufen.«

Romy konnte gar nicht mehr aufhören zu nicken.

»Und unsere Absprache gilt zunächst mal für eine Woche.«

»Ich werde Fleur hauptsächlich vor und nach der Arbeit besuchen. Das verspreche ich dir, Greg.«

»Okay.«

»Greg?«

»Was?«

»Love you!«

»Jaja«, brummelte er und hob seine Tasche auf. »Ich bin einfach zu gut für diese Welt.«

Das war er wirklich, doch das brauchte er nicht zu wissen.

*

Stimmen holten Fleur aus der Dunkelheit. Eine männliche und eine weibliche. Die weibliche gehörte Schwester Lou. Die männliche konnte Fleur nicht einordnen.

Erst dann merkte sie, dass kräftige Hände ihre Waden massierten.

Sicherlich hatte Schwester Lou ihr zuvor erklärt, wer der Mann war und was er hier tat, doch das hatte Fleur nicht mitbekommen.

Zuerst empfand sie die sanften Bewegungen der Finger als so angenehm, dass sie schläfrig wurde und beinah ins Dunkel zurückgeglitten wäre. Doch dann übten sie mehr Druck aus.

Es war, als würde glühende Lava durch ihre Adern schießen. Als würden ihre Muskeln, Sehnen und Nerven langsam und unerbittlich zerquetscht.

Bitte! schrie sie lautlos. *Bitte! Hör auf!*

Wie war es möglich, dass sie ihre Qual nicht bemerkten? Dass er einfach weitermachte, obwohl der Schmerz durch ihren gesamten Körper züngelte und an jede Nervenfaser Feuer legte?

»Sie schwitzt«, hörte sie Schwester Lous Stimme.

»Das ist normal«, antwortete der Masseur. »Muskeln erschlaffen ziemlich schnell, wenn ein Mensch sich nicht bewegt. Sie wieder zu stärken, ist ein strapaziöser Prozess für den Körper.«

Er nahm sich nun Fleurs Oberschenkel vor. Wieder waren seine Berührungen sanft und einlullend, bis seine Finger kräftiger zupackten.

Jemand wischte mit einem Tuch über Fleurs Stirn.

Lou!, rief Fleur, ohne dass ein Laut aus ihrer Kehle kam. *Bitte! Mach, dass er aufhört!*

»Sie schwitzt aber sehr stark«, sagte Schwester Lou. »Hat sie Schmerzen?«

Ja! Ja! Ja!

»Es ist auszuhalten«, behauptete der Mann.

Aber kein Mensch empfand wie der andere. Was für den einen Glück war, empfand der andere als Zufriedenheit, und was den einen vor Schmerz aufheulen ließ, bedeutete für den anderen lediglich ein Zipperlein.

»In der Inneren gibt es einen neuen Pfleger«, erzählte der Masseur nach einer Weile. »Fällt klar in mein Beuteschema.«

»Du *hast* einen Freund », rief Schwester Lou ihm in Erinnerung.

»Heißt das, ich darf nicht mal mehr träumen?«

Seine Hände kneteten jetzt Fleurs rechten Arm. Erst als er sich zum Oberarm vorgearbeitet hatte, fielen die Schmerzen wieder über sie her.

»Er arbeitet ein paar Tage hier zur Probe. Kommt aus Sachsen und hat einen hinreißenden Akzent. Nur ganz leicht, weißt du, nur eine ganz dezente Tonfarbe, die schwach und sexy durchklingt.«

Abrupt rückten die Schmerzen in den Hintergrund.

Fleur horchte auf.

»Soll ein ganz Fixer sein«, sagte Schwester Lou mit einem Lachen. »Die arme Heidi hat er mit seinem Charme ja wohl schon komplett eingewickelt.«

Der Masseur seufzte.

»Warum sind die heißesten Typen nur immer hetero?«

»Ist das so?«

Schwester Lou strich Fleur kurz über die Stirn und ließ sie dann mit dem Masseur allein.

»Unsere Schwester Heidi ist allerdings auch das geborene Opfer«, erklärte er Fleur. »Sie himmelt jeden an, der drei fehlerfreie Sätze hintereinander artikulieren kann.«

Fleur hörte seine Worte nur noch wie von fern.

Die Unterhaltung hatte einen Fluchtreflex in ihr ausgelöst. Nur konnte sie ihm nicht folgen. Sie kam sich vor wie eine Gefangene, die an ihren Fesseln zieht und zerrt, ohne dass sie sich auch nur einen einzigen Millimeter lockern.

Neuer Pfleger.

Sachsen.

Probearbeit.

Sexy.

Ihr Körper machte der Panik ein Ende, indem er auf Standby ging und sie so aus der Situation nahm. Mit einem stummen Seufzen tauchte Fleur wieder in die Dunkelheit.

*

Nachdem sich herumgesprochen hatte, dass Mikael über Erfahrung in seinem Beruf verfügte, durfte er sich recht bald aus dem Schlepptau des Kollegen befreien. Zwar teilte man ihm keine Aufgaben zu, bei denen ein Fehler fatal gewesen wäre, aber selbst die einfachsten Arbeiten waren ihm willkommen, solange er nur Bewegungsfreiheit hatte.

Die Papiere, die er sich mit Juris Hilfe beschafft hatte, waren auf den Namen *Holger Bartsch* ausgestellt. Er hatte sich den Namen zwar eingeprägt, doch es kostete ihn mehr Anstrengung, als er gedacht hatte, auf ihn zu reagieren, wenn ihn jemand ansprach.

Schwester Heidi lief ihm verdächtig oft über den Weg.

Immer wenn er sie irgendwo sah, hatte sie ihn bereits erspäht und beobachtete ihn aus den Augenwinkeln. Irgendwie hatte sie es hingekriegt, dass die Oberschwester sie gebeten hatte, ihm für Fragen zur Verfügung zu stehen. Das hatte zur Folge, dass er mehrmals auf sie zugehen musste.

Sie unterbrach sofort jede Tätigkeit, um ihm zu helfen, wirkte fast dankbar, wenn sie ihm etwas erklären durfte. Gleichzeitig hatte ihr Blick etwas Durchtriebenes, einen Ausdruck von Verschlagenheit, der ihre Unschuldsnummer Lügen strafte.

Mikael beschloss, nichts übers Knie zu brechen.

Sobald er seltsame Fragen stellte, würde er Aufmerksamkeit auf sich ziehen. Das durfte er nicht riskieren.

Wo die ITS untergebracht war, hatte er ja ziemlich rasch herausgefunden. Aber er wusste noch nicht, wie er sich Zutritt verschaffen konnte, ohne Verdacht zu erregen.

Er konnte schlecht dort aufkreuzen und sich unter das Pflegepersonal mischen. Hier kannte jeder jeden und ein fremder Pfleger fiel auf wie ein Pickel im Gesicht. Nein, er musste eine geeignete Situation abpassen.

Während er sich in diesem Schwebezustand befand, war Bea ihm so nah und doch so fern, dass es wehtat.

Sie war aus ihrem Leben ausgebrochen und hatte seine Welt auf den Kopf gestellt. Ihretwegen hatte er einen Mord begangen und beinah wären es zwei Morde geworden.

Doch die Ökotante hatte überlebt. Das hatte er aus der Zeitung erfahren. Nicht, weil er sie hatte davonkommen lassen wollen. Sie hatte überlebt, weil er in Eile gewesen war und einen simplen Fehler begangen hatte.

Er war unkonzentriert gewesen.

Das konnte sich als fatal erweisen, denn sie hatte sein Gesicht gesehen.

Auch etwas, um das er sich kümmern musste.

Er hätte hundert Arme und Beine, hundert Körper haben müssen, um all das zu erledigen, was erledigt werden musste.

Die Dinge entglitten ihm.

Er war nicht mehr in der Lage, präzise zu denken.

Das war eine Katastrophe.

Er hatte immer gewusst, was er wollte und wie er es sich beschaffen konnte. Hatte immer einen Schritt nach dem andern getan. Ruhig und präzise. Und dann war er Bea begegnet und mit der Ruhe war es vorbei gewesen.

Sie hatte etwas in ihm entfesselt, das von Kindheit an in ihm geschlummert hatte.

Wut.

Wie ein Untier war sie aus ihm hervorgebrochen, groß, stark und unbezwingbar.

Ja, dachte er. *Ja!*

Bea hatte Kräfte entfesselt, denen sie beide nicht gewachsen waren. Es war nicht seine Schuld, dass er sich nicht hatte beherrschen können. Dass er beim geringsten Anlass explodiert war und zugeschlagen hatte.

Es war lebensnotwendig gewesen, sich vor der ungezähmten Bestie in seinem Innern in Sicherheit zu bringen.

Wieso hatte sie das nicht eingesehen?

Dass sie, laut Zeitungsbericht, schwer verletzt war, besänftigte ihn nicht. Nicht das Schicksal oder der Zufall sollte sie bestrafen.

Das war *ihm* vorbehalten.

Sie sollte *begreifen*, was sie ihm angetan hatte.

Es bedauern.

Und dann dafür bezahlen.

Er würde sie nicht davonkommen lassen. Und wenn ihn das in den Knast bringen würde, bitte. Wichtig war jetzt allein seine Rache.

29

Schmuddelbuch, Montag, 16. Mai, elf Uhr zwanzig

Anruf von Ingo.

Er wollte bloß wissen, ob es mir gut geht. Und dann sagte er: »Wenn du mich irgendwann mal verlässt, nimmst du mich dann mit?«

Mir kamen die Tränen und er war ganz erschrocken.

»Das ist nicht von mir«, hat er gesagt. »Das hab ich irgendwo gelesen.«

»Ich kann dich nicht mitnehmen«, hab ich geantwortet. »Weil ich dich nämlich nienienie verlassen werde.«

Da hat er leise gelacht. Ich glaube, sonst wären *ihm* die Tränen gekommen.

Inzwischen waren die Partner sämtlicher Frauen befragt worden. Sie alle hatten ein Alibi und konnten Mariella Hohkamp nicht getötet haben. Da sich mittlerweile der Verdacht erhärtet hatte, dass es sich bei dem Mord an der Sozialarbeiterin nicht um eine Primär-, sondern um eine Vorbereitungstat handelte und Mikael Kemper mit an Sicherheit grenzender Wahrscheinlichkeit der Entführer Bea Hagedorns war, konzentrierten sich die Ermittlungen der Polizei auf ihn.

Nachdem Bert mehrere Male vergeblich versucht hatte, den Freund des Verdächtigen zu erreichen, war er überrascht, bei einem neuerlichen Vorstoß plötzlich tatsächlich seine Stimme zu hören.

Sie passte absolut nicht zu der Vorstellung, die er sich von ihrem Besitzer gemacht hatte. Der Mann sprach leise und bedacht. Man konnte förmlich hören, wie er die Worte abwog. Er besaß die zunehmend vom Aussterben bedrohte Fähigkeit, sich gut auszudrücken.

Bert hätte ihn nie für einen Detektiv gehalten oder jemanden, der einer werden wollte. Was sicherlich an dem Klischee des einsam ermittelnden, raubeinigen Außenseiters lag, das in etlichen Krimis bedient wurde.

Dabei hatte er selbst schon damit geliebäugelt, als privater Ermittler zu arbeiten. Er wäre sein eigener Herr und nur sich selbst verantwortlich. Die Fälle könnte er sich aussuchen, und er würde nur solche annehmen, die ihn nicht in diesen zerstörerischen Tümpel aus Gewalt und Blut zerren würden.

Mit Rick zusammen hätte er den Schritt vielleicht wirklich gewagt, aber der war Polizist mit Leib und Seele. Nicht alt genug, um so viele Frustrationen angesammelt zu haben wie Bert, und zu jung, um den Traum aufzugeben, seiner Idealvorstellung von einem Polizisten so nah wie möglich zu kommen.

»Ihre Kollegen von hier haben mich bereits befragt«, wehrte Juri Maranow ab. »Und das überaus gründlich.«

»Ich möchte mir selbst ein Bild machen«, erklärte Bert.

»Wovon?«

»Von Ihrem Freund Mikael Kemper und …«

»… von mir?«

»Uns interessiert alles, was Klarheit in zwei Fälle bringen könnte, an denen wir arbeiten.«

»Den Mord an dieser Sozialarbeiterin und Beas Unfall.«

»Woher wissen Sie, dass es bei dem Unfall um Bea Hagedorn geht?«

»Es ist mein Job, so was rauszukriegen.«

Bert beschloss, es dabei bewenden zu lassen.

»Wir gehen nicht davon aus, dass Bea Hagedorns Verletzungen durch einen Unfall verursacht wurden.«

»Sondern?«

»Sie könnte gestoßen worden sein.«

»Von Mikael?«

»Oder sie wollte sich vor ihm in Sicherheit bringen.«

»Eine eigenwillige Definition von Sicherheit, meinen Sie nicht?«

Wer befragte hier wen? Verblüfft stellte Bert fest, dass Juri Maranow unmerklich die Rollen vertauscht hatte.

»Gab es für Frau Hagedorn einen Grund, sich dermaßen vor Mikael Kemper zu fürchten?«

»Das fragen Sie mich?«

»Ja. Das frage ich Sie.«

»Ich bin mit Mikael befreundet. Bea kenne ich kaum.«

»Aber Sie können den Charakter Ihres Freundes beschreiben.«

»Sie meinen, ob ich ihm zutraue, seine Freundin in eine solche Angst zu versetzen, dass sie bei ihrer Flucht den Tod riskiert?«

»Exakt.«

»Ich kann nicht in Mikael hineinsehen.«

»Sie weichen aus.«

»Nein. Ich kann nur die Verantwortung für eine Antwort auf diese Frage nicht übernehmen.«

Ein Philosoph, ging es Bert durch den Kopf. Oder ein Erbsenzähler.

»Ich finde, das ist eine ziemlich einfache Frage, Herr Maranow.«

»Auf die es keine einfache Antwort gibt.«

»Ich akzeptiere auch die komplizierte Variante.«

»Auch da muss ich passen, Herr Kommissar.«

»Wie würden Sie Ihren Freund beschreiben, Herr Maranow?«

»Er studiert Medizin und jobbt als Pfleger, um das Studium – und übrigens auch das Leben mit Bea – zu finanzieren. Sagt das nicht alles?«

»Was soll mir das sagen?«

»Einer, der Arzt werden möchte, hat die Absicht, Menschen zu helfen. Er tötet sie nicht.«

»Habe ich behauptet, dass Herr Kemper seine Freundin töten wollte?«

Eins zu null für mich, dachte Bert und kostete das kurze, verblüffte Schweigen am anderen Ende der Verbindung aus. Dieser Klugscheißer ging ihm ziemlich auf die Nerven.

»Zumindest hätte er nach Ihrer Definition Beas Tod billigend in Kauf genommen.«

»Aus welchem Grund hat Bea Hagedorn mehrmals – vergeblich – versucht, ihn zu verlassen?«

»Ich kann den Geisteszustand dieser Frau nicht beurteilen, Herr Kommissar. Dazu kenne ich sie nicht gut genug.«

Bert kam allmählich die Galle hoch. Solche Typen, die sich aus jeder Konfrontation herauszuwinden versuchten, machten ihnen die Arbeit unnötig schwer.

»Wollen Sie damit andeuten, dass Frau Hagedorn …«

»Ich will gar nichts andeuten, Herr Kommissar. Ich möchte Ihnen nur deutlich machen, dass ich Ihre Fragen nicht beantworten kann.«

Nach dem Gespräch verabredete Bert sich entnervt mit Rick zum Mittagessen.

»Prima Idee«, sagte Rick, als sie auf dem Weg zu den *Arcaden* waren. Er hielt das Gesicht in den grauen Tag, als nähme er ein Sonnenbad in der abgasgeschwängerten Luft. »Manchmal hab ich das Gefühl, da drinnen zu ersticken.«

Bert erzählte ihm von dem Schlagabtausch mit Juri Maranow.

»Wichser«, grummelte Rick. »Exakt so hab ich ihn mir vorgestellt.«

Im Einkaufscenter war es voll und laut, genau die richtige Atmosphäre, um die Erinnerung an Juri Maranows glattgebügelte Stimme verblassen zu lassen. Sie entschieden sich für ein Fischbrötchen.

»Wenn du die Augen schließt«, schwärmte Rick nach dem ersten Bissen, »kannst du dir fast einbilden, an der Nordsee zu sein. Fehlt nur das Geschrei der Möwen.«

So weit reichte Berts Einbildungskraft leider nicht. Das Gezänk der Großfamilie am Nebentisch war selbst mit geschlossenen Augen nicht zu überhören, ebenso wenig wie die Telefongespräche, die zwei Anzugträger vor ihren aufgeklappten Laptops führten, als säßen sie in ihren Büros.

Wie Klone, dachte Bert unwillkürlich und fragte sich, ob ihre Gedanken austauschbar waren wie ihre Kleidung. Er gab sich alle Mühe im Kampf mit seinem Fischbrötchen. Es war so durchweicht, dass immer wieder Stücke abfielen.

Rick hatte seines mit bemerkenswerter Geschwindigkeit vertilgt.

»Soll ich dir auch noch eins mitbringen?«

Bert schüttelte den Kopf. Streetfood halbwegs manierlich zu essen, schien eine Kunst für sich zu sein. Er hatte kein Talent dafür. Ohne Besteck war er aufgeschmissen.

Rick stand auf, ging zur Theke und kam mit einem zweiten Fischbrötchen zurück.

»Offenbar ist es unmöglich, etwas über Bea Hagedorn zu erfahren«, sagte er. »Da klinkt sich eine Fünfzehnjährige aus ihrem bisherigen Leben aus und keiner schert sich darum. Lebt jahrelang mit einem Monster zusammen und niemand bekommt etwas mit. Das ist doch krank, Mann.«

Bert wagte sich gar nicht auszumalen, wie es wäre, eines seiner Kinder an die Straße zu verlieren. Oder seine Tochter an einen Mann wie Mikael Kemper.

»Aus welchem Grund ist sie bei ihm geblieben?«, fragte er.

»Liebe«, antwortete Rick.

»Liebe«, wiederholte Bert verwundert. »Unfassbar, was in ihrem Namen so alles geschieht.«

Ihre Ermittlungen waren in eine Sackgasse geraten, und da standen sie nun vor einer Mauer und wussten nicht weiter.

»Wir sollten noch einmal mit Romy Berner sprechen«, schlug Rick vor. »Sie hat doch Interviews mit Bea Hagedorn geführt.«

Bert wischte sich den Mund mit einer viel zu dünnen Serviette, die sofort riss. Ungeduldig knüllte er sie zusammen und warf sie auf den Teller, auf dem traurige Reste durchsichtiger Zwiebelringe lagen.

Es war durchaus einen Versuch wert, sich noch einmal mit der Volontärin zu unterhalten.

Vielleicht hatten sie etwas übersehen.

Vielleicht lag die Wahrheit auf der Hand und sie hatten sie nur noch nicht entdeckt.

Wahrheit, dachte Bert. Wenn man nur wüsste, was das ist.

*

Jemand machte sich an Fleurs Bett zu schaffen, ohne sich vorgestellt zu haben. Und so wusste sie nicht, um wen es sich handelte.

Eine Schwester. Frauenhände erkannte sie bei der ersten Berührung. Nicht, dass die Pfleger weniger behutsam vorgegangen wären. Sie konnte sich selbst nicht erklären, wie sie den Unterschied bemerkte, aber sie bemerkte ihn.

Die Ärztinnen und Schwestern trugen kein Parfum, die Ärzte und Pfleger kein Aftershave oder Eau de Toilette, zumindest nicht so viel davon, dass man sie daran hätte unterscheiden können. Nahm Fleur ausnahmsweise einmal einen unterschwelligen Duft wahr, so war er gleich darauf wieder verflogen.

Sie befand sich auf der Intensivstation, das hatte sie mittlerweile herausgefunden. Eine Ärztin hatte es ausgesprochen.

Das ist Standard auf unserer ITS, hatte sie gesagt.

Fleur hatte nicht verstanden, was genau sie gemeint hatte. Es war ihr auch nicht wichtig gewesen.

ITS.

Daher das ständige Piepsen, das nicht einmal in den Nächten schwieg. Auf Intensivstationen wurde der Gesundheitszustand der Patienten kontinuierlich von Geräten überwacht. Sobald ein bedrohlicher Zustand eintrat, wurde das Pflegepersonal gewarnt und man hörte eilige Schritte auf dem Flur.

Kein Getrappel.

Jeder Schritt war gedämpft.

Nur hin und wieder klackerten Absätze. Besucher offenbar, denen die Gepflogenheiten auf einer solchen Station fremd waren.

Fleur selbst schien an keines der Geräte angeschlossen zu sein. In ihrem Zimmer herrschte absolute Ruhe. Kein fremdes Stöhnen. Kein Atmen. Kein Rascheln von Bettzeug. Niemand vom Personal war hier je mit jemand anderem beschäftigt als mit Fleur.

Anscheinend hatte man sie isoliert.

Sie war sich nicht darüber im Klaren, ob sie das beruhigend oder beängstigend fand.

Warum lag sie hier allein?

Ging es ihr so schlecht?

Die Untersuchungen waren weniger geworden. Sie hatte viel Zeit, die sie nur mit Gedanken und Empfindungen füllen konnte.

An den verschiedenen Graden der Helligkeit merkte sie, ob es Tag war oder Nacht. Sie wusste, ob das Deckenlicht oder das kleine Licht am Kopfende brannte, spürte, ob die Sonne schien oder nicht.

Sie konnte den Regen draußen fallen hören und wie der Wind ums Haus heulte. Bei geöffnetem Fenster roch sie den Frühling und hier drinnen die Putzmittel, die Medikamente und den individuellen Schweißgeruch der Menschen, die an ihr Bett traten.

Manchmal gelang es ihr sogar, die Leute an ihren Atemgeräuschen zu unterscheiden.

So musste es sein, wenn man plötzlich erblindete. Zuerst das absolute Chaos. Die absolute Unfähigkeit, sich zurechtzufinden. Die absolute Hilflosigkeit. Dann, langsam und allmählich, die ersten Schritte in unbekanntes Gebiet.

Umso mehr irritierte es Fleur, dass da eine Person an ihr Bett getreten war, die sie nicht einordnen konnte. Anscheinend wechselte sie die Infusionsbeutel, denn Fleur fühlte ein Ziehen an der Stelle ihrer rechten Hand, an der sie es bei dieser Gelegenheit immer spürte.

Dann ein dünnes Summen.

Ein Handy.

»Ja? Schwester Heidi?«

Ein leises, sehr sympathisches Lachen.

»Nein. Ich bin auf der ITS. Vertretung. Kurzer Engpass. Sollte aber bald vorbei sein.«

Sie war offensichtlich kein Mensch vieler Worte. Vielleicht fasste sie sich jedoch auch nur aus Rücksicht so kurz. Die Patienten auf dieser Station brauchten Ruhe, um sich zu erholen und wieder gesund zu werden.

Dabei hätte Fleur nichts gegen eine Stimme gehabt, die zu ihr sprach und sie wach hielt. Jedes Mal, nachdem sie in die Dunkelheit zurückgedriftet war, musste sie sich einen Teil ihrer Gewissheiten erst wieder mühsam zusammenklauben.

Und immer ging vieles erneut verloren.

Fleur hatte schreckliche Angst davor, völlig in der Dunkelheit unterzugehen. Deshalb klammerte sie sich an jeden Gedanken.

Solange sie denken konnte, war sie nicht verloren.

»Wie kommst du denn *darauf?*« Wieder lachte Schwester Heidi leise. »Jaaa, oookay, du hast ja recht.« Ihre Stimme bewegte sich tänzelnd in Richtung Tür. »Was? Wieso denn? Ach, komm. Du ahnst es doch schon.«

Was ahnt sie?, fragte sich Fleur und wusste es, bevor Schwester Heidi es aussprach.

»Also gut, du Nervensäge: Ich hab mich verliebt.«

Ihr Lachen klang jetzt ein wenig atemlos. So, als wäre sie sich nicht sicher. Als könnte sie es selbst nicht glauben.

»Jaaa. Knall auf Fall.«

Knall auf Fall.

Das stieß etwas in Fleur an. Etwas, das sich ganz tief in ihr verkrochen hatte und nicht herausgezerrt werden wollte.

Knall auf Fall.

Ein feiner Schmerz fuhr ihr durch den Kopf, so nadelspitz scharf, dass nichts ihm Widerstand leisten konnte.

Verliebtverlobtverheiratetgeschieden.

Ein Hüpfspiel aus Kindertagen. Aus großer Ferne hörte sie die Melodie, die sie dazu gesungen hatten.

Verliebt. Verlobt.

»Er? Weiß nicht. Glaub schon, dass es ihn auch erwischt hat. Er sieht mich so an … so … als ob er vor mir noch nie ein Mädchen angeguckt hätte. Ja. Ich weiß, dass sich das albern anhört. Kennst du das, dass einer dir das Gefühl gibt, der einzig wirklich wichtige Mensch auf der Welt zu sein?«

Die Stimme verharrte. Schwester Heidi trat nicht auf den Flur hinaus, wollte das kurze verbotene Gespräch nicht beenden, bevor sie der Freundin (es war bestimmt eine Freundin, sicherlich ihre beste) restlos alles anvertraut hatte.

Doch das würde ihr nicht gelingen. Sie würde vorher auffallen. Deshalb flüsterte sie jetzt. So schnell sie konnte.

»Er ist anders als die andern. Irgendwie … wild, weißt du? Keiner von diesen Softies. Er ist stark. Männlich. Weiß, was er will und hält damit nicht hinterm Berg. Was? Nein! Bist du … nein … haben wir noch nicht. Ich hab ihn doch gerade erst kennengelernt.«

Eine andere Erinnerung regte sich in Fleur, aber sie konnte sie nicht packen, so sehr sie es auch versuchte.

»Er mag meinen Namen«, flüsterte Schwester Heidi.

Und da wurde es Fleur klar.

Schwester Heidi.

Hatte der Masseur nicht von ihr erzählt?

»Und seine Art zu sprechen, mit so einem ganz, ganz leichten Akzent …«, schwärmte Schwester Heidi.

Auf dem Flur näherten sich Schritte.

»Du, ich muss Schluss machen. Tschautschau!«

Und dann war Schwester Heidi verschwunden. Fleur blieb

allein zurück und spürte, wie die Dunkelheit die Finger nach ihr ausstreckte.

Nein! Nicht einschlafen! Nicht …

Doch ihr Schrei fiel in die Dunkelheit wie in einen tiefen Teich, kräuselte die schwarze Oberfläche ein wenig und sank dann lautlos nieder.

30

Schmuddelbuch, Montag, 16. Mai, neun Uhr

Anruf vom Kommissar. Er bittet mich um Fleurs Aufzeichnungen und unsere Interviews.

Darf ich das tun? Sie ihm geben?

»Selbst, wenn Sie nicht glauben, dass die Unterlagen für unsere Ermittlungen relevant sein können – die winzigste Kleinigkeit, die Ihnen womöglich überhaupt nichts sagt, kann uns auf die richtige Spur bringen.«

Mit Engelszungen hat er auf mich eingeredet. Aber ich habe Fleur versprochen, das, was sie mir anvertraut hat, streng vertraulich zu behandeln …

Die Schwester, die Romy öffnete, ließ sich ihren Personalausweis zeigen und winkte sie dann durch.

»Sie kennen den Weg?«

Romy nickte und bedankte sich.

Totenstille empfing sie in Fleurs Zimmer. Die Deckenlampe war ausgeschaltet. Auch der düstere Tag vor dem Fenster war sparsam mit seinem Licht. Als wollte er Fleur nicht aufwecken.

Dabei war es doch das, worauf alle warteten: dass Fleur aus dem Zustand zurückkam, in dem sie sich befand.

Romy stellte ihre Tasche am Endes des Bettes ab und setzte sich auf den Besucherstuhl, der genau so dastand, wie sie ihn am Morgen verlassen hatte.

»Hi, Fleur. Ich bin's schon wieder, Romy.«

Fleurs Gesicht wirkte nicht so maskenhaft wie bei künstlichem Licht. Fast konnte Romy sich einreden, die Freundin habe nur kurz die Augen geschlossen. Wäre da nicht der Verband um ihren Kopf gewesen.

»Der Kommissar möchte deine Aufzeichnungen lesen und die Interviews anhören. Erinnerst du dich? Du hast mir von deinem Leben erzählt. Ich hatte vor, eine Artikelserie daraus zu machen.«

Erschrocken bemerkte sie, dass sie in der Vergangenheit sprach. Sie korrigierte sich sofort.

»Das heißt, ich will das immer noch. Sobald du wieder bei uns bist und dich ein bisschen erholt hast, können wir loslegen.«

Romy war selten um Worte verlegen, doch dieses einseitige Gespräch fiel ihr schwer.

»Ich weiß, ich habe dir versprochen, Stillschweigen zu bewahren. Nur meine fertigen Artikel sind zur Veröffentlichung bestimmt, und das erst, nachdem du sie abgesegnet hast. Das habe ich auch dem Kommissar gesagt. ›Ich kann Ihnen die Aufzeichnungen und die Interviews nicht geben‹, hab ich ihm gesagt. ›Nicht ohne Fleurs Zustimmung.‹«

Draußen auf dem Flur fiel etwas scheppernd zu Boden.

Romy zuckte zusammen.

Fleur nicht.

Romy schluckte an dem Kloß in ihrem Hals.

»Aber ich kann verstehen, dass er sie haben möchte. Er verspricht sich davon einen Hinweis, den ich vielleicht übersehen habe.«

Die Taten waren bereits von der ersten Lokalseite der Tageszeitungen verschwunden und kontinuierlich weiter nach hinten gerutscht. Verbrechen hielten sich nicht lange. Sie brauchten stetig neue Nahrung, um am Leben erhalten zu werden.

»Die scheinen auf der Stelle zu treten. Beim Mord an Mariella gab es zu viele, die überprüft und befragt werden mussten. Und dann wurdest du entführt. Ich glaube, den Zusammenhang haben sie sehr schnell begriffen.«

Sie beugte sich zu Fleur vor und legte ihr eine Hand auf die Wange.

»Aber natürlich wäre es gut, wenn du selbst erzählen könntest, wie es gewesen ist. Himmel, Fleur, wenn ich dir nur irgendwie helfen könnte!«

Sie hatte nicht die Absicht, der Freundin jetzt vorzulesen. Dieser Besuch sollte ja nicht einmal ein Besuch sein. Romy hatte nur gehofft, hier an Fleurs Bett eine Entscheidung treffen zu können.

Sie betrachtete das reglose Gesicht auf dem Kissen und erinnerte sich voller Wehmut an die Lebhaftigkeit, die es einmal besessen hatte. Trotz der großen Angst, die sie ausstehen musste, hatte Fleur doch immer wieder gelächelt. Sie war Romy bei aller Verletzlichkeit so stark erschienen, so unbesiegbar.

Und nun sollte Mikael gewonnen haben?

Sie sogar weiterhin bedrohen?

Denn niemand wusste ja, wo er sich zurzeit aufhielt. Ob er nach Dresden zurückgefahren oder in Köln geblieben war.

Sein Versuch, sich Fleur zurückzuholen, war im letzten Moment gescheitert. Mikael, wie Fleur ihn beschrieben hatte, war aber nicht der Typ, der eine Niederlage einsteckte.

Wenn Fleur alles mitbekam und vielleicht auch ihre Erinnerung wiedergefunden hatte, dann musste ihr klar sein, in welcher Gefahr sie sich befand.

Und dass sie ihr hilflos ausgeliefert war.

Sie lag da wie das schlafende Dornröschen. Nur wartete sie nicht auf den Prinzen mit dem weißen Pferd, der sie mit einem Kuss erlösen würde. Ihr Prinz war dunkel und schrecklich, und er würde sich auf leisen Sohlen heranschleichen, um sie zu holen.

Oder …

Mit einem Mal wurde Romy bewusst, dass es auch ganz anders sein konnte.

Was, wenn der Prinz sie gar nicht mehr wollte? Wenn er sie für ihren Verrat dermaßen hasste, dass er beschlossen hatte, sie zu töten?

Wenn *er* sie nicht bekam, dann sollte sie auch kein anderer haben.

Ihr wurde schlecht und sie trat ans gekippte Fenster, um frische Luft zu atmen. Plötzlich hörte sie einen Laut und fuhr mit klopfendem Herzen herum.

Doch nichts hatte sich verändert. Fleur lag genauso reglos da wie zuvor.

Seltsam.

Schlagartig wurde ihr kalt. Auf Zehenspitzen näherte sie sich dem Bett.

»Fleur?«

Nichts.

Sie nahm wieder auf dem Stuhl Platz, doch sie wurde und wurde diese Kälte nicht los, die sich in ihr ausgebreitet hatte.

Als sie sich schließlich von Fleur verabschiedete, hatte sie einen Entschluss gefasst.

Sie würde dem Kommissar die Unterlagen überlassen.

*

Mikael konnte sie haben, wenn er wollte. Er brauchte nur die Hand auszustrecken und sie würde ihn nach Dienstschluss mitnehmen. Irgendwohin, wo sie allein waren und keiner sie störte.

Für Heidi war Sex ein Buch mit sieben Siegeln. Das hatte er so deutlich erkannt, als wäre es auf ihre Stirn tätowiert. Sie träumte von der großen Liebe, ohne auch nur die geringste Ahnung zu haben, wohin diese Liebe sie führen konnte.

Jedenfalls nicht ins Paradies, dachte er und grinste.

Sie hatte ihm gesagt, dass sie auf der ITS aushelfen müsse und war seitdem verschwunden. Mikael hätte gern noch ein bisschen Zeit gehabt, um sie ganz auf seine Seite zu ziehen. Andrerseits konnte es sich als durchaus hilfreich erweisen, dass sie ausgerechnet auf der ITS Vertretung machte.

So wurde diese verklemmte Gans vielleicht der Schlüssel zu Bea.

Er war damit beschäftigt, die Tabletts mit dem Mittagsgeschirr aus den Zimmern zu holen und in die Fächer des Transportwagens zu schieben. Das war eine der Arbeiten, die er besonders verabscheute.

Von dem Geruch, den die Speisen in den Zimmern hinterlassen hatten, wurde ihm schlecht, ebenso von der Sauerei, die manche Patienten auf den Tabletts veranstaltet hatten.

Alles in ihm empörte sich dagegen, dass es seine Aufgabe war, den Mist wegzuräumen. Zwei bekleckerte Bettbezüge mussten erneuert werden, und überall hätte man die Fenster aufreißen müssen – wenn es dann nicht wieder Geschrei gegeben hätte.

Die Oberschwester hielt ein Auge auf ihren neuen Pfleger. Mikael fühlte sich beobachtet, was selbst die Bewegungsfreiheit seiner Gedanken beeinträchtigte.

Als Heidi anrief, um ihn zu fragen, ob sie die Mittagspause

zusammen verbringen sollten, stimmte er deshalb ohne Zögern zu.

Das würde ihn retten. Und seinem Ziel näher bringen.

*

Fleur spürte ein Kribbeln in den Händen.

Als wären sie eingeschlafen.

Sie hätte sie gern geschüttelt, um das Missempfinden loszuwerden, aber sie war wie in Beton gepackt.

Eine Zeitlang hatte sie vergessen, dass sie überhaupt einen Körper besaß. Jetzt brachte er sich von allein wieder in Erinnerung.

Ein Schritt nach vorn. Ein winziger, wunderbarer Schritt.

Das Kribbeln war fast nicht auszuhalten. Doch es war ein Zeichen der Hoffnung.

Fleur hatte das Bedürfnis zu weinen.

Ihr war, als hätte sie es vor Jahren das letzte Mal getan.

Sie musste weiter daran arbeiten, Erinnerungen hervorzuholen. Die an ihr Leben und an sich selbst. In sich hineinhorchen, gleichgültig wie groß ihre Erschöpfung war.

Licht in die Dunkelheit bringen, damit sie ihr nicht mehr gefährlich werden konnte.

*

Heidi Menzel liebte ihren Beruf, obwohl er sehr anstrengend war. Sie hatte gewusst, auf was sie sich einließ, als sie sich dazu entschied, Krankenschwester zu werden, und sie hatte es noch keinen Tag bereut.

Ihre Mutter war Ärztin in einer Gemeinschaftspraxis in Kalk. Ihr Vater arbeitete als Gesichtschirurg in Rodenkirchen.

Für Heidi war von Anfang an klar gewesen, dass sie nicht in die Fußstapfen ihrer Eltern treten würde, obwohl vor allem ihr

Vater sich das gewünscht hatte. Sie war Einzelkind und hatte lange an den Hoffnungen ihrer Eltern getragen. Doch nun hatte sie sich ihren eigenen Traum erfüllt und war glücklich damit.

Die Arbeit auf der Intensivstation war eine besondere Herausforderung, auch wenn sie sie bisher immer nur vertretungsweise hatte machen dürfen. Jeder noch so kleine Fehler konnte massive Konsequenzen nach sich ziehen, und man musste jederzeit in der Lage sein, blitzschnell zu reagieren.

Heidi war das sehr bewusst, doch heute gelang es ihr kaum, sich auf ihre Arbeit zu konzentrieren. Ihre Gedanken schweiften ständig ab.

Zu ihm.

Sie fand, dass der Name Holger irgendwie nicht zu ihm passte. Sie hätte das nicht begründen können. Vielleicht fand sie ihn zu ungewöhnlich für diesen gediegenen Namen, zu ungestüm und … roh. Da war etwas in seinen Augen, das sie frieren und schwitzen ließ, sodass sie meinte, jeden Moment ohnmächtig zu werden.

Die wenigen Freunde, die sie bisher gehabt hatte, konnten sich mit ihm nicht messen. Sie wirkten höchstens wie ein blasser Abklatsch von ihm. Gingen zum Fußball und knallten sich die Birne voll, kurvten mit Daddys BMW durch die Gegend und kamen sich vor, als hätten sie den großen Durchblick.

Keinem von ihnen war es gelungen, ihr das Gefühl zu geben, auf Wolken zu schweben. Keiner hatte es geschafft, sie willenlos zu machen. Bei keinem hatte sie sich anstrengen müssen, ihr Zittern zu verbergen.

Als sie sich jetzt im Schwesternzimmer abmeldete, um ihn in der Cafeteria zu treffen, war ihr nach Lachen und Weinen zumute. Bei Holger lagen die Extreme dicht beieinander. Er löste einen Erdrutsch an Empfindungen in ihr aus.

Sie stieg in den Fahrstuhl und hoffte, dass man ihr nicht

ansah, wie sehr sie sich wünschte, jetzt und auf der Stelle mit ihm zu schlafen. Ihre bisherigen Erfahrungen auf diesem Gebiet waren ernüchternd gewesen.

Mit ihm, das wusste sie, würde es anders sein.

Er saß schon an einem Fenstertisch und blickte ihr entgegen. Sie konnte seinem Gesicht nicht ansehen, was er empfand. Bitte, dachte sie. Sei nicht enttäuscht, nicht gelangweilt. Lass mich die Frau sein, die du immer gesucht hast.

»Hi«, sagte sie und lächelte voller Angst.

Sie setzte sich zu ihm.

»Entschuldige, ich bin ein paar Minuten zu spät.«

»Ich weiß.«

»Ein Notfall. Das kommt auf der ITS leider ständig vor.«

Er nickte und endlich erschien ein kleines Lächeln auf seinen Lippen. Heidi bemühte sich, ihn nicht anzustarren. Nicht seinen Mund und nicht den Dreitagebart, der seinem Gesicht etwas so Verwegenes verlieh. Sie sehnte sich danach, die Bartstoppeln unter ihren Fingern zu spüren, ihm durch das dichte dunkle Haar zu fahren und seinen Namen zu flüstern.

Vielleicht würde sie sich einen neuen für ihn ausdenken, später, wenn sie erst richtig zusammen waren.

Sie holten sich ihr Essen an der Theke. Holger wählte das Tagesgericht, Heidi einen Salat. Es waren die Speisen, die auch die Patienten bekamen. Mit der Zeit schmeckten sie alle gleich und ganz sicher passten sie nicht zu einem ersten Date.

Das ja eigentlich überhaupt kein Date war.

Aber für Heidi war es das. Sie hätte jetzt gern coole Sachen angehabt, die neue Jeans und das mittelmeerblaue Shirt mit dem verrückten Kragen, das ihre Augen so leuchten ließ. In ihrem Arbeitsoutfit war sie nur eine in einer langen Reihe von Kolleginnen: weiße Hose, weißes T-Shirt, weiße Sneakers.

Kein Glanz auf den Haaren und Krankenhausgeruch auf

der blassen Haut. Er drang einem in jede Pore. Abend für Abend führte ihr erster Weg unter die Dusche, um ihn wieder loszuwerden.

Keine idealen Bedingungen für den Beginn einer Liebesgeschichte.

Beim Essen stellte Holger ihr alle möglichen Fragen. Seufzend ergab sie sich der Situation. Sie würde mit kleinen Schritten zufrieden sein müssen.

Und wenn er nach den Probetagen nicht genommen wurde?

Das durfte auf gar keinen Fall passieren. Sie musste seine Fragen beantworten, so gut sie konnte. Wenn er erst einmal aus ihrer Nähe verschwunden wäre, würde sein Interesse an ihr sofort erlöschen, da war sie sich ganz sicher.

Sie war keine Schönheit, war zu unauffällig, gänzlich unspektakulär. Man drehte sich nicht nach ihr um, prägte sich ihren Anblick nicht ein. Manchmal, wenn sie einen Raum betrat, der voller Menschen war, wurde sie unsichtbar.

Sogar für sich selbst.

Heidi zwang sich dazu, Holger in die Augen zu schauen. Seinen Blick auszuloten. Sich zu wappnen gegen die Verletzung, die er ihr über kurz oder lang zufügen würde. Doch sein Blick war nicht zu deuten.

Seine Augen waren dunkel und still und unergründlich.

Als sie auf die ITS zurückkam, lag ein Strauß langstieliger roter Rosen auf dem Tisch im Schwesternzimmer. Konnte es sein …

Doch dann fand Heidi die kleine Karte.

Die Rosen waren keine romantische Geste von Holger, kein Liebesversprechen und kein Zeichen seiner Leidenschaft. Ein anderer hatte sie hier abgelegt oder ablegen lassen und sie waren für die Komapatientin bestimmt.

Eigentlich logisch. Als Pfleger musste Holger wissen, dass Blumen auf einer Intensivstation nicht gestattet waren.

Heidi nahm sie an sich und trug sie in den kleinen Raum, der an die Kaffeeküche grenzte. Es war eigentlich kein richtiger Raum, eher ein Verschlag, in dem hauptsächlich Reinigungsmittel aufbewahrt wurden. Dort stellte sie die wunderschönen Blumen in eine passende Vase.

Sie brachte es nicht über sich, sie anderswo unterzubringen.

Oder gar wegzuwerfen.

Hier waren sie der jungen Frau, für die sie bestimmt waren, doch wenigstens nahe.

Später, so nahm sie sich vor, würde sie kurz bei ihr vorbeischauen und ihr von den prächtigen Rosen erzählen. Falls sie Zeit dafür fand. Komapatienten brauchten so dringend etwas, das ihnen Mut schenkte und sie aufbaute. So dringend.

31

Schmuddelbuch, Montag, 16. Mai, Mittag

Mikael wird nicht aufgeben.

Die Polizei sollte sich darauf konzentrieren, Fleur zu schützen. Aber das tut sie nicht.

Ich sitze hier in der Redaktion wie auf glühenden Kohlen. Arbeite an meinem ersten Artikel. Wenigstens das bin ich Fleur schuldig, wenn ich ihr sonst schon nicht helfen kann.

So musste sich Ewigkeit anfühlen. Ohne Anfang und Ende, ein stetes Gleichmaß von Dauer.

Fleur dämmerte weg und trieb wieder an die Oberfläche. Sie hatte keinerlei Gespür dafür, wie viel Zeit verging.

Oder ob überhaupt Zeit verging.

Sie war aus der Welt gefallen und in einem Zustand gelandet, der für sie absolut undurchschaubar war.

Manchmal war ihr alles gleichgültig. Dann hörte sie auf, begreifen zu wollen. Dann empfand sie beinah so etwas wie Wohlbehagen.

Dann wieder begehrte sie gegen ihre Lage auf.

Sinnlos.

Sie war eine Gefangene.

Sie sollte sich das Leben erleichtern, indem sie das endlich akzeptierte.

*

Es war so einfach gewesen, Heidi auszuhorchen. Er hatte ihr nur das Stichwort geben müssen und sie war nicht mehr zu bremsen gewesen. Nach wenigen Minuten bereits hatte sie von der *armen Komapatientin* auf der ITS erzählt, die mitten auf der Aachener Straße aus einem fahrenden Auto gestürzt sei.

»Und jetzt liegt sie im Koma?«

Die Nachricht haute ihn um.

»Nur MCS«, hatte sie erwidert. »Aber was heißt schon *nur?* Sie tut mir schrecklich leid.«

Minimally conscious state. Eine niederschmetternde Diagnose, aber nicht so hoffnungslos, wie es *Koma* oder *Wachkoma* gewesen wären.

»Immerhin hat sie eine Chance, wieder aufzuwachen«, hatte er gesagt.

So hatte er sich das nicht vorgestellt. Bea sollte ihn *sehen.* Sie sollte *wissen*, dass er gekommen war, um sie zu bestrafen.

Er überlegte, dass ihr Zustand ihm eigentlich in die Hände spielte. *Minimaler Bewusstseinszustand* bedeutete ja, dass es ein Bewusstsein *gab.*

Vielleicht konnte sie ihn *wahrnehmen.*

Spüren …

Aber sie war nicht in der Lage zu reagieren. Sich zu wehren. Wegzulaufen. Ideale Voraussetzungen für ihn.

Am Morgen, als er noch nicht gewusst hatte, wo sie sie versteckten, hatte er ihr auf gut Glück einen Strauß Rosen geschickt. Einen Liebesgruß, der kein Anfang war, sondern das Ende.

Das hatte sie doch immer gewollt, das Ende. Jetzt konnte sie es haben. Nur anders, als sie es sich erträumt hatte.

Na, Bea, dachte er, *wie ist das, mir wirklich ganz und gar ausgeliefert zu sein?*

»Sie hat Rosen bekommen«, hatte Heidi entzückt ausgeplaudert. »Ich hätte sie entfernen müssen, aber ich hab sie heimlich in eine kleine Kammer bei der Kaffeeküche gestellt, damit sie wenigstens in ihrer Nähe sind.«

Braves Mädchen!

Mikael war begeistert.

Er würde sehen, ob er aus Heidi nicht eine echte Komplizin machen konnte.

Als sie das Geschirr zurückgebracht hatten und die Cafeteria verließen, um wieder an die Arbeit zu gehen, gab er ihr einen Kuss auf die Wange.

Er spürte, wie sie erbebte, und empfand ganz unerwartet Lust auf sie.

Vielleicht, dachte er. Später.

Wenn alles vorüber war.

*

Bert hatte sich Romy Berners Aufnahmen aufmerksam angehört. Nachdem das letzte Wort verklungen war, hatte er sich Bea Hagedorns Aufzeichnungen vorgenommen. Als Rick mit zwei Bechern Kaffee sein Büro betrat, saß er am Schreibtisch, erschlagen von den Eindrücken.

»Den brauche ich jetzt.«

Dankbar nahm er seinen Kaffee entgegen.

»Das hier kriege ich nie wieder aus dem Kopf.«

Er wies auf die Aufzeichnungen.

»Bea Hagedorn hat ein Martyrium hinter sich. Dieser Mistkerl ist ein lupenreiner Sadist.«

»Hat er sie auch körperlich misshandelt?«, fragte Rick, ließ sich auf den Stuhl vor Berts Schreibtisch fallen und schlug die langen Beine übereinander.

»Ja, aber hauptsächlich hat er sie mit Demütigungen und

Einschüchterungen fertiggemacht. Er hat sie wie eine Gefangene gehalten. Ihr keinen Außenkontakt erlaubt. Jeden ihrer Schritte kontrolliert.«

»Und das hat sie sich gefallen lassen.«

Rick formulierte das nicht als Frage. Es war eine Feststellung, so sachlich, wie es bei diesem Thema möglich war. Doch gleich verlor sich die Sachlichkeit wieder.

»Wieso, Bert? Was hat dieser Typ an sich, dass eine junge Frau ihm auf diese Weise verfällt?«

»Er hat offenbar die Kunst beherrscht, sie völlig von sich abhängig zu machen.« Bert blätterte in den Aufzeichnungen. »Hier. Hör dir das an: *An manchen Tagen schloss er sie in der Wohnung ein, wenn er zur Uni oder zur Arbeit ging. Um sie zu beschützen, wie er behauptete. Obwohl sie es kaum ertrug, sich in geschlossenen Räumen aufzuhalten. Und obwohl er das wusste. Kam er Stunden später zurück, überhäufte er sie mit Küssen, streichelte und tröstete sie. Er schwor ihr, sie immer und ewig zu lieben. Ihr traten die Tränen in die Augen. Sie hatte nur einen einzigen Wunsch: nie, niemals seine Liebe zu verlieren.*«

»Ganz schön schräg«, sagte Rick.

»Oder hier: *Er weckte sie mitten in der Nacht. ›Von wem hast du geträumt?‹ Schlaftrunken überlegte sie, doch sie konnte sich nicht an den Traum erinnern, wusste nicht einmal, ob sie überhaupt geträumt hatte. Er rüttelte sie an den Schultern. ›Von wem? Von wem?‹ Damals schlug er sie zum ersten Mal.*«

»Und sie hat nicht die Beine in die Hand genommen und sich vor diesem Freak in Sicherheit gebracht …«

»Das ist kein Freak, Rick. Das ist ein Psychopath reinster Ausprägung. Hör zu: *Einmal brachte er ein Mädchen mit nach Hause. Sie hieß Juna, und das strahlende Lächeln, mit dem sie ihn betrachtete, wich nicht von ihrem Gesicht. Mikael bestellte Pizza und war bester Laune. Nach dem Essen zog er Juna auf seinen Schoß, küsste sie und schob die Hand unter ihren Rock. Bea wollte aus der Wohnung stürzen, doch an der Tür holte er sie ein. ›Du weißt doch, du kannst nirgendwohin‹, sagte er. ›Dein altes Leben gibt es nicht mehr.‹ Es stimmte. Das gab es nicht mehr.*«

»Unglaublich.«

Rick lauschte den Worten nach, die noch in der Luft hingen.

»Die Abweisung durch die Mutter und sexuelle Übergriffe des Stiefvaters haben Bea mit fünfzehn aus dem Haus getrieben. Du weißt, wie hart das Leben auf der Straße ist, Rick. Und dann, mitten im eisigsten Winter, begegnet sie plötzlich ihrem Ritter in strahlender Rüstung. Er nimmt sie mit, gibt ihr zu essen und zu trinken, teilt seine Wohnung …«

»Und sein Bett.«

»… und sein Bett mit ihr, kauft ihr Kleidung, bietet ihr ein Leben in Sicherheit …«

»Und schenkt ihr seine Liebe.«

»Richtig. Endlich ist da jemand, der sie aufrichtig liebt.«

»Aufrichtig …«

»Zumindest muss sie das so gesehen haben. Diese Liebe wollte sie auf keinen Fall wieder verlieren. Sie war bereit, alles dafür zu ertragen, alles zu tun.«

»Aber *alles* ist für so einen nicht genug«, sagte Rick.

»Nicht annähernd.« Bert schob ihm die Unterlagen über den Tisch. »Stell dich darauf ein, dass das hier starker Tobak ist.«

»Und?«, fragte Rick. »Bringen uns die Aufzeichnungen weiter?«

»Auf den ersten Blick nicht. Man begreift aber, wie dieser Mikael Kemper tickt. Man hat den Eindruck, das Persönlichkeitsprofil eines sadistischen Psychopathen vor sich zu haben.«

»Hast du schon mit Agnetha gesprochen?«, erkundigte sich Rick.

Agnetha Rabener war die neue Polizeipsychologin. Bert hatte sich noch nicht an sie gewöhnt und zog sie nicht allzu gern zu Rate. Sie war zwar in der Lage, glasklare Täterprofile zu erstellen, ließ jedoch, wenn über die Opfer dieser Täter gesprochen wurde, häufig jegliches Einfühlungsvermögen vermissen.

Lieber wandte er sich nach wie vor an Insa, die Polizeipsychologin seiner früheren Dienststelle. Er hätte das auch jetzt getan, einfach um seine Eindrücke mit ihren abzugleichen, doch Insa war für einige Tage auf einem Symposium in Berlin.

»Soll ich mal bei ihr auflaufen?«

»Kannst du machen. Sie wird dir aber kaum mehr sagen können, als Bea Hagedorn es hier tut.«

»Agnetha wird uns verraten können, auf welche Verhaltensweise wir uns bei Mikael Kemper einstellen müssen.«

»Richtig.« Bert nickte grimmig. »Aber das kann ich auch: Mikael Kemper wird alles daransetzen, seine Freundin aufzuspüren. Glücklicherweise hat Köln etliche Krankenhäuser zu bieten. Da kann er lange suchen.«

»Und wenn ihm der Zufall zu Hilfe kommt?«

»Dann ist Bea Hagedorn trotzdem geschützt. Noch sicherer könnte sie nicht mal im Gefängniskrankenhaus sein.«

»Wohin wir sie bringen lassen können, sobald sie transportfähig ist.«

»Das entscheiden wir, wenn es so weit ist.«

In diesem Augenblick meldete sich Berts Handy.

Es war das Krankenhaus. Neue Untersuchungen hatten bei Bea Hagedorn Gehirnaktivitäten gemessen, die zu Hoffnung

Anlass gaben. Wenig später standen sie im Stau auf dem Weg zum *St. Lukretia.*

*

Romy hatte ihre Recherchen über Koma wieder aufgenommen. Dazwischen musste sie Arbeiten erledigen, die Greg ihr auf den Schreibtisch legte.

Sie war nicht gerade begeistert, als er sie zu einem Außentermin in eine Galerie schickte, in der eine Fotoausstellung zum Thema *Alltäglicher Rassismus in Deutschland* gezeigt wurde.

Die Eröffnung hatte bereits am Wochenende stattgefunden, doch das war kein Problem. Das *KölnJournal* war keine Tageszeitung. Es erschien zweiwöchentlich und konnte (und wollte) nicht den Anspruch erheben, tagesaktuell zu sein.

Greg war an Themen interessiert, nicht an Terminen.

Rassismus war ein heißes Eisen.

»Nur ein kurzes Interview mit der Galeristin«, sagte er. »Und ein paar Fotos. Das reicht. Zum Thema schreibe ich selbst was Längeres.«

Romy war daran gewöhnt, ihrem Chef, und manchmal auch den anderen, zuzuarbeiten. Das war ihre hauptsächliche Aufgabe. Ein Volontariat bedeutete schreiben lernen.

In kleinen Schritten.

Dass Greg ihr hin und wieder bereits grünes Licht für längere, eigenständige Arbeiten gab, war ungewöhnlich. Sie war ihm sehr dankbar dafür. Deshalb packte sie jetzt auch ohne Murren ihre Sachen und holte ihren Fiesta aus der Tiefgarage.

Die Galerie war in einem prächtigen Gründerzeithaus in Holweide untergebracht, genau da, wo sich die Dellbrücker Hauptstraße und eine Straße mit dem putzigen Namen *Im Wieschen* berührten.

Von einer kleinen Wiese konnte hier keine Rede sein, dachte Romy, als sie ihr Auto geparkt hatte und sich dem Haus näherte, das von brausendem Verkehr umtost wurde. Aber vielleicht meinte das Wort etwas ganz anderes.

Kölsch war für Romy noch immer eine unbekannte Sprache.

Die Galeristin kam ihr mit ausgebreiteten Armen entgegen, als wären sie alte Bekannte oder Freundinnen, die sich seit einer Ewigkeit nicht gesehen hatten. Sie verlor kein Wort darüber, dass der Verleger eine Anfängerin geschickt hatte, sondern behandelte Romy respektvoll und herzlich.

Die Ausstellung erwies sich als Geschenk und Romy war froh darüber, dass sie sie sehen durfte. Die Galeristin begleitete sie und gab Erläuterungen zu den einzelnen Fotografien, die in einem Format von drei mal drei Metern an den hohen weißen Wänden hingen.

Die Porträts waren von einer nahezu lyrischen Eindringlichkeit.

Eine zahnlose alte Frau mit schwarzem Kopftuch, zusammengekauert zwischen weggeworfenen McDonalds-Tüten und anderem Abfall auf dem Boden einer U-Bahn-Station.

Eine elegant gekleidete Dame, die mit spitzen Fingern eine Münze auf den Teller einer Toilettenfrau legt.

Ein ärmlich wirkender, magerer Junge mit schmutzigem Gesicht, der durch einen Maschendrahtzaun sehnsüchtig ein Fußballspiel betrachtet.

»Den alltäglichen Rassismus findet man überall«, erklärte die Galeristin. »Er muss nichts mit der Hautfarbe zu tun haben.«

Auf dem größten, besonders herausgestellten Bild sah man eine junge Frau, der zwei Männer feixend den Weg verstellten, Bierdose in der einen, Zigarette in der anderen Hand.

»Tauschen Sie das Bier gegen ein Glas Sekt aus und Sie finden Szenen dieser Art auch in Vorstandsetagen«, sagte die Galeristin und führte Romy zu einem weiteren Bild, das eine junge Mutter zeigte, die ihr Kind in einem Restaurant stillte und Mittelpunkt empörter Blicke war.

Romy hatte das Gefühl, eine weitere Seite zu ihrem Thema aufgeschlagen zu haben.

In aller Ruhe schaute sie sich die übrigen Kunstwerke an, während die Galeristin mit einem Mitarbeiter letzte Hand an die Exponate legte. Für das Wochenende war ein Fotoworkshop in den Räumen der Galerie geplant. Bis dahin gab es, wie sie Romy erklärt hatte, noch einiges zu tun.

»Werden Sie selbst den Artikel schreiben?«, fragte sie, als Romy sich eine halbe Stunde später von ihr verabschieden wollte.

»Nein. Das wird wohl der Verleger tun«, antwortete Romy. »Er plant etwas Längeres.«

»Ach, jammerschade. Ich hätte zu gern gesehen, was die Arbeiten in Ihnen lostreten.«

Tatsächlich begannen die Fotografien bereits in Romy zu rumoren.

»Ich plane eine Serie über Gewalt gegen Frauen«, sagte sie. »Dürfte ich vielleicht einige der Fotos dafür verwenden?«

Die Galeristin war hingerissen von der Idee und versprach, bei den entsprechenden Künstlern nachzufragen. Romy gab ihr ihre Mobilnummer und verließ die Galerie mit der Gewissheit, sich ihrem Thema noch weiter genähert zu haben.

Plötzlich, dachte sie, begegnete es ihr auf Schritt und Tritt.

Bei jeder Frau, die ihr entgegenkam, stellte sie sich unwillkürlich die Frage, ob sie in einer gleichberechtigten Beziehung lebte oder die unbeherrschte Launenhaftigkeit oder Brutalität eines Mannes erdulden musste.

Das war ja das Perfide an häuslicher Gewalt – sie war unsichtbar.

Lange schwiegen die Frauen.

Aus Scham.

Und deckten damit ungewollt die Taten der Männer, die sie ungehindert weiterquälen konnten.

Romy spürte eine ohnmächtige Wut in sich aufsteigen. Das Bedürfnis, auszurasten. Und erschrak darüber.

Lagen Hilflosigkeit und Gewalt so nah beieinander?

»Glaub mir«, erklärte ihr Greg, dem sie kurz Bericht erstattet hatte, »es gibt keine einfachen Themen. Es gibt höchstens Menschen, die es sich leichtmachen.«

Er musterte sie zerstreut.

»Was hältst du davon, wenn du selbst den Artikel schreibst?«

Romy nickte, ohne nachzudenken.

Als sie Gregs Büro verließ, hatte sie die ersten Sätze bereits im Kopf.

*

Fleur hörte Stimmen an ihrem Bett und kämpfte sich aus der Dunkelheit. Nach einer Weile gelang es ihr, die Worte zu Sätzen zu verbinden, die einen Sinn ergaben. Wieder etwas später konnte sie die einzelnen Stimmen zuordnen.

Eine gehörte dem Oberarzt, zwei waren die Stimmen der beiden Kommissare, mit denen Fleur vor langer Zeit (vor langer Zeit?) in einem Garten gesprochen hatte. Der eine hieß Bert Melzig, sein Kollege Rick Holterbach.

An die Namen erinnerte sie sich. Aber in welchem Garten war das gewesen?

Wo?

Und vor allem: wann?

Der Oberarzt teilte Bert Melzig und Rick Holterbach die Ergebnisse der neuesten Untersuchungen mit, die man an ihr vorgenommen hatte.

»Wir haben deutliche Aktivität in einem Areal des Gehirns festgestellt, die bei unseren bisherigen Untersuchungen nicht messbar gewesen ist. Offensichtlich ist die Patientin in der Lage, akustische Signale wahrzunehmen.«

»Das heißt, sie kann uns hören?«, fragte Bert Melzig.

»Richtig. Damit ist jedoch nicht gesagt, dass sie das Gehörte auch begreift. Wir werden weitere Untersuchungen vornehmen. Aber das kostet Zeit.«

»Wie groß sind ihre Chancen, wieder aufzuwachen?«, erkundigte sich Rick Holterbach.

»Sie sind, wie Sie ja bereits wissen, in jedem Fall größer als beim Koma oder beim Wachkoma. Aber haben Sie bitte Verständnis dafür, dass wir keine Prognosen abgeben können. Ich wünschte, ich könnte Ihnen mehr sagen.«

Ich bin doch wach!, rief Fleur, ohne dass auch nur ein Ton aus ihrem Mund kam. Ihre Kehle fühlte sich an, als hätte sie in den vergangenen Tagen oft geschrien, und das hatte sie ja auch.

Stumm.

Häufig, wenn ihr alles zu viel wurde, ging sie einfach weg. Dazu stellte sie sich eine weite, ebene Landschaft vor, in der nichts und niemand sie aufhalten konnte. Diese Landschaft übte einen unwiderstehlichen Zauber auf sie aus, und manchmal fiel es ihr schwer, sie wieder zu verlassen.

Doch sobald sich das Gefühl von Überforderung gelegt hatte, kehrte sie in die Situation zurück.

Das verlangte ihr von Mal zu Mal mehr Kraft ab.

Diesmal hielt die Landschaft sie länger, denn als sie zurückkam, hatte sich die Situation verändert.

»Frau Berner«, hörte sie Bert Melzig sagen. »Schon wieder hier?«

»Sie haben es mir erlaubt, Herr Kommissar.«

Romy!

Fleurs Herz begann schneller zu schlagen. Romys Gegenwart bedeutete Zuflucht und Geborgenheit. Solange Romy bei ihr war, konnte ihr nichts passieren.

»Ich hoffe, es war die richtige Entscheidung«, antwortete Bert Melzig.

Ja! Ich brauche Romys Besuche. Nehmt sie mir bitte nicht wieder weg!

»Gibt es was Neues?«, fragte Romy.

Ich verstehe, was du sagst. Sieh mich an, Romy! Erkennst du es nicht?

»Ich habe Ihnen erlaubt, Ihre Freundin zu besuchen«, erklärte Bert Melzig mit einem Schmunzeln in der Stimme. »Ich habe Ihnen nicht versprochen, Sie über unsere Ermittlungen auf dem Laufenden zu halten.«

»Sehen Sie das doch so, Herr Kommissar – solange ich hier bin, kann ich auf Fleur aufpassen. Da wär's doch gut, wenn ich wüsste, ob ich mich auf eine konkrete Gefahr einstellen muss.«

»Netter Versuch.«

In Rick Holterbachs Stimme schwang bei aller Ironie unfreiwilliger Respekt mit.

»Es geht mir nicht um Informationen für meine Artikel, wirklich nicht. Es geht mir um Fleur. Ich hab eine Scheißangst um sie.«

»Hier kann ihr nichts zustoßen«, beteuerte Rick Holterbach. »Kein Fremder darf die Station betreten. Sämtliche Pflegekräfte sind informiert. Wenn der mutmaßliche Täter nicht über magische Kräfte verfügt, ist Frau Hagedorn vor ihm so sicher wie in Abrahams Schoß.«

Vor ihm …

»Der mutmaßliche Täter?«, erregte sich Romy.

Er …

Fleurs Kopf begann zu schmerzen.

»Mutmaßlich?? Hat dieses Ungeheuer ihr nicht schon genug angetan?«

Eine schwache Erinnerung schälte sich aus dem Nichts.

Augen mit Lachfältchen.

Die Berührung einer Hand.

Der Duft eines Aftershaves.

Fleur horchte in sich hinein.

Warum lösten diese Bilder Übelkeit in ihr aus?

Sie hätte sich gern die Hände auf den Leib gelegt, um ihren Magen zu beruhigen, doch so sehr sie auch an ihren unsichtbaren Fesseln zerrte, sie konnte sich nicht bewegen.

»Nicht genug, dass sie vor ihm ins Frauenhaus flüchten musste.«

Frauenhaus.

Natürlich. Sie hatte im Garten des Frauenhauses mit den beiden Kriminalbeamten gesprochen. Da war … Mariella … etwas war mit Mariella …

»Nicht mal in meiner Wohnung war sie vor ihm sicher. Das werfe ich mir immer noch vor. Ich hätte auf sie aufpassen müssen.«

Die Schmerzen tobten in Fleurs Kopf. Sie hatten sich über die Augenhöhlen ausgebreitet und waren bis zum Kiefer vorgedrungen. Die Dunkelheit, die Fleur so oft verfluchte, sie hielt jetzt gnädiges Vergessen bereit.

Fleur brauchte nur nachzugeben.

»Er wird nicht davonkommen«, versprach Bert Melzig. »Die Kollegen in Dresden haben seine Wohnung im Blick.

Sie stehen außerdem in Verbindung zur Uni und zu der Klinik, in der er arbeitet.«

Dresden.

Fleur sah Straßen vor sich, auf die kein Urlauber je seinen Fuß setzte. Auf denen sie zu Hause gewesen war. Sie sah einen Rucksack in einem zugigen Schuppen. Er gehörte zu einem leeren alten Haus und stand in einem Garten voller Brombeerranken und verwilderter Rosenbüsche.

Da war auch ein Mädchen.

… Pam …

»Wie kann es mitten in Köln passieren, dass einer eine Frau entführt und keiner kriegt es mit? Können Sie mir das erklären? Ich kapier's einfach nicht.«

Vor Fleurs Augen entstand das Bild eines dunklen Flurs, in den durch schmutzige Glasscheiben in der Haustür buntes Licht fiel. Sie sah sich selbst rennen, vor eiligen Schritten fliehen, die sie verfolgten. Sie erblickte Fahrräder an einer schmutzigen Wand und schließlich jemanden, der am Boden lag.

Helen …

Mit jedem Aufblitzen einer Erinnerung wurde Fleur bis ins Mark getroffen.

Den Mann, der sie verfolgte, konnte sie nicht sehen. Sie wusste jedoch, dass es ein Mann war. Einer, den sie gut kannte. Zu gut.

Schrecklich gut.

Sie lief. Rang nach Luft. Lief. Lief. Lief.

Aber sie konnte nicht an Helen vorbeilaufen, die verletzt und hilflos auf den kalten Fliesen lag. Konnte sich nicht einfach abwenden, denn Helen war nett und freundlich zu ihr gewesen.

Helen …

Fleur strengte sich an, die Dunkelheit zu ignorieren, die mit leiser Stimme nach ihr rief. Doch die Versuchung, die immense Anstrengung und die Schmerzen hinter sich zu lassen, war zu groß.

Diesmal warf sie sich der Dunkelheit erleichtert in die Arme.

32

Schmuddelbuch, Dienstag, 17. Mai, kurz nach Mitternacht

Der Hass ist die Liebe, die gescheitert ist.
(Kierkegaard)

Als Fleur das nächste Mal wach wurde, tauschte sie die eine Dunkelheit gegen die andere aus.

Es war Nacht. Sie hörte es an der Stille ringsum, auch wenn es keine wirkliche Stille war, denn die medizinischen Geräte machten weiterhin ihre Geräusche.

Die übrigen jedoch hatten sich reduziert. Es liefen keine Besucher über den Flur und die Schwestern bewegten sich vorsichtiger, langsamer und leiser als am Tag.

In Fleurs Kopf spannen sich die Gedanken weiter, als hätte es keine Unterbrechung gegeben. Sie befand sich augenblicklich wieder bei Helen, die ohnmächtig am Boden lag.

Schieß doch! Ich bin lieber tot, als weiter mit dir zu leben!

Sie hatte das zu jemandem gesagt, kurz bevor sie Helen gefunden hatte.

Schieß doch! Schieß doch endlich! Schieß!

An wen waren die Worte gerichtet?

Kannte sie jemanden, der eine Waffe besaß?

Sie bedroht hatte?

Helens Gesicht so bleich und schmal.

Schritte.

Entsetzt drehte Fleur sich um.

Und blickte in sein Gesicht.

*

Romy konnte nicht einschlafen. Eine Stunde lang hatte sie es vergeblich versucht, dicht an Ingos Rücken geschmiegt, sodass sie seine gleichmäßigen, tiefen Atemzüge spüren konnte. Aber dann wurde ihre Unruhe immer größer.

Sie stellte sich Fleur vor, wie sie allein in ihrem Krankenhausbett lag, und malte sich aus, wie einsam sie wohl war.

»Du weißt, dass du dich jedes Mal in Gefahr begibst, wenn du sie besuchst?«, hatte Ingo beim Abendessen gefragt. »Der Typ kann jederzeit mit einer Knarre in das Krankenhaus stürmen und alles zusammenschießen, was sich zwischen ihn und seine Freundin stellt.«

»Die Berufskrankheit des Journalisten«, hatte Romy schmunzelnd entgegnet. »Die sehen sich von Katastrophen nur so umzingelt.«

Ingo hatte vehement den Kopf geschüttelt.

»Guck dich doch um. So was passiert ständig. Jemand wird von seiner Freundin verlassen, rastet aus und ballert um sich, als wäre die ganze Menschheit schuld an seinem Unglück.«

»Ich glaube nicht, dass Mikael ein Amokläufer ist«, hatte Romy erwidert. »Nach allem, was ich von Fleur gehört habe, ist er ein viel zu kontrollierter Typ.«

»Glaubst du wirklich, es gibt *den* Amokläufer?«

Ingo schob seinen Stuhl zurück und wanderte aufgewühlt im Zimmer umher.

»Denkst du, die sind alle gleich? Ich hab mal über einen Amokläufer geschrieben, Romy. Oft sind es gerade die beherrschten Menschen, die eines Tages völlig unerwartet die Fassung verlieren.«

»So wie du jetzt«, witzelte Romy. »Muss ich mich fürchten?«

»Ich hab einfach Angst um dich.« Er setzte sich wieder hin und zerbröselte das Brot auf seinem Teller. »Ich weiß doch, dass es dir schwerfällt, den Rückwärtsgang einzuschalten.«

»Außer beim Autofahren.«

Romy wollte sich nicht auf seine Befürchtungen einlassen, nicht zugeben, dass auch ihre Nerven strapaziert waren.

»Im Ernst, Ingo. Fleur hat niemanden, der sich um sie kümmert. Hatte sie noch nie. Die einzige Person, die es jemals getan hat, war dieser Mikael, und der hat ihr den letzten Rest Selbstachtung genommen, den sie noch besaß. Und jetzt liegt sie im Koma und dieser Mistkerl läuft da draußen rum und schmiedet Rachepläne. Kannst du dir etwas Schlimmeres vorstellen?«

»Das weißt du doch gar nicht.«

»Ich fühle es.«

»Du musst objektiv bleiben, Romy.«

»Muss ich das?«

Romy betrachtete Ingos Gesicht, das sich von Minute zu Minute mehr verschloss. Selbst sein Blick machte dicht.

»Ja, denn sonst kommst du in Teufels Küche.«

Eine Weile aßen sie schweigend und Romy versuchte, das Bild einer rot glühenden, feurigen, irgendwie niedlichen Teufelsküche aus ihrem Kopf zu vertreiben. Als sie die ungewohnte Stille nicht mehr aushielt, legte sie Ingo die Hand auf den Arm.

»Du brauchst keine Angst um mich zu haben. Ich verspreche dir, keine gefährlichen Sachen zu machen. Aber ich kann nicht aufhören, Fleur zu besuchen. Du würdest mich doch auch nicht allein da liegen lassen, oder?«

»Das ist doch etwas ganz anderes, Romy. Ich liebe dich.«

»Ist Freundschaft nicht auch eine Art Liebe?«, fragte sie.

»Freunde halten einen gewissen Abstand.«

Ingo war und blieb der einsame Wolf. Der Mann hinter der eisernen Maske. Zumindest für die Welt da draußen.

»Und wenn ich dich bei deinen Besuchen begleite?«, fragte er.

Romy schüttelte den Kopf.

»Wieso nicht?«

»Weil du ein *Mann* bist, Ingo.«

»Stimmt …«

»Und weil die Polizei da nicht mitmachen würde.«

»Stimmt …«

»Ich bin nicht so zerbrechlich, dass ich einen Aufpasser brauche, Ingo. Fleur ist die Verletzliche.«

Er hatte ihr nicht mehr widersprochen.

Als Romy jetzt so bei ihm lag und die Wärme seiner Haut spürte, hatte sie das Gefühl, Fleur im Stich zu lassen. Im nächsten Moment wickelte sie sich so vorsichtig wie möglich aus der Decke, sammelte ihre Klamotten ein und schlich aus dem Schlafzimmer.

Wenig später saß sie in ihrem Auto und fuhr durch die Nacht. Für Ingo hatte sie einen Zettel auf dem Esstisch hinterlassen:

Ich kann nicht anders, liebster Liebster. Entschuldige. Freu mich drauf, wieder bei dir zu sein. Wusstest du schon, dass ich dich liiiiiiebe? Von hier bis zum Mond und wieder zurück.

»Und wie ich dich liebe«, flüsterte sie im gelben Licht der Straßenlaternen, das über ihr Gesicht flackerte. »Und wie.«

*

Bert schenkte sich Wein nach und stellte die Flasche zurück auf den Tisch. In der schwarzen Fensterscheibe konnte er sich selbst dabei beobachten, wie er das Glas an die Lippen setzte und trank.

Er sah auch das Wohnzimmer gespiegelt. Den Couchtisch, die Sessel, das Bücherregal. Die fröhliche Farbigkeit der Kissen, die er mit seinen Kindern gekauft hatte.

Kurz nach Mitternacht.

Hinter den erleuchteten Fenstern, die in der Dunkelheit schimmerten, waren andere Menschen wach, die er sich gern als verwandte Seelen vorstellte. Er hatte bemerkt, dass es meistens dieselben Fenster waren.

Club der einsamen Herzen, dachte er ohne Ironie. Er wusste nur zu gut, wie Einsamkeit sich anfühlte, wie sie schmeckte und welche Verheerungen sie in der menschlichen Psyche anrichtete.

Seufzend beugte er sich wieder über seine Notizen, schob Zettel hin und her, fügte neue hinzu. Eine Ermittlung war keine mathematische Aufgabe, aber es war von Vorteil, die Lage der Dinge nüchtern zu betrachten und den eigenen Standpunkt kritisch zu bewerten.

Was nicht einfach war, wenn man Bea Hagedorns Stimme noch im Ohr hatte. Mit Angst getränkt und oft so dünn und verzagt, dass Bert ihr kaum hatte zuhören können.

In den Aufzeichnungen und den Aufnahmen steckte kein noch so kleiner Hinweis, der ihnen helfen würde, Mikael Kemper aufzufinden. Lediglich sein Freund Juri Maranow wurde mehrfach erwähnt, sonst niemand, der Kemper geholfen haben könnte unterzutauchen.

Das Ergebnis der DNA-Analyse der Spuren vom Tatort Mariella Hohkamp stand noch aus, doch Bert hegte kaum Zweifel daran, dass sich Übereinstimmungen mit den Spuren am Tatort Bea Hagedorn finden würden. Damit wäre endlich bewiesen, dass es sich um ein- und denselben Täter handelte.

Grund genug für eine Fahndung nach Mikael Kemper.

Die Taten trugen eindeutig die Handschrift eines Psychopathen. Bert hatte schon zu oft mit solchen Tätern zu tun gehabt, um sie nicht auf Anhieb zu erkennen. Mikael Kemper, das stand für ihn fest, würde nicht nachlassen in seinen Bemühungen, Bea Hagedorn zu finden.

Was würde ich an seiner Stelle tun?, überlegte er zum wiederholten Mal. Das Naheliegende. Ich würde die Kölner Krankenhäuser abklappern, eins nach dem andern.

Erschöpft rieb Bert sich das Gesicht. Er konnte die nächtlichen Bartstoppeln fühlen und den Schweiß in den Achselhöhlen riechen.

Wieder sah er die hohen Fenster des Klosters vor sich und dahinter die Landschaft der Eifel mit ihrem nahezu magischen Zauber. Er hörte das behagliche Knarren der alten Stühle im Refektorium. Spürte die schwere Stille in der Kapelle, wie sie seinen Körper umschloss.

Ihm war klar, dass es nur Symbole für ein anderes Leben waren. Er wusste jedoch auch, dass er die Sehnsucht nach diesem anderen Leben nicht länger ignorieren konnte.

Bei ihrem Besuch im *St. Lukretia* hatte die Oberschwester ihnen am Nachmittag von einem Rosenstrauß erzählt, der für Bea Hagedorn geliefert worden war. Reichlich verspätet, wie Bert fand. Und als sei das nicht ärgerlich genug, war er in der Zwischenzeit schon entsorgt worden, weil Blumen auf der ITS nichts verloren hatten.

Er war von einem Boten abgegeben worden. Die junge Schwester, die ihn angenommen und ihre ebenfalls noch sehr junge Kollegin, die ihn entsorgt hatte, waren von der Oberschwester ordentlich zusammengestaucht worden.

Bert hatte mit Rose Fiedler vom Frauenhausbüro telefoniert, die nichts von einem Blumenstrauß wusste.

»Uns ist bekannt, dass man Patienten auf der Intensiv keine Blumen schicken darf, Herr Kommissar. Wir erleben ja leider hin und wieder, dass eine unserer Frauen dort behandelt werden muss.«

Kurz darauf hatte sie zurückgerufen.

»Von hier ist der Strauß nicht gekommen. Wie ich Ihnen gesagt habe. Aber *wenn* wir Blumen geschickt *hätten*, dann wären es mit Sicherheit keine Rosen gewesen, Herr Kommissar. Erst recht keine roten. Glauben Sie mir, das sind Blutrosen, und sie stammen mit Sicherheit von Mikael Kemper.«

»Blutrosen?«

»Oft schenken Männer einer Frau rote Rosen, nachdem sie sie misshandelt haben. Und manchmal auch, bevor sie sie töten.«

Rose Fiedler äußerte das ohne spürbare Emotionen. Genau so, wie Polizisten über ihre Fälle reden, hatte Bert gedacht. Genau so.

»Blutrosen«, murmelte er jetzt und schenkte sich noch einmal nach.

Allmählich zeigte der Wein Wirkung und Bert schloss dankbar die Augen. Mit jedem Tag, der ins Land zog, wurden die Chancen geringer, einen Fall aufzuklären.

Wieder war ein Tag vergangen.

Er trank aus und ging zu Bett. Wenn er Glück hatte, fand er ein wenig Schlaf. Er hatte ihn dringend nötig.

*

Mikael hatte eine Stunde geschlafen und fühlte sich frisch und ausgeruht. Das, was man heute Powernapping nannte, war für ihn seit Jahren Gewohnheit. Er konnte nicht genug kriegen vom Leben und hatte nicht vor, auch nur eine Minute davon zu verschwenden.

Aus dem Zimmer nebenan drang das rhythmische Knarren eines Bettgestells, untermalt vom Stöhnen eines Mannes und den lustvollen, lang gezogenen Seufzern einer Frau. Mikael hätte am liebsten gegen die Wand gehämmert, damit sie aufhörten, doch er beherrschte sich.

Keine Aufmerksamkeit erregen, wo und wie auch immer.

Bea war bei der Liebe immer ziemlich still gewesen. Das hatte ihn oft gestört. Wär sie jetzt hier, dachte er, würd ich schon dafür sorgen, dass sie ihre Lust in die Welt hinausschreit.

Auf einmal wurde ihm sein Alleinsein so deutlich, dass er sich zusammenreißen musste, um nicht in die Nacht hinauszulaufen und sich auf die Suche nach einer Frau zu machen, die Bea für ein paar Stunden aus seinem Kopf vertreiben würde.

Nachdem die Geräusche endlich verstummt waren, blieb er noch eine Weile liegen, die Hände unterm Kopf verschränkt, und hing seinen Gedanken nach. Er würde alles auf eine Karte setzen und gewinnen oder untergehen.

Im Dunkeln zog er seine Schuhe an und schlüpfte in seinen Pullover. Die Jeans hatte er anbehalten, um jederzeit abhauen zu können, wenn es nötig sein sollte. Niemand würde ihn bei dem, was er vorhatte, aufhalten, niemand.

Das Licht, das von draußen ins Zimmer drang, lag gespenstisch auf den Dingen und verwandelte sie in etwas Ungefähres, dem man nicht trauen konnte. Doch das hatte er auch nicht vor.

Er würde niemals wieder irgendwem vertrauen.

*

Jemand betrat das Zimmer. Fleur hatte ihn nicht kommen hören und erschrak.

»Hi, Fleur. Ich bin's, Romy.«

Mitten in der Nacht?

Ein Lächeln machte sich in Fleur breit, und obwohl es nicht nach außen dringen konnte, hoffte sie, dass Romy es spürte.

Doch im nächsten Moment war es wieder verflogen. Eine Erinnerung kämpfte darum, an die Oberfläche zu gelangen. Eine Erinnerung an etwas, das ihr schreckliche Angst eingeflößt hatte.

»Hab ich dich geweckt?«, fragte Romy leise. »Das wollte ich nicht. Aber ich wollte mich auch nicht einfach so an dein Bett schleichen und dich erschrecken.«

Fleur schaffte es einfach nicht, in zwei Richtungen gleichzeitig zu denken. Romys Worte deckten die undeutliche Erinnerung zu.

Fleur konzentrierte sich auf ihren nächtlichen Gast.

Sie genoss es, dass Romy bei ihr war. So sehr, dass sie die allgegenwärtige Angst vergaß und schon wieder schläfrig wurde. Sie hörte, wie die Freundin ein Buch aufklappte und ein paar Seiten umblätterte.

»Diesmal werde ich dir nicht vorlesen, okay? Es ist Nacht und du brauchst deinen Schlaf.« Romy lachte leise. »Entschuldige. Manchmal führ ich mich echt auf wie eine Glucke. Stört es dich, wenn ich meine kleine Taschenlampe anmache?«

Nein, dachte Fleur, und der Gedanke war klebrig und schwer wie goldfarbener Honig, *Taaaschenlaaampe ... aaan ...*

»Wenn ich nicht lese, schlaf ich nämlich gleich ein.«

Schlaaafen ...

Fleur bemerkte die Dunkelheit nicht einmal, als diese sie mit offenen Armen empfing.

*

Erst jetzt registrierte Romy, wie müde sie war. Sie wollte kein Licht machen, um Fleur nicht zu stören, und der schwache

Schein der Taschenlampe richtete nicht viel aus. Sie sollte sich eine neue zulegen, eine, mit der man etwas anfangen konnte.

Mit ihrem Buch hatte sie die falsche Wahl getroffen. Ein Krimi, den sie irgendwann einmal als Film gesehen haben musste, denn sie konnte sich an die Handlung erinnern, ohne das Buch jemals gelesen zu haben.

Super.

Sie hatte einen Krimi gewählt, weil die Spannung sie wachhalten sollte, und nun merkte sie, wie ihr die Augen zufielen. Sie setzte sich anders hin und zwang sich, dennoch weiterzulesen. Allerdings sah sie jetzt ständig die Gesichter irgendwelcher Schauspieler vor sich.

Entnervt klappte sie das Buch zu und betrachtete Fleur, die seit über einer Woche in derselben Haltung im Bett zu liegen schien. Veränderten sie ihre Position wenigstens ab und zu und drehten sie auf die Seite, damit ihr Rücken entlastet wurde?

Romy konnte sich nicht annähernd ausmalen, was Fleur durchmachte. Es war eine grauenhafte Vorstellung, im eigenen Körper gefangen zu sein. Denken und fühlen, sich jedoch nicht mitteilen zu können.

Hatte die Freundin durch ihren Sturz eine Amnesie erlitten? Erinnerte sie sich vielleicht gar nicht an die Entführung? Hatte sie möglicherweise sogar Mikael vergessen? War es dann nicht falsch, sie daran zu erinnern? Brauchte sie nicht ihre ganze Kraft, um wieder gesund zu werden?

Oder erinnerte sie sich genau und litt darunter, ihr schreckliches Wissen für sich behalten zu müssen?

Romy fühlte sich überfordert. Sie wusste viel zu wenig über den Zustand komatöser Patienten, hatte keine Ahnung, wie sie sich verhalten sollte. Vielleicht gab es die *richtige* Art ja auch gar nicht.

Der Lichtstrahl, der durch die offen stehende Tür ins Zimmer fiel, gelangte nicht bis an das Bett. Im Schein der Taschenlampe sah Fleurs Gesicht sehr blass aus. Den Kopfverband hatte man ihr abgenommen.

Ihr Haar war aus der Stirn gekämmt und im Nacken zusammengebunden. Wahrscheinlich trug sie ein großes Pflaster irgendwo am Hinterkopf, und bestimmt hatten sie die Stelle um die Wunde herum rasiert, um sie versorgen zu können.

Romy konnte sich sehr gut vorstellen, dass Fleur sich die Haare abschneiden ließ, wenn sie erst wieder draußen war. Um alles Vergangene hinter sich zu lassen und von vorn anzufangen.

Falls sie jemals dazu in der Lage sein würde.

Romy glaubte fest daran, denn wenn man aufhörte, an etwas zu glauben, konnte man die Hoffnung gleich aufgeben.

Sie beugte sich vor und horchte. Fleurs Atem war nicht zu hören. Es war auch nicht zu erkennen, ob ihr Brustkorb sich hob und senkte.

Jetzt werd bloß nicht paranoid, sagte sie sich. Bleib einfach still hier sitzen und versuche, wach zu bleiben.

Auf einmal hörte sie Schritte draußen auf dem Flur. Ein Bett wurde eilig an der Tür vorbeigeschoben. Eine energische Frauenstimme gab knapp und präzise Anweisungen.

Dann war wieder Stille.

Romy musste an die Schwester denken, die sie hereingelassen hatte.

»Weißt du, wie spät es ist?«, hatte sie gefragt.

Sie waren beide etwa im gleichen Alter und sie hatte sich nicht mit Förmlichkeiten aufgehalten, sondern Romy sofort geduzt.

»Aber ich muss zu ihr. Ich hab die Erlaubnis, sie jederzeit zu besuchen.«

»Doch nicht mitten in der Nacht!«

»Bitte schick mich nicht wieder weg.«

Die Schwester hatte eine Weile gezögert und dann die Augen verdreht.

»Na, komm rein«, hatte sie schließlich gesagt. »Ausnahmsweise. Aber verhalte dich ruhig. Die Nächte sind für Kranke immer am schwersten zu ertragen.«

Sie hatte sich als Ivy vorgestellt. Romy hatte sie augenblicklich ins Herz geschlossen. Sie bewunderte sie für die Kraft, auf dieser Station zu arbeiten, statt es sich auf einer anderen leichterzumachen.

Es kostete sie eine ungeheure Anstrengung, die Augen offenzuhalten. Immer wieder wollten sie ihr zufallen, immer wieder sackte ihr das Kinn auf die Brust und immer wieder fuhr sie erschrocken hoch.

Dann verlor sie den Kampf.

Ihre Finger ließen die Taschenlampe los. Sie blieb auf ihrem Schoß liegen und beleuchtete mit ihrem kümmerlichen Licht Romys ausgestreckte Beine und den kühlen, sachlichen grauen Linoleumboden.

33

Schmuddelbuch, Dienstag, 17. Mai, null Uhr fünfundvierzig

Die Zeit vergeht und vergeht nicht. Zwischendurch bin ich kurz eingenickt und versuche seitdem mit tausend Tricks, mich wach zu halten.

Fleur in ihrem Bett macht mir ein bisschen Angst mit ihrer stillen Unbeweglichkeit. Als könnte sie jeden Moment aufspringen und mich an den Schultern rütteln.

Wie ein böser Geist.

Ein böser Geist? Was für eine Freundin bin ich eigentlich?

Aber selbst Möbel bewegen sich nachts, wenn man sie nur lange genug anstarrt.

»Hallo. Bea.«

Das Flüstern fand seinen Weg in die Dunkelheit.

»Meine Liebste. Da bin ich.«

So sanft. So drängend.

Jemand strich ihr über den Arm.

Und plötzlich war es, als hätte jemand Fleurs Kopf mit Licht geflutet. Mit einem Schlag war sie hellwach.

Es hatte sie schon lange niemand mehr *Bea* genannt.

Keiner nannte sie noch so.

Außer …

Helft mir!

»Hast du mich vermisst?«

Alles in Fleur zog sich zusammen, als könnte sie so dem Offensichtlichen ausweichen. Das Gesicht aus ihrer Erinnerung. Sie wusste jetzt, wessen Gesicht es war.

Nein!

»Du weißt doch, dass ich dich überall finde, mein Engel. Überall.«

Wie hatte er das gemacht? Wie war es ihm gelungen, bis zu ihrem Zimmer vorzudringen?

»Es war nicht mal besonders schwierig. Ein Notfall. Da bin ich schnell mit reingeschlüpft. Keine große Sache, wenn man Pfleger in diesem Krankenhaus ist.«

Fleur merkte, wie ihr das Blut aus dem Gesicht wich. Die Dunkelheit stand schon bereit, und vielleicht wäre es das Klügste gewesen, ihr nachzugeben.

Mikael.

Er war wieder da. Sie war mit ihm allein. Und konnte sich nicht bewegen, nicht einmal schreien.

»Zur Probe. Nur für ein paar Tage. Mal sehen, wie sich die Dinge entwickeln.«

Oh Gott! Mikael!

»Du hast mich verlassen und dafür muss ich dich bestrafen, Kleines. Das weißt du.«

Fleur versuchte, die Hände zu bewegen. Die Füße. Die Schultern nach vorn zu drücken. Den Betonpanzer zu sprengen.

Doch sie konnte nicht mal den kleinen Finger krümmen.

»Scheißgefühl, was?«

Seine Hände schlossen sich sacht um ihren Hals.

»Ich könnte dich jetzt auf der Stelle erledigen, Bea. Aber dann wärst du ja tot und würdest nicht mehr leiden. Nicht so, wie ich gelitten habe, nachdem du mich verlassen hast. Verstehst du?«

Seine Finger drückten leicht zu.

»Ja? Begreifst du das?«

Seine Hände streichelten jetzt ihr Gesicht, ihre Schultern. Zogen sanft an dem Band, mit dem ihr Krankenhemd verschlossen war.

Glitten hinein.

»Wie gut du dich anfühlst. Viel lieber würde ich dich lieben bis in alle Ewigkeit.«

Fleur konnte ihren rasenden Herzschlag spüren. Voller Verzweiflung versuchte sie, die Augen aufzureißen.

»Möglicherweise könnte ich dir verzeihen. Dir eine weitere Chance geben. Doch dazu ist es zu spät. Es ist einfach zu viel passiert. Ich muss abhauen und dabei kann ich keinen Klotz am Bein gebrauchen.«

Seine Hände umfassten ihr Gesicht. Er beugte sich über sie. Sein Mund berührte ihre Lippen.

»Aber ich kann dich auch nicht zurücklassen. Das ist dir doch klar?«

Fleur wollte den Kopf wegdrehen, doch es war, als wäre er von einem Schraubstock umklammert. Tränen stiegen ihr in die Augen.

Er leckte sie auf.

»Es ist fast so wie früher«, flüsterte er. »Spürst du es auch? Willst du mich so, wie ich dich will?«

Fleur bekam keine Luft. Seine Nähe erstickte sie.

Mit einem Mal ließ er von ihr ab und seine Stimme veränderte sich.

»Zu spät.«

Ein Rascheln, als er sich von ihr zurückzog und auf den Stuhl fallen ließ, auf dem doch eben noch (oder war es schon länger her?) Romy gesessen hatte.

»Du weißt, was ich dir geschworen habe. Wenn *ich* dich

nicht haben kann, bekommt dich keiner. Daran hat sich nichts geändert.«

Schritte auf dem Flur.

Schritte!

Der Stuhl knarrte ein wenig, als Mikael aufstand. Im nächsten Moment ließ Romy sich wieder darauf nieder.

»War nur kurz auf dem Klo«, sagte sie leise, »und hab mir kaltes Wasser ins Gesicht geschüttet. Schlaf noch ein bisschen, Fleur. Das ist das Beste, was du tun kannst, um wieder gesund zu werden.«

Wo war Mikael?

Hatte er sich irgendwo im Zimmer versteckt? Hinter einem Vorhang? Den Apparaturen, die hier herumstanden, wie Romy ihr erklärt hatte? Oder war es ihm noch gelungen hinauszulaufen?

Nein.

Romy! Er ist hier!

*

Er hatte sie gesehen.

Berührt.

Hatte ihr seine Liebe gezeigt und seine Macht.

Er fühlte sie immer noch in seinen Armen, konnte ihre Angst fast riechen.

Die spanische Wand, die man zwischen den Betten aufstellte, wenn zwei Patienten im Zimmer lagen, hatte irgendwer in eine Ecke des Raums geschoben. Gäbe es sie nicht, hätte die verfluchte Journalistin ihn entdeckt.

Mikael spürte, wie ein Schweißtropfen langsam an seiner Wirbelsäule hinunterrann.

Versau es nicht, hämmerte er sich ein.

Mach keinen Fehler.

Ein Blick auf seine Armbanduhr zeigte ihm, dass es exakt ein Uhr morgens war. Die Angehörigen schwerkranker Patienten durften die Station Tag und Nacht betreten.

Aber die Journalistin war keine Angehörige.

Sie hatte hier nichts zu suchen.

Es juckte ihn in den Fingern, doch er durfte sie nicht anfassen. Jetzt die Nerven zu verlieren, wäre glatter Wahnsinn. Dann wäre alles umsonst gewesen.

Er brachte seinen Atem unter Kontrolle und nahm eine Körperhaltung ein, in der er Ruhe und Kraft sammeln konnte. Er tat das vor jedem Kampf. Und wer wusste schon, ob er hier so locker wieder rauskam, wie er reingekommen war?

Eine gute Vorbereitung ist alles, hatte ihm sein Trainer eingeschärft. Es war Mikael in Fleisch und Blut übergegangen.

Ruhe … Kraft …

*

Etwas war anders. Die Atmosphäre hatte sich unmerklich verändert. Spannungen hingen in der Luft.

Romy fühlte sich unbehaglich und konnte sich das nicht erklären. Sie wandte sich zum Fenster, um herauszufinden, woher der kühle Luftzug rührte, den sie beim Hereinkommen gespürt zu haben glaubte.

»Langsam dreh ich am Rad«, sagte sie leise. »Dabei ist die Geisterstunde doch vorbei.«

Vielleicht war sie auch einfach übermüdet und der Kopf spielte ihr Streiche. Sie zog die Schultern hoch und wickelte sich fest in ihre Strickjacke ein.

Als sie ihre Taschenlampe wieder anknipste, hielt sie verblüfft inne.

Sie lenkte den schwachen Lichtstrahl behutsam auf Fleurs Gesicht.

Über beide Wangen der Freundin zog sich eine glitzernde Spur.

Romy sprang so schnell auf, dass ihr Stuhl beinah umkippte. Im nächsten Augenblick war sie auf dem Flur und lief zum Schwesternzimmer.

*

Nein! Lass mich nicht allein!

Fleur lauschte angestrengt.

War Mikael noch hier?

Stand er in diesem Augenblick an ihrem Bett und starrte sie an?

Eine überwältigende Last senkte sich auf ihren Brustkorb und nahm ihr die Luft. In ihrem Kopf breitete sich ein ungeheurer Druck aus. Tief unten in Fleurs Bewusstsein wartete die vertraute Dunkelheit.

Sie durfte ihrem verführerischen Drängen nicht nachgeben.

Romy …

Was hatte sie so erschreckt, dass sie fluchtartig das Zimmer verlassen hatte?

Fleur spürte einen Lufthauch.

Dann strich sein Atem über ihr Gesicht.

»Ich werde wiederkommen, Bea. Und dich bezahlen lassen. Für jeden einzelnen Tag, den du nicht bei mir warst.«

Er hob ihren Kopf an und küsste ihre Lippen.

»Ich werde in deiner Nähe sein, mein treuloser Schatz. Und dich beobachten. Was auch immer ich dir antun werde – es wird passieren, wenn du am wenigsten damit rechnest.«

Er stieß ihren Kopf auf das Kissen zurück, lachte leise und machte sich geräuschlos davon.

Im nächsten Moment hörte Fleur Romys Stimme auf dem Flur.

Licht flackerte auf.

»Da«, sagte Romy aufgeregt. »Das sind doch Tränen.«

Auf dem Flur entfernten sich eilige Schritte.

Warum hörten sie die nicht?

»Das ist nicht ungewöhnlich«, murmelte Schwester Ivy und fuhr Fleur sanft mit einem weichen Tuch über Augen und Wangen.

»Was heißt das?«

»Dass es für tränende Augen alle möglichen Ursachen geben kann.«

»Welche?«

»Vielleicht sind die Augen einfach nur trocken oder gereizt. Oder es kündigt sich eine Bindehautentzündung an.«

Schwester Ivy hob Fleurs rechtes Augenlid an, dann ihr linkes.

Das grelle Licht schmerzte. Es bohrte sich in Fleurs Gehirn.

»Ich kann nichts feststellen«, sagte Schwester Ivy. »Ich werde das notieren und morgen den Oberarzt darauf ansprechen.«

»Und wenn sie geweint hat? Wenn das ein Zeichen dafür ist, dass sie aufwacht?«

»Wir werden uns morgen darum kümmern. Jetzt braucht deine Freundin Ruhe. Das ist schon viel zu viel Aufregung für sie.«

»Ich sitze ganz ruhig an ihrem Bett«, verteidigte sich Romy.

»Bist du nicht eben noch ziemlich aufgebracht ins Stationszimmer gestürzt?«

»Aber doch nur, weil sie geweint hat.«

»Geh nach Hause, Romy. Schlaf dich aus. Morgen wissen wir sicherlich schon mehr.«

»Aber …«

Fleur klammerte sich fest an das Zögern in Romys Stimme.

»Kein *aber*, Romy. Du kannst ja kaum noch die Augen offen halten.«

Romy. Bitte …

»Aber morgen früh bin ich wieder hier.«

»Bis dahin passen wir gut auf deine Freundin auf, versprochen.«

»Kannst du ihr nicht noch eben den Blutdruck messen?«, bat Romy.

Fleur spürte, wie ihr die Blutdruckmanschette angelegt wurde, wie sie sich um ihren Oberarm zusammenzog und das Blut sich schmerzhaft staute. Kühle Finger fühlten ihren Puls. Dann löste sich die Manschette und Schwester Ivy sagte zu Romy: »Einhundertvierundzwanzig zu achtzig. Perfekt. Bist du jetzt überzeugt, dass mit ihr alles in Ordnung ist? Also. Noch fünf Minuten. Und dann fährst du bitte nach Hause, ja?«

Sie verließ das Zimmer und Romy fing an, ihre Sachen zu packen.

Romy …

»Bis morgen, meine Süße.« Romy beugte sich über Fleur und küsste sie auf die Wange. »Schwester Ivy weiß bestimmt besser, was gut für dich ist.«

Weiß sie nicht, Romy. Lass mich nicht allein!

Das Rascheln von Romys Jacke verriet ihr, dass die Freundin sich aufrichtete und zur Tür ging. Der stumme Schrei, mit dem Fleur sie zurückhalten wollte, blieb ihr in der Kehle stecken.

Sie war verloren.

*

Als Romy das *St. Lukretia* verließ, wehte ihr ein kalter Nachtwind entgegen. Ihre Sinne waren eigenartig geschärft. Sie hatte das Gefühl, ihn wie ein Streicheln auf dem Gesicht zu spüren. Die Müdigkeit machte ihre Glieder schwer. Sie konnte kaum die Füße heben und schlurfte wie eine alte Frau über den Gehweg zum Parkplatz.

Ihr wurde gerade bewusst, dass der Parkplatz eigentlich zu abgelegen war, um ihn nach Mitternacht allein aufzusuchen, als sie eine Bewegung am gegenüberliegenden Straßenrand wahrnahm.

In diesem Augenblick vibrierte ihr Smartphone.

Eine Nachricht von Ingo.

Wo bist du? Mache mir Sorgen.

Bin gerade aus dem Krankenhaus gekommen und auf dem Weg zum Parkplatz, antwortete sie.

Soll ich dich nicht lieber abholen?, schrieb er zurück.

Lieb von dir, aber mach mir lieber einen leckeren Tee und warte auf mich. ☺

Augenblicklich fühlte sie sich beschützt. Sie kramte in ihrer Tasche nach dem Schlüsselbund. Der Wind trieb einen leeren Pappbecher vor sich her, der mit leisem Klacken über den Schotterboden rollte. In der Nähe miaute eine Katze.

Alles schien plötzlich Geräusche von sich zu geben.

Und dann hörte Romy Schritte, die sich näherten.

Sie drehte sich um, die Hand noch in der Tasche.

Der Typ trug eine dunkle Jacke und hatte sich die Kapuze über den Kopf gezogen. Sein Gang war federnd wie der eines Menschen, der Sport treibt und sich viel bewegt. Die Hände hatte er in die Taschen gesteckt, die Schultern nach vorn geschoben.

Mit schnellen, harten Schritten kam er auf sie zu.

Romy gab es auf, nach dem Schlüsselbund zu suchen. Ihre Finger durchwühlten stattdessen eilig die Tasche, um das Pfefferspray zu finden, das Ingo ihr neulich mitgebracht hatte.

Zuerst hatte sie darüber gelacht und sich geweigert, es mitzunehmen, doch immer wieder hatte er es heimlich in ihre Tasche gemogelt. Irgendwann hatte sie es dort geduldet und schließlich vergessen.

Doch jetzt fanden ihre flatternden Finger die kleine Spraydose nicht. Immer hektischer und sinnloser wurde ihre Suche.

Als hätte er geahnt, was sie vorhatte, lief er plötzlich los und war einen Wimpernschlag später bei ihr.

Unter der Kapuze trug er eine Mütze, die er sich tief in die Stirn gezogen hatte. Ein Schal bedeckte den unteren Teil seines Gesichts, sodass sie nur seine Augen sehen konnte. Es war zu dunkel, um ihren Ausdruck erkennen zu können.

Panisch nestelte Romy ihr Smartphone aus der Jackentasche, doch er drehte sich blitzschnell zur Seite, hob das Knie an die Brust und trat ihr mit einer Seitwärtsbewegung gegen die Hand.

Das Smartphone landete klackend auf dem Schotter. In Romys Hand explodierten Schmerzen.

Bevor sie wusste, wie ihr geschah, versetzte er ihr einen Stoß, der sie gegen das Auto taumeln ließ. Die Tasche fiel ihr aus der Hand. Sie ließ sie liegen, wo sie war, und warf sich mit aller Kraft gegen den Typen, der tatsächlich kurz aus dem Gleichgewicht geriet, weil er auf Gegenwehr nicht gefasst gewesen war.

Romy war ihm nicht annähernd gewachsen, das war ihr klar. Es würde ihr auch nicht gelingen, sich vor ihm in Sicherheit zu bringen. Es gab nur eins, das sie tun konnte – sie musste um Hilfe rufen.

Nach ihrem Schrei schlug er ihr so heftig ins Gesicht, dass sie zu Boden ging. Da lag sie und sah zu ihm hoch und alles drehte sich um sie.

Wollte er sie bloß berauben?

Oder wollte er sie töten?

Sie dachte an Björn, den sie vielleicht nie wiedersehen würde. An ihre Eltern, die sie immer nur aus der Ferne liebten. Sie dachte an Greg, der ihr eingeschärft hatte, sich nicht in Gefahr zu begeben. An ihre Kollegen, denen sie ein Dorn im Auge war.

Und sie dachte an Ingo, der in diesem Augenblick Wasser aufsetzte, um sie mit einem duftenden Tee zu empfangen, obwohl er müde war und seinen Schlaf brauchte.

Ihr fiel auf, wie furchtbar schwarz die Nacht war.

Kein Stern am Himmel.

Romy dachte an Helen. An Tonja. Und an Amal. Sie dachte an das Taubenpaar auf ihrer Fensterbank und hörte das fröhliche Lachen der kleinen Joy.

Und dann dachte sie: *So ist das, wenn man stirbt? So?*

Noch einmal versuchte sie zu schreien, denn sie wollte nicht sterben, erst recht nicht auf dem kalten Schotterboden eines Parkplatzes, getötet von einem Vermummten, dessen Absichten sie nicht kannte und dessen Gesicht sie nicht gesehen hatte.

Doch ihre Stimme war nicht mehr da. Sie brachte nicht mehr als ein hilfloses Gurgeln zustande und schmeckte Blut im Mund.

Vielleicht trat er ihr in die Seite.

Vielleicht bildete sie sich das auch nur ein.

Fleur, dachte sie. Fleur …

Die Schmerzen hatten sich zurückgezogen und die Schwärze hinter ihren Augenlidern war sanft und heilsam und gut. Sie gab sich ihr hin und versank im Nichts.

34

Schmuddelbuch

Ingo … tut mir … lei…

Die hatte bekommen, was sie verdiente.

Warum konnte sie Bea auch nicht in Ruhe lassen?

Mikael war sich sicher, dass Romy alles dafür getan hatte, sie von ihm fernzuhalten. Sie hatte Bea ja sogar in ihre Wohnung gelockt, um sie dort vor ihm zu verstecken.

Nun war sie außer Gefecht gesetzt.

In Zukunft würde sie es sich zweimal überlegen, bevor sie sich mit ihm anlegte.

Er hatte Romys Tasche mitgenommen, um die Aktion wie einen Raubüberfall aussehen zu lassen. Mit immer noch wütenden Schritten stürmte er zu der kleinen Nebenstraße, in der er den Golf geparkt hatte, schleuderte die Tasche in den Kofferraum und warf sich auf den Fahrersitz.

Ein paar Minuten nur. Um auszuruhen. Wieder zu sich zu kommen.

Er hatte jegliche Kontrolle verloren.

Und wenn sie tot war?

Dann war das eben so.

Sie hatte sich nicht mehr geregt, nicht mal mehr versucht, sich zu schützen. Hatte einfach dagelegen wie eine weggeworfene Puppe.

Die Bullen konnten das nicht mit ihm in Verbindung bringen. Ständig wurden Leute auf Parkplätzen überfallen. Das war nichts Besonderes. Zur falschen Zeit am falschen Ort gewesen. Pech.

Allmählich wurde er wieder er selbst.

Zur falschen Zeit am falschen Ort.

Schicksal.

Und er war als Vollstrecker bestimmt.

Bestimmt?, fragte irgendwas in ihm. Sehr leise, aber er konnte es hören. *Bestimmt? Von wem?*

Blöde Frage, dachte er und sah auf die Uhr. Es war Zeit.

Er musste es zu Ende bringen.

*

Ingo bretterte auf den Parkplatz, dass der Schotter nur so spritzte. Sein Inneres schien in Flammen zu stehen. Die Panik reduzierte seine Gedanken auf einen einzigen:

Hoffentlich ist sie am Leben.

Dass Romy etwas zugestoßen war, wusste er mit unumstößlicher Sicherheit.

Es war zwei Uhr dreißig. Um ein Uhr zwanzig hatte er Romy eine Nachricht geschickt. Sie hatte ihm geantwortet, sie habe das Krankenhaus verlassen und sei auf dem Weg zum Parkplatz.

Auf den Straßen war es verhältnismäßig ruhig. Die Fahrt zum Rheinauhafen, wo er seine Wohnung hatte, dauerte um diese nächtliche Zeit längstens eine halbe Stunde. Er selbst hatte für die Strecke knapp zwanzig Minuten benötigt. Allerdings war er gerast wie ein Wahnsinniger und hatte rote Ampeln einfach überfahren.

Spätestens kurz nach zwei hätte Romy bei ihm ankommen müssen.

In Windeseile hatte er sich angezogen und sein Auto aus der Garage geholt.

Und nun war er hier.

Die Parkflächen auf dem groben Schotter waren nicht gekennzeichnet und die Beleuchtung war mangelhaft. An jeder Ecke stand eine Laterne. Das reichte bei Weitem nicht aus, um sich einen Überblick über die gesamte Fläche zu verschaffen.

Ingo hielt mitten auf der Zufahrt an, machte den Motor aus und ließ das Licht der Scheinwerfer brennen. Er stieß die Tür auf und stieg aus.

»Romy?«, rief er. »Romy!«

Seine Stimme verlor sich zwischen den immer noch zahlreichen Fahrzeugen, die hier über Nacht abgestellt waren. Seine ganze Angst machte sich in ihr bemerkbar und die Erkenntnis, dass von der Hoffnung, an die er sich zu Hause noch geklammert hatte, nichts übrig geblieben war.

»Romy!«

Der Wind wischte ihm die Worte von den Lippen und spielte geräuschvoll mit der Dachpappe des Parkwächterhäuschens, die sich an einer Stelle gelöst hatte.

»Romy!«

Bei den ungünstigen Lichtverhältnissen waren die Farben der Fahrzeuge nur schlecht zu erkennen. Ingo lief einfach drauflos. Er rief immer wieder Romys Namen, blieb kurz stehen, um zu lauschen und dann weiterzurennen.

Romys Fiesta entdeckte er genau in dem Moment, als er ein leises Stöhnen aus der Richtung vernahm.

»Romy?«

Sie lag auf der Seite, das untere Bein ausgestreckt, das obere angewinkelt, als wollte sie aufstehen. Der rechte Arm war unter ihrem Körper verborgen, den linken hatte sie leicht angezogen. Als Ingo sich zu ihr hinunterbeugte, bemerkte er, dass sie ihr Diktiergerät in der geöffneten Hand hielt.

Er kniete neben ihr nieder. Achtete nicht auf die spitzen Steine, die sich ihm schmerzhaft in die Knie bohrten. Nahm die Kälte nicht mehr wahr, die ihm unter die Haut fuhr. Sah nur noch Romy, die mit leerem Blick an ihm vorbeistarrte.

»Kannst du mich hören, Liebes?«

Ein Stöhnen kam aus ihrem Mund, tief und lang gezogen, kaum menschlich.

»Ich bin bei dir. Alles wird gut. Ich bin bei dir.«

Er zog sein Smartphone aus der Tasche und wählte mit flatternden Fingern den Notruf.

*

Wie viel Zeit war verstrichen, seit Romy gegangen war?

Eine Stunde? Zwei?

Wo war Mikael?

Was auch immer ich dir antun werde – es wird passieren, wenn du am wenigsten damit rechnest.

Fleur hatte seine gepresste Stimme noch im Ohr.

Wenn du am wenigsten damit rechnest …

Sie durfte sich von der Erschöpfung nicht übermannen und von der Dunkelheit nicht in diesen Zustand ziehen lassen, der sie auslöschte und wehrlos machte.

Wehrlos?

War sie das nicht sowieso?

Aber je seltener die Dunkelheit sie überwältigen konnte, desto eher würde sie es schaffen, das Gefängnis ihres eigenen Körpers zu verlassen.

Romy hatte ihre Tränen bemerkt. Schwester Ivy hatte versprochen, den Oberarzt darüber zu informieren.

Sie würden herausfinden, dass sie bei Bewusstsein war.

Nur musste sie bis dahin überleben …

*

Mikael wusste, dass er kein zweites Mal mit der Hilfe des Zufalls rechnen konnte, der ihm Zugang zur ITS verschafft hatte. Er bereute es jetzt beinah, dass er dieses Hinhaltespielchen mit Bea begonnen hatte.

Natürlich sollte sie leiden. Er selbst hatte schließlich auch gelitten.

Mehr als genug.

Und natürlich wollte er sie in tausend Ängste versetzen. Sie hatte es mehr als tausendmal verdient. Aber er durfte sich dabei nicht selbst in Gefahr begeben.

Er hatte begriffen, dass es ihm nicht gelingen würde, sie mitzunehmen. Nicht in dem Zustand, in dem sie sich befand.

Aber wollte er das überhaupt? Nach allem, was sie ihm angetan hatte?

Nein, sagte er sich jetzt, als er in dem ausgekühlten Leihwagen saß und auf die Scherben seines Lebens blickte. Nein.

Genug war genug.

Sie einfach zu töten, war für ihn nie eine Option gewesen. Was hatte eine Bestrafung denn für einen Sinn, wenn der Bestrafte nicht *mitbekam*, dass es eine Bestrafung war?

Er war sich sicher, dass Bea hinter der Fassade ihres leblos wirkenden Körpers bei Bewusstsein war. Die Vibrationen ihrer Furcht waren deutlich spürbar gewesen.

Und ihre Tränen …

Man wusste alles voneinander, wenn man eine so enge Verbindung eingegangen war. Der eine war ohne den andern nicht mehr denkbar gewesen.

Und dann hatte Bea das zerstört.

Als ob sie in der Hölle gelebt hätten.

Man kann ein Mädchen von der Straße nicht zähmen, dachte Mikael und wehrte sich gleichzeitig gegen den Gedanken. Er hatte doch Fortschritte erzielt. Bea hatte sich an die Regeln gehalten. Sie hatte sich verändert und war seiner Idealvorstellung von einer Frau ziemlich nahegekommen.

Wenn sie nur nicht immer wieder ausgebrochen wäre. Als hätte sich in ihrem Kopf ein Schalter umgelegt.

Dieses Gefühl der Demütigung, wenn er wieder einmal entdeckt hatte, dass sie weggelaufen war. Die Wut, die ihn dazu gebracht hatte, in solchen Momenten alles kurz und klein zu schlagen.

Die schreckliche Angst, sie nicht wiederzufinden.

Sie würde immer wieder weglaufen, gestand er sich endlich in dieser stillen, trostlosen Kölner Seitenstraße ein, in der hinter keinem einzigen der vielen Fenster Licht brannte. Denn obwohl Bea als Stadtstreicherin gelebt hatte, besaß sie eine erbärmliche kleine Spießerseele, die das Große nicht zu erkennen vermochte.

Mikael spürte, dass er an einem Wendepunkt stand.

Nach dieser Nacht würde nichts mehr sein, wie es gewesen war. Er würde seine Erinnerungen verbrennen und aus der Asche etwas Neues entstehen lassen. Wie eine Schlange würde er die Haut seiner Liebe zu Bea abstreifen und ein anderer Mensch werden.

Doch dazu musste er sie zuerst töten.

Er stieg aus dem Wagen und richtete sich zu seiner vollen Größe auf. Sog gierig die frische Nachtluft ein. Dann zog er seine Jacke an, steckte die Pistole und Munition in die Brusttasche und wandte sich zum Gehen.

*

Ingo hatte Romy vorsichtig seinen Pulli unter den Kopf geschoben und sie mit seiner Jacke zugedeckt. Er hatte sich neben sie auf den Boden gelegt, um sie mit seinem Körper zu wärmen.

Sie zitterte wie Espenlaub, und nach einer Weile war er sich nicht mehr sicher, ob er Romys Zittern spürte oder ob es sein eigener Körper war, der vor Kälte und Entsetzen schlotterte.

Der Arzt kam schnell, gefolgt von zwei Pflegern mit einer fahrbaren Trage. Ingo stand auf, schlang die Arme um den Körper und trat ein paarmal auf der Stelle, um seinen Kreislauf wieder in Gang zu bringen.

»Was ist passiert?«, fragte der Arzt über die Schulter, während er Romy mit einer stiftförmigen Diagnostiklampe in die Augen leuchtete.

Ingo schilderte ihm, wie er Romy vorgefunden hatte.

»Das ist schon der vierte Überfall in diesem Jahr«, klagte der Arzt. »Dieser Parkplatz zieht die Gewalt förmlich an.«

Obwohl der Journalist in ihm die Zahl automatisch speicherte, wünschte Ingo, der Typ würde sich mehr auf Romy konzentrieren.

»Wie lange ist sie schon in diesem Zustand?«

In diesem Zustand? Was sollte das heißen?

»Schon die ganze Zeit«, sagte Ingo.

»Hat Sie mit Ihnen geredet?«

»Nein.«

Ging er von einer Gehirnverletzung aus?

Er ging von einer Gehirnverletzung aus!

»Hat sie sich erbrochen?«

»Nicht, seit ich hier bin.«

Der Schein der Taschenlampe strich über den Schotter.

»Anscheinend nicht. Gut.«

Gut?

Gut!

Ganz kurz wurde Ingo bewusst, dass er sich aufführte wie ein kleiner Junge. Aber er fühlte sich vor Angst um Romy regelrecht entwurzelt. Schwankte im Wind wie die Bäume am Parkplatzrand. Etwas schien ihn zu Boden zu ziehen. Seine Beine fingen bereits an nachzugeben.

»Waren ihre Augen die ganze Zeit geschlossen?«

»Nein. Aber sie hat nichts fixiert.«

»Haben Sie eine Ahnung, wie lange sie schon hier draußen liegt?«

»Um zwanzig nach eins hat sie mir noch eine Nachricht geschickt.«

Es war notwendig, auf diese kalte, technische Art über Romy zu reden, obwohl Ingo sie am liebsten in die Arme genommen und ihr Gesicht mit Küssen bedeckt hätte. Es war so notwendig, dem Arzt diese Informationen zu geben, wie es notwendig gewesen war, ihre Lage nicht zu verändern, bevor man sie untersucht hatte.

Und wenn etwas mit ihrem Rückgrat war?

Ingo verbot sich, daran auch nur zu denken. Es konnte nichts Schlimmes sein, weil es nichts Schlimmes sein *durfte.*

Der Arzt legte Romy für den Transport eine provisorische Nackenstütze an und gab den Pflegern ein Zeichen. Sie hoben Romy vorsichtig an und legten sie auf die Trage, auf der sie zuvor eine Rettungsdecke ausgebreitet hatten. Mit wenigen Handgriffen hatten sie Romy zugedeckt und angeschnallt und trugen sie vom Parkplatz.

Das ging so schnell, dass Ingo Mühe hatte mitzukommen. Er eilte an Romys Seite und nahm ihre Hand.

»Alles wird gut, das verspreche ich dir.«

Dabei konnte er gar nichts versprechen. Nicht, nachdem

der Arzt es für nötig gehalten hatte, Romys Halswirbelsäule zu stabilisieren. Obwohl das bei solchen Untersuchungen auch Standard sein konnte.

Sämtliche Gewissheiten fielen in sich zusammen. Ingo, der als Journalist so gut wie alles gesehen hatte, wusste rein gar nichts mehr. Er hielt den Blick auf Romys Gesicht gerichtet, das im Licht der vereinzelten Laternen in der Dunkelheit aufleuchtete wie das Gesicht einer geisterhaften Erscheinung.

Sie waren gerade am Eingang des *St. Lukretia* angelangt, als Romy plötzlich die Augen aufschlug. Sofort hielt der Arzt die Pfleger an.

»Schön, dass Sie wieder bei uns sind. Können Sie mir sagen, was passiert ist?«

Romy schüttelte langsam den Kopf und verzog das Gesicht, als die Schmerzen über sie herfielen.

»In Ordnung. Ich lasse Sie jetzt erst einmal in Ruhe. Wir sind auf dem Weg ins Krankenhaus. Dort schaue ich Sie mir gründlich an.«

»Ingo …«

Sie lächelte so kümmerlich, dass es Ingo das Herz umdrehte. Er küsste ihre Hand, so gut das bei dem Tempo, das die Pfleger nun wieder vorlegten, möglich war.

»Ich bin hier.«

Angestrengt versuchte sie, ihm etwas mitzuteilen, aber er konnte sie nicht verstehen. Bei den Aufzügen setzten die Pfleger die Trage ab und Ingo beugte sich über Romy, bis sein Gesicht ihres beinah berührte.

»Kom…«

»Ich bin da, Liebes.«

Unbeholfen streichelte er ihr Gesicht, voller Angst, ihr weitere Schmerzen zuzufügen.

»Sag … dem …«

Ein Rauschen kündigte an, dass der Aufzug auf dem Weg nach unten war.

»Dem … Kom…«

Die Tür des Fahrstuhls öffnete sich nahezu lautlos. Ingo hob die Hand, und die Pfleger, die nach der Trage greifen wollten, hielten inne.

»Kom … mis … sar …«

Die Augen fielen ihr wieder zu.

Im grellen Licht des Fahrstuhls bemerkte Ingo die hauchfeinen blauen Äderchen auf ihren Lidern. Die Wimpern warfen lange Schatten auf ihre Wangen. Vor ihrem leicht geöffneten Mund zerplatzte ein Speichelbläschen.

Für einen kurzen Moment blieb die Zeit stehen und Ingo begann unter dem Ansturm der Gefühle zu schwanken.

Er würde den Typen, der ihr das angetan hatte, fertigmachen, das schwor er sich. Er hatte keine Ahnung, wann und wie, aber er würde nicht ruhen, bis er ihn gefunden hatte. Und dann würde er …

Beschämt musste er sich eingestehen, dass er gerade einen Rückfall in alte Zeiten erlebte. Damals hatte er Gegner mit der Kraft der Sprache erledigt. Und notfalls aus dem Weg geräumt.

Bis Romy sein Herz in die Hände genommen und es besänftigt hatte.

Die Gesichter der Pfleger verschwammen vor seinen Augen. Ingo drängte die Tränen mit aller Macht zurück. Er würde Romy nicht helfen können, wenn er die Nerven verlor. Entschlossen wischte er sich mit dem Handrücken übers Gesicht.

Als er fröstelte, fiel ihm auf, dass er Jacke und Pulli auf dem Parkplatz vergessen haben musste. Aber er hielt Romys Diktiergerät in der Hand. Unwillkürlich drückte er auf *Play*.

Ingo … tut mir … lei…

Dass ihr letzter Gedanke ihm gegolten hatte, gab ihm den Rest. Er biss sich auf die Unterlippe, bis er Blut schmeckte, damit er nicht anfing zu heulen.

*

Als Bert auf die Leuchtziffern seines Weckers blickte, war es zwei Uhr fünfundvierzig. Er rieb sich das Gesicht und begriff erst nach einigen Sekunden, dass der aufgeregte Mann am Telefon Ingo Pangold war, der erfolgsverwöhnte Journalist, der immer den Eindruck vermittelte, der Rest der Menschheit sei nur dazu da, ihm die Füße zu küssen.

»Jetzt noch mal ganz langsam«, bat er. »Ich habe Sie nicht verstanden, Herr Pangold.«

Er hörte, wie der Mann tief einatmete.

»Romy Berner ist überfallen worden.«

Sofort war Bert hellwach.

»Haben Sie den Notruf …«

»Sie ist schon im Krankenhaus. Im *St. Lukretia.*«

»Im *St. Lukretia?*«

Bert wünschte, er hätte ihr niemals Zugang zur ITS gewährt. Er setzte sich auf und angelte im Dunkeln nach seiner Jeans.

»Sie war bei Fleur Hagedorn.«

Er hätte es wissen müssen …

»Und auf dem Parkplatz ist sie … hat man sie …«

Der Mann war völlig durch den Wind. Kämpfte offenbar mit den Tränen.

Ich muss dir Abbitte leisten, Ingo Pangold, dachte Bert. Eine sensible Seite habe ich an dir wirklich nicht vermutet.

»Sie hat mich … sie wollte, dass ich Sie anrufe. Bitte kommen Sie.«

»Was ist …«

Doch da hatte Ingo Pangold die Verbindung bereits unterbrochen.

Romy Berner wurde versorgt, das war beruhigend. Bert schlüpfte in die Schuhe, zog ein frisches Hemd an und warf sich ein Sakko über. In der Küche ließ er sich rasch noch einen Kaffee in den Thermobecher laufen, den seine Kinder ihm zum letzten Geburtstag geschenkt hatten.

Er leistete ihm seitdem gute Dienste, wenn er mitten in der Nacht bei Wind und Wetter zu Tatorten gerufen wurde und sich an den ungemütlichsten Orten die Beine in den Bauch stand.

Bert beschloss, Rick vorerst seinen verdienten Schlaf zu gönnen. Sollte sich herausstellen, dass der Überfall auf die Volontärin etwas mit dem Fall Bea Hagedorn zu tun hatte, war immer noch Zeit, ihn zu informieren.

Köln schien niemals zu schlafen.

Selbst um diese Zeit waren etliche Autos auf der Aachener Straße unterwegs und auf den Gehsteigen liefen kleine Grüppchen von Menschen von A nach B oder von B nach C. Und eigentlich, dachte Bert, war es doch auch ziemlich egal, wohin es einen trieb.

Hinter der Kreuzung Aachener/Maarweg/Kitschburger Straße begann sein Wagen plötzlich zu stottern. Kurz bevor er endgültig stehen blieb, gelang es Bert, ihn auf den Parkstreifen zu lenken, der erfreulicherweise nicht in zwei Reihen zugestellt war, wie tagsüber üblich.

Er schaltete den Motor aus und wartete eine Weile. Dann versuchte er, ihn wieder zu starten, aber er sprang nicht an. Normalerweise hätte eine Kontrollanzeige aufleuchten und ihm sagen müssen, wo das Problem lag. Doch das geschah nicht.

Der Bordcomputer war tot.

Bert ärgerte sich nur mäßig. Sein Wagen machte in letzter Zeit häufig Zicken. Fast war er schon daran gewöhnt. Er wählte Ricks Nummer und hörte nach dem zweiten Rufton die verschlafene Stimme seines Freundes.

»Entschuldige«, sagte er. »Aber ich brauche dich, Rick.«

35

Schmuddelbuch

Ingo … tut mir … lei…
Ingo … tut mir … lei…
Ingo … tut mir … lei…

Erst an den Blicken der andern merkte Ingo, dass er immer wieder die *Play*-Taste des Diktiergeräts gedrückt hatte. Er saß auf dem Flur der Notfallambulanz und wartete darauf, dass ihm irgendjemand mitteilte, wie es Romy ging.

Es war offenbar eine ruhige Nacht, denn außer ihm saßen nur noch drei weitere Personen hier. Eine kräftige Frau mit einem notdürftig verbundenen Daumen, der so stark blutete, dass der Verband kaum noch weiße Stellen zeigte. Ein hochgradig erregter junger Mann, der offenbar eine Schlägerei hinter sich hatte. Und eine verwirrt wirkende junge Frau, die unentwegt vor sich hin brabbelte und ab und zu leise kicherte.

Ingo starrte gedankenversunken auf das Gesicht des jungen Mannes, das ziemlich lädiert aussah. Die Nase war so plattgedrückt, dass sie in der Vergangenheit sicherlich bereits mehrfach gebrochen war. In den Mundwinkeln klebten Reste getrockneten Bluts. Auf der Stirn prangte eine frische, mit einem viel zu kleinen Pflaster versorgte Wunde.

»Was glotzt du mich so an?«

Ingo brauchte eine Weile, bis er merkte, dass er selbst gemeint war.

»Zufall. Tut mir leid.«

Ingo … tut mir … lei…

Fast hätte er wieder auf *Play* gedrückt. Romys Stimme zu hören, nahm ihm ein bisschen die Angst um sie. Aber er tat es nicht.

Seine Entschuldigung kam nicht an.

»Machst du schon die ganze Zeit, Mann. Scher dich um deinen eigenen Scheiß!«

Tut mir … lei… tut mir … lei…

Am liebsten wäre Ingo aufgestanden und hätte sich auf einen anderen Stuhl gesetzt.

Außer Sichtweite.

Außer Hörweite.

Doch er tat es nicht, um den Typen nicht zusätzlich zu provozieren.

Der hatte so viel negative Energie angestaut, dass er sie allein durch die Art ausstrahlte, wie er auf dem Stuhl saß, breitbeinig wippend und den Kopf zu einer Musik bewegend, die nur in seinem Innern zu dröhnen schien, denn Kopfhörer trug er nicht.

»Hältst dich für was Besseres, was? Und denkst, du kannst auf Leuten wie mir rumtrampeln. Aber ich sag dir, Alter …« Er spuckte in hohem Bogen aus. »Das haben schon ganz andere versucht und sie sind dran verreckt.«

Ingo heftete den Blick auf den Boden. Vielleicht beruhigte der Typ sich, wenn seine Anmache ins Leere lief. Beim Anblick der Spucke, die, ein kleines weißes Häufchen Schaum, auf dem Linoleum lag, wurde ihm übel.

»Reden tust du auch nicht mit jedem, was? Für dich sind welche wie ich wohl der letzte Dreck?«

Er sprang auf und blieb drohend vor Ingo stehen.

»Lass gut sein, ja?« Ingo hatte nicht die Nerven, sich mit so einem Armleuchter anzulegen. Er roch jetzt auch, dass der Typ getrunken hatte – und nicht zu knapp. »Setz dich einfach wieder hin.«

Der Mann packte ihn am Kragen und zog ihn mühelos hoch. Er war um einiges kleiner als Ingo, aber das machte er mit imposanter Muskelmasse wett.

»Lass gut sein? Hab ich richtig gehört? Lass GUT sein?«

Allmählich reichte es Ingo. Er konnte den Irren nicht mehr riechen und seine ganze Art nicht länger ertragen.

»Was an dem Satz verstehst du eigentlich nicht?«, fuhr er ihn an und sah ihm fest in die Augen. »Soll ich ihn für dich buchstabieren?«

Im nächsten Moment krachte er gegen seinen Stuhl, denn der Typ hatte ihm einen Schubs gegeben, war einen Schritt zurückgetreten und beobachtete schwer atmend, wie Ingo sich vom Boden aufrappelte.

»Sonst noch Fragen?«

Ingo stand auf, strich sich über Hose und Hemd, rückte den Stuhl zurecht und drehte sich zu dem Verrückten um. Er baute sich so dicht vor ihm auf, dass er den alkoholgetränkten Atem auf dem Gesicht spürte.

In einem vertrauten Reflex hatte er bereits die Fäuste geballt, als er sich daran erinnerte, aus welchem Grund er hier war.

Er wandte sich ab und setzte sich wieder hin. Zog das Diktiergerät aus der Tasche und drückte die *Play*-Taste.

Tut mir … lei… tut mir … lei… tut mir … lei…

Romys Stimme war sehr schwach.

Aber es war ihre Stimme und sie war bei ihm.

Tut mir … lei… tut mir …

*

Fleur schreckte auf. Sie war wieder abgedriftet.

Für wie lange?

Sie lauschte.

Alles war wie sonst auch.

Dass die Geräusche der Geräte so beruhigend wirkten. Und die Schritte auf dem Flur, die man deutlich als Schritte der Schwestern erkennen konnte, weil sie einen ähnlichen Rhythmus hatten.

Fleurs Aufmerksamkeit konzentrierte sich auf das Zimmer.

Kein fremdes Atmen.

Keine Wahrnehmung eines anderen Menschen.

Aber wie sehr konnte sie ihren Wahrnehmungen trauen?

*

Mikael hatte auf dem Weg zum Krankenhaus alle möglichen Vorgehensweisen in Gedanken noch einmal durchgespielt, sich jedoch für keine entscheiden können. Deshalb hatte er beschlossen, es auf sich zukommen zu lassen.

Im besten Fall gelang es ihm ein zweites Mal, sich auf die ITS zu stehlen, im schlechtesten würde er sich mit Gewalt Einlass verschaffen.

So gesehen, war er auf alles vorbereitet.

So gesehen.

Natürlich konnte alles auch ganz anders kommen.

Seltsamerweise machte ihn das nicht nervös. Es gab ihm – im Gegenteil – einen Kick. Er liebte Herausforderungen und war ihnen noch nie feige ausgewichen.

Er bemühte sich um einen forschen, sicheren Schritt.

Federnd.

Beiläufig.

Selbstbewusst.

Wer sich so bewegte, der gehörte hierher. Den fragte keiner nach dem Grund und der Berechtigung seiner Anwesenheit, vor allem dann nicht, wenn seine Kleidung ihn als Pfleger auswies.

So wie bei ihm.

Das *St. Lukretia* war ein weitläufiges Krankenhaus, in dem gewiss nicht jeder jeden kannte. Wer weiß gekleidet war, gehörte zum Pflegepersonal. Wer zusätzlich einen weißen Kittel trug, gab sich als Arzt zu erkennen. In Operationssälen und auf der ITS galt eine ähnliche Kleiderordnung, bloß in Grün.

Gleich beim Eingang lief Mikael eine Ärztin über den Weg und hielt die Luft an. Sie grüßte ihn mit einem Nicken und war schon vorbei.

Mikael atmete erleichtert aus.

Das war ein gutes Omen. Niemand würde ihm anmerken, in welcher Absicht er hier war. Niemand würde ihn aufhalten.

Die Show konnte beginnen.

*

Bert hatte die Motorhaube geöffnet und leuchtete mit der Taschenlampe, die er immer mit sich führte, auf das komplizierte, reichlich verdreckte Innenleben seines Wagens. Rick stand neben ihm, inspizierte fachmännisch einzelne Kabel, fummelte an diesem oder jenem Drehverschluss herum und säuberte sich dann die Finger mit einem Papiertaschentuch.

»Und?«, fragte Bert.

»Keine Ahnung, sorry.«

Männergehabe, dachte Bert. Wir gucken gelassen auf dieses Wirrwarr an komplizierten Teilen und machen ein schlaues Gesicht, ohne das Geringste davon zu verstehen.

»Ich weiß, was du denkst«, sagte Rick grinsend. »Und du hast recht, Alter.«

Bert bemerkte, dass sein Freund sich trotz der Eile das obligatorische Gel ins Haar geschmiert hatte.

Aus irgendeinem Grund rührte ihn das.

Als sie mit Ricks Wagen weiterfuhren, setzte er ihn ins Bild. Rick hörte schweigend zu. Die Müdigkeit hielt ihn noch gefangen. Dennoch fuhr er zügig und konzentriert.

Bert bot ihm von seinem Kaffee an und Rick nahm einen Schluck. Bert trank ebenfalls und verschloss den Deckel wieder.

»Wie ist dein Eindruck?«, fragte er.

»Dass wir den Mistkerl bald am Haken haben.«

Das war die Bestätigung, die Bert gebraucht hatte. Er schloss die Augen und machte sie erst wieder auf, als sie am *St. Lukretia* angekommen waren.

*

Der Arzt sah erschöpft aus. In dem starken Licht des Behandlungsraums wirkte seine Haut fahl, als hätte er seit Wochen Nachtdienst geschoben und sich überwiegend in geschlossenen Räumen aufgehalten.

Er hatte Romy untersucht und ihr dabei eine Menge Fragen gestellt.

Ist Ihnen schwindlig? Haben Sie erbrochen? Haben Sie Schmerzen? Erinnern Sie sich an das, was passiert ist? Was für ein Tag ist heute?

Er bat sie, Arme und Beine zu bewegen, den Kopf zu drehen, der Bewegung seines Fingers mit den Augen zu folgen.

Seine letzte Frage zielte in eine andere Richtung.

Hat der Mann Ihnen Gewalt angetan?

Romy beantwortete die Fragen geduldig. Obwohl ihr alles wehtat und obwohl sie darauf brannte, mit dem Kommissar zu sprechen. Hoffentlich hatte Ingo sie verstanden und ihn angerufen. Das Sprechen war ihr schwergefallen. Wie aus großer Entfernung hatte sie sich selbst dabei zugehört.

»Soweit ich sehe, haben Sie keine ernsthaften Verletzungen. Trotzdem möchte ich Sie hierbehalten, damit wir morgen weitere Untersuchungen vornehmen können.« Er schaute auf seine Uhr. »Nicht morgen«, korrigierte er sich mit einem Lächeln. »Heute natürlich. Die Nacht ist ja schon fast vorbei.«

Beim Reden nahm er ständig die Brille ab und setzte sie wieder auf. Ihre runden Gläser waren so schmutzig, dass Romy sich fragte, wie er durch sie überhaupt etwas erkennen konnte.

Er machte einen sympathischen, zugewandten Eindruck, hatte eine angenehme Stimme und ein offenes Lächeln. Doch seine Augen zeigten, dass sie viel Leid sehen mussten. Sie waren unter Schlupflidern halb verborgen, und wenn er lächelte, verschwand das linke Auge beinah ganz. Es wirkte schwarz, obwohl es braun sein sollte wie das rechte.

Als wäre es für die dunkle Seite des Lebens zuständig, während das andere für die heitere gemacht war.

»Sie wollen mich aufnehmen?«

Er putzte die Brille mit einem kleinen Mikrofasertuch, das er aus der Tasche seines Kittels gezogen hatte, und betrachtete Romy nachsichtig.

»Sie haben eine Gehirnerschütterung, Frau Berner. Damit darf man nicht spaßen. Es ist wichtig, dass Sie sich in den nächsten Stunden absolut ruhig verhalten.«

Romys ganzer Körper schmerzte. Ihr war speiübel, und sie fühlte sich so elend, dass sie tatsächlich nur eines wollte: Ruhe. Sie sehnte sich danach, die Augen zu schließen und zu schlafen.

Nur dass sie das nicht tun würde.

Ohne Protest ließ sie sich von einem herbeigerufenen Pfleger zu einem Rollstuhl geleiten. Ihre wenigen Schritte waren wacklig und unsicher, und sie war froh, dass er sie am Arm hielt und lenkte.

Als sie sich in den Rollstuhl fallen ließ, drehte sich das Zimmer in einer Spirale, die sie abwärtsziehen wollte. Sie schloss die Augen, doch das half nicht. Erst auf dem Flur rückten sich die Dinge wieder zurecht, und sie konnte die wartenden Notfallpatienten erkennen, die Naturfotografien an den Wänden und die Zeitschriften auf den Tischen.

Und Ingo, der bei ihrem Anblick aufsprang und sie besorgt musterte.

»Was hat der Arzt gesagt?«

»Gehirnerschütterung. Sie wollen mich erst mal hierbehalten und morgen weitere Untersuchungen machen.«

»Das ist eine prima Idee.«

Egal, wo sie sie unterbringen würden – sie würde in Fleurs Nähe sein.

»Warten Sie bitte einen Moment«, bat der Pfleger. »Ich habe etwas vergessen.«

Es kam Romy gelegen, dass er noch einmal in dem Behandlungsraum verschwand. So konnte sie sich ungestört mit Ingo unterhalten.

»Ingo …«

»Ja?«

Er war so bemüht, alles richtig zu machen, ihr die Worte von den Lippen abzulesen und ihr jeden Wunsch zu erfüllen, wenn sie ihn nur äußerte, dass Romy beinah die Tränen gekommen wären. Aber sie durfte sich jetzt nicht ihren Gefühlen hingeben.

Noch nicht.

Wenn Ingo bei ihr im Krankenhaus blieb, würde er mit allen Mitteln verhindern, dass sie das Bett verließ, um sich zu Fleur durchzuschlagen.

»Bitte fahr nach Hause«, flüsterte sie. »Du kannst hier doch nichts tun.«

»Dich alleinlassen? Auf keinen Fall.«

»Ich muss mich ausruhen, Ingo. Ich werde sowieso nur schlafen.«

»Dann bleibe ich an deinem Bett sitzen.«

»Du solltest auch schlafen. Und morgen bist du ausgeruht und kommst mich besuchen. Vielleicht darf ich dann auch schon wieder raus.«

»Fahren Sie nach Hause«, schlug auch der Pfleger vor, nachdem er sich wieder zu ihnen gesellt hatte. »Hier kriegen Sie die ganze Nacht kein Auge zu und morgen fühlen Sie sich wie gerädert.«

»Und wenn dieser Typ …«

»Ihre Frau ist bei uns gut aufgehoben. So einer spielt nur im Dunkeln den Helden. Der setzt keinen Fuß in ein hell erleuchtetes Krankenhaus.«

Ihre Frau, dachte Romy und probierte ein Lächeln, das an den Schmerzen kläglich scheiterte.

»Bitte, Ingo. Tu es für mich.«

»Aber ich komme noch kurz mit, damit ich sehe, in welches Zimmer sie dich bringen.«

In diesem Moment erblickten sie den Kommissar und seinen Kollegen, die sich eilig näherten.

»Siehst du, da kommt die Ablösung ja schon.«

Ingo focht einen kurzen Kampf mit sich aus, dann beugte er sich über Romy und küsste sie zärtlich.

»Bald bin ich wieder da«, flüsterte er. »Lauf mir nicht weg.«

Er drehte sich um, wechselte ein paar Worte mit den Kommissaren und verschwand durch die automatische Glastür.

»Frau Berner.« Der Kommissar nahm vorsichtig ihre Hand. »Was machen Sie denn für Sachen?«

»Mal wieder Detektivin spielen?« Auch Rick Holterbach gab ihr behutsam die Hand. »Sie sehen, wie das enden kann.«

Solche Sprüche brauchte sie jetzt!

Aber Romy ärgerte sich nicht. Die Spritze, die der Arzt ihr gegeben hatte, zeigte allmählich Wirkung. Ihre Schmerzen zogen sich zurück. Langsam gelang es ihr, sich ein wenig zu entspannen.

»Bert Melzig, Kriminalpolizei Köln.« Der Kommissar wandte sich an den Pfleger, der geduldig wartend hinter dem Rollstuhl stand. »Wir würden Frau Berner gern kurz zu dem Überfall befragen.«

»Da muss ich erst nachhören«, antwortete der Pfleger.

Er zog ein Handy aus der Tasche, wandte sich ab und telefonierte. Keine Minute später kam der Arzt aus dem Behandlungsraum.

»Aber wirklich nur kurz«, sagte er, noch bevor er die Kommissare begrüßt hatte. »Frau Berner braucht absolute Ruhe. Und sagen Sie bitte Bescheid, wenn die Patientin auf die Station gebracht werden kann.«

Der Pfleger begleitete ihn zurück in das Behandlungszimmer.

»Wollen wir uns dort am Fenster unterhalten?«, fragte der Kommissar.

Romy nickte und Rick Holterbach schob sie ans Fenster, hinter dem man den beginnenden Tag bereits erahnen konnte. Die Dunkelheit war noch da, aber sie fühlte sich anders an. Als würde das Tageslicht schon hinter ihr warten.

»Ich habe ihn erst gehört, als es zu spät war«, berichtete Romy. »Er kam mit schnellen Schritten auf mich zu und wirkte trotzdem, als wär er nicht in Eile.«

Ihr Mund fühlte sich auf einmal so trocken an, dass sie kaum sprechen konnte. Die Zunge bewegte sich wie ein eigenständiges Wesen, schwerfällig und träge. Romy hatte das Bedürfnis, zu weinen oder in Gelächter auszubrechen. Fühlte sich high.

Was hatte der Arzt ihr bloß gespritzt?

»Ich hab in meiner Tasche gekramt und das Pfefferspray gesucht …«

War das Benutzen von Pfefferspray nicht eine Straftat? Sollte sie nicht besser verschweigen, dass sie so was besaß?

Egal, das spielte keine Rolle mehr.

»Jetzt ist es weg«, sagte sie und hatte den Eindruck, in Zeitlupe zu sprechen. Die Worte wollten und wollten nicht über ihre Lippen. »Weeeg.«

»Frau Berner? Romy? Nicht einschlafen.«

Noch nie hatte der Kommissar *Romy* zu ihr gesagt.

Nein. Sie würde nicht einschlafen.

Sie durfte nicht.

Was, zum Teufel, war in dieser Spritze gewesen? Oder war die Verzögerung in allem, was sie tat und sagte, einfach eine Reaktion auf das, was sie da draußen erlebt hatte?

Da draußen vor dem Tore, da steht ein Lindenbaum … Sie hatte für Greg vor kurzem Material zu einem Artikel über Volkslieder und ihre Bedeutung für … irgendwas zusammengestellt. *Ich träumt in seinem Schatten so manchen süßen Traum* …

Musste es nicht *Am Brunnen* vor dem Tore heißen?

»Ich schlaf nicht ein. Bestimmt nicht.«

»Was ist dann passiert?«

»Als ich das Pfefferspray nicht gefunden habe, wollte ich den Notruf wählen. Aber er hat mir das Handy aus der Hand getreten.«

»Getreten?« Rick Holterbach beugte sich interessiert vor. »Haben Sie vor Ihrem Auto gekniet, um Ihre Tasche zu durchsuchen?«

»Nein.« Als Romy versuchte, den Kopf zu schütteln, raste der Schmerz fauchend durch ihren Körper. Sie ignorierte ihn, so gut sie konnte »Ich stand an der Fahrertür.«

»Sind Sie sicher?«

»Ja.«

Rick Holterbach tauschte einen Blick mit dem Kommissar.

»Das bedeutet, dass der Täter Kampfkunst beherrscht. Es war doch ein Mann?«, vergewisserte er sich.

»Ja. Natürlich. Ich meine, er hat nicht geredet, aber …«

»Sie standen direkt vor ihm, Frau Berner.«

»Es war dunkel und der Parkplatz ist schlecht beleuchtet.«

»Haben Sie sein Gesicht gesehen?«

»Zum Teil. Er hatte eine Kapuze auf und zusätzlich eine Mütze. Die untere Hälfte seines Gesichts war von einem Schal bedeckt. Ich hab nur seine Augen gesehen, das heißt, eigentlich hab ich sie mehr *erahnt* als gesehen.«

»Hat er etwas gesagt?«, fragte der Kommissar.

»Nein. Kein Wort.«

»Was geschah als Nächstes?«

»Er hat mich gegen das Auto gestoßen. Da bin ich auf ihn losgegangen.«

»Sie sind *was?«*

»Er hat sogar kurz das Gleichgewicht verloren. Aber er hatte sich schnell wieder im Griff. Ich habe laut um Hilfe gerufen und da hat er mich niedergeschlagen.«

Die Tür des Behandlungszimmers, in das mittlerweile ein weiterer Patient gebeten worden war, öffnete sich und der Pfleger warf ihnen einen vielsagenden Blick zu.

Rick Holterbach hob die gestreckte Hand. Noch fünf Minuten, bedeutete das.

Der Pfleger zog sich wieder zurück.

»Mehr weiß ich nicht. Es ging alles so furchtbar schnell.«

»Frau Berner.« Der Kommissar sah sie forschend an. »Wird es Ihnen zu viel?«

»Nicht, wenn ich Fleur damit helfen kann.«

»Frau Hagedorn damit helfen? Sie glauben, der Mann war Mikael Kemper?«

»Wer soll das sonst gewesen sein? Wer sollte mitten in der Nacht auf einem Krankenhausparkplatz warten, um Leute zu überfallen? Da würden sich andere Orte doch viel besser eignen. Er hat meine Tasche nur mitgenommen, um das Ganze wie einen Raubüberfall aussehen zu lassen. Außerdem beherrscht er tatsächlich eine Kampfkunst. Das weiß ich von Fleur.«

Die Augen des Kommissars verengten sich.

»Werden Sie etwas unternehmen?«, fragte Romy. »Er ist hier! Er wird versuchen, an Fleur heranzukommen!«

»Machen Sie sich keine Sorgen, Frau Berner. Wir kümmern uns um alles. Ich glaube, Sie sollten sich jetzt ausruhen.«

Rick Holterbach ging zum Behandlungszimmer und klopfte an die Tür. Sofort kam mit vorwurfsvoller Miene der Pfleger heraus.

»Wohin bringen Sie sie?«, fragte der Kommissar.

»Auf die Innere. Zweite Etage.«

»Zimmernummer?«

»Das erfahre ich erst auf der Station.«

»Kann Fleur nicht in mein Zimmer verlegt werden?«

Der Gedanke war genial, fand Romy, doch weder der Kommissar noch Rick Holterbach sprangen darauf an.

»Nicht mitten in der Nacht«, sagte der Pfleger und setzte sich in Bewegung. »Das ist nicht so einfach, wie Sie denken.«

Erst jetzt wurde ihr bewusst, wie ungeschickt sie das Gespräch mit den Kommissaren geführt hatte. Es fühlte sich an, als wäre ihr Kopf mit Watte gefüllt. Die Geräusche schienen mit einer leichten Verzögerung in ihrem Gehirn anzukommen.

Sie durfte nicht einschlafen.

Bert Melzig und Rick Holterbach würden nichts unternehmen. Was hatten sie denn schon in der Hand? Das (verletzte) Opfer eines (nächtlichen) Überfalls beschuldigte den (vermummten) Täter, der Mann zu sein, den die Polizei in einem Mord- und einem Entführungsfall suchte.

Ein bisschen wenig.

Romy konnte das verstehen. Sie hegte keinen Groll gegen den Kommissar und seinen Kollegen. Aber sie wusste, dass es jetzt an ihr selbst lag, Fleur zu beschützen.

Gleich nachdem der Pfleger sie auf der Inneren Station abgeliefert und eine kleine, rundliche Schwester mit dem wunderschönen Namen Mayra sie in ihr Zimmer geschoben hatte, begann Romy mit Atemübungen, von denen sie hoffte, wieder wach zu werden.

Aufmerksam sah sie sich in dem kleinen Krankenzimmer um.

Zwei Betten, von denen das eine mit Folie abgedeckt und das andere mit hellgelber Bettwäsche bezogen war. Neben jedem Bett ein Rollwagen mit zwei Ablageflächen, einer Schublade und einem kleinen Klappfach zum Aufbewahren persönlicher Gegenstände. Ein Tisch mit zwei Stühlen. Zwei abschließbare Spinde an der Wand. Die nur angelehnte Tür zu einem Badezimmer.

Romy schaltete das Licht aus und manövrierte den Rollstuhl mit einiger Mühe zum Fenster. Sie verzichtete darauf, ihre Kleidung abzulegen und in das dünne Krankenhaushemd zu schlüpfen, das Schwester Mayra ihr gegeben hatte. Sie legte sich auch nicht ins Bett.

Den versäumten Schlaf würde sie später nachholen.

Jetzt musste sie wach bleiben.

Sobald sie wieder halbwegs sicher auf den Füßen war, würde sie zu Fleur gehen und sie keine Sekunde mehr aus den Augen lassen.

36

Schmuddelbuch

Schreibe auf ein paar Post-its, die ich in meiner Jackentasche gefunden habe. Meinen Lieblingskuli hab ich ja sowieso immer dabei.

Das Schreiben hält mich wach. Nur ein paar Notizen, um mein Gehirn in Schwung zu halten.

Die Schmerzen haben sich bei einer erträglichen Stärke eingependelt. Nur bei unbedachten Bewegungen schlagen sie zu, dass mir der Atem stockt.

Ab und zu versuche ich, mich aufzurichten, sinke aber schnell wieder in den Rollstuhl zurück und kämpfe mit Schwindelattacken.

Meine Armbanduhr hat dem Angriff widerstanden.

Drei Uhr dreißig.

Ich muss mich beeilen. Mikael wird nicht bis zum Morgengrauen warten. Er wird im Schutz der Nacht angreifen, genauso wie er es bei mir getan hat. In der Nacht sind weniger Pflegekräfte auf den Stationen und …

Er ist selbst Pfleger! Wer sagt denn, dass er sich nicht längst hier eingeschlichen hat?

Fleur dämmerte vor sich hin. Sie war in einen Zustand zwischen Wachen und Schlaf geraten. Bilder zogen wie ein zu langsam gedrehter Film an ihr vorbei. Sie sah Gesichter, die ihr aus einer früheren Zeit vertraut waren.

Kaum eines rief angenehme Gefühle in ihr hervor.

Sie war nicht gut darin, anderen zu vertrauen. Die unzähligen schmerzhaften Enttäuschungen hatten sie argwöhnisch gemacht. Sonderbarerweise hatte ausgerechnet das Leben auf der Flucht sie mit Menschen zusammengeführt, die ihr gezeigt hatten, dass nicht jede Umarmung mit einem Judaskuss enden musste.

Ein einsamer Vogel sang da draußen in der Nacht. Vielleicht hatte er sich vertan und glaubte, es sei bereits Tag.

Fleur spürte ein Lächeln in ihrem Innern. Doch bevor es wachsen konnte, gab es auf dem Flur ein Geräusch.

Das nicht dorthin gehörte.

Fleur hielt den Atem an.

Ruhig. Denk nach. Versuch, das Geräusch einzuordnen.

Übelkeit legte sich wie ein kaltes Gewicht auf ihren Magen. Bis der nur schwach unterdrückte Fluch einer Schwester sie erlöste.

»Himmelherrgottnochmal!«

Jemand hatte etwas fallen lassen.

Nur das war es gewesen.

Etwas war zu Boden gefallen und hatte dieses knirschende Geräusch verursacht.

Nur das.

Die Erleichterung war gewaltig.

Aber die Nacht war noch lang. Und Mikael irgendwo.

In der Nähe.

*

»Die Wahrscheinlichkeit, dass es Mikael Kemper war, der Romy Berner überfallen hat, ist extrem hoch«, sagte Bert.

Sie saßen in Ricks Wagen und teilten sich brüderlich den letzten heißen Schluck Kaffee aus Berts Thermobecher.

»Aber wir haben nichts in der Hand.« Rick schüttelte frustriert den Kopf. »Und der Typ kann überall sein. Die Idee der Kleinen, sie mit unserem Komamädchen in einem Zimmer unterzubringen, ist eigentlich gar nicht so schlecht.«

Mit seiner Wortwahl lag Rick manchmal sehr daneben, aber Bert war nicht fit genug, sich jetzt und hier mit ihm in eine Diskussion darüber zu stürzen.

Seine Nerven waren zum Zerreißen gespannt.

Er kannte das, hatte die Katastrophe oft vorausgesehen, bevor sie sich tatsächlich ereignet hatte. Die meisten seiner Kollegen und Kolleginnen waren skeptisch, wenn es um die Rolle des Instinkts bei Ermittlungen ging. Einige würden sich *Strikte Faktentreue* auf die Stirn tätowieren lassen, wenn es nicht so blöd aussähe.

Rick war da anders.

Obwohl er zu der neuen Generation von Ermittlern gehörte, die mit der alten Schule nichts mehr oder nur noch sehr wenig am Hut hatten, vertraute er in Momenten wie diesem doch seiner Intuition.

»Nun sag's schon«, drängte er Bert.

»Was?«

»Dass du hierbleiben willst.«

»Und was ist mit dir?«

»Du brauchst doch einen Chauffeur.« Rick grinste von einem Ohr zum andern. »Später, wenn alles vorbei ist.«

»Du gehst davon aus, dass er heute Nacht zuschlagen wird?«

»Dafür gibt es gute Gründe. Erstens: Er verliert die Nerven, sonst hätte er Romy Berner nicht angegriffen. Damit ist er ein ungeheures Risiko eingegangen. Zweitens: Er muss davon ausgehen, dass dieser Fall nicht automatisch mit unseren beiden Fällen in Verbindung gebracht wird. Ich denke, er glaubt, bis zum Morgen sicher zu sein. Drittens: Das Pflaster in Köln ist für ihn allmählich zu heiß geworden. Fazit: Er *wird* zuschlagen und zwar bald.«

»Dann lass uns besprechen, was zu tun ist.«

Bert spürte, wie sich eine kalte Ruhe in ihm ausbreitete. Sie brachte alle Zweifel zum Verstummen. Er warf einen Blick auf Rick, der hochkonzentriert neben ihm saß und sich bereits sammelte.

*

Schwester Ivy öffnete die Glastür und wollte den Pfleger, der da draußen stand, eben hereinbitten, als ihr wieder einfiel, dass sie das nicht so ohne Weiteres durfte.

»Ich kenne dich nicht«, sagte sie und kam sich ziemlich albern dabei vor. Sie hatte, weiß Gott, anderes zu tun, als hier Kontrollen zu veranstalten. »Kannst du dich ausweisen?«

»Holger Bartsch. Ich arbeite auf der Inneren. Moment ...«

»Du trägst kein Namensschild?«

»Kriegst du nicht, wenn du zur Probe arbeitest.«

»Ach so. Entschuldige, aber wir sollen aufpassen. Ist auch allen Stationen gesagt worden. Wir haben hier eine Komapatientin, die wir ...«

»Ich weiß«, fiel er ihr mit einem unverschämt gewinnenden Grinsen ins Wort. »Hier ist er ja auch schon.«

Er hielt ihr seinen Ausweis hin. Sein Grinsen wurde noch ein bisschen breiter.

Ivy zögerte.

Alles schien in Ordnung zu sein. Und doch nagte ein kleiner, zäher Zweifel an ihr. Sie hatte keine Ahnung, warum.

Vielleicht war sie einfach ausgepowert. Der Dienst war zwar recht ruhig gewesen, aber sie bekam ihre Tage und war nicht ganz fit. Sie hatte Schmerzen und sehnte sich danach, sich mit einer Wärmflasche ins Bett zu legen.

»Und was willst du auf der ITS?«

In diesem Moment sah sie etwas rot unter seiner Pflegerjacke aufblitzen.

»Du hast da was. Ist das … Blut? Bist du verletzt?«

»Nein.«

Er lächelte sie an, als hätte er noch nie ein schöneres Mädchen gesehen.

»Ganz und gar nicht.«

Als stünde er auf einer Opernbühne, zog er mit einer schwungvollen Bewegung eine langstielige dunkelrote Rose hervor.

Im ersten Moment glaubte Ivy, die Rose sei für sie bestimmt. Ein galanter Versuch, sie zu bestechen.

Doch so war es nicht.

»Die Rose ist für meine Liebste«, sagte er.

Das Lächeln verschwand von seinem Gesicht. Er stieß die Tür auf. Ließ die Rose fallen und packte Ivy.

»Blöde Kuh«, zischte er. »Warum hast du mich nicht einfach reingelassen?«

Ivy holte Luft, um zu schreien. Doch da hatte er ihr schon die Hand auf den Mund gepresst, mit einer Kraft, gegen die sie nichts ausrichten konnte.

Ihr letzter Gedanke galt der Komapatientin, die so tapfer darum kämpfte, in ihr Leben zurückzufinden. Dann spürte sie, wie Hände aus Eisen ihren Kopf packten, und sie wusste, dass sie dem Tod gehörten.

*

Die Schwindelgefühle ließen nicht nach. Sobald Romy versuchte, aus dem Rollstuhl aufzustehen, schwankte der Boden unter ihren Füßen und sie wusste nicht mehr, wo oben und unten war.

Aber sie durfte nicht länger warten.

Eine böse Vorahnung spukte ihr im Kopf herum. Sie wusste, dass ihr wenig Zeit blieb.

»Okay«, murmelte sie. »Wenn es nicht anders geht, dann eben mit Rollstuhl.«

Obwohl Platz genug vorhanden war, benötigte sie drei Anläufe, um den Rollstuhl durch die Tür zu bugsieren. Vorsichtig lauschte sie. Als sie kein Geräusch hörte, das so klang, als könnte es ihren Plan zunichte machen, schob sie sich ein Stück weiter, um einen Blick auf den Flur zu werfen.

Sie blickte nach rechts, nach links und fuhr dann, so schnell sie konnte, zu der gläsernen Schwingtür, die sich wunderbarerweise von allein öffnete. Dann stand sie vor dem Aufzug und drückte auf den Pfeil, der nach oben gerichtet war.

Nichts tat sich.

Sie musste sich etwas anderes überlegen.

Romy stellte die Bremsen des Rollstuhls fest und stützte sich auf den schmalen Armlehnen ab. Dann versuchte sie, sich aufzurichten.

*

Fleur hatte Stimmen gehört.

Das war nicht ungewöhnlich. Auch das Aufschwingen der Tür war ihr nicht entgangen, dieses verhaltene, wischende Geräusch.

Doch dann näherten sich auf dem Flur die Schritte einer einzigen Person.

Das waren nicht Schwester Ivys Schritte.

Auch keine Nachtschritte.

Sie störten die Stille und gehörten nicht hierher.

Mikael?

Alles in Fleur drängte sie, aufzuspringen und sich zu verstecken. Aber sie blieb in dem schrecklichen Käfig ihres Körpers gefangen und konnte keinen Finger rühren. Lediglich ihre Gedanken rasten aufgeschreckt im Kreis.

Wo war Schwester Ivy?

Wieso hielt sie ihn nicht auf?

Warum war es auf einmal so schrecklich kalt?

Die Schritte wurden langsamer. Stoppten.

Und dann konnte Fleur ihn spüren.

Hier war er.

Mikael.

In ihrem Zimmer. Schaute sie an, wie sie dalag. Wehrlos. Ausgeliefert. Am Ende.

Ihr Körper war jetzt kein Käfig mehr.

Er war ihr Sarg.

*

Romy ruderte mit den Armen und suchte Halt an der silbernen Fahrstuhltür. Ihre Finger rutschten ab, die Beine knickten ihr weg und sie sank hilflos zu Boden. Wie diese kleinen Holzgiraffen, die man mit einem Daumendruck in sich zusammensacken lassen konnte.

Stöhnend rappelte sie sich wieder auf, lehnte sich mit dem Rücken gegen die Wand, atmete tief und gleichmäßig und konzentrierte sich. Wenn der Aufzug nicht funktionierte, musste sie die Treppe nehmen.

Sie hatte keine Wahl.

An der Wand entlang tastete sie sich zu der Tür, die ins Treppenhaus führte, und zog sie mühsam auf.

Der Handlauf des Geländers war ihre Rettung. Sie hangelte sich an ihm entlang aufwärts, Zentimeter für Zentimeter, und verdrängte den entmutigenden Gedanken an den langen Weg, der vor ihr lag.

In ihrem Kopf war die Hölle los. Ihre verletzte Hand fühlte sich an wie rohes Fleisch. Ihre Kehle brannte vor Trockenheit, ebenso wie ihre Augen, die sich nach Schlaf sehnten.

Sobald sie den Handlauf losließ, begann das Treppenhaus sich um sie zu drehen. Deshalb hielt sie ihn mit beiden Händen umklammert und vermied es, auf ihre Füße zu blicken, die sich von Stufe zu Stufe vortasteten.

Ingo, dachte sie bedauernd.

Hätte sie ihn doch nicht weggeschickt.

Nach dem zweiten Treppenabsatz war sie in Schweiß gebadet. Die Luft, die sie einatmete, schien ihre Lunge nicht zu erreichen. Sie keuchte wie bei dem Fünftausend-Meter-Lauf, nach dem sie zu Schulzeiten einmal halb tot ins Ziel gewankt war.

Aber sie gab nicht auf. Hatte damals nicht aufgegeben und würde es heute nicht tun.

Ganz besonders heute nicht.

*

»Ich habe dir eine Rose mitgebracht.«

Ein leichtes, kaum wahrnehmbares Gewicht auf der Brust, als er die Rose auf ihr niederlegte.

Brautschmuck, dachte Fleur. Totenschmuck.

»Wie schön du bist. Selbst jetzt noch, in diesem Zustand.«

Er berührte ihre Hand. So zart, dass sie hätte glauben können, sich das nur eingebildet zu haben. Doch sie wusste es besser.

»Ich würde gern Licht machen, um dich richtig zu betrachten, aber wir wollen das Glück lieber nicht überstrapazieren.«

Glück!

Er setzte sich zu ihr auf die Bettkante und die Matratze senkte sich ein wenig.

Wie nah er war.

»Hast du auf mich gewartet, Liebste? Hattest du Angst, ich würde mein Versprechen nicht halten?« Er lachte leise. »Du weißt doch, dass du dich auf mein Wort verlassen kannst. Ich war immer in deiner Nähe, die ganze Zeit.«

So zärtlich hatte sie ihn nie reden hören. Nicht einmal damals, als sie einander begegnet waren. In seinen Worten und seinen Berührungen war immer etwas gewesen, das ihr Angst eingeflößt hatte, vom ersten Tag an.

Auch jetzt glaubte sie ihm die Zärtlichkeit nicht.

»Ich habe dir die Rose mitgebracht, um dich zu meiner Frau zu machen.«

Zu seiner Frau?

»Hier und jetzt. Vor dem Angesicht Gottes.«

Er hatte immer wieder beteuert, nicht an Gott zu glauben. Hatte Kirchgänger verachtet und sich über ihren Glauben lustig gemacht.

Schon fing er an zu lachen.

Dass er es leise tat, machte sein Lachen nur noch schrecklicher.

»Du glaubst mir aber auch alles, was?«

Er konnte sich gar nicht mehr einkriegen.

»Vor dem Angesicht Gottes«, prustete er.

Seinen Heiterkeitsausbrüchen war immer das Gegenteil gefolgt. Das Lachen war ihm auf den Lippen erfroren. Seine Augen hatten sich verdunkelt. An das, was dann geschehen war, wollte sie nicht denken.

Nicht in diesem Augenblick.

»Dich zu meiner Frau machen …«

Ein Rest seines Lachens tanzte noch in seiner Stimme, die jedoch bereits an Schärfe gewonnen hatte.

»Dich, Bea? Ausgerechnet dich?«

Sie wand sich unter seinen Blicken und seinen Worten, kämpfte vergeblich gegen die Hülle ihres Körpers an, die sie gefangen hielt.

Ich bin Fleur, dachte sie. *Ich bin Fleur. Ich bin Fleur.*

Das wenigstens konnte sie ihm entgegensetzen.

Was immer du Bea antun wirst, dachte sie, wird mich nicht berühren.

ICH BIN FLEUR!

37

Schmuddelbuch

Kein Papier. Kein Stift. Nur meine Gedanken.
Eigentlich nur einer: Hoffentlich komme ich nicht zu spät …

Siebter Stock. Endlich!

Romy ließ das Geländer los und ging schwankend und mit ausgestreckten Armen auf die Tür zu, die zum Eingangsbereich der ITS führte. Von hier aus gelangte man auf die Station oder konnte den Aufzug nach unten nehmen.

Die Tür des Fahrstuhls stand offen. Ihre Vermutung, jemand habe ihn blockiert, war richtig gewesen. Nicht jemand, verbesserte sie sich selbst, *Mikael* hatte ihn blockiert.

Er war also schon hier!

Sie fixierte die Glastür, hinter der sie den langen Flur der ITS erkannte. In der reduzierten Nachtbeleuchtung wirkte er beinah behaglich. Als gebe es nicht hinter den meisten seiner Türen den Kampf auf Leben und Tod.

Besonders hinter der letzten, dachte Romy und hangelte sich vorsichtig an der Wand entlang.

Auf halber Strecke musste sie stehen bleiben, weil der Schwindel sie wieder überfiel. Verzweifelt befahl sie ihrem Gehirn, damit aufzuhören, versprach hoch und heilig, sich brav ins Bett zu legen und ihm Erholung zu gönnen.

Später.

Sobald sie wusste, dass Fleur in Sicherheit war.

Beim nächsten Schritt verlor sie den Halt. Glitt zu Boden und blieb schwer atmend liegen, bis die Welt aufgehört hatte, sich um sie zu drehen.

Um nicht noch mehr Zeit zu verlieren, kroch sie auf allen vieren weiter. Ihre Bewegungen wurden immer schleppender, immer schwerfälliger.

Erst als sie an der Tür angelangt war, realisierte sie, dass sie verschlossen war. Die Enttäuschung trieb ihr die Tränen in die Augen. Aber was hatte sie erwartet? Dass ihr Tür und Tor offen standen, damit sie wie ein Racheengel hineinschweben und Fleur retten konnte?

Und selbst wenn.

Sollte sie Mikael so gegenübertreten? Auf Händen, Füßen und Knien?

Es gab keine andere Möglichkeit.

Sie verschnaufte kurz, dann kam sie mühsam auf die Knie, presste die Hand auf die Klingel und läutete Sturm.

*

Mikael fühlte ein leises Bedauern.

Nur ein leises Bedauern, das sich verflüchtigte, sobald er Bea die Finger um den Hals gelegt hatte.

Sie wehrte sich nicht. Strampelte nicht mit den Füßen. Versuchte nicht, seine Hände abzuwehren.

Wie auch?

Er empfand nicht die Genugtuung, die er sich erhofft hatte.

Wütend drückte er fester zu.

»Du!«, stieß er hasserfüllt hervor. »Du!«

Aber vielleicht wehrte sie sich ja. Vielleicht fand in ihrem Innern ein furchtbarer Kampf statt, in dem sie heulte und schrie, den Kopf hin und her warf und versuchte, nach ihm zu treten.

Er lächelte und nahm den Druck ein wenig zurück, damit er länger etwas von der Erregung hatte, die ihn endlich überkam.

»Du«, flüsterte er. »Du …«

*

Ein Pfleger kam an die Tür und half Romy auf die Füße. Er wollte sie zu dem kleinen runden Tisch führen, an dem bestimmt schon etliche Angehörige voller Angst Zuflucht gesucht hatten, um sich ein wenig auszuruhen.

»Nein«, keuchte Romy, von den Anstrengungen benommen. »Du musst nach Fleur sehen! Die Komapatientin. Ihr Verfolger ist hier, um sie zu töten.«

Als er nicht sofort reagierte, stieß sie ihn weg und wollte loslaufen. Doch sie kam nicht weit. Nach drei Schritten lag sie wieder auf dem Boden.

In diesem Augenblick hörte sie ihre Schritte.

Der Kommissar und sein Kollege warfen nur einen Blick auf sie und stürmten dann an ihr vorbei.

»Komm.«

Der Pfleger hatte einen Rollstuhl besorgt und half ihr hinein. Im nächsten Moment rollte sie in einem Tempo den Flur hinunter, das sie sich niemals zugetraut hätte.

*

»Polizei!«

Fleur hörte das Wort weit entfernt.

Sie spürte, wie der Druck an ihrem Hals abrupt nachließ.

Dann hörte sie Mikael wütend aufschreien.

Als nächstes drang Romys Stimme an ihr Ohr. Ein Hauch nur. Kaum zu verstehen.

»Alles ist gut, Fleur. Er kann dir nichts mehr tun.«

Alles war gut.

Mikael konnte ihr nichts mehr tun.

Alles war gut …

*

»Sie weint«, sagte Romy. »Das sind Tränen.«

»Ja«, sagte der Arzt, der gekommen war, um Fleur zu untersuchen. »Sie weint.«

»Ein gutes Zeichen.« Romy hielt immer noch Fleurs Hand. Sie konnte sie einfach nicht loslassen. »Das ist es doch. Oder? Ein gutes Zeichen?«

»Ja.« Der Arzt nickte. »Das ist ein gutes Zeichen.«

»Hast du gehört?« Romy streichelte liebevoll Fleurs Gesicht und spürte die Tränenspur unter den Fingern. »Alles wird gut.«

*

Die Dunkelheit wartete auf sie und diesmal war sie Fleur wohlgesonnen.

Fleur gab sich ihr hin, um sich von den schrecklichen Anstrengungen auszuruhen.

Gut, summte es in ihr. *Gut.*

Sie wusste, dass Romy recht hatte. Sie spürte es selbst.

Die lange Flucht war zu Ende. Sie war in Köln angekommen und würde bleiben.

Sie schloss die Augen.

Alles war gut.

Zwei Monate später

Bert packte seine Sachen zusammen. Nicht, dass es viel gewesen wäre. Es würde alles in den Umzugskarton passen, den er sich besorgt hatte.

Nachdem er die beiden Bilder abgenommen und auch die Pinnwand entfernt hatte, wirkte sein Büro größer und unpersönlich und endgültig wie ein Raum, in dem er nichts verloren hatte.

Er setzte sich in seinen Schreibtischsessel und ließ ein letztes Mal den Blick schweifen.

Sein Leben in Köln, sein Leben in diesem Büro, sein Leben als Polizeibeamter war zu Ende gegangen, zumindest vorerst.

Er hatte sich die Entscheidung nicht leichtgemacht, hatte immer und immer wieder darüber nachgedacht. Als er sie dann schließlich Rick mitgeteilt hatte, war sie bereits unumkehrbar gewesen.

Rick hatte etliche Argumente ins Feld geführt, um ihn zum Umdenken zu bewegen. *Hör nicht endgültig auf*, hatte er ihn schließlich angefleht. *Lass dir wenigstens eine Tür offen.*

Sie hatten in einer ihrer Lieblingskneipen gesessen, bei Schmalzbroten, Essiggurken, Radieschen und Bier. Wie sie das so oft getan hatten.

»… und weiterhin tun werden«, hatte Bert versprochen, die Zunge schon ein wenig schwer und auch das Herz.

Er hatte sich nicht vorstellen können, seinen Freund nicht mehr jeden Tag zu sehen, mit ihm zu reden, zu schweigen, zu lachen oder einfach abzuhängen.

Konnte es noch immer nicht.

Als er seinen Tischkalender zusammenklappen wollte, blätterte er darin. Hier war sie vermerkt, die unfassbar gute Nachricht: *Bea Hagedorn aus dem Koma erwacht!*

Er war sofort in die Rehaklinik gefahren, in der man die junge Frau untergebracht hatte. Sie lag im Bergischen, oberhalb einer Ansammlung kleiner Dörfer, umgeben von nichts als bewaldeten Hügeln und malerischen Senken, in denen schwarzweiße Kühe grasten.

Bea Hagedorn hatte ihn blass und ernst angesehen. Erschöpft hatte sie gewirkt und abgemagert, aber in ihren Augen war wieder Leben gewesen.

Er hatte sich zu ihr ans Bett gesetzt.

»Wie schön, dass Sie wieder bei uns sind«, hatte er gesagt und sich in dem kleinen Zimmer umgeschaut.

Es hätte ebenso gut ein bescheidenes Zimmer in einem kleinen Hotel sein können, wäre nicht das verstellbare Krankenbett gewesen, das daran erinnerte, dass hier kein Urlaub stattfand, sondern harte Arbeit.

Bea Hagedorn musste in dem Leben, in das sie zurückgefunden hatte, erst wieder Fuß fassen, und das war nur möglich mit viel Schweiß und Tränen. Sie musste wieder lernen zu sprechen und sich zu bewegen.

Nichts war für sie mehr selbstverständlich.

Der Arzt hatte Bert grünes Licht gegeben.

»Sie verkraftet die Wahrheit«, hatte er ihm versichert, »sofern Sie sie ihr schonend beibringen.«

Also war Bert ein bisschen näher herangerückt und hatte sie gefragt, ob sie wissen wolle, was mit Mikael Kemper geschehen war.

Sie hatte eine Weile gezögert und dann fast unmerklich genickt.

Sogleich hatten die Erinnerungen Bert überflutet.

In der fraglichen Nacht hatte er sich mit Rick an das Krankenzimmer herangeschlichen, aus dem kein Laut gedrungen war. Im nächsten Moment hatten sie Mikael Kemper erblickt, wie er auf dem Bett gekniet hatte, wutschäumend über die junge Frau gebeugt, die es gewagt hatte, ihn zu verlassen.

»Polizei!«, hatte Rick gerufen und seine Dienstwaffe auf ihn gerichtet. »Nehmen Sie die Hände hoch!«

Mikael Kemper war herumgeschnellt und hatte eine Pistole gezogen, doch Rick hatte sich auf ihn gestürzt und sie ihm aus der Hand geschlagen, bevor er sie hatte entsichern können. Sie war über den glatten Boden geschlittert und gegen die Wand geprallt.

»Hände hoch!«, hatte Rick gerufen und wieder die Waffe auf Mikael Kemper gerichtet, der von der jungen Frau abgelassen hatte und mit katzenhafter Behändigkeit vom Bett gesprungen war.

Mit dem unsteten, verzweifelten Blick eines Wahnsinnigen hatte der Mann nach seiner Pistole geschielt, doch Bert war ihm zuvorgekommen. Mit zwei großen Schritten war er bei der Waffe gewesen und hatte sie aufgehoben.

Mikael Kemper hatte einen irren Schrei ausgestoßen. Er war förmlich durch die Luft geflogen und hatte Rick mit einem gezielten Tritt an der Schläfe getroffen, sodass Rick zu Boden gegangen und für ein paar Sekunden außer Gefecht gesetzt war.

Bert hatte nicht gewartet, bis der Mann an Ricks Waffe gelangen konnte. Er hatte Mikael Kempers eigene Pistole auf ihren Besitzer gerichtet.

»Nehmen Sie die Hände hoch!«

Doch der hatte gar nicht daran gedacht. Mit hasserfülltem Gesicht hatte er sich wieder auf Bea Hagedorn gestürzt und ihr die Hände um den Hals gelegt.

Da hatte Bert auf Mikael Kempers Oberschenkel gezielt.

Und abgedrückt.

Der Schuss hatte ihm in den Ohren gedröhnt. Ebenso

wie der schmerzerfüllte, verzweifelte, zornige Schrei seines Opfers.

Im nächsten Moment war Rick auf die Füße gekommen und hatte Mikael Kemper vom Bett gezerrt.

Obwohl seine Wunde stark blutete und seine Augen vor Schmerzen geweitet waren, hatte der Mann gekämpft, als ginge es um sein Leben. Doch schließlich hatte Rick ihn bezwungen und ihm Handschellen angelegt.

Er hatte ihn vor sich her zur Tür gestoßen.

»Ein paar Jahre, Bea!«, hatte Mikael Kemper gebrüllt. »Nur ein paar Jahre! Danach werde ich dich finden!«

Er hatte immer weiter geschrien, noch draußen seine wüsten Drohungen in die Nacht geheult.

»Du kannst dich verstecken, wo du willst – ich werde dich ausräuchern! Irgendwann! Genau dann, wenn du anfängst, dich endlich ein bisschen sicher zu fühlen!«

»Halt die Klappe«, hatte Rick ihn angefahren, »sonst zieh ich dir eine rein!«

Bert hatte seinen Freund an der Schulter berührt. Sofort hatte Rick sich wieder im Griff gehabt.

Draußen waren mittlerweile die Kollegen eingetroffen. Das blaue Licht ihrer Fahrzeuge hatte den Rest der Nacht zerschnitten. Rick hatte Mikael Kemper an sie übergeben und sich rasch abgewandt.

»Komm, Bert«, hatte er gesagt. »Ich kann das Arschloch nicht mehr sehen, sonst kotz ich ihm vor die Füße.«

Romy Berner war in ihr Zimmer zurückgebracht worden, und obwohl das Pflegepersonal vom Frühdienst noch nicht eingetroffen war, hatte man Fleur bereits in dasselbe Zimmer gelegt.

Bert berichtete Bea Hagedorn die Geschehnisse nicht in allen Einzelheiten. Doch wie es aussah, hatte sie vieles von dem, was passiert war, mitbekommen. Den Tod Schwester Ivys, deren Leiche sie in einem Nebenraum gefunden hatten, verschwieg er ihr. Er hoffte, sie würde es nicht zu früh erfahren.

»Mikael Kemper wird für lange Zeit hinter Gittern verschwinden, das verspreche ich Ihnen. Wenn Sie wieder ganz gesund sind, überlegen wir trotzdem, welche Schritte möglich sind, um Ihr Leben absolut sicher zu machen.«

Dabei gab es sie nicht, die absolute Sicherheit.

Das ging Bert durch den Kopf, als er an seinem leer geräumten Schreibtisch saß und den Blick auf das Fenster richtete, hinter dem der Himmel einen schönen, heißen Julitag versprach.

Täter wie Mikael Kemper würden das Ziel ihrer kranken Begierde nicht vergessen und alles tun, um es in ihren Besitz zu bringen. Und die Polizei konnte erst eingreifen, *nachdem* eine Tat begangen worden war.

»Wir kommen immer zu spät«, sagte er, als Rick sein Büro betrat, um ihn zu einer letzten Tasse Kaffee oder einem letzten Imbiss abzuholen. »Wir können kein Verbrechen verhindern.«

»Manchmal doch«, entgegnete Rick. »Bea Hagedorn lebt.«

Die Zwiespältigkeit der Gefühle und Gedanken, die Bert in den vergangenen Wochen zerrissen hatte, war mit seinem Entschluss, sich ein Jahr Auszeit zu nehmen, keinesfalls besiegt worden.

»Lass mir zehn Minuten«, bat er Rick. »Ich hole dich dann ab.«

Rick nickte und verließ das Büro, und Bert packte sein Schreibzeug und die Bücher ein, räumte die Schubladen leer und betrachtete das Bild, das seine Tochter ihm als Sechsjährige gemalt hatte. Ein großes Haus, das das Polizeipräsidium darstellen sollte, und davor ein winziges Männlein, ihren Papa.

»Du hast das ganz richtig gesehen«, murmelte Bert. »Genau so habe ich mich in letzter Zeit gefühlt.«

Als sein Handy klingelte, griff er danach, ohne das Bild aus den Augen zu lassen.

»Imke Thalheim …«

Er lehnte sich in seinem Schreibtischsessel zurück und starrte auf den blauen Himmel da draußen. Es schien Jahre her, dass er in einer schwachen Stunde versucht hatte, sie anzurufen.

»Störe ich Sie gerade bei irgendwas?«

»Nein. Ich freue mich über Ihren Anruf.«

Sein Herzschlag führte einen verrückten Tanz auf.

Sie rief an!

Warum?

»Sie haben keine Nachricht hinterlassen.«

»Nein.«

»Ich dachte, wir könnten … uns mal in Ruhe unterhalten. Irgendwann.«

Unterhalten.

In Ruhe.

»Ja.«

Mehr fällt dir nicht ein, du Idiot? Sag was! Sag was Gescheites! Etwas, das ihr Herz trifft. Oder ihren Verstand. Oder beides. Lass die Gelegenheit nicht wieder verstreichen …

»Wann hätten Sie denn Zeit für mich?«, fragte sie.

Für dich? Immer. Jede einzelne Minute eines jeden einzelnen Tages.

»Wann immer Sie wollen. Es gibt viel zu erzählen.«

Als er mit Rick ein letztes Mal zu den *Arcaden* ging, merkte er, wie hungrig er war.

Wie traurig.

Und wie unglaublich froh.

Ich danke …

… Claudia Schrimpf und Paven Pourfaroukhi von den autonomen Frauenhäusern Köln, die mir viel Zeit gewidmet und meine sämtlichen Fragen beantwortet haben. Sollte ich etwas falsch dargestellt haben, geht das auf meine Kappe. Manchmal braucht eine Geschichte Spielraum, den die Wirklichkeit ihr nicht immer bietet …

… Mahshid Dehghani für den Namen der zauberhaften Amal …

… Marita Dockter für Wegweiser durch Kölns Dschungel …

… Brigitte Bauer für die Zeit, in der wir – wie Romy – mit Spiegeleiern, Brot und Müsli über die Runden gekommen sind ☺ …

… Susanne Krebs, die mir und meinen Büchern schon so lange ein so gutes Zuhause gibt …

… der weltbesten Lektorin Birte Hecker, die so viele wunderbare Fähigkeiten und Eigenschaften besitzt, die alle den Weg in ihre Arbeit finden …

… meinem Mann für alles andere. ♥

Herzlich
Monika Feth

Monika Feth

Der Erdbeerpflücker

320 Seiten, ISBN 978-3-570-30258-3

Als ihre Freundin ermordet wird, schwört Jett öffentlich Rache – und macht den Mörder damit auf sich aufmerksam. Er nähert sich Jette als Freund und sie verliebt sich in ihn, ohne zu ahnen, mit wem sie es in Wahrheit zu tun hat ...

www.cbt-buecher.de

6104

Monika Feth

Der Mädchenmaler

384 Seiten, ISBN 978-3-570-30193-7

Als Jettes Freundin Ilka verschwindet, verdächtigt Jette deren Bruder, einen egomanischen Szenekünstler. Hat er seine Schwester aus Eifersucht entführt? Da die Polizei ihr nicht glaubt, ermittelt Jette auf eigene Faust – und begibt sich dabei in Lebensgefahr.

Monika Feth

Spiegelschatten

480 Seiten, ISBN 978-3-570-30922-3

Ein Mörder geht um im Raum Köln/Bonn. Seine Opfer sind allesamt junge Männer. Als Romy Berner, Volontärin beim KölnJournal, mit der Recherche beauftragt wird, muss sie feststellen, dass alle Toten dem Freundeskreis ihres Zwillingsbruders Björn angehörten – und dass der Mörder ihr näher ist, als sie ahnt ...

30135

www.cbt-buecher.de

Monika Feth

Der Scherbensammler

384 Seiten, ISBN 978-3-570-30339-9

Minas Vater, das Oberhaupt eines streng religiösen Zirkels, wird ermordet. Während Mina ins Fadenkreuz der Ermittlungen gerät, ist Jette von ihrer Unschuld überzeugt. Auf der Suche nach dem wahren Täter begibt sie sich selbst in tödliche Gefahr ...

6207

www.cbt-buecher.de